ALFRED BEKKER

Das Erbe der Halblinge

Alfred Bekker

Das Erbe der Halblinge

Roman

Originalausgabe

blanvalet

MIX
Papier aus verantwortungsvollen Quellen
FSC® C014496

Verlagsgruppe Random House FSC® N001967
Das FSC®-zertifizierte Papier *Super Snowbright*
für dieses Buch liefert Hellefoss AS, Hokksund, Norwegen.

1. Auflage
Originalausgabe Juni 2013 bei Blanvalet,
einem Unternehmen der Verlagsgruppe Random House GmbH, München

Die Veröffentlichung dieses Werkes erfolgt auf Vermittlung der
literarischen Agentur für Autoren und Verlage Peter Molden, Köln.
Umschlaggestaltung und Illustration: Max Meinzold, München
Karte © Jürgen Speh
Lektorat: Rainer Schöttle
HK · Herstellung: sam
Satz: Buch-Werkstatt GmbH, Bad Aibling
Druck und Einband: GGP Media GmbH, Pößneck
Printed in Germany
ISBN: 978-3-442-26888-7

www.blanvalet.de

INHALT

Es geschah in jener Zeit, als die Elben noch in ihrer alten Heimat, dem Kontinent Athranor, siedelten und König Péandir ihr Reich regierte. Damals erhob sich Ghool, der Verderber des Schicksals, nach viele Zeitaltern aus seiner Verbannung und drohte die Macht über ganz Athranor zu erringen. Ein Zauber der Elben besiegte Ghools Horden in der Schlacht bei der Anhöhe der drei Länder, und der Kampfesmut eines Menschensohnes, der bei den Halblingen aufgewachsen war, tötete den schrecklichen Zarton, ein grausiges Monstrum, das Ghool zu seinem Feldherrn bestimmt hatte. Der Name dieses Helden lautete Arvan Aradis. Arvan war von der Familie des Halblings Gomlo aus dem Stamm von Brado dem Flüchter an Sohnes statt angenommen und aufgezogen worden.

Und während man am Hof des Elbenkönigs dem Trugschluss erlag, das Böse sei schon besiegt, ehe es sich richtig erheben konnte, hatte der Krieg in Wahrheit noch kaum begonnen.

Die Mächte des Übels sammelten sich – Orks, Dämonen, Schattenvögel, Monstren der verschiedensten Art, und alle, die Ghool darüber hinaus untertan waren, zogen in seinem Namen mordend und plündernd umher. Eine Flut des Schreckens, gegen die es keine Waffe zu geben schien.

Noch ahnte niemand, welches machtvolle Erbe der legendäre Erste König der Elben, Elbanador, vor vielen Zeitaltern dem kleinen Volk der Halblinge gegeben hatte, um es für die Stunde der Gefahr zu bewahren.

Und noch ahnte niemand, dass derjenige, der dieses Erbe antreten sollte, selbst kein Halbling sein durfte …

Aus dem Älteren Buch Keandir

Verborgen war das mächtige Erbe der Halblinge für lange Zeit.
Geschützt durch Zauber und Magie.
Unerreichbar seit dem Tag, da der unsterbliche Elbenkönig Elbanador – der Einzige, der das Erbe hätte erwecken können – in der Schlacht um Noragorns Lande den Tod fand.
Bewahrt in den Legenden des Kleinen Volkes.

Aus der Chronik der Blauen Stadt

Der Kampf geht weiter

Wie die Sense des leibhaftigen Todes sauste das Schwert hernieder. Arvan konnte dem Schlag gerade noch ausweichen. Haarscharf fuhr die Klinge an ihm vorbei.

Ächzend wich der junge Mann zurück. Er riss sein eigenes Schwert empor. *Beschützer* hatte er die mächtige Klinge genannt, weil sie ihn im Kampf gegen die Orks gerettet hatte, und im Moment konnte Arvan nur hoffen, dass die Waffe ihrem Namen auch diesmal alle Ehre machen würde. Stahl klirrte krachend auf Stahl, so wuchtig, dass Funken sprühten.

Arvan fasste seine Klinge mit beiden Händen. *Erinnere dich deiner Wut!*, durchfuhr es ihn. *Denn diese Wut gibt die Kraft, mit der du selbst ein übermächtiges Monstrum wie Zarton töten konntest!*

Arvan parierte mit großer Mühe einen weiteren Hieb seines Gegners. Dessen Schlag war so heftig, dass ein furchtbarer Schmerz Arvan über die Hände, die Arme empor und in die Schultern fuhr. Für einen Augenblick glaubte er, wie gelähmt zu sein und sich nicht mehr rechtzeitig bewegen zu können, um den nächsten Hieb noch parieren zu können.

Sein Gegner holte aus.

Arvan duckte sich. Die Klinge fuhr über ihn hinweg. Dann schnellte er vor, ließ die Spitze des *Beschützers* auf den Körper seines Gegners zufahren.

Doch der ließ sein Schwert zurückschnellen. Klirrend

kamen die Klingen gegeneinander. So wuchtig und präzise kam dieser Hieb, dass Arvan seine Waffe nicht festhalten konnte. Im hohen Bogen wurde ihm der *Beschützer* aus der Hand gerissen.

Noch ehe er tief durchgeatmet hatte, spürte er das kühle Metall einer Schwertspitze an seiner Kehle.

»Versuch nicht, wie ein Halbling zu kämpfen, Arvan!«

»Aber …«

»Das kannst du nämlich nicht, und daran ändert auch die Tatsache nichts, dass du bei ihnen aufgewachsen bist.«

»Woher willst du wissen, wie Halblinge kämpfen? Gibt es dort, woher du kommst, etwa auch welche, Whuon?«

Der dunkelhaarige Krieger grinste breit. »Ich habe deine Halblinggefährten während der Schlacht zumindest für kurze Zeit beobachten können, ehe ich sie aus den Augen verlor und ich dir folgte, um dich vor den Folgen deiner eigenen Kampfeswut zu schützen.« Whuon senkte seine Klinge. Er atmete tief durch. Der Oberkörper des Schwertkämpfers war frei, da er in diesem Übungskampf sein Wams hatte schonen wollen. Arvans Blick wurde immer wieder von der Metallplatte angezogen, die in Whuons Brust eingelassen und auf magische Weise mit seinem Körper verbunden war, so als wäre sie ein Teil von ihm. Whuon wirbelte die Klinge einige Mal durch die Luft und ließ sie dann mit einer geschmeidigen Bewegung in die andere Hand gleiten. »Was ist? Hast du noch genug Wut in dir, um richtig zu kämpfen, oder stocherst du mit deiner Klinge in der Luft herum, als hättest du das zierliche Rapier eines Halblings in der Hand?«, spottete er.

Arvan schluckte.

»Ich glaube, meine Wut reicht heute nicht aus, um richtig bei der Sache zu sein«, sagte er.

»Woran liegt es?«, fragte Whuon. »Beschäftigt irgendetwas deine Gedanken so sehr, dass es deinen Kampfeswillen tötet, oder liegt es *daran*?« Mit einer Schnelligkeit, die man von jemandem, der ein so gewaltiges, breites Schwert führte wie Whuon, nicht erwartete, ließ er plötzlich die Klinge vorschnellen. Seitlich ließ er den Stahl gegen den Schaft von Arvans rechtem Stiefel klatschen.

Wäre dies ein echter Kampf gewesen, hätte er mir das Knie zerschlagen, und ich hätte keinen Schritt mehr tun können, wusste Arvan. *Selbst die besonderen Selbstheilungskräfte, die mir eigen sind, hätten mir dann wohl kaum das Leben retten können!*

»Dagegen, dass du Schuhe trägst und nicht mehr barfuß wie ein Halbling herumläufst, ist nichts einzuwenden«, meinte Whuon. »Aber die Frage ist, ob du dich an diese schweren Schaftstiefel schon richtig gewöhnt hast.«

»Das habe ich«, behauptete Arvan. »Hätte ich den siebenarmigen Riesen Zarton erschlagen können, wenn es anders wäre?«

»Du hattest Glück!«

»Was?«

»Arvan, du fängst an, dir auf deine größte Heldentat etwas einzubilden. Das ist meistens der erste Schritt in den Abgrund und eine gute Voraussetzung dafür, den nächsten Kampf oder die nächste Schlacht nicht zu überleben. Glaub es mir, ich habe in so vielen verschiedenen Heeren gedient und so viele Krieger gesehen, die durch Selbstüberschätzung ihr Grab gefunden haben. Es ist immer das Gleiche.«

»Ich überschätze mich nicht«, widersprach Arvan.

»Du verlässt dich darauf, dass dir nichts geschehen kann. Du denkst, jemand, der Zarton erschlug, kann alles schaffen. Und du glaubst, dass dich der elbische Heilzauber, den man an dir durchgeführt hat, als du ein Säugling warst, dich auch in Zukunft immer davor schützen wird, in Stücke gehauen zu werden.« Whuon schlug sich mit der Faust gegen das Metallstück in seiner Brust, dessen Oberfläche sich auf unheimliche Weise anpasste, wenn er atmete oder sich bewegte. »Ich würde mich auch nie auf das hier verlassen und mich dieses magischen Metallstücks wegen für unverwundbar halten.«

Whuon machte einen Schritt zur Seite. Sein Wams hatte der Schwertkämpfer in einer der Schießscharten zwischen den steinernen Zinnen abgelegt. Jetzt zog er es über.

Sie befanden sich auf einem der zahllosen Türme von Gaa. Und da dieser Turm sich nicht an einer der für die Verteidigung der Stadt wichtigen äußeren Mauern befand, sondern zu einem der inneren Wälle gehörte, war er im Moment unbesetzt. Man hatte von hier aus einen hervorragenden Überblick über die Hauptstadt von Gaanien, der südlichsten Provinz in Harabans Reich. Aus dem Norden floss ein Fluss, der sich aus dem Langen See speiste und sich bei Gaa in den Langen Fjord am Caraboreanischen Meer ergoss. Eine Brücke spannte sich von Gaa aus zum anderen Flussufer zur Provinz Neuvaldanien. Dort verlief eine breite Heerstraße parallel zum Flussufer nach Waldhaven. Auch auf der gaanischen Seite des Flusses gab es eine Straße, wenn auch eine deutlich schmalere. Kolonnen von Soldaten zogen über beide Wege in nicht abreißenden Strömen nach Gaa. Die Söldner des Waldkönigs Haraban stellten die Mehrheit in diesen Kolonnen. Das Trompeten ihrer Kriegselefanten war oft meilenweit zu hören. Gewaltige Katapulte wurden über das glatte Pflaster der beiden Heerstraßen gerollt. Außerdem trafen frische Truppen des Königs von Bagorien ein – unter ihnen mehr als die Hälfte grünhäutige Oger, die die Angewohnheit hatten, während ihrer Märsche mit tiefen Stimmen dröhnend zu singen.

Im Hafen von Gaa hatten inzwischen zahllose Schiffe festgemacht. Immer wieder pendelten koggenähnliche, bauchige Transportschiffe zwischen der auf dem gegenüberliegenden Fjordufer gelegenen Hafenstadt Lyrr und dem Hafen von Gaa. Sie brachten vor allem gepanzerte Ritter aus dem Königreich Beiderland. Nichts brauchten die verbündeten Heere der Menschenreiche von Athranor dringender als Nachschub an frischen Truppen. Denn auch wenn die Schlacht auf der Anhöhe der drei Länder mit dem Tod von Ghools Feldherrn und der Vernichtung eines großen Teils seines aus Orks und Dämonenwesen bestehenden Heeres geendet hatte, war doch der Blutzoll auf Seiten der Verbündeten so hoch gewesen, dass man sich davon eigentlich kaum erholen konnte.

»Die nächste Schlacht wird so sicher kommen wie der blutrote Aufgang der Sonne«, meinte Whuon, während Arvan einen Moment nachdenklich in Richtung des Hafens blickte, wo gerade wieder ein Schiff mit beiderländischen Rittern anlandete. »Und so viel du auch schon gelernt haben magst – es stünde dir gut an, dich noch zu vervollkommnen, ehe es so weit ist.«

»Gewiss«, murmelte Arvan.

»Denn eins solltest du bedenken: Seitdem du den siebenarmigen Riesen Zarton erschlagen hast, bist du nicht mehr irgendwer. Ghool wird deinen Namen inzwischen vernommen haben. Und du bist nun ein Ziel seines Hasses geworden …«

»Woher …«

»Woher ich das weiß?«

»Du bist schließlich ein Fremder, der durch das Weltentor

in Thuvasien nach Athranor kam. Aber anscheinend hat Lirandil dich nicht nur in der Sprache der Elben unterwiesen, sondern dir auch viel von ihrem Wissen vermittelt.«

Whuon lachte dröhnend. »Um sich das zusammenzureimen, braucht man nur einen wachen Verstand, Arvan! Du wirst in Zukunft sehr auf dich Acht geben müssen, und ich weiß nicht, ob ich immer rechtzeitig zur Stelle bin, um dir den Rücken freizuhalten.«

Arvan lächelte. »Du weißt, dass ich viel aushalten kann und dass meine Wunden schnell heilen.«

»Für einen abgeschlagenen Kopf dürfte das nicht einmal bei dir gelten! Wir müssen an deiner Deckung arbeiten, Arvan. Sonst wirst du irgendwann geradewegs in eine offene Klinge hineinlaufen.«

»Genau das ist ihm so ähnlich schon passiert«, mischte sich eine helle Stimme ein. Arvan und Whuon drehten sich um. Ein Halblingmädchen war vollkommen lautlos auf den Turm gestiegen.

»Zalea«, murmelte Arvan.

Das Haar fiel ihr weit über die Schultern. Die spitzen Ohren stachen daraus hervor, und die leicht schräg gestellten Augen bedachten Arvan mit einem wohlwollenden Blick.

»Lirandil hat uns alle zusammengerufen. Aus irgendeinem Grund ist es wohl sehr dringend.«

»Typisch Elben«, meinte Arvan. »Wartet unter Umständen Jahrhunderte auf irgendetwas, und dann muss es auf einmal ganz schnell gehen.«

»Wir sollten seine Geduld nicht überstrapazieren«, drängte Zalea.

»Überstrapazieren?« Arvan schüttelte den Kopf. »Wochen sind seit der Schlacht an der Anhöhe der drei Länder vergangen. Für eine Weile war es ja ganz sinnvoll, sich nach

Gaa zurückzuziehen, um die Kräfte neu zu formieren, aber jetzt hängen wir schon so lange hier herum. Es ist noch nicht einmal ein neuer Hochkönig gewählt worden, der uns anführen könnte.«

»Wieso beklagst du dich?«, mischte sich Whuon ein. »Du hättest dieses Amt doch annehmen können. Und dem Helden, der Ghools Feldherrn erschlug, wären ganz gewiss auch alle gefolgt.«

Aber Arvan schüttelte den Kopf. »Ich hatte gute Gründe, das nicht zu tun«, erklärte er. »Kann sein, dass die Krieger mir gefolgt wären. Aber die Könige hätten mir den Ruhm nur noch viel mehr geneidet. Oder sie hätten einen dummen Jüngling in mir gesehen, der leicht zu manipulieren ist.«

»Du hast eine Gelegenheit verpasst«, glaubte Whuon. »Aber jeder muss seine Entscheidungen selbst treffen und anschließend für die Folgen geradestehen. Jedenfalls finde ich die Tatsache, dass noch immer kein Hochkönig ausgerufen wurde, bedenklicher als den Gedanken, dass ein siebzehnjähriger Junge das Heer geführt hätte.«

»Lass nur, Whuon«, sagte Zalea sehr bestimmt. »Ich glaube, Arvans größte Stunden werden noch schlagen.«

Whuon schloss sein Wams und lachte rau, während Zalea bereits auf den Einstieg zu der Treppe zuging, die hinabführte. »Die hält aber große Stücke auf dich, wenn sie glaubt, dass du *noch* größere Taten vollbringen könntest, als den siebenarmigen Riesen zu erschlagen!«

Die Zusammenkunft fand in einem hohen, großzügig eingerichteten Raum statt, der Prinz Eandorn während seines Aufenthaltes in Gaa als standesgemäßes Quartier zugeteilt worden war. Die Burg von Gaa kam diesbezüglich schon an ihre Grenzen, nachdem sich nach der Schlacht auf der Anhöhe der drei Länder auch der Waldkönig und die Herrscher von Beiderland, Ambalor und Bagorien mit ihrem zum Teil vielköpfigen adeligen Gefolge hier einquartiert hatten. Und da man jederzeit die Ankunft des Königs von Dalanor mit seinen Truppen erwartete, hatte sogar der Statthalter von Gaanien bereits seine Privatgemächer für die zahlreichen Gäste geräumt.

Arvan und seine Gefährten hatten natürlich – trotz des Ruhms, den er inzwischen errungen hatte – mit deutlich kleineren und bescheideneren Quartieren vorliebnehmen müssen. Aber da die immer noch um einiges großzügiger waren als die Behausungen auf den Wohnbäumen der Halblinge, die Arvan aus seinem bisherigen Leben gewohnt war, wäre er niemals auf den Gedanken gekommen, sich darüber zu beklagen.

Als Arvan, Zalea und Whuon eintrafen, hatten sich bereits alle anderen Gefährten aus der bunt zusammengewürfelten Gruppe versammelt, die sich aufgemacht hatte, um ein Bündnis gegen die Macht des Schicksalsverderbers zu schmieden und dem Bösen zu begegnen. Lirandil, der elbische Fährtensucher, dessen außerordentliches diplomatisches Geschick dafür gesorgt hatte, dass überhaupt ein schwacher Bund zustande gekommen war, wirkte sehr ernst. Er unterhielt sich mit dem elbischen Thronfolger Prinz Eandorn in der Sprache ihres Volkes, als Arvan den Raum betrat. Die beiden Halblinge Borro und Neldo wirkten ziemlich ungeduldig. Und dem besorgten Gesicht nach, das der rothaarige Borro machte, während er sich auf seinen Bogen stützte, ließ Arvan vermuten, dass es schlechte Nachrichten gab und die beiden davon zumindest schon einen Teil gehört hatten. Links von ihnen befand sich Brogandas, Gesandter der Dunkelalben von Albanoy. Die eingebrannten

Runen, die nahezu seinen gesamten, vollkommen haarlosen Kopf bedeckten, schienen ihre Form leicht zu verändern. Ein Zeichen, das Arvan noch mehr beunruhigte als Borros Gesichtsausdruck. Brogandas' Blick traf Arvan, durchdrang ihn förmlich. *Wenn sich die Runen in seinem Gesicht verändern, ist Magie im Spiel*, wusste Arvan. *Finstere Dunkelalbenmagie …* Während des Weges, den sie gemeinsam zurückgelegt hatten, waren sie durch diese Magie einmal mit knapper Not gerettet worden. *Auf welche Gefahr bereitet er sich vor? Welche Bedrohung spürt er?*, ging es Arvan durch den Kopf.

Je mehr du das herauszufinden versuchst, desto mehr wird er seinen Geist verschließen, erreichte ihn die Gedankenstimme Lirandils, mit der der elbische Fährtensucher manchmal mit ihm in Verbindung zu treten pflegte, seit dieser für kurze Zeit seinen Geist mit dem Arvans verschmolzen hatte. *Also versuch es gar nicht erst!*

Manchmal war sich Arvan nicht sicher, ob er tatsächlich Lirandils Gedanken wahrnahm oder ob es sich nur um eine Widerspiegelung seiner eigenen handelte, die er in seinem inneren Gehör mit Lirandils Stimme versah und sie ihm dadurch gewissermaßen in den Mund legte. Aber in diesem Fall war Arvan sicher.

Zwei elbische Krieger aus Prinz Eandorns Gefolge standen an der Eingangstür zu dessen Gemächern. Eandorn wies sie auf Elbisch an, sich draußen zu postieren.

»Ich habe euch alle hier zusammengerufen, weil es Neuigkeiten gibt. Neuigkeiten, die uns beunruhigen sollten. Zwar ist der König des Dalanorischen Reiches mit einem Kontingent seiner Krieger hierher unterwegs, und inzwischen erreichen täglich beiderländische Ritter diese Festung. Aber erstens können dadurch die Verluste aus der Schlacht auf der Anhöhe der drei Länder kaum ausgeglichen werden, und zweitens erhielt ich gerade die Nachricht, dass die Orks die Burg Sy im Norden von Rasal dem Erdboden gleichgemacht haben.«

»Das bedeutet, dass Ghool jetzt nahezu ganz Rasal bis zum Grenzfluss nach Pandanor kontrolliert«, stellte Brogandas fest. Die Runen in seinem Gesicht hatten dabei wieder ihre alte Form angenommen.

Lirandil nickte. »Abgesehen von den eingeschlossenen Küstenstädten, die aber gewiss fallen werden, sobald Ghool eine weitere Angriffswelle befiehlt.«

»Was ist mit dem Widerstand der Orks des West-Orkreichs?«, fragte Brogandas.

»Der dürfte schon seit Längerem vollkommen gebrochen sein«, sagte Lirandil. »Wirklich schlimm ist, dass Ghools Schergen inzwischen überall zwischen der rasalischen Küste und dem Langen See zu finden sind. Nichts und niemand ist vor den dort eingesickerten Orkhorden sicher. Und gleichzeitig gibt es Berichte darüber, dass Ghool ein weiteres großes Heer aus Orks und Dämonenwesen sammelt.«

»Die Lage war schon vorher beunruhigend, aber ich sehe nicht, was sich substanziell verändert haben sollte«, meinte Brogandas.

Eandorn und Lirandil wechselten einen kurzen Blick, so als hätten sie sich bereits untereinander verständigt und es bliebe nur ein Rest von Zweifeln, ob sie den Dunkelalben in ihre Kenntnisse einbeziehen sollten. Inwieweit man Brogandas wirklich trauen konnte, war nie vollkommen klar geworden. Andererseits hatte er ihnen allen das Leben gerettet, als er sie mithilfe seiner finsteren Dunkelalbenmagie in die unwirtliche Mark des Zwielichts versetzte, bevor sie von den geheimnisvollen Vogelreitern niedergemacht werden konnten, die Ghool ausgesandt hatte, um zu verhindern, dass sie das Elbenreich erreichten. Die Magie der Elben wurde zwar seit vielen Zeitaltern immer schwächer, war aber noch immer mächtig genug, um in diesem Krieg ein entscheidender Faktor zu sein. Und so war es von allergrößter Bedeutung gewesen, die Elben aus ihrer Lethargie zu reißen und zum Eingreifen zu bewegen.

Wenn Brogandas unsere Mission nur hätte sabotieren wollen, wäre das sicher ein guter Moment dafür gewesen, dachte Arvan. Also gab es eigentlich keinen Grund, ihm mit Misstrauen zu begegnen. Andererseits hatten sich die Mächtigen von Khemrand, die das Reich der Dunkelalben von Albanoy beherrschten, noch immer nicht entschieden, ob sie überhaupt in diesen Konflikt eingreifen wollten und, wenn ja, auf welcher Seite. Und Ähnliches galt für die Magier von Thuvasien, die weit im Norden ein gewaltiges Heer aufstellten, von dem noch niemand wusste, gegen wen es sich dereinst wenden würde. Dass auch das unter dem Seegrund des Zwergischen Meers liegende Reich des Zwergenkönigs Grabaldin noch immer abwartete, wie sich die Waage der widerstreitenden Kräfte neigen würde, um sich dann auf der Seite der Sieger positionieren zu können, war dagegen ein vergleichsweise geringfügiges Problem.

»So wie ich das sehe, wird sich Ghool sehr gut überlegen, noch einmal eine so geballte Streitmacht zusammenzuziehen und damit die Entscheidung in offener Feldschlacht zu suchen«, glaubte Brogandas. »Er weiß jetzt, dass er die Magie der Elben fürchten muss.«

»Das muss er nicht«, sagte Eandorn ernst und kam damit offenbar zum Kern des Problems.

Die Runen in Brogandas' Gesicht veränderten sich, und Arvan vermutete, dass das in diesem Augenblick vielleicht einfach ein Zeichen seiner Verwirrung war. »Das verstehe ich nicht! Die vereinten Kräfte Eurer Magier und Schamanen haben zum ersten Mal seit vielen Zeitaltern Riboldirs Zauber angewandt. Sie könnten das jederzeit wieder tun und Ghools Horden unter einem Regen aus Gesteins- und Felsbrocken begraben. Das Elbengebirge dürfte noch lange nicht abgetragen sein, und falls diese Gefahr doch bestehen sollte, gibt es sicher noch andere Gebirge, von denen man Felsbrocken in die Luft aufsteigen und über dem feindlichen Heer fallen lassen könnte!«

»Ihr habt keine Vorstellung davon, welche Anstrengung es unsere Magier und Schamanen gekostet hat, diesen Zauber seit so langer Zeit wieder anzuwenden«, erklärte Eandorn. »Es ist fraglich, wann sie dazu in der Lage wären, dies ein zweites Mal zu tun. Aber es ist auch fraglich, ob die Elbenheit bereit wäre, überhaupt noch einmal einzugreifen.«

»Habt Ihr etwa neue Nachrichten aus dem Elbenreich erhalten?«, fragte Arvan.

Der mit seinen nicht einmal 500 Jahren für elbische Verhältnisse noch recht junge Thronfolger wandte den Kopf in Arvans Richtung. »Elben, die sich sehr nahestehen, sind manchmal auch über weite Entfernungen hinweg miteinander in mehr oder weniger starker geistiger Verbindung«, erklärte er. »Und so vieles mich auch von meinem Vater König Péandir trennen mag – was unsere Ansichten über die Zukunft der Elbenheit betrifft, stehen wir uns zweifellos sehr nahe. Ich weiß, was seine Gedanken beherrscht. Er glaubt, dass die Gefahr fürs Erste abgewendet ist und es keine Notwendigkeit gibt, noch einmal einzugreifen. Ghool wurde ja schließlich vor vielen Zeitaltern schon einmal besiegt, als die Elben unter König Elbanador an der Seite der Ersten Götter gegen sie in die Schlacht am Berg Tablanor zogen. Selbst für die Begriffe der Elben ist seit damals unvorstellbar viel Zeit vergangen, und offenbar hat der Gedanke sich verbreitet, dass man auch diesmal wieder Äonen Zeit hätte, bevor man Ghool ein weiteres Mal in die Schranken weisen müsste.«

»Aber das ist doch ein offensichtlicher Irrtum!«, entfuhr es Arvan. »Wie kann es sein, dass die angeblich so weisen Elben so töricht sein können?«

»Eine Mischung aus der Erkenntnis ihrer zunehmenden Schwäche und dem seit Langem grassierenden Desinteresse an allem, was jenseits der Grenzen ihres Reiches geschieht«, gab Eandorn bereitwillig zur Antwort. »Mein Vater hält zwar die Menschen nicht für eine Legende, wie es nicht wenige aus unserem Volk tun, die oft jahrtausendelang kaum aus der unmittelbaren Umgebung ihrer Burgen herausgekommen sind, aber im Prinzip ist er der Mehrheit seines Volkes sehr ähnlich.«

»Dann werdet Ihr ein schweres Erbe antreten, wenn Ihr einst sein Nachfolger werden solltet, Prinz Eandorn«, glaubte Arvan.

Eandorn schien das ähnlich zu beurteilen. Er nickte leicht. »Vor unserer Abreise hat Brass Elimbor mir ein Geheimnis verraten. Ich musste es hüten bis zu diesem Zeitpunkt, da ich spüre, wie sich das Blatt wendet und dass wir uns in Zukunft nicht darauf verlassen können, dass mein Volk tatsächlich auf der Seite des Bündnisses gegen Ghool stehen wird.«

Vor Arvans innerem Auge erschien das Gesicht des uralten obersten Schamanen der Elben. Er war so unvorstellbar alt, dass selbst langlebige, nahezu unsterbliche Elben Mühe hatten, sich die Länge dieses Lebens wirklich vorzustellen. Brass Elimbor hatte schon gelebt, als der legendäre Erste Elbenkönig Elbanador auf Seiten der Ersten Götter am Berg Tablanor in die Schlacht gegen Ghool gezogen war.

Und so war es nicht verwunderlich, dass gerade ihm das volle Ausmaß der Bedrohung bewusst war. Nach Kräften hatte er deshalb versucht, König Péandir und dessen Thronrat dahingehend zu beeinflussen, dass sie ihr Gewicht in diesem Konflikt zu Gunsten des Bündnisses in die Waagschale warfen. Es lag auf der Hand, dass ohne Brass Elimbors Einfluss die Magier und Schamanen der Elbenheit wohl niemals Riboldirs Zauber angewandt hätten und die Schlacht auf der Anhöhe der drei Länder ganz gewiss einen anderen Ausgang genommen hätte. Arvans Heldentat allein hätte die Wende nicht bewirken können.

Prinz Eandorn machte eine bedeutungsvolle Pause.

»Brass Elimbor eröffnete mir, auf welche Weise unser Erster König seinerzeit die Schlacht zwischen Ghool und den Ersten Göttern entschied«, erklärte Eandorn. »Er sagte, dass Elbanador damals eine Art von Magie angewandt habe, die wir Elben ablehnen. Eine dunkle Kraft, gegen die selbst die schwarze und von uns abgelehnte Magie der Dunkelalben sich ausnimmt wie ein schwaches Lüftchen gegen einen ausgewachsenen Sturm.«

»Sieh an«, sagte Brogandas. »Um ehrlich zu sein, gab es immer schon Gerüchte und Legenden darüber, dass es keineswegs nur Elbanadors Heldenmut war, der die Schlacht entschied.« Der Spott, der in den Worten des Dunkelalben mitschwang, war nicht zu überhören.

Eandorn wandte sich Brogandas zu und erklärte: »Ich würde Elbanadors Vorgehensweise keinesfalls mit dem vergleichen, was ihr Dunkelalben getan habt. Elbanador hat sich ein einziges Mal einer verbotenen Art von Magie bedient, weil er wusste, dass er nur so die böse Kraft Ghools wirksam bekämpfen konnte. Ihr Dunkelalben aber habt euch den verschiedenen Arten von finsteren Kräften verschrieben und seid längst zu Sklaven der Mächte geworden, die zu rufen euch zur üblen Gewohnheit und später zur Sucht wurde.«

Brogandas verzog das Gesicht. »Und doch bemüht man sich nach wie vor darum, uns Dunkelalben als Verbündete zu gewinnen, damit wir unsere Magie gegen Ghool einsetzen!« Er machte eine wegwerfende Handbewegung, und einige der Runen, mit denen sein haarloser Kopf bedeckt war, veränderten sich und bildeten dornenartige, spitze bis scharfkantige Formen aus, die sich fortsetzten und ineinander zu verschlingen begannen, sodass sie schließlich ein feines Muster bildeten. »Wie auch immer, das Elbenvolk neigte ja wohl schon immer dazu, mit zweierlei Maß zu messen.«

»Hätte ich nur früher davon erfahren, dass es offenbar eine Waffe gegen Ghool gibt!«, stieß Lirandil hervor.

»Ich habe Brass Elimbor schwören müssen, so lange zu schweigen, wie es Alternativen zum Einsatz dieser Art von Magie gab«, erklärte Eandorn. »Und diese Alternativen gab es, solange die Magier und Schamanen der Elbenheit bereit waren, ihre Kräfte zu vereinen und sie gegen Ghool einzusetzen. Aber nun hat sich die Lage geändert. Ich spüre immer deutlicher, dass mein Vater nicht die Neigung hat, diesen Einsatz zu wiederholen. Und außerdem ist es auch fraglich, ob ein nochmaliger Einsatz von Riboldirs Zauber überhaupt einen durchschlagenden Erfolg hätte – selbst unter der Voraussetzung, dass unsere Magier und Schamanen dafür wieder genug Kraft gesammelt hätten. Außerdem weiß niemand, wie schnell das selbst im besten Fall geschehen könnte.«

»Worin besteht diese Waffe nun eigentlich, wenn ich mal fragen darf?«, meldete sich nun der für seine Vorwitzigkeit berüchtigte Borro zu Wort. Sowohl von Lirandil als auch von Brogandas wurde er dafür mit einem tadelnden Blick bedacht. Beide schienen wohl zu empfinden, dass es ihm nicht zustand, diese Frage zu stellen, sondern dass es seinem Stand, seinem Alter und seiner Position innerhalb ihrer Gefährtenschaft entsprochen hätte, geduldig zu warten, bis diese Frage geklärt würde.

Aber um solcherlei Empfindlichkeiten seiner Mitgeschöpfe pflegte sich Borro in der Regel nicht zu kümmern.

Whuon grinste verhalten. Der Söldner und Schwertkämpfer pflegte ebenfalls kein Blatt vor den Mund zu nehmen und stets geradeheraus seine Meinung zu sagen. Und dabei war es ihm ziemlich gleichgültig, ob er damit irgendwelche Konventionen verletzte oder jemand sich beleidigt fühlte.

»Welcher Art die Magie war, die König Elbanador einst anwandte, weiß ich nicht«, sagte Eandorn. »Brass Elimbor hat seinerzeit schwören müssen, darüber zu schweigen, und er fühlt sich anscheinend bis heute an diesen Schwur gebunden. Aber er verriet mir, wo das Geheimnis zu finden ist. Elbanador hat all das verbotene Wissen, das ihm damals zur Verfügung stand, niedergeschrieben. Diese Schriften wären beinahe vernichtet worden, als innerhalb der Magiergilde der Elben Kräfte die Oberhand gewannen, die jegliche Spuren schwarzer Magie tilgen wollten. Damals übergab Brass Elimbor diese Schriften an den Magier Asanil, der sich sowohl mit der gesamten Magierschaft des Elbenreichs als auch im Besonderen mit meinem Vater völlig zerstritten hatte.«

»Ich kenne Asanil gut«, sagte Lirandil. »Asanil zog es vor, im Exil unter den Menschen zu leben, weil seine magischen Erfindungen im Elbenreich als unelbisch abgelehnt wurden. Er ließ sich sogar einen langen Bart wachsen, um sich von seinesgleichen zu unterscheiden und seiner Empörung über die Ignoranz der Elbenheit Ausdruck zu verleihen. Zuletzt war ich vor gut dreieinhalb Jahrhunderten zu Gast in dem Turm, in dem er bis dahin lebte und an dem er sein magisches Himmelsschiff anlegte. Danach brach er zu einer langen, auf tausend Jahre angelegten Reise mit dem Himmelsschiff auf, auf der er unter anderem die vergessenen Länder der Meeresherrscher von Relian jenseits der Kochenden See erforschen wollte, zu der vor langer Zeit die Verbindung abriss.«

»Aber sein Turm wird doch gewiss noch dort zu finden sein, wo er ihn einst errichtete!«

»Eine ganze Stadt hat sich in den letzten Jahrhunderten um diesen Turm gebildet, werter Eandorn! Asanilon nennt man sie, die Stadt am Asanil-Turm. Niemand, der sich der Küste Transsydiens nähert, kann diesen Ort übersehen! Asanilon ist eine der größten Städte Athranors – nur übertroffen von Carabor und der beiderländischen Königsresidenz Aladar! Und der Turm dient als weithin sichtbares Leuchtfeuer für die Schiffe!«

Eandorn lächelte verhalten. »Wie es scheint, ist man bei uns im Elbenreich tatsächlich kaum informiert über die Dinge, die sich in den Reichen der Menschen getan haben, denn ich höre den Namen Asanilon zum ersten Mal.«

»Jedenfalls steht der Turm an seinem Ort – verschlossen und angefüllt mit einer der größten magischen Bibliotheken, die es außerhalb des Elbenreichs geben dürfte«, erklärte Lirandil. »Es ist eine wirklich einzigartige Sammlung, in der ich immer gern gestöbert habe, solange das noch möglich war.«

»Dann müssten sich die Schriften des ersten Elbenkönigs darunter befinden, sofern Asanil sie nicht auf seine Reise mitgenommen hat!«, schloss Prinz Eandorn.

»Dafür gäbe es keinen vernünftigen Grund«, erklärte

Lirandil. »Zumal Asanil ja auch seine eigenen magischen Schriften dort zurückließ und den Turm magisch versiegelte.« Lirandil machte einen Schritt nach vorn. Die rechte Hand des Elbenkriegers umfasste den Griff des langen, schmalen Schwertes aus Elbenstahl an seiner Seite. Der Blick seiner grauen Augen schien in die Ferne gerichtet, und man hatte den Eindruck, dass er sich ein paar Augenblicke lang in seinen Gedanken verlor.

»Nun, seid Ihr in der Lage, diese Versiegelung zu lösen, Lirandil?«, fragte Eandorn.

»Ich bin mir nicht sicher«, sagte der Fährtensucher. »Und da Asanil manchmal nicht davor zurückschreckte, auch verbotene magische Praktiken anzuwenden, werden wir vielleicht auf die Hilfe eines fernen Verwandten angewiesen sein.« Während er das sagte, traf Lirandils Blick auf Brogandas.

Arvan war schon zuvor aufgefallen, dass der Dunkelalb aus irgendeinem Grund abgelenkt war. Seine Nasenflügel bewegten sich leicht, wie bei einem Tier, das Witterung aufnahm. Die Runen in seinem Gesicht waren einer fortwährenden Veränderung unterworfen, und sein Blick wanderte ruhelos umher, so als würde er nach etwas suchen. *Was ist es, das er da spürt?*, ging es Arvan durch den Kopf.

»Dunkelalben gelten als Meister magischer Versiegelung – und ihrer Auflösung«, sagte Lirandil. »Ich nehme doch an, dass wir auf Eure Unterstützung zählen können, Brogandas?«

»Gewiss!«, zischte der Dunkelalb aus Batagia. Doch es war überdeutlich, dass seine Aufmerksamkeit etwas anderem galt.

»Was beunruhigt Euch, Brogandas?«, stellte Lirandil nun jene Frage, die Arvan schon länger auf den Nägeln brannte.

»Nichts …«, murmelte Brogandas. Er wandte noch einmal suchend den Blick, dann schüttelte er den Kopf und fuhr fort: »Ich hatte geglaubt, eine bestimmte Art magischer Kraftlinien zu spüren, aber diese Empfindung war nur sehr schwach.«

»Könnt Ihr diese Empfindung genauer beschreiben«, fragte Lirandil stirnrunzelnd.

»Nein. Es tut mir leid, aber ich bin selbst sehr verwirrt darüber. Und daher ist es mir nicht möglich, mich genauer dazu zu äußern. Es war nur … ein flüchtiger Eindruck.« Ein Ruck ging durch Brogandas' schlanke, hoch aufragende Gestalt. Sein Gesicht zeigte nun ein breites Lächeln. »Was die magische Verschlüsselung dieses Turms angeht, so stehe ich Euch natürlich gern mit Rat und Tat zur Seite.«

Es amüsiert ihn offenbar, dass Elben auf die Hilfe eines Dunkelalben angewiesen sind, erkannte Arvan. *Aber das ist wohl angesichts der äonenalten wechselvollen Geschichte dieser beiden so nah verwandten Völker zu verstehen.* Eine Geschichte immerhin, die einen gemeinsamen Ursprung hatte, bevor sie sich beide auf getrennten Wegen weiterentwickelten.

»Ich hatte Lirandil angeboten, Euch mit meinem Gefolge zum Turm des Asanil zu bringen, aber er hat mir deutlich gemacht, dass gewichtige Gründe dagegen sprechen. Gründe, die mich überzeugt haben.« Prinz Eandorn neigte leicht das Haupt und bedeutete damit Lirandil, dass es an ihm sei, diese Gründe vorzutragen.

»Wenn wir gemeinsam mit dem Thronfolger des Elbenreichs zum Asanil-Turm reisen, dann würde das großes Aufsehen erregen. Überall gibt es Spione Ghools, und davon abgesehen hat er auch magische Mittel, um jederzeit darüber informiert zu sein, was sich auf Seiten seiner Gegner tut. Er darf aber hinsichtlich unseres Plans nicht zu früh Verdacht schöpfen. Noch wissen wir ja gar nicht, ob uns die Magie des Ersten Elbenkönigs überhaupt helfen könnte. Schließlich haben sich die Zeiten seit den Tagen von König Elbanador geändert. Nicht einmal Ghool selbst dürfte noch derselbe sein, der er damals war.«

»Dann ist es letztlich nicht mehr als eine vage Hoffnung?«, fragte Borro.

»Eine vage Hoffnung ist immer der Beginn der Veränderung«, sagte Lirandil. »Und diese Hoffnung ist durchaus mehr als nur vage.«

»Lirandil hat mich außerdem davon überzeugt, dass ich ohne Verzug an den Hof meines Vaters am Elbenfjord zurückkehren muss. Sonst besteht vielleicht schon bald keine Aussicht mehr darauf, dass das Elbenreich Teil des Bündnisses gegen Ghool bleibt. Ich werde meinen ganzen Einfluss und meine ganze Überzeugungskraft einsetzen müssen, um meinen Vater und den Thronrat auf unserer Seite zu halten.«

Arvans Fall

In diesem Augenblick vollführte Brogandas eine schnelle Bewegung. Er richtete seine Hände in Arvans Richtung und murmelte dabei eine Formel. Blitze aus Schwarzlicht schossen aus seinen Fingerspitzen heraus. Sie fächerten sich auf, verzweigten sich innerhalb eines Augenblicks zu einem pulsierenden Netz. Arvan wollte diesem Netz ausweichen. Aber er war unfähig, sich zu bewegen. Aus den Augenwinkeln heraus bemerkte er nur, wie Zalea von ihm fortgeschleudert wurde, hart gegen die Wand prallte und daran herabrutschte.

Gleichzeitig spürte Arvan einen schier unwiderstehlichen Sog. Eine Kraft erfasste ihn und zog ihn hinab. Der Boden unter seinen Füßen begann sich aufzulösen. Er verwirbelte wie ein Strudel. Alles begann sich zu drehen und verschwamm vor Arvans Augen zu einem Gemisch aus ineinanderfließenden Farben und Formen. Einen Augenblick lang hatte er das Gefühl, ins Bodenlose zu fallen. Er schrie auf. Sein Schrei wirkte eigenartig gedehnt. Ein unnatürlicher Widerhall ließ ihn zu einem dröhnenden, völlig verfremdeten Laut werden, dessen Klang nichts mehr mit seiner Stimme gemein hatte.

Für einen kurzen Moment schien es Arvan, als würden zwei widerstreitende Kräfte an ihm zerren, und ein furchtbarer Schmerz durchraste ihn.

Dann war alles dunkel um ihn herum. Er fiel auf einen

harten Untergrund, versuchte sich notdürftig abzurollen. Nur Schwärze umgab ihn. Ein Blinder hätte nicht weniger sehen können. Arvan rappelte sich auf. Er hörte ein Knurren und griff instinktiv nach dem *Beschützer*. Seine Hand legte sich um den Griff, aber er zog die Waffe noch nicht. Die Lederscheide, die seine Ziehmutter Brongelle ihm dafür gefertigt hatte, konnte man sowohl über den Rücken schnallen als auch um die Hüften gürten. Letzteres tat er recht häufig, seit sie in Gaa weilten und er dies bei den Rittern aus Beiderland häufig gesehen hatte. So trug er es nun links, um es mit der Rechten ziehen zu können. Sein nach Art der Halblinge gefertigtes Langmesser hatte er deshalb auf die linke Seite verschoben. Arvan hörte erneut Geräusche. Schritte, Stiefel auf hartem, steinigem Grund, rasselnder Atem.

Orkatem!

Er vernahm gewisperte Worte in einer Sprache, von der er nicht ein einziges Wort verstand, die er aber sofort wiedererkannte.

Zu oft hatte er inzwischen gegen Orks gekämpft und dabei ihrer Verständigung gelauscht, als dass er diese Sprache nicht sofort wiedererkannt hätte.

Er riss den *Beschützer* heraus. Die Klinge begann zu schimmern. Ein metallisches Leuchten strahlte von ihr ab. Arvan stutzte. *Wo immer ich auch hingelangt sein mag, es muss ein Ort sein, an dem starke Magie wirksam ist,* erkannte er. Oft genug hatte er die Geschichte gehört, die man sich unter den Halblingen darüber erzählte, dass Magie eine solche Wirkung auf Metalle haben konnte. Selbst dann, wenn es sich nur um ganz gewöhnlichen Stahl handelte, aus dem man Klingen oder Äxte schmiedete. Und Arvan hatte keinen Grund anzunehmen, dass sein Schwert irgendetwas Besonderes an sich hatte. Es handelte sich um eine gewöhnliche

Klinge, auch wenn er ihr inzwischen eine ganz besondere Bedeutung beimaß, weil sie ihm schon oft das Leben gerettet hatte.

Das Leuchten wurde stärker. Es erhellte schließlich einen Teil des dunklen Raums, in den er gelangt war. Der Raum war kahl, und die Wände bestanden aus grauem, feuchtem Gestein. Eine Höhle, kein Verlies oder Keller, erkannte Arvan. An den Wänden waren Bilder zu sehen, aufgetragen mit Farben, die im Licht des leuchtenden Schwertes erstaunlich lebensecht wirkten. Der Maler hatte die Struktur des Gesteins, seine zahllosen Unebenheiten, Abbrüche, Erhebungen und Vertiefungen in die Bilder integriert. Arvan sah detailreich dargestellte Herden von großen Hornechsen.

Und dazwischen Gruppen von – Orks!

Die Formen der eigenartigen Schwerter, der mit Obsidianspitzen besetzten Keulen und monströs großen Streitäxte waren exakt getroffen. Auch die ungeschlachten Körperformen waren mehr oder weniger deutlich erkennbar, selbst wenn manche dieser Gestalten nur im Schattenriss gezeichnet waren. Bei einigen traten allerdings selbst die Hauer so deutlich hervor, dass kaum ein Zweifel daran bestehen konnte, wer auf diesen Höhlenfelsen dargestellt war.

Szenen aus dem alltäglichen Leben der Orks waren dort offenbar zusammengetragen worden. Sie suhlten sich in der Schlammgrube, spalteten die Schädel ihrer Feinde und aßen das Hirn (wobei nicht zu erkennen war, ob es sich bei diesen Feinden ebenfalls um Orks oder um Angehörige anderer Völker handelte). Arvan ging ein Stück an der Höhlenwand entlang. Auf den Bildern waren nun Orks zu sehen, die mit bloßen Pranken in Schwärmen aus insektenartigem fliegenden Getier griffen. Das mussten die ungefähr ellenbogenlangen Riesenschrecken sein, die in den Sümpfen von

Transsydien schlüpften und dann in großen Schwärmen in Richtung des West-Orkreichs zogen. Diese gefräßigen Wesen galten überall als Sinnbild für Tod, Verderben und Unreinheit, zumal sie von Getreide über Aas bis hin zu Exkrementen buchstäblich alles vertilgten. Wenn sie nichts anderes fanden, zernagten sie sogar Holz, und bei ungünstigen Winden gelangten sie bis in den Halblingwald am Langen See. Arvan hatte seinen Ziehvater Gomlo oft dabei begleitet, wenn der sich einmal im Jahr auf den Weg machte, um die übel riechenden, mit der magischen Essenz des Baumsaftes getränkten Schwarzmoose auszulegen, die die Schwärme fernhalten sollten.

Gerade diese Kreaturen aber, die Menschen, Elben und Halblingen so sehr zuwider waren wie kaum etwas anderes, galten als eine der Hauptnahrungsquellen der Orks.

Wie eine Fackel hielt Arvan das Schwert vor sich und suchte nach dem Ursprung der Geräusche, die er gehört hatte. Fast erschien es ihm, als kämen sie aus den Bildern und würden zu den dargestellten Szenen gehören.

Bei allen Waldgöttern, wohin bin ich nur verschlagen worden?, fragte er sich. Und gleichzeitig versuchte er seine Gedanken zu ordnen und sich daran zu erinnern, was eigentlich genau geschehen war. Brogandas' Worte fielen ihm ein. Der Dunkelalb hatte darauf hingewiesen, dass er, Arvan, Held der gegen Ghool verbündeten Reiche und Sieger über den monströsen Zarton, von nun an sicherlich eine besondere Zielscheibe für Ghools unendlichen Hass sei.

Hatte sich die Warnung des Dunkelalben etwa schon so schnell bewahrheitet? Und welche Rolle spielte Brogandas eigentlich selbst bei dem Ereignis, das ihn an diesen unbekannten Ort verschlagen hatte? *Hat er mich mit seiner schwarzen Magie zu retten versucht – oder genau das Ge-*

genteil getan und mich erst in diesen dunklen Schlund hineingeworfen, durch den ich hierhergelangte?, fragte sich Arvan. Die Gedanken rasten nur so in seinem Kopf. Er konnte sich auf all das einfach keinen Reim machen.

Die Stimmen der Orks wurden unterdessen lauter. Ihre Worte und ihr rasselnder Atem wurde durch höhnisches Gelächter und raue Rufe unterbrochen. Und dann bemerkte Arvan, dass sich etwas auf dem Fresko bewegte.

Er zuckte zurück und dachte zunächst, dass es sich um ein Spinnentier oder den Schatten irgendeiner anderen Kreatur handelte, die zwischen den Spalten dieser feuchten Höhle beheimatet sein mochte.

Aber dann stellte er fest, dass das Bild selbst sich teilweise zu bewegen begann, so als ob die darauf abgebildeten Gestalten und Geschöpfe auf magische Weise zum Leben erweckt worden waren. Eine Gruppe von Orks, die gerade noch an ihrem Feuer gesessen und den Inhalt eines Schädels auf ganz unorkisch-brüderliche Weise untereinander geteilt hatten, sprang jetzt wie auf ein geheimes Zeichen hin auf. Und gleichzeitig vergrößerte sich die Flamme des Feuers, um das sie sich bis dahin gruppiert hatten.

Arvan starrte wie gebannt darauf.

Einer der Orks warf den geöffneten Schädel in die lodernden Flammen, woraufhin sie noch ein Stück weiter emporzüngelten. Dazu schrie er Worte, die vielleicht einer magischen Beschwörungsformel entstammten.

Die Gruppe der Orks stürmte Arvan jetzt entgegen, so als wollten sie das Bild verlassen. Unwillkürlich machte Arvan einen Schritt zurück. Der erste der Orks sprang nun aus dem Fresko. Er wuchs dabei auf Lebensgröße.

Ohne zu zögern, stürzte sich der Ork auf Arvan. Die sensenartige, leicht gebogene und sehr breite Klinge, die er mit der Linken führte, fuhr dicht an Arvans Kopf vorbei, der diesem furchtbaren Schlag gerade noch ausweichen konnte. In der anderen Hand hielt der Angreifer eine einhändig geführte Streitaxt mit Doppelklinge.

Die Klingen seiner beiden Waffen schimmerten auf ähnliche Weise, wie es bei Arvans *Beschützer* der Fall war, sodass es in der Höhle jetzt vergleichsweise hell wurde. Schatten tanzten an den Wänden, und es wurde für Arvan erkennbar, welche gewaltigen Ausmaße das Höhlengewölbe hatte, in das er durch irgendeinen finsteren Zauber versetzt worden war. Sämtliche Wände waren nahezu lückenlos mit ähnlichen Malereien versehen, und selbst die kuppelartige Höhlendecke war von diesen Fresken nahezu vollkommen bedeckt. Keine Unebenheit, kein Riss im Gestein, kein Vorsprung und keine Vertiefung war ungenutzt geblieben; sämtliche Flächen waren in die Fresken einbezogen worden.

Und überall begannen sich die Bilder zu bewegen.

Der Ork holte mit seinem Schwert zu einem erneuten Hieb aus, Arvan parierte den Schlag mit knapper Not. Die Klingen trafen mit solcher Wucht aufeinander, dass Arvan zurücktaumelte und beinahe das Gleichgewicht verloren hätte. Der Ork schleuderte ihm seine Axt entgegen. Mit einer instinktiven Aufwärtsbewegung des *Beschützers* lenkte er den Wurf ab. Er traf die Axt genau unterhalb der Doppelklinge. Sie wurde emporgeschleudert und prallte gegen die Wand. Die Klinge leuchtete grell auf, als sie den Stein berührte. Etwas von der Farbe blätterte ab, das eigentlich zu dem massigen Rücken einer großen Hornechse gehört hatte. Ein durchdringendes, tierisches Brüllen durchdrang nun in ohrenbetäubender Lautstärke die Höhle. Der Ork fasste sein Schwert mit beiden Händen und ließ es erneut durch die Luft schwingen.

Mit einer Folge von mehreren dicht aufeinanderfolgenden Hieben wurde Arvan ein weiteres Stück zurückgetrieben, ehe er dann einem dieser Hiebe auswich, den *Beschützer* blitzschnell auf die Kehle des Orks zuschnellen ließ und sie ihm mit einem kräftigen Stoß in den Hals rammte. Ein gurgelnder Laut drang aus dem tierhaften Maul. Blut strömte ihm sowohl aus der Wunde als auch aus dem Rachen und rann ihm von den Hauern herab. Arvans nächster Hieb trennte ihm den Kopf vom Rumpf. Als der Schädel bereits über den Boden rollte, holte der Ork noch zu einem letzten Schlag aus, der aber ins Leere ging. Er brach in sich zusammen.

Drei weitere Orks waren unterdessen aus den Fresken hervorgekommen. Und ein vierter sprang gerade aus dem Fels heraus. Das Metall ihrer Waffen leuchtete so stark, dass die Höhle jetzt bereits heller erleuchtet war, als wenn ein Dutzend Fackeln Licht gespendet hätten.

Die Orks knurrten etwas. Sie sprachen in ihrer Sprache, und Arvan ahnte nur, dass es dabei wohl um ihn ging. Vermutlich berieten sie, wer von ihnen Arvan als Nächster angreifen sollte.

Ein fünfter Ork trat aus der gegenüberliegenden Seite der Höhle aus dem Fresko hervor. Er landete mit einem Satz auf seinen stämmigen Beinen und deutete mit seiner Streitaxt in Richtung des Scheusals, das Arvan erschlagen hatte. Dabei stieß er einen lauten Wutschrei aus. Und stürzte sich von hinten auf Arvan.

Dieser wirbelte herum, parierte den ersten, mit der Streitaxt ausgeführten Hieb und ließ dann den *Beschützer* tief in das Fleisch seines Gegners hineinfahren. Blut spritzte. Der Ork sank röchelnd in sich zusammen. Im selben Moment griffen Arvan zwei weitere Orks von hinten an. Einer schleuderte einen Wurfdolch. Arvan wirbelte herum, riss das

Schwert empor. Der Dolch streifte ihn nur am Hals, aber das war schlimm genug. Blut spritzte aus seiner Schlagader. Arvan wehrte den Hieb des zweiten Gegners ab, der mit einer mit messerscharfen Obsidiansplittern besetzten Keule auf ihn eindrosch. Mit seiner Linken hielt er sich den Hals. Das Blut rann in Strömen zwischen seinen Fingern hindurch. Er presste den Handballen so stark er konnte auf die Wunde, obwohl er wusste, dass es unmöglich war, eine derartige Verletzung auf diese Art zu schließen. Mit jedem Herzschlag spritzte das Leben aus ihm heraus. Alles begann sich vor seinen Augen zu drehen. Er schlug um sich, verfehlte seinen Gegner und wurde im nächsten Augenblick auch noch von der Obsidiankeule an der Schulter getroffen. Die Spitzen aus dem scharfen Vulkangestein drangen mühelos durch sein Wams in seine Haut und rissen beides auf. Arvan taumelte zu Boden.

Doch ehe sich der andere Ork auf ihn stürzen und ihm mit seinem sensenartigen, gebogenen Breitschwert den Kopf abschlagen konnte, hatte Arvan den *Beschützer* herumfahren lassen. Er biss die Zähne zusammen und stieß einen lauten Schrei aus – halb vor Schmerz, halb vor Wut.

Der *Beschützer* fuhr seinem Gegner mit unglaublicher Wucht durch beide Knie. Der Schwertstreich des Orks wurde dadurch verrissen; die Klinge glitt dicht über Arvans Kopf hinweg. Der Ork verlor das Gleichgewicht und schrie auf, als er zu Boden ging.

Arvan rollte sich herum. Das Blut schoss ihm immer noch pulsierend aus der Wunde am Hals. Er versuchte aufzustehen. Für einen Moment drohte ihm schwarz vor Augen zu werden. Er schlug deshalb mit weit ausholenden Bewegungen um sich und ließ den *Beschützer* durch die Luft wirbeln, um die Orks auf Abstand zu halten.

Diese wichen tatsächlich zurück.

Der am Boden liegende Krieger, dem Arvan mit einem Schwertstreich die Unterschenkel abgetrennt hatte, schrie noch immer laut und schrill. Einer der anderen Orks gab ihm mit der flachen Seite seiner Streitaxt einen Schlag auf den Kopf, woraufhin der Schrei erstarb. Ehe er sich von diesem Schlag würde erholen können, war der verletzte Ork vermutlich ohnehin längst ausgeblutet.

Arvans Blick wurde wieder klarer.

Noch einmal ließ er den *Beschützer* durch die Luft kreisen – aber dann bemerkte er, dass dies wohl nicht der einzige Grund war, aus dem die Orks vor ihm zurückgewichen waren.

Arvan starrte zu dem Fresko. Das Lagerfeuer, um das die Gruppe von Orks gesessen hatte, die sich anschließend auf magische Weise verstofflicht hatten und aus dem Höhlengemälde herausgesprungen waren, hatte sich abermals verändert. Schon zuvor war die Flamme um ein Vielfaches aufgelodert und emporgewachsen. Jetzt hatte sie die Form einer beinahe menschenähnlichen Gestalt angenommen.

Einer Gestalt, die aus purer Glut zu bestehen schien, nur unterbrochen von einigen dunklen Flecken, die sich genau dort befanden, wo man von den Proportionen her die Augen vermutet hätte. *Als ob das Gestein selbst zu schmelzen beginnt,* ging es Arvan schauernd durch den Kopf, und für einen Augenblick spürte er nicht einmal mehr den unangenehm pulsierenden Schlag seines Herzens, der ihm das Blut aus der Wunde herauszutreiben schien.

Er hatte das Gefühl, als ob sich eine eisige Hand auf seine Schulter gelegt hätte.

Die Gestalt veränderte sich noch immer. Vor allem die Länge ihrer Arme schien variabel zu sein. Eine Waffe in

Form einer Axt wuchs aus dem rechten Arm heraus, während der linke etwas ausbildete, das wie eine Peitsche wirkte. Eine Flammenpeitsche.

»Dämon!«, stieß einer der Orks hervor und benutzte dabei das in den meisten Menschenreichen gebräuchliche Relinga. »Dämon aus Feuer!«, fuhr er fort und stieß einen glucksenden Laut aus, der wahrscheinlich die orkische Variante eines irren, gehässigen Kicherns war. »Tötet dich!«

Ein dröhnender Laut hallte im nächsten Moment durch die Höhle. Er war so laut, dass Arvan für einen Augenblick dachte, er würde taub werden und nie wieder in der Lage sein, *irgendetwas* zu hören. Die tiefen, dröhnenden Untertöne, die in diesem Laut mitschwangen, verursachten einen unangenehmen Druck in der Magengegend. Selbst der Höhlenboden schien darunter zu erzittern. Hier und da bildeten sich kleine Risse und verzweigten sich über das Gestein. Diese Risse blitzten kurz auf; so stark war offenbar die magische Aura, die von diesem Flammendämon ausging.

Die Orks verstummten, wichen zur Seite und schienen von dem Dämon ziemlich eingeschüchtert zu sein.

Der Dämon trat mit einem weiten Schritt aus dem Fresko heraus und wuchs dabei um das Zweieinhalbfache seiner bisherigen Größe. Arvan reichte ihm gerade bis zur Körpermitte. Er wich noch einen weiteren Schritt zurück. Gleichzeitig begannen nun überall auf den Fresken weitere Orks sich zu bewegen und sich dem Geschehen zuzuwenden. Sie schrien durcheinander, und Arvan hatte fast den Eindruck, als wollten sie den Dämon anfeuern. Die aus den Gemälden herausgetretenen und verstofflichten Orks waren da deutlich zurückhaltender. Und das hatte seinen Grund. Der Dämon vollführte eine ruckartige Bewegung. Er ließ die Flammenpeitsche emporschnellen. Sein ganzer Körper glühte dabei auf. Die Peitsche traf einen der Orks und hinterließ zischend eine schwarze Brandspur, die sich von der Stirn über das Orkmaul mit den vier Hauern und den Oberkörper zog. Aufschreiend wich der Ork noch etwas weiter zurück und drückte sich gegen die bemalte Felswand, mit er dann verschmolz, sodass er wieder Teil des Freskos wurde.

Im nächsten Moment machte der Dämon einen Ausfallschritt – so schnell, wie Arvan es dieser riesenhaften, sich bislang eher gravitätisch bewegenden Gestalt gar nicht zugetraut hätte. Glühende Tropfen aus geschmolzenem Gestein rannen dabei zu Boden und brannten sich dort zischend ein. Mit einer aus seinem Arm herausgewachsenen glühenden Streitaxt schlug der Dämon nach Arvan.

Dieser wich dem ersten Schlag aus.

Gleich darauf wickelte sich die Flammenpeitsche wie eine Schlange um sein Schwert.

Die ohnehin ja bereits durch die Magie dieses Ortes leuchtende Klinge glühte nun auf. Arvan fasste den Schwertgriff mit beiden Händen. Ob ihm das Blut dabei aus dem Hals spritzte, war ihm in diesem Moment gleichgültig. Er wollte sich das Schwert auf keinen Fall aus der Hand reißen lassen. Um keinen Preis.

Arvan krallte sich fest und spürte dabei, wie ein grausamer Schmerz seine Arme durchfuhr und seinen gesamten Körper erfasste. Durch eine schwungvolle Bewegung der Flammenpeitsche wurde er emporgeschleudert, flog durch den Raum und schlug hart gegen eine der bemalten Felswände.

Die Orks und sogar die Hornechsen, die darauf abgebildet waren, bewegten sich fort, so als würden sie vor dem auf sie zukommenden Körper zurückweichen.

Arvan rappelte sich auf. Schon im nächsten Moment stand er wieder auf den Beinen.

Der *Beschützer* war nach wie vor in seiner Hand. Das war im Moment das Wichtigste.

Aber Arvan blieb keine Zeit, um zu verschnaufen. Der Dämon stürmte auf ihn zu. Er war kaum aufgestanden, da senkte sich von oben bereits die glühende Klinge der monströsen Streitaxt des Dämons. Arvan duckte sich zur Seite. Glut tropfte dicht neben ihn, und Funken sprühten, während die Axt einfach durch das Gestein der Felswand hindurchging. Die Orks im Fresko wichen noch weiter zurück.

Arvan stieß mit dem *Beschützer* zu. Mit aller Kraft rammte er das Schwert in den Körper des Dämons. Seine Klinge glühte dabei auf.

Der Dämon stieß einen durchdringenden Schrei aus. Arvan zog die Klinge hervor, schlug dem Dämon den Kopf ab. Er rollte über den Boden, zerfloss dabei wie flüssige Lava und erstarrte schließlich zu einem unförmigen Klumpen. Ein weiterer Hieb trennte den Axtarm vom Körper. Er fiel zu Boden. Arvans *Beschützer* durchdrang den Körper des Dämons mit großer Leichtigkeit.

Die Flammenpeitsche zuckte plötzlich vor und schloss sich um Arvans Hals. Zischend brannte sich die Peitsche in seinen Hals. Arvan konnte nicht einmal schreien, denn er bekam keine Luft mehr.

Ein aufwärts gerichteter Hieb mit dem Schwert trennte die glühende Peitsche durch. Hastig streifte er das Ende, das sich um seinen Hals gewunden hatte, ab und verbrannte sich dabei die Hand. Dass die aufgerissene Halsschlagader nun nicht mehr blutete, nahm er nur beiläufig war. Zu übermächtig waren der Schmerz und die Wut.

Der Dämon veränderte seine Körperform. Der abgeschlagene Kopf wuchs von Neuem aus seinem Körper heraus. Ebenso der abgetrennte Axtarm. Ihm schienen die

Schläge, die Arvan ihm beigebracht hatte, nichts auszumachen. Ein dröhnendes Gelächter kam jetzt von den Orks. Für sie schien das keine Überraschung zu sein, aber anscheinend hatte es für sie einen gewissen Unterhaltungswert, Arvans Fassungslosigkeit beobachten zu können. Einige ließen schnalzende Geräusche hören, mit denen sie Arvan ironisch anfeuerten.

Arvan wich vor seinem Gegner zurück. Aber schon nach wenigen Schritten kam er den Orks zu nahe. Einer von ihnen richtete bereits seinen Speer in Arvans Richtung. Den Speer einfach zu schleudern, schien er nicht zu wagen, um nicht dem Dämon in die Quere zu kommen.

Dieser streckte den Arm aus, der zu wachsen begann und eine neue, schlangengleiche Flammenpeitsche ausformte. Als sie auf Arvan zuschnellte, reagierte dieser mit einem schnellen Hieb und trennte ein Stück davon ab. Die Glut tropfte zu Boden und erstarrte dort. Mit weiteren Hieben drang er auf den Dämon ein, schlug weitere Stücke der Flammenpeitsche ab und schließlich sogar einen Teil des Arms.

Der wuchs jedoch abermals nach.

Diesen Gegner konnte er offenbar nicht so einfach töten. Vermutlich war Magie dazu nötig.

Aus dem anderen Arm hatte sich erneut eine Waffe in Form einer Streitaxt herausgebildet. Diese Streitaxt glühte zunächst, wurde dann aber vollkommen schwarz. Der Dämon ließ sie durch die Luft wirbeln. Arvan konnte nicht zurückweichen, wollte er nicht den Orks in die blankgezogenen Klingen laufen. So parierte er den ersten Hieb. Anders als der glühende Körper des Dämons war die Axt hart und undurchdringlich. Klirrend traf Arvans *Beschützer* mit dem Stiel zusammen und hatte dabei das Gefühl, gegen Stein zu schlagen. Funken sprühten. Gewöhnliche Funken – und solche aus Schwarzlicht, die dem dunklen Material entsprangen.

Schon dem nächsten Hieb konnte Arvan kaum noch standhalten. Ein weiterer Schlag riss ihm das Schwert aus der Hand. Es rutschte über den Boden – unerreichbar für ihn. Die neu gewachsene Flammenpeitsche schlang sich um seine Füße. Arvan verlor das Gleichgewicht, kam hart auf den Boden, während die dunkle Axt auf ihn niedersauste, um seinen Schädel zu spalten.

In diesem Augenblick entstand in der Höhlendecke eine Öffnung, die von wirbelnden Blitzen erfüllt war, die einen Strudel aus Licht bildeten.

Der Axthieb des Dämons ging ins Leere, denn eine gewaltige Kraft riss ihn zurück. Er taumelte, und mit der um Arvans Füße geschlungenen Flammenpeitsche zog er diesen hinter sich her.

Eine dunkle, nur als Schattenriss sichtbare Gestalt sprang aus dem Lichtstrudel an der Höhlendecke herab, landete federnd auf den Füßen und befreite Arvan mit einem Schwerthieb, der die Flammenpeitsche durchtrennte.

Der Dämon brüllte auf. In seinem nur aus zwei schwarzen Augen und dunkelroter Glut bestehenden Gesicht öffnete sich nun ein Mund, erfüllt von gelblichem Feuer. In einem breiten Strahl schossen die Flammen hervor.

Die dunkle Gestalt hob eine Hand. Die Flammen aus dem sich immer weiter öffnenden Dämonenrachen prallten gegen eine unsichtbare Wand, von der sie zurückgeworfen wurden. Die dunkle Gestalt murmelte dabei mit dröhnender Stimme eine Beschwörungsformel. Der Dämon taumelte jetzt – getroffen von seiner eigenen, auf ihn zurückgeworfenen Glut, die seinen Kopf und den Oberkörper erfasste.

Die Farbe veränderte sich dort von einem dunklen Rot zu einem grellen Gelbton. Für einen Moment schien er die Form zu verlieren und auseinanderzufließen.

Einer der Orks griff die dunkle Gestalt von hinten an. Der Angegriffene wirbelte herum, spaltete mit einem Schwertstreich den Schädel des Orks in der Horizontalen. Die Kapuze der dunklen Kutte, die er trug und die das Gesicht im Schatten ließ, glitt dabei zurück.

»Brogandas!«, entfuhr es Arvan, der sich aufrappelte.

»Nimm das!«, rief Brogandas.

Der Dunkelalb murmelte eine Formel und bewegte dabei seine Hand. Arvans Schwert erhob sich wie von unsichtbarer Hand gefasst vom Boden. Die Waffe flog durch die Luft, drehte sich dabei mehrfach um ihren Schwerpunkt, und Arvan fing sie auf – gerade noch rechtzeitig, um sich gegen einen der Orks zu wehren, der sich jetzt auf ihn stürzte.

Der Feuerdämon griff jetzt ebenfalls noch einmal an. Er hatte seine Form wiedergefunden und stürmte auf Brogandas zu.

Brogandas stieß einen Schrei aus. Ein Strahl aus purem Schwarzlicht drang aus seiner Handfläche, erfasste den Dämon vollkommen und schleuderte ihn gegen die Höhlenwand. Schreiend verschmolz er mit der Wand, und im nächsten Moment sah man ihn nur noch als erstarrte Gestalt, als Teil des Freskos.

Arvan wehrte sich inzwischen gegen mehrere Orks gleichzeitig. Aber noch ehe er einen von ihnen erschlagen konnte, begannen grelle Lichtstrahlen aus den Wandfresken herauszudringen. Sie erfassten die Orks und sogen sie wieder in die Bildwelt der Wandmalereien hinein. Es dauerte nur Augenblicke, bis sich keiner von ihnen mehr in der Höhle befand. Sie waren wieder Teil jener magischen Fresken, denen sie entsprungen waren. Manche bewegten sich noch etwas, erstarrten aber schließlich mitten in der Bewegung.

Für einige Augenblicke leuchteten die Farben der Fresken auf eine Weise, die die gesamte Höhle erhellte. Dann verlosch dieses Licht, und es wurde ziemlich dunkel.

So dunkel wie zu Anfang, als Arvan so plötzlich und durch unbekannte Mächte an diesen geheimnisvollen Ort gelangt war.

Nur die Klinge des *Beschützers* leuchtete noch – ebenso wie Brogandas' Schwert.

»Ich hoffe, du bist nicht allzu sehr zu Schaden gekommen«, sagte Brogandas. Er hielt sein Schwert wie eine Fackel empor.

Instinktiv griff Arvan sich jetzt an den Hals. Es tat höllisch weh, als er ihn berührte. Die Haut musste völlig verbrannt sein, als sich die Flammenpeitsche um seinen Hals gelegt hatte. Aber die aufgerissene Ader, aus der das Blut geströmt war, hatte sich geschlossen. Arvan spürte eine Kruste.

»Finger weg!«, sagte Brogandas.

»Aber …«

»Deine Selbstheilungskräfte mögen erstaunlich sein, wobei das Erstaunlichste daran vielleicht ist, dass dieses elbische Heilritual, dem du als Säugling unterzogen wurdest, überhaupt bei einem Menschen so gut wirkt, wie das offenbar bei dir der Fall ist! Aber du solltest das Schicksal nicht zu sehr herausfordern.«

Arvan versuchte zu schlucken und etwas zu erwidern. Aber ein dicker Kloß saß ihm im Hals. Im Schein der beiden Schwerter sah er, dass auch seine Stiefel Brandspuren der Flammenpeitsche trugen.

Brogandas hob den Kopf. Die Runen in seinem Gesicht waren in steter Bewegung. Er schloss die Augen, so als wollte er sich dadurch besser auf seine anderen Sinne konzentrieren. »Komm jetzt!«, forderte er.

»Wo sind wir hier eigentlich?«, brachte Arvan jetzt heraus. »Und was ist überhaupt geschehen? Im ersten Augenblick hatte ich den Eindruck, dass Ihr mich …«

»Ja?«

Der Dunkelalb öffnete die Augen. Der Blick, mit dem er Arvan bedachte, war schwer zu deuten. Aber Arvan spürte sehr deutlich den Willen seines Gegenübers. Er wollte unbedingt, dass Arvan ihm jetzt folgte. Arvan dachte daran, wie er selbst mit bloßer Willenskraft Baumschafe und Rankpflanzen beeinflusst und ihnen seinen Willen aufgezwungen hatte. Etwas, was er so gut beherrschte wie kaum einer der Halblinge, bei denen er aufgewachsen war. *Aber ich bin kein Baumschaf*, dachte er. *Und auch keiner jener Menschen und Halblinge, die in Eurem Reich als leicht beeinflussbare Untertanen leben* … Seinen eigenen Willen würde er sich von niemandem nehmen lassen.

»Wenn Ihr mich mit Eurer Dunkelalbenmagie in den Schlund gestoßen hättet, dann wüsste ich nicht, warum Ihr mich anschließend gerettet habt«, sagte Arvan.

»Du hast also die widerstreitenden Kräfte gespürt … Sehr interessant.«

»Brogandas, erklärt es mir!«

»Das habe ich bereits.«

»Wie bitte?«

»Bevor du hierhergelangt bist, habe ich dir gesagt, dass du für Ghool jetzt kein Niemand mehr bist. Dass er mit Sicherheit weiß, wer seinen Feldherrn getötet hat, und dass er dich nun mit der ganzen Kraft seines Hasses verfolgen wird!«

»Und das ist geschehen?«

»Was glaubst du denn, wer diesen Dämon geschickt hat?«

Brogandas seufzte. »Ach, du bist so einfältig, und dein Verhalten ist so leicht vorherzusehen. Es wird schwer für dich werden.«

»Was wird schwer werden?«

»Das Überleben, Arvan! Wenn du geglaubt hast, dass deine Tat ohne Folgen bleibt, dann hast du dich geirrt. Das Wesen, das versucht hat, dich umzubringen, war ein Feuerdämon der Erde. Das sind weitläufige Verwandte der Trolle, die ja bekanntlich nach ihrem Tod versteinern.« Brogandas trat mit der Stiefelspitze gegen eines der erstarrten Gesteinsstücke, die von der Gestalt des Dämons herabgetropft waren. »Mal-Kantii nennen wir diese Kreaturen bei uns in Albanoy. Sie kommen aus dem Inneren der Erde. Im Gegensatz zu den Trollen können sie sich allerdings nur für kurze Zeit an der Oberfläche aufhalten, dann erstarren sie. Mächtige Magie ist notwendig, um die Mal-Kantii zu rufen und sie sich untertan zu machen. Magie, die so mächtig ist, dass nur wenige diese Praktiken wirklich beherrschen. Einer der wenigen, die das vermögen, ist Ghool.«

»Und was habt Ihr gerade mit ihm getan?«

»Ich habe ihn nur vertrieben. Und schon das hat mich so viel Kraft gekostet, dass wir jetzt nicht einfach auf dem Weg zurück in die Burg des Statthalters von Gaa gelangen können, auf dem wir hierhergelangt sind.« Brogandas verzog das Gesicht. Seine Zähne blitzten im Schein des Lichtes, das von seinem Schwert ausging. Die Runen auf seinem Gesicht hatten inzwischen wieder weitgehend ihre ursprüngliche Form angenommen. Arvan hielt das für ein gutes Zeichen, soweit er das beurteilen konnte.

»Und wie kommen wir dann wieder zurück?«, fragte Arvan.

»Na, zu Fuß natürlich! Keine Sorge, es ist kein weiter Weg. Allenfalls etwas schwer zu finden, aber du hast das Glück, mich begleiten zu dürfen. Meine feinen Sinne ermöglichen es mir, mich in diesem Höhlenlabyrinth zu orientieren. Ich höre die unterirdischen Wasserströme und auch den nahen Fluss …«

»Den Fluss?«

»Und das Meer. Diese Höhle befindet sich tief in der Erde, genau unter den Mauern der Burg von Gaa.«

»Aber … die Orks …!«

Brogandas lachte. »Sie lebten vor langer Zeit in diesen Höhlen, als es hier noch keine Burg und keine Stadt gab. Es gibt viele solcher Höhlen, überall in Athranor. Die Orks haben hier vor langer Zeit zu ihren Göttern gebetet und ihre Ungeborenen verehrt.«

»Ihre Ungeborenen?«

»Ja, wusstest du das nicht? Ihre Toten beachten sie kaum und betrauern sie auch nicht – geschweige denn, dass sie sie verehren, wie es bei anderen Völkern der Fall ist. Nur die Ungeborenen sind wichtig, denn sie sichern die Zukunft des Orkvolkes.«

»Ihr scheint Euch gut mit den Orks auszukennen«, meinte Arvan.

»Lange nicht so gut wie dein spezieller Freund Lirandil«, erwiderte Brogandas. »Aber nun sollten wir diesen Ort langsam wirklich verlassen. Es ist so viel Magie hier gebunden …« Er hob den Kopf, seine Nasenflügel bebten, und er sog die Luft auf eine Weise ein, die den Eindruck vermittelte, als könnte er die Kreaturen, von denen er sprach, tatsächlich riechen. Dass das wirklich der Fall war, glaubte Arvan nicht. Zumindest hatte er nie davon gehört, dass Dunkelalben das gekonnt hätten. Dass Brogandas jedoch magische Kräfte auf irgendeine Weise zu spüren vermochte, daran bestand kein Zweifel.

Arvans Blick wurde ein letztes Mal von den Wandmalereien gefangen genommen. Dann folgte er Brogandas.

Der Dunkelalb führte Arvan zu einem Durchgang, der so niedrig war, dass man sich bücken musste. Ein kurzes Stück mussten sie sogar kriechend hinter sich bringen. Dann gelangten sie in einen von Tropfsteinen erfüllten Höhlengang. Hier gab es keine Malereien, dafür waren Haufen von Schädeln zu sehen. Schädel von Menschen, Tieren und vielleicht auch von Halblingen waren darunter. Außerdem Haufen von Knochen, bei denen sich Arvan nicht so ganz klar darüber war, ob es sich einfach nur um die Überreste von Mahlzeiten handelte oder ob sie vor Urzeiten irgendwelchen magischen Ritualen gedient hatten.

Sie erreichten anschließend einen schmalen Höhlengang, der sich schließlich verzweigte und endlich in einen etwas breiteren Gang mündete. Arvan bemerkte, dass das Leuchten seines Schwertes deutlich schwächer wurde – und dasselbe war bei Brogandas' Klinge der Fall.

»Die Magie wird schwächer«, stellte der Dunkelalb dazu fest. »Aber das ist nicht verwunderlich. Schließlich entfernen wir uns von dem heiligen Ort, der von Ghool benutzt wurde, um den magischen Tunnel auszurichten.«

»Und wie lange bleibt uns noch etwas Licht?«

»Schwer zu sagen. Aber selbst falls das Licht unserer Klingen erlischt, bevor wir dieses Höhlenlabyrinth verlassen haben, ist das nicht allzu schlimm.«

»Ihr habt vielleicht noch andere Sinne, um Euch zu orientieren …«

»Sehr richtig!«

»Aber ich nicht!«

Brogandas hob die Schulter. »Du brauchst nichts weiter zu

tun, als mir zu folgen. Dass du dabei etwas siehst, ist nicht so wesentlich, Arvan!«

Das Leuchten von Arvans Schwert war beinahe erloschen, als sie endlich einen Höhlenausgang erreichten. Dieser Ausgang mündete an einem steilen, felsigen Hang an einem Meeresarm. In der Ferne war eine Flussmündung zu sehen – und die Mauern und Türme von Gaa, deren Silhouette Arvan inzwischen vertraut war.

»Es ist so, wie ich vermutet hatte«, stellte Brogandas fest. »Aber die wenigen Meilen werden wir ja wohl ohne Schwierigkeiten auch noch hinter uns bringen.« Brogandas atmete schwer. Seine letzten Worte hatte er bereits etwas schwerfällig über die Lippen gebracht. Jetzt setzte sich der Dunkelalb auf einen Felsbrocken, stützte die Arme auf sein Schwert und schloss dabei die Augen.

»Was ist mit Euch, Brogandas?«, fragte Arvan.

»Anscheinend hat mich deine Rettung doch noch etwas mehr Kraft gekostet, als ich ursprünglich erwartet hatte«, murmelte er. »Das sollte nicht zur Gewohnheit werden.«

»Ich werde in Zukunft versuchen, auf mich selbst aufzupassen!«

Brogandas lachte heiser auf. »Ich möchte nicht wissen, wem du das alles schon versprochen hast, Arvan!«

Halblinggerede

Neldo saß am Fenster und blickte ziemlich finster drein. Borro zupfte nervös an der Sehne seines Bogens, als würde es sich um ein Musikinstrument handeln, und Zalea ging unruhig auf und ab. Die drei Halblinge befanden sich in Zaleas Quartier, von dem aus man einen guten Überblick über die gesamte Burg und den Palast des Statthalters von Gaa hatte.

»Jetzt sind wir ja unter uns und könnten eigentlich mal offen reden«, sagte Borro. »Es gibt nämlich so verschiedene Dinge, die mir gegen den Strich gehen – und ich glaube, das geht euch auch so.«

Neldo murmelte nur etwas Unverständliches vor sich hin. Seit er an der Schlacht auf der Anhöhe der drei Länder teilgenommen hatte, war er nicht mehr derselbe. Das war Borro und Zalea auch schon aufgefallen. Neldo war noch nachdenklicher geworden und sprach oft tagelang kaum ein Wort. Irgendetwas schien ihn zu bedrücken.

Allerdings wollte Borro darauf gar nicht in erster Linie hinaus. Ihm ging es um ein paar näherliegende Dinge, die ihm nicht gefielen. Und das, was sich erst vor wenigen Stunden im Quartier des Elbenprinzen Eandorn ereignet hatte, schlug nun dem Fass wirklich den Boden aus!

»Also gut, dann fange ich mal an«, sagte Zalea. »Mir gefallen die Leute nicht, mit denen wir reisen, und selbst diejenigen, die ich zu kennen glaubte, werden mir fremd und rätselhaft.«

»Du meinst Lirandil?«, fragte Borro.

Zalea nickte und sah ihn überrascht an. So viel Einfühlungsvermögen hatte sie Borro eigentlich nicht zugetraut. »Unser Freund Arvan verschwindet in einem Magischen Schlund oder was immer das auch genau gewesen sein mag. Möglicherweise, weil dieser zwielichtige Dunkelalb ihn hineingestoßen hat, oder weswegen auch immer.«

»Lirandil hat gesagt, das sei ein magischer Angriff gewesen«, erinnerte Borro sie an das rätselhafte Ereignis.

»Ja und? Was tut er? Ist Arvan nicht wichtig? Gerade noch ist er der Held, der den siebenarmigen Zarton besiegt hat, und jetzt ist es diesem aalglatten Elbendiplomaten offenbar völlig gleichgültig, was mit seinem Gefährten geschehen ist! Arvan hat Lirandil das Leben gerettet, als er auf der Flucht vor den Orks in den Halblingwald floh!« Zalea ballte unwillkürlich die Hände zu Fäusten, und ihr ebenmäßiges Gesicht wurde von einer dunkelroten Zornesröte überzogen. Die spitzen Halblingohren, die aus ihrem langen, seidigen Haar herausstachen, legten sich dabei enger an den Kopf. Und zwischen den schräg gestellten Augenbrauen erschien eine kleine, aber markante Falte – ein weiteres, überdeutliches Zeichen dafür, wie wütend sie war. Wütend und sich gleichzeitig ihrer Ohnmacht bewusst. Denn was hätte sie tun können? War sie vielleicht eine Magierin, die über Kräfte verfügte, die in diesem Fall nötig gewesen wären, um eingreifen zu können? Im Gegensatz zu Elben, Dunkelalben, Thuvasiern oder den Angehörigen anderer Völker, die sich intensiv genug mit den Grundlagen der Magie beschäftigt hatten, um diese Kräfte anzuwenden, wusste sie so gut wie nichts davon. Die Halblinge waren ein praktisch veranlagtes Volk. Die Heilkunst der Halblinge war zwar weit entwickelt, aber als Tochter eines Heilers und einer Heilerin, die selbst die Ausbildung schon zu einem Teil durchlaufen hatte, wusste sie nur zu gut, dass diese Kunst kaum etwas mit Magie zu tun hatte. Und ansonsten beschränkte man sich bei den Halblingen weitgehend auf die Herstellung der magischen Essenz des Baumsaftes, ihre Anwendung und vor allem ihren Verkauf. Aber in diesem Augenblick hätte sich Zalea nichts so sehr gewünscht wie einen Bruchteil des magischen Wissens, das den Elben und Dunkelalben seit so langer Zeit geläufig war.

»Was hätte Lirandil denn tun sollen – nüchtern betrachtet?«, fragte Borro.

»Er ist ein Elb«, sagte Zalea.

»Aber kein ausgebildeter Magier oder Schamane!«

»Trotzdem! Nur weil es den Mächtigen von Athranor jetzt gerade einfällt, einen neuen Hochkönig auszurufen, lässt dieser elbische Narr alles stehen und liegen, kümmert sich nicht mehr um den, der für ihn sein Leben eingesetzt hat, und …«

»Zalea, so darfst du das nicht sehen«, meinte Borro.

»Ach nein? Wie sollte ich das denn deiner Meinung nach interpretieren? Wenn ich die Macht und das Wissen dazu hätte, dann wäre ich Arvan einfach durch diesen Schlund gefolgt!«

»Vielleicht hättest du ihm damit gar nicht geholfen, Zalea.«

»Ich hätte es aber zumindest versucht. Und dass ich mit Schleuder und Rapier umgehen kann, das wisst ihr ja wohl.«

Einige Augenblicke herrschte Schweigen. Borro wollte etwas sagen. Er setzte zweimal an, aber es schien ihm wohl keine stichhaltige Erwiderung einzufallen. Bei dem äußerst schlagfertigen und wortgewandten Borro kam das eigentlich selten vor. Aber was Zalea betraf, galten für ihn ohnehin andere Maßstäbe. So wenig er ansonsten zur Befangenheit neigte, in ihrer Gegenwart war es so. Und dagegen konnte er auch nichts tun. Dass sie das nicht einmal bemerkte, geschweige denn richtig zu deuten wusste, machte die Angelegenheit nicht unbedingt angenehmer für Borro.

»Lirandil hat uns vielleicht nicht erklärt, was genau da vorgegangen ist, aber ich glaube nicht, dass er einfach die Hände in den Schoß gelegt hätte, wenn irgendeine Möglichkeit bestanden hätte, etwas zu unternehmen«, brachte Borro schließlich heraus. »Brogandas wird ihm schon helfen … Und abgesehen davon ist die Ausrufung des neuen Hochkönigs für ganz Athranor von höchster Bedeutung. Lirandil hat Jahrhunderte darauf hingearbeitet, dass ein Bündnis gegen Ghool und seine erstarkende Macht gebildet wird. Das ist für ihn nun einfach mal wichtiger.«

»Für Zalea gibt es aber nichts Wichtigeres als Arvan«, stellte plötzlich Neldo fest, der sich damit zum ersten Mal in das Gespräch einmischte. Borros Stirn umwölkte sich. Neldo wandte den Kopf und sah ihn offen an. »Auch, wenn das nicht jeder gern hört – so ist es nun einmal. Und was Brogandas angeht …«

»Ha, Brogandas!«, unterbrach ihn Zalea und verschränkte die Arme vor der Brust. »Dieser zwielichtige Dunkelalb! Dem traue ich sowieso nicht, und ich verstehe auch nicht, wieso Lirandil ihn in seinen Plan eingeweiht hat, diesen Turm des Asanil aufzusuchen.«

»Na, weil Lirandil die Kräfte dieses Dunkelalbs braucht«, erwiderte Borro mit Bestimmtheit. »Das ist doch sonnenklar!«

»Na, wenn dir das alles so klar ist, dann kannst du mir ja auch mal verraten, wieso er diesen Whuon bei uns duldet! Was ich von dem halten soll, weiß ich nämlich genauso wenig.« Sie schüttelte den Kopf. »Ein Deserteur aus der großen Armee, die die Magier von Thuvasien zurzeit aufstellen – und wir treffen den zufällig! Und zufällig hilft er uns auch noch gegen streunende Orks!«

»Was glaubst du denn?«, fragte Borro.

Zalea zuckte mit den Schultern. »Keine Ahnung, aber für mich sind das ein paar Zufälle zu viel. Das riecht nach Verrat! Die Magier aus Thuvasien haben ihn vielleicht ausgeschickt, um Lirandils Vertrauen zu gewinnen, weil sie zum einen darüber informiert sein wollen, wie weit er es schafft, ein Bündnis gegen Ghool zu schmieden, und zum anderen, weil sie ihn notfalls aus dem Weg räumen wollen.«

»Ach, Zalea …«

»Sag nur, dass das abwegig ist!«

»Nicht ganz, aber …«

»Na also! Wir sind doch unter uns und wollten mal alles auf den Tisch bringen, was uns nicht gefällt. Und Whuon und Brogandas sind auf jeden Fall zwei Männer, denen ich niemals trauen und in deren Nähe ich keinen Augenblick länger als unbedingt notwendig bleiben würde.«

»Aber eins ist auch sonnenklar: Wenn in diesem Krieg nicht noch weitere Verbündete hinzukommen, dann sieht es schlecht aus. Lirandil weiß genau, dass er die Dunkelalben, die Magier aus Thuvasien und selbst die Trolle gewinnen muss …«

»Borro, der große Stratege …«, mischte sich Neldo spöttisch ein.

»Er hat ja leider recht«, stellte Zalea fest. »Dass dieser Prinz Eandorn sich in absehbarer Zeit gegen seinen Vater wird durchsetzen können, glaubt ja wohl niemand von uns.«

»Und wenn, dann braucht er dazu noch tausend Jahre, und dann ist dieser Krieg nur noch eine Erinnerung«, meinte

Neldo. »Ghool wird dann wie ein übermächtiger Gott des Bösen über Athranor herrschen, und es wird sich niemand mehr vorstellen können, dass es mal anders gewesen ist …«

»Das hängt alles von uns Halblingen ab«, meinte Borro.

Neldo und Zalea sahen ihn stirnrunzelnd und ungläubig an. Borro hob die Augenbrauen und fügte sofort hinzu: »Sollte ein Scherz sein!«

Aber anscheinend war im Moment keiner der beiden anderen Halblinge für Borros Art von Scherzen empfänglich.

»Ich denke oft an zu Hause«, sagte Neldo schließlich, nachdem eine ganze Weile niemand ein Wort gesagt hatte. »Ich frage mich, ob unser Wohnbaum noch steht und ob es unserem Stamm gelungen ist, sich vor den streunenden Orkbanden verborgen zu halten.«

Borro schluckte. »Daran muss ich auch oft denken«, gestand er.

Zalea blickte unterdessen aus dem Fenster. Ihr Blick veränderte sich und hellte sich sichtlich auf. »Arvan!«, stieß sie hervor. Kurz entschlossen schwang sie sich aus dem Fenster. An der Fassade eines Menschenhauses hinaus hinabzuklettern war nun wirklich nicht schwerer, als von der Hauptastgabel eines Wohnbaums im Halblingwald auf den Boden zu gelangen. Zumindest nicht, wenn man die geschickten Hände und die kräftigen Zehen hatte, wie sie Angehörigen des kleinen Volkes nun mal eigen waren.

Es dauerte nur Augenblicke, bis das Halblingmädchen den Burghof erreicht hatte. Das letzte Stück bewältigte sie mit einem weiten Sprung, den sie spielend abzufedern wusste. Sie lief Arvan entgegen, der zusammen mit Brogandas gerade das Tor zum inneren Burghof durchschritten hatte.

»Arvan! Du lebst!«, stieß sie hervor und konnte ihre Freude gar nicht lautstark genug zum Ausdruck bringen.

Als sie vor ihm stand, fasste sie ihn bei den Schultern, dann blickte sie zu ihm auf und starrte auf seinen Hals. »Was …?«

»Das ist schon fast geheilt«, behauptete Arvan.

»Was bei allen Waldgöttern ist mit dir passiert?«

»Eine lange Geschichte, auch wenn ich nicht lange fort war.«

Sie berührte das Brandmal an seinem Hals – und jene Stelle, die wie eine Narbe aussah. Bei jedem anderen hätte sie angenommen, dass er sich dort vor einigen Jahren eine schlimme, vermutlich lebensbedrohliche Verletzung zugezogen hatte. Aber dass das bei Arvan etwas anders war, wusste sie ja. Schließlich waren sie zusammen aufgewachsen, und sie hatte viele seiner schlimmen Stürze und die Verletzungen, die er sich in seinen Jugendjahren im Halblingwald zugezogen hatte, aus nächster Nähe miterlebt. »Trotz der besonderen Heilungskräfte, die dir eigen sind, gibt es da bestimmt noch etwas, um dir zu helfen.«

»Bevor Brogandas und ich losgingen, tat es noch ziemlich weh, aber das ist besser geworden.« Er lächelte. »Aber du weißt ja, dass ich ein Optimist bin.«

»Allerdings!«

Inzwischen waren auch Borro und Neldo aus dem Fenster geklettert und an der Hauswand hinab bis zum Boden gelangt.

»Ich wusste doch, dass dich nichts umbringen kann«, meinte Borro. »Keine Magie und nicht einmal schlechte Gesellschaft.« Er wandte sich an Brogandas. »Ihr wisst, dass das nicht böse gemeint war, denke ich, oder? Nein? Ich rede halt manchmal so vor mich hin, und manches ist … Wenn es Euch Genugtuung verschafft, dürft Ihr mich auch für ein paar Tage bei meinem vollständigen Namen *Borrovaldogar* nennen, obwohl mir das eigentlich zuwider ist.«

Das Gesicht des Dunkelalben blieb vollkommen unbewegt. Die Runen, die seinen Kopf bedeckten, veränderten sich nicht. Brogandas' kühler, durchdringender Blick schien Borro geradezu zu durchbohren.

»Wenn euch die Freundschaft zu diesem jungen Helden etwas wert ist, dann solltet ihr in nächster Zeit sehr gut auf ihn aufpassen.«

»Ach ja?«, fragte Zalea. »Es klingt schon eigenartig, jemanden über Freundschaft reden zu hören, von dem ich annehme, dass er nicht einmal richtig weiß, was dieses Wort überhaupt bedeutet.«

»Seid ihr Halblinge immer so charmant zu jemandem, der euch das Leben rettete, als die Vogelreiter Ghools euch eingekreist hatten?«, erwiderte Brogandas schneidend.

»Sie hat es nicht so gemeint«, behauptete Borro. Aber der Halbling mit dem wirren roten Haarschopf, durch den selbst seine spitzen Ohren kaum hindurchzustechen vermochten, hatte kein Talent zur Schauspielerei, und erst recht keines zur Lüge.

Der neue Hochkönig

Der Audienzsaal des Statthalters von Gaa war vollkommen überfüllt. Die Könige von gleich mehreren Reichen hielten hier Hof, wo normalerweise lediglich ein Provinzstatthalter über Händler, Bauern und Fischer aus der Umgebung zu Gericht saß.

Auf einem hölzernen Podest war für sämtliche gekrönten Häupter je ein Thron aufgestellt worden, gefertigt aus dem Holz der Riesenbäume des Halblingwaldes. Ob es nun an einer diplomatischen Übereinkunft der Könige untereinander oder nur an einem Mangel an handwerklicher Fantasie lag, dass all diese Stühle gleich groß und von gleicher Erhabenheit in der Ausstattung waren, wusste nicht einmal Lirandil.

In der Mitte hatte König Orfon von Bagorien Platz genommen, ein ernst dreinblickender Mann mit dunkelgrauem Bart und von kräftiger Gestalt. Zu seiner Rechten saß der sehr viel jüngere König Candric XIII. von Beiderland in messingfarbenem Harnisch und mit der Hand am reich verzierten Schwertgriff. Zu König Orfons Linker hatte der Waldkönig Haraban Platz genommen, dessen durch einen Zauber veränderter, holzig wirkender, von einer rindenähnlichen Haut überzogener Körper so manchen im Saal bei seinem Anblick schaudern ließ. Er erschien kaum noch wie ein Mensch, und die lange Regierungszeit von mittlerweile mehr als einem Jahrtausend hatte ihn innerlich wohl von all seinen Untertanen sehr entfernt, gleichgültig, ob Menschen,

Halblinge oder andere Geschöpfe, die innerhalb der Grenzen seines Reiches lebten.

Candric und Haraban – die mächtigsten Herrscher Athranors!, ging es Lirandil durch den Kopf. *Dass man König Orfon genau zwischen diesen beiden platziert hat, kann wohl nur bedeuten, dass man sich auf den König von Bagorien als Nachfolger des Hochkönigs geeinigt hat.*

Während Lirandil die Ernennung des Vorgängers mit herbeigeführt hatte, war diesmal mehr oder minder verhindert worden, dass der elbische Fährtensucher Einfluss nehmen konnte. Lirandil hatte das durchaus bemerkt. Und tatsächlich sprach zumindest aus Sicht der anderen Könige einiges für Orfon. *Er ist schon älter, und die meisten seiner Soldaten sind noch weit entfernt von hier*, wusste Lirandil. *Es vertagt das alte Problem: Candric von Beiderland erscheint den anderen zu mächtig, um ihn an die Spitze zu heben, Haraban zu wenig menschlich. Und man will sich einigen, bevor der König des Dalanorischen Reiches eintrifft, denn es ist sicher leichter, zu einer Einigung zu gelangen, solange der sich nur durch einen Gesandten vertreten lassen kann …*

Für den König des Dalanorischen Reiches hatte man aus Respekt einen leeren Thron aufgestellt, um zu demonstrieren, dass auch er in die Entscheidungsfindung einbezogen war.

Ganz außen hatte Kalamtar von Condenna Platz genommen, ein dunkelhaariger Mann mit dünnem Bart und hellblauen Augen. Seine noch immer dunkle Haarfarbe täuschte etwas über sein Alter hinweg. Er war Mitte fünfzig und der Truchsess des in der Schlacht auf der Anhöhe der drei Länder gefallenen Hochkönigs Nergon von Ambalor. Dessen Sohn und Thronfolger war noch minderjährig, sodass die Regierungsgeschäfte und vor allem der Befehl über das ambalorische Heer von Truchsess Kalamtar wahrgenommen wurden. Dass der Nachfolger des Hochkönigs ebenfalls aus Ambalor stammte, war daher so gut wie ausgeschlossen. Es war schlicht unvorstellbar, dass man einen Säugling zum Hochkönig wählte – und ein Truchsess ohne eigenes königliches Geblüt kam schon gar nicht in Frage.

Auf einem weiteren Thron saß der weit über neunzigjährige Dolgan Jharad, seit Langem Ältermann des Admiralsrates von Carabor und seit Kurzem sogar Hochadmiral der freien Seestadt. Vor ein paar Tagen war er eingetroffen, und auch wenn der Großteil der caraboreanischen Flotte bei einem Orküberfall auf den Hafen verbrannt war, blieb die größte Stadt Athranors ein wichtiger Machtfaktor. Schließlich lebten in ihren Mauern mehr Menschen als in manch einem ausgedehnten Königreich, und die nach und nach von fernen Küsten zurückkehrenden Schiffe würden schon in Kürze wieder eine Flotte bilden, die größer und kampfstärker war als alle anderen Flotten des Kontinents. Dass der amtierende Hochadmiral von Carabor wie ein König neben andere Könige gesetzt wurde, war ein deutliches diplomatisches Zeichen für die Bedeutung, die die Stadt für das Bündnis einnahm. Umgekehrt war es aber auch ein Zeichen des Entgegenkommens, dass der Hochadmiral überhaupt bereit war, einen Hochkönig mitzuwählen und sich ihm formal zu unterstellen, denn streng genommen verstieß er damit gegen die Gesetze seiner Stadt, die es dem Admiralsrat verboten, jemals die Herrschaft eines gekrönten Hauptes anzuerkennen. Und wahrscheinlich konnte dies ohnehin nur ein 94-jähriger Mann vom Schlage eines Dolgan Jharad zu Hause vor dem Rat rechtfertigen und durchsetzen. *Er kann immer sagen, dass es seinem Alter geschuldet ist, dass er dort unter Königen auf einem Thron sitzt,* dachte Lirandil. *Obwohl er in Carabor jede Versammlung des Admiralsrates stehend überstehen muss … Und vermutlich wird er argumentieren, dass er den Hochkönig zwar mitgewählt, ihm aber nicht gehuldigt oder ihm die Treue geschworen hat – womit er den Einfluss der Caraboreaner so wirksam wie möglich ausgenutzt hätte. Ein listiger Diplomat …*

Prinz Eandorn nahm ganz bewusst an der Ausrufung des neuen Hochkönigs nicht teil. Wenn die Kunde an den Hof von König Péandir gedrungen wäre, dass Prinz Eandorn sich in irgendeiner Form an der Wahl eines Hochkönigs beteiligt hätte, so hätte dies am Hof des Elbenkönigs für arge Verstimmung gesorgt und alle Versuche, die Elben auch weiterhin im Bündnis zu halten, sehr erschwert. Natürlich wäre es für die stolze Elbenheit unvorstellbar gewesen, auch nur den geringsten Anschein zu erwecken, dass man sich einem Hochkönig aus dem kurzlebigen und vergleichsweise primitiven Menschenvolk unterwarf.

So hatte Prinz Eandorn sich in Zurückhaltung geübt und auch nicht den Hauch eines Anscheins dafür geboten, dass jemand hätte annehmen können, der Thronfolger des Elbenreichs sei im Namen seines Vaters irgendwelche Verpflichtungen eingegangen.

Unter den einfachen Gästen entdeckte Lirandil neben dem Statthalter von Gaanien auch Rhelmi von Thomra-Dun, den Botschafter von Zwergenkönig Grabaldin, in dessen Reich man sich wohl auch noch nicht entschieden hatte, auf welche Seite man sich in diesem Krieg nun endgültig stellen sollte. Wahrscheinlich glaubte man in König Grabaldins versunkenem, seit einer großen Flutkatastrophe bis auf wenige Inseln unterhalb des Meeresbodens gelegenem Reich, dass man weit genug vom Kampfgeschehen entfernt war, als dass man schon allzu bald von Ghools sich ausbreitender Macht hätte betroffen sein können.

Rhelmi unterhielt sich gerade mit einem knollennasigen, grobschlächtig wirkenden Troll, dem die Bartstoppeln bis fast unter die Augen wuchsen. Darunter schimmerte steingraue Gesichtsfarbe hervor. Lirandil hatte davon gehört, dass ein Botschafter aus Trollheim in Gaa angekommen war, ebenso wie ein Gesandter der Magier von Thuvasien. Dieser stand etwas abseits und war sofort an den buschigen, schräg gestellten Augenbrauen und der keilförmigen Stirnfalte zu erkennen, die man in den Menschenreichen auch als Magierfalte bezeichnete. Während Lirandil mit dem Gesandten aus Thuvasien in den vergangenen Tagen bereits gesprochen hatte, hatte sich der Troll sowohl von Lirandil als auch von Prinz Eandorn ferngehalten. Vielleicht war das mit Rücksicht auf die alte Feindschaft zwischen Elben und Trollen geschehen, die in lange vergangenen Zeitaltern als »Elbenfresser« verschrien gewesen waren. Aber andererseits war der Fährtensucher Lirandil auf seinen ausgedehnten Reisen oft genug nach Trollheim gekommen, um deutlich werden zu lassen, dass die Vergangenheit zumindest für ihn keine allzu große Bedeutung mehr hatte. *Wir werden sie jedenfalls alle als Verbündete brauchen,* ging es Lirandil durch den Kopf.

Inzwischen hatte Rhelmi von Thomra-Dun ihn erreicht.

»Es freut mich, Euch zu sehen, Lirandil«, wisperte der stämmig gebaute breitschultrige Zwerg, während ein Herold bereits damit begonnen hatte, mit der feierlichen Begrüßung der Gäste und der Aufzählung der Großtaten aller anwesenden gekrönten Häupter zu beginnen.

»Die Freude ist ganz meinerseits, aber Ihr könnt ruhig noch leiser sprechen, werter Rhelmi«, antwortete Lirandil.

»Wie Ihr sicher wisst, besitzen wir Elben ein überaus feines Gehör.«

»Außer Euch dürfte es hier niemanden geben, der sich in der Zwergensprache zu unterhalten weiß – insofern wird uns ohnehin niemand verstehen.«

»Mag sein.«

»Seht Ihr den Reiter mit den ineinandergreifenden Ovalen in seinem Wappen?«

»Ein Libellenreiter«, stellte Lirandil fest. »Ich habe ihn gestern aus Norden heranschweben sehen!«

»Es ist ein offizieller Gesandter der Libellenreiterstadt, nicht einfach nur irgendein Reiter, der in den Diensten von Haraban steht! Werter Lirandil, es scheint, dass Ihr nicht mehr ganz auf dem Laufenden der diplomatischen Entwicklungen seid.«

»Ja, das scheint mir langsam auch so«, gab Lirandil stirnrunzelnd zu.

Die ineinandergreifenden Ovale im Wappen des Reiters symbolisierten die Flügel der etwa pferdegroßen Riesenlibelle, die ausschließlich in den Sümpfen zwischen den verschiedenen Verzweigungen des altvaldanischen Grenzflusses schlüpften. Nur die Bewohner der in Flussnähe gelegenen Libellenreiterstadt wussten, wie man diese Riesenlibellen aufzog und zu willigen Reittieren machte. Die Libellenreiter waren als Kundschafter und Überbringer wichtiger Botschaften hoch geschätzt und ließen sich dafür fürstlich bezahlen. Offiziell gehörte die Libellenreiterstadt zu Harabans Reich, tatsächlich regierte sich die Stadt aber seit Langem selbst, und anstatt dass sie Steuern an den Waldkönig entrichtete, erhob der Stadtrat selbst eine Steuer auf den Lohn eines jeden Libellenreiters, auch wenn er für fremde Herrscher arbeitete. Wer sie nicht entrichtete, hatte keine Aussicht mehr, ein neues Reittier erwerben zu können – auf deren Aufzucht und Ausbildung hatte man ja das Monopol.

»Ich habe gehört, dass die Libellenreiter ursprünglich darauf bestanden haben, den neuen Hochkönig mitzuwählen«, sagte Rhelmi. »Aber das hätte Haraban wohl niemals zugelassen, denn als Nächstes wären dann wohl seine eigenen Herzöge mit demselben Anliegen aufgetreten.«

»Auch wenn ich ehrlich gesagt etwas überrascht bin, so halte ich es doch für ein gutes Zeichen, dass ein Gesandter der Libellenreiterstadt den Weg hierhergefunden hat«, meinte Lirandil. »Und dasselbe gilt für die Gesandten aus Trollheim und Thuvasien. Wir werden in diesem Kampf wirklich noch jeden Bundesgenossen dringend brauchen. Und wenn man am Hof von König Grabaldin denkt, dass ihn dieser Krieg vielleicht nie betreffen wird …«

»Genau deswegen sollten wir uns unterhalten«, unterbrach ihn Rhelmi.

»So?«

»Ich habe besorgniserregende Neuigkeiten aus meiner Heimat …«

In diesem Moment erhob sich nun Haraban. Der Waldkönig schien es als sein legitimes Recht anzusehen, den neuen Hochkönig zu proklamieren, nachdem er es selbst schon nicht werden konnte. »Orfon von Bagorien wird uns in die kommenden Schlachten führen!«, verkündete er. »Niemand zweifelt an seinem Mut, und sein Geschick als Feldherr ist Legende. Überall breiten sich die Horden schier unaufhaltsam aus, die Ghool entsandt hat, um Tod und Vernichtung über Athranor zu bringen und eine Herrschaft zu errichten, die auf Gewalt und finsterster Magie beruht …«

»Als ob die eigene Herrschaft dieser grotesken Mischwesen aus Baum und Mensch auf irgendetwas anderem beruhen würde als auf Gewalt und finsterster Magie!«, raunte Rhelmi Lirandil zu.

»Ihr scheint Euch ja wirklich sehr sicher zu sein, dass hier niemand im Saal ist, der erstens ein ebenso feines Gehör hat wie ich und zweitens Eure Sprache versteht.«

»Ach, zum Teufel mit Eurer Elbendiplomatie!«

Unterdessen erhob sich nun auch Orfon von Bagorien.

Ein Soldat in bronzefarbenem Harnisch und einem Federbusch auf dem Helm brachte die Magische Lanze, die König Nergon von Ambalor getragen hatte und mit der Arvan den siebenarmigen Zarton bekämpft hatte, nachdem der Hochkönig gefallen war.

Niemand hatte die Waffe seitdem gereinigt.

Das Blut Zartons war an ihr getrocknet und teilweise in den Schaft eingezogen, der sich dunkel verfärbt hatte.

Haraban wollte die Lanze nehmen.

»Halt!«, rief nun König Candric von Beiderland und erhob sich ebenfalls. In der Kleidung eines stolzen Ritters stand er da und ließ einen angemessenen langen Zeitraum verstreichen, ehe er weitersprach. »Es war der Elb Lirandil, der die Magische Lanze über die Zeit bewahrte, seitdem sie in den Magierkriegen von Tarman von Nalonien geführt wurde. Lirandil hat sie auch Nergon von Ambalor übergeben, unserem heldenhaft in der Schlacht gefallenen Hochkönig. Er soll auch den neuen Hochkönig auf diese Weise mit dem Zeichen seiner Herrschaft versehen!«

Zustimmende Rufe erschallten im Saal.

Weder Candric noch Haraban kann – aus unterschiedlichen Gründen – Hochkönig werden, obwohl sie es beide gern würden. Aber obwohl die Entscheidung längst gefallen ist und wir uns eigentlich der Verteidigung Athranors widmen sollten, geht die Rivalität zwischen ihnen weiter, ging es

Lirandil durch den Kopf. *Und das Schlimmste ist: Sie machen mich jetzt zu einem Teil ihres Ränkespiels – und ich habe keine Möglichkeit, mich dem zu entziehen.*

»So tretet vor, Lirandil, Fährtensucher der Elben!«, sagte Candric von Beiderland.

Es entstand eine Gasse, und Lirandil trat vor. Man reichte ihm die Lanze.

»Sicherlich ist Lirandil würdig, die Magische Lanze zu übergeben, aber sollte das nicht derjenige tun, der sie zu nutzen wusste?«, mischte sich nun Dolgan Jharad ein. Niemand hatte von dem alten Mann erwartet, dass er sich auf diese Weise einmischen würde. Er erhob sich von seinem Stuhl und sah sich um. »Ist Arvan Aradis hier im Saal? Er vergoss das Blut von Zarton, wie man überall erzählt. Er war es, der die Magische Lanze an sich nahm und damit gegen dieses Ungeheuer kämpfte. Ein Junge, der aus Carabor stammt, auch wenn er aufgrund gewisser Umstände bei den Halblingen am Langen See aufwuchs!«

Lirandil sah Dolgan Jharad an. *Einen Hochkönig von Carabors Gnaden – ist das die Botschaft, die von diesem Saal ausgehen soll?*, überlegte Lirandil ärgerlich, und es fiel ihm schwer zu glauben, dass ausgerechnet der eigentlich so uneitle Caraboreaner jetzt seine Stadt in den Vordergrund zu rücken versuchte.

»Man soll diesen Arvan rufen lassen!«, forderte Orfon von Bagorien.

»Arvan ist zu bescheiden, als dass ihm an höfisches Gepränge etwas läge«, sagte Lirandil. »Er hat es abgelehnt, selbst Hochkönig zu werden, obwohl viele im Überschwang der Siegesfreude genau das verlangt haben. Ihr werdet also mit mir vorliebnehmen müssen.« Der Fährtensucher umfasste die Magische Lanze mit den Händen und reichte sie

Orfon. »Lang lebe der neue Hochkönig von Athranor! Und die Götter mögen auf seiner Seite sein!«

Orfon nahm die Lanze, hob sie, und ein ohrenbetäubender Jubel ertönte im Audienzsaal des Statthalters von Gaa. Aber Lirandil der Fährtensucher hatte lange genug unter den Menschen gelebt, um zu wissen, dass dieser Jubel sich in Wahrheit mit Verzweiflung mischte und nicht das ausdrückte, was die meisten im Saal wirklich dachten und fühlten.

»Überall soll es verkündet werden!«, rief Orfon. »Ich werde die Orkbrut über das Gebirge zurück in die Aschendünen treiben! Und das Blut der Dämonenkrieger wird die Erde tränken, sodass sie sich abwechselnd rot, schwarz oder grün färbt, je nachdem, welcher übel riechender Lebenssaft ihnen auch entströmen wird!«

Unter anderen Umständen hätte eine derart martialische Ansprache im Audienzsaal nur dafür gesorgt, dass die Nasen über diesen Barbarenkönig aus Bagorien gerümpft wurden, dessen halbe Armee aus Ogern bestand und der anscheinend auch deren Manieren teilweise angenommen zu haben schien. Aber in diesem Moment schienen Orfons Worte sogar dem erlesenen Publikum zu gefallen, das hier versammelt war. Und Orfon schien das zu spüren. Er fuhr fort und malte in den blutrünstigsten Farben aus, wie er die Horden Ghools zu bekämpfen gedachte.

Lirandil entfernte sich unterdessen von dem Podest der Throne. Er hatte seinen Teil getan. Und jetzt mochte man sich seinetwegen ruhig auf diese Weise Mut machen. Es würde sicher schon bald die Stunde kommen, da man diesen Mut auch unter Beweis stellen musste.

»Lirandil!«

Aus all dem immer wieder aufbrandenden Jubel hörte Lirandil heraus, dass jemand seinen Namen rief.

Rhelmi holte den Elb rasch ein.

»Gehen wir zum Ausgang«, schlug Lirandil fort. »Der Palast hat gute Ohren.«

»Ja, aber wie Ihr schon bemerkt habt, sind sie für die Sprache der Zwerge wohl weitgehend taub.«

Sie erreichten schließlich das Portal des Audienzsaals. Selbst die Wächter an der Tür waren mehr auf das konzentriert, was sich in dessen Innerem tat, als dass sie auf einen Zwerg und einen Elb geachtet hätten, die etwas miteinander zu besprechen hatten und dabei auch noch eine Sprache benutzten, die zumindest den Menschen von Athranor kaum noch bekannt war.

Rhelmi drehte sich kurz um. Dann griff er in die Tasche seines Wamses und holte einen Kristall daraus hervor. »Mithilfe dieses magischen Kristalls habe ich die Verbindung in meine Heimat aufrechterhalten und meinen König ständig über die neuesten diplomatischen Entwicklungen informiert.«

»So etwas Ähnliches habe ich erwartet«, gestand Lirandil.

»Ihr Elben lebt so lange, dass Ihr es nie nötig hattet, eine praktische Magie zu entwickeln. Oder Ihr verbannt diejenigen, die es doch tun, wie diesen bärtigen Magier, der mit seinem Himmelsschiff auf und davon flog und diesen Turm hinterließ …«

»Wir wollen uns über die unterschiedlichen Qualitäten von elbischer und zwergischer Magie heute nicht streiten«, erklärte Lirandil. »Was wolltet Ihr mir mitteilen? Vorhin klang es sehr wichtig.«

»Seht Ihr diesen Kristall?«

»Ich kann nichts Ungewöhnliches daran feststellen.«

»Er ist mit Magie aufgeladen, und er hat nicht die kleinste Unreinheit, die seine Funktion beeinträchtigen könnte!«

»Nun ja, für den verschwommenen Blick eines Zwergenauges mag diese Aussage zutreffend erscheinen.«

»Es gelingt mir nicht mehr, mit dem Zwergenhof in den Höhlen unterhalb der Insel Kergur-Dun in Verbindung zu treten.«

»Nun, auch wenn man Angehörigen des Elbenvolkes immer wieder nachsagt, dass sie in Magie bewandert wären, so trifft das auf mich nur teilweise zu. Ich habe weder eine Ausbildung zum Schamanen noch zum Magier genossen und bin auch weder dem Orden noch der Gilde beigetreten. Also kann ich Euch auch keine fachkundige Einschätzung geben. Und davon abgesehen …«

»… unterscheidet sich Zwergenmagie ja auch sehr deutlich von der Magie der Elben«, unterbrach Rhelmi den Fährtensucher. »Aber Ihr irrt! Aus den bruchstückhaften Bildern und Worten, die ich noch empfangen konnte, geht hervor, dass sich irgendeine Katastrophe ereignet hat. Und dass dieser Kristall nicht auf gewohnte Weise eine magische Verbindung nach Kergur-Dun knüpfen kann, ist nur auf eine Weise erklärlich …«

Lirandil hob die Augenbrauen. Ein Zwerg als Kundiger der magischen Künste? *Ich sollte mir trotzdem wenigstens anhören, was er zu sagen hat,* wies er sich selbst zurecht. *Unter Umständen kann es ja aufschlussreich sein.*

»Durch den Einsatz von Magie könnten solche Wirkungen erzielt werden«, behauptete Rhelmi. »Es gibt Arten von Dämonenwesen, die in der Tiefe der Erde aufsteigen. Sie sind schwer zu rufen und noch schwerer zu unterwerfen …«

»Aber Ghool ist das zuzutrauen!«

»Ihr sprecht wahr, werter Lirandil.«

»Dann befürchtet Ihr also, dass ein Angriff Ghools auf das Zwergenreich stattgefunden hat?«

»Oder gerade im Gange ist …«

»Das täte mir leid!«

»Ich bitte Euch, sprecht mit dem Hochadmiral von Carabor. Ich weiß, dass der Großteil der caraboreanischen Flotte vernichtet wurde, aber aus den zurückkehrenden Schiffen wird man eine neue Flotte bilden. Vielleicht könnten ein paar dieser Schiffe auch einmal nach Kergur-Dun segeln und nach dem Rechten sehen …«

Lirandil sah den Zwerg ziemlich überrascht an. »Ich werde sehen, was ich tun kann«, versprach Lirandil.

»Euer Ziel war es immer, die Zwergenheit dem Bündnis einzugliedern, das im Wesentlichen von Euch geschmiedet wurde, Lirandil.«

Lirandil nickte. »Das trifft allerdings zu, werter Botschafter.«

»Vielleicht war der Moment, dies zu erreichen, noch nie so günstig wie jetzt.«

Ein Ruck durchlief Lirandils Körper. Er schloss für einen Moment die Augen. Da war plötzlich ein Gedanke in ihm. Der einfache, schlichte Gedanke eines jungen, siebzehnjährigen Menschensohnes, mit dem ihn hin und wieder eine innere gedankliche Verbindung verband, seitdem er mit ihm eine kurze geistige Verschmelzung eingegangen war, um ihm das Leben zu retten.

Lirandil, ich bin zurück, lautete dieser kurz aufflackernde Gedanke, der den Fährtensucher erreichte.

Kein Mensch und kein Zwerg oder Halbling hätte eine äußerliche Veränderung an ihm wahrnehmen können. Aber für elbische Verhältnisse war das, was mit ihm nun geschah, nicht nur ein Aufatmen, sondern einen Seufzer der Erleichterung.

Man hat dich hier schon vermisst, Arvan, dachte er.

In den nächsten Tagen wurde der neue Hochkönig auf allen Plätzen der Stadt präsentiert. Die Bevölkerung drängte sich in den Straßen, und auch in der Umgebung von Gaa sprach sich die Ausrufung von Orfon von Bagorien schnell herum. Dass so viele Bewohner des Umlandes nach Gaa strömten, war allerdings nicht nur durch das Interesse am neuen Hochkönig begründet, der in seinen martialischen Reden immer wieder davon sprach, wie machtvoll das Heer der Verbündeten gegen Ghools Horde vorzugehen beabsichtigte. Viele Bewohner Gaaniens hatten wohl Furcht davor, dass auch sie bald von Überfällen und Plünderungen der Orks betroffen sein würden. Im Westen der Provinz war das schon seit Längerem der Fall, ebenso in den Gebieten, in denen das gaanische Hügelland in den Halblingwald überging. Und für manchen war Gaa nichts weiter als eine kurze Zwischenstation. Die Brücke über den Fluss war in diesen Tagen hoch frequentiert, und zwar in beide Richtungen. Während Truppen die Heerlager innerhalb der Stadt und in ihrem weiteren Umkreis auffüllten, gab es auch einen steten Strom von Gaaniern, die auf die andere Seite des Stroms in die Provinz Neuvaldanien flohen, weil sie wohl nicht daran glaubten, dass man Ghools Horde mehr als nur einen hinhaltenden Widerstand entgegensetzen konnte. Zu lange hatte sich die Proklamation des neuen Hochkönigs wohl hingezogen, um für diese Menschen noch ein Zeichen der Hoffnung sein zu können. Und zu schlimm waren die Nachrichten, die von überall her die Stadt erreichten. Viele dieser Nachrichten glichen eher bösen Gerüchten, aber die Stimmung war so, dass viele offenbar selbst die schlimmsten Gerüchte noch für untertreibende Schilderungen der wahren Lage hielten.

In all dem Trubel, die Orfons Proklamation mit sich brachte, ging es beinahe unter, dass die *Tharnawn* den Hafen von Gaa erreichte. Prinz Eandorns Schiff war gekommen, um den Thronfolger des Elbenreichs und sein Gefolge abzuholen und zurück an den Elbenfjord zu bringen.

Arvan und seine Gefährten verabschiedeten die Elben am Hafen. Arvans Wunden waren in der Zwischenzeit nahezu vollkommen geheilt. Zalea hatte zwar eine heilende Tinktur nach Art der Heiler des Halblingvolks aufgetragen, aber auch ihr war bewusst, dass dies allenfalls zur Linderung von Schmerzen, aber wohl kaum zur Heilung selbst beigetragen hatte. Es waren vielmehr die in Arvan schlummernden Selbstheilungskräfte, die dafür verantwortlich waren, dass er sich selbst von schwersten Verletzungen auf wundersame Weise erholte. »Du solltest aber bedenken, dass auch die Kräfte dieses Elbenzaubers, der an dir durchgeführt wurde, nicht endlos sind und dich nicht immer retten können«, hatte Arvan noch ihre Worte im Ohr. »Du solltest in Zukunft nicht mehr so große Risiken eingehen, Arvan!«

Arvan hatte darauf nur mit einem Lächeln geantwortet. Große Risiken meiden? Ausgerechnet in einer Zeit, da Athranor sich mitten in einem grausamen Krieg befand? Nein, um ein risikoloses Leben zu führen, war er wohl einfach im falschen Jahr und in der falschen Gegend geboren worden. Es erschien ihm unvorstellbar, und vor allem hatte er auch keine Ahnung, wie er das hätte anstellen sollen. Schließlich war es seinem Gefühl nach nicht er, der die Gefahr suchte, sondern die Gefahren hatten es offenbar auf ihn abgesehen, und er fand, dass er bisher das Beste daraus gemacht hatte. Die Tatsache, dass er trotz allem, was ihm seit seinem Aufbruch aus dem Halblingwald widerfahren war, immer noch lebte, sprach seiner Ansicht nach für sich.

Lirandil unterhielt sich mit Prinz Eandorn in der Elbensprache.

»Er wünscht dem Prinzen viel Erfolg bei seinen diplomatischen Bemühungen am Hof des Elbenkönigs«, übersetzte Whuon die Worte des Fährtensuchers.

»Du scheinst die Sprache der Elben ja ziemlich gut gelernt zu haben«, stellte Arvan fest.

»Ich hatte einen guten Lehrer.«

Zalea mischte sich ein. »Du suchst doch die Wahrheit der Magie, nicht wahr? Alles über die Natur zauberischer Kräfte … Und um davon mehr zu verstehen und die Schriften der Elben lesen zu können, hast du ja schließlich auch die Mühe auf dich genommen, ihre Sprache zu erlernen.«

»Das ist richtig.«

»Was ist, wenn sich herausstellen sollte, dass du darüber von Lirandil nicht mehr erfahren kannst?«

Whuon hob die Augenbrauen. Er hatte die kräftigen Arme vor der Brust verschränkt. Sein Schwert trug er auf dem Rücken.

»Was soll schon sein? Ich werde dann woanders nach der Natur dieser Kräfte suchen.«

»Und wenn dir jemand anders anbietet, dir dabei zu helfen?«

»Was soll die Fragerei?«

»Es gibt in Athranor wohl kein Geschöpf, das eine größere magische Begabung besitzt als Ghool!«, gab Zalea zu bedenken.

Whuon lachte. »Und du glaubst, dass ich deswegen gleich in seine Dienste träte, wenn er mir Versprechungen machen würde?«

»Ist das so abwegig? Schließlich wäre es ja auch nicht das erste Mal, dass du aus einem Heer desertieren würdest.«

»Das war nur deshalb, weil die Magier von Thuvasien ihre Versprechen nicht gehalten haben, mit denen man mich angeworben hatte! Bei Lirandil gehe ich davon nicht aus.«

Zalea wandte den Blick zu Arvan. »Wenn du mich fragst: Wirklich beruhigend klingt das nicht.«

Aber Arvan hörte gar nicht richtig zu. Stattdessen sah er zu dem Elbenschiff hinüber, das gerade im Begriff war abzulegen. Wenig später segelte die *Tharnawn* bereits mit günstigem Wind hinaus auf das Meer.

»Ich hätte Prinz Eandorn darum bitten sollen, Zoéwén meine Grüße auszurichten«, sagte er plötzlich.

»Wem bitte?«, fragte Zalea.

»Ach, ich habe nur laut gedacht.«

»Meinst du etwa diese Elbin, die du so angestarrt hast, als wir auf König Péandirs Burg waren?«

Arvan nickte. »Ja. Sie geht mir einfach nicht aus dem Kopf.«

»Arvan, ich habe dir damals schon gesagt, dass sie dich nicht mal bemerkt haben dürfte.«

»Aber schön war sie trotzdem, oder?«

»Es ist nicht zu fassen! Wie kann der größte Held Athranors so einfältig sein, dass er nicht begreift, dass …«

Arvan bemerkte ihren Zorn. Er verstand den Grund dafür nicht. Er sah sie irritiert an. »Was wolltest du noch sagen?«, fragte er, da sie nicht weitergesprochen hatte.

Sie schluckte, und ihr Gesicht war von jener dunklen Röte überzogen, die Arvan schon so manches Mal bei ihr bemerkt hatte, wenn sie wirklich ärgerlich war.

»Nichts«, sagte sie. »Gar nichts.«

Welbos Warnung

Am Abend, bevor sie zum Asanil-Turm aufbrechen wollten, versammelte Lirandil noch einmal alle Gefährten in seinem Quartier. Er beschwor sie geradezu, aufeinander zu achten. »Ich habe mich lange mit Brogandas unterhalten, und wir sind uns in der Einschätzung der Lage vollkommen einig. Das, was mit Arvan geschah, kann sich jederzeit wiederholen. Es war zweifellos ein gezielter magischer Angriff durch einen Feuerdämon – und nur Ghool hätte die Macht, diese Wesen zu rufen oder sie zu befehligen.«

»Wir täten gut daran, mit Angriffen von unerwarteter Seite zu rechnen«, fügte Brogandas hinzu. »Ghool ist auf dem Schlachtfeld einmal geschlagen worden – durch Arvans Mut und durch die Magie der Elben. Er wird sich so etwas nicht ein zweites Mal gefallen lassen, und wir müssen davon ausgehen, dass er verstärkt darauf setzt, dass ihm geradezu unbegrenzt magische Kräfte zur Verfügung stehen.«

»Von den beunruhigenden Nachrichten, die mir der Botschafter des Zwergenreichs zutrug, habe ich euch ja schon berichtet«, erklärte nun Lirandil. »Noch wissen wir nicht, was dahintersteckt, dass es Rhelmi offenbar unmöglich geworden ist, mit seinem König in Verbindung zu treten, aber wir müssen auch hier das Schlimmste annehmen …«

Es klopfte an der Tür.

Whuon hatte die Hand am Schwertgriff.

»Erwartest du Besuch, Lirandil?«

»Ich habe niemanden sonst zu dieser Zusammenkunft geladen«, erwiderte der Fährtensucher.

Es klopfte noch einmal. Whuon ging zur Tür und öffnete sie mit dem blankgezogenen Schwert in der Hand.

Vor der Tür stand ein Halbling.

Es war Welbo aus dem Stamm von Brado dem Flüchter; vor allem aber war er der Kanzler von König Haraban. Im Gegensatz zur Sitte seines Volkes, barfuß zu gehen, trug Welbo anschmiegsame Filzstiefel, die seine vergleichsweise großen Füße optisch etwas kleiner erscheinen ließen, als sie in Wahrheit waren. Das edle Wams war mit dem Wappen des Waldkönigs verziert. Welbo blickte etwas irritiert auf die Schwertspitze, die Whuon ihm entgegenhielt und die sich daraufhin sofort senkte.

»Wenn Ihr gestattet, würde ich gerne eintreten«, sagte der Kanzler.

»Kommt herein, werter Welbo.« Lirandil machte eine einladende Handbewegung. »Und Ihr mögt die Tür hinter ihm schließen, Whuon.«

»Ganz wie du willst, Elb!«, erwiderte der Söldner. Knarrend fiel die Tür ins Schloss.

Welbo ließ den Blick durch den Raum schweifen und schien sich nicht ganz sicher zu sein, ob er in dieser Gesellschaft wirklich frei sprechen konnte. Die größten Zweifel schien ihm dabei Brogandas zu verursachen, der den Dunkelalb lange musterte. Schließlich aber entschloss sich Welbo doch dazu, sein Anliegen einfach vorzutragen.

»Ihr wollt morgen aufbrechen, und Euer Ziel ist der Asanil-Turm«, stellte er fest. »Alles ist dazu bereit. Man stellt Euch die besten Pferde zur Verfügung, und es wird keinerlei Aufsehen geben.«

»Das freut mich zu hören«, sagte Lirandil. »Allerdings

kann ich mich nicht erinnern, mit Euch über das Ziel unserer Reise geredet zu haben!«

»Dieser Palast hat noch bessere Ohren als der Hof des Waldkönigs, werter Lirandil. Er ist kleiner und die Zahl der Bediensteten geringer. Dafür verbreiten sich Neuigkeiten und Gerüchte umso rascher, wenn Ihr versteht, was ich meine. Und abgesehen davon stehen hier meinem Herrn, dem Waldkönig, auch nicht so viele magische Möglichkeiten zur Verfügung, um fremde Einflüsse abzuwehren.«

»Was wollt Ihr uns mitteilen?«, fragte nun Brogandas.

»Ich fühle mich verpflichtet, Euch darüber zu informieren, dass Ihr nicht die Einzigen seid, deren Ziel Asanils Turm ist«, stellte Welbo fest. Nachdem er für einen Augenblick Brogandas' Blick standgehalten hatte, wandte er seine Aufmerksamkeit Lirandil zu. »Ihr habt sicher bemerkt, dass ein Gesandter der Thuvasier seit einiger Zeit hier in Gaa weilt und auch Zeuge der Proklamation des Hochkönigs wurde.«

»Ja, das habe ich bemerkt«, bestätigte Lirandil. »Leider hat der Gesandte aus Thuvasien bislang meine Gesellschaft gemieden.«

»Es handelt sich um Seldos von Thuburg, Mitglied im Hohen Rat der Stadt der Spiegel und des Wächterkollegiums des Weltentors. Sein Wort hat in Thuvasien Gewicht. Dass er bei der Wahl des Magierkönigs unterlag, hat viele überrascht, aber das heißt nicht, dass man seine Macht unterschätzen sollte!«

»Habt Ihr irgendetwas darüber gehört, was Seldos von Thuburg beim Turm des Asanil zu suchen hat?«

»Die Überwachung unserer Gäste ist leider nicht lückenlos«, gestand Welbo. »Aber dass dieser Turm die Quelle mächtiger Magie ist, weiß jeder, der den Turm einmal aus der Ferne leuchten gesehen hat. So wenig mir restlos klar ist, was Ihr dort sucht, so wenig weiß ich über Seldos' Ziele.« Der Halbling in den Diensten des Waldkönigs zuckte mit den Schultern. »Ich nehme an, dass es letztlich auf dasselbe hinausläuft: Magie und ihre Beherrschung. Kräfte, die man gegen Ghool oder vielleicht auch in den Diensten der Thuvasier nutzbar machen könnte. Und, ganz ehrlich, es hat mich schon überrascht, dass man sich nach all der langen Zeit der Unentschiedenheit plötzlich an unser Bündnis angenähert und sogar einen Gesandten zur Proklamation des neuen Hochkönigs geschickt hat.«

Lirandil nickte leicht.

»Jedenfalls danke dafür, dass Ihr uns informiert habt, werter Kanzler!«

»Vielleicht interessiert es Euch, dass Seldos mit einem Schiff unterwegs ist, das einem Kaufmann aus der Sinkenden Stadt gehört.«

»Da wir uns für den Landweg entschieden haben, wird Seldos vor uns eintreffen«, stellte Lirandil fest.

»Wir hätten doch das Angebot des Elbenprinzen annehmen sollen«, murrte Borro vor sich hin, aber laut genug, dass alle es hören konnten. Er zuckte mit den Schultern. »Na ja, das konnte man ja nicht ahnen …«

»Es ist im Moment schwierig, ein Schiff zu bekommen, aber ich könnte da etwas für Euch tun, Lirandil«, sagte Welbo.

Überraschenderweise schüttelte Lirandil jedoch den Kopf. »Ich weiß Eure Hilfsbereitschaft zu schätzen, aber das wird nicht nötig sein.«

»Ganz wie Ihr meint, werter Lirandil!«

In aller Frühe verließen Arvan und seine Gefährten Gaa. Lirandil schien es zunächst nicht weiter für nötig zu halten, den anderen zu erklären, weshalb er auf das Hilfsangebot des Kanzlers verzichtet hatte.

Er wirkte während der Reise überhaupt ziemlich in sich gekehrt und überließ das Reden den anderen. Dasselbe galt für Brogandas, der ebenfalls kaum ein Wort von sich gab.

Aber was den Dunkelalben betraf, so hatte Arvan dafür durchaus ein gewisses Verständnis. Schließlich hatte es Brogandas sicher viel Kraft gekostet, ihm im Kampf gegen den Feuerdämon und die aus den Höhlenmalereien heraustretenden Orks zu helfen. Schließlich hatte er dabei sehr viel von der Zauberkunst der Dunkelalben eingesetzt, und wie lebensbedrohend Magie für denjenigen sein konnte, der sie einsetzte, hatten sie ja in der Mark des Zwielichts erlebt, als Brogandas beinahe an Erschöpfung gestorben war.

»Ich glaube, Brogandas und Lirandil befürchten weitere magische Angriffe und sind deshalb hoch konzentriert«, glaubte Borro. »Seht sie euch nur an – trotz all der äußerlichen Unterschiede und dem Gerede von angeblich verbotener, unelbischer Magie, dunklen Kräften, die man nicht verwenden darf und so weiter, scheinen sich beide im Moment viel ähnlicher zu sein, als sie es vielleicht selbst gerne wahrhaben würden!« Borro kicherte, während sein Pferd einen Satz nach vorn machte und der kleine, etwas stämmig geratene Halbling sich gut am Sattelhorn festhalten musste, um nicht im hohen Bogen in den Dreck zu fliegen.

»Dann konzentrier du dich mal am besten darauf, dass dein Gaul keine Dummheiten macht«, lautete Neldos Kommentar.

Im Gegensatz zu Borro hatte sich Neldo inzwischen recht gut an das unter Halblingen eigentlich nicht übliche Reiten von Pferden gewöhnt. Dasselbe galt für Zalea. Am besten kam jedoch zweifellos Arvan damit zurecht. Aber das lag auch daran, dass er den Willen seines jeweiligen Reittiers auf ähnliche Weise beeinflusste, wie er es bei Baumschafen und Rankpflanzen im heimatlichen Halblingwald gewohnt war.

Das Pferd, das man ihm diesmal gegeben hatte, war etwas störrisch und hatte einen vergleichsweise starken Willen. Aber Arvan hatte schnell herausgefunden, wie er das Tier durch seine Gedanken beruhigen konnte.

Lirandil führte die Gruppe an. Ihm folgte Whuon. Im Gegensatz zu der Zeit ihres Aufenthalts in Gaa trug der Söldner nun seine sämtlichen Waffen. Im Rückenfutteral steckte sein monströses Langschwert. Ein Kurzschwert hing am Gürtel, dazu ein ganzes Arsenal an Dolchen und Wurfringen verschiedenster Größe. Einige weitere steckten in den Schäften seiner Stiefel. Das dunkle Haar wurde notdürftig durch eine Lederkappe gebändigt, die er seit einiger Zeit trug. Er hatte sie wohl auf dem Markt von Gaa gekauft.

Ihm zur Seite ritt Brogandas, die Kapuze seiner Kutte tief ins Gesicht gezogen. Die Zügel seines Pferdes hielt er stets sehr locker, so als bräuchte er sie gar nicht, um sein Pferd zu lenken. Manchmal fuhr eine dürre Hand empor, mit der er eigenartige Gesten ausführte. Gesten, die aussahen, als würde er magische Zeichen in die Luft schreiben.

Arvan und die drei Halblinge ritten meistens im Abstand von ein paar Pferdelängen hinter dieser Vorhut her.

»Sieh sie dir nur an, die drei Gestalten, denen wir folgen«, meinte Borro mit Blick auf Lirandil, Whuon und Brogandas. »Ein Elb, ein Dunkelalb und ein bis auf die Zähne bewaffneter Söldner, der einem wandelnden Waffenlager gleicht und der unbedingt nach dem geheimen Wissen der Magie strebt. Tja, und die beiden Zauberkundigen da vorn vertreten die Magie in ihrer ganzen Breite! Die schwächelnde Elbenmagie und die dunkle, aber kraftvolle Dunkelalben-Hexerei.«

»Hör auf mit deinem Gequatsche!«, meinte Neldo. »Ehrlich, ich kann dieses Gerede nicht mehr hören. Es ist weder lustig noch trägt es irgendetwas dazu bei, uns die Langeweile zu vertreiben!«

»Mir ist schon seit Längerem aufgefallen, dass du ziemlich schlechte Laune hast, Neldo!«

Neldo atmete tief durch. Seine Stirn wirkte umwölkt. Der Gesichtsausdruck erschien härter und kantiger als früher. Da war sich zumindest Arvan sicher. *Niemand wird wohl auf Dauer unverändert bleiben können,* dachte er. *Vor allen Dingen niemand, der das erlebt hat, was uns widerfahren ist!* Aber Arvan hatte keine Lust, darüber zu reden, und ihm war auch nicht danach, irgendetwas zum Gespräch beizutragen.

»Geht euch das eigentlich nicht auch so?«, fragte jetzt Neldo.

»Keine Ahnung, wovon du redest, Neldo!«, behauptete Borro.

»Seit wir von Gaa aufgebrochen sind, habe ich immer wieder das Gefühl, dass wir eigentlich in die falsche Richtung reiten! Was, wenn gerade jetzt eine Orkhorde die Wohnbäume unseres Stammes überfällt? Was, wenn all diejenigen, die wir zurückgelassen haben, gerade jetzt von den Horden Ghools angegriffen und umgebracht werden?« Einen kurzen Augenblick schloss Neldo die Augen, und sein Gesicht verzog sich zu einem Ausdruck des Ekels und der Abscheu. »Ich darf gar nicht daran denken, wie die Orks die Schädel spalten und die Hirne schlürfen – gleichgültig, ob es Menschen, Halblinge oder nur Baumschafe sind! Das ist so furchtbar.«

»Es ist nicht unbedingt klug, sich immer alles in allen Einzelheiten vorzustellen«, behauptete Borro. »Ich tue das deswegen auch nicht!« Er tippte sich mit dem Finger an die Stirn und setzte noch hinzu: »Alles eine Frage der geistigen

Disziplin! Frag mal Lirandil! Ich wette, die Elben machen das genauso! Allerdings übertreiben sie es vielleicht, und dann kommt es eben dazu, dass man nach ein paar Jahrhunderten oder gar Jahrtausenden gar nicht mehr wissen will, was außerhalb des eigenen Reiches geschieht … Aber das ist wohl ein ganz anderes Thema.«

»Ich könnte es mir nie verzeihen, wenn wir eines Tages in den Halblingwald zurückkehren würden und fänden dort nur noch Spuren der Zerstörung und vielleicht die verstümmelten Leichen unserer Familien. Oder vielleicht nicht einmal das, wer weiß …« Neldo hatte einfach weitergesprochen, ohne auf Borros Worte einzugehen. Zu sehr schienen ihn die Gedanken an den heimatlichen Wohnbaum und an das Schicksal der Halblinge von Gomlos Baum zu beschäftigen. In letzter Zeit neigte er dazu, sich wieder und wieder und in immer schlimmeren Varianten auszumalen, was möglicherweise mit den im heimatlichen Wald zurückgebliebenen Angehörigen und Freunden geschehen war.

»Wenn du jetzt bei unseren Verwandten und Freunden wärst, und die würden tatsächlich von einer übermächtigen Horde Orks überfallen …«, begann Arvan. »Würde das was ändern? Glaubst du, dein kleines Rapier und eine Schleuder würden ausreichen, um die Orks davonzujagen?«

»Nanu? Der große Held, der Zarton erschlug, heute mal pessimistisch?«, wunderte sich Borro.

Neldo machte eine wegwerfende Handbewegung. »Ich weiß, dass meine Gedanken zu nichts führen«, gestand er. »Und doch kann ich es nicht ändern! Ich muss immer wieder daran denken! Seit wir das Schlachtfeld auf der Anhöhe der drei Länder verlassen haben und nach Gaa gezogen sind. Da hat es angefangen, und seitdem werde ich diese Gedanken einfach nicht mehr los!«

Sie übernachteten unter freiem Himmel bei einer Baumgruppe. Ein verhältnismäßig kühler Wind wehte vom Meer, weshalb sich Zalea eine Decke um die Schultern gelegt hatte.

Die Pferde wirkten unruhig.

»Der alte Grebu hat mir viel über Asanilon erzählt«, sagte Arvan. »Es soll dort den zweitgrößten Hafen von Athranor geben.«

»König Candric I. hat diese Stadt einst gegründet«, erklärte Lirandil. »Ich war dabei, als dies geschah. Jahrhunderte ist das nun schon her. Das magische Leuchten des Turms diente schon lange den Schiffen als Leuchtfeuer. Und der damalige König wollte aus Asanilon eine Konkurrenz für den Hafen von Carabor werden lassen. Inzwischen ist die Stadt allerdings so mächtig geworden, dass sie sich am liebsten von der Herrschaft des Königs von Beiderland befreien würde! Ich habe zwar ein Schreiben mit dem Siegel des derzeitigen Königs bei mir, das mich berechtigt, am Turm alles zu tun, was mir beliebt, aber ehrlich gesagt weiß ich nicht, was dieser Brief wert sein wird und ob die Asalonier ihn anerkennen.« Lirandil zuckte mit den Schultern. Während die anderen vom mitgebrachten Proviant aßen, hatte der Elb nichts zu sich genommen. »Wir werden sehen«, murmelte er.

»Dieser Seldos von Thuburg wird vor uns am Turm sein«, meinte Borro. »Beunruhigt Euch das gar nicht? Es wäre doch ausgesprochen unangenehm, wenn all diese magischen Schriften in die Hände der Magier von Thuvasien gelangen würden.«

»Zumal niemand weiß, auf welcher Seite sie letztlich stehen werden«, ergänzte Zalea.

»Auf welcher Seite die Thuvasier stehen werden, kann ich

euch sehr wohl sagen!«, mischte sich Whuon ein und nahm einen kräftigen Bissen von dem Stockfisch, den sie als Proviant mitführten.

»So?«, gab Brogandas zurück. »Dann scheint ein gemeiner Söldner klüger zu sein, als ich es bin!«

»Es ist ganz einfach. Ein Thuvasier steht immer einzig und allein auf seiner eigenen Seite. Sie werden letztlich danach entscheiden, was ihnen den größten Vorteil verspricht.«

»So wie du, Söldner!«, sagte Brogandas.

»Kann schon sein«, murmelte Whuon. Er wandte sich an Lirandil. »Wenn du willst, dann schneide ich diesem thuvasischen Hexer die Kehle durch, Elb! Ich hasse Leute, die ihre Versprechen nicht halten, und wenn dieser Seldos in Thuvasien eine so wichtige Rolle spielt, wie ich bisher gehört habe, dann trifft es ganz sicher nicht den Falschen.«

»Nur dass er dann wohl nicht mehr unser Verbündeter werden wird, wir aber die Hilfe der thuvasischen Magier vielleicht noch dringender brauchen werden, als uns lieb sein kann!«

»Die Armee, die sich in der Ebene von Cavesia sammelt, ist jedenfalls nicht von schlechten Eltern – und die Tatsache, dass ich aus ihren Reihen desertiert bin, heißt nicht, dass ich gerne gegen sie kämpfen würde. Bei den Göttern aller Welten des Polyversums! Da ist mir eine Horde Orks sehr viel lieber.«

»Er hat es beinahe geschafft«, stellte Zalea plötzlich fest.

Whuon sah sie verwundert an. »Wovon redest du, Halblingmädchen?«

»Von Lirandil. Ihm wurde eine Frage gestellt, und er war nahe daran, sich um ihre Beantwortung herumdrücken zu können. Mich würde es nämlich, ehrlich gesagt, auch sehr interessieren, wieso er so gelassen sein kann, was diesen Magier angeht – und weshalb er zwei Angebote, ein Schiff zu benutzen, ausgeschlagen hat.«

»Dazu werde ich zu gegebener Zeit mehr sagen«, erklärte Lirandil. »Nur so viel: Wenn es so leicht wäre, in den Besitz der magischen Schriften zu kommen, die Meister Asanil in seinem Turm gesammelt hat, dann wäre schon längst ein Hexer aus Thuvasien hierhergekommen, um sich ihrer zu bemächtigen. Wenn Seldos vor uns eintrifft, hat das sogar sein Gutes ... Aber ich will nicht vorgreifen und Hoffnungen nähren, die sich vielleicht nicht erfüllen können.«

Die anderen langten bei dem Stockfisch und dem mitgebrachten Brot kräftig zu. Letzteres musste aufgegessen werden, ehe es verdarb.

Nur Brogandas hielt sich an die Nahrung der Dunkelalben, die aus kleinen Mengen verschiedener Pulver bestand, die er in verschiedenen Dosen, kleinen Phiolen oder Beuteln mit sich führte und mithilfe eines kleinen Löffels zu sich nahm. Hin und wieder löste er auch etwas davon in Wasser auf.

Er sah Lirandil plötzlich an.

Ein Lächeln spielte um seine dünnen, von verschlungenen Runen umrahmten Lippen. Nur diese Mundpartie war im Augenblick von seinem Gesicht zu sehen, weil sie im Schein des Feuers lag.

Es wirkte so, als würde er plötzlich die Absicht erkennen, die der Elb verfolgte. Ob nun durch Magie oder durch logisches Denken, verriet sein Lächeln allerdings nicht. »Vielleicht habe ich Euch unterschätzt, werter Lirandil«, murmelte Brogandas.

Arvan saß unterdessen einfach da und ließ seinen Gedanken freien Lauf. Von der Unterhaltung hatte er kaum etwas mitbekommen, denn er konzentrierte sich vor allem auf die

Rankpflanzen, die von den Ästen der Bäume herabhingen. Und die Tatsache, dass manche von ihnen sich entgegen der Windrichtung bewegten, ließ ihn zufrieden lächeln. *Ja, danach habe ich mich gesehnt,* dachte er. Sowohl die Bäume als auch die Rankpflanzen waren jenen im Halblingwald nämlich ähnlich, auch wenn sie nicht annähernd die Ausmaße erreichten, wie sie für die Gebiete am Langen See üblich waren.

Zauberei in der Sinkenden Stadt

Am nächsten Tag schafften sie es bis zur Sinkenden Stadt. Vor der Gründung von Asanilon war dies der wichtigste Hafen der beiderländischen Provinz Transsydien gewesen. Seitdem hatte die Stadt stark unter der übermächtigen Konkurrenz gelitten und trug nun ihren Namen in doppelter Hinsicht zu Recht. Sie lag sehr tief, und das Land, auf dem sie errichtet worden war, war ständig der Gefahr ausgesetzt, überflutet zu werden. Außerdem sank es fortwährend ab, sodass die Deiche, die die Sinkende Stadt schützten, schon seit Jahrhunderten immer wieder erhöht werden mussten. Doch da die Sinkende Stadt seit der Gründung Asanilons stark geschrumpft war, gab es inzwischen Stadtteile, die nicht mehr eingedeicht wurden und seitdem unter Wasser standen. Niemand machte sich die Mühe, die Gebäude zu retten oder die Gebiete wieder trockenzulegen. Man brauchte diese Stadtteile einfach nicht mehr. Mehrstöckige Lagerhäuser standen dort ebenso wie herrschaftliche Wohnpaläste, deren Besitzer schon lange in die Stadt am Asanil-Turm übergesiedelt waren.

»Es ist deprimierend«, sagte Lirandil, als sie das Stadttor passierten. »Jedes Mal, wenn es mich mal wieder in die Sinkende Stadt verschlägt, hat sich das Meer ein weiteres Stück Land einverleibt. Ein paar Menschengenerationen noch, und man wird sie am Grund des Meeres oder in der Tiefe eines unergründlichen Sumpfes suchen müssen!«

Aus manchen der Gebäude, die noch aus dem Wasser ragten, waren Anleger für Schiffe gefertigt worden. Aber auch davon gab es in der Sinkenden Stadt immer weniger – und der heraufdämmernde Krieg hatte auch nicht gerade dazu beigetragen, dass der Handel blühte.

Ein Großteil der Waren wurde wohl inzwischen in Asanilon umgeschlagen, wo man auch nicht befürchten musste, dass bei einem starken Sturm mit Deichbruch wertvolle Fracht in den Lagerhäusern verdarb.

Die Nacht verbrachten sie in dem Gasthaus in der Nähe des Hafens. Der Wirt war ein Mann mit buschigen Augenbrauen und hoher Stirn, aber gutmütigen Augen. Er schien sich sehr über die zusammengewürfelte Reisegruppe zu wundern.

»Dunkelalb und Elb einträchtig nebeneinander – es geschehen noch Zeichen und Wunder«, meinte er. »Und dazu ein paar Halblinge, die aussehen, als hätte man sie gerade aus ihrem Wald vertrieben und …« Er zögerte, während er zuerst Arvan musterte und dann Whuons finsterem Blick begegnete. »… ist ja auch egal! Wir haben nur noch einen Raum frei – den Dachboden«, erklärte der Wirt. »Ob es Euch nun behagt oder nicht, Ihr werdet Euch mit wenig Platz zufriedengeben müssen!«

»Es freut mich für Euch, dass die Geschäfte Eures Wirtshauses so gut gehen«, erwiderte Lirandil. »Allerdings können wir uns auch anderswo eine Unterkunft suchen, wenn Ihr keinen Platz mehr für uns haben solltet.«

Der Wirt grinste. »Nein, das werdet Ihr wohl kaum schaffen! Alle Wirtshäuser in der Stadt sind mehr oder minder ausgebucht! Und darüber hinaus kampieren in manchen Lagerhäusern viele Menschen. Sie warten alle darauf, dass sie sich nach Reela oder Lyrr in Niedersydien am anderen Ufer des Langen Fjords übersetzen lassen können. Es gibt viel zu wenig Schiffe und Boote. Nahezu alles, was schwimmen kann und sich mit einem Segel bespannen lässt, ist schon im Einsatz, und ich sehe da manchmal Flöße hinausfahren …« Er machte eine wegwerfende Handbewegung. »Da fragt man sich, ob die Passagiere wirklich die richtige Entscheidung treffen und nicht besser hier in Transsydien geblieben wären, anstatt in den Fluten des Langen Fjords womöglich zu ertrinken, wenn diese Nussschalen kentern.«

»Wovor fliehen diese Leute?«, wollte Borro wissen und erntete dafür von Lirandil einen tadelnden und von dem Wirt des Gasthauses einen vollkommen verständnislosen, ungläubigen Blick.

»Na, der Krieg! Ich dachte eigentlich, bei euch im Halblingwald wüten die Orks besonders schlimm! Aber sie werden auch hierherkommen! Die ersten Banden hat man bereits im Sumpfland gesehen. Und abgesehen davon machen inzwischen ihre Schiffe das Meer so unsicher, dass die Fischer nicht mehr rausfahren.«

»Orks und Schiffe?«, fragte Borro. »Also, ich dachte immer, die schwimmen auf Riesenschildkröten und Flößen. Oder vielleicht auf primitiven Booten – aber Schiffe?«

»Die Orks von Orkheim haben Schiffe«, sagte Lirandil. »Das ist ja gerade der Grund dafür, dass sie auf den Rest ihres Volkes manchmal ziemlich herabblicken. Und außerdem sind Ghools Horden die Schiffe der Händler aus dem Menschenvolk in die Hände gefallen. Vor Generationen schon haben sich ja Menschen dort angesiedelt, um mit den Orks Handel zu treiben.«

»Ein Elb, der sich mit Orks auskennt!«, stieß der Wirt hervor. »Ich komme aus dem Staunen gar nicht mehr heraus.«

»Und Ihr?«, fragte Borro. »Fürchtet Ihr die Orks denn nicht?«

»Nein. Ich halte diese Ängste für übertrieben. Erstens hat man auf unserer Seite der beiderländischen Grenze bisher kaum Orks gesehen, und es gab auch nur ein paar vereinzelte Überfälle entlang der Küste. Und zweitens hat unser König alles an Truppen mobilisiert, um Transsydien gegen jeden Feind zu verteidigen. Gerade heute ist eine Fähre mit mehreren Hundert gepanzerten Rittern aus Reela eingetroffen. Beinahe täglich treffen weitere Krieger ein. Und das ist der zweite Grund, aus dem ihr in der Sinkenden Stadt zurzeit kaum ein freies Bett finden werdet – selbst wenn es euch einfallen sollte, dafür ein kleines Vermögen zu bieten.«

»Ein Dachboden reicht völlig aus«, sagte Whuon. »Und wenn sich dann noch jemand um unsere Pferde und unsere leeren Mägen kümmert, bin ich vollkommen zufrieden.«

Der Wirt musterte Whuon noch einmal misstrauisch und nickte dann. »In Ordnung«, sagte er leise.

Arvan schlief schlecht in dieser Nacht. Er wusste nicht, woran es lag, aber irgendetwas beunruhigte ihn. Er spürte die schwachen Geister von Fledermäusen, die in einigen Winkeln des Dachstuhls hausten. Aber mit diesen Geschöpfen hatte das alles nichts zu tun.

Als er die Augen schloss, träumte er von dem Feuerdämon in der Orkhöhle. Er fühlte erneut, wie die Flammenpeitsche sich um seinen Hals legte, sich in sein Fleisch brannte und er verzweifelt nach Atem rang.

Arvan erwachte schweißgebadet und betastete unwillkürlich seinen Hals, wo die Verwundungen, die er bei jenem Kampf davongetragen hatte, so gut wie nicht mehr zu sehen waren. Das Herz schlug ihm bis zum Hals, und es dauerte einige Augenblicke, bis er begriff, dass das nur ein Traum gewesen war. Am offenen Fenster des Dachbodens stand eine Gestalt.

Es war Brogandas.

Er hatte die Kapuze seiner Kutte zurückgeschlagen, sodass das Licht des Vollmonds ihn erfasste.

Alle anderen schliefen tief und fest.

Auch Whuon, der eigentlich einen sehr leichten Schlaf hatte, und sogar Lirandil, der sich wohl seit langer Zeit einmal wieder eine Nacht der Ruhe gönnte.

»Du hast es gespürt, nicht wahr?«, fragte Brogandas. Seine Stimme war kaum mehr als ein leises Wispern. Aber dennoch hatte Arvan keinerlei Schwierigkeit, ihn zu verstehen.

»Was meint Ihr?«

»Komm!«

Arvan erhob sich. Langmesser und Schwert ließ er bei seinem Lager, das im Wesentlichen aus zwei Strohsäcken bestand. Borro, der sich in der Nähe auf dem Boden zusammengerollt hatte, drehte sich jetzt um und begann ein paar Mal vernehmlich zu schnarchen.

Arvan verzichtete darauf, die Stiefel anzuziehen, und ging barfuß zum Fenster.

»Sieh hinaus!«

Arvan gehorchte. Eine Vollmondnacht wie jede andere, so hätte man auf den ersten Blick denken können. Sternenklar und sehr hell. Das Mondlicht glitzerte im Wasser. Ein Leuchtfeuer war auf einem Turm errichtet worden, der zu den wohl schon seit Längerem überfluteten Teilen der Sinkenden Stadt gehörte.

Aber dann bemerkte Arvan den großen Schatten, der am Himmel schwebte und einen Teil der Sterne verdeckte. Er kreiste über der Stadt, flog dann ein ganzes Stück auf das Meer hinaus und kehrte anschließend zurück.

Arvan fröstelte. *Der Schattenvogel,* durchfuhr es ihn. *Der Spion Ghools … Gibt es denn gar kein Entkommen vor den Kreaturen, die der Schicksalsverderber gerufen hat?*

»Sie werden dich überall finden«, beantwortete Brogandas die verzweifelte Frage, die Arvan nicht einmal ausgesprochen hatte. »Ich habe es dir gesagt. Du kannst von Glück sagen, dass sich nicht überall uralte Heiligtümer der Orks unter deinen Füßen befinden – oder irgendwelche anderen Orte oder Artefakte mit einem hohen Grad an metamagischer Aufladung, wohin man einen magischen Tunnel leicht ausrichten kann. Zumindest wenn man über ein so hohes Maß an dunklen Kräften verfügt wie der Verderber des Schicksals.«

»Wir sollten die anderen warnen!«

Arvan wollte schon die anderen wecken. Irgendwo in seinem Hinterkopf tauchte die Frage auf, wieso Lirandil eigentlich ausgerechnet jetzt schlief, wo der Elb doch ansonsten wirklich nicht durch ein sonderlich großes Bedürfnis nach Ruhe aufgefallen war. *Seltsam …*

Brogandas legte den Finger an die Lippen und schüttelte den Kopf. »Es gibt eine andere Lösung, die uns diesen Verfolger für eine Weile vom Hals schaffen wird.«

»Und welche?«

»Der Zauber ist nicht besonders aufwendig. Und anders als beim Überfall der Vogelreiter, als ich uns alle in die Zwischenmark versetzte oder als ich dir durch den magischen Tunnel in die Orkhöhle gefolgt bin, werde ich nicht mein Leben dabei riskieren.«

»Worauf wartet Ihr dann?«

»Es geht nur mit deiner Mithilfe.«

»Ich bin einverstanden! Was soll ich tun?«

»Gar nichts.«

»Aber …«

»Lass es einfach zu!«

Brogandas legte seine Hand auf Arvans Stirn. Die Lippen des Dunkelalben bewegten sich nicht. Trotzdem hörte Arvan seine Stimme eine Formel murmeln. Die Runen in seinem Gesicht veränderten sich dabei und bildeten auffallend eckige Formen.

Arvan spürte Schwindel und dann einen stechenden Schmerz. Er hatte das Gefühl, dass alle Gedanken, alle Empfindungen und Erinnerungen ihm förmlich aus der Seele gerissen würden. Ein Sog erfasste ihn, der unwiderstehlich schien und gegen den er sich instinktiv zu wehren versuchte.

Lass es zu!, erreichte ihn ein eindringlicher Gedanke, bei dem ihm nicht so klar war, ob er von Brogandas stammte oder ob er sich nur selbst ermahnte, der Anweisung des Dunkelalben auch Folge zu leisten.

Brogandas zog die Hand von Arvans Stirn.

Halt dich fest!, hörte Arvan die Gedankenstimme des Dunkelalben. Ein Hinweis, der gerade noch rechtzeitig kam, um zu verhindern, dass Arvan ins Taumeln geriet. Mit der Linken griff er nach dem Fensterrahmen.

Brogandas hingegen formte mit der Hand, die Arvans Stirn berührt hatte, eine Faust. Seine Lippen bewegten sich – diesmal allerdings, ohne dass Arvan dabei irgendein Wort, eine Formel oder überhaupt einen Laut zu hören vermochte.

Eine der Fledermäuse, die in dem Dachstuhl des Wirtshauses ihre Heimat hatten, kam zu ihm – so zutraulich wie ein dressierter Greifvogel, der zur Jagd abgerichtet war. *Er hat das Tier gerufen, wie ich es mit den Baumschafen tat!,* erkannte Arvan. Er spürte ebenfalls die Seele der Fledermaus. Aber gegen Brogandas' kraftvolle Gedanken hatte sie nicht den Hauch einer Chance, ihren eigenen Willen zu behaupten.

Die Fledermaus ließ sich auf Brogandas' ausgestrecktem Arm nieder. Das Tier zitterte. Der Dunkelalb hielt ihm die Faust entgegen, öffnete sie, und etwas Dunkles kam daraus hervor. Im schwachen Schein des Mondlichts war das kaum zu erkennen. Angestrengt starrte Arvan auf dieses schwarze Etwas, das einer schwarzen, das Licht verschluckenden Wolke aus kleinsten schwebenden und wie in einem Mückenschwarm durcheinanderwirbelnden Teilchen ähnelte.

Diese Wolke schwebte auf die Fledermaus zu. Die Wolke drang durch das Maul, die Augen und die Ohren in ihren Körper ein, der noch etwas heftiger zu zittern begann. Dann flog sie mit einem spitzen Laut davon.

Sie schwebte empor, geradewegs auf ein Haus zu, und verschwand dort im Schatten des Giebels.

Der Schattenvogel kehrte inzwischen zurück. Für einen Augenblick verdeckte er sogar den Mond, und es wurde merklich dunkler. Dann senkte sich dieses offenbar nur aus dunkler Kraft bestehende Wesen über das Haus und hüllte es für einen Moment vollkommen ein.

Lautlos erhob der Schattenvogel sich dann, kreiste noch in einer ovalen Flugbahn über den Hang und entschwand schließlich in der Nacht.

»Fürs Erste wird er glauben, dich gefunden zu haben, und euch nicht mehr verfolgen«, erklärte Brogandas.

»Aber …«

»Denk nicht weiter darüber nach.«

»Als wir dem Schattenvogel zum ersten Mal begegneten, suchte er nach Lirandil!«

Brogandas seufzte. »Diesmal war er wohl deinetwegen hier. Und davon abgesehen würde ich diesen Zauber liebend gerne auch mit deinem elbischen Freund durchführen. Nur fürchte ich, dass er damit aufgrund seiner etwas engstirnigen Ansichten, was gewisse Dinge betrifft, nicht einverstanden wäre.«

Den Rest der Nacht fiel Arvan in einen sehr unruhigen Schlaf, der von wirren Träumen erfüllt war, an die er sich später nicht mehr zu erinnern vermochte. Als Zalea ihn am nächsten Morgen weckte und dabei heftig an den Schultern rüttelte, glaubte er im ersten Augenblick, auch die nächtliche Begegnung mit Brogandas und dem Schattenvogel nur geträumt zu haben.

Er fühlte sich bleiern und schwer. Sein Kopf schmerzte. Von draußen war aus der Ferne irgendein Tumult zu hören.

Arvan zog sich die Stiefel an, schnallte sich den Gürtel mit seinem Langmesser um die Hüften und gürtete dann die Lederscheide, die ihm seine Halbling-Ziehmutter Brongelle gefertigt hatte, auf den Rücken.

»Was ist denn mit dem?«, fragte Borro und meinte damit Lirandil, der noch immer tief und fest schlief. Dann deutete er zu Whuon, der ebenfalls noch schlief. »Scheint ja richtig ansteckend zu sein, dieses plötzliche Schlafbedürfnis!«

Arvan stutzte. Jetzt erst begriff er, dass sein nächtliches Erlebnis kein Traum gewesen war.

Whuon schreckte nun plötzlich hoch und gähnte sogleich. Er blinzelte in das Sonnenlicht, das vom Fenster hereindrang. »Was ist nur los? Wir hätten längst in den Sätteln sitzen sollen«, stieß er hervor.

»Sei dankbar für diese lange Nacht, in der du tief schlafen konntest, Söldner«, erklärte Brogandas und wandte sich dann an die anderen. »Haltet Lirandil etwas unter die Nase, was seinen Geruchssinn weckt.«

»Wie wäre es da mit einem Stiefel von dir, Arvan?«, meinte Borro. »Seit du nicht mehr barfuß wie ein Halbling herumläufst, hat sich der Geruch deiner Füße doch schon irgendwie verändert, finde ich. Und Lirandil mit seiner feinen Nase …«

Brogandas löste unterdessen das dunkle Halstuch, dass er unter der Kutte trug, und gab es Zalea. »Wenn du nicht gerade ein belebendes Riechsalz bei deinen Utensilien einer Halblingheilerin hast, dann nimm das hier.«

Zögernd nahm Zalea das Tuch.

Borro machte große Augen. »Dunkelalbenschweiß! Das alarmiert natürlich jeden Elb! Aber darauf muss man auch erst mal kommen.«

»Ich wusste gar nicht, dass Dunkelalben überhaupt schwitzen«, meinte Neldo.

Draußen war der Tumult inzwischen lauter geworden, und Arvan fragte sich immer beunruhigter, was dort wohl eigentlich los war.

Während Zalea Lirandil das Tuch unter die Nase hielt und der Elb daraufhin tatsächlich erwachte, ging Arvan zum Dachfenster und sah hinaus.

Sein Blick war genau auf das Haus gerichtet, in dessen Giebel zuerst die Fledermaus verschwunden war und auf den sich anschließend die Finsternis des Schattenvogels gesenkt hatte. Viele Leute standen um das Haus herum. Soldaten und Ritter waren ebenso darunter wie einfache Leute, Reisende und Fischer. Es wurde laut durcheinander gesprochen. *Ein Elb müsste man jetzt sein,* dachte er, denn er konnte leider nichts verstehen.

Lirandil erhob sich unterdessen.

»Ich hoffe, die Ruhe hat Euch gutgetan«, sagte Brogandas, nachdem Zalea ihm das Tuch zurückgegeben hatte.

»Ich habe schon lange nicht mehr so tief und fest geschlafen«, murmelte Lirandil.

»Dann hattet Ihr die Ruhe sicher nötig.«

»Ich hatte das Gefühl, als ob irgendeine Kraft meinen Geist so beruhigte, dass …« Er sah Brogandas mit einem durchdringenden Blick an. »Ich habe vom Schattenvogel geträumt …«

»Vielleicht hat seine Anwesenheit Euch gelähmt und wie ein Stein schlafen lassen. Einer der Spione Ghools war tatsächlich hier, aber das Problem ist vorerst einer Lösung zugeführt worden …«

Für Arvan gab es jetzt kein Halten mehr.

Er stolperte bereits die gewundene Treppe hinunter, die in die unteren Geschosse des Gasthauses führte.

»Arvan!«, rief Brogandas ihm hinterher.

Aber er hörte jetzt auf niemanden mehr.

Arvan lief ins Freie, hinaus auf die Straße, die am Gasthaus vorbei geradewegs zum Hafen führte. Kurz vor dem derzeitigen Deich, der die noch bewohnten Teile der Sinkenden Stadt vor Überflutungen schützen sollte, stand das Haus, über das sich in der Nacht die Finsternis des Schattenvogels gesenkt hatte.

»Sie sind alle tot!«, rief einer der Waffenknechte im Livree der städtischen Hafenwächter, als er aus der Tür kam. Arvan drängelte sich vor. Er warf einen Blick durch eines der Fenster, dessen Läden man geöffnet hatte.

Im Inneren sah er mindestens ein Dutzend Leichen. Sie waren offenbar im Schlaf gestorben und sahen aus, als hätte ein Feuer sie verschmort. Sie waren vollkommen verkohlt, und selbst wer sie als Lebende gekannt hatte, hätte sie nicht wiederzuerkennen vermocht. Manche der Leichen waren so klein, dass sie von Kindern oder Halbwüchsigen stammen mussten. Es ließ sich oft nicht einmal sagen, ob es sich um Männer oder Frauen handelte. Arvan sah das Gepäck, dazwischen Sensen, Hacken, Äxte.

Bauern, dachte er. *Wahrscheinlich auf der Flucht vor dem Krieg.*

Nachdem ein Großteil des Sumpflandes von Transsydien trockengelegt worden war, hatten sich viele Siedler aus den anderen Provinzen des Beiderlandes hier angesiedelt. Viele von ihnen versuchten nun in die alte Heimat zurückzukehren. Da sie in ihren Herkunftsorten oft noch Verwandte hatten, konnten sie hoffen, dort auch aufgenommen zu werden – sofern sie es schafften, eine Überfahrt über den Langen Fjord zu ergattern. Aber darauf zu warten war auf jeden Fall besser als der lange Umweg über die Brücke von Gaa und die unwirtlichen Waldgebiete im Süden von Neuvaldanien, wo sie zudem als Fremde der Willkür der Provinzbeamten von Harabans Reich ausgeliefert gewesen wären.

Aber diejenigen, die für die Nacht in diesem Haus Unterschlupf gesucht hatten, würden ihr Ziel am anderen Ufer des Langen Fjords zweifellos nicht mehr erreichen.

Arvan konnte kaum fassen, was er sah.

Brogandas, durchfuhr es ihn, und er fühlte große Wut in sich aufsteigen. *Es kann nicht wahr sein! Er hat diese Menschen geopfert, um den Schattenvogel von mir abzulenken!*

Auf einem Tisch entdeckte Arvan nun auch den wie eine verkohlte Tiermumie aussehenden Kadaver einer Fledermaus. Die Form der widernatürlich gespreizten Flügel ließ daran keinen Zweifel.

»Arvan!«, hörte er hinter sich eine vertraute Stimme. Er

fühlte sich wie betäubt und brauchte einige Augenblicke, um darauf zu reagieren.

Er drehte sich um und sah, dass Zalea ihm offenbar gefolgt war.

Da sie ein ganzes Stück kleiner war als Arvan, konnte sie weit weniger von dem Grauen sehen, das sich im Inneren des Hauses zugetragen haben musste. Sie stand auf den Zehenspitzen ihrer gut durchtrainierten Füße, die zwar nicht ganz so groß und muskulös wie bei männlichen Halblingen waren, sich aber trotzdem von den schmalen, schwachzehigen und zum Klettern weitgehend ungeeigneten Füßen der Menschen mehr als deutlich unterschieden.

Trotz allem aber hatte Zalea wohl genug gesehen. Arvan sah, wie sie erbleichte.

»Dort braucht man keine Heilerin mehr«, sagte er grimmig.

»Was bei allen Waldgöttern ist da geschehen?«

Arvan ballte die Hände zu Fäusten.

»Das wird er mir erklären müssen!«

»Wer?«

»Dieser Dunkelalb!«

Wie aus weiter Ferne hörte Arvan das Stimmengewirr um sich herum. Auch unter den Bewohnern der Sinkenden Stadt konnte sich niemand einen Reim darauf machen, was genau in der vergangenen Nacht in diesem Haus vor sich gegangen war. Einen Brand hätte man schließlich bemerken müssen – und davon abgesehen wirkten auch nur die Leichen verkohlt, aber weder die Einrichtung noch das Gepäck hatten auch nur einen einzigen Rußflecken.

Einige redeten von einer unbekannten Krankheit. Andere glaubten, dass es die Geister der Sümpfe seien, die gekommen waren, um sich Seelen in ihr von Brackwasser durchtränktes lebloses Reich zu holen. Arvan machte sich mit weiten, energischen Schritten auf den Weg zurück zum Gasthaus.

»Warte doch!«, rief Zalea, denn sie vermochte kaum mit ihm Schritt zu halten. Aber er schien sie auch gar nicht weiter zur Kenntnis zu nehmen.

Als Arvan zurückkehrte, traf er die anderen vor dem Pferdestall, der zum Gasthaus gehörte. Es schien beinahe alles zum Aufbruch bereit; einige der Tiere waren bereits gesattelt, und Neldo machte gerade mit Arvans Pferd weiter, was für den Halbling aufgrund seiner geringen Körpergröße ziemlich mühsam war.

»Schön, dass du wieder da bist«, meinte Borro. »Lirandil drängt zum Aufbruch. Wir sind spät dran. Das heißt wohl leider auch, dass das Frühstück ausfallen wird, aber …«

Arvan ging einfach an dem rothaarigen Gefährten vorbei, geradewegs auf Brogandas zu.

Ungestüm und mit hochrotem Gesicht fasste er ihn an dessen Halstuch, drückte das gesattelte Pferd zur Seite, neben dem er stand, und presste den Dunkelalben ziemlich grob gegen die Wand des Gasthauses.

»Arvan!«, riefen Zalea und Whuon nahezu ihm selben Augenblick, wenn auch in zwei völlig unterschiedlichen Tonlagen. Der Schwertkämpfer führte gerade sein fertig gesatteltes Pferd aus dem Stall und erstarrte mitten in der Bewegung, als er sah, was Arvan tat.

Brogandas ließ erstaunlicherweise die grobe Behandlung ohne jede Gegenwehr geschehen. Er begegnete Arvan lediglich mit einem durchdringenden Blick.

»Was hast du vor, großer Held? Denkst du, nur weil du den siebenarmigen Riesen Zarton töten konntest, wird es auch kein Problem sein, einem Dunkelalben die Kehle einzudrücken?«

»Ihr habt es in der letzten Nacht geschafft, den Schattenvogel mithilfe Eurer Magie glauben zu lassen, dass ich in dem Haus wäre, das man vom Dachboden aus sehen konnte!«

»Na und?«

»Ihr habt zugelassen, dass alle, die sich im Haus befanden, jetzt tot sind!«

»Es waren nur Bauern«, sagte Brogandas. »Keine Krieger, die wir für den Kampf gegen Ghool brauchen.«

»Du hast den Schattenvogel von mir abgelenkt auf Kosten dieser Leute!«

»Dafür wird uns Ghool eine Zeit lang vielleicht in Ruhe lassen und dir nicht mehr auf Schritt und Tritt zu folgen versuchen. Ich habe dir gesagt, dass sein Hass dich von dem Augenblick an verfolgt hat, als ihn die Kunde erreichte, dass du es warst, der seinen Feldherrn erschlug. Was hast du erwartet? Hast du wirklich geglaubt, dass der Verderber des Schicksals, den nicht einmal die Ersten Götter auf Dauer in seine Schranken weisen konnten, so einen Schlag einfach so hinnehmen würde?«

In seinem Kopf dröhnte eine Gedankenstimme.

Arvan!

Es musste Lirandil sein, aber Arvan war fest entschlossen, ihn diesmal einfach zu ignorieren. Das war eine Sache zwischen ihm und Brogandas. Und da hatte sich niemand einzumischen.

Die Wut überspülte seine Seele wie eine große Welle. Nur die Tatsache, dass Brogandas ihm immerhin schon zweimal das Leben gerettet hatte, konnte sie noch einigermaßen eindämmen und verhindern, dass sein Zorn vollkommen die Herrschaft über ihn gewann.

»Ihr seid vollkommen skrupellos«, stellte Arvan fest.

»Habe ich je etwas anderes behauptet? Stärke bedeutet, alle Mittel einzusetzen, die notwendig und Erfolg versprechend sind. Ich bin auf deiner Seite, Menschling. Es ist traurig, dass du das noch nicht einmal ansatzweise begriffen hast.«

»Du bist ein verfluchter Mörder ohne Gewissen!«

Plötzlich vollführte Brogandas eine seitliche Bewegung mit der Hand. Eine ungeheure Kraft riss Arvan plötzlich zu Boden. Er lag auf dem Rücken, wollte sofort wieder aufspringen, sich auf diesen skrupellosen Mörder werfen, der ihn selbst zum Komplizen eines Zaubers gemacht hatte, der aus Arvans innerster, instinktiver Überzeugung heraus abgrundtief böse war.

Dass dieser Zauber ihm selbst zum Vorteil gereichte, konnte Arvan dabei weder trösten noch seinen Zorn mindern. Im Gegenteil! Von nun an, so war er überzeugt, werde kein Tag vergehen, an dem er nicht an die entsetzlich entstellten Leichen jener Menschen denken musste, die hatten sterben müssen, um den Schattenvogel von ihm abzulenken, nur deswegen. Wie Köder bei der Jagd hatte der Dunkelalb diese ahnungslosen Flüchtlinge benutzt.

Brogandas' Augen wurden schmal. Seine Lippen bewegten sich kaum, während er sprach. »Jetzt will ich dir mal etwas sagen, du kleiner Held eines kleinen Volkes. Denn auch wenn deine Eltern Caraboreaner waren, so bist du doch durch deine Erziehung nichts anderes als ein großer Halbling geworden, der Schuhe trägt, um menschlich zu wirken. Ich will dir mal etwas über Helden verraten. Die sterben im Allgemeinen jung! Und zwar gerade diejenigen, die so rücksichtslos gegen sich selbst sind wie du und keine Gefahr auslassen. Wenn du die besondere Selbstheilungsgabe nicht hättest, würdest du zerhackt auf dem Schlachtfeld an der Anhöhe der drei Länder liegen und wärst jetzt nicht der Mann, der Zarton getötet hat! Was glaubst du eigentlich, wer du bist, dass du meinst, dass deine Gefährten dir folgen und sich selbst andauernd in Gefahr bringen müssten, nur um dich vor dem Schlimmsten zu bewahren? Du hast wahrscheinlich noch noch nicht einmal bemerkt, dass dieser dunkelhaarige Schlächter da vorn …« – damit deutete er auf Whuon – »… mit seiner Klinge hinter dir her gesenst und vermutlich alle seine Wurfringe und Dolche verschleudert hat, nur um dir dein heldenhaftes Gesäß zu retten!«

»Ich …«

»Unterbrich mich nicht!«, herrschte Brogandas den am Boden Liegenden an und streckte dabei die Hand aus. Ob es die Magie eines Dunkelalben oder nur eine Mischung aus Wut und Scham war, die ihm einen dicken Kloß in den Hals hexte und ihn am Sprechen hinderte, hätte er selbst nicht zu sagen gewusst. »Als ich euch alle am Rand des Dornlandes vor den Vogelreitern gerettet habe, bin ich fast dabei umgekommen, so viel Kraft hat mich das gekostet. Als ich gegen den Feuerdämon und die Orks in dieser uralten heiligen Höhle kämpfte, nachdem ich dir durch den Magischen Schlund gefolgt war, hätte auch nicht viel gefehlt! Was glaubst du, wie viel Kraft es mich gekostet hat, dich zu *halten* und zu verhindern, dass dieser magische Tunnel anstatt in der nahen Orkhöhle unter den Pflastersteinen von Gaa vielleicht in Ghools Feste endete, von der Lirandil behauptet, sie läge inmitten der Hornechsenwüste im Ost-Orkreich? Eines kann ich dir sagen: Wenn das geschehen wäre, hätte es keine Rettung mehr für dich gegeben. Erinnerst du dich noch an den Herzog von Rasal, der im Kampf gegen Ghool gefallen war und als Untoter zurückkehrte? So etwas in der

Art wäre mit dir geschehen. Du wärst zu einem Werkzeug geworden, ohne freien Willen!«

»Entlasst ihn aus Eurem Einfluss, Brogandas«, sagte Lirandil. »Sofort!«

»Und dass ein Dunkelalb über den Wert des freien Willens spricht, wo bei Euch in Albanoy doch nur Macht und Stärke zählen, finde ich auch etwas ...« Es war Borro, der da zu laut gedacht hatte und jetzt verstummte. »Ich wollte auch gar nichts weiter dazu sagen«, fügte er noch hinzu, als ihn Brogandas' Blick traf.

Dann wandte der Dunkelalb sich um. Er sah Zalea an, deren Langmesser auf ihn gerichtet war – notfalls bereit zuzustoßen. Aber Brogandas schien das nicht im Mindesten zu beeindrucken. Die Spitze des Langmessers zuckte, zitterte schließlich, und dasselbe geschah mit Zaleas Gesicht.

Sie nahm das Messer zurück, wandte die Spitze ihrer eigenen Kehle zu. Zitternd berührte der Stahl schließlich ihre Haut. »So etwas solltest du nicht einmal denken, Halblingmädchen!«, zischte der Dunkelalb.

»Schluss jetzt!«, schritt Lirandil ein. »Wenn Ihr unbedingt die Stärke Eures Willens mit jemandem messen wollt, dann versucht es bei jemandem, der Euch ebenbürtig ist und den Ihr gewiss nicht ein zweites Mal in den Schlaf zwingen könntet!«

Brogandas verzog das Gesicht. Jegliche Schwünge und Bogen verschwanden aus den Runen, die seinen Kopf zierten. Es waren jetzt nur noch eckige, spitzwinkelige Formen zu sehen.

»In den Schlaf gezwungen habe ich Euch nicht. Wenn Ihr den Schlaf nicht gebraucht hättet, wäret Ihr auch erwacht«, behauptete er.

Lirandils Hand umfasste den Griff seines Schwertes. Sein

Blick fixierte den Dunkelalben auf eine Weise, die sehr entschlossen wirkte. Einen Augenblick lang geschah gar nichts.

»Ich beuge mich der Kraft eines größeren Willens«, sagte der Dunkelalb schließlich.

Brogandas entließ jetzt sowohl Arvan als auch Zalea aus seinem Einfluss. Zalea taumelte ein paar Schritte zurück. Arvan erhob sich vorsichtig und nach Atem ringend.

»›Undank ist der Lohn der Schwachen‹, sagt man bei uns in Albanoy«, murmelte er. »Du findest es unfassbar, was ich getan habe? Nur weil ich diesmal eine etwas kräftesparendere Möglichkeit verwirklicht habe, dich zu retten?«

»Es reicht jetzt, Brogandas!«, wiederholte Lirandil.

Aber Brogandas dachte gar nicht daran. »Lass dir von diesem Elb erklären, was ich für dich – und auch für ihn! – getan habe! Denn Lirandil weiß das zu schätzen, da bin ich mir sicher. So wie ich zu schätzen weiß, dass Lirandils bisherige Diplomatie in diesem Krieg überhaupt noch eine andere Möglichkeit offengehalten hat, als sich Ghool von Anfang an und vollkommen bedingungslos zu unterwerfen.«

Aufbruch nach Asanilon

Wenig später schwangen sie sich auf die Pferde und ritten schweigend gen Süden, entlang der transsydischen Küste – geradewegs auf Asanilon zu.

Als sie an einer Wasserstelle die erste kurze Rast für die Pferde einlegten, wandte sich Borro an Arvan. »Du musst zugeben, dass Brogandas in einem recht hat: Er hat uns alle gerettet – und dich ja wohl noch etwas öfter als den Rest von uns. Also kann man ihm nun wirklich nicht vorwerfen, dass er nicht auf unserer Seite stünde.«

»Was?«, fauchte Arvan den rothaarigen Halbling fassungslos an. »Fällst du mir etwa in den Rücken?«

»Jetzt mal halblang, Arvan! Er ist skrupellos – ja. Aber er steht auf unserer Seite! Glaubst du, Ghool würde ihn noch als seinen Diener akzeptieren? Kann ja sein, dass die Mächtigen von Khemrand, die die Lande der Dunkelalben von Albanoy regieren, sich noch immer nicht entschieden haben, auf welche Seite sie sich nun schlagen sollen, aber mir scheint, Brogandas hat sich entschieden. Und zwar schon vor geraumer Zeit.«

Arvan und Borro tränkten ihre Pferde etwas abseits von den anderen. Aber keiner von ihnen zweifelte daran, dass sowohl Lirandil als auch Brogandas jedes Wort verstehen konnte. Beide hatten ein feines Gehör, und wenn sie sich auf etwas konzentrierten … – es war unwahrscheinlich, dass sie dies gerade jetzt nicht getan hätten. »Hey, Mann, du hast jede Menge Beschützer um dich herum, Arvan! Sieh das doch mal von der Seite«, fuhr Borro fort. Er seufzte. »Selbst Zalea war dabei, sich um deinetwillen mit dem Messer auf einen Dunkelalben zu stürzen, wo ihr doch eigentlich der gesunde Halblingverstand hätte sagen müssen, dass sie da keine Chance gehabt hätte.« Borro warf einen traurigen Blick zu Zalea hinüber, die sich gerade um ihr Pferd kümmerte und damit beschäftigt war, ihm einen Stein aus dem Vorderhuf zu kratzen. So gut hatte sie sich inzwischen im Gegensatz zu Borro an den Umgang mit Pferden gewöhnt, dass auch das für sie ganz selbstverständlich geworden war. »Ja, ich glaube, sie mag dich wirklich, Arvan.«

Arvan ging darauf nicht weiter ein.

»Brogandas ist ein Mörder«, sagte Arvan.

»Und was ist mit Whuon? Könnte man das über ihn nicht auch sagen – einen Krieger, der für jeden die Klinge hinhält, der ihm dafür genug verspricht und bereit ist, demselben die Kehle durchzuschneiden, wenn die Versprechen nicht gehalten werden?« Borro machte eine wegwerfende Handbewegung. »Die Welt ist nicht nur schwarz oder weiß, und du siehst das alles ein bisschen zu starr! Außerdem bist du nicht konsequent! Von Whuon lässt du dir das Fechten beibringen, obwohl der mit Sicherheit schon mehr Unschuldige getötet hat als Brogandas – aber den, der dich gerettet hat, verurteilst du. Das passt doch hinten und vorn nicht zusammen.«

»Und wie bitte schön passt das deiner Meinung nach zusammen?«

Borro stemmte eine Hand in die Hüfte. »Du musst die Dinge einfach nehmen wie sie sind! Sei froh, dass Brogandas auf unserer Seite ist – und nicht auf der unserer Feinde!«

»Das ist dein Ernst?«, fragte Arvan fassungslos.

»Ja, ist es.«

Ein Gedanke Lirandils erreichte Arvan in diesem Augenblick. *Was geschehen ist, ist geschehen, Arvan. Worte kann man zurücknehmen, Taten aber nicht. Und diejenigen von uns, die im Kampf gegen den Schicksalsverderber überleben, werden anschließend nicht mehr dieselben sein, die sie zuvor waren.*

Bilder tauchten vor Arvans innerem Auge auf. Bilder der Erinnerung, gemischt mit grässlichen Schmerzensschreien. Es mochte Zufall sein, dass Arvan ausgerechnet jetzt daran zurückdachte, wie ihn zum ersten Mal diese grenzenlose Wut erfasst und er einen verletzten Ork mit dem Schwert regelrecht zerfleischt hatte. Ein Augenblick, an den er nur mit Schaudern zurückdenken konnte und der manchmal in seinen Albträumen wiederkehrte. *Hüte dich vor dem Hochmut, Arvan!*

Asanilon war im Verlauf der vergangenen dreihundertfünfzig Jahre zu einer großen Stadt herangewachsen – und doch stach der Turm des Magiers aus all den Bauwerken, Tempeln, Festungen und Palästen deutlich hervor.

Es gab ein Gesetz, das es verbot, so hoch zu bauen, dass die Ansicht des Turms von irgendeiner Seite her beeinträchtigt wurde.

Schon lange bevor die Stadt gegründet worden war, hatte der Turm sowohl zu Wasser als auch zu Lande als Orientierungspunkt gedient. Turmland nannte man dieses Gebiet an der Südspitze Transsydiens daher, zumal die alte Bezeichnung Sumpfland, die dieses Gebiet vordem getragen hatte, seit der Trockenlegung eines Großteils der Sümpfe nur noch für einige nördliche Teile der Provinz Transsydien zutreffend war.

Arvan vergaß vor lauter Staunen sogar für einen Augenblick, sein Pferd mit seinen Gedanken zu beherrschen. Leichtsinnigerweise hielt er die meiste Zeit über die Zügel nicht fest, sondern hatte sie einfach um den Sattelknauf geschlungen, an dem sie locker herabhingen. Das Pferd machte einen Satz und kam erst nach mehreren Wagenlängen wieder zum Stillstand.

Borro grinste, als er sah, dass er nicht der Einzige war, der mit Pferden so seine Schwierigkeiten hatte.

Auch Neldo und Zalea blickten mit offenem Mund zu dem hohen, schlanken und sehr weit in den Himmel ragenden Turm, dessen leuchtender Schimmer schon aus der Entfernung von fast einem Tagesritt zu sehen war. Transsydien war schließlich ein flaches Land. Trockengelegtes Schwemmland, das in weiten Teilen eingedeicht werden musste, um nicht regelmäßig von den Fluten des Caraboreanischen Meeres überspült und vielleicht sogar auf Dauer vernichtet zu werden. Bäume gab es nur sehr vereinzelt, und die wenigen Gehöfte und kleinen Ortschaften verdeckten nicht den Blick.

Von dem Turm ging auch am Tag ein blauweißer Schimmer aus, der den Turm wie ein unübersehbares, gewaltiges Leuchtfeuer erstrahlen ließ. Vermutlich war er bei wolkenverhangenem Himmel oder in der Nacht noch beeindruckender.

Lirandil zügelte sein Pferd.

Während ihres bisherigen Ritts hatte ein Schweigen geherrscht, das zumindest Arvan als ziemlich bedrückend empfunden hatte. Er hatte es vermieden, in Brogandas' Nähe zu kommen. Selbst dem Blick des Dunkelalben war er ausgewichen. Eine Flut von Gedanken war ihm unterdessen durch den Kopf gegangen. Aber sosehr er die Dinge auch drehte und wendete, er konnte nicht finden, dass der Fehler bei ihm lag.

»Hört mir zu«, sagte Lirandil jetzt. »Bevor wir Asanilon betreten, was irgendwann in der Nacht der Fall sein wird, sollten wir alle uns klarmachen, warum wir hier sind und was das Ziel unserer Reise ist. Einige von euch scheinen vergessen zu haben, dass ganz Athranor vor einer gewaltigen Bedrohung steht. Die Welt, wie wir sie kennen, zerfällt gerade. Ghool wird nicht einen Stein auf dem anderen lassen, und das, was er auf den Trümmern des Alten errichten wird, dürfte niemandem von uns gefallen: eine Herrschaft der Grausamkeit und der dunklen Magie. Die Herrschaft eines abgrundtief bösen Willens, der sich allen aufdrängen und sie beherrschen wird. In dem Moment, in dem ich erkannte, dass dies uns allen droht, gleichgültig, ob Elb, Mensch, Halbling oder Dunkelalb, war mir klar, dass ich etwas dagegen tun muss. Ich habe meine ganze Kraft eingesetzt, damit die andere Seite in diesem gewaltigen Krieg überhaupt noch eine Chance behält. Jahrhunderte ist das nun schon her, und auch wenn man uns Elben oft als willensschwach und zögerlich beschreibt, so hat mir doch eine Tugend, für die die Elbenheit *auch* steht, dabei sehr geholfen: die Geduld und das Wissen darum, dass es manchmal sehr lange dauern kann, bis große Ziele sich erfüllen.« Lirandil schwieg, und sein Blick wanderte von einem zum anderen. Arvan fragte sich einen Moment, ob wohl Borro oder gar Brogandas auf die recht pathetische Rede des Fährtensuchers eine spöttische Erwiderung auf den Lippen haben würde.

Aber nichts dergleichen war der Fall.

Borro, der ja eine ganz eigene Begabung darin hatte, kein Fettnäpfchen auszulassen, presste die Lippen fest aufeinander, so, als wollte er verhindern, dass sich womöglich ein unbedachtes Wort fast wie von selbst aus seinem Mund löste.

Brogandas hingegen hatte die Kapuze seiner Kutte weit über seinen Kopf gezogen, sodass sein Gesicht im Schatten lag und es unmöglich war, auch nur zu erahnen, was der Dunkelalb in diesem Moment dachte.

»Jeder von euch hat gute Gründe, weshalb er sich mir angeschlossen hat«, fuhr Lirandil fort. »Manch einen wollte ich gar nicht mitnehmen und musste später erkennen, wie gut es war, nicht auf sich allein gestellt, sondern von Gefährten begleitet zu sein. Manch einer unter uns hat vielleicht lernen müssen, dass das Bild, das er sich vom anderen gemacht hatte, nicht der Wirklichkeit entsprach. Zum Beispiel habe ich die Begleitung und den Beistand von Halblingen schätzen gelernt, auch wenn ich zuvor wie viele andere Elben auch gewohnt war, sie nur als das ›Kleine Volk‹ zu sehen. Besonders hat uns alle wohl ein unter den Halblingen aufgewachsener Mensch überrascht, bei dem man sich kaum noch daran erinnern mag, dass er in den Wäldern am Langen See mal für sein Ungeschick und seine Plumpheit bekannt und verschrien war – jetzt, da man sich inzwischen weit über die Grenzen seiner Heimat hinaus davon erzählt, wie er zum großen Helden wurde und etwas vollbrachte, was kaum jemand für möglich gehalten hätte, als er Zarton erschlug! Aber ich sage euch, als seine größte Heldentat sehe ich nicht an, dass er den Feldherrn des Schicksalsverderbers abschlachtete, was für ein Scheusal diese Kreatur auch gewesen sein mag. Seine größte Heldentat war es, sich nicht zum Hochkönig ausrufen zu lassen, was zweifellos geschehen wäre, wenn er dies nicht abgelehnt hätte. In dem Augenblick wusste ich, dass Arvan vielleicht tatsächlich das Zeug zum Helden hat, auch wenn ihm das bis dahin niemand angesehen hat. Nicht die Stiefel sind es, die dich zu einem großen Mann machen können, Arvan, sondern das, was in dir ist! Aber auch du wirst noch ein paar Dinge lernen müssen. Zum Beispiel, wie man seine Wut beherrscht, und dass die Welt nicht nur schwarz oder weiß, sondern meistens grau ist.«

Arvan öffnete die Lippen, als ob er etwas sagen wollte, denn er spürte bereits wieder Zorn und Wut in sich aufsteigen. Er dachte an die wie verschmort wirkenden Leichen, die er in dem Haus gesehen hatte, auf das sich der Schattenvogel gesenkt hatte.

Untersteh dich, mir jetzt zu widersprechen, du Narr!, erreichte Arvan in diesem Augenblick ein Gedanke Lirandils, der heftiger war, als er es je zuvor erlebt hatte. So heftig, dass er ihm sogar einen deutlichen Schmerz hinter der Stirn verursachte. Zumindest glaubte Arvan, dass dieser plötzlich auftretende, stechende Schmerz damit in Verbindung stand. *Wir brauchen Brogandas dringender denn je, denn von dem, was er den Mächtigen von Khemrand berichtet, wird unter Umständen abhängen, auf welche Seite sich die Lande der Dunkelalben von Albanoy letztlich in diesem Krieg schlagen werden, Arvan. Schweigen ist das Wichtigste, was du noch lernen musst! Schweigen im richtigen Moment. Und wenn du Menschling-Narr das nicht verstehst, dann gehorche mir jetzt einfach, oder ich werde dich dazu zwingen, wie du es mit einem störrischen Baumschaf getan hättest.*

Arvan schluckte.

»Was geschehen ist, ist geschehen«, fuhr Lirandil fort. »Das habe ich schon einmal gesagt, und ich wiederhole es jetzt. Nicht jeder mag es gutheißen, was Brogandas getan hat, und ich selbst verabscheue als Elb prinzipiell den Einsatz einer bestimmten Art von Magie, die unser dunkelalbischer Gefährte für etwas ganz Normales hält. Brogandas hat mir versichert, dass er in Zukunft Unschuldige verschonen wird – schon deshalb, weil er gesehen hat, dass sein Vorgehen beinahe unsere Gefährtenschaft gespalten hätte. Und davon abgesehen sollten wir uns von nun an nur noch auf eines konzentrieren: Nämlich einen Weg zu finden, um Ghool eine Macht entgegenzustellen, die ihn aufzuhalten und seine Pläne zu durchkreuzen vermag. Alles andere sollte uns im Moment nicht weiter interessieren!«

Zalea warf Arvan einen Blick zu. Aber obwohl es auch ihr offenbar schwerfiel, schwieg sie.

Sie ritten der Stadt am Asanil-Turm entgegen. Die Stunden vergingen, und die Dämmerung setzte ein. Das Leuchten des Turms trat immer deutlicher hervor. Er beschien die gesamte Stadt und tauchte sie in seinen bläulichen Schein.

»Früher, als Asanil noch in dem Turm lebte, hat er nicht geleuchtet«, erklärte Lirandil. »Und auch in den ersten Jahren nach der magischen Versiegelung und Asanils Aufbruch war das noch nicht zu sehen. Erst nach und nach wurde die in dem Turm gebundene Magie offenbar stärker und stärker …«

»Hängt das mit der Versiegelung selbst zusammen?«, erkundigte sich Whuon, der ebenfalls von der Erscheinung des Turms vollkommen fasziniert zu sein schien.

»Das vermute ich«, nickte Lirandil. »Allerdings könnte es auch mit den Dingen in Zusammenhang stehen, die Asanil im Inneren des Turms aufbewahrt.«

»Dann sind das nicht nur magische Schriften?«

»Nein, nicht nur. Auch Artefakte und magische Gegenstände. Aber niemand sollte die Magie unterschätzen, die in Büchern gebunden sein kann. Bücher, eng beschrieben mit Elbenrunen, von denen jede einzelne mehr Magie in sich bindet, als so mancher, der sich unter den Menschen einen Hexer oder Zauberer nennt, jemals angewandt hat!«

»Ich nehme an, dass dort viele Geheimnisse schlummern …«

»Euren Durst nach Erkenntnis werdet Ihr dort kaum stillen können«, sagte Lirandil.

Whuons Gesicht veränderte sich. »Das würde mich stark enttäuschen«, erklärte er und wechselte dabei in die Sprache der Elben. »Und das kann nicht in deinem Sinne sein, Elb!«

»Ich sage nicht, dass du kein Wissen erwerben kannst. Und ich sage auch nicht, dass du einem Streben nach Erkenntnissen über die Kräfte der Magie nicht etwas näher kommen kannst, sobald wir den Turm betreten haben.«

»Dann habe ich dich missverstanden, Elb?«

»Ich sagte lediglich, dass dein Wissenshunger nicht *gestillt* werden wird«, erwiderte Lirandil und wechselte dabei wieder in das in den Menschenreichen gebräuchliche Relinga.

»Ich habe eine Legende über den Asanil-Turm gehört, die man sich sogar bei uns in Albanoy erzählt«, mischte sich nun Brogandas ein. »Angeblich soll ein nach Erkenntnis und magischem Wissen suchender Wanderer es geschafft haben, die magische Versieglung zu durchdringen, an der gewiss schon so viele andere gescheitert sind. Er drang in den Turm vor, vertiefte sich in die Lektüre der Bücher und – wurde nicht mehr gesehen. Aber durch einen Zauber soll ein Teil der Westwand des Turms bei warmem Wind durchscheinend werden, sodass man hineinsehen kann. Und so kann man dort immer dann, wenn der warme Südwind aus Richtung der Kochenden See den Turm umweht, für kurze Momente einen Toten erblicken, dessen Knochenhände noch ein Buch umfassen. Die leeren Augenhöhlen des bleichen Totenschädels scheinen noch auf die Seiten zu starren.«

»Dieser Narr wird gewiss ein kurzlebiger Mensch gewesen sein«, vermutete Lirandil. »Vorausgesetzt natürlich, dass er überhaupt existierte und dass alles nicht nur eine hübsche Geschichte ist.«

Sie erreichten eines der Stadttore von Asanilon. Mindestens vierzehn gab es davon. Aber immer dann, wenn die Stadtmauern erweitert wurden und sich ein neues Viertel an die bis dahin existierende Stadt anschloss, gab es zumeist auch ein neues Tor. Ein Teil dieser Tore war auch in der Nacht geöffnet, denn das Licht des Turms bewirkte, dass das Leben hier nie wirklich zur Ruhe kam. Die Wächter ließen die Gruppe ohne Weiteres passieren, und nun ritt die kleine Schar eine breite Straße entlang, in der Händler ihre Karren schoben, Pferdefuhrwerke Waren transportierten und mooshaarige Waldriesen gewaltige Fässer in Richtung des großen Hafens von Asanilon trugen.

Fliegende Kaufleute standen an den Straßenecken und boten ihre Ware feil, Schreiber offerierten ihre Dienste. In kleinen Wechselräumen konnte man Münzen aller Art gegeneinander eintauschen. Aus den schmalen Gassen waren die Schläge von Schmiedehämmern ebenso zu hören wie die scheppernd klingenden Hämmer der Gold- und Silberschmiede.

Eigentlich ist alles so ähnlich wie in Carabor, dachte Arvan. Nur dass die Straßen schmaler und die Stadtmauern nicht ganz so imposant waren und die Stadt selbst sicher höchstens halb so viele Einwohner hatte.

Nur ein wesentlicher Unterschied fiel sofort auf. Hier schien rund um die Uhr gearbeitet zu werden. Dass bis in den frühen Morgen Lärm aus den Tavernen klang, konnte Arvan noch verstehen. Aber auch die Handwerker und Händler schienen hier keine Nachtruhe zu kennen.

»Das liegt am Licht«, meinte Borro. »Wie sollen die Leute hier denn auch merken, wann es Nacht ist? Je näher man dem Turm kommt, desto geringer erscheint mir der Unterschied zwischen Tag und Nacht.«

»Ich wette, es wird hier so manch einer den Tag verfluchen, an dem er aus der Sinkenden Stadt hierherzog und nun überhaupt keine Ruhe mehr kennt«, meinte Zalea.

Aus der Ferne waren Hornsignale zu hören. Zuerst glaubte Arvan, dass es sich um Signalhörner der Soldaten handelte, die auf den Wehrgängen patrouillierten und die Tore kontrollierten. Aber als sie sich weiter dem Hafen näherten, wurde ihm klar, dass diese Hornsignale von Schiffen aus abgegeben wurden. Schiffe, die auch des Nachts noch den Hafen verließen oder dort ankamen.

Und dann erreichten sie schließlich den Turm. Er stand in unmittelbarer Nähe des Ufers, das durch eine Kaimauer befestigt war.

Umgeben war der Turm von einem gepflasterten Platz, auf dem offenbar auch am Abend noch Markt gehalten wurde. Überladene Stände von Händlern reihten sich aneinander. Nutztiere, Weinfässer und Edelmetalle wechselten hier den Besitzer. Überall wurde gefeilscht.

Der nähere Bereich um den Turm war jedoch frei. Ein Kreis aus fassgroßen, mit magischen Zeichen bemalten Blöcken aus geschliffenem Gestein grenzte diesen Bereich vom Rest des Platzes ab. Waffenknechte in Harnisch und Livree waren dort postiert. Mit Hellebarde und Schwert ausgerüstet waren sie dazu abgeordnet worden, den Turm zu bewachen.

Es gab einen kleinen Menschenauflauf. Der Blick war auf die Turmwand gerichtet. Arvan blinzelte, weil das Leuchten des Turms zuerst zu gleißend war, um Einzelheiten erkennen zu können. Er musste sich mit der Hand dagegen schützen.

Ziemlich verzweifelte Rufe drangen vom Turm herüber, die recht kläglich klangen.

Arvan blinzelte, und jetzt erst sah er den Mann, der mit dem Rücken offenbar fest an der Mauer haftete, als ob irgendeine Kraft ihn gegen den Stein presste. Die Arme waren ausgebreitet, und die Fußspitzen schwebten in einer Höhe über dem Boden, die ungefähr der Länge von Arvans *Beschützer* entsprach.

»Was müssen meine scharfen Dunkelalbenaugen da auf der Stirn dieses Unglücklichen sehen?«, meinte Brogandas spöttisch. »Die Stirnfalte eines thuvasischen Magiers.«

»Ist das dieser Seldos von Thuburg?«, entfuhr es Arvan.

»Ich sagte doch, dass wir getrost erwarten können, dass Seldos vor uns in Asanilon ist«, meinte Lirandil.

Der Fährtensucher stieg vom Pferd. Arvan folgte seinem Beispiel – und danach auch die anderen.

»Der Elb scheint noch einiges über diesen Turm und seine Eigenschaften zu wissen, was er uns bisher nicht gesagt hat«, wandte sich Borro an Arvan.

»Ganz geheuer ist mir das alles nicht«, murmelte Neldo.

Einer der bewaffneten Wächter trat Lirandil entgegen, als dieser mit großer Selbstverständlichkeit zwischen den Felsblöcken hindurchschritt, die den inneren Kreis markierten. Sein Pferd zog er dabei hinter sich her. Einen Moment lang scheute es etwas. Es spürte vielleicht die Magie, aber Lirandil fuhr mit einer Handbewegung über den Kopf des Tieres, woraufhin es sich sofort beruhigte. Er bewegte dabei die Lippen, so als würde er eine Formel sprechen. Allerdings waren seine Worte so leise, dass weder Arvan noch die Halblinge oder Whuon sie zu hören vermochten.

»Ihr könnt hier nicht weiter«, sagte der Wächter.

»Ich kann sehr wohl – und ich werde auch!«, widersprach Lirandil.

»Damit es Euch so geht wie dem armen Hund da vorn, der schon seit zwei Tagen an der Mauer hängt, ohne dass ihm jemand zu helfen vermag?«

»Mir wird das nicht geschehen …«

»Trotzdem – es gibt Gesetze in Asanilon. Und die besagen, dass niemand den Steinkreis …«

»Sie besagen, dass König Candric von Beiderland Euer oberster Herr ist. Und ich habe einen gesiegelten Brief, der mir erlaubt, im Hinblick auf den Turm alles zu tun, was mir beliebt!« Lirandil holte das Dokument unter seinem Wams hervor und gab es dem Soldaten, der es stirnrunzelnd betrachtete. »Das Königssiegel erkenne ich, aber …«

»Lesen kannst du nicht? Dann hol deinen Hauptmann!«

Doch der kam schon von selbst, gut erkennbar an der breiten roten Schärpe über dem Harnisch, in die das Stadtwappen von Asanilon eingestickt war. Dieses Wappen zeigte unverkennbar den Turm. Begleitet wurde er von zwei weiteren Soldaten, deren Hände bereits an die Schwertgriffe fassten.

»Gibt es Ärger?«, fragte der Hauptmann in einem sehr breit gesprochenen Relinga, wie es für den Dialekt Transsydiens wohl typisch war.

Der Soldat, der Lirandil entgegengetreten war, gab seinem Hauptmann das Dokument, und dieser las es sich stirnrunzelnd durch.

»Davon abgesehen habe ich auch noch ältere Rechte, was das Betreten dieses Turms betrifft«, sagte unterdessen der Elb. »Ich bin Lirandil der Fährtensucher, und meinen Namen sollte man auch hier im Turmland durchaus kennen.«

»Wer auch immer Ihr seid«, sagte der Hauptmann. »Ihr

seht ja, was mit denjenigen geschieht, die die Gesetze missachten.« Er deutete auf den an der Wand hängenden Thuvasier. »Nicht einmal in den Kerker können wir den Kerl dort stecken, wie er es verdient hätte, denn niemand kommt zu ihm, es sei denn, er wollte Gefahr laufen, selbst in den Einfluss der Kräfte zu geraten, die in dem Turm schlummern.«

»Wie gesagt, ich bin Lirandil der Fährtensucher, und mir macht das nichts aus.«

»Euren Namen habe ich nie gehört«, sagte der Hauptmann. »Aber dieser Brief scheint echt zu sein, und Ihr habt offenbar beste Beziehungen zu unserem König.« Der Hauptmann gab Lirandil das Dokument zurück.

Der Elb steckte es zurück unter sein Wams. »Anscheinend ist es doch schon etwas zu lange her, dass ich in der Gegend war.«

»Tut, was ihr wollt, und stürzt Euch meinetwegen in Euer Unglück, aber wenn Ihr an der Wand hängt und verhungert und niemand Euch helfen kann, werdet Ihr Euch vielleicht in einen der städtischen Kerker hineinsehnen – denn da gibt es immerhin Wasser und Brot.«

»Ihr wisst anscheinend nicht viel über uns Elben ...«

»Und was Eure Begleiter betrifft ...«

» ... die werden mit mir kommen«, erklärte Lirandil mit einer Bestimmtheit, die den Hauptmann unwillkürlich schlucken ließ. »Oder wolltet Ihr etwas anderes sagen?«

Die Augen des Hauptmanns wurden schmal. Dass jemand seine Autorität missachtete, missfiel ihm offensichtlich. Aber ein Dokument des Königs war noch immer bindend, sosehr sich viele in Asanilon auch die Unabhängigkeit vom Königreich Beiderland wünschen mochten.

»Zieht Eures Weges!«, sagte der Hauptmann und gab zusammen mit seinen Männern den Weg frei.

Die Magie des Turms

»Warum habt Ihr darauf verzichtet, seinen Willen zu brechen?«, fragte Brogandas, während die Gruppe das letzte Stück zum Turm zurücklegte.

»Ich spare mir meine Kräfte lieber auf«, erwiderte Lirandil. Der Elb blieb stehen. Die Pferde scheuten nun alle im selben Moment.

»Lasst sie los!«, rief Lirandil. »Sie werden nicht fortlaufen, dazu ist ihr Wille zu schwach. Aber die Magie ängstigt sie zu sehr.«

»Hauptsache, wir müssen sie nicht hinterher wieder mühsam einfangen«, meinte Borro, nachdem er die Zügel seines Pferdes losgelassen hatte. Doch das Tier beruhigte sich sofort. Es blieb zurück, rührte sich kaum noch und schnaubte nur kurz einmal. Eine geheimnisvolle Kraft schien es zu bannen.

Arvan spürte, dass er den Einfluss auf den Willen seines Tieres mit dieser Kraft teilen musste.

»Ich sehe, Ihr braucht Hilfe, Seldos von Thuburg«, rief Lirandil dem an der Wand hängenden Magier entgegen. Dessen Gesicht verzerrte sich vor Zorn. Gleichzeitig wurde das magische Leuchten des Turms greller und strahlte für einen Augenblick sogar durch ihn hindurch, sodass die Schatten seiner Knochen sichtbar wurden.

»Du musst Lirandil der Fährtensucher sein«, krächzte dann die Stimme des Magiers.

»Das ist richtig. Ich war ein Freund desjenigen, der den Turm errichtete. Aber was habt Ihr hier zu suchen?«

»Helft mir, Lirandil!«, rief Seldos.

»Dann sagt mir genau, was geschehen ist.«

»Nun, das seht Ihr doch! Die Wächter waren leicht zu beeinflussen, deswegen haben die mich gar nicht bemerkt, als ich mich dem Turm näherte. Aber die Magie in ihm … Sie ist so stark, dass ich nicht gegen sie ankomme.«

»Und da erwartet Ihr Hilfe von einem Elben, wo es doch allgemein bekannt ist, dass die Magie der Elben immer schwächer wird?«, fragte Lirandil. »Noch dazu von einem Elben, der keinerlei Ausbildung als Magier oder Schamane genossen hat und nur über das Maß an Magie verfügt, das nahezu allen Elben eigen ist?«

»Ihr könnt mir glauben, es ist nicht sehr angenehm, hier zu hängen, Lirandil! Also wäre ich Euch sehr dankbar, wenn Ihr mir rasch helfen würdet.«

»Wahrscheinlich erwartet Euch danach ein Kerker in Asanilon, denn Ihr habt gegen die Gesetze der Stadt verstoßen.«

»Daraus könnte ich mich schon selbst befreien.«

»Seid Euch da mal nicht zu sicher«, warnte Lirandil. »Genauso wenig wie Ihr Euch sicher sein könnt, dass ich bereit wäre, einem Dieb zu helfen. Denn nichts anderes seid Ihr doch letztlich!«

Der Magier stieß ein paar Worte auf Thuvasisch aus. Seine keilförmige Magierfalte begann dabei dunkelrot zu glühen. Aber was immer er auch für eine Formel anzuwenden versuchte, sie funktionierte nicht auf die gewünschte Weise. Stattdessen nahm das Leuchten des Turms um ihn herum wieder zu. Und für einige Augenblicke wurde seine Gestalt so grell überstrahlt, dass man ihn überhaupt nicht mehr sehen konnte. Arvan und die Halblinge schützten ihre Augen mit den Armen, Whuon wandte den Kopf zur Seite, und die zurückgelassenen Pferde senkten schnaubend die Köpfe. Selbst die Soldaten, die zur Bewachung des den Turm umgebenden Steinkreises abgestellt worden waren, schützten ihre Augen. Und auf dem sich anschließenden Marktplatz erhoben sich aufgeregte Stimmen.

»Mir scheint, Ihr solltet Eure magischen Anstrengungen besser sein lassen, denn Ihr erregt damit nur mehr Aufmerksamkeit, als uns allen lieb sein kann, werter Seldos«, erklärte Lirandil, nachdem das Leuchten wieder zurückgegangen war. »Und davon abgesehen solltet Ihr inzwischen auch erkannt haben, dass die Kräfte, die Euch binden, Euch nur umso stärker festhalten, je mehr Ihr Euch gegen sie wehrt.«

Der Gesichtsausdruck des Magiers drückte nichts anderes als pure Verzweiflung aus.

»Dann sagt mir, was ich tun soll!«, rief Seldos.

»Wir werden sehen, ob es möglich ist, Euch zu helfen«, erwiderte Lirandil kühl. Er wandte sich an Brogandas. »Vielleicht schlägt jetzt die Stunde, in der wir auf Eure Hilfe angewiesen sind, Brogandas!«

»Wenn es die Kunst der Dunkelalben so einfach machen würde, diese magische Versiegelung zu lösen, dann hätte es sicher bereits einer von ihnen versucht, nehme ich«, meinte Arvan.

Brogandas wandte Arvan einen Blick zu. »Mag sein«, sagte er. »Andererseits ist auch Asanils Magie letztlich nichts anderes als Elbenzauber. Ich könnte mir denken, dass bis jetzt noch niemand aus Albanoy überhaupt auf den Gedanken gekommen ist, dass in diesem leuchtenden Gemäuer überhaupt etwas von Wert zu holen sein könnte.«

»Nun, wenn Ihr das sagt …«

»Außerdem verachtet man bei uns in Albanoy jeden Dieb. Sich etwas in aller Heimlichkeit anzueignen ist ein Zeichen der Schwäche – und Schwäche verachten wir.«

»Glaubt Ihr, dass Ihr die Versiegelung lösen könnt?«, fragte Lirandil.

»Ich werde es versuchen«, versprach Brogandas. Er wandte sich noch einmal an Arvan. »Ich gehe das Risiko ein, so zu enden wie dieser verachtenswerte Dieb dort oben, und ich hoffe, dass ich diesmal nur mit der Magie dieses Turms zu kämpfen habe und mir nicht auch noch ein gewisser junger Heißsporn hinterher an den Kragen geht.«

»Seid unbesorgt, Brogandas«, antwortete Arvan.

Es war das erste Mal, dass sie seit ihrer Auseinandersetzung miteinander sprachen.

Brogandas trat vorsichtig an das Gemäuer des Turms heran. Eine Tür war nirgends zu sehen, und es schien auch keine Fenster zu geben. Aber das konnte auch eine Illusion sein. Seldos von Thuburg stöhnte indessen auf. Aber weder vor Schmerz noch aufgrund seiner misslichen Lage, sondern weil ihm nun wohl zu dämmern begann, dass er auf die Hilfe eines Dunkelalben angewiesen war. Und das war für einen thuvasischen Magier fast so etwas wie eine grobe Ehrverletzung! Seit das Magiervolk einst durch das Weltentor gekommen und in Thuvasien geblieben war, gab es eine mehr oder minder feindselige Rivalität zwischen ihnen und den Dunkelalben.

»Bleibt ruhig, Thuvasier!«, rief Brogandas. »Und beherrscht Euren unangenehm hämmernd klingenden Herzschlag. Der stört mich in meiner Konzentration!«

Brogandas zögerte, ehe er schließlich das Gemäuer des Turms berührte. Es zischte dabei. Bläuliche Funken sprühten aus der Wand heraus. Kleine Blitze zuckten hervor und krochen wie Spinnen an Brogandas' Arm entlang und verloschen dann. Der Dunkelalb murmelte dabei eine Formel. Dann hauchte er eine Wolke aus, die wie dunkler Rauch aussah und Arvan an den Zauber erinnerte, den Brogandas mit ihm durchgeführt hatte.

Mit einer Handbewegung verteilte Brogandas diese bis dahin nahezu bewegungslos an derselben Stelle schwebende Wolke. Sie verteilte sich daraufhin auf dem Mauerwerk und drang in die Fugen und Ritzen.

Das Leuchten des Turms ließ etwas nach. Es flackerte.

»Wenn dieser Dunkelalb jetzt das Licht verlöschen lässt, werden wir in dieser Stadt ziemlich unbeliebt werden«, prophezeite Borro an Neldo gewandt.

Neldo, der wie meistens in letzter Zeit in düstere Gedanken versunken zu sein schien, sah auf und nickte. »Ja, und vermutlich würden uns dann nicht einmal mehr Brief und Siegel von König Candric XIII. noch etwas nützen.«

»Diese magische Versiegelung ist außerordentlich anspruchsvoll«, erklärte Brogandas inzwischen an Lirandil gewandt. »Es könnte sein, dass das Problem nicht ganz so schnell zu lösen ist, wie wir das erhofft haben.«

»Nehmt Euch die Zeit, die Ihr braucht, werter Brogandas«, gab Lirandil zurück.

Die Runen in Brogandas' Gesicht hatten sich mittlerweile allesamt neu ausgerichtet. Ihre spitzen Seiten zeigten nach links, die eher runden Konturen waren hingegen nach rechts ausgerichtet. »Wenigstens konnte ich bis jetzt verhindern, dass es mir so ergangen ist wie dem Thuvasier. Aber aus Fehlern anderer kann man ja lernen.«

Brogandas stieß einen weiteren dunklen Hauch aus. Diesmal war die Wolke um einiges größer als beim ersten Mal. Abermals vollführte er eine Handbewegung, diesmal jedoch mit seiner Linken. Die Wolke verteilte sich über einen noch größeren Bereich der Turmwand. Funken aus Schwarzlicht sprühten. Die Leuchtkraft des Turms schien etwas nachzulassen. Plötzlich wurde eine hohe Tür aus dunklem Holz sichtbar, in das Runen aus Elbengold eingearbeitet waren.

»Na also, wer sagst's denn«, sagte der Dunkelalb, dessen dünnlippiger Mund ein zufriedenes Lächeln formte. »Der erste Schritt ist getan!«

Die goldenen Elbenrunen in der Tür veränderten nun die Farbe. Sie begannen aufzuglühen. Rotgelbe Strahlen schossen aus ihnen heraus, trafen Brogandas und umfingen ihn völlig. Er schrie auf, als sein Körper plötzlich emporgeschleudert wurde, so als hätte eine unsichtbare Riesenhand ihn in die Höhe geworfen. Schreiend und von rötlichem Licht umflort drehte sich Brogandas mehrfach um seinen Schwerpunkt, wand sich um die eigene Achse und ruderte mit den Armen, so als würde er sich gegen einen nicht erkennbaren Feind zur Wehr setzen.

In einer Höhe, die etwa anderthalb Schiffsmasten entsprach, prallte er gegen die Turmwand und blieb kopfüber am Gemäuer haften. Er war offensichtlich unfähig, sich zu bewegen. Die rötlichen Blitze verebbten. Brogandas war nun vollkommen hilflos.

Er hat es gewusst, erkannte Arvan plötzlich, nachdem er seinen Blick von dem erfolglos magische Formeln vor sich hinmurmelnden, kopfüber an der Wand hängenden Dunkelalben zu dem vollkommen ruhig die Szenerie beobachtenden Fährtensucher Lirandil wandern ließ. Die Gesichtszüge des Elben ließen kaum etwas darüber erkennen, was im Augenblick in ihm vorging. Und doch hatte Arvan nicht den geringsten Zweifel, dass er mit seiner Annahme richtiglag. *Mögen die Waldgötter wissen, was er alles über den Turm und dessen Versiegelung weiß! Vielleicht hat ihn Asanil einst sogar in die Magie der Turmversiegelung eingeweiht …*

Jedenfalls war Arvan sicher, dass Lirandil genau gewusst hatte, was mit Seldos und Brogandas geschehen würde. Und langsam dämmerte Arvan auch, was für ein Spiel der Elb da trieb. *Er will Stärke und Überlegenheit demonstrieren!*

Ein kurzer Blick Lirandils traf Arvan.

Und ein eindringlicher, glasklarer Gedanke des Fährtensuchers drang in Arvans Seele.

Du kannst hier ein Musterbeispiel für eine etwas andere Art der Diplomatie sehen, Arvan. Es ist die Diplomatie der Stärke – und wenn Dunkelalben und thuvasische Magier bei alledem, was sie trennt, eine Gemeinsamkeit haben, dann ist es ihre Skrupellosigkeit und ihr Respekt vor der puren Macht.

Die Runen aus Elbengold veränderten jetzt abermals ihre Farbe. Die magische Glut, die sie bis dahin erfüllt hatten, färbte sich jetzt bläulich und glich sich damit dem Licht des Turms an. Strahlen schossen aus ihnen heraus, und eine Stimme murmelte Worte in der Elbensprache. Die Strahlen trafen Lirandils Kopf und erfassten ihn völlig. Für einen Augenblick konnte man den Schädelknochen des Elben sehen. Lirandil hob beide Hände, und die Runen in der Tür veränderten daraufhin ihre Formen.

Dann verlosch das magische Leuchten des Turms von einem Augenblick zum anderen, und in der zweifellos hellsten Stadt ganz Athranors wurde es so finster wie in keiner anderen.

Schreie gellten in der Finsternis.

Schreie, die für Arvan fremdartiger klangen als alles, was er je an Stimmen im Halblingwald gehört hatte. Aber er hatte auch noch nie einen thuvasischen Magier und einen Dunkelalben schreien hören. Zwei Schatten fielen entlang des Turmgemäuers zu Boden. Für Arvans menschliche Augen war die Veränderung von der taghellen Stadt des Lichts zur tiefsten Nacht einfach zu schnell gewesen. Am Himmel leuchteten jetzt wieder Mond und Sterne, die zuvor vom allgegenwärtigen Zauberlicht des Turms überstrahlt worden waren.

Auf dem sich den Steinkreis anschließenden Marktplatz erhob sich ein lautes, aufgeregtes Stimmengewirr – wie auch überall sonst in der Stadt. Kaum irgendwo in Asanilon hatte jemand eine Kerze oder eine Öllampe entzündet. Die meisten Leute besaßen so etwas nicht einmal, denn sie konnten sich auf das Licht des Turms verlassen. Die einzigen Feuer, die in dieser Stadt brannten, waren Herdfeuer und die Feuer von Schmiede- und Brennöfen. Aber Feuer zu entzünden, nur um in der Nacht Licht zu erzeugen, war bisher weder in der Stadt noch im meilenweiten Umkreis nötig gewesen.

Zehn Herzschläge lang währte die Finsternis.

Genau zehn Herzschläge – allerdings bemessen nach dem Herzen eines Elben, und deren Herzen schlugen sehr viel langsamer als die von Menschen oder Halblingen.

Dann flackerte das bläuliche Licht des Asanil-Turms wieder auf und gewann nach weiteren zehn Elbenherzschlägen bereits wieder seine gewohnte Helligkeit.

Die Tür stand offen.

Brogandas und Seldos lagen am Boden und richteten sich langsam auf.

»Ich hoffe, es war Euch möglich, den Fall mithilfe Eurer magischen Künste etwas abzumildern«, sagte Lirandil gleichermaßen an den Dunkelalben als auch an den Thuvasier gerichtet.

»Danke Eurer Nachfrage«, knurrte Brogandas, der ja eine weitaus größere Fallhöhe hatte abmildern müssen. »Aber keine Sorge, es *war* mir möglich, da könnt Ihr versichert sein.«

»Das beruhigt mich«, sagte Lirandil. Er wandte sich an Seldos. »Mir ist, als wären wir uns bereits flüchtig auf der Burg des Statthalters von Gaa begegnet.«

»Eure Erinnerung trügt Euch nicht«, gab der Thuvasier zurück. Man sagte Thuvasiern nach, dass ihre Gesichter wenig an Gefühlen verrieten. Aber Seldos schien die seinen im Moment kaum unter Kontrolle zu haben. Es war ihm überdeutlich anzusehen, wie groß die Demütigung für ihn sein musste, dass er sich aus seiner Lage nicht selbst hatte befreien können.

Lirandil deutete auf die offen stehende Turmtür. »Ihr habt am längsten von uns allen leiden müssen, also lasse ich Euch gerne den Vortritt«, sagte Lirandil.

Der Thuvasier hob die buschigen, nach oben gerichteten Augenbrauen. Die Magierfalte auf seiner Stirn verzog sich etwas und wurde darüber hinaus durch eine Furche ersetzt, die sich senkrecht über die Stirn zog. »Das würdet Ihr nicht vorschlagen, wenn es so einfach möglich wäre, dort hineinzugehen«, sagte Seldos.

Inzwischen hatten sich einige Wachen genähert. Mit gesenkten Hellebarden warteten sie ungefähr dort, wo die Pferde zurückgeblieben waren und geduldig ausharrten. Weiter schienen sich die Soldaten nicht zu trauen. »Nun, dann werde ich den Gang in den Turm wagen. Ihr solltet allerdings hier auf mich warten, Seldos, denn sobald Ihr diesen Platz verlasst, wird man Euch wohl in Gewahrsam nehmen!«

»Gewahrsam?«, echote der Thuvasier.

»Während meine Gefährten und ich mit Brief und Siegel von König Candric hier sind, habt Ihr anscheinend gleich mehrere hiesige Gesetze übertreten, werter Seldos von Thuburg«, stellte Lirandil klar. »Aber ich will gerne ein gutes Wort für Euch einlegen. Ich bin nämlich nicht ganz ohne Einfluss, wenn ich das mit aller Bescheidenheit feststellen darf.«

Das Gesicht des Magiers verfinsterte sich.

Lirandil wandte sich der offen stehenden Tür zu. Dahinter lag nur Dunkelheit. Eine Dunkelheit, die allen natürlichen Gesetzen von Licht und Schatten widersprach und deswegen umso beängstigender wirkte.

Lirandil durchschritt die Tür, ohne dass ihm irgendwelche magischen Widerstände begegneten. Die Finsternis dahinter hellte sich augenblicklich auf. Aus dem Inneren des Turms schien das gleiche bläuliche Leuchten hervor, das auch überall aus seinem Gemäuer herausdrang.

Der Elb drehte sich noch einmal um.

»Wartet auf mich«, sagte er. »Ich werde nicht lange brauchen. Die Bibliothek des Asanil war immer recht gut sortiert.«

»Lirandil!«, meldete sich nun Whuon zu Wort. »Du hast mir versprochen …«

»Richtig«, unterbrach Lirandil den Schwertkämpfer. »Ihr sucht ja nach tiefgründigen Erkenntnissen über das Wesen der Magie … Ich fürchte zwar, dass Ihr hier nicht fündig werdet, weil Eure Kenntnisse dazu noch zu unzureichend sind, aber seht es Euch ruhig an.«

»Unzureichend?« Whuon ließ einige Sätze in elbischer Sprache folgen.

»Das ist erst der Anfang dessen, was Ihr wissen müsst, um die Schriften, die hier gestapelt sind, überhaupt verstehen zu können. Ich gebe es ja ungern zu, aber die meisten dieser Bücher übersteigen selbst mein Begriffsvermögen und das der meisten anderen Elben. Worte zu kennen bedeutet nämlich noch lange nicht, auch wirklich zu verstehen, was ausgedrückt werden soll, aber folgt mir ruhig! Das mag ein Ansporn für weiteren Lerneifer sein.«

Whuon trat vor. Doch als er die offene Tür durchschreiten wollte, stoppte er abrupt. Er prallte gegen eine unsichtbare Wand, die er anschließend mit seinen mächtigen Pranken betastete. Immer wenn er sie berührte, zuckten kleine Blitze, wie aus dem Nichts.

Der Schwertkämpfer versuchte es ein weiteres Mal; diesmal mit etwas mehr Krafteinsatz.

Doch das führte nur dazu, dass Whuon unsanft zu Boden geschleudert wurde. Er lag ausgestreckt auf dem Rücken, und seine Gesichtszüge drückten eine Mischung aus Unglaube und Empörung aus.

»Es scheint, als hätte Asanil nicht vorgesehen, dass Menschen diese Tür durchschreiten«, stellte Lirandil fest. Er wandte sich an Brogandas. »Vielleicht war er Dunkelalben gegenüber ja einladender eingestellt.«

»Wollt Ihr mich verspotten?«, fragte Brogandas.

»Keineswegs«, erklärte Lirandil. »Es ist allgemein bekannt, dass Asanil die Gewohnheiten seines eigenen Volkes fast sämtlich ablehnte. Die Tatsache, dass er sich einen Bart wachsen ließ, ist da nun wirklich noch das Geringste.« Lirandil hob die Schultern. »Es gibt also keinen Grund anzunehmen, dass er die Abneigung der Elben gegen ihre entfernte Verwandtschaft teilte! Ehrlich gesagt, gestand er mir sogar einmal, welche Bewunderung er für die magischen Künste Eures Volkes hegte.«

Brogandas schien zunächst unschlüssig zu sein. Zu unangenehm war ihm wohl die Erfahrung gewesen, kopfüber an der Turmwand zu hängen, gefesselt durch magische Kräfte, gegen die er sich offenbar nicht hatte wehren können. Doch dann schritt er – allerdings sehr viel vorsichtiger als Whuon – voran und versuchte, die Tür des Turms zu durchschreiten.

Doch es gelang ihm nicht. Er prallte von der unsichtbaren Wand ab, die auch Whuon daran gehindert hatte, das Turminnere zu betreten. Er versuchte es noch einmal, streckte die Hände aus und betastete die magische Barriere. Hin und wieder zischten dabei Blitze wie aus dem Nichts hervor.

»Es tut mir leid, aber meine Befürchtung ist anscheinend zutreffend«, sagte Lirandil mit einem Gesichtsausdruck, dem man nicht anmerken konnte, was er dachte und wie groß vielleicht die klammheimliche Freude war, die er darüber empfand, dass nur ihm allein der Zugang zum Turm möglich schien.

»Was ist mit Euch, Seldos von Thuburg?«, wandte sich der Fährtensucher nun an den Magier aus Thuvasien. »Wollt auch Ihr Euer Glück versuchen, oder hat Euch der Mut verlassen, nachdem Ihr gesehen habt, dass zwei andere bei dem Versuch kläglich gescheitert sind, hier einzutreten?«

Auch Seldos zögerte.

»Ihr wisst doch so gut wie ich, dass es mir nicht möglich sein wird, die Tür zu durchschreiten! Und jetzt beabsichtigt Ihr wohl noch, Euch auf meine Kosten zu amüsieren und mich lächerlich zu machen.«

»Nichts läge mir ferner, werter Seldos. Und lächerlich habt Ihr Euch allenfalls selbst gemacht, daran hatte ich keinen Anteil.«

Seldos ließ den Blick schweifen. Er schien noch unschlüssig zu sein. Einerseits glaubte er wohl nicht, dass es ihm anders ergehen würde als denen, die es vor ihm versucht hatten. Andererseits schien ihm aber auch der Gedanke unerträglich zu sein, es nicht wenigstens versucht zu haben. Sein Stolz schien letztlich aber doch die Oberhand zu gewinnen. So wandte er sich ab. »Ich verzichte auf Euer großzügiges Angebot, Elb«, erklärte er und ging.

»Dann wartet hier auf mich, Seldos!«

Doch darauf hörte der Magier nicht.

Er hatte noch nicht einmal den Steinkreis erreicht, da traf ihn ein Pfeil mit stumpfer Spitze so wuchtig am Kopf, dass Seldos augenblicklich in sich zusammensank und regungslos liegen blieb. Einer der Wachsoldaten senkte daraufhin den Langbogen, während die Hellebardenträger den reglos daliegenden Thuvasier umringten und die Klingen ihrer Waffen auf ihn richteten, so als wären sie sich nicht ganz sicher, ob er nicht vielleicht doch noch im nächsten Augenblick aufspringen würde oder ob sie womöglich sogar einen magischen Angriff zu befürchten hatten.

»Autsch!«, entfuhr es Borro mitfühlend. »Ein Treffer mit einem Kaninchentöter! Das tut weh!« Der in der Jagd und als Bogenschütze erfahrene Halbling konnte wohl am besten nachempfinden, was es bedeutete, mit einem sogenannten Kaninchentöter getroffen zu werden. Bei den Halblingen war der Bogen eine überwiegend der Jagd vorbehaltene Waffe, und geübt wurde mit stumpfen Pfeilen, mit denen man auf die Treibjagd nach Kleintieren ging, ehe es einem gestattet wurde, mit spitzen Pfeilen größere Beute zu erlegen. Immer wieder kam es bei diesen Jagden der Anfänger zu schmerzhaften Unfällen, und Borro selbst war einmal durch den Treffer eines Kaninchentöters zwei Tage bewusstlos gewesen. Manche behaupteten später, danach sei er nicht mehr derselbe gewesen und das Problem mit seinem unbeherrschten Mundwerk wäre danach erst so richtig offenbar geworden.

Arvan wandte sich an Borro. »Der alte Grebu hat mir erzählt, dass man in Carabor mit stumpfen Peilen Jagd auf Diebe macht, um sie lebend zu fangen«, sagte er. »Um sie lebend zu fangen und die Anführer ihrer Banden herauszubekommen.« Er zuckte mit den Schultern. »Würde mich nicht wundern, wenn das in Asanilon genauso wäre.«

»Zumal hier wie dort die besten unter den Dieben Halblinge sein werden«, vermutete Borro.

Die Soldaten, die Seldos umringt hatten, stießen ihn vorsichtig an. Dann nahmen vier von ihnen den Reglosen an Armen und Beinen und trugen ihn fort. »Achtet darauf, dass er geknebelt und gefesselt ist, wenn er erwacht!«, rief der Hauptmann seinen Männern hinterher. »Wir wollen ja nicht, dass sich dieser Thuvasier mithilfe eines Zauberspruchs seiner Gerichtsverhandlung entzieht.«

Unterdessen schloss sich die Tür des Asanil-Turms hinter Lirandil, der mit geschlossenen Augen und wie in Trance den Turm betrat. Dass Seldos in Gewahrsam genommen worden war, nahm der Elb kaum zur Kenntnis.

»Wie lange werden wir jetzt auf ihn warten müssen?«, fragte Arvan.

»Kann man bei einem Elben nie so genau sagen«, meinte Zalea.

Whuon ballte unterdessen die Hände zu Fäusten. Sein Gesicht wirkte finster. »Er hat es mir versprochen«, knurrte er. »Lirandil hat es mir versprochen!«

»Beklagt Ihr Euch gerade darüber, dass Ihr dem Elb nicht ins Innere des Turms folgen konntet?«, fragte Brogandas, der sich inzwischen offenbar wieder erholt hatte. »Ihr könnt anscheinend die Elbensprache doch noch längst nicht gut genug, um wirklich jede Nuance zu begreifen – und vermutlich dürfte dazu die kurze Lebensspanne eines Menschen ohnehin nicht ausreichen.«

Whuon runzelte die Stirn und verschränkte die muskulösen Arme vor der Brust. »Was soll das heißen?«, fragte er. »Ich lerne schnell. Und Relinga war auch nicht schwerer als die Sprache dieses bleichen Volkes.«

»Nun, ich gebe zu, dass Lirandil das Talent besitzt, die Dinge mitunter so auszudrücken, dass jeder das heraushört, was er gerne hören will – und das mag auch ein Grund dafür sein, dass er alles in allem ein recht erfolgreicher Diplomat ist! Schließlich hat er es ja immerhin geschafft, einige der Menschenreiche zu einem Bündnis gegen Ghool zusammenzuschmieden, was ich ehrlich gesagt anfangs kaum für möglich gehalten habe.«

Whuon runzelte die Stirn. »Er hat mir versprochen, mich in die Magie der Elben einzuführen, und dieser Turm …«

»Hat er den Turm wirklich in diesem Zusammenhang Euch gegenüber in der Klarheit erwähnt, wie Ihr das jetzt behauptet?«, unterbrach ihn Brogandas. »Es tut mir leid, aber ich konnte kaum umhin, einen Großteil Eurer Gespräche mit anzuhören, da mein Gehör recht empfindlich ist, wie Ihr ja inzwischen wisst. Und ich habe nichts dergleichen gehört. Nichts, was über eine vage Aussicht hinausgegangen wäre.«

»Wenn du das sagst, Dunkelalb …«, knurrte Whuon.

»Lirandil meint es mit Sicherheit ehrlich mit dir, Whuon«, mischte sich nun auch Arvan in das Gespräch ein, obwohl Zalea ihn am Arm fasste, um ihn davon abzuhalten. »Für die Art der Versiegelung dieses Turms kann man ihn nicht verantwortlich machen – und auch nicht dafür, dass er sein dir gegenüber gegebenes Wort nicht in vollem Umfang halten konnte.«

»Ach, wirklich?«, fragte Brogandas in einem Tonfall, der gleichermaßen schneidend und spöttisch war. »Nun, unser tapferer Schwertkämpfer muss selbst entscheiden, wem er glauben will. Aber falls Euch eines Tages die magische Weisheit der Elben langweilen sollte, so könnten das Wissen, das wir Dunkelalben gesammelt haben, ja vielleicht eine Alternative sein, um Euren Durst nach Erkenntnis zu stillen. Denkt darüber nach!«

Daher weht also der Wind!, wurde es Arvan klar. *Der Dunkelalb will Whuon auf seine Seite ziehen!*

»Danke für dein Angebot, Dunkelalb«, erwiderte Whuon ziemlich schroff. »Aber ich habe inzwischen gehört, dass man bei Euch in Albanoy Menschen nur als beliebig manipulierbare Untertanen ansieht. Und ehrlich gesagt habe ich keine Lust, als dein Sklave zu enden.«

»Ganz wie Ihr wollt, Schwertkämpfer. So bleibt stattdessen lieber Sklave Eurer Illusionen. Das entscheidet ganz allein Ihr!«

Das Lächeln, das daraufhin um den dünnlippigen Mund des Dunkelalben spielte, war breit und kalt.

Licht in den Augen

Die Nacht schritt voran, während Arvan und seine Gefährten auf Lirandils Rückkehr warteten. Borro schlug vor, sich in einer Herberge einzuquartieren. »Wir wissen doch alle, was für ein Zeitempfinden so ein Elb hat«, erklärte er. »Jemandem wie Lirandil kommt eine ganze Nacht doch nur wie ein Augenblick vor. Am Ende warten wir hier tagelang vergebens.«

»Und das ohne Frühstück! Darauf kommt es dir doch in erster Linie an«, erwiderte Zalea.

»Nicht, dass mir dieser Punkt unwichtig wäre, aber …«

»Wir bleiben hier!«, sagte Arvan sehr entschieden. »Ich will wissen, ob die Magie dieses Turms helfen kann, Ghool zu besiegen.«

»Ich will ebenfalls wissen, was dieser Elb am Ende erfahren hat – oder ob das alles nur eine vergebliche Hoffnung ist«, sagte Brogandas.

Nein, dachte Arvan. Brogandas interessiert nur, ob sich durch das magische Wissen, das Lirandil im Turm findet, vielleicht das Kräfteverhältnis zwischen den in diesem Krieg widerstreitenden Parteien verändert und es sich für den Dunkelalben von Albanoy vielleicht lohnen könnte, eine der beiden Seiten zu unterstützen.

Neldo deutete auf die städtischen Waffenknechte, die inzwischen zahlenmäßig um das Doppelte verstärkt worden waren und den gesamten vom Steinkreis eingegrenzten Nahbereich um den Asanil-Turm vollkommen abgeriegelt hatten. Sie standen Mann neben Mann. Es war weder möglich, den inneren Bereich um den Turm zu betreten, noch, den Steinkreis zu verlassen. »Ich weiß nicht, ob man uns ohne Lirandils königliche Vollmacht so einfach von dannen ziehen ließe.«

»Ein Grund mehr, geduldig auf seine Rückkehr zu warten!«, meinte Zalea.

Das Morgengrauen wurde vom Licht des Turms zunächst überstrahlt, sodass man die ersten Strahlen der Sonne kaum bemerkte. Während sich die drei Halblinge auf dem Boden niedergelassen hatten, kümmerte sich Arvan um die Pferde. Sie waren nämlich von Stunde zu Stunde unruhiger geworden. Aber Arvans beruhigender Einfluss sorgte dafür, dass sie weiter geduldig ausharrten. Schwieriger als Baumschafe davon abzuhalten, sich zu weit ins äußere Geäst eines Herdenbaums zu bewegen, war das auch nicht, wie er feststellte. Pferde waren zwar etwas eigenwilliger, aber dafür hatte es Arvan ja auch nur mit einem halben Dutzend Tieren zu tun – und nicht mit Hunderten, wie es bei einer Baumschafherde gang und gäbe war.

Whuon ging die ganze Zeit über auf und ab, die Arme vor der Brust verschränkt und sichtlich angespannt.

Brogandas stand da und bewegte sich kaum. Hin und wieder veränderten sich die Runen in seinem Gesicht. Aber sein Blick wirkte starr und in sich gekehrt.

Mehrfach flackerte das Licht des Turms etwas, wofür keine Ursache zu erkennen war. Vielleicht reichte bereits Lirandils Anwesenheit im Inneren dieses Bauwerks aus, um die an diesem Ort wirksamen magischen Kräfte zu beeinflussen.

Die Tür, durch die Lirandil verschwunden war, schien während dieser Stunden der Nacht und des frühen Morgens immer mehr zu verblassen. Sie schien eins mit dem Mauerwerk zu werden und immer mehr mit diesem zu verschmelzen. Nicht mehr lange, und man würde sie gar nicht mehr sehen können – so wie es zu Anfang gewesen war.

Doch dann öffnete sie sich endlich, und in diesem Augenblick trat sie auch wieder sehr viel deutlicher hervor.

Aus dem Inneren drang ein so greller Schein, dass man den Blick abwenden musste.

Wenig später trat Lirandil aus diesem hellblauen Licht hervor. Er hatte die Augen geschlossen und wirkte wie in Trance. Er trat vor und schien die Augen in diesem Moment zur Orientierung nicht zu benötigen. Die Tür des Turms schloss sich von selbst. Ihre Konturen verblassten daraufhin innerhalb weniger Augenblicke und verschmolzen so sehr mit dem leuchtenden Gemäuer, dass sie nicht mehr sichtbar war.

Lirandil stand regungslos da, wie zu einer Säule erstarrt.

Arvan, Whuon und die Halblinge umringten ihn. Brogandas hielt sich jedoch abseits.

»Vorsicht!«, warnte der Dunkelalb. »Er ist erfüllt von einer Art von Magie, die minderbegabten Geschöpfen wie euch Tod oder Wahnsinn bringen kann, wenn ihr damit in Berührung kommt.«

Arvan bemerkte erst jetzt, dass eine Aura aus bläulichem Licht Lirandil umgab. Der Turm hatte diese Aura bis dahin überstrahlt, sodass sie kaum zu sehen gewesen war. »Was ist mit ihm geschehen?«, fragte Whuon an Brogandas gewandt.

»Er ist mit irgendeiner sehr mächtigen magischen Kraftquelle in Berührung gekommen«, erklärte Brogandas. »Und er ist davon so sehr geladen, dass er jeden von euch mit einer einzigen Berührung und vielleicht sogar völlig ohne Absicht töten könnte. Also Vorsicht!«

»Na ja, wenn Brogandas davor warnt, dann scheint es ja auch wirklich gefährlich zu sein«, meinte Borro.

In diesem Augenblick öffnete Lirandil die Augen.

Sie waren erfüllt von dem gleichen hellblauen Leuchten, das auch von dem Turm ausging und aus dem die Aura bestand, die seinen Körper umgab.

»Keine Sorge«, sagte der Fährtensucher. »Unser dunkelalbischer Gefährte übertreibt etwas.«

»Spreche ich etwa die Unwahrheit, werter Lirandil?«

»Nein. Aber das geht alles vorüber. Und davon abgesehen ist die Furcht der Dunkelalben vor der Magie des Lichts vielleicht auch nicht so ganz angemessen und rührt daher, dass man sich bei Euch in Albanoy schon allzu lange so sehr auf die Anwendung dunkler Kräfte konzentriert hat, dass alles andere Euch leicht zu schrecken vermag.«

»Habt Ihr denn erfahren, wie König Elbanador einst Ghool zu besiegen vermochte?«, fragte Arvan.

Lirandil wandte leicht den Kopf. Das bläuliche Licht strahlte so stark aus den Augen des elbischen Fährtensuchers hervor, dass Arvan unwillkürlich sein Gesicht mit der Hand schützte, um nicht geblendet zu werden. *Sei nicht so empfindlich, Arvan! Du wirst noch ganz anderen Dingen standhalten müssen als diesem Blick*, erreichte Arvan ein Gedanke seines Gegenübers.

»Das habe ich«, beantwortete Lirandil die Frage mit einer Eindeutigkeit, die Arvan innerlich aufatmen ließ. »Aber erwartet nicht, dass ich hier und jetzt auch nur ein einziges Wort dazu sagen werde. Nur so viel: Wir dürfen keine Zeit verlieren!«

»Was soll das heißen?«, fragte Zalea.

»Ich nehme mal an: keine Nachtruhe, kein Frühstück und auch sonst eine Reihe von Unannehmlichkeiten«, meinte

Borro und unterdrückte dabei ein Gähnen. »Bin ja leider kein Elb, der sich den Schlaf einfach spart und sich den Hunger mit einer magischen Formel vertreibt – oder wie auch immer.«

Lirandil ließ den Blick schweifen.

Das Leuchten in seinen Augen hatte inzwischen schon merklich nachgelassen, sodass man zumindest wieder die Pupillen erkennen konnte, wenn man genau hinsah. »Was ist mit Seldos geschehen?«, fragte er.

»Man hat ihn fortgebracht und wird ihn wohl im Kerker behalten, bis man ihn vor Gericht stellt«, erklärte Whuon. »Und ehrlich gesagt habe ich wenig Mitleid mit ihm. Ich kann Thuvasier nicht ausstehen, seit ich in ihrem Heer diente und man mich so schändlich betrog.«

Der Unterton, mit dem Whuon das sagte, war scharf und schneidend. *Er spricht nicht nur von Thuvasiern,* war es Arvan sofort klar.

Lirandil wirkte nachdenklich. Als er die Augen einen Moment schloss, schimmerte das bläuliche Leuchten durch das Augenlid hindurch. »Ich werde mich um Seldos kümmern müssen«, kündigte er an. »Man soll ihn eine Weile hier festhalten und erst freilassen, wenn wir Asanilon schon einige Zeit verlassen haben.«

»Und er wird uns nicht folgen?«, fragte Whuon mit spöttischem Unterton.

»Nein, wird er nicht«, erklärte Lirandil. Er schien von seiner Meinung zutiefst überzeugt zu sein, ohne es allerdings für notwendig zu halten, seine Aussage näher zu begründen.

»Ich frage mich, ob du deine Versprechen mir gegenüber halten wirst, Elb«, sagte Whuon.

»Es war nicht meine Schuld, dass Ihr mich nicht ins Innere des Turms begleiten konntet, Whuon. Und davon abgesehen könnt Ihr wirklich froh sein, dass Ihr mir nicht folgen konntet.«

»Ach ja?«

»Es hätte Euch vielleicht getötet, Schwertkämpfer. Aber wenn Ihr ein tieferes Verständnis der Elbensprache besitzt, dann ist es vielleicht auch möglich, dass Ihr der Magie widerstehen könnt …«

»Ich will die Kräfte der Magie eigentlich nur begreifen«, erwiderte Whuon grimmig und ballte dabei die Hände unwillkürlich zu Fäusten. Die Muskeln seines gewaltigen Brustkorbs spannten sich dabei ebenfalls an.

»Das werdet Ihr, Whuon. Eines Tages werdet Ihr ganz gewiss dieses Verständnis gewonnen haben – vor allem dann, wenn ich Euch weiter gelegentlich im Gebrauch der Elbensprache unterrichte. Aber wenn Ihr geglaubt habt, dass das einfach so von einem Augenblick zum anderen sein kann, so habt Ihr Euch zweifellos geirrt.«

Sie quartierten sich in einem Gasthaus ein, das in einem der östlichen Viertel von Asanilon lag. Die Stadt wurde von hohen Mauern in einzelne Viertel unterteilt. So war jedes dieser Viertel für sich genommen eine Festung und konnte auch dementsprechend verteidigt werden, falls ein äußerer Feind den Plan hegte, Asanilon zu erobern. Der Wirt war ein grünhäutiger, breitschultriger Oger, der es offenbar liebte, ausführlich davon zu erzählen, auf welch verschlungenen Wegen es ihn von einer Jurte der Ogernomaden in der Flachen Mark von Bagorien schließlich nach Asanilon verschlagen hatte. Ein paar Männer in den gelben Kutten der Gewürzhändler-Gilde der Inseln des Siebenlandes hörten ihm mehr oder minder interessiert zu. Mit weit ausholenden Bewegungen seiner muskulösen Arme, die von seiner einfachen Lederweste frei gelassen wurden, verglich er seine Zeit im Heer des bagorischen Königs mit jener, die er offenbar als Lastenträger eines Libellenbrutpflegers in der Libellenreiterstadt zugebracht hatte, bevor er auf einem Schiff anheuerte, mit dem er schließlich nach Asanilon gelangt war. »Ich kenne seitdem jeden Hafen in Ambalor und Beiderland«, verkündete er mit großspuriger Geste, wobei ihm das struppige dunkle Haar in die Augen fiel.

»Es macht Euch doch gewiss nichts aus, Eure Erzählung zu einem anderen Zeitpunkt fortzusetzen«, meldete sich Borro zu Wort, nachdem Lirandil für seinen Geschmack zu lange aus Höflichkeit abgewartet hatte.

Der Oger wandte sich der illustren Gruppe zu und musterte die Ankömmlinge der Reihe nach stirnrunzelnd.

Dann blieb sein Blick bei Lirandil. »Es gibt in Asanilon keine Nacht, weil der Turm alles in sein Licht hüllt«, sagte er. »Und es ist daher nichts Besonderes, wenn sich jemand am Tag in ein Gasthaus einmietet, weil Geschäfte auch die Nacht hindurch betrieben werden. Ich dachte allerdings, dass Elben keinen Schlaf brauchen.«

Lirandil trat an den Schanktisch, während die siebenländischen Gewürzhändler zur Seite wichen. Für sie war es vermutlich das erste Mal, dass sie einem Elben begegneten, denn zu den Inseln des Siebenlandes kamen Vertreter des langlebigen Lichtvolkes noch seltener als in andere Teile Athranors.

»Was Ihr über das Schlafbedürfnis von Elben gehört habt, ist reichlich übertrieben.« Der Fährtensucher legte ein paar Silberstücke auf den Tisch. »Das dürfte für uns und unsere Pferde reichen.«

»Für Euch und Eure Pferde schon. Wobei ich aber zurzeit niemanden habe, der sich um die Pferde kümmert! Und ich selbst kann das nicht.« Er grinste breit und entblößte dabei ein makelloses Gebiss, dessen Eckzähne zwar etwas hervorstachen, aber gegenüber den tierhaften Hauern der Orks richtig zierlich und beinahe schon menschlich wirkten. »Ihr wisst doch – Pferde haben meistens Angst vor Ogern! Und wir wollen ja nicht, dass Euch die Gäule durchgehen.«

»Das ist kein Problem«, sagte Lirandil.

Der Oger deutete auf Borro. »Aber das hier ist ein Problem. Ihr werdet in ganz Asanilon kein Gasthaus finden, in dem man Halblinge bewirtet.«

Borro stemmte die Arme in die Hüften. »Wieso nicht? Ist Silber nicht gleich Silber – gleichgültig, wer es bezahlt? Und davon abgesehen …«

»Es sind nicht eure großen Stinkefüße, die jeden Wirt in Asanilon davon abhalten, einen Halbling zu beherbergen«, schnitt der Oger ihm das Wort ab.

»Ach nein? Was denn dann? Glaubt Ihr vielleicht, Ogerfüße riechen nach Rosen?«, empörte sich Borro, der sich offenbar in seiner Halblingehre gekränkt fühlte.

Neldo gab ihm einen Stoß, um ihm zu bedeuten, die ganze Angelegenheit nicht noch schlimmer zu machen. Er musste dabei ein Gähnen unterdrücken, denn er war hundemüde. Aber Borro schien keineswegs gewillt zu sein, diese Sache auf sich beruhen zu lassen. Er schnaubte und schien jetzt erst so richtig in Rage zu geraten. »Was erlaubst du dir eigentlich, Oger? Du weißt anscheinend nicht, mit wem du redest!«

»Borro!«, schritt Neldo jetzt ärgerlich ein.

»Ist doch wahr«, verteidigte sich Borro.

»Muss ich dich erst laut bei deinem wahren Namen rufen?«, fragte Neldo und traf damit offenbar einen wirklich wunden Punkt bei Borro.

Er öffnete den Mund, aber die Worte blieben ihm buchstäblich im Hals stecken. Seine Hände krallten sich so fest um den Bogen, auf den er sich bis dahin gestützt hatte, dass die Knöchel weiß wurden.

»Ich will dir sagen, du vorlautes Rothaar, weshalb niemand Halblinge bewirten will. Weil sie stehlen! Diebisch wie Raben und Elstern sind sie. So geschickt und schnell, dass selbst die einheimischen Diebe ihre Feinde sind und ihr mieses Gewerbe größtenteils wohl schon aufgegeben haben dürften.«

»Ich verbürge mich für diese Halblinge«, sagte Lirandil.

»Ach ja?«, gab der Oger zurück. »Und wer verbürgt sich dann für Euch, wenn diese halben Portionen mit ihren großen Füßen und schnellen Fingern das tun, wofür sie vermutlich geboren sind?«

Borro schnappte nach Luft, aber eine Handbewegung Lirandils hinderte ihn daran, sich noch einmal einzumischen.

»Der König verbürgt sich für uns«, erklärte der Elb und nahm das Dokument von König Candric XIII. hervor, das ihm bis jetzt in Asanilon in jeglicher Hinsicht freie Hand verschafft hatte.

Der Oger strich sich das wirre schwarze Haar aus der kastenförmigen Stirn, die seinem Gesicht etwas Grobschlächtiges gab. Eine tiefe Furche zog sich von der Nasenwurzel bis zum Haaransatz. »All die Buchstaben zu entziffern ist mir jetzt etwas zu anstrengend«, erklärte er gedehnt. »Aber das Siegel des Königs erkenne ich. Ihr müsst ein wichtiger Mann sein, Elb.«

»Gut, dass Ihr dies offenbar erkannt habt, Oger!«

»Trotzdem, es bleibt dabei: Kein Halbling in meinem Gasthaus! Mein menschlicher Teilhaber, der sich zurzeit seine wohlverdiente Tagruhe gönnt, weil er in der Nacht die Gäste bedient hat, würde auf der Stelle mit mir brechen, wenn es mir einfallen sollte, Halblinge in die Gästezimmer zu lassen.« Er machte eine wegwerfende Handbewegung. »Nein, das kommt nicht in Frage. Aber da Ihr offenbar irgendetwas mit dem König zu tun habt, gestatte ich Euren Halblingfreunden, im Stall bei den Pferden zu schlafen. Stroh gibt's da reichlich. Und wenn sie sich nicht gegenseitig bestehlen, ist auch niemand dort, der ihnen in die Taschen greift – was einem ansonsten in den engen Gassen der Stadt schon mal passieren kann!«

Als sie die Pferde versorgt und in den Stall gebracht hatten, rief Lirandil sie alle dort zusammen. »Ich habe noch zu tun, wie ich euch ja bereits erläutert habe. Seht zu, dass ihr euch gut ausruht, denn es liegt eine lange Reise vor uns.«

»Wollt Ihr uns nicht wenigstens sagen, wohin es geht?«, fragte Arvan.

Lirandil zögerte, während die Blicke aller auf ihn gerichtet waren. »Wir müssen zurück in den Halblingwald am Langen See«, erklärte er. »Dort hat König Elbanador sein geheimes Erbe einst verborgen. Er hat es den Halblingen übergeben, aber angesichts der Kurzlebigkeit dieses Volkes bezweifle ich, dass sich daran heute noch jemand erinnert ...«

»War das zur Zeit von Brado dem Flüchter?«, fragte Arvan.

»Nein, lange davor. Mehr will ich dazu jetzt auch nicht sagen, denn ich bin in Eile. Nur eins – und das betrifft Brogandas.«

»Ich bin ganz Ohr, werter Lirandil.«

»Denkt Euch etwas aus, das uns vor den Verfolgern schützt, die Ghool schicken wird!«

»Ich glaube, aufgrund der Ereignisse in der Sinkenden Stadt, die mir ja viel Kritik und Verdruss eingetragen haben, wird Ghool fürs Erste glauben, dass Arvan tot ist. Zumindest glauben seine Dienergeschöpfe das, und Ghool wird daran erst dann zweifeln, wenn es einen Grund dafür gibt.« Er grinste breit und richtete den Blick auf Arvan. »Zum Beispiel, falls es dir einfallen sollte, noch einmal einen Feldherrn des Schicksalsverderbers zu erschlagen. Dann wird er davon gewiss erfahren.«

»Es geht nicht um Arvan«, sagte Lirandil. »Es geht um mich. Wie Ihr ja wisst, hat Ghool von Anfang an versucht, meine Mission zu durchkreuzen.«

»Ja, es grenzt an ein Wunder, dass Ihr noch unter den Lebenden weilt, werter Lirandil«, gab Brogandas zurück. Er trat nahe an den Elb heran. Ihre Blicke begegneten sich. »Ich will gerne etwas für Euch tun, Lirandil, und dafür sorgen, dass wir gewappnet sind, falls man uns aufspüren sollte. Aber erstens brauche ich dafür freie Hand und will keine engstirnige, kleingeistige Kritik hören, weil ich vielleicht nicht so zimperlich gewesen bin, wie manche das von mir erwarten.«

»Niemand erwartet, dass Ihr unsere Feinde schont, Brogandas«, sagte Lirandil.

»Ach, wirklich?« Ein kleiner Seitenblick traf Arvan. »Ich hatte ein wenig den Eindruck, aber es kann ja sein, dass ich da etwas missverstanden hatte.«

»Es reicht, wenn Ihr durch Eure Magie keine Unschuldigen meuchelt«, sagte Lirandil.

»Es gibt auch etwas, das ich von Euch verlange, Elb!«

»Und das wäre?«

»Die Beantwortung einer einfachen Frage.«

»So fragt!«

»Es war von Anfang an Eure Absicht, dass der Thuvasier in seine Heimat zurückkehren und davon berichten sollte, dass Ihr im Besitz von Kenntnissen über jene magischen Mittel seid, die König Elbanador einst gegen Ghool einsetzte, nicht wahr?«

»Nun, ich werde wohl gegenüber den Oberen der Stadt etwas Überzeugungsarbeit leisten müssen, damit man Seldos von Thuburg nach einer gewissen Schamfrist freilässt – trotz seiner Gesetzesübertretung.«

»Aber im Prinzip habe ich recht?«

»Ja.«

»Ich muss sagen, ich bewundere immer mehr Euer taktisches Geschick, das über die Kunst eines Diplomaten anscheinend weit hinausgeht. Aber ich nehme an, dass Euch meine Bewunderung nicht überraschen wird, sondern vielmehr Teil Eures Planes ist.«

»Wenn Ihr das sagt, Brogandas.«

»Ihr wollt, dass ich diese Bewunderung einst an den Rat der Mächtigen von Khemrand weitergebe, wenn entschieden wird, ob sich das Reich Albanoy in diesen Krieg einmischen soll – und wenn ja, auf welcher Seite.«

»Ich hätte nichts dagegen, wenn ihr weitertragt, was Ihr gesehen und erlebt habt«, gab Lirandil zu, ohne dass sein Gesichtsausdruck dabei irgendeine Regung zeigte.

Brogandas nickte leicht. »Und Ihr glaubt, dass es Eurer Sache gewiss dienlich ist, wenn ich zuvor noch miterlebe, wie Ihr diese magische Wunderwaffe aus dem Halblingwald bergt, wo sie angeblich seit unvorstellbar langer Zeit verborgen sein soll.«

»Wenn Ihr das bezeugen wollt, würde es sicherlich den Mächtigen von Khemrand die Entscheidung darüber erleichtern, sich auf unsere Seite zu stellen, da dann auch für sie erkennbar würde, dass Ghools Sieg in diesem Krieg noch längst keine ausgemachte Sache ist.«

Die Runen in Brogandas' Gesicht dehnten sich aus. Sie bedeckten für einige Augenblicke seine Haut so dicht, dass nur winzige Hautstellen noch frei waren. »Ich muss zugeben, meine Bewunderung für Eure Skrupellosigkeit hat ein Maß erreicht, das ich nicht für möglich hielt, werter Lirandil. Zumindest nicht bei einem Angehörigen des Alten Volkes.«

Das Alte Volk – so nannten die Dunkelalben die Elben mitunter. Es war eine Bezeichnung, die durchaus verächtlich gemeint war. Aber in diesem Fall schwang echte Bewunderung in Brogandas' Tonfall mit. Eine Bewunderung, die so groß war, dass er es wohl für angebracht hielt, sie durch etwas Sarkasmus abzumildern.

»Wie gesagt, ich habe jetzt zu tun«, sagte Lirandil.

Der Elb verließ den Pferdestall; noch eine ganze Weile danach herrschte Schweigen. Offenbar wagte niemand, etwas zu sagen, weil man damit rechnen musste, dass der Fährtensucher selbst dann noch alles verstehen würde, wenn er sich schon einige Dutzend Schritt entfernt hatte.

Nur das Schnauben der Pferde erfüllte den Raum und mischte sich mit dem Lärm der Stadt.

»Etwas mehr hätte er uns schon verraten können.« Niemand wunderte sich, dass es Borro war, der als Erster das Wort ergriff.

»Warten wir einfach ab und vertrauen ihm«, meinte Arvan.

Borro atmete tief durch und zuckte mit den Schultern. »Etwas anderes bleibt uns ja wohl sowieso nicht übrig, wie mir scheint.«

»Hat einer von euch eine Ahnung, was genau es mit diesem magischen Erbe auf sich hat, das der Erste Elbenkönig angeblich im Halblingwald verbarg?«, fragte Whuon an die drei Halblinge gewandt.

Borro und Zalea schüttelten einhellig die Köpfe.

Neldo hingegen hielt Whuons Blick stand. »Selbst wenn ich es wüsste, würde ich es dir nicht sagen, Söldner«, murmelte er.

»Durch gegenseitiges Misstrauen werden wir der Erfüllung unserer Aufgabe nur schaden«, meinte Arvan.

»Kann sein«, meinte Neldo düster. »Aber es muss ja auch nicht jeder so offenherzig und gutgläubig sein wie du, Menschling!«

Es war lange her, dass Neldo ihn Menschling genannt hatte. Eine mehr oder minder unverblümte Erinnerung daran, dass er einst ein ungeschickter Menschensohn inmitten eines Stammes von Halblingen gewesen war. Jemand, dessen Füße zwar klein ausfielen, der aber ungeschickt war, während der ganze Rest riesenhaft und plump wirkte. Jemand, der gerade einmal gut genug war, Baumschafe davon abzuhalten, ihrer angeborenen Dummheit nachzugeben und sich absichtlich im äußeren Geäst eines Herdenbaums in die Tiefe zu stürzen. Jemand, der nur aufgrund einer geheimnisvollen Kraft zur Selbstheilung all die schweren Verletzungen überstanden hatte, an denen letztlich in erster Linie sein eigenes Ungeschick schuld war.

Es ist viel geschehen, seit wir Gomlos Baum verlassen haben, ging es Arvan durch den Kopf. *Und wir alle haben uns seitdem verändert.*

»Ich schlage vor, dass wir uns jetzt wirklich aufs Ohr hauen«, meinte Zalea.

Sie wandte sich an Whuon und Brogandas. »Was ist? Worauf wartet ihr noch? Nur Pferde und Halblinge müssen anscheinend hier in Asanilon im Stall schlafen, ihr aber keineswegs!«

Nachdem Whuon und Brogandas gegangen waren, legten sich die Halblinge ins Stroh. Arvan blieb bei ihnen, obwohl für ihn die Verbannung durch den Ogerwirt ja auch nicht galt. Aber er fühlte sich in Gesellschaft der Halblinge einfach am wohlsten.

»Ich bin froh, dass wir zum Halblingwald zurückkehren«, sagte Neldo plötzlich, und man konnte ihm anmerken, wie groß die Erleichterung darüber war, dass dies ihr nächstes Reiseziel sein sollte.

»Du machst dir wirklich große Sorgen, nicht wahr?« Arvans Frage war mehr eine Feststellung.

»Du dir etwa nicht?«

»Ich versuche, nicht daran zu denken, was zu Hause los sein könnte, und hoffe das Beste.«

Zu Hause, echote es in Arvans Gedanken. Er hatte diesen Ausdruck ganz selbstverständlich benutzt. Zu Hause, das war noch immer Gomlos Baum. Alles, was er in der Zwischenzeit über seine Herkunft als Spross eines Handelsherrn aus Carabor erfahren hatte, änderte daran nicht das Geringste.

»Ich habe ein ganz schlechtes Gefühl«, sagte Neldo. Er hatte seinen Waffengurt mit dem Rapier und seiner Schleuder abgelegt, während er zusammengekauert im Heu saß. Auch das Ersatzband für seine Schleuder, das bis dahin sein Haar zusammengehalten hatte, streifte er jetzt ab. »Ihr könnt mich für verrückt halten, aber es ist einfach so. Ich habe jetzt schon mehrfach geträumt, dass wir zu Gomlos Baum zurückkehren und niemanden von denen mehr finden, die uns lieb und teuer sind …«

»Zalea hat dir nicht zufällig eine Kleinigkeit von der magischen Essenz des Baumsaftes in deine Wasserflasche geschüttet?«, meinte Borro leichthin, während er an der Sehne seines Bogens zupfte, als wäre es ein Saiteninstrument.

Zaleas und Arvans Blicke sagten ihm mehr als deutlich, dass im Moment niemand seine Bemerkung witzig fand und man eigentlich etwas mehr Mitgefühl von ihm erwartete.

»Du wirst sehen, wir werden zurückkehren und alle gesund und munter antreffen«, meinte Arvan. »Alle Bewohner von Gomlos Baum und auch alle anderen Angehörigen des Stammes von Brado dem Flüchter. Du wirst sehen!«

Kampf im Thronsaal

Weit entfernt, tief unter der Insel Kergur-Dun in den Höhlen des versunkenen Zwergenreichs von König Grabaldin …

Die Flammenpeitsche zuckte und schlang sich um den Hals des Zwergenkriegers aus der königlichen Leibwache. Ein Ruck, und der Flammendämon zog den Zwerg zu sich heran. Der Zwerg schrie, als sein Bart und seine Kleidung augenblicklich Feuer fingen und sich die dunkle Klinge des Dämons durch seinen Körper bohrte. Aus dem Rücken kam sie wieder hervor. Ein Mund bildete sich auf der glühenden Oberfläche des Dämonenkopfes. Ein Flammenstrahl schoss daraus hervor; wie ein sengender Atem erfasste er den wimmernden Zwergenkörper. Innerhalb von Augenblicken war der Zwerg vollkommen verkohlt. Er zerfiel zu Asche, die zu Boden rieselte. Die Zugluft, die überall in den Gängen des unterirdischen Palastes herrschte, wirbelte sie auf. Es sah aus wie Myriaden von Glühwürmchen, deren Licht sich mit dem der Fackeln mischte – und mit jenem der in die Wände eingelassenen Leuchtsteine, die man überall finden konnte – nicht nur im Palast, sondern auch in den weitläufigen Gängen und Schächten, die das versunkene Zwergenreich durchzogen wie Adern einen lebendigen Körper. Der glühende Dämon ließ sein dunkles, schlackefarbenes Schwert umherfahren und köpfte einen weiteren zwergischen Palastwächter mit einem Hieb, während gleichzeitig die Flammenpeitsche sich um Hals und Schultern eines weiteren Zwergs schloss, ihn mit einem Ruck emporschleuderte und gegen die Höhlendecke prallen ließ. Kurz bevor sein Körper am Granit zerschmettert wurde, schleuderte der Zwergenkrieger seinem Gegner noch mit einem Schrei die Streitaxt entgegen. Ein kraftvoller Wurf, der ausgereicht hätte, um selbst einen behelmten Orkschädel zu spalten. Der Feuerdämon empfing die Waffe jedoch mit einem Schwall seiner Glut, die aus seinem geöffneten Mund herausdrang. Das Holz des Stiels verkohlte innerhalb eines Herzschlags. Die Klinge schmolz und zerfloss zu herabtropfender Glut, die sich zischend auf dem Boden verteilte, ehe sie zu einer Form erstarrte, die nicht einmal im Entferntesten erahnen ließ, was sie mal gewesen war.

Einen tiefen, grollenden Laut stieß der Dämon daraufhin aus. Seine blicklosen Augen, die so schwarz wie seine dunkle, schlackefarbene Klinge waren, wurden für einen Augenblick von einer aufglimmenden Glut überstrahlt, die seinen Körper erfüllte. Seine Form veränderte sich. Zwei weitere Arme wuchsen aus der Gestalt hervor. Sie endeten jedoch nicht in Händen oder Pranken, sondern in zwei weiteren glühenden Köpfen mit schlackefarbenen, sich dunkel gegen die Glut abhebenden Augen. Münder öffneten sich. Aber sie stießen keinen Flammenstrahl aus, sondern Töne. Sie waren so tief, dass man sie kaum hören konnte – und so mächtig, dass sie den Boden erzittern ließen. Risse bildeten sich im Gestein.

Der Dämon machte einen weiten Schritt, dann einen weiteren, dann hatte er die Tür aus dunklem Ebenholz erreicht. Hinter sich hörte er die dröhnenden Rufe weiterer Dämonen. *Töten! Morden! Brennen!* Dazu waren sie gerufen worden. Aufgestiegen aus den tiefsten Tiefen des Erdreichs und gerufen von einem der mächtigsten Wesen, die je existiert hatten.

Ghool!

Dieser Name war einem alles beherrschenden Gedanken gleich. Einem Befehl, der unbedingt und um jeden Preis auszuführen war. *Alles durchdringen, alles erobern, alles versengen …*

Die zusätzlichen, schlangenhaften Arme stießen gegen die Tür. Die Köpfe stießen dabei ihren Feueratem aus, der sich in das uralte Ebenholz fraß, das noch aus jener Zeit stammte, als sich das Land noch nicht gesenkt hatte und dementsprechend überflutet worden war. Und obwohl diese Tür durch Zwergenrunen und Magie gegen Brandschäden gewappnet war, nützte das in diesem Fall nichts. Zu stark war die unheimliche Feuerkraft, die dem Dämon innewohnte. Die Tür zerfiel zu grauschwarzer Asche, die von der Zugluft davongeweht wurde.

Nur vorwärts!

Einen Schritt machte der Dämon und befand sich bereits im Thronsaal des Zwergenkönigs.

Die Residenz König Grabaldins war das Zentrum des Zwergenreichs. Wer diesen Ort aufgab, der gab alles auf. Das ganze, weit verzweigte und größtenteils unter den Meeresboden abgesunkene Reich der Zwerge. Dessen Gänge reichten zum Teil bis unter die große Landmasse, die der Kontinent Athranor bildete. Kaum jemand ahnte etwas davon, und die wenigen unter den menschlichen Siedlern, die einst über das Caraboreanische Meer gekommen waren, um sich in Athranor anzusiedeln, hatten kaum eine Ahnung davon. Sie hätten nie geglaubt, dass nur wenige Meter unter ihren Füßen ein fremdes, verborgenes Reich begann.

Mit Krone und Harnisch stand König Grabaldin vor seinem Thron. Außer Grabaldin selbst trug nahezu jeder Zwerg einen Helm zur Vermeidung von Kopfverletzungen, die man sich sowohl im Kampf als auch beim ganz gewöhnlichen Leben in der Tiefe stets zuziehen konnte, wenn man beispielsweise auf ein tief herabhängendes oder hervorspringendes Stück Stein nicht schnell genug reagierte. Grabaldin aber lehnte diese Sitte ab. Er trug stattdessen die Krone aus Zwergengold stolz auf dem Kopf. Diese Krone war seit über hundertzwanzig Generationen das Zeichen für die Königswürde und das Symbol der zwergischen Zivilisation. Grabaldin hatte diese Krone täglich getragen, seit man ihn im Palast unterhalb von Kergur-Dun gekrönt und er dieses höchste Amt der Zwergenheit von seinem Vater übernommen hatte. Von ihm hatte Grabaldin nicht nur sein Amt übernommen, sondern er teilte auch den Namen mit ihm.

»Majestät! Mein König, wir müssen fort!«, sagte ein vergleichsweise schmächtiger und schon sehr viel älterer Zwerg, der sich ein ganzes Stück hinter König Grabaldin aufhielt. »Es dürfte jetzt schon kaum noch möglich sein, die Oberfläche zu erreichen!«

»Na, seht Ihr, Meister Umbro, dann hat es ohnehin keinen Sinn, zu flüchten!«, knurrte Grabaldin. Der Zwergenkönig war bis auf die Zähne bewaffnet. Er trug ein Schwert auf dem Rücken und eine kürzere Klinge am Gürtel. In der Hand hielt er eine Streitaxt mit Doppelklinge, die im Vergleich zu der gedrungenen Gestalt des Zwergenkönigs schon eine fast monströs wirkende Größe hatte. Allerdings waren seine Arme so kräftig, dass er diese riesenhafte Waffe mit einer Leichtigkeit schwang, die einem menschlichen Beobachter wohl als schier unglaublich erschienen wäre.

In der Linken hielt er einen Buckler. Diesen nur tellergroßen Schild, der um die Faust herum einen »Buckel« formte, konnte man auf den Schwertgriff stecken. Abgesehen von der Abwehr von gegnerischen Angriffen konnte man ihn auch zum Austeilen von Fausthieben benutzen.

»Voran, ihr Schwächlinge!«, rief er den letzten Getreuen der Palastwache zu, die sich im Audienzsaal zusammengefunden hatten.

Als in diesem Augenblick die Tür zu Asche zerfiel und der erste Feuerdämon den Audienzsaal des Zwergenkönigs von Kergur-Dun betrat, stockte selbst dem für seine Furchtlosigkeit bekannten Grabaldin der Atem.

»Bei allen Zwergengöttern«, flüsterte er.

Sein Gesicht erbleichte.

Doch dann schwang er die Axt über dem Kopf.

»Mein König!«, rief Umbro, der Grabaldin offenbar gut genug kannte, um vorausahnen zu können, wie der Herrscher des unterirdischen Reiches jetzt reagieren würde. Umbro war der Waffenmeister des Zwergenkönigs. Allerdings hatte dieses Amt schon seit vielen Generationen nichts mehr mit den Waffen des Königs zu tun. Zumindest nicht in erster Linie. Vielmehr war der Waffenmeister eine Art oberster Minister. Ein Verwalter, dem es insbesondere oblag, für eine gerechte Verteilung der geschürften Erze und Edelmetalle zu sorgen, was dem Waffenmeister eine äußerst einflussreiche Stellung am Hof sicherte.

Aber Grabaldin hatte kein Ohr für seinen Waffenmeister.

Er stürmte stattdessen durch den von Fackeln und Leuchtsteinen erhellten Raum. Blindwütig und der Raserei nahe stürzte sich der Zwerg auf den Feuerdämon, dem bereits ein zweiter gefolgt war. Beide glichen einander vollkommen. Den insgesamt eher gestreckten Proportionen nach wirkten ihre Umrisse für Grabaldin wie Zerrbilder von Zwergen.

Fast wie die Gestalten der menschlichen Barbaren oder der Elben. Zu beiden hatten die Zwerge aus König Grabaldins Reich jedoch seit langer Zeit wenig Verbindung, sodass diese Vorstellung für Grabaldin nicht allzu lebendig war.

Er wich dem Schlag der Flammenpeitsche aus, die aus dem Arm seines Gegners herauswuchs. Den Schwertarm des Dämons schlug er mitsamt der dunklen Klinge einfach ab. Als seine Axt den glühenden Dämonenkörper durchdrang, zischte es, und Blitze zuckten über die Waffe bis zu Grabaldins Arm, tanzten von dort aus weiter bis zu Schulter, Rücken und Kopf und ließen ihn aufschreien. Schmerzen durchfuhren ihn, aber Grabaldin ignorierte sie. Der Schwertarm seines Gegners war kaum zu Boden gefallen, als sich bereits aus der Substanz seines glühenden Körpers ein weiterer zu formen begann. Doch noch ehe dieser Vorgang auch nur ansatzweise abgeschlossen war, hatte Grabaldin dem Dämon auch den Kopf vom Rumpf getrennt. Als ein erstarrender Schlackebrocken wurde der Dämonenkopf durch den wuchtigen Schlag auf die andere Seite des Audienzsaals geschleudert. Ein Aufschrei ging durch die wenigen noch anwesenden Getreuen. Die meisten von ihnen hatten den Audienzsaal allerdings bereits durch einen Nebenausgang verlassen. Dieser führte zu einem Gang, durch den man über einige Schächte, in denen Zwergenmagier die Kraft der Gewichtslosigkeit magisch etabliert hatten, an die Oberfläche der Insel Kergur-Dun gelangen konnte. *Oberfläche,* durchfuhr es Grabaldin in diesem Moment grimmig, während er Umbros Ermahnungen der letzten Stunden und Tage in seinen Gedanken hörte. *Es gibt für wahre Zwerge keinen schlimmeren Ort als die Oberfläche!*

Die Hiebe des Zwergenkönigs kamen in so rascher Folge,

dass selbst der Dämon sich davon anscheinend nicht schnell genug zu erholen vermochte. Blitzartig und ohne Rücksicht auf all die magischen Kräfte, die dabei immer stärker auf ihn einwirkten, schlug Grabaldin mit der Axt auf die glühende Gestalt ein. Ehe sich ein neuer Kopf, geschweige denn ein Mund bilden konnte, der in der Lage gewesen wäre, den furchtbaren Flammenstrahl auszuspucken, hatte Grabaldin ihn bereits erneut abgehackt. Diesmal landete der erkaltende Schlackebrocken zuerst an der Decke, wo er für Augenblicke mit dem dortigen Gestein verschmolz. Dann erst tropfte er herab. Der Dämon brüllte auf. Es war ein sehr tiefer Laut, der Grabaldin ein deutliches Magendrücken verursachte. Eine Mischung aus Schmerzensschrei, Wutgeheul und Kampfschrei. Immer schneller ließ der König Hieb auf Hieb mit seiner Doppelklingenaxt folgen. Einem Berserker gleich schwang er die Waffe auf und nieder und ließ sie in der Vertikalen durch die Luft schwirren und durch die Glut hindurchfahren.

Der Dämon war bald vollkommen zerschlagen. Die zerhackten Einzelstücke glühten zwar noch ein wenig, und es zuckten Blitze oder Flammen aus ihnen hervor, aber die schienen unschädlich zu sein. Grabaldin wandte sich gleich dem nächsten Flammendämon zu.

»Seht Ihr das! So bekämpft man diese glühende Brut aus dem Inneren der Erde!«, dröhnte die Stimme des Zwergenkönigs.

Umbro war inzwischen der Letzte der Zwergenkrieger, der bis jetzt im Audienzsaal ausgeharrt hatte. Der Waffenmeister hatte seine zwei Schwerter gezogen, um dem Angriff eines Feuerdämons begegnen zu können. Seine Augen verengten sich. Das Gesicht mit dem zu Zöpfen geflochtenen, nach Zwergentradition bis an das Brustbein herabreichenden Bart verzog sich zur Grimasse. »Nein, mein König! So nicht!«

Doch Grabaldin ließ sich dadurch nicht aufhalten. Er kämpfte bereits mit dem nächsten Feuerdämon. Mit dem Buckler wehrte er einen Hieb der dunklen Dämonenklinge ab. Aber dieser Hieb war so heftig, dass der kleine Handschild darunter zerbrach. Eine Funkenflut ergoss sich dabei über ihn. Aber das beachtete Grabaldin nicht weiter. Auch nicht, als einige dieser Funken in seinen majestätischen Bart flogen und ihn ansengten. Er schleuderte die Reste des Bucklers von sich und wollte gerade die Streitaxt mit beiden Händen fassen, als sich die Flammenpeitsche seines Gegners um die Doppelklinge schlang und sie ihm mit einem kräftigen Ruck entriss. Die Axt wurde in die Höhe geschleudert und prallte so heftig gegen die Decke aus Granit, dass die Doppelklinge zerbrach. Außerdem wurden durch den Aufprall faustgroße Stücke aus dem Gestein herausgehauen und fielen nun herab. Einer dieser Brocken traf Grabaldin an der Schulter, ein anderer streifte seine Nase und fiel ihm geradewegs vor die Füße, nachdem der Zwergenkönig instinktiv einen Schritt zurückgetreten war. Blut schoss ihm aus der Nase, rann in seinen üppigen Bart hinein und wurde dort aufgesogen. Er machte einen weiteren Schritt zurück und zog mit einer einzigen Bewegung seine beiden Schwerter. Mit einem wuchtigen Hieb schlug er dem Dämon den Peitschenarm ab, wich einem Schlag von dessen dunkler Klinge aus und trieb das zweite Schwert tief in den glühenden Körper. Blitze zuckten aus diesem hervor, fuhren Grabaldin in den Arm. Ein furchtbarer Schmerz durchraste ihn. Er musste sein Kurzschwert loslassen. Es blieb im Körper des Dämons stecken. Die Glut löste es auf, ließ es zerschmelzen und eins werden mit dem glühenden Dämonenleib, aus dem gleichzeitig weitere Arme hervorwuchsen. Mit einer Folge dicht aufeinanderfolgender Schläge mit dem Langschwert zerstückelte er den Dämon. Ein glühender Brocken spritzte dabei auf seinen Oberarm und brannte sich dort ein, bevor der Zwergenkönig ihn abschütteln konnte. Grabaldin stieß einen lauten Schrei aus, halb vor Schmerz, halb vor Wut.

Der Dämon brüllte tief und dröhnend. Weitere Risse verzweigten sich in der Decke des Audienzsaals. Die Brocken, die jetzt herabfielen, waren schon so groß wie ein ganzer Zwergenbauch. Einer davon krachte dicht neben dem tollkühn kämpfenden König auf den Boden und drückte einen noch glühenden Klumpen aus der Körpersubstanz des Dämons mit seinem Gewicht platt, bevor sich neue Arme aus ihm bilden konnten. Manche dieser noch glühenden Bruchstücke waren nämlich offenbar noch von jener dämonischen Kraft erfüllt, die sie zuvor belebt hatte.

Als nun ein ganzes Stück der Granitdecke herabstürzte, begruben die Gesteinsbrocken den von Grabaldin bereits stark verstümmelten und kaum noch handlungsfähigen Dämon unter sich. Grabaldin atmete tief durch. Er wich zurück und konnte von Glück sagen, dass ihn nicht ein riesiger Gesteinsbrocken, der gerade niederstürzte, unter sich begrub. Der Boden erzitterte, als der Block aufkam. Risse verzweigten sich nun auch auf dem mit Marmor ausgelegten Boden des königlichen Audienzsaals. Eine der Säulen, die mit Zwergenrunen aus purem Gold verziert waren, brach in der Mitte und stürzte ein. Wenig später wurde sie durch von oben nachfallendes Geröll bedeckt. Eine Wolke aus Staub erfüllte jenen herrschaftlichen Raum, von dem aus die Könige der Zwerge von Athranor viele Zeitalter lang ihr Reich regiert hatten. Nichts ließ jetzt noch darauf schließen, dass in diesem Saal regelmäßig über Streitfälle bei der Verteilung von Goldfunden gerichtet wurde, deren Ausmaße überall sonst in Athranor jegliches Vorstellungsvermögen überstiegen hätten. Der Angriff der Feuerdämonen hatte diesen Ort in ein Trümmerfeld verwandelt.

Grabaldin spürte, wie er zur Seite gerissen wurde. Ein weiterer Gesteinsbrocken – groß genug, um auch den stärksten Zwerg zu töten – schlug gerade dort auf, wo der König einen Moment vorher noch gestanden hatte.

»Verzeiht, dass ich Euch so grob angefasst habe, mein König!«, war die Stimme von Waffenmeister Umbro zu hören.

In dessen Helm war ein Leuchtstein eingearbeitet, der für Helligkeit sorgte, sobald man sich in einem schlecht oder gar nicht beleuchteten Schacht befand. Ein Teil der Fackeln im Audienzsaal war verloschen. Und manche der in die Wände eingelassenen Leuchtsteine flackerten nur noch, was vielleicht an der Anwesenheit der Dämonen lag, die die Magie dieser Steine störten.

»Keine Ursache!«, schnaubte Grabaldin. Umbro zog ihn ein Stück mit sich, da sich abzeichnete, dass weitere Teile der Granitdecke in Kürze herabstürzen würden, doch der König machte sich widerstrebend von ihm los. Er drehte sich um und sah zu der verschütteten Haupttür des Audienzsaals. Dröhnende Laute drangen von dort her. *Dämonenstimmen.*

Waffenmeister Umbro schien die Gedanken seines Herrschers zu erraten.

»Majestät, es hat keinen Sinn, hier weiter auszuharren! Die Feuerdämonen sind überall! Und es dürfte kaum einen Schacht oder eine Höhle geben, in er sie nicht bereits gewütet haben …«

»Aber …«

»Wir müssen an die Oberfläche! Das ist die einzige Möglichkeit, uns zu retten, Majestät – denn die Feuerdämonen können uns dorthin nicht dauerhaft folgen!«

»Ich hätte nicht gedacht, dass ich ein Reich von Feiglingen regiere«, knurrte Grabaldin voller Grimm. »Hundertsiebenundzwanzig Könige meines Geschlechts, die in ununterbrochener Folge die Zwergenheit von Athranor regierten und alle wie ich den Namen Grabaldin trugen, sind eine Verpflichtung, die man nicht so einfach beiseitewischen kann, Umbro! Wenn du willst, kannst du ja gehen und dich an die Oberfläche retten.«

»Und Ihr, mein König?«

»Ich kämpfe ganz allein weiter, wenn es sein muss!« Unterirdische Feuer waren seit je eine der schlimmsten Bedrohungen für die Zwerge gewesen. Auch die Verwendung von magischen Leuchtsteinen hatte diese Gefahr nie ganz bannen können. Schließlich war Feuer sowohl für die Nahrungszubereitung als auch für die von Zwergen hoch geschätzte und hochgradig perfektionierte Schmiedekunst unerlässlich. So kannte jeder Zwerg eine Reihe von Zauberformeln, die geeignet waren, Feuer einzudämmen. Bei seinem Kampf gegen die Feuerdämonen hatten Grabaldin diese Formeln durchaus genützt – allerdings längst nicht immer in der erhofften Weise. Das war ihm schon sehr bald aufgefallen. Und vermutlich war es vielen anderen Zwergenkriegern, die von den Feuerdämonen attackiert worden waren, ähnlich ergangen. Gegen die dämonische Kraft dieser Wesen half Zwergenmagie nur sehr bedingt. Sie schützte vielleicht davor, dass man im Kampf sofort versengt wurde und zu Asche zerfiel – aber ein Mittel zur dauerhaften Abwehr dieser Kreaturen war sie nicht.

»Majestät, ich beschwöre Euch ein letztes Mal! Euer unterirdisches Reich ist verloren! Die Feuerdämonen sind überall, und es dürfte kaum noch einen Bereich geben, in dem es anders aussieht als hier … Und sehr bald werden diese glühenden Bestien auch den letzten Winkel, den letzten Schacht und den letzten Stollen erobern …«

Grabaldin hustete. Der aufgewirbelte Staub raubte ihm den Atem und kratzte selbst einem in diesen Dingen recht hart gesottenen Zwerg im Rachen.

»Ich werde nicht aufgeben!«, beharrte Grabaldin. Er sah Umbro mit einem Blick an, der Entschlossenheit ausdrückte. »Geh hinauf zu den anderen! Geh hin zu all denen, die sich an die sogenannte *Oberfläche* gerettet haben und sage ihnen, was ich dir gesagt habe! Wenn sie schon nicht kämpfen wollen wie Zwerge, sondern sich verstecken wie Halblinge, dann sollen sie sich wenigstens dafür schämen, dass sie ihren König im Stich lassen.«

»Es tut mir leid, Majestät«, sagte Umbro.

Grabaldin runzelte die Stirn.

»Was tut dir leid, Waffenmeister?«

»Das hier.«

Und mit diesen Worten versetzte Umbro seinem König einen Kopfstoß mit seiner durch den Helm geschützten Stirn. König Grabaldin sackte bewusstlos in sich zusammen. Und während die Gesteinsbrocken an der verschütteten Tür des Audienzsaals bereits in Bewegung gerieten und dröhnende Laute nachdrängender Feuerdämonen zu hören waren, packte Umbro seinen König und hob ihn, so behutsam ihm dies in dieser Situation möglich war, über die Schulter. »Bei allen Göttern der Tiefe und des Goldes – ich hoffe, es ist noch nicht zu spät«, murmelte der Waffenmeister vor sich hin. Wenn die Zwergenheit schon ihr Reich verlor, war es umso wichtiger, wenigstens den König zu retten!

Umbro lief mit seiner schweren Last, so schnell er konnte,

auf einen der Nebenausgänge des Audienzsaals zu, während hinter ihm die dröhnenden Dämonenstimmen dafür sorgten, dass sich weitere Risse durch das massive Gestein zogen. *Nein, hier wird kein Stein auf dem anderen bleiben!*, dachte er.

Zwergensorgen

In seinen Gemächern auf der Burg von Gaa versuchte Rhelmi von Thoma-Dun zum wiederholten Mal, Verbindung zum Hof des Zwergenkönigs zu bekommen. Er hatte den Kristall, der ihm bisher als Medium gedient hatte, in die Mitte der Tischplatte aus Marmor gelegt und versucht, die Kräfte des Kristalls mithilfe verschiedener Zaubersprüche zu bündeln. Aber bisher war keine seiner Bemühungen von Erfolg gekrönt worden, und Rhelmi war inzwischen von tiefer Sorge erfüllt. Was mochte da in seiner Heimat wohl vor sich gegangen sein? Er war nur mäßig gebildet, was die magischen Künste betraf, und so konnte der Botschafter König Grabaldins nach wie vor nicht restlos ausschließen, dass seine Schwierigkeiten, mit dem Hof in Verbindung zu treten, doch letztlich mit seinem Kristall zu tun hatten. Aber andererseits fiel es ihm schwer zu glauben, dass sich umgekehrt sein König nicht mehr dafür interessieren sollte, was sich auf dem athranorischen Festland abspielte. Schließlich ging es um nicht weniger als die Frage, ob sich das Zwergenvolk in den Krieg einmischen sollte, den der Schicksalsverderber Ghool vom Zaun gebrochen hatte.

Marmor war ein Material, von dem bekannt war, dass es die störenden Einflüsse fremder Magie minimieren konnte, und so hatte es seinen Sinn, dass Botschafter Rhelmi den Kristall auf diese Tischplatte gelegt hatte. Eigentlich war dieser Tisch mit der schweren Steinplatte gar nicht

Bestandteil der Einrichtung seiner Gemächer gewesen. Rhelmi hatte ihn in einem der Festsäle entdeckt, in denen allabendlich die Bankette abgehalten wurden. Und man war Rhelmis Wunsch nachgekommen, den Tisch hierherzubringen. Seltsamerweise hatte man ihn noch nicht einmal nach dem Grund befragt. Aber das konnte auch daran liegen, dass zurzeit recht viele gekrönte Häupter sich in Gaa versammelt hatten. Und deren Wünsche waren zum Teil wohl weitaus ausgefallener. Da fiel es für die Dienerschaft des Statthalters von Gaa wohl gar nicht mehr ins Gewicht, wenn der zwergische Gesandte den Wunsch äußerte, einen ganz bestimmten Tisch in seine Gemächer gebracht zu bekommen. Rhelmis Angebot, den außerordentlich schweren Tisch selbst zu tragen, war allerdings abgelehnt worden. Rhelmi hatte das angeboten, da er inzwischen um die körperliche Unzulänglichkeit der Menschenvölker beim Heben schwerer Lasten wusste und erkannt hatte, dass bei den meisten von ihnen weder die Muskulatur noch die Knochen wirklich gut geeignet waren. Allerdings war Rhelmis Angebot brüsk zurückgewiesen worden, und später hatten dann ein halbes Dutzend Diener den Tisch in Rhelmis Gemach gewuchtet. Offenbar hatte gerade kein Waldriese zur Verfügung gestanden, um diese Aufgabe zu übernehmen, und einem der groben Oger aus den Heerscharen König Orfons von Bagorien wollte man diese Aufgabe wohl nicht übertragen. Aus gutem Grund, denn der Tisch hatte gewiss einen nicht unbeträchtlichen Wert. Schon bei einem Blick aus dem Fenster seines Gemachs konnte Rhelmi verfolgen, wie grob die Oger in ihrem Heerlager mit dem Eigentum des bagorischen Königs umgingen.

Seit einer geschlagenen Stunde starrte Rhelmi den Kristall nun schon unverwandt an und wartete darauf, dass das schwache Aufflackern der Magie, das er beobachtet hatte, sich vielleicht ein zweites Mal ereignen würde. Es war zumindest ein Zeichen der Hoffnung für den Botschafter. Hoffnung darauf, dass es ihm vielleicht doch bald gelingen sollte, mit seinem König in Verbindung zu treten. Und vielleicht, so mutmaßte er, war dieses schwache Flackern, das er bemerkt hatte, ja der Versuch, umgekehrt mit ihm in Verbindung zu treten.

Von draußen drangen die Kampfschreie der Ogersoldaten aus Bagorien an sein Ohr. Sie schienen mehr oder minder den ganzen Tag mit irgendwelchen Übungskämpfen zu verbringen, die sie zumeist mit lautstarkem Geschrei begleiteten. Die menschlichen Soldaten der anderen Heere, die sich in und um Gaa versammelt hatten, betrachteten diese Übungskämpfe inzwischen als eine Art willkommenes Schauspiel, das geeignet war, ihnen die Wartezeit bis zur nächsten Schlacht zu vertreiben. Und so versammelten sich nicht selten große Zuschauermassen um die Zelte der Ogersöldner aus König Orfons Heer.

Zuerst hatte Rhelmi diese Lärmbelästigung als unzumutbar empfunden. Inzwischen waren diese Geräusche in seiner Wahrnehmung so in den Hintergrund getreten, dass er sie kaum noch beachtete.

Sein starr wirkender, konzentrierter Blick fixierte den Kristall ununterbrochen. Er wollte den Moment, in dem er vielleicht noch einmal aufflackerte, nicht verpassen.

Und dann geschah es!

Plötzlich blitzte es im Inneren des Kristalls auf.

Rhelmi murmelte sofort einen einfachen Verstärkungszauber, nichts Besonderes, und vermutlich hätten einem Zwerg, der in den Künsten der Magie ausgebildet war, ganz andere Möglichkeiten zur Verfügung gestanden, um die Kräfte des Kristalls zu verstärken. So war Rhelmi auf diese einfache Formel angewiesen, von deren Wirksamkeit er im Übrigen nicht einmal restlos überzeugt war.

Die Blitze wurden stärker. Es schoss plötzlich eine Lichtblase aus dem Kristall heraus. Sie leuchtete so stark, dass Rhelmi im ersten Augenblick davon geblendet war. Um ein Haar hätte er vor Schreck vergessen, die Verstärkungsformel unablässig weiterzumurmeln. Ganz gleich, ob sie nun etwas nützte oder nicht, er hätte es sich nie verziehen, wenn am Ende auch nur die vage Möglichkeit bestand, dass er durch seine Ungeschicklichkeit in magischen Dingen dafür verantwortlich gewesen wäre, dass die Verbindung zum Königshof von Kergur-Dun nicht zustande gekommen wäre.

Die Lichtblase zerplatzte.

Doch es entstand eine zweite. Sie blähte sich auf, veränderte dabei die Farbe, bis sie schließlich von einem wirren Gemisch aus ineinanderfließenden Formen erfüllt war.

Diese Blase dehnte sich so weit aus, dass ihr Durchmesser schließlich dem der Marmor-Tischplatte entsprach. Dann zerplatzte auch sie.

Zu Rhelmis großer Erleichterung entstand daraufhin gleich eine weitere Blase. Sie blieb kleiner und wuchs nicht über das Maß eines durchschnittlichen Zwergenschädels hinaus. Farbige Schlieren durchzogen sie, schienen schließlich ineinanderzufließen und bildeten schließlich Formen, von denen einige Ähnlichkeit mit bestimmten Zwergenrunen hatten.

Dann wurde schließlich das Gesicht eines Zwerges sichtbar.

Sein Bart war zwar kunstvoll und mit viel Liebe zum Detail zu Zöpfen geflochten, wie es guter zwergischer Tradition entsprach, aber an einigen Stellen verunzierten Brandspuren diese auf eine insgesamt recht beachtliche Länge gebrachte Pracht.

Das Gesicht war rußverschmiert, wie nach einem der gefürchteten Schachtbrände, die immer wieder in verschiedenen Teilen des Zwergenreiches ausgebrochen waren und dann zumeist viele Opfer gefordert hatten.

Viel erstaunlicher war für Rhelmi auf den ersten Blick allerdings etwas anderes. Im Hintergrund des Bildes waren nämlich schroffe Felsen zu sehen – und für einen Moment glaubte er sogar erkennen zu können, wie Meereswogen gegen eine Steilküste schlugen. *Ein Verbindungsversuch von der Oberfläche – und nicht aus dem Königspalast*, durchfuhr es den Gesandten des Zwergenreichs. *Dafür muss es einen wirklich guten Grund geben …*

»Rhelmi! Ich hoffe, du kannst mich verstehen«, sagte der Zwerg in der Lichtblase.

»Laut und deutlich, werter Waffenmeister!«, rief Rhelmi etwas zu laut, weil er vielleicht insgeheim das Gefühl hatte, die große Entfernung bis Kergur-Dun mithilfe seiner Stimme überbrücken zu müssen.

Waffenmeister Umbro kannte er natürlich gut.

Schließlich war Umbro einer der mächtigsten und einflussreichsten Zwerge am Hof von Kergur-Dun. Ohne das Wohlwollen des Waffenmeisters hätte Rhelmi niemals zum Gesandten von König Grabaldin aufsteigen können. »Ich habe mir schon Sorgen gemacht – und jetzt sehe ich …« Rhelmi sprach es nicht aus.

Stattdessen vollendete Umbro seinen Satz.

»… dass ich an der *Oberfläche* bin.« Er sprach dieses Wort aus, als wäre es etwas Unanständiges. Auf jeden Fall aber war es etwas vollkommen Unzwergisches. »Nun, für dich als Gesandten dürfte es ja nichts Besonderes sein, jeden Tag den Schein der Sonne im Gesicht zu haben. Aber für uns alle ist das etwas anderes … Vor allem auch wegen der Umstände, die uns dazu gebracht haben, das unterirdische Reich zu verlassen.«

»Was?«

»Deine Sorgen waren berechtigt, Rhelmi«, stellte Umbro fest. »Und ich bin heilfroh, dass es überhaupt gelang, einen der magischen Kristalle aus der Tiefe zu retten, sodass wir eine Verbindung zueinander haben …«

»Was ist mit dem König?«, fragte Rhelmi sofort. »Wieso spreche ich nicht mit ihm? Und was ist überhaupt geschehen?«

»Um deine letzte Frage zuerst zu beantworten: Feuerdämonen sind in großer Zahl überall in den Schächten und Stollen unseres Reiches aufgetaucht. Sie haben wahllos gemordet, und so tapfer sich auch einige von uns gegen sie zu wehren versuchten, so vergeblich war dieser Widerstand andererseits auch.«

»Feuerdämonen? Aber …«

»Es gibt nur einen, der mächtig genug ist, so viele von ihnen herbeizurufen, Rhelmi.«

Der Gesandte schluckte und strich sich den Bart glatt. Eine Geste, mit der er zumeist sein Entsetzen zu überspielen versuchte. Natürlich wusste er, worauf Umbro hinauswollte.

»Ghool«, flüsterte Rhelmi, und in seinen Tonfall mischte sich eine deutliche Portion Grimm. Er ballte unwillkürlich die kräftigen Zwergenhände zu Fäusten. *Es hat sich nicht gelohnt abzuwarten,* dachte er.

»Es war vielleicht naiv von uns zu glauben, wir könnten uns aus dem Krieg heraushalten, den der Schicksalsverderber begonnen hatte«, fuhr Waffenmeister Umbro unterdessen fort. »Und so, wie es scheint, hätten wir nicht einmal die Möglichkeit gehabt, uns durch eine schnelle Unterwerfung zu retten.«

»Aber wir sind mit Ghool nicht im Krieg! Nie haben wir deutlich gemacht, dass wir das Bündnis unterstützen, das Lirandil der Fährtensucher schon seit Jahrhunderten zu schmieden versucht.« Völlig fassungslos schüttelte Rhelmi den Kopf. »Wie kann es sein, dass ausgerechnet die Zwergenheit das Opfer Ghools wird?«

»Ich kann mir das nur so erklären, dass es ihm um die absolute Macht geht. Eine Macht, die auch das Innere der Erde betrifft und die alles durchdringen soll. Für Geschöpfe wie uns scheint in diesen Plänen kein Platz zu sein – nicht einmal als willige Untertanen. Leider, leider haben wir das zu spät erkannt …«

Er benutzt das Wort »wir«, bemerkte Rhelmi. *Aber eigentlich meint er unseren König, auch wenn er das aus Respekt vor ihm nicht so offen ausspricht.*

»Wie viele …«, fragte Rhelmi und wagte es nicht, weiterzusprechen.

»Die Überlebenden haben sich an der Oberfläche von Kergur-Dun gesammelt. Was aus denen wurde, die es nicht hierhergeschafft haben, können wir nur vermuten. Aber wir haben nicht viel Hoffnung für diejenigen, die bisher nicht an die Oberfläche gelangt sind.«

Rhelmi schluckte. Er hatte nie selbst eine Familie gegründet, was nicht verwunderlich war. Schließlich hatte er viele Jahre als Gesandter in der Fremde verbracht. Seine Eltern waren längst gestorben, und Geschwister hatte er nicht. Rhelmi stammte aus einer Wohnhöhle in den Tiefen unterhalb der Insel Thomra-Dun. Neben Kergur-Dun und Ulras-Dun war das eine der drei höchsten Gipfel des versunkenen Zwergenreichs, die heute noch als Inseln aus dem Meer ragten.

Es gab einige Freunde und Bekannte in den Wohnstollen seiner Heimat, deren mögliche Schicksale ihm jetzt keine Ruhe mehr ließen. »Gibt es Kunde von den anderen Inseln?«, fragte Rhelmi. Seine Stimme klang belegt, während diese Worte eher schleppend über seine Lippen kamen.

»Nein«, gab Umbro zu. »Bis jetzt noch nicht.«

»Und – der König?«

So verhängnisvoll die zögerliche Haltung von König Grabaldin vielleicht auch gewesen sein mochte – er war und blieb letztlich das Symbol der Zwergenheit. Und falls auch er den Feuerdämonen zum Opfer gefallen war, so hätte dies einen schier unersetzlichen Verlust bedeutet.

»Dem König geht es den Umständen entsprechend«, gab Umbro zögernd Auskunft.

»Was soll das bedeuten? – Den Umständen entsprechend …?«

»Er hat einen Stein auf den Kopf bekommen, der aus der Granitdecke des Audienzsaals brach … Er hätte eben doch einen Helm anstatt einer Krone tragen sollen, auch wenn es nicht so gut aussieht. Um unseren König brauchen wir uns keine Sorgen zu machen. Er leidet noch unter starken Kopfschmerzen, und daher spreche *ich* mit dir …«

»Ich bin erleichtert«, antwortete Rhelmi.

»Hör zu, du musst etwas tun, Rhelmi! Wir können auf dieser Insel nicht bleiben! Und davon abgesehen ist es der sehnlichste Wunsch vieler von uns, an demjenigen Rache zu üben, der die Feuerdämonen gerufen hat und damit unser Reich zerstörte.«

»Was soll ich tun?«, fragte Rhelmi.

»Wir brauchen Schiffe! Schiffe, die uns von hier fortbringen ... Schiffe, die uns dorthin bringen, wo der Herr dieser Dämonenbrut zu finden ist und wo wir ihn töten können.«

»Das bedeutet, dass das Volk der Zwerge sich auf die Seite von Lirandils Bündnis stellt?«, vergewisserte sich Rhelmi. »Kann ich das den Königen der anderen Reiche ausrichten?«

»Das kannst du. Es ist der ausdrückliche Wunsch unseres Königs, sich mit so vielen Kriegern wie möglich an diesem Kampf zu beteiligen. Seine Majestät brennt darauf, Ghool persönlich gegenüberzustehen.«

»Der Hochadmiral von Carabor weilt noch hier in Gaa. Ich werde ihn darauf ansprechen, inwieweit es möglich sein wird, Schiffe zu schicken – der Tatsache zum Trotz, dass ein Großteil der caraboreanischen Flotte durch einen heimtückischen Orkangriff vernichtet wurde.«

Umbro nickte. »Dein diplomatisches Talent ist sicher größer als das jedes anderen zurzeit lebenden Zwerges. Ich kann nur hoffen, dass dich dein Verhandlungsgeschick nicht ausgerechnet jetzt verlässt, Rhelmi von Thomra-Dun!«

Lirandils Botschaft

Der flackernde Schein einer Fackel erfüllte das städtische Verlies von Asanilon. Ein Hauptmann der Stadtwache hatte Lirandil hierher begleitet und einen der Wärter angewiesen, auch die schwere gusseiserne Gittertür für den Besucher zu öffnen.

Lirandils bleiches Elbengesicht blieb vollkommen regungslos, als er Seldos erblickte. Man hatte den Magier mit schweren Eisen an Händen und Füßen festgekettet und ihn außerdem geknebelt, damit er nicht in der Lage war, magische Formeln zu sprechen. Es gab zwar Formeln, bei denen es vollkommen ausreichte, wenn man sie sehr konzentriert *dachte,* aber eine wirklich durchschlagende Wirkung hatten nur jene, die auch wirklich gesprochen wurden. Und genau das hatte man im Fall von Seldos verhindern wollen.

Seldos hing schlaff in seinen Ketten. Er war offenbar noch nicht aus seiner Bewusstlosigkeit erwacht. Der stumpfe Pfeil musste ihn schlimmer erwischt haben, als es auf den ersten Blick den Anschein gehabt hatte.

»Er ist noch nicht wieder zu sich gekommen?«, vergewisserte sich Lirandil.

»Bevor es dazu kam, wurde ihm ein Tuch unter die Nase gehalten, das mit einer betäubenden Essenz getränkt war«, erklärte der Hauptmann. Und fast entschuldigend fügte er hinzu: »Er ist ein Magier, und wir wissen nicht, welche Fähigkeiten er einsetzen könnte, um sich zu befreien.«

»Lasst mich mit ihm allein.«

»Seid Ihr sicher?«

»Im Gegensatz zu Euresgleichen habe ich keinerlei Furcht vor diesem Magier.«

Der Hauptmann zögerte. »Ihr habt Euch dem Turm des Asanil mit einer Genehmigung von König Candric genähert – aber dieser Frevler hat das aus eigenem Recht versucht und sich damit über das oberste Gesetz der Stadt hinweggesetzt.«

»Das bedeutet, man will ihm hier den Prozess machen.«

»Das ist unausweichlich.«

»Wie Ihr gesehen habt, besitze ich eine umfassende Vollmacht des Königs. Und damit auch das Recht, mich über die Gerichtsbarkeit Eurer Stadt hinwegzusetzen.«

»Das werdet Ihr mit dem Rat besprechen müssen«, erklärte der Hauptmann. »Und was Euer Ansinnen angeht, mit diesem Gesetzesbrecher allein zu sein, so kann ich Euch nur ausdrücklich warnen. Vor einigen Jahren tötete ein Thuvasier, der angeklagt werden sollte, weil man ihn des Betrugs durch Beeinflussung der Gedanken verdächtigte, ein halbes Dutzend Wächter. Ihr werdet daher unsere Vorsicht verstehen.«

»Ich will, dass er in einigen Tagen freigelassen wird. Danach wird er kein anderes Ziel verfolgen, als möglichst schnell in seine Heimat zurückzukehren. Dafür verbürge ich mich.«

»Na, dann will ich hoffen, dass Ihr recht behaltet, Elb!«, lautete die Antwort des Hauptmanns. »Doch was immer Ihr auch vorhabt, ich will sehen, was Ihr tut.«

Lirandil zuckte mit den Schultern. »Ganz wie Ihr meint«, gab er nach, da er einsah, dass er den Hauptmann nur umso misstrauischer machte, je mehr er darauf bestand, mit dem Thuvasier allein zu sein.

Lirandil trat an den bewusstlosen Gefangenen heran und kniete vor ihm nieder. Mit Daumen, Zeige- und Mittelfinger beider Hände berührte er die Schläfen des Magiers. Der Elb murmelte eine Formel. Normalerweise hätte er es niemals gewagt, einen Magier aus Thuvasien gedanklich zu beeinflussen. Oder ihm gar einen inneren Drang eingeben zu wollen, in seine Heimat im äußersten Norden Athranors zurückzukehren, um davon zu berichten, dass Lirandil der Fährtensucher in Bälde eine magische Waffe zur Verfügung stehen würde, die schon König Elbanador den Sieg über Ghool ermöglicht hatte.

Eine Waffe, die vielleicht das gesamte Gefüge der Kräfte auf Athranor verändern und die Thuvasier dazu bewegen konnte, ihre unentschlossene Haltung aufzugeben und endlich dem Bündnis beizutreten, das der Elb seit so langer Zeit geschmiedet hatte.

Nur die Tatsache, dass Seldos von Thuburg bewusstlos und außerdem durch den Einfluss der Turmkräfte in seiner Magie zurzeit auf das Äußerste geschwächt war, ließ Lirandil diesen Versuch überhaupt Erfolg versprechend erscheinen. Er war nun fest entschlossen, es zu wagen. *Der Einfluss muss ganz behutsam sein,* dachte er. *Eher schwach und unterschwellig als machtvoll und aufdringlich! Er wird es kaum bemerken. Ein leichter Zweifel an seinen bisherigen Ansichten und eine gewisse Ehrfurcht der Erkenntnis gegenüber, dass es nur mir allein möglich gewesen ist, in den Turm zu gelangen und Asanils Wissen in Empfang zu nehmen.*

Wenn Seldos die Manipulation bemerkte, war alles umsonst. Lirandil wusste nur zu gut, dass Magier – die Meister der Manipulation anderer – nichts so sehr hassten, wie selbst Opfer einer Beeinflussung zu werden. *Weniger ist in diesem Fall also durchaus mehr,* dachte der Elb.

Er erhob sich wieder und wandte sich an den Hauptmann. »Und nun soll man mich vor den Rat der Stadt führen! Ich habe dort einiges zu besprechen!«

Zwei Tage blieben sie noch in Asanilon – länger, als Lirandil ursprünglich angekündigt hatte. Aber offenbar war es nicht ganz so einfach gewesen, wie Lirandil gedacht hatte, den Rat davon zu überzeugen, Seldos bald freizulassen. Brief und Siegel des Königs Candric halfen dabei zwar einerseits, säten aber unter manchen Ratsherren auch Misstrauen. Schließlich wollte man sich ja über kurz oder lang von der Herrschaft des beiderländischen Königs befreien. Aber angesichts der Bedrohung durch die Horden Ghools war man sich auch sehr bewusst, wie sehr man letztlich auf den Schutz durch die Ritter des Königs angewiesen war. In kurzer Zeit konnten die Heere der Orks und Dämonengeschöpfe die Stadt erreichen. Seitdem ein Großteil des Sumpflandes von Transsydien in den vergangenen drei Jahrhunderten nach und nach trockengelegt worden war, gab es in diesem flachen Land kaum ein natürliches Hindernis, das einen Vormarsch hätte aufhalten können. Und die Befestigungen waren eher auf Angriffe von See ausgerichtet.

»Was wird aus Seldos?«, fragte Brogandas Lirandil schließlich, nachdem sie sich schon eine halbe Tagesreise von Asanilon in nordöstliche Richtung entfernt hatten.

Lirandil hatte bis dahin geschwiegen und nicht ein einziges Wort über seine Beratungen mit dem Rat oder über die Geschehnisse im städtischen Kerker verloren. Er schien es einfach nicht für notwendig zu halten, die anderen zu informieren. Aber Brogandas hatte offenbar weder in die Gedanken des Elben dringen noch seine eigene Neugier weiter unterdrücken können.

»Man wird Seldos vor Gericht stellen. Das ist nicht zu ändern, und auch mein Einfluss und das Dokument von König Candric konnten daran nichts ändern. Aber man wird ihn nur zu einer Verbannung aus Asanilon verurteilen.«

»Wird er nicht die Absicht haben, sich für die erlittene Schmach zu rächen?«, mischte sich Arvan daraufhin ein.

»Nein, er wird das unbändige Verlangen haben, nach Thuvasien zurückzukehren und dort darüber zu berichten, was er erlebt hat.«

»Wie könnt Ihr da sicher sein, Lirandil?«, wunderte sich Arvan.

Aber in Brogandas' Gesicht spielte jetzt ein hintergründiges, beinahe zynisches Lächeln.

»Sei versichert, Arvan: Wenn Lirandil das sagt, dann *kann* man sich in dieser Hinsicht vollkommen sicher sein!« Er ließ sein Pferd einen schnelleren Schritt einlegen, sodass er aufholte und nun neben dem die Gruppe anführenden Elben ritt. »Meinen Respekt, Lirandil!«

»Nach den Maßstäben des reinen Elbentums sollte ich das wohl eher nicht als ein Kompliment auffassen.«

»Lasst Euch ein paar magische Runen in die Haut brennen und die Haare entfernen, und Ihr seid von einem Dunkelalben nicht mehr zu unterscheiden, werter Lirandil!«, lachte Brogandas.

»Ihr täuscht Euch, Brogandas«, gab Lirandil zurück. »Glaubt mir, Ihr täuscht Euch gewaltig in mir.«

Mehrere Tage waren sie auf dem Weg nach Nordwesten. Sie kamen durch kaum bewohntes Land. Die wenigen Gehöfte waren verlassen, die Bauern vor der Kriegsgefahr geflohen. Andere Höfe waren offensichtlich geplündert worden, und die Art und Weise, wie das geschehen war, ließ darauf schließen, dass es Orks gewesen waren. Aufgespaltene und entleerte Schädel von Mensch und Tier waren von den Orks zurückgelassen worden. Und abgenagte Knochen. Die Häuser hatte man einfach in Brand gesteckt.

»Wir werden damit rechnen müssen, früher oder später auch auf solche Ork-Stoßtrupps zu treffen«, knurrte Neldo, dessen Gesicht ganz blass geworden war.

»Du musst nicht denken, dass so etwas auch mit den Bewohnern von Gomlos Baum geschehen ist«, versuchte Borro ihn zu trösten.

Der rothaarige Halbling erriet offenbar sofort, was sich momentan in Neldos Kopf abspielte und die Gedanken ihres Gefährten beherrschte.

Kaum hatten sie diesen Ort des Schreckens verlassen, fiel Arvan auf, dass Lirandil andauernd in die Höhe blickte, obwohl dort eigentlich nichts zu sehen war. Von ein paar vereinzelten Wolken abgesehen war der Himmel blau und vollkommen klar. Unter anderen Umständen hätte man dies einen schönen Tag nennen können.

»Wonach haltet Ihr da oben Ausschau, Lirandil?«, fragte Arvan, nachdem der Elb sogar sein Pferd gezügelt hatte.

»Ein Schattenvogel«, erklärte er. »Du konntest ihn nicht sehen, denn er befand sich in zu großer Höhe.«

»Dann hat Brogandas' Magie keine längerfristige Wirkung gehabt und Ghools Geschöpfe sind uns wieder auf den Fersen?«

»Ich bin mir nicht sicher.«

»Nicht sicher?«, hakte Arvan nach, aber aus irgendeinem Grund schien Lirandil nicht gewillt zu sein, mehr darüber zu sagen. Stattdessen ließ er weiter suchend den Blick über den Himmel schweifen und verengte die Augen dabei, so als müsste er ganz genau hinsehen. Seine Lippen bewegten sich leicht. Er flüsterte vielleicht eine Formel, die es ihm erlaubte, seine Sehkraft noch etwas besser zu sammeln.

»Es könnte sein, dass dieser Schattenvogel nicht unseretwegen hier ist«, erklärte Brogandas schließlich. »Aber genau wird sich das erst erweisen, falls wir eine Begegnung aus der Nähe mit ihm haben.«

»Und das mögen die Waldgötter verhüten«, meinte Borro.

»Die Waldgötter?«, lachte Brogandas. »Die haben hier keinerlei Macht, Halbling!«

In der Nacht lagerten sie an einer durch Sträucher geschützten Stelle, abseits aller Wege, die sich durch das ehemalige Sumpfland zogen. Borro schoss mithilfe seines Bogens ein wildes Torfhuhn, das anschließend über dem Feuer gebraten wurde. Während Whuon, Arvan und die Halblinge den ohnehin nicht sehr üppigen Braten mehr oder minder unter sich aufteilten, nahm Lirandil nur einen kleinen Bissen, während Brogandas auf die stärkenden Essenzen zurückgriff, die er als Proviant (oder zum Ersatz dafür) mitführte.

»Seien wir froh, dass Orks nicht so gut riechen können wie Elben«, sagte Lirandil. »Sonst würde dieser Braten sie wahrscheinlich über viele Meilen hierherlocken!«

»Torfhühner haben zu wenig Hirn für einen Orkhappen«, glaubte jedoch Borro. »Meint Ihr nicht auch?«

»Jedenfalls sollten wir das Feuer sofort löschen, sobald wir es nicht mehr brauchen«, empfahl Lirandil. Als das geschehen war, begann er zur Überraschung aller von dem zu berichten, was er in Asanils Turm erfahren hatte. »In keiner der Chroniken der Elben wird die Waffe näher beschrieben, mit der König Elbanador den Schicksalsverderber besiegte«, erklärte der Fährtensucher. »Und das hat seinen guten Grund …«

»Ich nehme an, es war Euren Magiern und Schamanen zu peinlich, dass ausgerechnet ihr hochverehrter Erster König dieselbe Art von Magie verwendete, wie es später die Angehörigen meines Volkes taten«, lachte Brogandas.

»Ja, das ist wahr«, gab Lirandil zu. »Nur in Elbanadors eigenen geheimen Schriften wurde die Wahrheit offenbart. Diese Schriften habe ich in Asanils Turm gefunden und das darin enthaltene Wissen vollkommen in mich aufgenommen.« Er deutete auf seine Schläfe. »Jede einzelne Rune ist hier drin, sodass das Original getrost und gut geschützt in Asanils Turm bleiben kann.« Für einen Augenblick begann dasselbe hellblaue Leuchten Lirandils Augen zu erfüllen, das man auch hatte sehen können, unmittelbar nachdem er den Asanil-Turm verlassen hatte.

Doch das währte nur Augenblicke.

Dann war es wieder verschwunden.

»Dann erzählt uns nun auch, weswegen wir in den Halblingwald zurückkehren«, verlangte Neldo.

»Einst pflanzte der Erste Elbenkönig mitten im Halblingwald einen magischen Baum, dessen Rinde von unzähligen Runen bedeckt war«, fuhr Lirandil fort.

»Also das heißt, sein Aussehen erinnert etwas an das Gesicht eines Dunkelalben«, meldete sich Borro zu Wort. Da das Feuer verloschen war, konnte er die Gesichter der anderen kaum sehen. Vielleicht war das aber auch besser so. Er spürte jedenfalls trotz allem, dass alle Blicke sich ihm zuwandten. »Tja, ich habe eigentlich auch nichts mehr dazu zu sagen, und ... Wie soll ich mich ausdrücken? Eigentlich ...«

»Borro!«, fuhr Zalea streng dazwischen und brachte ihn mit seinem verlegenen Gestammel zum Schweigen.

»Dieser Baum war größer als die Riesenbäume, für die die Wälder am Langen See bis heute bekannt sind! Die Wohnbäume der Halblinge und die Herdenbäume, auf deren Ästen sich ihre Baumschafe tummeln, sind kleine Sträucher dagegen«, fuhr Lirandil ungerührt fort. »Und obwohl dieser Runenbaum überdeutlich aus dem Wald herausragt, ist er nicht einfach zu finden. Man muss genau wissen, wo man ihn sucht, sonst übersieht man ihn trotz seiner enormen Ausmaße. Es ist die Magie, die diesen Baum verbirgt. Ein Zauber, mit dem der Erste Elbenkönig verhindern wollte, dass die Macht, die mit diesem Gewächs gesammelt werden kann, einst missbraucht würde.«

»Fahrt fort! Was Ihr sagt, klingt interessant, werter Lirandil.«

»Der Kampf, den die Elben damals an der Seite der Ersten Götter gegen Ghool führten, zog sich über ein ganzes Zeitalter hin, auch wenn man sich heute wohl nur gerade noch an die Schlacht am Berg Tablanor erinnert«, setzte Lirandil seinen Bericht fort. »Aber die besondere Magie, die diesen Baum vom ersten Augenblick an erfüllte, ließ ihn schneller wachsen als irgendein anderes der riesigen Gewächse, die bis heute den Halblingwald beherrschen. Mithilfe dieses magischen Baums sammelte der Erste Elbenkönig all die dunklen Kräfte, die er in der letzten Schlacht gegen Ghool einzusetzen gedachte. Als der Baum eine gewisse Größe erreicht hatte, schlug Elbanador aus einem einer Äste einen Stab – nicht dicker, als dass eine Hand ihn zu umfassen vermochte. Auf diesem Stab bildeten sich dunkle Runen – und in ihm schlummerte eine mächtigere Magie, als sie je zuvor ein Elb verwendet hatte. Das ist die Waffe, mit der Elbanador an der Seite der Ersten Götter in die Schlacht am Berg Tablanor zog. Er nannte sie ›Elbenstab‹.«

»Ein Euphemismus, wie er typisch für die Elben ist«, unterbrach Brogandas Lirandils Redefluss. »Man hätte ihn

›Stab der Dunkelheit‹ oder ›Stab der Dunklen Kraft‹ oder so nennen können …« Brogandas schüttelte den Kopf. »Aber stattdessen einfach nur ›Elbenstab‹! Ich vermute, dass kein einziger Elbenkrieger und schon gar keiner ihrer Magier und Schamanen ihm in die Schlacht gegen Ghool gefolgt wären, wenn sie geahnt hätten, was die wahre Natur dieses Stabes war.«

»Geahnt haben es viele«, widersprach Lirandil. »Gewusst wohl nur wenige. Aber vielleicht wollten die meisten derer, die damals mit Elbanador in den Kampf zogen, diese Dinge gar nicht so genau wissen, denn der Einsatz dieser verbotenen Kräfte widersprach allem, was je innerhalb der Elbenheit für gut und richtig gehalten wurde! Brass Elimbor hat mit Sicherheit die Zusammenhänge erkannt – aber er vermag bis heute nicht darüber zu reden.«

»Was geschah mit dem Elbenstab?«, fragte Arvan.

»Nachdem Ghool gebannt war, vernichtete Elbanador diese Waffe«, erklärte Lirandil. »Es ist nicht überliefert, wie genau dies geschah, aber die Magie der Elben war damals noch sehr mächtig, und es besteht kein Zweifel daran, dass er Mittel und Wege zur Verfügung hatte, um es zu vollbringen.«

»Aber er hätte jederzeit zum Runenbaum gehen und sich einen neuen Elbenstab anfertigen können«, schloss Arvan.

»Das trifft zu. Allerdings war er der Überzeugung, dass diese Macht sehr leicht missbraucht werden konnte, und er misstraute nicht zuletzt seinem eigenen Volk in dieser Hinsicht. Darum traf er alle möglichen magischen Vorkehrungen, die das Auffinden des Baums erschweren sollten. Vermutlich glaubte er, dass noch für viele Ewigkeiten nur er selbst von der Existenz dieses Baums wissen und seine Macht im äußersten Notfall anwenden sollte. Wie ich schon erwähnte, misstraute er allen. Seinen Verbündeten, den Ersten Göttern, ebenso wie seinem eigenen Volk. Ja, er schien es nicht einmal für ausgeschlossen zu halten, dass in ihm selbst eine dunkle Gier nach Macht erwachen könnte, die ihn vielleicht einmal dazu antreiben würde, diese Kräfte zu missbrauchen. Auch dafür hat er anscheinend Vorkehrungen getroffen. Die Einzigen, denen er halbwegs getraut hat, wenn ich seine Schriften recht verstanden habe, sind die Halblinge …«

»Oh, welche Ehre!«, meinte Borro vorwitzig.

»Er hielt das kleine Volk einfach für zu einfältig, ängstlich und letztlich auch für zu kurzlebig, um mit der Kraft dieses Baums wirklich einen großen Schaden anrichten zu können«, fuhr Lirandil fort.

»Einfältig? Ängstlich?« Borro runzelte die Stirn. »Das klingt jetzt allerdings etwas weniger schmeichelhaft.«

»Ich nehme an, Menschen hätte er wohl als Wilde angesehen«, ergänzte Neldo.

»Menschen gab es damals in diesem Teil Athranors vermutlich noch nicht«, berichtigte ihn Lirandil. »Jedenfalls kam Elbanador zu dem Schluss, dass es das Beste sei, den Halblingen die Aufsicht über den Runenbaum zu geben. Sie kannten sich schließlich am besten in den Wäldern am Langen See aus. Und ihre vergleichsweise kurzen Lebensspannen sind tatsächlich ein wirksames Mittel, um zu verhindern, dass jemand über lange Zeit hinweg einem bösen Plan zu folgen vermag und mithilfe der Kräfte des Baums vielleicht zu große Macht an sich reißt. Allerdings hatten die kurzen Leben der Halblinge auch einen gravierenden Nachteil. Ich will darauf hinaus, dass man das Wissen um den Baum vergaß. Möglicherweise gibt es irgendwo in irgendeiner Bibliothek irgendeines Wohnbaums noch halb zerfallene Schriftrollen, die davon etwas berichten. Aber von Generation zu

Generation geriet das Wissen über den Runenbaum anscheinend mehr und mehr in Vergessenheit.«

»Es gibt ein paar Legenden über einen Baum, den man nicht sieht«, warf Neldo ein. »Aber ich habe nicht gedacht, dass das mehr als Kindergeschichten und Legenden sind!«

»Um ehrlich zu sein – ich auch nicht«, gestand Lirandil. »Zumindest nicht bis zu dem Augenblick, als ich das Innere des Asanil-Turms betrat und das Wissen aus Elbanadors Chronik in Empfang nahm.«

Wieder blitzte in dem Augenblick, da er die Chronik erwähnte, das bläuliche Licht in den Augen des elbischen Fährtensuchers auf.

»Es wird auf jeden Fall eine interessante Reise«, meinte Whuon. »Haben diese Runen, die den Baum bedecken, auch eine Bedeutung, oder sind es nur sinnlose Zeichen?«

Lirandil wandte den Kopf in Richtung des Schwertkämpfers.

»Für den, der sie zu lesen vermag, sind sie gewiss voller Offenbarungen und Erkenntnisse«, antwortete der Fährtensucher. »Allerdings verändern sie sich ständig. Und so ergibt sich andauernd ein neuer Sinn.«

»Wieder eine Ähnlichkeit zu einem Dunkelalben-Gesicht«, stellte Brogandas fest und fuhr mit Blick auf Borro fort: »Ich nehme an, dass dir eine diesbezügliche Bemerkung gerade auf der Zunge lag, rothaariger Halbling!« Brogandas verzog das Gesicht zu einem breiten Grinsen. »Das Erbe, das der Erste Elbenkönig den Halblingen vermacht hat, wird mir immer sympathischer, muss ich gestehen.«

Auferstanden

Ein paar Tage später erreichten sie eine Gegend, die Arvan bekannt vorkam. Das Land wurde hügeliger. Grasbedeckte Anhöhen reihten sich aneinander. Offenbar befanden sie sich nun in dem Gebiet, in dem Gaanien, Rasal und Transsydien aneinandergrenzten.

Immer häufiger hatte Lirandil in letzter Zeit suchend zum Himmel geblickt. Und auch Brogandas schien zunehmend beunruhigt zu sein. Für die anderen war nicht mehr zu sehen als hin und wieder mal ein paar Wolken am Himmel. Aber Lirandils scharfer Blick erkannte dort in ungeahnten Höhen Spione Ghools.

»Schattenvögel«, murmelte er. »Und so viele davon, wie ich nicht einmal gesehen habe, als ich in die tiefe Wüste des Ost-Orkreichs vordrang, um meinen Verdacht zu bestätigen, dass Ghool dort längst begonnen hatte, seine Kräfte zu sammeln …«

»Wir sind ihnen mehrfach entkommen«, gab Arvan zu bedenken. »Es könnte doch sein, dass Ghool diesmal sichergehen will und so viele von ihnen versammelt hat, dass wir ihnen unmöglich entwischen können.«

»Das ist gar kein so dummer Gedanke«, meinte Brogandas. »Für einen Menschen natürlich.«

»Euch scheint diese Versammlung von Schattenvögeln nach wie vor nicht sehr zu beunruhigen«, stellte Zalea fest. »Glaubt Ihr immer noch, dass sie nicht unseretwegen hier sind?«

»Ich bin immer stärker dieser Überzeugung«, gestand der Dunkelalb. »Allerdings sollten wir die Biester trotzdem nicht unbedingt auf uns aufmerksam machen.«

Ein paar Stunden später erreichten sie einen Hügel, auf dessen Kamm sich eine Gruppe knorriger Bäume erhob. Der Wind, der über die Ebenen von Rasal fegte, hatte ihrem Wuchs eine deutlich sichtbare Richtung gegeben. Von hier aus konnte man das ganze Umland überblicken. Man sah auf die Anhöhe der drei Länder und das gewaltige Schlachtfeld, dass sich hier erstreckte. Gewaltige Felsbrocken hatte die Magie der Elben vom Himmel herabstürzen lassen. Sie hatten unzählige der heranstürmenden Orks und Dämonengeschöpfe erschlagen und viele der gewaltigen Katapulte zerstört, die Zartons Heer des Schreckens aufgeboten hatte. Aber auch zahllose Krieger aus den verbündeten Menschenreichen waren hier umgekommen. Auch sie hatte man nach der Schlacht an der Anhöhe der drei Länder zumeist dort liegen gelassen, wo sie gefallen waren. Um die Toten zu bestatten, war keine Zeit gewesen – und die Kraft der Überlebenden hatte dazu auch kaum gereicht. Denn obgleich die Schlacht, in deren Verlauf Arvan den siebenarmigen Zarton erschlagen hatte, als großer Sieg über Ghool galt, war der Blutzoll auch auf Seiten der Sieger furchtbar gewesen. Und selbst viele der Überlebenden hatten Verletzungen davongetragen oder waren zu Tode erschöpft, sodass es ratsam erschienen war, so schnell wie möglich einen sicheren Rückzugsort aufzusuchen.

Die Mauern von Gaa hatten diesen Zweck erfüllt. Dort sammelte man seitdem neue Kräfte in der stillen, unausgesprochenen Gewissheit, dass auch sie kaum reichen würden, um sich der Flut der Invasoren entgegenzustellen.

Arvan wollte den Blick abwenden, wollte es vermeiden, diese Bilder des Schreckens in sich aufzunehmen.

Sieh hin!, erreichte ihn ein Gedanke Lirandils, der so drängend war, dass Arvan es nicht wagte, sich ihm zu widersetzen. *Sieh hin, was geschehen ist und was auch dein Schwert angerichtet hat, damit du deine Wut niemals leichtfertig über dich kommen lässt!*

Also sah Arvan hin. Er bemerkte, dass vom riesenhaften Körper des riesenhaften Zarton nichts geblieben war. Nur eine schwarze, wie verrußt aussehende Fläche im Gras, innerhalb der nichts mehr zu wachsen schien und aus der jegliche Lebenskraft entwichen war. *Als ob man ein starkes Gift ausgebracht hätte, das alles Lebendige vertilgt!*, ging es Arvan schaudernd durch der Kopf. *Die Kraft des Bösen, die Zarton bis ins Mark erfüllte, hat auch seinen Leichnam restlos zersetzt,* erkannte er dann schaudernd. Aber er war sich nicht vollkommen sicher, ob dies wirklich sein eigener Gedanke gewesen war oder vielleicht eine Erkenntnis, die Lirandil ihm eingepflanzt hatte.

Von den Leichen der Krieger, die auf Seiten des gefallenen Hochkönigs Nergon und Lirandils Bündnis gefochten hatten, waren nur bleiche Knochen, zerrissene Kleider, Schuhe und Harnische geblieben. Raben und Geier hatten alles andere vertilgt. Viele der toten Orks allerdings lagen noch so da, wie sie erschlagen worden waren. Manchen waren Köpfe oder Gliedmaßen vom Körper getrennt worden. Andere wurden durch vom Himmel stürzende Felsbrocken begraben oder von umstürzenden Katapulten erschlagen. In heller Panik durchgehende Hornechsen hatten so manchen von ihnen auf eine so ungestüme Weise in Grund und Boden getrampelt, dass man nur noch erahnen konnte, dass dieses einmal Orks gewesen waren.

»Kein Aasfresser hat die Diener Ghools angerührt«, stellte Lirandil fest. »Selbst das Gewürm in der Erde scheut offenbar vor jener Macht zurück, die Ghools Krieger lenkte und die auch nach dem Tod noch in den toten Körpern wohnt.«

»Und Zarton?«, fragte Arvan.

»In ihm war das Übel so stark, dass es alle Überreste von ihm zerfressen hat«, gab Lirandil zurück. »Zarton war eines jener Dämonenwesen, die Ghool gerufen hat, um ihm zur Seite zu stehen.«

Die Pferde wurden plötzlich unruhig. Sie wieherten laut auf und rissen an ihren Zügeln, mit denen sie an Sträuchern und Bäumen festgebunden waren.

»Mir scheint, da wartet eine Aufgabe auf dich, Arvan«, meinte Whuon. »Auf dich hört das Getier doch am besten!«

»In Deckung!«, befahl Lirandil dann plötzlich. »Sofort!«

Die Pferde rissen sich eins nach dem anderen los und stoben davon, so als wäre ihnen ein leibhaftiger Dämon auf den Fersen. Arvan versuchte, sie mit energischen, klaren Gedanken zurückzuhalten. Aber da war nicht einmal mehr irgendein erkennbarer Wille in ihnen, dem sie folgten, sondern nur noch Furcht.

Und Wahnsinn. Sie wieherten laut auf, und ihre Hufe pflügten durch das tiefe Grasland. Dass sie einen äußerst anstrengenden Ritt mit wenig Ruhepausen hinter sich hatten, schien sie nicht weiter zu kümmern. Pure Angst trieb sie voran und erweckte ungeahnte Kräfte in ihnen.

Arvan wurde zu Boden gerissen. Es war Lirandil, der ihn mit sich zog. *Lass sie fliehen!*, erreichte ihn ein Gedanke des Fährtensuchers, als sie bereits alle auf dem Boden lagen und sich im Gestrüpp verbargen.

»Wenigstens hatte ich meinen Bogen nicht am Sattel, sondern auf dem Rücken«, flüsterte Borro. Zalea versetzte ihm einen Stoß, um ihm zu bedeuten, dass er still sein sollte. »Ich versuche halt immer, das Gute an der Situation zu …«

Borros Worte waren ohnehin nicht mehr als ein leises Wispern gewesen. Aber jetzt verstummte er ganz, und der rothaarige Halbling vergaß für einen Moment, den Mund wieder zu schließen.

Mehr als ein Dutzend Schattenvögel zeichneten sich jetzt als grauschwarze Schemen am Himmel ab. Sie wurden rasch größer und begannen über dem Schlachtfeld zu kreisen, wie man es ansonsten von Aasvögeln kannte.

Die Schattenvögel sanken tiefer. Manche von ihnen verschmolzen zu größeren Schatten, und aus der Höhe erschienen weitere dieser kaum fassbaren Geschöpfe. Sie sanken auf das Schlachtfeld herab, breiteten ihre aus purer Dunkelheit bestehenden Flügel aus und deckten damit die Toten zu. Hunderte weiterer Schattenvögel erschienen inzwischen am Himmel, kreisten mehrmals über dem Schlachtfeld, bevor sie dann vollkommen lautlos herabglitten.

Plötzlich wurde es dunkel innerhalb der kleinen Baumgruppe, an deren Rand sich Arvan und seine Gefährten verbargen. Ein Schattenvogel, dessen dunkle Schwingen mehr als die Ausmaße des Turmplatzes von Asanilon hatten, flog in Baumwipfelhöhe über sie hinweg. Die körperlose schattenhafte Erscheinung durchdrang die Baumkronen. Augenblicklich verfärbten sich die Blätter in ein dunkles Grau und zerfielen anschließend zu Asche. Arvan schlug das Herz bis zum Hals, während dieser Sendbote des Schicksalsverderbers über sie hinwegzog. Eine namenlose Kälte erfasste ihn und ließ ihn bis ins Mark frösteln.

Arvan wagte nicht einmal zu atmen.

Er konnte sich nicht erinnern, jemals so große Furcht gehabt zu haben. Nicht während seiner Kämpfe gegen Orks und auch nicht, als er während der Schlacht an der Anhöhe der drei Länder dem siebenarmigen Zarton gegenübergestanden hatte. Im Grunde war die Macht, mit der dieses Gefühl auf einmal über ihn hereinbrach, nicht zu erklären.

Ghool hat diesmal sehr viel seiner eigenen Präsenz in diese Schattenvögel gegeben, erreichte ihn ein Gedanke von Lirandil. *Das ist der Grund deiner Furcht. Und die Magie der Furcht ist Ghools mächtigste Waffe. Werde ruhiger! Niemand weiß, ob diese Geschöpfe deine Herzschläge nicht genauso zu hören vermögen wie ich.*

Der riesenhafte Schattenvogel dehnte sich auf ein Vielfaches seiner bisherigen Größe aus, als er das Schlachtfeld erreichte. Dann legte er sich wie ein dunkelgraues, rußiges Leichentuch über einen Teil dieses Feldes, in dem besonders viele tote Orks lagen. Für einen Augenblick konnte man dort nichts weiter sehen als den dunklen Schatten, der sich über all die Toten gelegt hatte. Dann zerfiel er in mindestens hundert kleine Schattenvögel, die sich vom Boden erhoben, sich nur Augenblicke später anderswo über gefallene Orks, von Gesteinsbrocken erschlagene Hornechsen oder den Leichnamen der dämonenhaften Wolfsmenschen niederließen, die ebenfalls in den Reihen jenes Heeres gekämpft hatten, das Zarton angeführt hatte.

All das zog sich über längere Zeit hin. Mindestens eine Stunde lang tauchten immer weitere Schattenvögel unterschiedlichster Größe auf und senkten ihre Dunkelheit über einzelne Gefallene. Dann stoben sie plötzlich alle auf einmal in die Höhe, als hätten sie ein geheimes Zeichen bekommen. Schlagartig wurde der Himmel schwarz durch ihre Finsternis. Sie flogen sehr tief. Manche zogen in Sichthöhe über die am Boden liegenden Gefährten hinweg – aber keiner von ihnen schien sie zu bemerken. Einem finsteren, die Sonne verdunkelnden Schwarm gleich zogen sie Richtung Osten, bis sie hinter dem Horizont verschwanden.

Arvan wollte schon aufatmen, aber dann sah er, dass sich auf dem Schlachtfeld etwas zu regen begann. Einer der getöteten Wolfskrieger erhob sich unsicher, stand schließlich auf seinen Beinen und hob die am Boden liegende Streitaxt auf, die ihm im Tode entfallen war. Ein Ork, dem der rechte Arm fehlte, erhob sich ebenfalls. Den abgeschlagenen Arm, der die mit Obsidianspitzen gespickte Keule noch umklammerte, hob er auf und legte sie an die Schulter, mit der sie im nächsten Moment verschmolz. Schwarzer Rauch quoll dabei aus der sich schließenden Wunde hervor – und ebenso aus Nase, Mund und Ohren des Orks, der einen dröhnenden Schrei ausstieß.

»Untote!«, stieß Brogandas hervor. »Die Kraft von Ghools Finsternis erfüllt sie und erweckt sie zu neuem Leben! Bei allen Göttern – das wäre selbst in Albanoy ein Frevel!«

»Interessant zu hören, dass es Dinge gibt, vor denen selbst Dunkelalben Skrupel haben«, meinte Lirandil.

»Jedenfalls sollten wir um diese Untoten einen weiten Bogen machen«, meinte Brogandas.

»Ich fürchte mich vor niemandem«, erklärte Whuon.

»Vor diesen Gegnern sollte man sich aber fürchten«, erwiderte Brogandas. »Ihre Arme erlahmen nicht … Es muss Ghool ungeheuer viel Kraft kosten, all diese Krieger zeitweilig ins Leben zurückzuholen …«

Arvan horchte auf. Sosehr Brogandas die Tatsache auch erschreckt zu haben schien, dass Ghool offenbar nicht davor zurückschreckte, Tote zum Leben zu erwecken, so klang doch aus seinen letzten Worten beinahe schon so etwas wie Bewunderung für diese Skrupellosigkeit mit. *Nein, es ist in erster Linie die Kraft, die Brogandas bewundert. Die Kraft*

Ghools, der offenbar zu Dingen fähig ist, vor denen selbst die Dunkelalben zurückschrecken! Arvan wechselte einen kurzen Blick mit Lirandil, und er war sich plötzlich sicher, dass der Elb dies ebenfalls bemerkt hatte.

Eine Weile sahen sie noch zu, wie immer mehr der Gefallenen sich zu neuem Leben erhoben. Auch einige Hornechsen waren darunter, aber die untoten Orks schienen keinen Wert darauf zu legen, sie als Reittiere zu benutzen. Ein gespenstischer Zug bildete sich und brach Richtung Westen auf.

»Sie wollen nach Gaa«, glaubte Arvan.

»Möglich«, sagte Lirandil. »Aber das ist nur eine Vermutung.«

»Wenn Ghool die Macht hat, seine Gefallenen wiederauferstehen zu lassen, dann wird es sehr schwer werden, ihn zu besiegen«, stellte Whuon nüchtern fest.

»Wir sollten schleunigst von hier verschwinden«, fand Borro. »Ich schätze, wir werden wohl einen kleinen Bogen machen müssen, um in den Halblingwald zu gelangen, ohne einer dieser Kreaturen über den Weg zu laufen.«

Auf Lirandils Zeichen hin verließen sie schließlich ihr Versteck. Sie gingen ein Stück den Weg zurück, den sie gekommen waren, und entfernten sich von dem Heerzug der Untoten, der sich Richtung Westen in Bewegung gesetzt hatte. Bald hörten sie nur noch die dröhnenden Laute, die diese Kreaturen ausstießen, sobald sie abgeschlagene Gliedmaßen wieder anlegten, die daraufhin mit ihrem Körper verschmolzen. Arvan war bereits aufgefallen, dass wohl nicht alle dieser Gliedmaßen ursprünglich zu jenen Körpern gehört hatten, an welchen sie anschließend durch die dunkle Kraft anwuchsen.

»Kannst du nicht die Pferde rufen, Arvan?«, fragte Borro. »Ich bin das Laufen auf den eigenen Füßen anscheinend schon gar nicht mehr gewöhnt.«

»Dann wird's Zeit, dass du dir das wieder angewöhnst!«, meinte Neldo bissig.

»Ich werde es versuchen«, versprach Arvan. »Aber die Tiere hatten wirklich große Angst. Ich weiß im Moment noch nicht, wie weit sie davongelaufen sind.«

»Warte noch damit, Arvan!«, riet Lirandil. »Sonst könnte es sein, dass du damit unsere Feinde auf uns aufmerksam machst.«

Mehrere Stunden wanderten sie durch hohes Gras und über sanfte Hügel. Manchmal hielten sie von einem der Hügelkämme aus Ausschau, um zu sehen, was sich bei dem gespenstischen Heerzug der Untoten tat. Einmal kletterte Neldo zu diesem Zweck sogar auf einen vereinzelten Baum.

Er sah nicht nur die Untoten, die Richtung Westen zogen, sondern im Osten Gruppen von Orks, die auf ihren Hornechsen in Richtung der Grasmark von Raal ritten. Außerdem konnte er Dutzende von Lagerfeuern ausmachen. »Das müssen Heerlager der Orks sein«, berichtete Neldo den anderen, als er wieder herabgestiegen war. »Offenbar ist der Truppennachschub aus den Orkländern in vollem Gang.«

»Ja, aber dennoch scheint Ghool zurzeit nicht genug Krieger in dieser Gegend zu haben«, stellte Lirandil fest. »Ansonsten hätte er es nicht nötig, Tote zu erwecken.«

»Ihr haltet das wahrhaftig für ein Zeichen von Schwäche?«, wunderte sich Brogandas.

»Ich weiß es nicht«, bekannte Lirandil. »Aber die Gebiete, in denen Ghools Orks inzwischen zu finden sind, reichen vom Dornland und dem Elbenfluss bis nach Transsydien.

Das ist ein ziemlich großes Gebiet, und vielleicht hat Ghool sich einfach übernommen.«

»Jedenfalls kann der Bogen, den wir um die Orks machen, gar nicht so groß sein, wie es eigentlich notwendig wäre, um nicht von ihnen bemerkt zu werden«, gab Neldo zu bedenken.

»Dann müssen wir eben einfach mittendurch!«, schlug Arvan vor und deutete nach Nordost – geradewegs dort hin, wo jenseits einiger Hügelketten nach einigen Meilen die Wälder am Langen See begannen. »Ein großer Umweg wird uns keine Vorteile bringen. Und auf Orks und Wolfskrieger treffen wir überall.«

»Vielleicht könnte ja unser werter Brogandas uns mithilfe seiner Magie geradewegs in den Halblingwald versetzen«, schlug Borro vor. »Am besten noch genau an die Stelle, wo sich unbekannterweise der Runenbaum befindet.« Er wandte sich an den Dunkelalben, und das, was er dann sagte, machte deutlich, dass sein Vorschlag keineswegs nur Flachserei, sondern völlig ernst gemeint war. »So ähnlich, wie Ihr das damals hinbekommen habt, als Ihr uns in die Mark des Zwielichts versetzt habt.«

»Damit es mich diesmal nicht nur beinahe tötet?«, erwiderte Brogandas etwas gereizt. »Davon abgesehen hast du anscheinend eine völlig falsche Vorstellung von unserer Art der Magie. Ich kann mich nicht einfach an jeden Ort versetzen, an den ich gerne möchte, sondern allenfalls unter bestimmten Bedingungen an bestimmte Orte, an denen sich besondere Kräfte konzentrieren.«

»Ich dachte, der Runenbaum gehört dazu.«

»Von dem Runenbaum habe ich zum ersten Mal durch Lirandils Erzählung gehört. Ich habe keine Ahnung, was für Kräfte dort wirken, noch weiß ich, wo er ist. Und abgesehen davon hat ja wohl König Elbanador alles Mögliche an Vorkehrungen getroffen, damit man diesen Ort eben nicht so einfach zu erreichen vermag.«

»Ich meinte ja nur …«

»Und ehrlich gesagt verspüre ich keine Neigung, mich mit einem unwissenden Halbling über Dinge zu unterhalten, von denen der sowieso nichts versteht.«

Borro war empört. »Nun erlaubt aber mal! Wir sind hier nicht in Albanoy, wo Ihr Dunkelalben alle anderen Geschöpfe als beeinflussbare Untertanen betrachtet!«

Brogandas verzog das Gesicht. Und die Runen auf seinem Kopf veränderten sich zu sehr feinen, ineinander verschlungenen Formen, die jetzt eher an ein Gewirr aus Dornensträuchern erinnerten als an bedeutungsvolle Schriftzeichen. »Seid ihr Halblinge das denn nicht in Wahrheit sowieso? Leicht zu manipulierende, einfältige Wesen, deren Erfahrungshorizont sich normalerweise nur auf ein paar Meilen um euren Wohnbaum beschränkt?« Sein durchdringender Blick senkte sich. »Aber was ihr nicht im Kopf habt, das habt ihr ja in euren großen Füßen, nicht wahr?« Und während Brogandas dies sagte, hatte Borro das Gefühl, in Gedanken hören zu können, wie der Dunkelalb noch ein Wort hinzufügte, das er über alle Maßen hasste. *Borrovaldogar* – seinen vollständigen Namen nämlich, der ihm stets besonders peinlich gewesen war.

»Ihr solltet mit dem Streit aufhören!«, mischte sich Whuon ein. »Euer Gerede ist kaum zu ertragen. Arvan hat recht, wir sollten den kürzesten Weg in die Wälder suchen, denn dort können wir uns verbergen. Allerdings sollten wir den Schutz der Nacht abwarten. Ich wüsste jedenfalls nicht, dass Orks auch bei Dunkelheit sehen können.«

»Orks nicht«, gab Lirandil zu. »Was die anderen Kreaturen angeht, die in Ghools Diensten stehen, weiß auch ich das nicht immer zu sagen …« Der Elb wirkte nachdenklich, und er schien auch nicht ganz bei der Sache zu sein. Das bläuliche Leuchten stand für ein paar Augenblicke in seinen Augen. Offenbar beschäftigte ihn im Moment vornehmlich jenes Wissen, das er aus König Elbanadors Buch erworben hatte. Dann machte sein Kopf eine ruckartige Bewegung. Das Leuchten verschwand, und seine Aufmerksamkeit schien wieder ganz dem Hier und Jetzt zu gelten. »Wir machen es, wie Whuon es vorschlug«, sagte er dann.

Rückkehr zum Halblingwald

Bis zum Einbruch der Dunkelheit blieben nur wenige Stunden. Die Gefährten verbrachten sie im Schutz einer Hügelkette.

»Ich kann es kaum erwarten, Gomlos Baum wiederzusehen«, sagte Neldo irgendwann in die Stille hinein.

»Geht mir genauso«, bekannte Borro.

»Wir werden bestimmt sehen, dass wir uns umsonst Sorgen gemacht haben«, war Zalea überzeugt. »Arvans Ziehvater ist ein großartiger Baummeister und wird schon wissen, was im Moment der Gefahr zu tun ist.«

»Das wird noch etwas dauern, bis wir Gomlos Baum besuchen können, fürchte ich«, eröffnete Lirandil daraufhin.

Die Stimme des Elben hatte einen ungewohnt harten, metallischen Klang. Seine Worte vermittelten den Eindruck endgültiger Entscheidungen. Entscheidungen, die er offenbar längst getroffen hatte, ohne es bisher den anderen mitgeteilt zu haben.

»Was sagt Ihr da?«, brach es aus Neldo heraus. »Es hieß doch, wir würden …«

»… in den Halblingwald zurückkehren«, bestätigte Lirandil. »Daran hat sich auch nichts geändert. Schließlich sind wir aufgebrochen, um das Erbe anzutreten, das König Elbanador dem Volk der Halblinge einst überantwortete … Und der Runenbaum liegt nun einmal mitten im Halblingwald.«

»Dann verstehe ich nicht, was Ihr jetzt daherredet, Fährtensucher«, platzte es aus Neldo heraus – und zwar viel lauter, als er es eigentlich beabsichtigt hatte. Sein Kopf war hochrot geworden. »Habt Ihr uns wieder mal nur die halbe Wahrheit gesagt? Habt Ihr mal wieder geglaubt, dass unsere schlichten Halblinggemüter nicht in der Lage sind, komplizierte Zusammenhänge zu verstehen oder Geheimnisse zu wahren? Steckt das dahinter?«

»Neldo!«, versuchte Arvan ihn zu beschwichtigen.

»Lass mich, Arvan! Ich bin zwar nicht der große Held von Athranor und habe auch noch keinen Riesen erschlagen, aber ich bin auch kein Dummkopf.«

»Hör mir zu, Neldo«, verlangte Lirandil jetzt mit eindringlich klingender Stimme und vielleicht auch mit der Unterstützung sehr eindringlicher Gedanken. Gedanken, die Arvan allerdings wohl stärker spürte als der, für den sie eigentlich bestimmt waren, denn es war sehr fraglich, ob Neldo für die Gedankenbotschaften eines Elben im Moment überhaupt empfänglich war. »Wir werden zum Runenbaum im Halblingwald gehen, wie ich es gesagt habe. Aber wir nehmen eine Route, die nicht an Gomlos Baum vorbeiführt.«

»Weil das ein Umweg wäre?«

»Etwa ein Tagesmarsch.«

»Wir kommen also auf ein paar Meilen an Gomlos Baum vorbei, und Ihr verlangt, dass wir dort nicht vorbeischauen und uns nicht vergewissern, ob es unseren Familien und Freunden gut geht?«

»Ja, das verlange ich«, bestätigte Lirandil. »Denn ihr würdet eure Lieben dadurch nur in Gefahr bringen. Brogandas mag unsere Verfolger ja mithilfe seiner zweifelhaften Methoden abgelenkt haben. Aber das heißt nicht, dass das so bleiben muss. Und wenn …«

»Ich kann es nicht fassen!«, platzte es aus Neldo heraus. »Ich kann nicht fassen, was Ihr da verlangt, Lirandil!«

»Wir wissen nicht, ob Ghool nicht längst ahnt, was ich vorhabe«, erklärte Lirandil ruhig. »Aber früher oder später wird das der Fall sein. Und wenn das eintritt, wird er uns jagen wie nie zuvor, denn er weiß dann, dass ihm eine ähnliche Niederlage blühen könnte wie vor vielen Zeitaltern, als Elbanador ihn besiegte. Und glaub mir, auch wenn selbst für uns Elben die Zeit der Schlacht am Berg Tablanor nahezu vergessen ist, so wird sie sich in Ghools Erinnerung unlöschbar eingebrannt haben. Er wird alles tun, um zu verhindern, dass sich so etwas wiederholt.«

»Er hat recht, Neldo«, sagte Zalea. »Wir können nicht nur an uns selbst denken. Es geht um ganz Athranor.«

Auch Borro und Arvan machten finstere Gesichter. Sie hatten offenbar ebenfalls erwartet, Gelegenheit zu einem Besuch auf ihrem heimatlichen Wohnbaum zu haben. Aber andererseits waren Lirandils Argumente einfach nicht von der Hand zu weisen. Und die daheim Zurückgebliebenen durch die eigene Anwesenheit in Gefahr bringen, das wollte nun wirklich keiner von ihnen.

Als die Dämmerung hereinbrach, horchten Lirandil und Brogandas plötzlich auf.

»Was beunruhigt dich, Elb?«, wollte Whuon wissen.

»Hufschlag!«, stellte Lirandil nur fest.

Nur Brogandas schien bislang in der Lage zu sein, diesen Hufschlag ebenfalls zu hören. »Es sind unsere Pferde«, war er sich sicher. »Oder kommt Euch der Rhythmus ihrer Hufe irgendwie fremd vor, werter Lirandil?«

»An Euch scheint das Gehör eines Elbenmusikers verloren gegangen zu sein«, erwiderte Lirandil.

»Nur ein geringfügiger Verstärkungszauber, dessen Anwendung Euch verboten ist, weil er in ein paar Kleinigkeiten der elbischen Tradition widerspricht.«

»Na großartig! Ein platt gesessener Hintern ist mir sowieso lieber als wund gelaufene Füße!«, meinte Borro und fügte dann einschränkend hinzu: »Zumindest wenn man sich mal an die Tiere gewöhnt hat.«

Es dauerte nicht lange, und auch Arvan, Whuon und die Halblinge hörten deutlich den Hufschlag. Die Tiere kamen über einen Hügelkamm, wurden etwas langsamer und hielten schließlich nur wenige Schritte von ihnen entfernt an. Von ihrem Sattelzeug und dem aufgeschnallten Gepäck schienen sie während ihrer heillosen panischen Flucht nichts verloren zu haben.

»Hast du sie gerufen?«, flüsterte Zalea an Arvan gewandt, während sie dicht neben ihm stand.

»Hätte ich zulassen sollen, dass sie früher oder später von irgendwelchen Orks zerrissen und verspeist werden?«, lächelte Arvan. »Ehrlich gesagt hatte ich die Hoffnung schon fast aufgegeben, dass sie meinen *Ruf* überhaupt mitbekommen.«

»Baumschafe sind unserem großen Helden eben nicht genug«, flachste Borro. »Wer weiß, vielleicht versucht er sich in der Pferdezucht, wenn dieser Krieg irgendwann sein Ende gefunden hat und man ihn gewiss für seine Taten reich belohnen wird.«

Sie schwangen sich auf die Pferde und zogen im Schutz der einsetzenden Dunkelheit weiter. Lirandil schien genau zu wissen, wohin sie sich wenden mussten, um möglichst schnell, aber auch möglichst ungesehen in die Wälder am Langen See zu gelangen. Denn auch wenn die voll von marodierenden Orkbanden sein mochten, so bot sich dort doch immer die Möglichkeit, sich zu verstecken und sich auch vor hartnäckigen Verfolgern verborgen zu halten.

Lirandil und Brogandas unterhielten sich eine Weile in ihren eigenen Sprachen. Das Elbische und die Mundart der Dunkelalben waren sich ja ähnlich genug dafür, dass jeder sein eigenes Idiom benutzen und trotzdem die Worte seines Gegenübers verstehen konnte. Die Unterhaltung wurde zwar alles in allem recht leise geführt, sodass die anderen das meiste davon nicht einmal hören konnten, aber Arvan war durchaus aufgefallen, dass es sich trotz allem wohl um eine recht heftige Auseinandersetzung handelte.

Schließlich hielten sie an. »Brogandas wird an jedem von euch einen einfachen Zauber vornehmen, der bewirkt, dass man euch nicht so leicht bemerkt. Das bedeutet nicht, dass ihr unsichtbar seid, und es sollte keinen von uns dazu verleiten, unvorsichtig zu sein. Aber wenn wir Orks begegnen, haben wir eine gute Chance, von ihnen übersehen zu werden – besonders in der Nacht und bei Dämmerung. Denn dann wirkt die Formel am besten, wie mir Brogandas erklärte.«

»Weil es ein Zauber der Finsternis ist und sich dunkler Kräfte bedient«, schloss Arvan.

»Er wird euch jedenfalls nicht schaden«, wich Lirandil der eigentlichen Frage aus. »Und spätestens nach ein paar Tagen lässt die Wirkung auch wieder nach, ehe sie völlig verfliegt.«

Arvan drehte sich im Sattel zu Brogandas um, der sich trotz des hellen Mondlichts vollkommen im Schatten befand und wie ein schwarzer Schemen wirkte.

»Diesmal stirbt jedenfalls niemand«, raunte die Stimme des Dunkelalben. »Weder Schuldige noch Unschuldige. Du kannst also ganz beruhigt sein, Arvan.«

Arvan antwortete nicht darauf, sondern wandte sich stattdessen noch einmal an Lirandil. »Werdet Ihr Euch dem Zauber auch unterziehen, Lirandil?«

Der Fährtensucher zögerte, und langsam begann Arvan zu ahnen, worum es bei dem für Elbenverhältnisse recht heftig geführten Gespräch zwischen ihm und Brogandas gegangen war.

»Ja«, sagte er schließlich knapp und trocken.

Sie stiegen von den Pferden. Brogandas ging zu jedem der Gefährten, berührte mit der Hand die Stirn und murmelte dazu eine kurze Formel. »Dem einen oder anderen unter euch könnte für ein paar Augenblicke etwas kalt werden – aber das geht vorüber«, kündigte Brogandas an.

Als er seine Hand von Arvans Stirn nahm, hatte dieser für einen kurzen Augenblick das Gefühl, dass dunkler Rauch aus seiner Nase und seinem Mund hervorquoll. Aber schon im nächsten Moment war dieser Eindruck verflogen. *Vielleicht war das nur eine Täuschung*, überlegte er. In der Dunkelheit der Nacht wirkte schließlich manches ganz anders als im hellen Licht des Tages. Die Kälte spürte Arvan dafür umso deutlicher und auch länger anhaltend. Sie schien ihn vollkommen zu durchdringen, und er musste die Zähne aufeinanderpressen, um ein Zittern zu unterdrücken. Erst nachdem sie bereits wieder ein paar Meilen geritten waren, ließ diese Empfindung nach. Nun spürte er keine Nachwirkungen des Dunkelalbenrituals mehr.

Eine Kolonne von Orks begegnete ihnen unweit eines Hügels. Schon ihren Bewegungen nach konnte es sich nicht um Untote handeln, wie sie massenhaft dem Schlachtfeld an der Anhöhe der drei Länder entstiegen waren. Sie liefen im Laufschritt vorwärts. Keiner von ihnen hatte eine Hornechse oder irgendein anderes Reittier. Offenbar handelte es sich um Angehörige der zu Fuß gehenden Stämme des Orkgebirges, das die westliche Grenze der Orkländer bildete.

Arvan und seine Gefährten sahen ihnen vom Kamm eines nahen Hügels aus zu, wie sie Richtung Westen zogen. Ihre Beine trugen sie dabei fast ebenso schnell, wie es ein Pferd in normaler Gangart getan hätte. Und ihre Ausdauer war gewiss auch nicht geringer, sodass sie ihr Ziel mindestens so schnell erreichen konnten, wie Reiter es vermocht hätten.

»Sie scheinen uns tatsächlich nicht weiter zu beachten«, stellte Whuon erstaunt fest. »Ihr müsst mich in die Kunst dieses Zaubers genauer einweihen.«

»Das will ich gerne tun«, sagte Brogandas. »Allerdings müsst Ihr dann damit rechnen, dass Ihr von Lirandil nichts mehr erfahren werdet und er vermutlich auch nicht mehr gewillt sein wird, Euch weiter in der Elbensprache zu unterweisen, Schwertkämpfer.«

»Nehmt sein Angebot ruhig an, Whuon«, mischte sich Lirandil ein. »Ihr werdet dann schneller sein Sklave sein, als es Euch lieb ist. Und im Gegensatz zur Armee der thuvasischen Magier dürfte es in diesem Fall keine Möglichkeit der Desertion mehr geben.«

»Ihr übertreibt, Lirandil«, erwiderte Brogandas auf Dunkelalbisch.

»Aus Euren Händeln werde ich mich wohl am allerbesten heraushalten«, lautete der Schluss, den der Schwertkämpfer aus dieser Situation zog. »Ich frage mich, wohin all diese Orks, Untoten und was Ghool noch alles so an Kämpfern aufbietet, ziehen …«

»Dorthin, wo der neue Hochkönig es schon seit seiner Ausrufung nicht erwarten kann, gegen die Feinde zu Felde zu ziehen, dieser Narr«, lautete Brogandas' Ansicht. »In Richtung Gaa.«

»Dann steht wohl eine weitere große Schlacht bevor«, sagte Arvan.

»Eine, an der der größte Held Athranors nicht teilzunehmen vermag, weil er in seinem Heimatwald nach einem verborgenen Baum sucht – wie bedauerlich«, spottete Brogandas.

Als sich die laufenden Orkkolonnen etwas entfernt hatten, zogen sie weiter. In der Ferne waren wieder Feuer zu sehen. Vermutlich die Lagerfeuer von Heerlagern. Entsprechender Lärm wurde vom Wind herübergetragen.

Am nördlichen Horizont war inzwischen eine schwarze Schattenwand zu sehen, die sich wie ein dunkles Band durch die Landschaft zog. Auch das Mondlicht schien dieses Band nicht erhellen zu können.

Das war die Grenze der urtümlichen Wälder am Langen See. Arvan war etwas erstaunt darüber, dass er bereits aus dieser Entfernung die Anwesenheit der ihm so vertrauten Pflanzenarten spürte. Die Ranken, die von den Riesenbäumen herabhingen und ihm während seiner ersten Kämpfe gegen die Orks schon so manches Mal das Leben gerettet hatten, die Moose, die Sträucher und auch das Getier, das sich auf den Bäumen und am Boden tummelte. Endlich!, dachte er. Zu Hause!

Ehe sie den Rand des Halblingwaldes erreichten, mussten sie noch mehrfach kleineren Stoßtrupps von Orks ausweichen. Aber ob es nun wirklich an Brogandas' Zauber oder einfach an der Tatsache lag, dass sie sich weiterhin sehr vorsichtig verhielten: Keiner dieser Orks nahm Notiz von ihnen. Sie zogen einfach weiter ihres Weges.

Dass anscheinend so viele Angehörige der Fußgängerstämme unter ihnen waren, beunruhigte Lirandil.

»Die Fußgängerstämme sind die westlichsten Orks. Wenn sie bereits auf Ghools Seite stehen, dann bedeutet das auch, dass der Widerstand gegen dessen Herrschaft im Ost-Orkreich mehr oder minder zusammengebrochen sein dürfte«, erklärte er finster.

»Also ein Verbündeter weniger!«, schloss Arvan.

»Aber dafür werdet Ihr vielleicht neue und mächtigere gewinnen, Lirandil«, verbreitete Brogandas überraschenderweise etwas Zuversicht. »Womit ich natürlich nicht der Entscheidung vorgreifen will, die die Mächtigen von Khemrand zu gegebener Zeit darüber zu treffen haben werden, auf welcher Seite sich das Reich von Albanoy stellt.«

Kurz bevor sie den Waldrand erreichten, zügelte Lirandil noch einmal sein Pferd und lauschte angestrengt.

»Hornechsen!«, murmelte er dann. Keiner der anderen hatte bisher etwas gehört, nicht einmal Brogandas. »Es müssen Abertausende sein!«

»Und auf jedem Rücken dieser Biester ein bis drei Orks«, vermutete Arvan. »Es scheint sich tatsächlich eine weitere Schlacht anzukündigen.«

»Aber es wird nicht die entscheidende sein«, prophezeite Lirandil. »Der Krieg selbst wird nur mit dem Elbenstab entschieden werden können – und ob das in einer Schlacht sein wird, da bin ich mir gar nicht so sicher …«

»Wie denn sonst?«, wollte Arvan etwas irritiert wissen.

Als Lirandil dem Ziehsohn der Halblinge das Gesicht zuwandte, lag es vollkommen im Schatten der ersten Riesenbäume am Waldrand. Umso deutlicher war das Aufflackern des bläulichen Lichts darin zu sehen. »Wenn ich den neuen Elbenstab angefertigt habe, wird mein nächster Weg ins Herz von Ghools Reich führen. Dorthin, wo ich schon einmal war. Aber diesmal wird es das Ende des Schicksalsverderbers bedeuten, denn er wird es mit derselben Waffe zu tun haben, deren Kräfte ihn schon einmal in die Schranke gewiesen haben.«

Er sagt »ich«, fiel es Arvan auf. *Nicht »wir«.*

Anscheinend ging Lirandil davon aus, dass nur er es sein konnte, der den Elbenstab führte. Auserwählt durch wen oder was auch immer. Lirandil, der Erbe von König Elbanador, so schien er sich im Moment mit einer Selbstverständlichkeit zu betrachten, die Arvan unwillkürlich irritierte. Wo war der bescheidende Fährtensucher, der sich stets in den Dienst anderer oder einer Sache stellte? Wo der selbstlos über Jahrhunderte an einem Bündnis arbeitende Elb, dessen Diplomatie in dieser Zeit geradezu einen legendären Ruf errungen hatte, während man das Elbenvolk insgesamt eher mit Ignoranz und Überheblichkeit in Verbindung brachte?

Arvan schluckte.

Was ist wirklich in Asanils Turm geschehen?, ging es ihm nicht zum ersten Mal durch den Kopf.

Irgendwie hegte er vielleicht die stille Hoffnung, auf diese Frage, die seinen ganzen Zweifel ausdrückte und von der er niemals gewagt hätte, sie offen zu stellen, wenigstens eine Antwort in Form eines Gedankens zu bekommen.

Aber so häufig auch sonst eine derartige Verbindung von Geist zu Geist zwischen ihnen beiden bestanden hatte, diesmal blieben Lirandils Gedanken stumm.

In den folgenden Stunden hellte sich die Stimmung trotz allem merklich auf. Besonders galt das natürlich für die Halblinge. Diese Wälder waren nun einmal ihre Heimat, und auch wenn sie zurzeit weit von Gomlos Baum entfernt waren, so glich doch die Umgebung sehr stark jener, die sie von klein auf gewohnt gewesen waren. Die Tierstimmen waren vertraut. Auch die Gefahren, die hier lauerten, waren für sie gut ausrechenbar. Wenn man das Fauchen eines räuberischen Katzenbaums hörte, dann sah man eben zu, einen Bogen um ihn zu machen. Und selbst Arvans Laune wurde besser. Den Gedanken an die Veränderungen, die mit Lirandil geschehen zu sein schienen, seit er den Turm des Asanil betreten hatte, wischte er erst einmal beiseite. Das Unbehagen blieb allerdings.

Verluste

Sie folgten zumeist den ausgetretenen Pfaden, die die Kriegselefanten von Harabans Söldnern hinterlassen hatten. Seit Ausbruch des Krieges waren sehr viel mehr dieser Söldner in den Wäldern am Langen See unterwegs gewesen, als das in den zurückliegenden Jahren der Fall gewesen war. Hin und wieder traf man auf Überreste von ihnen. Zumeist nur Waffen. Selbst Kleidung und Knochen der Erschlagenen waren für die Aasfresser des Waldes verdaulich. Die Hinterlassenschaften erschlagener Orks und verendeter Hornechsen befanden sich dann meist in unmittelbarer Nähe.

All diese Funde erinnerten Arvan und die Halblinge mit Nachdruck daran, dass ihre bewaldete Heimat ein Kriegsgebiet war. Ein Kampf, der nicht in großen Schlachten ausgefochten wurde, sondern durch kleine Scharmützel und Hinterhalte.

Kurz nach dem zweiten Sonnenaufgang, den sie seit ihrer Rückkehr in den Halblingwald erlebten, erreichten sie ein Gebiet, in dem offenbar ein Feuer gewütet hatte. Die Riesenbäume waren verkohlt, auch wenn die Flammen es offenbar nicht geschafft hatten, mehr als nur die äußere Schicht der Stämme zu verschmoren, von denen wenige den Durchmesser eines Burghofs hatten. Auffällig war, dass der Boden weitflächig durch feuchte, glitschige Moose bedeckt wurde. Die Hufe der Pferde sanken tief in das Nass ein. Manche dieser Moose bewegten sich vorwärts und krochen an Baumstämmen empor.

In einigen Fällen waren auch die Baumstämme bis zur Hauptastgabel ziemlich weitflächig von emporkriechenden Moosstücken bedeckt.

»Wandermoose«, stellte Lirandil fest.

Arvan wusste nur zu gut, was darunter zu verstehen war. Wandermoose waren ihm vertraut, auch wenn er sie mit seinen Gedanken nicht so leicht zu beeinflussen vermochte wie Rankpflanzen. Woran das lag, wusste er nicht. Sein Ziehvater Gomlo hatte ihm schon als kleiner Junge erzählt, wie wichtig es war, dafür zu sorgen, immer genügend Wandermoose in der Nähe eines Wohnbaums wachsen zu lassen. Denn viele Baumarten – darunter auch sämtliche Wohn- und Herdenbäume – konnten offenbar Wandermoose auf eine ähnliche Weise beeinflussen, wie Arvan es mit den Baumschafen getan hatte. Und wenn einer dieser Riesenbäume durch einen Brand in Gefahr geriet, so rief er diese Moose mit all ihrer gespeicherten Feuchtigkeit herbei, um das Feuer wenn möglich zu löschen oder zumindest einzudämmen.

Das Vorhandensein vieler Wandermoos-Teppiche konnte ein Zeichen dafür sein, dass es in der Nähe gebrannt hatte.

Nur wenig später trafen sie dann auf einen vollkommen ausgebrannten Wohnbaum. Eine verkohlte Ruine, mehr war nicht von ihm geblieben. Gespaltene Halblingschädel lagen in der Nähe. Knochen zerfetzter Körper. Auch wenn das Feuer und die Aasfresser kaum etwas zurückgelassen hatten, so konnte doch kein Zweifel daran bestehen, dass es sich um Halblinge gehandelt hatte. Bewohner eines Baums, die wohl zu fliehen versucht hatten, nachdem man ihren Baum angezündet hatte.

Ein verbeulter Orkhelm deutete darauf hin, dass es wohl auch auf der anderen Seite Verluste gegeben hatte.

»Von wegen: In den Wäldern sind Halblinge sicher!«, entfuhr es Neldo wütend. »Die Orks werden nach und nach einen Wohnbaum nach dem anderen aufspüren.«

»Es haben sich nie alle so gut darauf verstanden, einen Wohnbaum zu tarnen wie mein Vater«, gab Arvan zu bedenken.

Neldo hatte Tränen des Zorns in den Augen, als er aus dem Sattel stieg, um sich in der näheren Umgebung umzusehen. »Kann ja sein, dass die Orks anfangs die Wohnbäume zumeist übersehen haben. Aber so grausam sie sind, wir sollten sie nicht für Trottel halten. Sie lernen dazu, da bin ich mir sicher. Und nach und nach werden sie alle Wohnbäume des Halblingwaldes auf dieselbe Weise ausräuchern und die Überlebenden erschlagen oder …« Neldo stockte. »Niemand mag sich vorstellen, was mit denen geschieht, die sie vielleicht verschleppen.«

»Umso wichtiger ist es, dass wir unser Ziel erreichen«, erklärte Lirandil. »Und das so schnell wie möglich!«

»Ach ja?«, brauste Neldo auf.

»Ghools Macht muss so schnell wie möglich ein Ende gesetzt werden.«

»Wunderbar, wie Ihr immer ganz Athranor im Blick habt und Euch auf große Taten und wichtige Entscheidungen konzentriert! Aber was ist ein Sieg über Ghool noch wert, wenn in der Zwischenzeit alle umgebracht wurden, die einem teuer sind?«

»Es bleibt dir die Rache, Halbling«, mischte sich Whuon ein.

»Ja. Anscheinend ist es das, worauf alles hinausläuft, und ich werde mich wohl damit zufriedengeben müssen.«

Whuon allerdings deutete auf einen der zerschlagenen Halblingschädel. »Das ist mehr, als denen zuteilwurde, die hier liegen, Neldo. Daran solltest du denken.«

Neldos Hand krampfte sich um den Griff seines Rapiers. »Dafür werde ich den Waldgöttern auf ewig dankbar sein«, knurrte er düster und voller Sarkasmus.

Sie kamen in eine Gegend des Waldes, von der Borro, Neldo und Zalea glaubten, schon einmal dort gewesen zu sein. Arvan war sich da nicht so ganz sicher. Doch das änderte sich bald.

»Hier habe ich als Junge mit meinem Ziehvater Gomlo Bäume angeschnitten, um Baumsäfte zu sammeln, aus denen sich die magische Essenz gewinnen lässt«, erklärte er.

»Ich habe gar nicht mitbekommen, dass du öfter mal auf Baumsafternte warst«, gestand Borro.

»War ich auch nur ein einziges Mal«, antwortete Arvan.

»Ach, wie kommt das denn? Baumsaft kann man doch mindestens dreimal jährlich ernten, und wenn man ihn zur Essenz weiterverarbeiten will, sollte er sowieso möglichst frisch sein.«

»Nun, ich habe mich wohl damals etwas ungeschickt angestellt und den Baum so heftig mit meinem Saftmesser geritzt, dass daraufhin bei ihm nie wieder etwas geerntet werden konnte. Er starb und wurde innerhalb eines halben Jahres so morsch, dass die Riesenraupen ihn vollständig vertilgten.«

»Oh«, entfuhr es Borro. »Ja, ich weiß, so etwas kann passieren. Gerade Bäume, aus denen der beste Baumsaft gewonnen werden kann, sind mitunter sehr empfindlich.«

»Anderthalb Tage braucht man von hier bis zu Gomlos Baum«, erinnerte sich Arvan.

»Wenn man statt hoch zu Pferd von Baum zu Baum klettert, ist man schneller«, war Neldo überzeugt.

Der Gedanke, so nahe an dem heimatlichen Wohnbaum zu sein und ihn doch nicht aufsuchen zu können, war für Neldo schier unerträglich.

Bis zum Abend sprach er kein einziges Wort mehr, er wirkte in sich gekehrt und nachdenklich. Als die Dämmerung einsetzte, erreichten sie einen kleinen, schmalen Wasserlauf, an dem sie die Pferde tränken und zwischen den Wurzeln eines unbewohnten Riesenbaums relativ sicher lagern konnten.

Borro erlegte mit einem gezielten Schuss mit einem Pfeil einen Fisch, den sie über dem Feuer brieten. Und Zalea und Neldo sammelten in der Umgebung Herdenbaumkastanien als Munition für ihre Schleudern. Schließlich war ja damit zu rechnen, dass man früher oder später trotz aller Vorsicht eine feindliche Begegnung mit den in der Gegend umherstreunenden Orkbanden hatte.

Lirandil hingegen saß gedankenverloren und wie in Trance am Feuer. Seine Augen waren dabei geschlossen, doch das bläuliche Leuchten in seinen Augen war zurzeit so stark, dass es durch die Augenlider hindurch im Moment deutlich sichtbar war. Vor ihm, auf der Rinde des Riesenbaums, zwischen dessen gewaltigen Wurzeln sie ihr Lager errichtet hatten, flimmerten in heller, leuchtender Schrift sich rasch verändernde Kolonnen von Zeichen. Elbenrunen, die sich in so rascher Folge veränderten, dass Arvan ihnen kaum zu folgen vermochte. Brogandas und Whuon, der das ebenfalls mit großem Interesse beobachtete, starrten auf diese leuchtenden Zeichen auf der Baumrinde.

»Die Zeichen verschwimmen und ergeben keinen Sinn«, stellte Brogandas fest. »Oder hat Euch Lirandil in dieser Hinsicht vielleicht mehr gelehrt, als mir bekannt ist?«

»Leider nicht«, bekannte der Schwertkämpfer. »Und um ehrlich zu sein: Unser elbischer Freund hatte in letzter Zeit auch anderes im Sinn, als einer Barbarenseele wie mir Unterricht zu geben.«

Die Zeichen flossen immer mehr ineinander und formten schließlich ein Bild.

Ein Baum wurde erkennbar. Ein Baum, der über und über mit winzigen und sich ständig verändernden Runen bedeckt war und damit genauso aussah, wie Lirandil den Runenbaum beschrieben hatte.

Augenblicke später flammte ein greller Blitz auf, und sowohl der Baum als auch die Zeichen waren verschwunden. Lirandil saß in sich zusammengesunken da, mit dem Rücken gegen die Wurzel gelehnt. Er rührte sich nicht.

»Lirandil!«, entfuhr es Arvan.

Er eilte sofort zu dem Elben hin. Er wirkte wie tot.

Kalt und ohne Herzschlag.

»Keine Sorge, das ist nur eine vorübergehende Überanstrengung«, sagte Brogandas gelassen.

»Dann tut doch etwas, um ihn wieder aufzuwecken!«, rief Arvan.

»Nein, ganz bestimmt nicht. Sobald er erwacht, könnte ich mir seines unbändigen Zornes sicher sein, wenn ich versucht hätte, ihn mit meiner Art der Magie zu beeinflussen. Es besteht meiner Einschätzung nach keinerlei Gefahr.« Brogandas wandte sich anschließend an Whuon und fuhr fort: »Deine Barbarenseele sollte sich das eine Warnung sein lassen.«

Der Schwertkämpfer hob die Augenbrauen.

»Eine Warnung? Wovor?«

»Vor Erkenntnissen, die mit so großer Anstrengung verbunden sind, dass sie einfache Gemüter töten können, Whuon.«

Nachdem der Fisch, den Borro erjagt hatte, verzehrt worden war, erwachte Lirandil. Man hatte ihm zwar eine der gewohnt winzigen Portionen übrig gelassen, die der Elb hin und wieder verzehrte, aber diesmal schien er überhaupt keinen Appetit zu haben.

»Was war mit Euch?«, fragte Arvan ihn.

»Ich habe mich in dem Wissen aus Elbanadors Buch verloren«, gestand er. »Ehrlich gesagt hatte ich keine Ahnung, dass das so leicht geschehen kann.«

»Wenigstens flimmern Eure Augen zurzeit nicht bläulich. Das ist ja wohl ein gutes Zeichen, nehme ich an.«

Darauf gab Lirandil keine Antwort.

Sein Blick war scheinbar ins Nichts gerichtet. Er schien seinen Gedanken nachzuhängen. Was genau ihn derzeit so stark bewegte, schien er jedoch niemandem mitteilen zu wollen.

Arvan schlief in dieser Nacht wie ein Stein. Vielleicht waren es die Strapazen der letzten Zeit, die ihn so erschöpft hatten, aber er mochte auch nicht ausschließen, dass es sich vielleicht um eine Nebenwirkung des Zaubers handelte, den Brogandas an ihnen allen vorgenommen hatte, damit sie unentdeckt den Halblingwald erreichten.

Als ein Sonnenstrahl, der durch eine Öffnung im Blätterdach hereinfiel, ihn am Morgen traf, schreckte er hoch, griff sofort instinktiv nach dem Griff des *Beschützers* und sah sich um.

Borro wäre eigentlich an der Reihe gewesen, Wache zu halten, aber der schlief tief und fest. Sein Schnarchen war nicht zu überhören und lauter als das Brummen einer faustgroßen, dicken Baumfliege. Die anderen schliefen ebenfalls noch. Selbst Brogandas und Lirandil hatten offenbar Ruhe dringender nötig, als das ansonsten bei ihnen der Fall war.

Aber Arvan spürte sofort, dass etwas nicht stimmte.

Irgendetwas war nicht so, wie es hätte sein sollen. Dafür hatte Arvan einen sechsten Sinn. Er spürte die Anwesenheit von unzähligen Rankpflanzen, Moosen, Sträuchern und ein paar chamäleonhaften Flugechsen, die ihre krallenbewehrten Pranken in die Borke des Riesenbaums verkrallt und dort vermutlich schon einen ganzen Tag vollkommen reglos ausgeharrt hatten. Arvan fühlte selbst die Anwesenheit einiger ellenlanger Riesenraupen, die sich etwa eine Schwertlänge unter ihm durch den weichen Waldboden gruben und wohl erst wieder an die Oberfläche kommen würden, wenn dort ein lohnendes Aas zu erwarten war.

Arvans Blick glitt zur Seite. Zalea lag in seiner Nähe. Ihr Gesicht wirkte friedlich und entspannt. Whuon hingegen lehnte halb gegen die aufragende Wurzel des Riesenbaums, eine Hand am Schwertgriff, so als wäre er jederzeit bereit, aufzuspringen und einem potenziellen Feind den Schädel zu spalten. Dann bemerkte er Neldos Lager. Er schien sich in die Satteldecke eingerollt zu haben. Aber irgendwie wirkte das ... *eigenartig*!

Arvan erhob sich.

Eine unheilvolle Ahnung stieg in ihm auf. Ein Blick zu den Pferden beruhigte ihn für einen Moment, denn Neldos Reittier stand noch immer da – neben den anderen.

Dann erreichte er Neldos Lager.

Da war nur eine Decke, gefüllt mit Sattelzeug.

Kein zierlicher Halbling hatte sich da zur Nacht gebettet.

»Neldo!«, rief Arvan.

Aber es antworteten ihm lediglich die aufdringlichen Schreie einiger Vögel, die das Gebiet wohl als ihr Revier betrachteten. »Neldo, wo bist du?«

Nach und nach erwachten die anderen.

»Was ist denn los?«, rief Borro. »Und was soll vor allem der Krach?«

»Du hattest doch Wache!«

»Ja, schon. Bin ich etwa eingeschlafen? Vor dem Frühstück sage ich nichts, da kann ich nicht richtig denken und blamiere mich nur.«

»Neldo ist fort! Ich kann ihn nirgends entdecken!«

»So ein Unsinn, der ist sicher nur mal für kleine Halblinge.«

»Borro! Als deine Wache begann – hast du ihn da noch gesehen? Ich meine ihn selbst – und nicht nur seine Satteldecke.«

Borro gähnte. »Meine Güte, ich bin noch gar nicht richtig wach.«

»Dann werde es besser schnell!«

Zalea war inzwischen ebenfalls auf die Beine gekommen. »Wir sollten ihn suchen«, schlug sie vor.

»Und wo sollten wir deiner Meinung nach anfangen?«

»Na, das liegt doch auf der Hand! Er hat doch schon die ganze Zeit davon gesprochen, dass er unbedingt Gomlos Baum besuchen will.«

Arvan legte seinen Waffengurt an und streifte sich die Stiefel über. In Stiefeln zu laufen war eine Sache, an die er sich mittlerweile so sehr gewöhnt hatte, als wäre er nie ein barfüßiger Ziehsohn eines Halblings gewesen. Aber in Stiefeln zu schlafen war noch mal eine ganz andere Sache. Da bevorzugte er einfach Freiheit für seine Zehen und Knöchel.

»Du brauchst dich nicht zu beeilen«, drang Lirandils Stimme ihm ins Ohr, als er es gerade geschafft hatte, den zweiten Stiefel anzuziehen, was immer etwas schwierig war, wenn es besonders schnell gehen sollte.

»Neldo …«

»Ich habe mitbekommen, was geschehen ist«, schnitt der Elb ihm das Wort ab.

»Wir können nicht einfach zulassen, dass er …«

»Wir müssen es sogar zulassen, Arvan. Der Gedanke daran, zu Gomlos Baum zurückzukehren, war so übermächtig in ihm, dass es nicht einmal der Feinfühligkeit eines Elben bedurfte, um das zu spüren. Dir ist es doch auch aufgefallen.«

Arvan schluckte.

Lirandils Worte hallten in seinem Kopf wider. Der Elb hatte von Neldos *Rückkehr* zu Gomlos Baum gesprochen. Nicht von einem *Besuch*.

»Ihr meint, wir sollen ihn einfach sich selbst überlassen?«, fragte jetzt Zalea ziemlich aufgebracht. »Das kann ja wohl nicht Euer Ernst sein!«

Lirandil erhob sich von seinem Platz. »Wir müssen seine Entscheidung akzeptieren. Eine Entscheidung, die jedem von Euch zu jeder Zeit freisteht, wie ich betone. Neldo hat die seine gefällt. Er war schon lange nicht mehr überzeugt davon, auf dem richtigen Weg zu sein, deshalb ist es für ihn das Beste, wenn er seiner inneren Stimme folgt und zu Gomlos Baum zurückkehrt. An uns bleibt es, das zu Ende zu bringen, was wir begonnen haben.« Der Elb deutete zu den Pferden. »Neldo hat sein Pferd hier zurückgelassen. Auch das ist ein mehr als deutliches Zeichen, das er uns hinterlassen hat. Unser Weg ist nicht mehr der seine. Vielleicht war er das von Anfang an nicht, das vermag ich nicht zu sagen. Aber ihm jetzt zu folgen wäre genauso falsch, als wenn umgekehrt er versuchen würde, uns von dem abzuhalten, was wir uns vorgenommen haben.«

Arvan atmete tief durch. In seinem Inneren herrschte ein derartiger Aufruhr, dass er kaum in der Lage war, auch nur einen einzigen klaren Gedanken zu fassen. Er hatte noch gut in Erinnerung, wie Neldo ihm gesagt hatte, dass er eigentlich von einem abenteuerlicheren Leben träumte, als es ihn auf Gomlos Baum erwartet hätte, wo er drauf und dran gewesen war, zu einem geschickten Holzschnitzer ausgebildet zu werden.

Aber anscheinend war die Sehnsucht nach dem heimatlichen Wohnbaum doch zu groß gewesen. Das und die Sorge um diejenigen, die daheimgeblieben waren, hatten ihn zu einer Entscheidung getrieben.

»Frühstück lassen wir deswegen aber jetzt nicht ausfallen, oder?«, meldete sich Borro zu Wort.

Sie ritten weiter, folgten einem der Trampelpfade und machten kaum eine Pause. Die meiste Zeit über schwiegen sie. Das Pferd, das Neldo zurückgelassen hatte, führten sie am Zügel mit sich. Ein Ersatztier zur Verfügung zu haben, konnte auf keinen Fall schaden.

Als sie an einer Wasserstelle eine Rast einlegten, wirkte Borro plötzlich sehr nachdenklich.

»Vielleicht sollte zumindest einer von uns Neldo folgen«, meinte er. »Schließlich könnte es doch sein, dass er die Bewohner von Gomlos Baum in Gefahr bringt, wenn er dort auftaucht. Das habt Ihr selbst gesagt, Lirandil. Und da wäre es doch nicht schlecht, wenn jemand versucht, ihn aufzuhalten.«

»Und derjenige könntest du sein?«, fragte Lirandil.

»Ich würde das sofort übernehmen.«

»Neldo wird niemanden in Gefahr bringen«, sagte Lirandil kühl. »Auf ihn hat Ghool ganz gewiss nicht sein Augenmerk gerichtet. In Arvans Fall wäre das etwas anderes – und natürlich auch, was mich selbst betrifft. Aber wenn du einen

Grund suchst, dich ebenfalls von uns zu verabschieden, dann solltest du dich davon nicht abhalten lassen.«

Borro schluckte.

»Wir werden Neldo bald wiedersehen«, meinte Arvan. »Davon bin ich überzeugt.«

Borro nickte. »Ja, das hoffe ich auch.«

»Wir brauchen hier jeden! Und dich ganz besonders, Borro, denn wie sollten wir denn ab und zu mal was Vernünftiges zwischen die Zähne bekommen, wenn nicht wenigstens einer von uns das Jagdhandwerk beherrschen würde?«

Borro wandte den Blick in das dichte Unterholz. Ein Schwall von Geräuschen und Tierstimmen war von dort zu hören. Äste knackten, und hier und da bewegten sich Schlingpflanzen. Ein Katzenbaum wartete geduldig auf vorbeiziehende Beute, die den Aufwand eines Angriffs lohnte.

»Reiten wir weiter«, sagte Borro schließlich. »Ihr wisst doch, dass ich manchmal einfach so daherrede, was ich denke. Sonst nimmt das doch auch niemand ernst. Warum also gerade jetzt?« Sein Lächeln wirkte etwas gezwungen.

»Mir gefällt es auch nicht, dass Neldo nicht mehr bei uns ist«, sagte Arvan. »Aber es ist seine Entscheidung.«

»Ja, sicher. Schon klar«, murmelte Borro.

Neldos Weg

Neldo konnte sich nicht daran erinnern, sich schon einmal so schnell durch die Bäume geschwungen zu haben. Nach und nach gewann der Halbling die geradezu traumwandlerische Sicherheit zurück, die ihn stets beim Klettern ausgezeichnet hatte. Ja, dies war eine Art der Fortbewegung, die Halblingen angemessen war! Da nahm er den Nachteil, dass er abgesehen von dem, was er am Leib trug, kaum Gepäck mit sich führen konnte, gerne in Kauf. Immer tollkühner wurden seine Sprünge von einer Baumkrone zur anderen. Oft genug wuchsen die Kronen der Riesenbäume ohnehin ineinander, und nur als erfahrener Baumkenner und Bewohner der Wälder am Langen See konnte man dann noch auf den ersten Blick auseinanderhalten, welcher Ast eigentlich zu welchem Baum gehörte. Auf der Hauptastgabel eines Riesenbaums hielt Neldo schließlich inne und blickte sich in der Umgebung um. Das Surren eines Schwarms von Baumfliegen klang ihm in den Ohren.

Aber ein Geruch ließ ihn aufmerken. Der Geruch von verkohltem Holz. Die Sinne eines Halblings waren längst nicht so empfindlich wie jene der Elben – aber was diesen besonderen Geruch anging, waren wohl sämtliche Bewohner des Waldes äußerst empfindlich. Man behauptete sogar, dass Menschen, die längere Zeit hier gelebt hatten, darauf mit besonderer Empfindlichkeit reagierten. Ein Brand war die größte Gefahr für alle Waldbewohner, von der Baumfliege bis zu den fleischfressenden Katzenbäumen.

Finstere Ahnungen stiegen in Neldo auf. War mit Gomlos Baum etwa dasselbe geschehen wie mit jenem Wohnbaum, an dem sie vorbeigekommen waren und wo Orks ein furchtbares Massaker angerichtet hatten?

Neldo versuchte diesen Gedanken abzuschütteln wie ein stechwütiges Insekt. Aber es gelang ihm nicht. Der Gedanke nagte an ihm und ließ sein Herz schneller schlagen.

Ich hätte diesen Wald niemals verlassen dürfen, ging es ihm durch den Kopf. Er schalt sich gleich darauf einen Narren. *Als ob es etwas hätte ändern können, wenn ein einziger Halbling mehr zur Verteidigung von Gomlos Baum zur Verfügung gestanden hätte! So ein blanker Unsinn!*

Er hob die Nase, schnüffelte wie ein wildes Tier und versuchte die Spuren des in der Luft hängenden Brandgeruchs näher zu bestimmen. Aus welcher Richtung kam das? Wurde der Geruch vielleicht nur durch einen kräftigen Wind in diesen Teil des Waldes getragen? Oder waren jetzt irgendwo ein paar dumme Orks so unvorsichtig, ein Feuer zu entzünden, weil sie es leid geworden waren, die Hirne ihrer Opfer roh zu verspeisen? *Bei allen Waldgöttern, alles ist möglich,* sagte er sich. *Du solltest dich nicht verrückt machen.*

Aber genau das tat er eigentlich schon seit einer geraumen Weile. Eigentlich schon seit er zusammen mit Arvan, Lirandil und den anderen Gaa verlassen hatte. Ganz bestimmt aber, seit fest stand, dass sie von Asanilon aus zum Halblingwald zurückkehren würden, um den Runenbaum aufzusuchen.

Neldo setzte seinen Weg fort. Der Brandgeruch wurde stärker. Er hing schwer in der Luft. Er schwang sich mit einer Ranke zum nächsten Baum und blickte dabei auf den

Waldboden, der mit so viel Wandermoos bedeckt war, wie er es zuvor noch nicht gesehen hatte. Ein Ork lief durch das Moos, sank dabei fast bis zu den Knien in die feuchten Gewächse ein. Der Ork blickte empor und bemerkte Neldo. Augenblicklich griff er nach einem Wurfring, den er am Gürtel trug, und schleuderte ihn mit ungeheurer Wucht. Neldo hatte die Hauptastgabel des Nachbarbaums noch nicht erreicht, als der Wurfring, aus dem sich während des Fluges messerscharfe Klingen herausklappten, die Ranke durchtrennte.

Neldo fiel herab, landete im Wandermoos und sank so tief darin ein, dass er für einen Moment nicht zu sehen war. Er rappelte sich auf, ruderte mit den Armen und Beinen, um sich aus den glitschigen Pflanzen zu befreien. Er hörte das Keuchen des herannahenden Orks. Wenn so viele Schichten von Wandermoosmatten übereinanderlagen, dann hieß das, es hatte in der Nähe einen Brand gegeben, der noch viel verheerender gewesen sein musste als jener, dessen Spuren sie unterwegs gesehen hatten. Noch bevor Neldo sich wieder aufgerappelt hatte, war der Ork über ihm. Mit einem lauten Schrei ließ er seine monströs große Streitaxt auf den Halbling niedersausen.

Der Schlag verfehlte Neldo nur knapp. Dieser riss sein Rapier hoch und stieß blitzschnell zu. Der Stoß war genau gezielt. Er traf den Ork in den Hals. Die blutige Klinge des Halblings ragte eine Elle weit aus dessen Nacken hervor. Neldo taumelte zurück und schaffte es nicht, das Rapier wieder aus dem Körper seines Gegners zurückzureißen. Er wollte zum Langmesser greifen, verlor aber auf dem glitschigen Wandermoos seinen Halt und konnte sich nur mit Mühe auf den Beinen halten.

Ein röchelnder Laut drang aus dem geöffneten Orkmaul.

Ein Laut, der wohl eigentlich ein Wutschrei hatte werden sollen.

Blut spritzte ihm zwischen den Hauern heraus.

Der Ork schaffte es gerade noch, seine Axt ein zweites Mal emporzureißen. Doch er war nicht mehr in der Lage, den Schlag auch noch auszuführen. Der Griff seiner Pranke um den Axtstiel lockerte sich. Die Waffe entfiel ihm, und sein stämmiger, äußerst kräftiger Körper brach in sich zusammen.

Er sank in das feuchte Moos ein. Neldo war schon im nächsten Moment bei ihm, griff nach seinem Rapier und wollte es aus dem Hals seines Gegners herausziehen, als er bemerkte, dass der Ork noch lebte.

»Was habt ihr Scheusale getan?«, zischte Neldo, und sein Gesicht verzog sich zu einer grimmigen, hasserfüllten Maske. »Zu wie vielen seid ihr hier in der Gegend?«

Ein Schwall von Blut kam aus dem Rachen des Orks heraus.

»Du … bist … das Scheusal, Halbling«, wisperte er dann und war im nächsten Augenblick nicht mehr unter den Lebenden.

Neldo zog sein zierliches Schwert heraus, wischte es an dem reichlich vorhandenen Wandermoos ab und setzte dann seinen Weg fort. Er war völlig durchnässt. Bei jedem Schritt machten seine Füße platschende Geräusche, während er durch das Wandermoos schritt. Er kletterte die Borke eines Riesenbaums empor, schwang sich mit einer Rankpflanze weiter und landete auf einem der beiden Hauptäste eines noch größeren Baums. Dessen Nordwestseite war vollkommen verkohlt. Es gab kein Blätterwerk mehr, das den Blick verstellen konnte. Neldo musste schlucken, als er auf diese

Weise die verkohlte Baumruine sah, die einst seine Heimat gewesen war. Gomlos Baum. Der Ort, auf dem er geboren worden war und wo er vermutlich sein ganzes Leben verbracht hätte, wenn er nicht auf den Gedanken gekommen wäre, sich Lirandil dem Fährtensucher anzuschließen, um ein Bündnis gegen Ghool zu schmieden.

Neldo kletterte in das äußere Geäst. Bei Bäumen, die gebrannt hatten, musste man sehr aufpassen. Jederzeit konnten Äste unvermutet brechen. Und im Gegensatz zu seinem Menschling-Gefährten Arvan war Neldo zwar ein äußerst geschickter Kletterer, aber er verfügte nicht über dessen wundersame Selbstheilungskräfte. Also musste er vorsichtig sein. Er nahm eine Rankpflanze, zog an ihr und versuchte zunächst abzuschätzen, ob sie sein Gewicht noch zu tragen vermochte und nicht schon zu sehr durch den Brand gelitten hatte.

Die Ranke hielt. Neldo schwang sich hinüber und landete auf der Hauptastgabel von Gomlos Baum.

Ein Bild des Schreckens bot sich ihm. Nicht nur, dass ein Großteil des Baums ausgebrannt und rußgeschwärzt war. Die Häuser und Baumhöhlen waren nur noch ausgebrannte Ruinen. Verkohlte Leichen von Halblingen und Orks lagen verstreut auf dem Platz der Hauptastgabel. Die Toten waren nicht mehr zu erkennen. Das Feuer, das die Orks offenbar gelegt hatten, hinterließ nur angerußte Knochen und bis zur Unkenntlichkeit verbrannte Körper.

Grausige Szenen mussten sich hier abgespielt haben. Ganze Familien von Halblingen waren in das äußere Geäst geflüchtet, um vor den Orks zu fliehen, und dann in die Tiefe gestürzt, weil das verkohlte Holz brach. Man sah die zu Tode Gestürzten nicht mehr auf dem Waldboden. Die Wandermoose hatten die Leichen vermutlich gnädig bedeckt. Nur einige von ihnen waren von den tiefer gelegenen Ästen aufgespießt worden und boten nun einen Anblick, bei dem sich Neldo der Magen zusammenkrampfte.

Aasvögel und die faustgroßen Baumfliegen hatten diese Aufgespießten allerdings durch ihren Fraß dermaßen entstellt, dass Neldo niemanden wiedererkennen konnte.

Gomlos Haus war nur noch eine verrußte Ruine. Neldo blickte durch eines der offenen Fenster. Im Inneren waren die sterblichen Überreste einiger Halblinge zu erkennen. Sie mussten im Haus verbrannt sein. Neldo zitterte, und der Herzschlag pulsierte an seinem Hals und hinter seiner Schläfe. Unfassbar war das Grauen, das er hier vorfand. Und es übertraf die schlimmsten Albträume, die ihn während der Zeit gequält hatten, da er an Lirandils Seite geritten war.

Neldo sank auf die Knie. Augenblicke lang verharrte er so und fragte sich, ob das tatsächlich die Wahrheit sein konnte oder ob er nicht auch diesmal einfach nur von einem schlimmen Traum heimgesucht worden war.

Neldos Tränen versiegten.

Das Schlimmste steht dir noch bevor, erkannte er plötzlich und war wie erstarrt vor Schrecken. *Niemand wird es dir ersparen können. Und du dir selbst am wenigsten.*

In Gedanken hörte Neldo plötzlich die Stimme seines Vaters. *Sieh hin!*, hatte er so oft zu ihm gesagt, wenn Neldo mit einer Schnitzerei beschäftigt war. *Sieh genau hin, das ist der erste Schritt zur Verbesserung*. Unzählige Male hatte sein Vater das zu ihm gesagt, und es hatte Augenblicke gegeben, da er schon fast daran verzweifelt war und kaum noch geglaubt hatte, je ein passabler Schnitzer zu werden. Und dann hatte es Zeiten gegeben, in denen er sich insgeheim ein anderes Leben gewünscht hatte. Ein Leben, das abenteuerlicher und aufregender war. Und vor allem bedeutungsvoller. Aber in dem Moment, als er das bekam, hatte er es eigentlich schon gar nicht mehr wirklich haben wollen. *Warum konnte nicht alles einfach so bleiben, wie es gewesen war?*, fragte er sich, und eine tiefe Verzweiflung erfasste ihn bis in den letzten Winkel seiner Seele. Er erhob sich von seinen Knien und ging zögernd zu einem der Hauptäste. Die Baumhöhle seiner Eltern lag etwas höher. Er kletterte den gewaltigen Ast empor, der breiter war als selbst die Heeresstraßen, die der Waldkönig Haraban mitten durch sein Reich hatte ziehen lassen, um dessen einzelne Teile und Provinzen besser miteinander zu verbinden.

Wie oft war er den Ast früher emporgeklettert?

Er hätte es kaum zählen können. Jeden Tag war er mehrmals über diesen Ast gegangen. Wie oft hatte er diesen Weg verflucht und darüber geschimpft, dass seine Eltern unbedingt eine Baumhöhle bewohnen mussten, die verhältnismäßig weit oben im Geäst des Wohnbaums gelegen war.

Jetzt hätte er nichts dagegen gehabt, diesen Weg doppelt und dreifach zu gehen, wenn dafür nur alles so geblieben wäre, wie er es gewohnt war, und Gomlos Baum sich nicht in einen Ort des Grauens verwandelt hätte.

Dort, wo sich der Ast des riesigen Baums abermals teilte, lag die Wohnhöhle seiner Familie. Die Holztür war aus ihren Scharnieren gebrochen worden, das Glas in den Fenstern zersprungen. Ruß zeugte davon, dass auch hier Flammen gewütet hatten. Wahrscheinlich sogar länger als in den tieferen Bereichen des Wohnbaums, denn es gab hier nirgends Wandermoose. Sie hatten es offenbar nie bis hier oben geschafft, und der Brand war irgendwann von selbst erloschen.

Zögernd trat Neldo an die Tür. Das Rapier hielt er kampfbereit in der Rechten, denn er wusste ja nicht, ob nicht doch noch irgendwo ein versprengter Ork nur darauf wartete, ihn umzubringen. Selbst wenn es nur ein Verletzter war, den die Scheusale zurückgelassen hatten, konnte das ausgesprochen unangenehm werden.

Neldo schluckte. Sein Herzschlag hämmerte, und in seinem Magen machte sich ein flaues Gefühl breit.

Sieh hin!, sagte er sich. *Du kannst der Wahrheit sowieso nicht entrinnen. Durch nichts, was du im Moment tun oder lassen könntest.*

Dann fasste er etwas Mut, machte den entscheidenden Schritt in das Halbdunkel der Baumhöhle hinein.

Im nächsten Moment stieß er einen Schrei aus.

Einen Schrei, so schmerzvoll und verzweifelt, wie es wohl keinen zuvor aus dem Mund eines Halblings gegeben hatte.

Der Runenbaum

»Hier muss es ein«, sagte Lirandil.

»Na endlich!«, entfuhr es Borro, der sich den Schweiß von der Stirn wischte. »Lirandils Worte geben ja Anlass zur Hoffnung – allerdings sehe ich hier nichts Besonderes. Ein Baum wie jeder andere, würde ich sagen.«

»Sehen ist nur in zweiter Linie eine Sache der Augen«, meldete sich Brogandas mit seinem gewohnt spöttischen Unterton zu Wort. »Man muss es erlernen.«

»Werter Brogandas, ich sprach davon, Dinge zu sehen, die auch wirklich vorhanden sind, und nicht davon, sich etwas einzubilden, das man sich nur herbeiwünscht«, erwiderte Borro trotzig.

Arvan schlug mit dem *Beschützer* einige Stauden zur Seite. Das Pferd folgte ihm. Der Wald war so dicht, dass die letzten Meilen eine wahre Qual gewesen waren. Es hatte kaum ein Durchkommen durch das dichte Unterholz gegeben. Und auch wenn viele der Sträucher sich auf Arvans geistigen Befehl hin zur Seite bogen und ihm und seinen Gefährten so viel Platz einräumten, wie sie konnten, gab es auch einige giftige Dornengewächse, die sich dieser Beeinflussung verweigerten. Und gerade hier waren diese Arten sehr häufig vertreten. *Fast so, als hätte sie hier jemand eigens angepflanzt, um zu verhindern, dass dieser Ort betreten wird,* ging es Arvan durch den Kopf.

Mitten im dichtesten Wald eröffnete sich eine Lichtung,

die so groß war, wie Arvan es nie zuvor gesehen hatte. Zumindest nicht in den Wäldern am Langen See.

Allein das Vorhandensein einer Lichtung war schon erstaunlich genug, denn es gab eigentlich keinen erkennbaren Grund dafür, dass dieser Ort nicht einfach innerhalb kurzer Zeit zugewuchert war.

Die Lichtung war nur am Rande mit hohem Gras bewachsen. Gras, das zum Teil einem Halbling über den Kopf wuchs. Doch zur Mitte hin hörte dieser Grasbewuchs auf, so als wäre der Boden vergiftet und würde deswegen von jeglicher Vegetation gemieden.

Das Allerseltsamste aber war, dass ein gewaltiger Schatten die Sonne fernhielt. Man hatte das Gefühl, dass es auf der Lichtung kaum heller war als unter dem dichten Blätterdach der Riesenbäume. Und das, obwohl es ein sonniger, nahezu wolkenloser Tag war, wie die wenigen Lücken im Blätterdach ihnen auf dem Weg hierher bewiesen hatten.

Ein Schatten schien über der Lichtung zu hängen.

Arvan fühlte sich sofort an die Schattenvögel erinnert, die Ghool aussandte. Ein dunkles Etwas schwebte über dieser Lichtung und schien beinahe alles Sonnenlicht zu schlucken. Nur hier und da schimmerte etwas davon hindurch. Aber auch die wenigen Strahlen, die es schafften hindurchzudringen, wurden teilweise urplötzlich unterbrochen, so als stünde ihnen irgendetwas im Weg. Etwas, das unsichtbar, aber undurchdringlich war.

Lirandil schritt als Erster auf die Lichtung. Seine Augen hatten jetzt intensiv zu leuchten angefangen, wie es seit den Ereignissen am Asanil-Turm immer wieder bei ihm zu beobachten gewesen war.

»Was hältst du davon, Dunkelalb?«, wandte sich Whuon an Brogandas.

»Warum fragst du nicht deinen Lehrer?«, erwiderte der Angesprochene spöttisch.

»Ich bin mir nicht sicher, ob Lirandil im Moment wirklich ansprechbar ist«, erklärte der Schwertkämpfer.

»Nun, jedenfalls ist dies hier eindeutig ein Ort, an dem starke Magie gewirkt wurde … Eine Magie, wie man sie selten zu spüren bekommt.« Der Dunkelalb hob das Gesicht, verengte die Augen und sog die Luft ein, wie ein Tier, das Witterung aufnahm. Die Runen auf seinem Kopf veränderten sich in so rascher Folge, dass der Eindruck andauernder Bewegung und Unruhe entstand. »Sehr alte Magie …«, flüsterte er dann und fügte ein paar Worte auf Dunkelalbisch hinzu, die von den anderen niemand verstand. Ob das irgendeine Formel war, mit der er sich vorsorglich gegen magische Einflüsse jedweder Art schützen wollte, oder ob Brogandas einfach nur aus purer Ergriffenheit in seine Muttersprache verfallen war, konnte man schwer beurteilen. Dann fuhr er auf Relinga fort: »Vielleicht begreift Ihr jetzt und hier, was der Unterschied zwischen jemandem wie Lirandil oder meinetwegen auch mir und Euch ist, Whuon.«

»Ich habe keine Ahnung, wovon du sprichst.«

»Ihr wollt die Magie erlernen. Alles darüber erfahren und sie verstehen. Aber Ihr spürt sie nicht. Eure Sinne sind in dieser Hinsicht offenbar vollkommen tot.« Er zuckte mit den Schultern. »Das ist dann so ähnlich, als wenn ein Blinder verstehen will, was Malerei ist. Scheint, als hättet Ihr Euch da einiges vorgenommen.«

»Mir ist das Ganze nicht geheuer«, gab Zalea inzwischen ihrem Unbehagen Ausdruck.

»Lirandil weiß schon, was er tut«, meinte Borro so übertrieben gelassen, dass jedem sofort klar sein musste, dass das mit seinen wahren Empfindungen nicht das Geringste zu tun hatte.

»Ich will's hoffen«, murmelte Zalea.

»Zu dumm, dass Neldo nicht dabei ist. Die paar Meilen hätte er doch noch durchhalten können, findest du nicht? Danach hätten wir ja gerne zusammen einen kleinen Abstecher zu Gomlos Baum machen können. Ich wäre sofort dabei gewesen. Aber jetzt …«

»Borro!«

»… jetzt weiß ich auch nicht, was nun …«

»Borro!«, wiederholte Zalea. Diesmal energischer.

»Ja?«

»Ich glaube, wir werden für lange Zeit keine Gelegenheit bekommen, irgendwohin zurückzukehren. Und ich fürchte, wir werden Neldo auch eine ganze Weile nicht wiedersehen.«

Borro strich sich das rote, einfach nicht zu bändigende Haar zurück und blieb stehen. Mit der einen Hand hielt er sein Pferd am Zügel, mit der anderen stützte er sich auf seinen Bogen. »Kann schon sein, dass du da recht haben wirst«, gab er zu.

Lirandil machte den anderen inzwischen mit einem Handzeichen, das nicht misszuverstehen war, deutlich, dass sie etwas zurückbleiben sollten.

Er breitete dann die Arme aus und rief eine Formel in einer uralten Form der Elbensprache. Aus seinen Augen schossen hellblaue Strahlen heraus, die gegen einen unsichtbaren Widerstand stießen. Im nächsten Augenblick erschien wie aus dem Nichts ein Baum – größer als jeder Baum, den Arvan oder die Halblinge je gesehen hatten. Er ragte so hoch über die ohnehin sehr hohen Wipfel der umliegenden Waldgebiete, dass man seine Hauptastgabel von unten nur erahnen konnte. Der gesamte innere, unbewachsene Teil der Lichtung wurde von diesem Baumriesen eingenommen, der über und über mit Runen bedeckt war. Zeichen aus der Elbenschrift, die sich andauernd veränderten, obwohl sie andererseits wie eingebrannt wirkten. Um die sich verändernden Zeichenkolonnen überhaupt lesen und mit Sinn erfüllen zu können, musste man wohl nicht nur ein Meister der elbischen Schrift und Sprache sein, sondern auch über so gute Augen verfügen, wie es den Angehörigen dieses Volkes nun mal eigen war.

»Wir sind anscheinend am Ziel«, stellte Arvan fest. Seinem Tonfall war anzumerken, wie tief ergriffen er von diesem Anblick war. Er legte den Kopf in den Nacken. Unvorstellbar hoch war dieser Baum, und Arvan wagte gar nicht daran zu denken, was ihm vielleicht als Nächstes blühte.

»Ich werde beim Klettern immer auf dich warten«, versprach Zalea und lächelte. »Also keine Sorge. Außerdem kenne ich hier ein paar unter uns, die mindestens genauso ungeschickt dabei sind wie du – aber nicht über deine Selbstheilungskräfte verfügen.«

Suchend ließ Arvan den Blick kreisen, während er den Kopf noch immer so weit wie möglich in den Nacken gelegt hatte.

»Ich brauche mir wirklich keine Sorgen zu machen«, stellte er dann erleichtert fest. »Es gibt an den Ästen des Runenbaums nämlich genauso viele Ranken wie im Rest des Halblingwaldes. Vielleicht sogar noch ein paar mehr …«

»Großartig, dass du anscheinend nicht auf Hilfe angewiesen bist«, gab Zalea etwas beleidigt zurück. »Aber mein Angebot war zumindest freundlich gemeint.«

Nachdem Lirandil an den riesenhaften Stamm des Runenbaums herangetreten war und dort einige Rituale durchgeführt hatte, die er den anderen nicht erklärte und von denen auch nicht durch einfaches Zusehen ersichtlich war, welchem Zweck sie eigentlich dienten, kam der Fährtensucher zu dem Schluss, dass alles in Ordnung sei und man es wagen könnte, sich auf die Hauptastgabel des Runenbaums zu begeben.

»Und die Pferde?«, fragte Arvan.

»Die satteln wir einfach nur ab und lassen sie hier grasen«, erklärte Lirandil.

»Weglaufen werden sie uns wohl kaum«, meinte Borro. »Es war ja schon schwierig genug, durchs dichte Gestrüpp überhaupt bis hierherzukommen.«

Lirandil beachtete den rothaarigen Halbling nicht weiter. »Den Elbenstab werde ich aus dem Holz der oberen Äste fertigen müssen. Alles Holz unterhalb der Hauptastgabel kommt dafür nicht in Frage. Zumindest hat Elbanador es nicht dafür benutzt, und ehrlich gesagt bin ich in diesem Punkt nicht für irgendwelche Experimente mit unsicherem Ausgang.«

»Ich werde Euch zumindest die Kletterei ersparen können, Lirandil«, kündigte Arvan an. »Denn dafür sind einige von uns ja wohl nicht so recht begabt.«

Lirandil blickte an dem mächtigen Stamm empor. »Eigentlich dachte ich, dass das nur eine Frage der Zeit und der Geduld ist, Arvan. Aber mir ist jede Hilfe willkommen.«

Nachdem die Pferde von ihrem Sattelzeug befreit worden waren, das man am Fuß des Runenbaumes ablegte, begannen Zalea und Borro mit dem Aufstieg. Für sie war es keine Schwierigkeit, an der Borke des Riesenbaums emporzuklettern. Die Poren und Zwischenräume waren so groß, dass ihre Hände und die Zehen ihrer Füße dort mit Leichtigkeit Halt finden konnten. Selbst für Arvans Stiefel hätte sich dort immer wieder ein Tritt gefunden.

Allerdings bevorzugte Arvan eine andere Methode.

Eine, die seinen speziellen Begabungen entsprach. Während Zalea und Borro bereits ein ganzes Stück an dem Stamm emporgeklettert waren, senkten sich Ranken in umgekehrter Richtung von den ausladenden Ästen des Runenbaums herab. Es dauerte eine ganze Weile, bis sie endlich bis zum Boden reichten. Arvan prüfte der Reihe nach ihre Festigkeit. Dann wandte er sich an Whuon, Brogandas und Lirandil. »Vertraut diesen Pflanzen, aber tut mir einen Gefallen: Vermeidet es, sie mit besonders intensiven Gedanken zu verwirren. Eigentlich gehorchen sie mir recht gut, aber ich kann natürlich für nichts garantieren, wenn jemand versuchen sollte, sie mit richtiger Magie zu beeinflussen.«

»Glaubst du vielleicht, ich wäre nicht selbst in der Lage, eine Ranke zu beherrschen?«, meinte Brogandas etwas ärgerlich.

»Nein, das wollte ich damit wirklich nicht gesagt haben«, versicherte Arvan. »Es war nur ein Angebot …«

»… das Ihr annehmen solltet, Brogandas«, mischte sich Lirandil ein. »Ihr seid kein Geschöpf des Waldes. Und selbst ich – immerhin ein Fährtensucher und mit der Natur des Waldes vertraut – muss anerkennen, dass Arvan eine besondere Gabe hat, Pflanzen zu seinen Helfern zu machen. Ihr hingegen habt darin gewiss weniger Übung – und es bleibt uns nun bei allen Göttern keine Zeit, um das auch noch auszuprobieren.«

»Mag ja sein«, gab Brogandas zu. »Ich sehe allerdings ein ganz anderes Problem auf mich zukommen …«

»Und welches, wenn ich fragen darf?«

»Es ist bislang nur eine vage Empfindung, und ich habe mich bisher gescheut, die Vermutung, die sich daraus ergibt, wirklich zu überprüfen.«

Brogandas trat an den Baumstamm heran, streckte vorsichtig die Hand aus und hielt sie nicht näher als einen Fingerbreit an die Rinde heran. Die dunklen Runen, die dort zu sehen waren, veränderten sich. Sie bildeten nach wenigen Augenblicken jene Zeichen nach, die den Kopf des Dunkelalben bedeckten.

»Ein interessantes magisches Kunststück«, lautete Whuons trockener Kommentar. »Aber hat das irgendeine Bedeutung, die uns alle angehen sollte?«

Daraufhin verringerte Brogandas den Abstand zwischen seiner Handfläche und dem Baum noch ein wenig, Blitze aus Schwarzlicht sprangen jetzt über. Es war nicht zu erkennen, ob sie von dem Baum oder von Brogandas' Hand ausgingen. Der Dunkelalb zitterte plötzlich, schien die Kontrolle über die Bewegungen seines Körpers zu verlieren und wurde dann ungefähr ein halbes Dutzend Schritte weit fortgeschleudert. Er landete unsanft im Gras.

Offenbar war ihm nichts Ernstes geschehen. Jedenfalls war er sofort wieder auf den Beinen.

»Seht Ihr, was ich meine, Lirandil?«

»Ja, allerdings.«

»Anscheinend ist es mir nicht möglich, den Runenbaum zu berühren oder ihn gar zu erklettern.«

Lirandil berührte nun ebenfalls den Baum, aber nichts geschah. »Dieser Baum ist zwar dazu da, die Kraft der Dunkelheit zu sammeln, die auch Euch umgibt, Brogandas …«

»Ja, eben, deswegen wundert es mich ja so, dass Ihr den Baum anfassen könnt und ich nicht«, antwortete Brogandas sichtlich aufgebracht. »Ich hatte es schon geahnt, weil ich ein Gespür für derartige *Abstoßungen* habe …«

»Vielleicht wollte Elbanador nicht, dass jemand Zugang zum Runenbaum hat, der von dunkler Kraft erfüllt ist«, meinte Arvan. Er zuckte mit den Schultern. »Ich bin zwar alles andere als ein Magier, aber das würde meiner Ansicht nach Sinn ergeben.«

»Und das, obwohl Elbanador diese Kräfte doch selbst benutzt hat«, stellte Whuon fest. »Der Erste Elbenkönig scheint ein wirklich gerissener Kerl gewesen zu sein. Meinen Respekt.«

»Bedauerlicherweise wird mir wohl nichts anderes übrig bleiben, als hier auf die Pferde aufzupassen«, lautete Brogandas' Schluss. »Ich hoffe, Ihr lasst nicht allzu lange auf Euch warten, Lirandil!«

Ein trauriges Wiedersehen

Die Rankpflanzen schlangen sich nacheinander um Lirandil, Whuon und Arvan. Letzterer genoss es sichtlich, die Pflanze mit seinen Gedanken zu beherrschen. Die Kraft des Baums selbst konnte er allerdings nicht spüren. Sie war für seine Sinne einfach nicht erfassbar, und es machte auf ihn den Eindruck, als wäre sie etwas völlig Lebloses.

Aber vielleicht habe ich nur noch nicht gelernt, diese Kraft zu erkennen, ging es ihm durch den Kopf. Es mochte gut sein, dass sie gleichermaßen offensichtlich wie verborgen war, genauso wie der Baum selbst.

Arvan ließ sich von der Ranke bis auf die Höhe der Hauptastgabel heben, dann schwang sie ihn bis zu dem großen Platz, der sich dort befand, und entließ ihn aus der Umklammerung. Arvan landete auf seinen Füßen, versuchte das Gleichgewicht zu halten und stolperte dann doch.

»Mit Stiefeln auf einen Baum! So was machen nur Menschen und Elben«, kommentierte Borro dies. Er und Zalea warteten bereits auf die anderen.

»Ich *bin* ein Mensch«, verteidigte sich Arvan.

Borro grinste. »Oh, Verzeihung. Manchmal vergesse ich das. Trotz der Stiefel.«

»Ein halber Menschling oder ein menschlicher Halbling – kommt es darauf wirklich an?«, fragte Zalea.

»Nein«, sagte Borro. »Und ich wäre der Letzte, der sich über kleinfüßige Großlinge lustig machen würde.«

Whuon und Lirandil waren inzwischen ebenfalls gelandet. Und beide zeigten dabei, dass es auch mit Stiefeln durchaus möglich war, dabei nicht hinzufallen. Die Ranken schwangen zurück und rollten sich wieder um höher gelegene Äste. Arvan konzentrierte seine Gedanken noch für einige Augenblicke auf sie. *Besser, sie bleiben in der Nähe. Wer kann schon wissen, wie schnell und unter welchen Umständen wir diesen Ort vielleicht wieder verlassen müssen,* überlegte er dabei.

Whuon stemmte die kräftigen Arme in die Hüften, wo an seinem breiten Gürtel die Wurfringe, Dolche und sein kurzes Breitschwert angeordnet waren, während sein Langschwert über dem Rücken gegürtet war. »Falls du kein geeignetes Werkzeug für das Schnitzen eines Elbenstabs zur Verfügung haben solltest, bin ich gerne bereit auszuhelfen!«, wandte er sich an Lirandil. Er deutete auf das Schwert, das der Elb an der Seite trug. »Das da scheint mir jedenfalls nicht unbedingt sonderlich geeignet zu sein, um Holz zu verarbeiten.«

»Hier geht es um Kräfte des Geistes, Whuon. Nicht um Stahl«, widersprach Lirandil. »Abgesehen davon hätte ich ansonsten eine Axt mitgebracht, wenn das nötig gewesen wäre.«

Der bläuliche Schimmer in seinen Augen trat deutlich hervor und hatte zu pulsieren begonnen.

»Ich wollte nur behilflich sein«, gab Whuon zurück.

»Ein Elbenstab ist sehr viel mehr als einfach nur ein Stock, den man aus dem Holz dieses Baums herausschlägt.«

Whuons Blick glitt plötzlich an Lirandil vorbei. Der Schwertkämpfer riss mit einer wuchtigen, blitzschnellen Bewegung das monströse Langschwert aus dem Futteral auf seinem Rücken und stürzte sich in Lirandils Richtung. Mit der mächtigen Schulter stieß er den Elben zur Seite. Dieser taumelte zu Boden.

Etwas flog blitzschnell von einem der höheren Äste aus heran. Ein gebogenes Holz, dass sich in eigenartiger Weise um sich selbst drehte und auf jeden, der davon getroffen wurde, wie ein Keulenschlag wirken musste.

Es gab ein hartes, kurzes Geräusch, als Whuons Klinge auf das Holz traf, das daraufhin abgelenkt wurde. Es kam auf dem Boden auf, rutschte ein Stück über den im Vergleich zu den Wohnbäumen der Halblinge gewaltigen Platz auf der Hauptastgabel und erhob sich dann wieder in die Lüfte. Scheinbar gegen alle Naturgesetze kehrte das Holz zu seinem Ursprung zurück.

Arvan sah auf einem der weit ausladenden höheren Äste die Gestalt eines hageren Mannes stehen. Er trug ein dunkles, tunikaähnliches Gewand, das so sehr dem Blätterwerk des Runenbaumes und den auf und an ihm lebenden Moose und Schlingpflanzen ähnelte, dass er auf den ersten Blick gar nicht aufgefallen war.

Der hagere Mann streckte die Hand aus und fing das wiederkehrende Holz mit einer Sicherheit auf, die erkennen ließ, wie selbstverständlich der Umgang damit für ihn war.

Arvan zog jetzt ebenfalls sein Schwert, obwohl er sich nicht sicher war, ob ihm der *Beschützer* gegen diesen Gegner überhaupt zu helfen vermochte. Schließlich war ihm – trotz regelmäßiger Übung – weder Whuons Schnelligkeit noch Lirandils sicheres Auge eigen.

»Was ist das denn für einer?«, entfuhr es Borro, der bereits einen Pfeil in seinen Bogen gelegt hatte. Schon kam das Holz zurück. Diesmal hatte es der hagere Mann in dem grünen Gewand mit solcher Wucht geschleudert, dass es noch sehr viel schneller war als bei dem Wurf zuvor. So schnell, dass man kaum seinen dahinhuschenden Schatten sah.

Das wiederkehrende Holz traf Whuon mit voller Wucht.

Der Schwertkämpfer hatte zwar noch sein Schwert emporgerissen, um dieses mit der Kraft eines Katapultgeschosses durch die Luft wirbelnde Etwas zur Seite zu schlagen, aber diesmal war er um den Bruchteil eines Wimpernschlags zu langsam.

Das gebogene Holz traf ihn an der Brust – ein Treffer, dessen Wucht jedem anderen alle Rippen gebrochen und ihn auf der Stelle kampfunfähig gemacht hätte, selbst den Träger eines Harnisches.

Whuon taumelte nur zwei Schritte zurück. Das Holz prallte von ihm ab. Die Platte aus einem magischen Stahl, die man einst in seine Brust eingesetzt hatte, schützte ihn. Der Schwertkämpfer rang nur einen Moment nach Luft.

Das Holz war abgeprallt und hätte um ein Haar Zaleas Schädel zertrümmert, wenn das Halblingmädchen sich nicht blitzschnell geduckt hätte. Mit rasender Geschwindigkeit kehrte das Holz zu seinem Werfer zurück.

Noch während es durch die Luft wirbelte, schoss Borro seinen Pfeil ab.

Das Holz veränderte geringfügig die Flugbahn und kreuzte dabei jenes des Pfeils. Der Pfeil wurde dadurch abgelenkt und landete irgendwo im Holz eines der Äste. Die Runen um die Stelle, an der der Pfeil die Rinde durchdrungen hatte, glühten für einen Moment auf.

Der hagere Mann fing unterdessen mit geradezu traumwandlerischer Sicherheit das gebogene Holz wieder auf.

Borro wollte einen zweiten Pfeil verschießen, aber Lirandil hielt ihn davon ab.

»Nicht, Borro!«, befahl er unmissverständlich.

»Aber …«

»Wir wissen nicht, was für Folgen das hat, wenn noch ein weiterer Pfeil den Baum verletzen sollte.«

»Dann soll dieser Wahnsinnige da vorn uns weiterhin mit seinem Holz erschlagen dürfen?«, empörte sich Borro.

Der hagere Mann warf das wiederkehrende Holz empor und fing es mit der anderen Hand wieder auf. Er ging ein Stück nach links, dann wieder nach rechts. Anschließend täuschte er einen Wurf an, den er dann aber doch nicht ausführte.

»Der zielt noch. In Deckung!«, rief Arvan.

»Und wo, bitte?«, maulte Borro.

»Für meine Schleuder ist er ebenfalls zu weit weg«, stellte Zalea fest. »Und außerdem scheint er mit seinem Zauberholz alles abfangen zu können, was ihm entgegenfliegt.«

Der Platz auf der Hauptastgabel war viel weitläufiger, als dies bei jedem Halblingwohnbaum der Fall war, den Arvan und seine Freunde je gesehen hatten. Und der hagere Mann mit dem grünen Gewand hatte sich einen nahezu idealen Standort für seinen Angriff ausgesucht. Von dort aus konnte er mit seinem Holz einen so großen Teil dieses Platzes erreichen, dass es für Arvan und seine Gefährten nahezu unmöglich war, irgendeine Deckung rechtzeitig zu erreichen. Das wiederkehrende Holz hätte auf jeden Fall einen von ihnen vorher getroffen. Und davon abgesehen war es für den Hageren sicher eine Kleinigkeit, danach die anderen von einem anderen Ast aus zu bewerfen. Er kannte sich hier offenbar hervorragend aus. Dies war sein Revier, und er schien es nicht dulden zu wollen, dass jemand hier eindrang.

Er warf erneut sein Holz.

Arvan versuchte diesmal nicht, ihm auszuweichen. Stattdessen tat er das Gegenteil. Er stürmte nach vorn und führte dabei eine Aufwärtsbewegung mit dem *Beschützer* durch.

Dabei konzentrierte er sich vollkommen auf die Flugbahn des Holzes. Er traf es mit großer Wucht. Das Holz wurde in die Höhe geschleudert. Gleichzeitig griffen mehrere Ranken nach dem hageren Mann und rissen ihn zu Boden. Sie schnürten ihn im nächsten Moment an seinen Ast. Zalea gab Arvan geistesgegenwärtig einen Stoß, denn das Holz, das dieser mit so unglaublicher Wucht vertikal in die Höhe geschleudert hatte und das für einige Augenblicke im dichten Blätterdach des Runenbaums verschwunden gewesen war, kehrte jetzt zurück. Genau dort, wo soeben noch Arvan gestanden hatte, schlug es auf die runenbedeckte Baumrinde. Ein Treffer, der ausgereicht hätte, ihm den Schädel zu zertrümmern. Ehe das Holz vom Boden abprallte und mit der ihm innewohnenden Zauberkraft noch ganz woanders hinfliegen konnte, setzte Borro seinen Fuß darauf. Doch die geheimnisvolle Kraft des wiederkehrenden Holzes war stärker. Borro wurde zu Boden geschleudert, als das Holz emporschnellte und zu seinem von den Ranken gefesselten Herrn zurückkehrte.

Wenig später hörte man einen Schrei, als es den hageren Mann traf.

Beinahe gleichzeitig ertönte ein weiterer durchdringender Ruf von der anderen Seite des großen Platzes auf der Hauptastgabel.

»Qaláq! Aufhören!«

Alle drehten sich zu dem Rufer um und glaubten einen Augenblick, ihren Augen nicht zu trauen, als sie einen alten Halbling mit weißen Haaren und einem recht üppigen Backenbart sahen.

Er musste aus irgendeiner nicht gleich einsehbaren Baumhöhle getreten sein. Jedenfalls hatte ihn bis dahin niemand bemerkt.

»Grebu!«, entfuhr es Arvan, der es kaum fassen konnte, seinem alten Mentor und Lehrer ausgerechnet hier zu begegnen. »Grebu, wie kommt Ihr denn hierher?«

»Das ist schnell beantwortet – ich habe da vorn in meiner Baumhöhle etwas geschlafen. Und meine Ohren sind sowieso nicht mehr die besten. Also habe ich nicht gleich gehört, was hier los ist.«

»Eure Baumhöhle?«, wunderte sich Arvan.

»Ja, ich lebe seit einiger Zeit hier. Und was Qaláq angeht, scheint er ein bisschen übereifrig zu sein, wenn es darum geht, Eindringlinge zu vertreiben. Aber andererseits kommt das an diesem Ort ja auch so gut wie nie vor …«

»Ihr sprecht von dem hageren Mann, der uns mit seinem Holz beworfen und einige von uns fast getötet hat?«, fragte Lirandil.

»Ja. Er nennt sich Qaláq. Das bedeutet in seiner Sprache ›Starker Narbenmann‹. Wenn ihr ihn aus der Nähe seht, werdet Ihr schon begreifen, dass dieser Name seinen Sinn hat.«

»Jetzt aber mal der Reihe nach, Grebu! Wie kommt Ihr hierher? Warum seid Ihr nicht beim angestammten Baum?«

»Oh, das ist eine lange, traurige Geschichte, Arvan«, sagte der alte Grebu. »Oder, um es genau zu sagen: eine *sehr* lange und *sehr* traurige Geschichte …«

Unterdessen war von dem Ast aus, an den Qaláq gefesselt war, ein schmerzvolles Aufstöhnen zu hören.

»Ich will euch gerne alles berichten, was es zu berichten gibt«, sagte Grebu. »Nur hätte ich zuerst ein Anliegen: Befreit doch den Starken Narbenmann bitte aus seiner unerfreulichen Lage. Er hat schnell schlechte Laune, und so, wie die Dinge im Moment stehen, werde ich wohl noch eine ganze Weile hier mit ihm auskommen müssen.«

»Keiner von uns ist erpicht darauf, als Nächstes ein Stück

Holz an den Kopf zu bekommen«, gab Lirandil zu bedenken.

»Er wird euch nichts mehr tun, nun, da er weiß, dass ihr meine Freunde seid. Das konnte er ja schließlich nicht ahnen.«

»Dann wollen wir uns auf Euer Wort verlassen, Grebu.«

»Das könnt Ihr voll und ganz, Lirandil«, versicherte der alte Halbling.

Lirandil wandte sich daraufhin an Arvan. Er sagte allerdings nichts, sondern sandte ihm nur einen sehr deutlichen Gedanken. *Du weißt, was du zu tun hast!*

Grebu führte Arvan und die anderen zu der Baumhöhle, die ihm derzeit als Wohnung diente. »Es ist alles etwas einfach hier«, gestand er. »Und innen ist nicht einmal so viel Platz, dass wir uns alle setzen könnten. Es gibt kein Fenster und keine richtige Tür, und zur Beleuchtung muss das Mondlicht reichen!« Er seufzte. »Zwei, drei wichtige Bücher habe ich retten können, alles andere musste ich zurücklassen, als die Orks kamen.« Er machte eine ausholende Bewegung und deutete damit auf den runenbedeckten Boden vor dem Eingang seiner Baumhöhle. »Also muss ich euch bitten, hier im Freien Platz zu nehmen!«

»Orks?«, platzte es unterdessen aus Borro heraus. »Werter Grebu, Ihr habt von Orks gesprochen? Haben die Eure Behausung geplündert?«

Aber der alte Grebu war nicht so recht bei der Sache. Er musterte zunächst Whuon von oben bis unten. »Ihr seid der Einzige in dieser Gruppe, den ich bislang noch nicht kenne.«

»Ihr könnt ihm vertrauen«, sagte Lirandil. »Und im Übrigen wartet am Fuß dieses Baums noch jemand, der zu uns gehört, aber aus gewissen Gründen nicht hierhergelangen konnte.«

Grebu merkte auf. »Dann muss es sich entweder um einen sehr schlechten Kletterer oder um einen Dunkelalben handeln.«

»Beides«, sagte Lirandil. »Aber auch er steht fest auf unserer Seite. Brogandas hat uns allen bereits das Leben gerettet.«

»Interessant zu hören, wenn ein Elb einen Dunkelalb lobt«, stellte Grebu fest. »Wenn man den alten Schriften Glauben schenken soll, dann grenzt das schon fast an eine Unmöglichkeit.«

»Wie kommt Ihr darauf, dass ein Dunkelalb diesen Baum nicht zu besteigen vermag?«

»Weil er voll dunkler Kraft ist. So sagen es zumindest die alten Überlieferungen, wobei Ihr wahrscheinlich besser berufen seid zu beurteilen, was davon stimmt und was nicht. Finsternis und Finsternis können sich unter Umständen sehr stark gegenseitig abstoßen, so heißt es. Und anscheinend wollte der Erste Elbenkönig nicht, dass jemand, dessen Seele von der Kraft der Finsternis beherrscht wird, an diesen Ort gelangt.« Grebu zuckte mit den Schultern. »Geschichten, die ich vor langer Zeit in alten Abschriften von Chroniken fand, die angeblich noch von Brado dem Flüchter persönlich verfasst worden sein sollen. Aber ich vermute, sie sind in Wahrheit noch viel älter, denn es geht darin um ein magisches Erbe, das der Erste Elbenkönig dem Volk der Halblinge vermacht hat, über das aber ansonsten keine Einzelheiten bekannt seien … Aber Ihr werdet Euch jetzt keine Geschichten über die Herkunft alter Bücher anhören wollen, wo es doch leider so viele ernstere Dinge zu besprechen gibt.«

»Was Ihr gerade gesagt habt, ist für uns vielleicht wichtiger, als Ihr ahnt, Grebu«, widersprach Lirandil.

Der alte Halbling hob die buschigen Augenbrauen.

»Ach, wirklich?«

»Genau dieses Erbes wegen sind wir hier. Und es ist interessant für mich zu erfahren, dass es unter den Halblingen anscheinend doch nicht völlig in Vergessenheit geriet.«

»Grebu, habt Ihr irgendetwas von Gomlos Baum gehört?«, platzte Arvan jetzt dazwischen. Was interessierten ihn in diesem Augenblick das Vermächtnis von König Elbanador und ob diese ominösen Chroniken, von denen ohnehin kaum jemand etwas wusste, nun von Brado dem Flüchter niedergeschrieben worden waren oder bereits aus einer noch viel weiter zurückliegenden Zeit stammten? Einer Zeit, in der König Elbanador an der Seite der Ersten Götter schon einmal den gleichen Kampf bestanden hatte, der auch jetzt den Reichen von Athranor bevorstand.

So bedeutend das alles sein mochte, so zählten im Augenblick für Arvan viel näher liegendere Dinge. Und Zalea und Borro ging es genauso.

»Ja, ich will jetzt nicht länger um die schrecklichen Dinge herumreden, die ich euch eröffnen muss«, bekannte Grebu. »So gerne ich auch weiter über alte Bücher und dergleichen sprechen würde. Die Orks sind überall. Das werdet ihr auch gemerkt haben, als ihr durch den Halblingwald gezogen seid.«

»Sie waren nicht zu übersehen«, stimmte Arvan zu. »Und die Toten, die sie hinterlassen haben, auch nicht.«

»Wart ihr bei Gomlos Baum?«

Arvan schluckte. »Nein«, flüsterte er. »Nur Neldo … Er hat uns verlassen und wollte unbedingt nach Hause zurückkehren, um …« Arvan konnte nicht weitersprechen.

»Er wird dort nichts mehr vorgefunden haben als einen ausgebrannten Baum und die Überreste von Leichen«, berichtete Grebu. »So gut es die Baummeister auch zunächst verstanden, für eine gute Tarnung zu sorgen, so haben sich die Scheusale aus den Orklanden doch schließlich darauf eingestellt. Einen Wohnbaum nach dem anderen haben sie vernichtet, die Bewohner getötet und mit ihnen so schreckliche Dinge getan, wie sie jegliche Vorstellungskraft übersteigen. Ob es Gefangene gab, weiß ich nicht, und falls ja, so hat die Toten sicherlich das gnädigere Schicksal ereilt.«

»Was ist mit Gomlo und Brongelle?«, fragte Arvan, und seine Stimme vibrierte dabei auf eine Weise, die deutlich machte, wie tief ihn Grebus Worte getroffen hatten. Die Gedanken rasten nur so durch seinen Kopf.

Sollte es wirklich wahr sein, dass seine Zieheltern und all die anderen Halblinge von Gomlos Baum, die er gekannt hatte und mit denen er aufgewachsen war, von den Orks einfach niedergemetzelt worden waren?

Während ihres Weges durch den Halblingwald waren sie ja an einem zerstörten Wohnbaum vorbeigekommen. Die Bilder hatten sich tief in Arvans Gedächtnis eingebrannt, und manchmal kehrten sie in seinen Träumen zurück – wenn auch nicht mit derselben Heftigkeit, wie es offenbar bei Neldo der Fall gewesen war. *Nein, das darf einfach nicht wahr sein,* ging es ihm voller Verzweiflung durch den Kopf. *Das darf einfach nicht …*

»Ich will ehrlich sein, Arvan! Auch zu dir, Zalea, und zu dir, Borro. Was mit euren Angehörigen geschehen ist, weiß ich nicht. Ich habe nur aus der Ferne die Schreie gehört und den Brand gesehen …« Grebu schluckte. Der alte Halbling war tief erschüttert. Nie zuvor hatte Arvan seinen Lehrer so gesehen. »Ich will versuchen, es der Reihe nach zu erzählen«, sagte er dann stockend. »Da ich ja etwas abseits von Gomlos Baum für mich wohne, gelang mir die Flucht in den Wald. Und es mag sein, dass diese Flucht auch anderen gelungen ist. Das will ich zumindest nicht ausschließen.« Er stockte erneut. »Ich floh hierher, denn die Orks können nicht an diesen Ort gelangen. Sie bemerken ihn nicht, und ich wusste, dass ich hier sicher bin. Aber es hielt mich nur wenige Tage hier. Dann kehrte ich zurück, um zu sehen, ob es vielleicht versprengte Überlebende gab. Ich fand auf Gomlos Baum ein Bild des Grauens vor. Die meisten Toten konnte man nicht mehr erkennen. Die Wandermoose hatten zwar inzwischen den Brand gelöscht, den die Orks gelegt hatten, aber natürlich hatte auch das Feuer seine Spuren hinterlassen.« Er sah auf. »Arvan, das Haus deiner Eltern ist eine ausgebrannte Ruine, und es hatten sich offenbar einige Halblinge dorthin geflüchtet. Sie sind alle bis zur Unkenntlichkeit verkohlt. Ich war auch im Haus deiner Eltern, Borro. Dort hat es nicht anders ausgesehen. Und dort, wo deine Eltern gelebt haben, Zalea, ist gar nichts mehr.«

»Was?«, flüsterte Zalea. Sie war kreidebleich geworden, genau wie Borro und Arvan. »Macht euch keine Hoffnung«, sagte Grebu. »Ich bin tagelang durch die Umgebung von Gomlos Baum gestreift, habe aber niemanden mehr angetroffen. Ich habe ein paar von den Orks erschlagene und entsprechend zugerichtete Halblingleichen gefunden. Eure Eltern waren nicht darunter, da bin ich mir sicher.« Grebu atmete tief durch. Es war ihm anzusehen, wie schwer es ihm fiel fortzufahren. Er zwang sich trotzdem dazu. »Ich war schließlich am Ende meiner Kräfte, bin beinahe einer Orkpatrouille in die Arme gelaufen, die sich aber wohl an den Vorräten der magischen Essenz des Baumsaftes, die es auf Gomlos Baum gab, gütlich getan hatte. Die Scheusale waren nicht mehr richtig bei Sinnen, und nur deshalb konnte ich alter Mann ihnen schließlich doch noch entkommen. Anschließend kehrte ich hierher, zum Runenbaum, zurück. Und seitdem harre ich hier aus und fühle mich leer und elend.«

In diesem Augenblick tauchte Qaláq auf. Und aus der Nähe betrachtet wurde auch klar, weshalb er den Namen »Starker Narbenmann« trug. Zumindest an den Körperpartien, die sein tunikaähnliches, aus einem pflanzlichen Geflecht bestehendes Gewand nicht verbarg, war er über und über mit Narben bedeckt. Narben, die Arvan unwillkürlich an Zeichen erinnerten. Vielleicht hatten sie irgendeine magische Bedeutung, ähnlich der Runen in den Gesichtern der Dunkelalben.

Er trug außer dem wiederkehrenden Holz keinerlei Bewaffnung. Aber Arvan bemerkte auf den ersten Blick, dass es offenbar aus einem Ast des Runenbaums herausgeschlagen worden war. Die sich verändernden magischen Zeichen waren deutlich zu sehen. Und sie schienen ihre magischen Eigenschaften keineswegs verloren zu haben. *Kein Wunder, dass dieses Holz so erstaunliche Eigenschaften hat,* dachte Arvan. *Aber ein Elbenstab wird schon etwas mehr vollbringen müssen, als nur durch die Luft zu fliegen und sicher in die Hand des Werfers zurückzukehren.*

Unter anderen Umständen hätte es ihn jetzt brennend interessiert, was dieser eigenartige Mann hier eigentlich zu suchen hatte. Schließlich hatte König Elbanador ja den Halblingen die Aufsicht über den Baum überantwortet – und nicht einem Stamm von Menschen, die offenbar nichts Besseres zu tun hatten, als sich mehr oder minder kunstvolle Narben beizubringen.

Aber nach den erschütternden Nachrichten, die ihnen

Grebu soeben berichtet hatte, war ihm das alles im Grunde mehr oder minder gleichgültig.

Grebu sprach ein paar Worte zu dem Starken Narbenmann und benutzte dabei offenbar dessen Sprache. Qaláq setzte sich daraufhin zu ihnen. Er deutete auf sich und nannte seinen Namen. »Qaláq«, sagte er und wiederholte es noch zweimal.

»Das wissen sie schon«, sagte Grebu. »Und außerdem sind meine Gäste nicht in der Stimmung, sich mit dir zu unterhalten. Sie haben nämlich Tote zu beklagen.«

»Tote?«, vergewisserte sich Qaláq.

»Ja.«

»Machen weite Reise.«

»Er stammt von den Dornlandstämmen«, erklärte Grebu. »Da sagt man ›eine weite Reise machen‹ für ›sterben‹.«

»Kehren zurück«, fuhr Qaláq fort. »Machen lange Reise und kehren zurück. Qaláq glaubt das.«

»Du wirst sie damit nicht trösten«, sagte der alte Grebu.

»Ihr meint wirklich, dass es keinerlei Hoffnung gibt?«, fragte Zalea mit Tränen in den Augen.

»Ich würde euch gerne eine andere, erfreulichere Botschaft überbringen. Aber ich fürchte, es gibt für die Bewohner von Gomlos Baum keine Hoffnung mehr.«

»Könnte es nicht sein, dass man sie verschleppt hat?«, fragte Borro. »Ihr habt selbst gesagt, dass Ihr unsere Eltern nicht unter den Toten erkennen konntet. Es könnte doch sein.«

»Ausschließen kann ich nichts, Borro. Nicht, dass sie verschleppt wurden, nicht, dass ihnen doch auf wundersame Weise die Flucht geglückt ist oder dass zum Beispiel Zaleas Eltern als viel beschäftigte Heiler gar nicht auf Gomlos Baum waren, als das Furchtbare geschah. Aber ich fürchte, dass das alles letztlich nur Wunschträume sind. Wir sollten davon ausgehen, dass wir niemanden, der auf Gomlos Baum weilte und an jenem Tag zu Hause war, als der Orküberfall stattfand, jemals wiedersehen werden. Mögen die Waldgötter machen, dass ich mich irre, aber ich kann euch nur das sagen, was ich selbst gesehen habe.«

Eine ganze Weile herrschte Schweigen.

Arvan fühlte sich, als hätte man ihm plötzlich eine schwere Last um den Hals gehängt.

Er fühlte, wie unbändige Wut in ihm aufstieg. Jene Wut, die er auch auf dem Schlachtfeld gefühlt hatte, als er wie ein tollkühner Berserker vorangestürmt war und den siebenarmigen Zarton erschlagen hatte. *Umso wichtiger wird es sein, dass wir unsere Aufgabe zu Ende führen,* erreichte ihn ein Gedanke von Lirandil. *Daran solltest du immer denken! Das Grauen wird kein Ende nehmen, solange Ghool nicht besiegt werden konnte!*

Unterdessen hörte Arvan kaum zu, während Lirandil nach einer gewissen Pause das Gespräch mit Grebu wieder aufnahm. Er erklärte ihm in knappen Worten, mit welcher Absicht er und seine Gefährten hierhergekommen waren.

Grebu wirkte zunächst etwas abwesend, merkte dann aber interessiert auf. »Das Erbe, das König Elbanador den Halblingen hinterlassen hat …«, murmelte er. »Ja, das muss dieser Baum sein … Ich muss allerdings gestehen, dass ich ihm nie diese hohe Bedeutung beigemessen habe.«

»Ihr wusstet anscheinend schon länger vom Vorhandensein dieses Baums«, stellte Lirandil fest.

»Das ist richtig. Ich stieß zum ersten Mal bereits während meiner Zeit, in der ich mich in Carabor als Schreiber verdingte, in uralten Bibliotheksbeständen auf Hinweise, die von diesem Baum sprachen. Es waren Schriften von Halblingen, die auf verschlungenen, nicht mehr nachvollziehbaren Wegen an jenen Ort gelangt waren. Später, nach meiner Rückkehr in den Halblingwald, habe ich dann weiter nachgeforscht.«

»Dann ist es also wahr: Ihr Halblinge hattet das Erbe des Elbenkönigs nahezu vergessen.«

»Zur Schande aller Halblinge muss ich das leider zugeben. Soweit ich es herausbekommen konnte, kamen in den ersten Zeitaltern nach König Elbanadors Sieg in der Schlacht am Berg Tablanor regelmäßig eingeweihte Halblinge hierher, um nach dem Rechten zu schauen und sicherzustellen, dass nicht doch Unbefugte Zugang zum Runenbaum gefunden hatten – mit welcher magischen Hilfe auch immer. Um hierherzugelangen, benutzten sie eine magische Formel, die Elbanador ihnen hinterlassen hatte. Und genau diese Formel habe ich in einer der alten Chroniken gefunden. Sie war so im gewöhnlichen Text verschlüsselt, dass man sie normalerweise überlas …«

»Dann seid Ihr bei Eurer Flucht nicht das erste Mal hier gewesen!«, stellte Lirandil fest.

»Nein, ich besuche diesen Ort schon seit Jahren immer wieder«, gestand der alte Grebu. »Und seitdem kenne ich auch Qaláq. Er lebt hier schon seit undenklichen Zeiten …«

»Über Regenbogen gegangen. Hierher«, sagte der Starke Narbenmann daraufhin. »Keine weite Reise mehr für Qaláq.«

»Er meint damit, dass er nicht altert«, sagte Grebu. »Wie ich schon sagte, er stammt aus dem Dornland.«

»Bei den Dornlandstämmen gelten Verrückte als heilig«, sagte Lirandil.

»Wie genau er hierhergelangte, habe ich ehrlich gesagt in all den Jahren immer noch nicht verstanden, obwohl wir im

Laufe der Zeit gelernt haben, uns einigermaßen zu verständigen. Aber Tatsache ist, dass er davon in sehr bildreichen Schilderungen spricht, die für mich keinen Sinn ergeben.«

»Alles hat Sinn«, sagte Qaláq. »Aber Grebu versteht nicht immer.«

»Er muss irgendwann in der Zeit hergekommen sein, als wir Halblinge aufgehört haben, uns um diesen Ort zu kümmern, wie es Elbanador uns aufgetragen hatte. Und offenbar steht der Starke Narbenmann seitdem in irgendeiner ganz besonderen Verbindung zu diesem Baum – denn, wie gesagt, er ist seitdem keinen Tag gealtert. Die Kraft des Baums scheint das zu bewirken.« Grebu zuckte mit den Schultern. »Auf mich hat diese Kraft leider keine solche Wirkung.«

»Und dieses Holz, das zurückkehrt …«

»Hat er irgendwann aus dem Holz dieses Baums geschlagen.«

»Etwas Ähnliches werde ich auch tun«, erklärte Lirandil. »Um einen Elbenstab zu erschaffen, so wie den, mit dessen Hilfe Elbanador Ghool schon einmal besiegte.«

»Nur bannte!«, erinnerte Grebu. »Es war kein wirklich vollständiger Sieg, sonst wären wir alle nicht in diese schlimme Lage geraten, in der wir uns gegenwärtig befinden.« Grebu strich sich nachdenklich den Bart glatt und wandte sich dann an Arvan. »Das kommt davon, wenn man sich zu früh mit zu wenig zufriedengibt, könnte man dazu wohl sagen.«

Arvan schreckte aus seinen Gedanken auf.

»Wenn Ihr meint …«

»Ja, das meine ich. Und wenn ich dir einen Rat fürs Leben geben sollte, dann den, diesen Fehler nicht auch zu machen.« Er wandte sich erneut an Lirandil. »Bis heute wusste ich zwar, dass dieser Baum sehr mächtig ist, aber vom Elbenstab hatte ich noch nichts gehört. Aber was immer Ihr da auch im Einzelnen vorhabt, werter Lirandil: Dieser Elbenstab wird weitaus mehr können müssen als dieses Holzspielzeug meines Freunds Qaláq! So einfach wird Ghool nämlich nicht zu besiegen sein.«

»Finsternis wird die Finsternis besiegen«, erwiderte der Elb. »Unser dunkelalbischer Gefährte ist nicht bei uns, auch wenn ich mir nicht sicher bin, ob seine Ohren vielleicht sogar gut genug sind, um uns zu belauschen. In seiner Gegenwart würde ich das nicht so einfach zugeben, weil er dann zu sehr triumphiert, aber ich glaube, darauf wird es letztlich hinauslaufen.«

Zwergenschicksal und Schlachtenlärm

Die Gischt spritzte über den Bug der *Stern von Carabor*, eines vor Kurzem zurückgekehrten caraboreanischen Handelsschiffs, das mehr schlecht als recht zum neuen Flaggschiff des caraboreanischen Hochadmirals umfunktioniert worden war. Vor allem hatte man die *Stern von Carabor* mit einer Reihe von Katapulten ausgerüstet. Nachdem ein großer Teil der mächtigsten Flotte Athranors im Hafen von Carabor verbrannt war, waren Schiffe dieser Größenordnung knapp. Und man erzählte sich sogar, dass manche der ehrenwerten Handelsherren es zurzeit tunlichst vermieden, ihre Schiffe in den heimatlichen Hafen zurückkehren zu lassen. Sie wollten damit verhindern, dass diese gleich bei der Rückkehr vom Admiralsrat für den Krieg konfisziert wurden. Man brauchte Schiffe, um die Seeherrschaft Carabors aufrechtzuerhalten – und das lag natürlich auch im Interesse jedes einzelnen Handelshauses. Allerdings war es ihnen zumeist lieber, wenn dazu Schiffe verwendet wurden, die anderen gehörten.

Rhelmi von Thomra-Dun mochte Schiffsreisen nicht. Wenn das Leben an der *Oberfläche*, das er schon geraume Zeit führen musste, seitdem er als Gesandter des Zwergenreichs am beiderländischen Hof in Aladar gewesen war, schon eine Zumutung war, die er aus Liebe zum Zwergentum auf sich nahm, so war der Aufenthalt an Bord eines Schiffes geradezu unerträglich. Aber unglücklicherweise ließen sich manche Reiseziele auf andere Weise gar nicht oder nur schwer erreichen, weshalb er hin und wieder gezwungen war, sich an Bord eines ungeliebten Wasserfahrzeugs zu begeben. Er befand sich nun an Bord der *Stern von Carabor*, und in diesem Fall war er davon überzeugt, dass sein Opfer tatsächlich einen Sinn hatte.

»Ihr seht ziemlich blass aus, Rhelmi!«, meldete sich hinter ihm die Stimme des amtierenden Hochadmirals von Carabor. Der über neunzigjährige Mann stand trotz des schaukelnden Seegangs erstaunlich sicher auf den Planken des Achterdecks. Er sorgte allerdings dafür, dass er sich notfalls stets irgendwo festhalten konnte. Aber anscheinend hielt er es für notwendig, dass der Hochadmiral sich ab und zu an Deck zeigte und damit für jeden erkennbar demonstrierte, dass er noch in der Lage war, nicht nur das Schiff, sondern auch die ganze Flotte Carabors zu führen.

»Mir ist ein wenig übel«, gab Rhelmi zu.

»Ich hoffe nur, dass König Candric es nicht als persönlichen Affront auffasst, dass Ihr nun mit mir nach Carabor reist, anstatt Euch ständig in seiner Nähe zur Verfügung zu halten.«

»Das Schicksal der Zwergenheit wird in Carabor entschieden«, sagte Rhelmi. »Beiderland hätte nicht genug Schiffe, um mein Volk von den Inseln zu holen, die ehedem nur die Spitzen der höchsten Gebirge des Zwergenreichs waren …«

»Ob die Schiffe Carabors dazu ausreichen, wirklich Euer ganzes Volk von den Inseln im Zwergischen Meer zu bergen, muss sich erst noch erweisen«, schränkte Dolgan Jhad ein. »Ich will Euch keine Versprechungen machen, die ich am Ende nicht halten kann.«

»Ihr habt bereits mehr für die Zwergenheit getan als alle anderen«, erklärte Rhelmi. »Insbesondere von König Candric von Beiderland bin ich sehr enttäuscht. Es wäre ihm durchaus möglich gewesen, uns ebenfalls zu helfen. Und wenn es nur darum ginge, seine hervorragenden diplomatischen Verbindungen ins Siebenland zu nutzen, um vielleicht von dort genug Schiffe zu bekommen.«

»Ja, ich kann Euch gut verstehen, Rhelmi«, erklärte Dolgan Jharad.

»Ich habe lange mit König Candric über die Probleme gesprochen, denen die Zwerge auf den Inseln entgegensehen. Wir sind darauf angewiesen, die Schätze der Erde zu bergen. Aber an der Oberfläche inmitten dieser kargen Felsen werden es meine zwergischen Brüder und Schwestern schwer haben zu überleben. Und wir können nicht damit rechnen, dass Ghools Feuerdämonen die Stollen unseres unterirdischen Reiches in absehbarer Zeit wieder freigeben. Nach einem Sieg über den Schicksalsverderber kann sich das natürlich sehr schnell ändern, aber wenn ich ganz ehrlich bin ….« Rhelmi zögerte. Er schien zu überlegen, wie offen er dem Hochadmiral von Carabor gegenüber sprechen konnte. »Ich habe das Gefühl, dass König Candric XIII. von Beiderland mir deshalb nicht hilft, weil es ihm nicht behagt, eine so große Zahl von Zwergen innerhalb seiner Grenzen zu wissen.«

»Wie gesagt, ich werde tun, was ich kann«, versprach Dolgan Jharad. »Aber erwartet nicht zu viel.«

»Ihr werdet keine besseren Kämpfer gegen die Orks bekommen als die Zwerge«, versprach Rhelmi. »Nirgendwo dürfte der Hass auf Ghool stärker ausgeprägt sein. Er hat uns alles genommen, und jeder von uns weiß, dass es nur eine Möglichkeit gibt, unser Reich zurückzugewinnen.«

»Der Tod Ghools!«, schloss Dolgan Jharad.

»Sehr richtig.«

»Ja, wir leben schon in interessanten Zeiten. Noch vor Kurzem schien es denkbar, dass König Grabaldin sich ganz aus dem Krieg heraushält oder sich vielleicht sogar auf die andere Seite schlägt. Jetzt bietet Ihr mir Eure Krieger als Kämpfer gegen Ghools Horde an.«

»Ja«, nickte Rhelmi und strich sich dabei über den üppigen Bart. »Der Wind hat sich gedreht – ich denke, so ähnlich würde das doch Euresgleichen ausdrücken!«

Fast einen halben Tag, nachdem die *Stern von Carabor* den Hafen von Gaa in südlicher Richtung verlassen hatte, ertönten die ersten Hornsignale. Kundschafter hatten das Anrücken der feindlichen Horden schon vor Stunden angekündigt, und seitdem erwartete man die Flut der Orks, der Dämonenkrieger und Wolfsmenschen.

Die ersten Berichte von Flüchtlingen darüber, dass erschlagene Orks sich von den Schlachtfeldern erhoben hatten, waren noch als Ausgeburten einer ängstlichen Fantasie von vollkommen verschreckten Menschen abgetan worden. Menschen, die nach all den Schrecken, die sie erlebt hatten und denen sie nur knapp entronnen waren, eigentlich nicht mehr richtig bei Sinnen sein konnten.

Aber dann hatten Kundschafter diese Berichte bestätigt.

Ghool hatte es offenbar eilig. Er wollte nicht warten, bis ausreichend viele seiner Krieger in Gaanien zusammengezogen worden waren. Die verbündeten Reiche hatten hier einen großen Teil ihrer Truppen konzentriert, und so erschien es der anderen Seite offenbar äußerst wichtig, diese in den letzten Wochen immer stärker angewachsene Armee zu zerschlagen, ehe sie ihr volles Ausmaß erreicht hatte.

Auf dem Ostturm der Burg von Gaa blickte Orfon von Bagorien über die Zinnen. Der neue Hochkönig schlang den

Mantel enger um die Schultern. Ein kühler Wind wehte vom Langen Fjord her und riss an den Kleidern.

Bei ihm standen Candric von Beiderland und Truchsess Kalamtar von Condenna, der gegenwärtige Regent von Ambalor.

Haraban war nicht zugegen. Der Waldkönig hatte sich in seine Gemächer zurückgezogen. Wilde Gerüchte kursierten unter der Dienerschaft in der Burg des Statthalters. Es ging das Gerücht um, Haraban würde sich in diesen langen Stunden, in denen er sich zurückzog und während derer er für niemanden zu sprechen war, besonderen schwarzmagischen Ritualen unterziehen. Möglicherweise nahm er die Hilfe eines Magiers in Anspruch, wie manche zu wissen glaubten. Andere wollten wissen, dass er sich Pulver und Tinkturen mit hexerischer Wirkung in seine Gemächer kommen ließ, und beinahe jeder in Gaa war davon überzeugt, dass all das nur einem einzigen Zweck diente: dem Erhalt des ohnehin schon überlangen Lebens des Waldkönigs.

Innerhalb der Mauern seines Hofs am Nordufer des Langen Sees konnte Haraban die mitunter abstoßend wirkenden Einzelheiten seines täglichen Lebens besser verbergen. Er zeigte sich nur selten in der Öffentlichkeit, da ihm sehr wohl bewusst war, dass er mit seinem hölzern wirkenden Gesicht nicht gerade geeignet war, Sympathien in der Bevölkerung zu wecken. Ein von Magie über Jahrhunderte am Leben erhaltenes Monstrum wurde als König nicht geliebt, sondern nur gefürchtet.

Und etwas Ähnliches galt wohl auch für das Verhältnis zu seinen Verbündeten.

»Haraban wird mir zunehmend unheimlich«, bekannte Candric von Beiderland. »Ich habe das bisher nie so offen ausgesprochen, aber da wir hier oben unter uns sind, will ich es einmal tun.«

»Es ist nicht ausgeschlossen, dass er magische Mittel und Methoden besitzt, um unsere Gespräche zu belauschen«, glaubte Truchsess Kalamtar.

»Wenn ich ein ängstlicher Mann wäre, hätte ich Aladar niemals verlassen«, erwiderte Candric. »Stattdessen aber stehe ich hier auf dem Gebiet eines Nachbarlandes und erwarte mit Euch zusammen die angreifenden Horden Ghools.«

»Es ärgert Euch doch nur, dass Ihr nicht Hochkönig geworden seid«, glaubte Kalamtar. »Und gleichzeitig wisst Ihr, dass das auch niemals geschehen wird. Zumindest so lange nicht, wie Länder, die kleiner als Beiderland oder Harabans Reich sind, niemals deren Herrscher als Hochkönig akzeptieren würden.«

»Ich sage nur, was ich denke«, ergänzte Kalamtar. »Und noch etwas: Haraban hat aufgrund seiner Langlebigkeit alle Zeit der Welt. Er kann warten. Er kann diesen Krieg getrost abwarten und zusehen, wie ein Hochkönig nach dem anderen fällt, um dann am Ende die Beute ganz für sich allein zu haben. Darauf läuft es meiner Ansicht nach hinaus.«

»Eine Herrschaft Harabans über Athranor?«, fragte Candric von Beiderland skeptisch. »Das würde mein Land niemals zulassen – ganz gleich, wer in Aladar regiert.«

Kalamtar lächelte. »Vorausgesetzt, *dass* jemand regiert«, betonte er. »Jeder Wechsel eines Herrschers bedeutet die Gefahr von Thronstreitigkeiten und Bürgerkrieg. Als Truchsess von Ambalor weiß ich, wovon ich rede.«

»Dann wünsche ich Euch, dass der kleine Kronprinz Eures Reiches schnell wächst«, mischte sich Orfon von Bagorien ein. »Oder dass dieser Krieg noch lange genug andauert, denn ich glaube nicht, dass es in Ambalor jemand wagen wird, um die Macht zu kämpfen, solange Euer Land bedroht ist.«

»Da seid Euch nicht zu sicher, werter Hochkönig«, erwiderte Kalamtar.

Erneut ertönten Hornsignale.

Die Katapultmannschaften standen bereit. Die Torsionsgeschütze, Riesenschleudern, Trebuchets und Springalds waren nach Osten ausgerichtet worden. Die Tore von Gaa waren seit einer Stunde geschlossen.

Am Horizont wurde es dunkel. Überall tauchte jetzt ein schwarzes Band auf. Es zog sich entlang der Horizontlinie und hatte zunächst noch ein paar Lücken, die aber nach und nach geschlossen wurden.

König Candric nahm einen zylindrischen Gegenstand aus dem Gürtel, setzte ein Ende an das linke Auge, während er das andere zukniff, und ließ ihn wenig später wieder sinken.

»Nehmt mein westanisches Fernglas, dann könnt Ihr Einzelheiten erkennen, mein Hochkönig«, sagte Candric und reichte es an Orfon.

Orfon nahm das Glas mit einer etwas ungestümen, ruckartigen Bewegung an sich und sah hindurch. Der neue Hochkönig blinzelte angestrengt.

»Bei allen Göttern«, flüsterte er und wurde blass. »Ich hab ja schon viel gesehen, aber so etwas …«

»Die Übermacht ist gewaltig«, gab Candric relativ gelassen zu. »Aber wir werden warten müssen, ob diese Wiedergänger überhaupt eine ähnliche Kampfkraft haben wie Ghools gewöhnliche Krieger.«

Orfon schüttelte den Kopf.

»Allein ihr Anblick wird manche in unseren Reihen glauben lassen, sie würden nicht an der Schlacht zur Verteidigung von Gaa teilnehmen, sondern wären geradewegs in das Höllengericht der Götter versetzt worden«, meinte Orfon.

»Es ist Eure Stunde, Hochkönig!«, sagte Kalamtar.

Orfon trat näher an die Zinnen heran und stemmte die Arme in die Hüften. Von allen Landseiten drängte die Front der Angreifer voran. Langsam, aber stetig näherten sie sich. Vom Land aus gesehen war Gaa nach Westen hin bereits eingeschlossen. Wer die Stadt verlassen wollte, musste dies über die Flussbrücke nach Neuvaldanien tun. Die Heerstraße, die auf der Gaanischen Seite des Grenzflusses zwischen den beiden Provinzen bis zur Küste des Langen Sees führte, wurde schon seit Tagen nicht mehr benutzt und galt mittlerweile als unpassierbar, weil es andauernd Orküberfälle aus den angrenzenden Wäldern gab.

»Wir lassen sie nahe herankommen«, sagte Orfon. »Und dann sollen sie die volle Zerstörungskraft der Katapulte zu spüren bekommen!« Er warf noch einen Blick durch das westanische Glas und reichte es dann an Candric weiter. »Es wird Zeit für mich, die Rüstung anzulegen«, erklärte er.

»Ihr habt doch nicht etwa vor, an der Spitze eines Ausfallheeres zu reiten?«, fragte Kalamtar etwas erschrocken.

»Genau das ist es, was man vom Hochkönig erwartet. Wie sollen andere Mut haben, wenn ihre Anführer ihn nicht auch zeigen?«

»Wenn Ihr fallt, spielt das nur Haraban in die Hände«, gab Truchsess Kalamtar zu bedenken.

Orfon grinste nur. »Ihm oder meinem geschätzten königlichen Bruder im Geiste Candric von Beiderland«, lachte er. »Aber keine Sorge, ich bin kein Selbstmörder!«

Mit diesen Worten verließ er Candric und Kalamtar.

»Er ist bereits zu alt, um noch lange auf eine Gelegenheit

warten zu können, großen Ruhm zu erwerben«, sagte Kalamtar. »Das macht ihn so tollkühn und waghalsig.«

»Mag sein«, murmelte Candric, der noch einen Blick durch das westanische Glas warf.

»Begeht nicht denselben Fehler, König Candric. Eure Stunde wird noch kommen. Und vielleicht könnt Ihr mir dann helfen, dass auch die meine kommt.«

Candric wandte ruckartig den Kopf in Kalamtars Richtung.

»Darf ich fragen, was genau Ihr damit meint?«

»Ambalor braucht einen neuen König und nicht nur einen regierenden Truchsess. Nicht in einigen Jahren, wenn ein Kind gerade zu einem großen Jungen herangereift ist, sondern sehr bald. Gerade angesichts der Bedrohung, vor der wir stehen.«

»Aber es wird einen Aufstand des ambalorischen Adels geben, wenn Ihr die alte Königsfamilie des ruhmreichen Nergon entmachtet«, begriff Candric.

»Und da brauche ich gewiss die Hilfe eines mächtigen Nachbarn – der vielleicht bis dahin sogar Hochkönig ist.«

Was für ein skrupelloser Stratege, ging es Candric durch den Kopf. *Er hält mich anscheinend wegen meiner Jugend für leicht manipulierbar …*

Candrics Lächeln blieb kühl und unverbindlich.

»Wenigstens sehe ich jetzt, dass Ihr ein wahrer Optimist seid – denn schließlich geht Ihr davon aus, dass all diese Fragen in – sagen wir … in ein paar Monaten – überhaupt noch von Bedeutung sind.«

Der Kampf kam zu früh für die Verbündeten. Es hatten sich einfach noch nicht genug Truppen der Verbündeten in Gaa gesammelt, und auf den König von Dalanor und seine Mannen wartete man schon seit Längerem vergeblich. Und was die Aussicht auf Unterstützung durch Zwergenkrieger betraf, die mithilfe caraboreanischer Schiffe zu den Verbündeten stoßen sollten, wie Botschafter Rhelmi und Hochadmiral Dolgan Jharad angekündigt hatten, so war dies letztlich auch nur eine vage Hoffnung, von der noch niemand wusste, ob und wann sie sich erfüllen sollte.

Sämtliche Heerlager, die sich bisher außerhalb der Stadtmauern befunden hatten, waren im Verlauf der letzten Tage ins Innere verlegt worden. Gaa wirkte wie ein zu eng geschneidertes Wams, dessen Nähte jederzeit platzen konnten. Zahlreiche Ogerkrieger aus dem Heer von König Orfon besetzten jetzt auch Wehrgänge und Türme. Als die Angreifer sich ein weiteres Stück genähert hatten und deutlicher sichtbar geworden waren, stimmten sie ihre barbarischen Kriegsgesänge an. Sie schlugen mit Schwertern und Äxten auf die schweren, großen Schilder, die nur von Ogern getragen wurden. Für menschliche Krieger wären sie viel zu schwer gewesen. Oft genug verschanzte sich hinter diesen Schilden zusätzlich ein menschlicher Bogenschütze. Diese Art des gemeinsamen Vorgehens von Menschen und Ogern hatte im bagorischen Heer Tradition. Balkengroße Bolzen aus dem Hartholz von Riesenbäumen und einer Spitze aus gusseisernem Stahl wurden in die Springalds eingelegt. Anschließend machten sich die eingespielten Mannschaften daran, diese riesenhaften Armbrüsten ähnelnden Waffen mit purer Muskelkraft auf Spannung zu bringen. Soweit es ging, hatte man daher zumindest bei den besonders großen Springalds in jeder Mannschaft mindestens einen Waldriesen.

Auf den Türmen befanden sich kleinere Torsionsgeschütze und Trebuchet-Schleudern, die zum Teil genauestens den baulichen Voraussetzungen angepasst waren. Die Kraft miteinander verdrehter Seile ließ die Torsionsgeschütze Bolzen aus Stahl verschießen. In den Schleudertaschen der Trebuchets hingen bereits schwere Steinbrocken, und es bedurfte nur eines Befehls, um sie über die Mauern der Stadt hinweg in die Reihen der Angreifer zu werfen.

Hinter den Mauern – insbesondere in der Nähe der Stadttore – warteten Harabans Söldner mit ihren hochgerüsteten Kriegselefanten. Außerdem ein Teil der gepanzerten Ritter aus Beiderland, die für einen Ausfall bereitstanden.

König Orfon ließ sich inzwischen seine Rüstung anlegen.

Dann bestieg er sein gepanzertes Schlachtross und ließ sich von einem seiner Männer die Magische Lanze geben. Als er zum Hauptstadttor von Gaa ritt, machte man ihm überall Platz, und sowohl die Bewohner als auch die Krieger aus den Heeren der Verbündeten jubelten ihm zu. Selbst die für ihre stoische Ruhe bekannten Treiber der Kriegselefanten fielen darin ein.

Schließlich erreichte er das Tor.

Ein Trupp einer eigenen Reiterei folgte ihm. Dahinter Ogerkrieger, die die Stimmung mit ihren wilden Kriegsschreien immer wieder anheizten.

Ein Hauptmann aus den Truppen des Statthalters von Gaa trat Orfon entgegen. »Herr …«

»Haltet euch bereit, das Tor zu öffnen! Ich bin der Hochkönig – und auch wenn man bei euch in Gaanien auf eine etwas andere Weise Relinga spricht, wirst du mich wohl verstanden haben, nehme ich an!«

»Aber mir war gesagt worden, ich sollte warten, bis …«

»Jetzt!«, brüllte der Hochkönig. »Denn der Feind soll mich sehen! Und vielleicht reizt ihn das, näher heranzukommen, sodass die Salven der Katapulte umso verheerender in seinen Reihen wüten können.«

Das Tor wurde geöffnet, das Fallgatter emporgezogen. Orfon ritt hinaus und zügelte sein Ross, kurz nachdem er den Durchgang passiert hatte. Er hob die Magische Lanze empor, und seine Ogersoldaten auf den Brustwehren antworteten ihm mit einem so durchdringenden Kriegsschrei, dass man meinen konnte, es müsste die Fundamente der Mauern von Gaa erzittern lassen.

Die angreifenden Horden hatten ihren von allen Seiten bisher mit recht gleichmäßiger Geschwindigkeit ausgeführten Vormarsch zunächst beendet. Sie verharrten in einer Entfernung, die gerade außerhalb der Reichweite der Katapulte lag. Schon aus der Ferne war zu sehen, dass es sich nicht um gewöhnliche Orks oder Wolfsmenschen handelte. Zum Teil waren die Körper dieser Wiedergänger auf grässliche Art entstellt, und manchmal hatte man den Eindruck, dass Leichenteile auf groteske Weise und durch schwarze Magie gebunden miteinander verwachsen waren und neue, scheinlebendige Kreaturen bildeten. Hornechsen mit klaffenden Wunden standen da und scharrten mit ihren mächtigen Füßen das Gras fort, so als warteten sie nur darauf, den Befehl zu bekommen, einfach voranzustürmen. Die meisten dieser Hornechsen waren reiterlos. Die grausige Auferstehung, die sie erlebt hatten, hatte sie offenbar selbst zu kämpfenden, dämonenhaften Kreaturen werden lassen. Ihre Funktion ging weit über ihre bisherige Rolle als bevorzugte Reittiere der Orks hinaus.

Wolfsmenschen schwangen ihre Speere und Sichelschwerter und stießen ein dröhnendes Geheul aus. Riesenhafte, affenartige Krieger, die bei der Schlacht an der Anhöhe der drei Länder noch zu den Katapultmannschaften in Ghools Heer gehört hatten, trugen jetzt auf den Harnischen Gefallener schädelgroße Steine mit sich, die sie wohl unterwegs gesammelt hatten und in der Schlacht mit der puren Kraft ihrer Arme zu schleudern gedachten.

Von den zahlreichen Katapulten, die Ghools Heer noch in der Schlacht an der Anhöhe der drei Länder eingesetzt hatte, war nichts zu sehen. Die meisten waren im Schlachtverlauf ohnehin zerstört worden, und es wäre wohl zu aufwendig und zeitraubend gewesen, sie aus den Trümmern wieder zusammenzusetzen.

Orfon trieb sein Ross noch ein Stück weiter voran, reckte dann erneut die Magische Lanze empor. »Wo bleibt ihr untoten Feiglinge?«, rief er, obwohl er seine Worte im tosenden Geschrei seiner Oger nicht einmal selbst hören konnte.

Einer dieser großen Affenkrieger rannte humpelnd bis zur Mitte des Feldes, das zwischen den Reihen von Ghools Heer und den Verteidigern von Gaa lag. Sein linkes Bein war offenbar während der Schlacht schwer verletzt worden. Der Fuß zeigte in die falsche Richtung. Und sein Harnisch war ebenfalls links dermaßen eingedrückt, dass kein lebendes Wesen das hätte überleben können. In jeder seiner Pranken trug der Affenkrieger einen Stein von der Größe eines Menschenkopfs. Die sehr langen Finger umfassten sie sicher. Mit einem dröhnenden Schrei schleuderte er den ersten in Richtung des Hochkönigs.

Orfon riss sein wieherndes Pferd zur Seite.

Aber der Affenkrieger traf genau.

Der Stein kam krachend gegen den Kopfpanzer des Schlachtrosses, das augenblicklich in sich zusammenbrach. Orfon stürzte vom Pferd, das reglos liegen blieb. Der Hochkönig versuchte so schnell wie möglich auf die Beine zu kommen. Er stützte sich auf die Magische Lanze, als der Affenkrieger bereits zum nächsten Wurf ausholte.

Es gab keine Deckung für Orfon.

Die geradezu unheimliche Präzision, mit der der Affenkrieger zu werfen wusste, war auch für einen hochgerüsteten Krieger tödlich. Kein Harnisch und kein Helm konnten ihn gegen die Wucht eines solchen Wurfgeschosses schützen – und um sich im Torbogen zu verbergen, dazu hatte sich der Hochkönig zu weit vorgewagt.

So hielt Orfon seinem Gegner die Spitze der Lanze entgegen und rief: »Nieder mit dir, du Geschöpf der Unterwelt!«

Genau in dem Moment, als der Affenkrieger den Stein aus seiner Pranke fliegen ließ, traf ihn der Pfeil eines ungeduldigen bagorischen Langbogenschützen, der zusammen mit seinem Ogerschildträger auf einer der Wehrmauern postiert war. Der Schuss war befehlswidrig, aber wer fragte nun danach?

Der Pfeil traf den Affenkrieger in die Brust und durchbohrte seinen Harnisch. Die Spitze ragte anschließend etwa eine halbe Elle weit aus dem Rücken hervor.

Der Affenkrieger stöhnte auf.

Sein Wurf wurde durch die Wucht dieses Treffers verrissen. Der Stein prallte mit voller Wucht gegen die Stadtmauer, anstatt den Hochkönig zu töten.

Orfon hob triumphierend seine Lanze. »Ein neues Schlachtross!«, rief er.

Und während ein Ogerkrieger im Laufschritt das frisch gesattelte Schlachtross eines bagorischen Reiters zu seinem König führte, stand der Affenkrieger wieder auf. Der Pfeil in seiner Brust schien ihn nicht sonderlich zu behindern. Eine Wolke aus dunklem Rauch quoll ihm aus Mund und Nase und erinnerte an gefrierenden Atem.

Eine seiner Pranken umfasste den Pfeil und riss ihn heraus.

Kein Blut kam aus der Wunde.

Er riss den Pfeil empor und zerbrach ihn.

Ein Dutzend weiterer Pfeile traf ihn in den nächsten Augenblicken. Sein Körper zuckte unter den Treffern in Brust, Hals und Oberschenkel. Er stürzte nieder, stand aber wieder auf.

Orfon schwang sich in den Sattel seines frischen Streitrosses und sah schaudernd zu. *Das ist ein Vorgeschmack,* dachte er. *Ein Vorgeschmack auf das, was uns während dieser Schlacht erwartet.* Die Gedanken rasten nur so durch seinen Kopf. Er ließ sein Pferd noch etwas voranpreschen, sodass ihn die Krieger der Verbündeten von den Zinnen der Stadtmauern aus besser sehen konnten.

Die Krieger Ghools harrten noch immer in einem Abstand aus, der jeden Beschuss mit Katapulten sinnlos machte. *Sie werden dort weiter warten, um zahlreicher zu werden,* erkannte der Hochkönig. *Sie denken gar nicht daran, unseren Springalds entgegenzulaufen, damit wir sie zerfetzen. Und selbst wenn das geschähe, könnten wir sie nur kurze Zeit aufhalten ....*

Nein, es war unmöglich, die andere Seite zu einem Angriff zu provozieren. Und die Zeit spielte ihnen in die Hände, denn ihre Anzahl vergrößerte sich von Stunde zu Stunde. Irgendwann würden sie so viele sein, dass keine Mauer, keine Batterie von Katapulten oder Großarmbrüsten und kein noch so großes Heer sie mehr aufhalten konnte.

Jetzt, dachte Orfon von Bagorien, *ist der Augenblick des Ruhms.*

Er preschte voran, den auf ihren Linien verharrenden Wiedergängern entgegen. Dann zügelte er sein Ross, drehte sich in Richtung der Mauern von Gaa und hob die Magische Lanze.

»Angriff!«, rief er.

Niemand konnte seinen Ruf in diesem ohrenbetäubenden Lärm aus menschlichen Kampfschreien, Ogergesängen und den barbarischen Lauten von untoten Orks und Wolfsmenschen verstehen. Aber das war auch gar nicht notwendig, denn der Hochkönig gab mit der Lanze ein Zeichen.

Ein Zeichen, das eindeutig war und den Angriff befahl.

Allerdings entgegen allem, was mit den Verbündeten abgesprochen war, nicht nur einen Vorstoß durch ein Stadttor, sondern aus allen Toren gleichzeitig. *Es gibt nur diesen einen Moment, um die Flut der Wiedergänger noch aufzuhalten*, glaubte Orfon. *Und nur die Götter wissen, ob er nicht in Wahrheit schon längst verstrichen ist …*

Dann stieß Orfon einen Kriegsschrei aus, gab seinem Streitross die Sporen und ließ es auf das Heer der Wiedergänger zustürmen, während hinter ihm bereits die ersten Kriegselefanten und gepanzerten Ritter und Ogerfußsoldaten auf das Schlachtfeld kamen. Der Klang von Signalhörnern mischte sich mit dem Trompeten der Elefanten und den ersten Todesschreien.

In der Ferne stand ein Schattenvogel am Himmel. Er schien sich kaum zu bewegen. Ein Beobachter, der gleichzeitig Auge und Seelenkraft seines dunklen Herrn war, der unzählige Meilen entfernt inmitten seiner geheimen Feste das Schlachtgeschehen lenkte.

Der Elbenstab

»Geht zur Seite«, sagte Lirandil zu den anderen. »Niemand von uns weiß, welche Kräfte möglicherweise frei werden, wenn ich das zu tun versuche, was vor mir nur König Elbanador getan hat.«

»Na, wenn Ihr schon nicht so richtig wisst, was geschehen wird, was soll ich denn dann davon halten?«, meldete sich Borro mal wieder ungefragt zu Wort.

»Man kann auch einfach mal schweigen«, raunte ihm Zalea zu.

»Ich meine ja nur. Eigentlich hatte ich gedacht, dass Lirandil wirklich das gesamte Wissen aus dem Buch des Ersten Elbenkönigs in sich aufgenommen hat, aber wenn da noch wichtige Fragen völlig ungeklärt sind …«

»Borro!«

»Schon gut, Zalea.«

Sie hatten sich zu einem der höher gelegenen Äste begeben, wo das Holz des Runenbaums nach Lirandils Angaben besser dafür geeignet war, einen Elbenstab zu fertigen.

Qaláq hingegen warnte eindringlich davor. »Holz das wiederkehrt nur von ganz unten!«, wandte er sich beschwörend an Lirandil. »Hier … zu viele Kräfte!«

»Er scheint das anscheinend schon einmal ausprobiert zu haben – in all den Jahren auf diesem Baum«, vermutete Whuon.

»Ja, und er scheint dabei ein paar unangenehme Erfahrungen gesammelt zu haben.«

»Besser Holz von unten!«, wiederholte der Starke Narbenmann. »Kräfte sonst zu stark.«

»Ich will kein wiederkehrendes Holz erschaffen«, sagte Lirandil. »Ein Elbenstab ist etwas anderes.«

Lirandil ging allein ein Stück den Ast entlang, bis sich dieser abermals verzweigte. Die anderen blieben zurück, so wie der Fährtensucher es angeordnet hatte.

Die Augen des Fährtensuchers leuchteten auf. Das bläuliche Licht flackerte unruhig und begann dann gleichmäßig im langsamen Rhythmus eines Elbenherzens zu pulsieren. Ein Zittern durchlief Lirandil. Er streckte die Hände aus. Blitze zuckten aus den Fingerkuppen und drangen in die Baumrinde. Dort, wo sie auftrafen, veränderten die Runen ihre Färbung. Sie nahmen dasselbe strahlende Blau an, das bereits die Augen des Fährtensuchers erfüllte.

Die bläulich glühenden Runen verschwammen ineinander und bildeten den Umriss eines Stabes, der nicht länger als eine Elle war.

Das Leuchten verschwand, und der Stab lag fertig da.

»Neldo hätte den nicht schöner herausschnitzen können«, meinte Borro, aber es achtete niemand auf den rothaarigen Halbling.

Lirandil beugte sich nieder und nahm den Stab an sich. Dort, wo er gerade gelegen hatte, war im Holz des Baums eine deutliche Kerbe zu sehen. Die Runen, die um diese Stelle herum angeordnet waren, traten deutlicher hervor und wurden größer. Sie veränderten sich auch nur noch sehr langsam.

»Das ist eine Warnung!«, stellte Whuon fest. »Auch wenn es die alte Form der Elbenschrift ist – ich bin mir eigentlich sicher.«

Im nächsten Moment blitzte es aus dem Elbenstab heraus.

Mit einem Schrei ließ Lirandil den Stab fallen. Er selbst wurde von einer unwiderstehlichen Kraft erfasst, die ihn förmlich fortstieß.

Er taumelte zurück. Der Ast, auf dem sie sich befanden, war etwas breiter als die meisten Straßen in Carabor oder Asanilon. Aber Lirandil hatte sich ziemlich nah am Abgrund befunden. Und so stolperte er jetzt in die Tiefe.

Arvan beeinflusste eine der Ranken, die sich daraufhin blitzschnell um den Körper des Fährtensuchers schlang.

Augenblicke später hing er in einer pflanzlichen Schlinge fest und pendelte an der Ranke hin und her.

Der Stab lag auf dem Ast. Ein eigenartiger Schimmer umgab ihn, und die Runen auf ihm hatten jetzt eine rotgoldene Färbung angenommen. Man hatte einerseits den Eindruck, dass sie glühten, andererseits musste das eine magische Illusion sein, denn das Holz des Elbenstabs hätte ansonsten zweifellos verbrennen müssen.

Ich hätte nichts dagegen, aus meiner misslichen Lage möglichst schnell befreit zu werden, erreichte Arvan ein sehr eindringlicher Gedanke von Lirandil.

Arvan kannte den Fährtensucher allein schon durch die geistige Verbindung, die hin und wieder zwischen ihnen bestand, besser als jeder andere der Gefährtengruppe. Und so war ihm sofort klar, dass der Elb von diesem Verlauf der Dinge völlig überrascht war.

Er ist völlig überrascht, überlegte Arvan. Irgendetwas schien nicht so gelaufen zu sein, wie es dem Wissen entsprach, das der Fährtensucher in Asanils Turm in sich aufgenommen hatte.

Arvan beeinflusste die Ranke dahingehend, dass sie Lirandil zum Ast pendeln ließ – wenig später war der Elb dorthin zurückgekehrt, und die Ranke zog sich zurück. Daran, sich für Arvans rettende Aktion zu bedanken, dachte der Elb im Augenblick nicht. Zu sehr war er darauf fixiert herauszubekommen, weswegen die in dem Stab gebundenen Kräfte ihn so eindeutig zurückstießen.

Irgendetwas, so schien es, hatte er nicht bedacht.

Seine Augen leuchteten blau, und er schien dabei ins Nichts zu blicken. Eine ganze Weile verharrte der Elb vollkommen regungslos. Dann murmelte er eine Formel. Das blaue Leuchten in seinen Augen verschwand daraufhin.

Sein Gesicht zeigte kaum eine Regung. Aber Arvan glaubte zu wissen, was in dem Fährtensucher zurzeit vor sich ging. *Er ist ratlos,* erkannte er.

Und das empfand er als viel beunruhigender als alles andere.

Der Starke Narbenmann begann plötzlich zu reden und hörte gar nicht mehr damit auf. Er redete wie ein Wasserfall – mehr vermutlich, als er in den ganzen letzten Jahren insgesamt an Worten über seine Lippen hatte kommen lassen. Allerdings waren seine Worte vollkommen unverständlich. Er benutzte zwar nicht seine eigene Sprache, sondern eindeutig Relinga, doch es war überhaupt kein Zusammenhang zu erkennen. Alles, was er von sich gab, war nichts weiter als ein wirres Konglomerat von Wörtern, die zum Teil noch so miteinander verbunden waren, dass sie vollkommen unsinnig wirkten.

Nur eins war allen klar: Qaláq war aus irgendeinem Grund ziemlich aufgebracht. Er zeigte immer wieder auf sein gebogenes, wiederkehrendes Holz und anschließend auf den noch immer schimmernd und leuchtend daliegenden Elbenstab.

»Vielleicht könnt Ihr ihn ja mal in seiner eigenen Sprache

anreden, Grebu«, meinte Arvan. »Ihr versteht doch schließlich etwas davon …«

»Das will ich gerne tun«, meinte der alte Grebu. »Allerdings sage ich euch voraus, dass das nicht viel nutzen wird. Manchmal redet er so. Und ich kann ihn dann weder in meiner noch in seiner Sprache verstehen.«

Grebu versuchte trotzdem sein Glück. Er formte ein paar Worte in der Sprache des Starken Narbenmannes. Der schien Grebu aber gar nicht zuzuhören. Stattdessen redete er einfach weiter – noch aufgebrachter als zuvor.

Lirandil, der eine ganze Weile stumm und in sich gekehrt vor dem Stab gekauert hatte, erhob sich schließlich.

Er murmelte eine Formel und versuchte noch einmal, den Elbenstab an sich zu nehmen. Vorsichtig griff er danach.

Aber noch ehe Lirandil den Stab hatte umfassen können, schnellte das magische Artefakt empor. Es schwebte vollkommen ruhig in der Luft. Ein durchdringender Laut ertönte, wie von berstendem Holz und brechenden Ästen, obwohl nirgends etwas geschah, das diese Geräusche hätte hervorrufen können. Die Laute vermischten sich mit Tönen, die entfernt an einen Chor von Stimmen erinnerten, die Silben vor sich hinmurmelten.

Elbenformeln, erkannte Lirandil.

Der Stab schwebte etwas höher, verharrte dann ungefähr auf Brusthöhe in der Vertikalen.

Lirandil konzentrierte den Blick auf den Stab. *Vorausahnen, wohin er sich bewegen wird, ein schneller Griff und ein wirksamer Zauber – das müsste es doch sein,* dachte Lirandil.

Aber er hatte noch nicht einmal die Muskeln gespannt, um diesen Gedanken auch in die Tat umzusetzen, da schnellte der Elbenstab plötzlich vor und versetzte Lirandil einen Stoß. Blitze zuckten während der Berührung aus dem Artefakt heraus und sprangen auf Lirandil über. Sie erfassten seinen gesamten Körper, ließen ihn einige Augenblicke lang zitternd dastehen und dann zu Boden sinken. Der Elbenstab zog sich zurück. Er schwebte in einer Entfernung über dem Abgrund. Dort, wo niemand ihn erreichen konnte.

»Lirandil!«, rief Arvan und schnellte zu ihm. »Was ist mit Euch?«

Der Elb schien für einen Moment das Bewusstsein verloren zu haben. Es dauerte einige Augenblicke, ehe er wieder zu sich kam.

Zalea hielt ihm ein paar Blütenblätter einer Heilpflanze unter die Nase. Sie trug ihre Heilerinnenutensilien ja stets in einer Gürteltasche bei sich, und was immer Zalea dem Elben da unter die Nase gehalten hatte – es wirkte offensichtlich.

»Der Elbenstab scheint dich abzulehnen«, stellte Whuon fest. »Ganz gleich, was man auch sonst von diesem magisch beseelten Artefakt halten mag – er mag dich anscheinend einfach nicht, Elb.«

»Tut mir einen Gefallen, Whuon, und mischt Euch in diese Angelegenheit nicht ein«, murmelte Lirandil gereizt. Mit seinem Blick verfolgte er den nach wie vor frei schwebenden Stab.

»Ich spreche nur aus, was jeder sehen kann«, beharrte Whuon.

»Kräfte zu stark«, meldete sich Qaláq zu Wort. Er deutete dabei auf den schwebenden Stab. »Nicht anfassen, sonst schickt er dich auf lange Reise.«

»Anfassen? Wie dann?«, meinte Grebu. »Fliegen können auch Elben nicht.«

»Aber Holz, das wiederkehrt«, sagte Qaláq.

Ohne zu zögern, schleuderte er sein Holz. Blitzschnell wirbelte es durch die Luft, traf den Elbenstab. Funken sprühten aus beiden Holzstücken. Als Qaláqs gekrümmtes Holz zu ihm zurückkehrte, zog es den Elbenstab mit sich. Qaláq fing sein Holz mit der Hand. Der Elbenstab haftete an ihm. Nachdem der Starke Narbenmann einige Worte in seiner Sprache gemurmelt hatte, fiel der Elbenstab zu Boden. Er rollte ein Stück dahin und blieb dann liegen. »Nicht noch einmal tun«, forderte Qaláq.

Lirandil trat auf den Stab zu.

»Bei allem Respekt, aber ich glaube nicht, dass es Sinn hat, wenn Ihr das noch einmal versucht«, meldete sich Borro zu Wort.

»Ich muss Borro in diesem Fall durchaus recht geben«, stellte sich der alte Grebu auf die Seite des rothaarigen Halblings. »Ihr solltet akzeptieren, dass dieser Stab anscheinend nicht für Euch bestimmt ist. Wäre es anders, könntet Ihr ihn ohne Probleme an Euch nehmen.«

»Das ist nicht möglich!«, entfuhr es Lirandil in ungewohnter Heftigkeit. Seine Augen leuchteten blau auf. Er fasste sich an die Schläfen, so als würde er einen starken Kopfschmerz verspüren. Offenbar durchforstete er verzweifelt das Wissen, das in ihn eingegangen war. Hatte er irgendetwas übersehen? War da eine entscheidende Kleinigkeit, die er vielleicht nicht richtig verstanden hatte?

Magier oder Schamane hätte ich werden sollen und nicht Fährtensucher!, ging es ihm durch den Kopf. »Ich habe alles richtig gemacht«, sagt er dann laut. »Elbanador hat es selbst genau so durchgeführt wie ich eben – und dann ist er mit dem Elbenstab in die Schlacht am Berg Tablanor geritten und hat Ghool mit seiner Hilfe besiegt.«

»Ihr seid nicht Elbanador«, gab Grebu zu bedenken. Lirandil sah ihn erstaunt an und hob die Augenbrauen.

»Wie bitte?«

»Werter Lirandil, Ihr wisst doch, dass ich Euch über die Maßen schätze. Es gibt keinen zweiten Elb wie Euch und niemanden, der mehr von Athranor gesehen, mehr Sprachen erlernt und mehr Wissen gesammelt hat. Und das, obwohl Ihr ja an den Maßstäben Eures Volkes gemessen noch jung seid.«

»Du brauchst ihn nicht überschwänglich zu loben, wenn du ihm die Wahrheit zu sagen versuchst, alter Halbling«, mischte sich Whuon ein. »Er ist über tausend Jahre alt – also erwachsen und kein Kind, das man mit Rücksicht behandeln müsste.«

»Nun, ich habe während meiner Jahre als Schreiber in Carabor gelernt, die Dinge höflich zu formulieren«, sagte Grebu. »Lirandil, es ist nicht Eure Bestimmung, diesen Stab zu tragen. Das ist völlig eindeutig. Ich kann mir zwar nicht vorstellen, weshalb Euer erster Elbenkönig offenbar nicht wollte, dass seinesgleichen einen zweiten Elbenstab in die Hände bekommt, aber so ist es nun mal.«

»Offenbar hat Elbanador allem und jedem misstraut«, warf Whuon ein.

»Er hat vor allem seinem eigenen Volk nicht getraut«, meinte Lirandil. »Er konnte sich nicht vorstellen, dass außer ihm jemand die Kraft haben würde, die ungeheure Macht, die mit einer Waffe wie dem Elbenstab verbunden ist, auch wieder abzugeben. Er hat den ersten Elbenstab immerhin zerstört.«

»Und Ihr würdet das natürlich auch ohne zu zögern tun«, erwiderte Grebu.

»Ja, das würde ich, so wahr ich hier stehe!«, brauste Lirandil ganz gegen seine eigentliche Natur auf. Aber die Geschehnisse um den Elbenstab schienen ihn in einer für ihn ansonsten ganz untypischen Weise aufzubringen. Er wirkte bis auf das Äußerste gereizt. »Ich dachte, wir hätten ein wichtiges Ziel im Kampf gegen Ghool erreicht. Ich glaubte, wir hätten endlich eine Waffe in den Händen, die mächtig genug wäre, den Schicksalsverderber vom Antlitz Athranors zu tilgen. Aber anscheinend wusste ich doch zu wenig über diese Dinge. Und selbst das, was ich im Turm des Asanil erfuhr, scheint nichts wert zu sein.«

»Elbanador wollte offenbar nicht, dass jemals ein Elb wieder einen Elbenstab benutzen kann«, meinte Grebu.

»Aber wenn er diesen Baum doch den Halblingen zur Aufsicht überließ, dann heißt das doch, er vertraute uns ganz besonders«, meinte Borro. »Vielleicht ist es daher nur Halblingen möglich, den Stab zu führen. Das wäre doch nicht abwegig!«

»Du kannst es ja gerne versuchen, ihn anzufassen, vorlauter Halbling«, meinte Whuon. »Falls du dich irren solltest, haben wir auf unserem weiteren Weg nicht nur ein, sondern zwei Ersatzpferde. Ich glaube nämlich nicht, dass du die Kräfte des Stabes besser aushalten könntest als Lirandil.«

»Nun mal halblang, es ist ja nur ein Gedanke. Und ich habe auch nie davon gesprochen, dass *ich* vielleicht dazu auserwählt wäre, eine magische Waffe zu führen, mit der Ghool besiegt werden kann.«

»Whuon hat recht«, nickte Lirandil. »Es ist gefährlich, diesen Stab …«

»Halt mal!«, sagte Borro an Zalea gewandt, und ehe sie sich versah, hatte sie seinen Bogen in die Hand gedrückt bekommen. Dann trat Borro auf den Stab zu, kniete davor nieder, zögerte dann aber doch, ihn mit der Hand zu berühren.

»Lass es!«, befahl Lirandil.

»Irgendwie packt mich das an der Ehre eines Halblings«, gestand Borro. Und dann fasste er zu. Blitze zuckten aus dem Stab hervor, sprangen auf Borros Hand und seinen Arm über.

Fast fünf Schritte weit wurde er fortgeschleudert.

Ein Mensch oder Elb wäre wahrscheinlich vom Ast gestürzt. Aber davor konnte sich Borro durch einen schnellen Griff an eine etwas aus der Rinde herausragenden Verwachsung bewahren.

Seine Haare standen vollkommen wirr durcheinander, was offenbar auch mit den Kräften zu tun hatte, die in dem Elbenstab gebunden waren.

Borro atmete tief durch. »Puh«, meinte er. »Ich glaube, das versuche ich besser kein weiteres Mal.«

»Wir sollten mit klaren Gedanken und Logik an diese Sache herangehen«, schlug Lirandil vor. »Elben sollten so einen Stab nicht führen, Halblinge waren Elbanador zwar sehr willkommen, um den Baum zu beaufsichtigen, was sie dann leider etwas vernachlässigt haben, aber …« Lirandil vollführte eine ruckartige Bewegung und richtete seinen Blick nun auf Qaláq. »Menschen gab es nach allem, was wir wissen, damals noch nicht in diesem Teil der Welt«, sagte Lirandil. »Carabor, die erste Kolonie der Meeresherrscher von Relian, wurde auf jeden Fall viel später gegründet, und die Dornlandstämme kamen nach den alten Chroniken der Thuvasier erst durch das Weltentor, nachdem König Elbanador bereits nicht mehr regierte.«

»Ihr meint, dass nur ein Mensch den Elbenstab führen kann, weil es zu Elbanadors Zeiten in Athranor noch keine Menschen gab?«, fragte Grebu etwas skeptisch.

»So ist es. Das muss die Lösung sein! Denn seht, Qaláq

konnte sich sogar ein zurückkehrendes Holz aus dem Baum herausschlagen, obwohl er bestimmt nichts über elbische Magie weiß. Ihr scheidet allerdings aus, Whuon.«

»Wie bedauerlich«, grinste der Schwertkämpfer. »Darf ich auch erfahren, warum?«

»Weil derjenige, der den Stab führt, ein besonderes Verhältnis zu Pflanzen haben sollte. Wie Qaláq, der ja offenbar schon seit Jahrhunderten oder sogar Jahrtausenden bestens mit dem Runenbaum auskommt.«

»Qaláq fühlt Kraft von Baum«, sagte der Starke Narbenmann.

Lirandil nickte. »Ich weiß, Qaláq. Aber es gibt noch jemanden unter uns mit einer ganz ähnlichen Fähigkeit.« Lirandil wandte sich an Arvan und deutete auf den Elbenstab. »Du musst es probieren, Arvan!«

Arvan schluckte. »Ihr solltet mich nicht überschätzen«, meinte er.

»Es wäre zumindest einen Versuch wert, Arvan. Ansonsten stehen wir wieder ganz am Anfang. Du weißt, was das bedeuten würde. Selbst wenn die verbündeten Königreiche sämtliche Schlachten in diesem Krieg gewinnen würden, woran ehrlich gesagt niemand glauben kann, dann würde Ghool trotzdem nicht besiegt sein.«

Alle Blicke waren nun auf Arvan gerichtet, der sich in diesem Moment sichtlich unwohl in seiner Haut fühlte. »Also gut«, sagte er.

Er ging zum Stab und wollte sich schon niederbeugen, als der Starke Narbenmann ihn ansprach. »Holz nur rufen. Nicht greifen!«, sagte er im Tonfall eines guten Ratschlags. Er deutete auf seine Schläfen. »Rufen mit Willen. Nicht mit Worten.«

Arvan runzelte die Stirn. *Wie mit den Ranken?*, fragte er

sich. Aber er konnte bei diesem Stab nichts spüren, was dem schwachen Willen von Ranken oder Baumschafen vergleichbar gewesen wäre. *Vielleicht muss ich nur meinen Geist richtig öffnen,* dachte er.

Er streckte die Hand aus und konzentrierte sich auf den Elbenstab, und dann konnte er plötzlich die geballte Kraft spüren, die in diesem Artefakt und darüber hinaus in dem Runenbaum versammelt war. Er begriff, dass diese überwältigende Kraft die ganze Zeit über da gewesen war. *So mächtig wie ein Berg, den man nicht sehen kann, weil man genau davor steht,* ging es Arvan schaudernd durch den Kopf. *Aber jetzt, da ich diese Kraft bemerkt habe, werde ich sie auch beherrschen können …*

Der Elbenstab bewegte sich zunächst ruckartig, so als hätte er von unsichtbarer Hand einen Stoß bekommen. Eine weitere sehr plötzliche Bewegung folgte. Er rollte ein Stück um die eigene Achse und blieb dann liegen.

Dann schwebte er langsam empor, löste sich erst mit einem Ende, dann mit dem anderen vom Boden und glitt im nächsten Augenblick geradewegs in Arvans geöffnete Hand.

Als dieser die Finger um den Elbenstab schloss, kamen winzige Blitze aus dem Holz hervor. Arvan spürte ein schmerzhaftes Kribbeln, das den gesamten Arm durchlief und sich schließlich bis in die Schulter fortsetzte.

Aber schon nach wenigen Augenblicken war das vorbei. Der Elbenstab schien sich nicht mehr dagegen zu wehren, dass Arvan ihn trug. *Keinerlei Widerstand mehr,* dachte Arvan. Er sah sich die Runen auf dem Elbenstab an. Sie veränderten ihre Färbung. Zunächst waren sie schwarz gewesen und hatten wie eingebrannt gewirkt, wogegen allerdings sprach, dass sie sich andauernd veränderten. Aber jetzt begannen sie golden zu schimmern. *Bei allen Waldgöttern, was geht da vor sich?*, durchfuhr es Arvan schaudernd.

»Kein Grund zur Besorgnis«, sagte Lirandil laut. Und im nächsten Moment sandte er Arvan einen Gedanken. *Auf diese Weise hat sich auch der erste Elbenstab verändert, als König Elbanador ihn nahm …* Bilder tauchten vor Arvans innerem Auge auf. Bilder, die nicht seinen eigenen Gedanken und Vorstellungen entsprangen. Das fühlte der Ziehsohn der Halblinge sehr deutlich. Er sah einen Elbenkönig vor sich, der einen ähnlichen Stab in der einen und ein Schwert in der anderen trug. *Elbanador in der Schlacht am Berg Tablanor …*, erkannte er. Er zweifelte nicht den Bruchteil eines Augenaufschlags daran, den legendären Ersten Elbenkönig vor sich zu sehen. Er sah, wie Elbanador über ein Schlachtfeld lief, dessen steiniger Grund über und über mit Leichen bedeckt war. Es waren die Körper unterschiedlichster Kreaturen, die im Verlauf der Schlacht gegen Ghool ihr Leben gelassen hatten. Es waren kaum Einzelheiten all dieser Leiber zu erkennen. Elbanador ging über sie hinweg, hob den Elbenstab, und im nächsten Augenblick schoss ein Feuerstrahl von gleißender Helligkeit aus dem Stab heraus. Obwohl das alles nur in seiner Fantasie stattfand, schloss Arvan unwillkürlich die Augen, um nicht geblendet zu werden.

Woher kamen diese Eindrücke? War es der Elbenstab, der sie ihm sandte? Oder Lirandil, der ja schließlich das gesamte Wissen aus Elbanadors Buch in sich trug?

Der Blick des elbischen Fährtensuchers ruhte auf Arvan. Er beobachtete den jungen Mann aufmerksam, aber dieser hatte das bisher nicht bemerkt.

Werde ich es schaffen?, fragte Arvan in Gedanken.

Du solltest nicht daran zweifeln, lautete die Antwort, die Lirandil ihm mit seinen Gedanken übermittelte.

»Was soll ich jetzt mit dem Stab tun, Lirandil?«

»Machen sich irgendwelche unangenehmen Empfindungen bemerkbar?«, erkundigte sich der Fährtensucher.

Arvan schüttelte den Kopf. »Jetzt nicht mehr.« Die Runen schimmerten inzwischen nicht mehr golden, sondern hatten ihre ursprüngliche schwarze Färbung angenommen.

»Dann steck ihn einfach ein.«

»Ich werde lernen müssen, damit umzugehen.«

»Nein, das ist nicht nötig«, widersprach Lirandil. »Wenn es so weit ist und du Ghool gegenüberstehst, wirst du es wissen.«

»Wie Elbanador in der Schlacht am Berg Tablanor?«, fragte Arvan.

»Ja. Du darfst den Elbenstab bis dahin nach Möglichkeit nicht einsetzen, auch wenn die Versuchung groß ist. Hast du mich verstanden?«

»Ja, sicher«, gab Arvan stirnrunzelnd zurück. »Aber wenn uns jetzt die Schergen Ghools einholen und zu töten versuchen und nicht gerade ein Dunkelalb bei uns ist, der seine Kräfte rücksichtslos zu unseren Gunsten einsetzt …«

»… dann wirst du die Macht dieses Stabes nicht einsetzen«, schnitt Lirandil ihm das Wort ab. »Denn jedes Mal, wenn du das tust, wird es schwerer für dich werden, damit wieder aufzuhören. Die dunkle Macht des Elbenstabs wird dich schließlich vollkommen beherrschen, und du wirst glauben, nicht mehr ohne sie auszukommen.« Lirandil trat nahe an Arvan heran. Aber den Stab zu berühren wagte er nicht. »Elbanador hat den Vorgänger dieses Artefakts nicht umsonst vernichtet. Er wusste genau, was geschehen würde. Und er hatte die innere Stärke, zum Schluss das Richtige zu tun.«

»Und was wäre geschehen, wenn er diese Stärke nicht gehabt hätte?«, fragte Arvan.

»Das weiß niemand«, sagte Lirandil. »Vielleicht …« Der Elb sprach nicht weiter. Auch wenn er sonst nicht dazu neigte, in seinen Gesichtszügen starke Regungen zu offenbaren, war der Ausdruck des Erschreckens in diesem Moment unübersehbar. Ein Erschrecken über die Erkenntnis, die er gerade gewonnen hatte. Seine Augen leuchteten bläulich auf, und Arvan wartete vergeblich darauf, dass er weitersprach.

Ihr wolltet noch etwas sagen, Lirandil, erinnerte Arvan ihn mit einem Gedanken, von dem er hoffte, dass er den Elb auch erreichte.

Lirandil blickte auf und sah Arvan einige Augenblicke stumm an. »Es bestand die Gefahr, dass Elbanador zu einem ähnlich dunklen Herrscher würde wie Ghool und gewissermaßen dessen Nachfolge angetreten hätte. Weil er diese Gefahr deutlich sah, hat Elbanador den Elbenstab vernichtet. Und das war auch der Grund dafür, dass er diesen Baum so sorgfältig verbarg.«

»Aber er hat den Baum selbst nicht vernichtet«, gab Whuon zu bedenken. »Gibt es dafür noch einen anderen Grund, als dass er dessen Kraft für den Fall einer sehr großen Bedrohung erhalten wollte?«

»Ich weiß es nicht«, murmelte Lirandil, und erneut leuchtete es in seinen Augen. »Aber es könnte sein, dass er das gar nicht vermocht hätte.«

Whuon wandte sich an Arvan. »Wenn du mich fragst, dann solltest du die Kräfte des Elbenstabs ausführlich erforschen und üben, wie man damit kämpft. Ich habe zwar keine Ahnung, wie schwer Ghool zu töten ist, aber so einfach wie bei seinem Feldherrn Zarton wird das wohl kaum werden.«

»Von den erwähnten Gefahren einmal abgesehen, würde

er durch die Benutzung des Stabes zweifellos Ghool auf sich aufmerksam machen«, gab Lirandil zu bedenken. »Und welche Machtmittel dem Schicksalsverderber zur Verfügung stehen, haben wir ja mehr als einmal gesehen …«

Arvan sah auf den Elbenstab. Die Runen hatten aufgehört, sich zu bewegen. Der Stab wirkte jetzt beinahe wie ein ganz gewöhnliches Stück Holz, der mit eingebrannten Zeichen verziert war. Er steckte ihn hinter den Gürtel. »Wir sollten bald aufbrechen«, meinte er.

»Wenn ich etwas jünger wäre, würde ich Euch ja gerne begleiten«, sagte nun der alte Grebu und wandte sich dabei an Lirandil. »Aber ich fürchte, meine Knochen machen einen so strapaziösen Weg, wie Ihr ihn zweifellos vor Euch habt, nicht mehr mit. Und so alterslos wie Ihr bin ich ja leider nicht.«

Lirandil lächelte. »Hier seid Ihr sicher, Grebu. Ich glaube nicht, dass die Schergen Ghools Euch hier finden werden. Und solltet Ihr doch der Versuchung nicht widerstehen können und Euch aus dem Bereich um den Runenbaum herauswagen, dann lasst Euch von dem Starken Narbenmann begleiten. Sein wiederkehrendes Holz ist eine gefährliche Waffe.«

Grebu lächelte verhalten. »Qaláq wird diesen Baum niemals verlassen – außer auf die Art und Weise, die er die ›lange Reise‹ nennt. Die Kräfte dieses Baums haben ihn lange über die Zeit, die ihm die Natur gegeben hat, am Leben erhalten, und aus irgendeinem Grund steht er in besonderer Verbindung zu ihnen.«

»Ihr meint, sobald er sich vom Baum entfernt …«

»… wird er innerhalb kürzester Zeit altern und sterben.«

»Woher wollt Ihr das wissen?«

»Er hat es versucht und ist klug genug, es nicht ein zweites Mal zu tun.«

»Ich verstehe.«

»Nein, Lirandil. Als jemand, für den die Zeit so vollkommen anders verläuft als für alle anderen Geschöpfe, könnt Ihr das nicht verstehen, so belesen und weise selbst ein so junger Elb wie Ihr auch bereits sein mag.« Grebu berührte Lirandil leicht an der Schulter und fuhr fort: »Mag sein, dass jetzt ein anderer die Waffe führen muss, die Ghool zu besiegen vermag, aber wenn das tatsächlich einst gelingen sollte, dann wird man nicht vergessen, dass es Eure diplomatischen Reisen durch ganz Athranor waren, die den Widerstand gegen Ghool überhaupt erst möglich gemacht haben.«

»Es geht mir nicht um persönlichen Ruhm«, erwiderte Lirandil. »Vermutlich werde ich sowieso irgendwann innerhalb der Elbenheit als ebenso fremd gewordener Sonderling gelten, wie es der große Asanil war … Aber das soll mich nicht hindern, das zu tun, wovon ich überzeugt bin, dass es das Richtige ist.«

»Ich wünsche Euch viel Glück dabei.«

»Danke.«

»Ich heiße Euch gerne als Gäste in meiner bescheidenen Baumhöhle willkommen, so lange Ihr wollt, aber ich nehme an, dass es Euch zügig weiter zieht.«

Lirandil nickte. »Ein ungeduldiger Dunkelalb wartet bei den Wurzeln des Runenbaums auf uns – und außerdem eine Aufgabe, die keinen Aufschub mehr duldet.«

Zalea und Borro waren bereits auf halbem Weg den Stamm hinabgeklettert, und Arvan hatte bereits jeweils eine Ranke für Whuon und Lirandil herbeigerufen, die sich um ihre Körper geschlungen hatte und sie sicher hinabgleiten ließ.

Auch für Arvan schwang bereits eine Ranke heran, aber

noch ließ Arvan nicht zu, dass sie sich um seine Brust schlang. Er wandte sich stattdessen noch einmal an Grebu.

»Könnt Ihr mir einen Gefallen tun?«

»Wenn es in meiner Macht steht.«

»Unser Freund Neldo streift zurzeit allein durch die Wälder am Langen See, und nach allem, was Ihr erzählt habt, wird er nichts als Grauen vorfinden.«

»Ich nehme an, dass er Zuflucht bei einem anderen Wohnbaum finden wird«, sagte Grebu. »So schlimm die Orks auch gewütet haben mögen, ich glaube kaum, dass sie es schaffen konnten, in so kurzer Zeit tatsächlich schon sämtliche Halblinge am Langen See auszurotten.«

»Falls er stattdessen hier in der Nähe des Runenbaums auftauchen sollte, dann wäre es schön, wenn Ihr Euch bemerkbar machtet.« Vom Runenbaum aus konnte man zwar die Umgebung gut überblicken – allerdings nur, soweit es das dichte Geäst und Blätterwerk der umliegenden, niedrigeren Bäume zuließ. »Vielleicht fällt Euch ja ein einzelner Halbling auf, der sich durch die Äste von Krone zu Krone schwingt«, gab Arvan seiner ziemlich irrealen Hoffnung Ausdruck.

»Ich werde darauf achten«, versprach Grebu. »Du allerdings solltest dich vollkommen auf die Aufgabe konzentrieren, die vor dir liegt. Auch der Gedanke daran, dass sich dein Gefährte Neldo vielleicht in Gefahr befindet, darf dich davon nicht abhalten.«

»Ich weiß«, flüsterte Arvan.

»Es geht umso viel mehr, als wir alle uns vorstellen können. Man erzählt überall davon, dass du ein großer Held seist, weil du den siebenarmigen Riesen erschlagen hast.«

»Ich hatte noch wenig Zeit, irgendwelchem Gerede zuzuhören«, sagt Arvan.

»Dann sieh zu, dass man dich nicht eines Tages verflucht – als denjenigen, der die Möglichkeit gehabt hätte, uns alle zu retten, und es nicht getan hat, weil er eine einzigartige Chance ungenutzt ließ.«

Als Arvan sich schließlich von einer gehorsamen Ranke zu den Wurzeln des Runenbaums tragen ließ, warteten die anderen bereits auf ihn.

»Wir brechen gleich auf«, kündigte Borro an und fasste damit wohl das zusammen, was Lirandil inzwischen zu den anderen gesagt hatte. »Ehrlich gesagt hätte ich ja nichts dagegen gehabt, wenn wir noch die Nacht hier verbracht hätten. Das wäre auf jeden Fall sicherer, als es da draußen in den Wäldern ist, wo es doch überall von Orks nur so wimmelt. Aber Lirandil meint, dass wir keine Zeit hätten und die Stunden bis zum Einbruch der Dunkelheit noch nutzen sollten.«

»Wir ziehen nach Nordosten zur Dichtwaldmark«, erklärte Lirandil. »Und von dort aus weiter nach Pandanor. An der Küste werden wir dann hoffentlich ein Schiff bekommen, das uns ins Ost-Orkreich bringt.«

»Ich hatte gedacht, dass wir denselben Weg nehmen, den wir gekommen sind, und dann auf dem Landweg in die Länder der Orks gelangen«, gestand Arvan.

»Das wäre viel zu gefährlich, und es würde auch zu lange dauern.«

»Hauptsache, du kennst auch tatsächlich jemanden, der bereit ist, uns mit seinem Schiff an die Küste des Ost-Orkreichs zu bringen«, meinte Whuon. »Ich könnte mir denken, dass das erstens für den betreffenden Kapitän sehr risikoreich ist und dass zweitens im Augenblick sowieso jede einzelne Schiffsplanke dringend gebraucht wird.«

»Ich wette, dass Lirandil auch in Pandanor seine hervorragenden Beziehungen spielen lassen kann«, mischte sich Brogandas ein. Seine Worte hatten dabei einen etwas säuerlichen Unterton.

»Ich kann verstehen, dass es Euch nicht gefällt, dass wir den Weg über Pandanor zur Küste nehmen«, erklärte Lirandil gelassen.

»Nicht *gefällt*?« Brogandas machte eine wegwerfende Handbewegung. »Die Pandanorer sind Landräuber. Sie halten ein Fünftel von Albanoy besetzt und nennen es Neu-Pandanor.«

Whuon verzog daraufhin das Gesicht. »Wird in Wahrheit vielleicht nicht nur die Magie der Elben, sondern auch eure immer schwächer?«, grinste er. »Oder wie kommt es, dass sich die Dunkelalben nicht gegen die Truppen des Herzogs von Pandanor wehren konnten, die – soweit ich darüber Bescheid weiß – nur aus ganz gewöhnlichen Männern bestehen.«

»Krieger, die in ihrem Hass auf uns Dunkelalben so fanatisch sind, dass ihr Wille durch Magie kaum noch beeinflussbar ist.«

»Ein Hass, den ihr Dunkelalben euch zu Recht zugezogen habt!«, mischte sich Zalea ein. »Wer über Zeitalter hinweg andere unterdrückt, kann nicht damit rechnen, dass ihm etwas anderes entgegenschlägt als eine Welle aus Hass.«

»Die Starken müssen die Schwachen lenken, die Weisen die Dummen. Nichts anderes haben wir Dunkelalben je getan«, verteidigte sich Brogandas.

»Anscheinend sind Halblinge und Menschen für euch nichts anderes als …«

»… Baumschafe?« Brogandas' Lächeln wurde breiter. Die Runen in seinem Gesicht bewegten sich dafür ausnahmsweise nicht, sondern behielten starr ihre Formen. Zurzeit überwogen Zeichen mit sehr spitzen, dornenähnlichen Streifen. »Ich frage mich, welcher Halbling wohl dafür plädieren würde, Baumschafen zu gestatten, ihre Herdenbäume zu verlassen und sich von hungrigen Katzenbäumen fressen zu lassen, anstatt dass ihr das Privileg behaltet, sie zu schlachten.«

»Dieser Streit führt zu nichts«, sagte nun Lirandil. »Die Pandanorer sind jetzt aber Eure besten Verbündeten. Selbst wenn Ihr sie nicht als solche anerkennt. Denn bevor Ghools Horden Albanoy erreichen, werden sie erst dieses Herzogtum durchqueren müssen, und Ihr könnt dafür beten, dass sie es schaffen, die Orks eine Weile aufzuhalten.«

»Sosehr es mir widerstrebt, aber ich muss leider zugeben, dass Ihr recht habt, Lirandil. Nur fürchte ich, dass die Mächtigen von Khemrand ihre Entscheidung, auf welche Seite sie sich in diesem Krieg stellen sollen, nicht so rasch treffen, wie Ihr Euch das wünschen mögt. Ich wünschte mir übrigens eine baldige Entscheidung und fürchte, dass man es in Albanoy noch sehr bedauern wird, Ghool nicht rechtzeitig in die Schranken gewiesen zu haben.«

Lirandil nickte. »Es ist gut zu wissen, dass Ihr auf unserer Seite steht, werter Brogandas.«

Sie brachen auf und kämpften sich durch das dichte Unterholz, bis sie schließlich in Bereiche des Waldes gelangten, die zumindest am Boden weniger dicht bewachsen waren.

Schon beim Einsetzen der Dämmerung wurde es so dunkel, dass man kaum noch etwas sehen konnte. Das Blätterdach der Riesenbäume wurde immer dichter, der Bewuchs im Unterholz dafür immer spärlicher.

Hier begann die Dichtwaldmark, und sie machte ihrem Namen alle Ehre. Selbst am Tag und bei höchstem Sonnenstand drang kaum Licht bis zum Waldboden. Die Bäume waren hier im Durchschnitt noch etwas höher als in den Wäldern am Langen See, und man hatte den Eindruck, dass sie miteinander in ihrem Wachstum um die rare Helligkeit wetteiferten. Am Boden konnten sich nur wenige Moose halten, und hin und wieder sah man Kolonien von Sinnlosen blühen. Diese von Elben und Halblingen gleichermaßen geschätzte Heilpflanze blühte sinnloserweise stets im Schatten großer Bäume, was ihr den Namen gegeben hatte, und als Arvan diese Ansammlungen von vergeblichen Blüten sah, atmete er tief durch. *Nichts ist vergeblich, auch wenn es zunächst so scheinen mag,* überlegte er. Und dabei glitt seine Hand zu dem Elbenstab, den er hinter dem Gürtel trug. *Wir kommen, Ghool! Und du hast allen Grund, dich vor mir zu fürchten!*

Sie errichteten ein Lager, verzichteten aber auf ein Feuer. Während ihres Ritts hatten sowohl Lirandil als auch Brogandas immer wieder Geräusche aus der Ferne gehört, die für die Anwesenheit von Orks sprachen. Die Schergen Ghools durchstreiften offenbar ganz systematisch die Dichtwaldmark. Und wenn man nach dem Bild des Grauens ging, das sie weiter südlich hinterlassen hatten, dann ging es ihnen wohl auch hier darum, die Wohnbäume der Halblinge aufzuspüren und samt ihren Bewohnern zu vernichten.

Die Gefährten wichen diesen umherstreunenden Orkgruppen immer wieder aus und kamen ihnen nie nahe genug, als dass ein Mensch oder Halbling sie hätte hören können.

Allein auf den Zauber, den Brogandas an ihnen allen vorgenommen hatte, wollte sich insbesondere Lirandil wohl lieber nicht verlassen, zumal Brogandas selbst zugab, dass er mit der Zeit nachließ.

So kauerten sie im Schatten eines mittelgroßen Baums, dessen Stamm schon von weniger als hundert Halblingen hätte umringt werden können. Als Wohnbaum wäre er damit schon unbrauchbar gewesen. Die Pferde waren ruhig und erschöpft.

»Denkt ihr auch manchmal an Neldo?«, fragte Borro an Zalea und Arvan gerichtet.

»An ihn auch. Aber vor allem an alle, die von den Orks abgeschlachtet wurden.« Zaleas Stimme klang belegt und hatte in diesem Moment einen ungewohnt metallisch klingenden, harten Klang. »Ich glaube, das hat noch keiner von uns so richtig begriffen. Alle, die auf Gomlos Baum gelebt haben, sind vermutlich tot, und den Bewohnern anderer Wohnbäume wird es kaum besser ergangen sein. Wer weiß, wie viele Angehörige unseres Stammes es überhaupt noch gibt.« Sie schluckte. Ob sie Tränen in den Augen hatte, war bei der Dunkelheit nicht zu sehen. »Meine Eltern haben nie etwas anderes getan, als andere zu heilen. Sie hätten sogar einen Ork geheilt, wenn er ihnen verletzt vor die Füße gefallen wäre. Zumindest hätten sie es versucht.«

Als Zalea geendet hatte, herrschte Schweigen.

Arvan steckte ein Kloß im Hals. Er fühlte das Bedürfnis, ihr zu antworten, etwas zu sagen, sie vielleicht zu trösten. Aber er konnte es nicht. Er dachte an Gomlo und Brongelle, die ihn als Säugling an Kindes statt angenommen und großgezogen hatten wie ihren eigenen Sohn. Bilder erschienen vor seinem inneren Auge. Er erinnerte sich daran, wie Gomlo ihm das Klettern beizubringen versucht und wie Brongelle ihn immer wieder hingebungsvoll gepflegt hatte, wenn er sich bei einem seiner zahllosen Stürze mal wieder etwas schwerer verletzt hatte. *»Gut, dass der Junge diese robuste Natur hat«*, hörte er Brongelle noch sagen, und manchmal hatte selbst Arvan aus ihren Worten, mit denen sie über seine schnelle Heilung staunte, noch etwas anderes herausgehört. Ein leises Unbehagen und die unausgesprochene Frage, ob denn das alles wohl mit rechten Dingen zuging.

Aber mit den Jahren hatten sich Gomlo und Brongelle mehr oder minder daran gewöhnt, dass ihr Sohn nicht so war wie alle anderen. »Er kann nichts dafür, dass er mit zu langen Beinen und zu kleinen Füßen geboren wurde«, hörte er Gomlo einmal zu Brongelle sagen. »Da sind Verletzungen aus Ungeschick nun mal unvermeidlich. Aber wenn uns ein Kind geboren wäre, dem ein Arm gefehlt hätte oder das schwachsinnig gewesen wäre, hätten wir es doch auch geliebt – oder nicht?«

»Du hast recht, Gomlo«, hatte Brongelles Antwort gelautet. »Es hätte schlimmer kommen können.«

»Mag ja sein, dass unser Sohn für die meisten Handwerkskünste nach Art der Halblinge vollkommen unbegabt ist – aber er weiß Baumschafe zu beruhigen! Und wer mit Baumschafen umgehen kann, der wird immer sein Auskommen haben, Brongelle. Denn die sind doch die Grundlage unseres Lebens. Was würden uns die filigranen Arbeiten von Schnitzern, Feinschmieden und Schreibern oder das Wissen um die Zubereitung der magischen Essenz des Baumsaftes nützen, wenn wir diese Tiere nicht hätten und uns die Mägen knurrten?«

»Du hast ja so recht, Gomlo. Und vielleicht ist es sogar das Beste, wenn nichts Großes aus ihm wird. Ruhm ist doch sowieso nur gefährlich und ruft Neider herbei.« Brongelle hatte geseufzt und noch hinzugefügt: »Ich hoffe nur, dass er nicht eines Tages auch von diesem krankhaften Traum vom Leben in der großen Stadt infiziert wird, wie es so vielen von uns geschah.«

Sie hat tatsächlich »von uns« gesagt, ging es Arvan jetzt durch den Kopf – genauso vor vielen Jahren, als er dieses Gespräch seiner Zieheltern zufällig, und ohne dass diese es geahnt hätten, mit angehört hatte. *Von uns.* Auch wenn andere über ihn gespottet und sich seiner Ungeschicklichkeit wegen über ihn lustig gemacht hatten, so war bei Brongelle immer spürbar gewesen, dass sie ihn trotz alledem bedingungslos angenommen und geliebt hatte, wie er es ansonsten wohl auch von seiner leiblichen Mutter nicht besser hätte erwarten können.

»Arvan?«

Wie aus weiter Ferne drang Zaleas leise flüsternde Stimme in seine Gedanken und mischte sich dabei mit dem nächtlichen Chor, den all die im Wald beheimateten Geschöpfe, denen die Dunkelheit nichts ausmachte, zusammen ertönen ließen.

»Arvan? Du sagst ja gar nichts mehr!«

Arvan hatte Tränen in den Augen. Tränen der Trauer, aber auch des Zorns.

Ein Hochkönig im Blutrausch

Eine Hornechse rammte das vorn auf dem Nasenpanzer sitzende Haupthorn in den Leib von Orfons Schlachtross. Mühelos drang das Horn durch die Panzerung. Die Hornechse war untot und ganz offensichtlich schon einmal erschlagen worden. Das Tier war schrecklich verwundet. Der Schädel war eingedrückt, so als wäre er von einem der Felsbrocken, die während der Schlacht an der Anhöhe der drei Länder durch Elbenmagie vom Himmel gefallen waren, getroffen worden. Und in seinen Bauch waren tiefe Wunden gerissen worden. Die ausklappbaren Seitensporne der Kriegselefanten, an deren Enden sich scharfe Klingen aus bestem altvaldanischem Stahl befanden, hatten sie wohl verursacht und die Hornechse ausbluten lassen. Aber das dämonische Scheinleben, das sie erfüllte, war offenbar nicht auf den Fluss des Blutes angewiesen. Schwarzer Rauch quoll aus Nüstern und Maul des Wesens, das einst ein Reittier für Orks gewesen war und sich jetzt selbst in ein kampfwütiges Monstrum verwandelt hatte. Orfon stieß mit der Magischen Lanze nach dem gewaltigen, elefantengroßen Angreifer.

Aber die Wunde, die seine Waffe riss, war nur eine unter vielen, die dieses Geschöpf schon davongetragen hatte. Und sie blutete nicht einmal, geschweige denn, dass sie die Hornechse kampfunfähig gemacht hätte.

Das untote Monstrum hob den Kopf und dadurch das Streitross mitsamt dem König von Bagorien ein Stück an.

»Du elendes Ungeheuer!«, rief Orfon und stach in das Auge der Hornechse. Ein dröhnender Laut drang aus deren Maul, während sie das aufgespießte Schlachtross zur Seite schleuderte und abzuschütteln versuchte. Orfon flog im hohen Bogen aus dem Sattel.

Er verlor dabei den Helm. Der rollte ein Stück über den Boden und geriet unter einen der säulendicken Füße der Hornechse. Orfon kam hart auf. Während die Hornechse noch mit dem blutenden Pferdekadaver kämpfte und versuchte, ihn von ihrem Horn zu entfernen, war bereits ein Wolfskrieger über dem König. Er riss das tierhafte Maul auf, stieß einen durchdringenden Kampfschrei aus und fasste seine Streitaxt mit beiden Händen. Die Klinge sauste herab wie die Waffe eines Henkers. Die Magische Lanze konnte Orfon nicht emporreißen. Der Wolfskrieger hatte einen Stiefel darauf gesetzt. Und im Liegen das Schwert schnell genug zu ziehen, um damit den Axthieb noch zu parieren, war selbst für einen in vielen Schlachten erfahrenen Kämpfer wie Orfon unmöglich. In seiner Rüstung lag er wie ein Käfer auf dem Rücken und konnte sich nicht schnell herumdrehen.

Da zerplatzte der Schädel des Wolfsmannes. Mehrere übergroße Bolzen einer Ogerarmbrust hatten ihm den Schädel zertrümmert. Diese Armbrüste verschossen bis zu einem Dutzend Bolzen auf einmal und waren so schwer, dass zwei Menschenmänner Mühe gehabt hätten, sie überhaupt zu heben, geschweige denn einen halbwegs gezielten Schuss abzugeben. Unter den Ogerkriegern im bagorischen Heer gab es allerdings etliche, die mit so schweren Armbrüsten umzugehen wussten, als wären sie federleicht. Pro Tausendschaft waren es nur eine Handvoll.

Der Oger stieß einen triumphierenden Schrei aus und

senkte die sechsschüssige, monströs groß wirkende Waffe, um sie nachzuladen. Diese Schützen wurden stets durch mindestens einen weiteren Oger und einen menschlichen Helfer begleitet.

Der zweite Oger hatte Angriffe abzuwehren, die dem Schützen galten. Um dem Schützen jedoch beim Nachladen der Waffe und dem Bereithalten der Bolzenmunition zu helfen, wurde zumeist ein Mensch eingesetzt. Anscheinend waren Menschen einfach geschickter darin als ihre Ogerkameraden.

Orfon kam wieder auf die Beine.

Der Wolfskrieger, der ihn zu töten versucht hatte, stand noch einen Moment lang da – und dort, wo gerade noch sein Kopf gewesen war, blickte man jetzt auf den Stumpf des Halses.

Der Wolfskrieger schwankte und fiel dann auf den Rücken. Der Schlag, zu dem er seine Axt erhoben hatte, ging ins Leere.

Einer der Menschenkrieger aus Orfons Heer eilte seinem König zu Hilfe und half ihm auf. Der Krieger drosch mit einem Beidhänder auf einen heranstürmenden Ork ein und zerstückelte ihn mit wenigen Hieben. Zwei weitere bagorische Oger stellten sich mit schwingenden Schwertern vor den König.

Orfon umfasste die Magische Lanze mit der einen Hand und riss mit der anderen sein Schwert heraus.

»Ein Ross für den König!«, rief der Menschenkrieger.

»Lass mich! Wozu brauche ich ein Ross?«, rief Orfon ungestüm und rannte vorwärts. Noch im selben Moment wurde der Kopf des Bagoriers von einem Stein getroffen, den einer der Affenkrieger geschleudert hatte. Einer der Oger, die ihrem König zur Seite gesprungen waren, schleuderte daraufhin einen Speer, der den Affenkrieger in Brusthöhe durchbohrte. Die Wucht dieses Wurfes warf ihn zu Boden. Aber er bewegte sich noch.

Ein Armbrustbolzen, der von irgendwo auf dem Schlachtfeld abgeschossen worden war, tötete im nächsten Moment den Oger, der den Speer geschleudert hatte. Der zweite Oger kämpfte mit Axt und Schwert gegen mehrere Orks, die auf ihn einstürmten. Beide Waffen führte der unglaublich kräftige, grünhäutige Barbar aus der Flachen Mark zwar einhändig, aber mit einer schier unglaublichen Leichtigkeit. Die Doppelklingenaxt spaltete einen der Wiedergänger vom Scheitel an senkrecht entzwei. Der Schlag war so heftig, dass anschließend die Doppelklinge fast völlig in der Erde versank. Gleichzeitig köpfte ein Schwert einen anderen Ork. Hilflos ruderte der Wiedergänger mit seinem Sichelschwert in der Luft herum, ehe der Oger mit einem Ruck die Axt aus dem Boden riss und den Torso des Orks vertikal knapp unterhalb des Rippenbogens teilte.

Drei Speere trafen den Oger jedoch nur einen Augenaufschlag später – einer fuhr durch sein linkes Auge, ein zweiter durchdrang den Brustharnisch und der dritte drang an der Achsel ein. Der Werfer hatte den Augenblick genutzt, als der Oger den Arm gehoben hatte, um die Axt zu führen. Die Achsel war die Schwachstelle jeder Rüstung und jedes Harnischs. Der Speer drang so tief ein, dass der Oger augenblicklich starb. Grünes Blut spritzte aus der Wunde hervor und drang ihm aus Mund und Nase.

Mit einem wilden Kampfschrei auf den Lippen und ohne Rücksicht auf sein eigenes Schicksal stürmte Orfon vorwärts. Einen Wolfskrieger, der gerade noch seinen getreuen Ogersoldaten getötet hatte, trieb er mit wuchtigen Schlägen vor sich her. Der Ork konnte diese Schläge mit seinem Sichelschwert kaum parieren. Auch er war ein Wiedergänger, sein Körper von furchtbaren Wunden und Verstümmelungen aus der Schlacht übersät. Mit einer schnellen Folge von Schlägen und einem Stich mit der Magischen Lanze machte er ihn dann nieder. In einem wahren Blutrausch kämpfte er sich durch die Reihen der nachdrängenden Orks. Er hieb durch ihre Leiber, stach immer wieder mit der Lanze zu, und es schien ihm gleichgültig zu sein, ob ihm überhaupt noch einer seiner Krieger folgte oder nicht. Wie aus weiter Ferne drang das Trompeten der Kriegselefanten an sein Ohr, auf denen die Bogen- und Armbrustschützen das schier unendliche Heer der Angreifer zu dezimieren versuchten. Wie ein Berserker kämpfte Orfon. »Ich trage die Magische Lanze und bin unbesiegbar!«, brüllte er.

Ein Ruf, den in dem Schlachtenlärm ohnehin niemand hörte, geschweige denn verstand. Der Schlag eines Morgensterns traf ihn von hinten. Für einen Moment versagte sein Atem. Die mit spitzen Dornen bewehrte Metallkugel am Ende jener Kette, die am Schaft des Morgensterns befestigt war, hatte sich in seinen Harnisch gebohrt. Dessen Metall war zwar nicht zerstört, aber eingedrückt worden. Und allein die Kraft des Schlages war schon so furchtbar, dass ein rasender Schmerz durch Orfons Oberkörper fuhr. Er wirbelte herum. Ein Ork von ungewöhnlicher Größe stand vor ihm. Er überragte den nicht gerade klein gewachsenen König um eine halbe Mannlänge. Im Gegensatz zu vielen anderen, die hier kämpften, war er auch kein Wiedergänger, sondern gehörte zu der Minderheit unter den Angreifern, in denen noch die ganz gewöhnliche Lebenskraft wohnte, die die Natur geschenkt hatte.

Der riesenhafte Ork hieb erneut zu. Als Orfon mit dem

Schwert den Schlag abwehren wollte, schlang sich die Kette des Morgensterns um die Klinge. Mit einem Ruck wurde dem Hochkönig das Schwert aus der Hand gerissen. Ein untoter Wolfskrieger bekam beides – Schwert und die Kugel des Morgensterns – in das geöffnete Maul und taumelte brüllend zurück.

Orfon umklammerte die Magische Lanze. Mit ihr parierte er erst den Axthieb, den der Riesenork mit der anderen Pranke ausführte. Dann stürmte er vor, stieß seinem Gegner die Lanze in den Bauch. Dieser öffnete das Maul und brachte einen würgenden Laut zwischen seinen Hauern hervor. Der letzte Schlag, den der Riesenork im Todeskampf noch ausführen konnte, traf Orfon an der Schulter. Orfon schrie auf, halb vor Schmerz und zur anderen Hälfte aus einer Mischung aus Hass und Wut. Der Ork hatte den Schlag schon nicht mehr mit voller Wucht ausführen können. Mit dem Stiefel stieß Orfon ihn von sich und löste dadurch die Lanzenspitze aus dem Körper seines Gegners. Das Trompeten eines Kriegselefanten dröhnte ihm in den Ohren.

»Kommt her, Hochkönig!«, rief einer der Schützen, die sich oben in der auf dem Elefantenrücken aufgeschnallten Gondel verschanzten. Die Gondel war mit der Haut der gehörnten valdanischen Flusspferde bespannt. Sowohl die Zähne von Krokodilen als auch Pfeilspitzen konnten diese dichte Haut nur schwer durchdringen. »Hochkönig, hierher! Rettet Euch!«, rief einer der Söldner aus Harabans Heer, die diese Elefanten bemannten. Ein Armbrustschütze, der seinem Akzent nach aus Altvaldanien stammte. Im nächsten Moment traf ihn das Wurfbeil eines Orks genau in der Stirn und spaltete ihm den Schädel. Die anderen Schützen beantworteten das mit zwei Bolzenschüssen aus ihren Armbrüsten, und der Treiber, der vorn hinter dem Kopf des Elefanten saß, hatte Mühe, das Tier einigermaßen unter Kontrolle zu halten.

Orfon blickte sich um.

Er war nur von Feinden umgeben. Kaum ein Krieger aus dem Heer der Verbündeten, die er zuvor noch in seiner Nähe geglaubt hatte, war noch da – zurückgedrängt die einen, erschlagen die anderen. Mehrere Ogerkrieger wurden durch Wolfsmenschen regelrecht zerhackt, und ein gepanzerter Reiter war von Orks umringt worden, wehrte sich heftig, aber vergeblich. Das Ross brach unter ihm zu Boden, und eine Flut von Schlägen mit den unterschiedlichsten Waffen prasselte auf ihn ein – auch dann noch, als ein Keulenschlag ihm längst Helm und Schädel zertrümmert hatte und sein Körper einer leblosen Puppe glich.

Orfon lief zu dem Kriegselefanten, stach einen Ork mit der Lanze zu Boden und ergriff dann einen der Halteriemen für die Schützengondel und zog sich hoch. Die Lanze ließ er dabei nicht los. Um keinen Preis der Welt hätte er das getan. Schließlich war sie das Symbol seines Hochkönigtums. Einer der Schützen nahm ihm die Waffe ab. Orfon kletterte an dem Elefanten empor. Hände griffen nach ihm und zogen ihn in die Gondel. Orfon keuchte. Er spürte, dass der Elefant sich in Bewegung setzte und dabei eine Drehung vollführte. »Nicht zurück!«, rief der Hochkönig.

»Wir haben keine andere Wahl«, sagte einer der Schützen, der mit einer wuchtigen Bewegung den gefallenen Söldner, der durch das Wurfbeil getötet worden war, aus der Gondel warf, um Platz zu haben. Das blutige Wurfbeil glitt dabei fort; es landete auf dem mit Flechtwerk ausgelegten Gondelboden und hinterließ einen Blutfleck. Orfon griff nach dem Beil, riss dem Armbrustschützen die Magische Lanze aus der Hand und erhob sich. Der Elefant war bereits in panischer Flucht begriffen.

Und dasselbe galt für einen Großteil jener Heerscharen, an deren Spitze Orfon von Bagorien einen Ausfall gegen die heranrückenden Massen von Angreifern gewagt hatte.

Von seinem jetzt deutlich erhöhten Standort aus hatte Orfon einen recht guten Überblick über das Geschehen. Und selbst ihn, den schlachterprobten Recken, schauderte es bis ins Mark, als er sah, dass sich ein breiter Strom weiterer Angreifer in einer unaufhaltsamen großen Flut gleich über den Horizont ergoss.

Das Schauderhafteste aber war der gewaltige Schatten, der sich am Himmel abzuzeichnen begann. Der Schatten eines gigantischen Vogels. Erst erschien diese Form nur wie ein grauer Dunst, den irgendeine Form von Magie in diese Form gezwungen hatte, dann trat der Schatten immer deutlicher hervor. Er wurde dunkler.

»Bei den Ersten Göttern!«, stieß Orfon hervor, während der Schatten die Sonne verfinsterte und machte, dass es nun überall auf dem Schlachtfeld kalt und dämmrig wurde. Ein eisiger Wind kam plötzlich auf.

Einem Wolfskrieger, der gerade zu einem Speerwurf ansetzen wollte, schleuderte Orfon die Axt entgegen und traf ihn an der Schulter. Die Klinge der Wurfaxt durchdrang den Knochen. Die Wucht, mit der Orfon die Waffe geschleudert hatte, ließ den Hochkönig beinahe das Gleichgewicht verlieren und aus der Gondel des Kriegselefanten stürzen.

Pfeile zischten durch die Luft.

Eine Gruppe von mit Langbogen ausgerüsteten Wolfskriegern hatte sie abgeschossen. Mehrere trafen den Elefanten. Aber nur einer drang an einer von der Panzerung ungeschützten Stelle ein. Das Tier brüllte und lief von noch größerer Panik erfüllt in Richtung der Mauern von Gaa. Ein Pfeil streifte Orfon am Harnisch. Das Metall wurde etwas eingedrückt, die Spitze aber abgewehrt.

Im nächsten Moment stellte Orfon fest, dass er als Einziger auf dem durchgehenden Kriegselefanten noch lebte. Der Treiber war, von einem Pfeil getroffen, vornübergefallen und von den Füßen des Elefanten zermalmt worden. Und die Schützen in der Gondel waren ebenfalls tot.

Elefantenblut drang aus der Panzerung des Tieres hervor. Der Elefant war dermaßen außer sich, dass es im Augenblick wahrscheinlich auch dem erfahrensten der Treiber nicht gelungen wäre, ihn zu beruhigen. Einer der toten Schützen rutschte über den Rand der Gondel zu Boden.

Orfon stand noch immer breitbeinig da, balancierte auf dem schwankenden Rücken des Elefanten. Er hatte das Gesicht den Feinden zugewandt und reckte ihnen die Magische Lanze entgegen. »Glaubt ja nicht, dass ich mich fürchte, ihr Unterweltgezücht!«, rief er laut und heiser. »Und dasselbe gilt für dich, du Schattenvogel! Ich fürchte niemanden! Auch Ghool den Schicksalsverderber selbst nicht!«

Der Schattenvogel flog eine Schleife über das Schlachtfeld. An einer Stelle, wo sich besonders viele zerschlagene Leiber angehäuft hatten, sank er nieder. Sofern die Erschlagenen und Zerstückelten Wiedergänger gewesen waren, regte sich hier und da noch etwas von dem grausigen Scheinleben, mit dem Ghool sie erfüllt und in die Schlacht geschickt hatte.

Der Schattenvogel breitete seine Flügel aus. Sie vergrößerten sich und deckten schließlich einen Bereich zu, der größer war als der große Hafenmarkt von Gaa. Nur Finsternis war dort jetzt noch zu sehen. Und als er wieder in die Lüfte emporstieg, erhoben sich viele der niedergekämpften und zerstückelten Wiedergänger mit neuer, dämonischer

Kraft. Schwarzer Rauch drang aus ihren Mäulern wie ein dunkler Frostatem.

Ihr Götter, durchfuhr es Orfon schauernd. *Wie soll man gegen einen Feind kämpfen, dem immer wieder neue Lebenskraft eingehaucht wird?*

Der Schattenvogel erhob sich wieder und flog auf die Stadt zu. Er dehnte sich dabei sehr stark aus. Dadurch wurde er weniger dicht, sodass die Sonne durch ihn hindurchschimmerte.

Orfon riss sich den Harnisch und die Arm- und Beinschienen herab, um beweglicher zu sein, während der schwer verletzte und vor Schmerzen halb wahnsinnig gewordene Kriegselefant laut brüllend und trompetend der Stadtmauer von Gaa entgegenlief.

Der Hochkönig schwang sich über den Rand der Gondel, warf zuerst die Magische Lanze zu Boden und sprang anschließend hinterher. Auf dem grasbewachsenen Boden rollte sich Orfon ab. Eine Schulter schmerzte, und er konnte sich im ersten Moment kaum rühren. Aber abzuspringen war besser als auf dem Rücken eines wahnsinnigen Elefanten auszuharren.

Orfon kam wieder auf die Beine, griff nach der Lanze, die einige Schritte von ihm entfernt im Boden steckte, und hob sie auf.

Starr vor Schrecken blickten die Soldaten auf den Wehrgängen der Stadtmauern dem immer größer und durchscheinender werdenden Schattenvogel entgegen. Ein Schuss aus einem Katapult löste sich. Der balkenlange Pfeil eines Springalds drang mitten durch dieses Schattengeschöpf, ohne dass dies irgendwelche Auswirkungen gehabt hätte. Und spätestens jetzt war auch dem letzten Verteidiger von Gaa klar, dass man diesen Gegner nicht mit jenen Waffen bekämpfen konnte, die ihnen zur Verfügung standen. Der Springald-Pfeil landete irgendwo auf dem freien Feld zwischen der Stadtmauer und den Massen der Angreifer. Letztere machten immer noch keine Anstalten, den geflohenen Truppen des Hochkönigs zu folgen und die Stadt anzugreifen. Stattdessen blieben sie in sicherer Entfernung und formierten sich neu. Sie hatten alle Trümpfe auf ihrer Seite und konnten es sich leisten zu warten.

Entsetzensschreie gellten nun unter den Verteidigern auf den Mauern. Und diese Schreie kamen sowohl von den eigentlich als besonders unerschrocken geltenden Ogern als auch von menschlichen Soldaten.

Orfon aber reckte dem Schattenvogel die Magische Lanze entgegen und rief: »Dies ist die Lanze, die einst Tarmon von Nalonien in den Magierkriegen trug. Ihre Zauberkraft tötet dich, du Schattengespinst!«

Und dann schleuderte er die Lanze empor. Alle Kraft, die der erfahrene Kämpfer seinem fortgeschrittenen Alter zum Trotz noch aufbringen konnte, legte der Hochkönig von Athranor in diesen Wurf, und selten war ein Mann seines Alters gesehen worden, der einen derart hohen Wurf vollbrachte.

Als sich der Schattenvogel über ihn legte wie ein tiefgrauer Todesdunst, durchdrang die Lanze diesen schattenhaften Feind, fiel dann senkrecht zurück und blieb mit dem Schaft tief im Boden stecken. Die Spitze war nach oben gerichtet.

Orfon spürte für einen Augenblick eine Kälte wie nie zuvor in seinem Leben. Sie nahm ihn völlig gefangen; er war unfähig, sich zu bewegen oder auch nur einen einzigen klaren Gedanken zu fassen.

Ihr seid dem Untergang geweiht, drang ein Gedanke mit so schmerzhafter Intensität in ihn, dass er am liebsten geschrien hätte. Aber nicht einmal das konnte er. Seine Lippen waren wie versiegelt, sein Herzschlag schien auszusetzen, und er konnte nicht einmal atmen. Der Schattenvogel zog weiter. Der dunstige Schatten, aus dem er bestand, erreichte die Mauern von Gaa, senkte sich über die Verteidiger auf den Mauern, zog über die Häuser bis zum Hafen, dann nordwärts bis zur Flussbrücke, die nach Neuvaldanien führte. Anschließend erhob er sich über die Stadt, drehte noch eine Schleife über der Burg des Statthalters und schrumpfte dann nach und nach auf die Größe einer gewöhnlichen Krähe zusammen. Anschließend flog er mit einer Geschwindigkeit gen Osten, die kein natürlicher Vogel hätte erreichen können. Schon kurz darauf verschwand er am Horizont.

Einige Augenblicke herrschte Schweigen auf den Mauern von Gaa. Schließlich kamen Fußsoldaten aus dem Haupttor gelaufen, um sich um den Hochkönig zu kümmern. Er schien um Jahre gealtert zu sein. Sein graues Haar und der Bart waren schneeweiß geworden. Er sank auf die Knie, während einer der Fußsoldaten die Magische Lanze aus dem Boden ziehen wollte. Doch davon hielt ihn ein anderer ab. »Lass sie, wo sie ist! Es kann kein Zufall sein, dass sie genau so zur Erde gekommen ist und der Schattenvogel wieder fortzog.«

Inzwischen halfen zwei andere Fußsoldaten – ein Oger und ein Mensch – dem Hochkönig auf. Jubel brandete auf den Wehrmauern auf. Erst zögernd, dann immer lauter. Orfon hatte ihnen anscheinend Mut gemacht. Obwohl ihm die Knie zitterten und er sich vor Schwäche kaum auf den Beinen halten konnte, wankte er zu jener Stelle hin, an der die Lanze noch immer im Boden steckte.

»Niemandem außer Euch gebührt es, sie zu tragen, mein Hochkönig«, sagte einer der Soldaten.

Als Orfon die Waffe dann an sich nahm, wurde der Jubel von den Mauern schier ohrenbetäubend. Mit letzter Kraft reckte Orfon die Waffe empor.

Viel zu früh für einen Triumph, ging es ihm durch den Kopf.

Als man ihn dann durch das Haupttor führte, sah Orfon, dass ein halbes Dutzend Oger, unterstützt von mehreren Waldriesen, damit beschäftigt waren, den Kadaver des Kriegselefanten aus dem Weg zu räumen, um das Fallgatter schließen zu können.

Offenbar hatte es keine andere Möglichkeit gegeben, als das Tier zu töten, bevor es wie ein gepanzertes Monstrum durch die engen und überfüllten Straßen der Stadt getobt wäre.

Haraban hielt sich währenddessen in den ausgedehnten und gut geschützten Gemächern innerhalb der inneren Burg von Gaa auf. Der über tausendjährige, durch Magie auf monströse Weise veränderte Waldkönig hatte auf einem thronähnlichen Stuhl Platz genommen. Sein holzig wirkendes Gesicht mit den moosigen Augenbrauen und Haaren wirkte vollkommen erstarrt. Beinahe wie Schnitzwerk. Schon eine ganze Weile saß er so da, versunken in den Erinnerungen seines überlangen Lebens. Eines Lebens, das er der Magie verdankte, die ihn zu einem so über die Maßen mächtigen Herrscher gemacht hatte. Aber der Preis dafür war hoch …

Den Verlauf der Zeit, dachte er, *werde ich früher oder später so ähnlich empfinden, wie es die Elben tun. Das ist die unausweichliche Folge dessen, was ich getan habe.* Ein Mensch war er schon lange nicht mehr. *Eher schon ein groteskes Mischwesen aus Baum und Mensch. Und ein Elb hat wenigstens andere, die ihm ähnlich sind. Ich hingegen bin der Einzige meiner Art. Der einzige Immerwährende Herrscher. Der einzige Waldkönig. Der einzige und unvergleichliche Haraban.*

Vor dem Waldkönig, der sich mit Vorliebe als der Immerwährende Herrscher titulieren ließ, stand ein Becher auf dem Tisch. Darin war ein Trunk, der einen stechend riechenden Geruch und grünlich schimmernde, im Halbdunkel des Raumes leuchtende Dämpfe verbreitete, die ihm in wabernden Schwaden entgegenzogen.

»Mein König«, wisperte in diesem Augenblick die Stimme seines Kanzlers Welbo.

Obwohl der Halbling aus dem Stamm von Brado dem Flüchter nach Menschenart Schuhe zu tragen pflegte, waren seine Schritte nicht zu hören gewesen. Der Immerwährende Herrscher erwachte aus seinem tranceähnlichen, gedankenverlorenen Zustand. Er wandte den Blick in Richtung des Kanzlers, dann griff er nach dem Becher und nahm einen Schluck daraus. Haraban schloss die Augen für einen Moment und wirkte anschließend wacher und aufmerksamer.

»Was wollt Ihr mir melden, Kanzler?«, fragte Haraban.

»Die Leute jubeln dem Hochkönig zu. Er hat die Magische Lanze erhoben, von der Lirandil behauptet, dass einst Tarmon von Nalonien sie trug …« Welbo sprach nicht weiter. Das holzige, wie geschnitzt aussehende und im Übrigen ziemlich starr wirkende Gesicht des Waldkönigs zeigte keinerlei Regung. Er sah seinen Kanzler lediglich mit einem deutlich sichtbaren Anteil an Erstaunen an.

»Die Lanze ist sein Herrschaftszeichen! Ich verstehe nicht, weshalb Ihr mir etwas berichtet, was ganz selbstverständlich sein sollte«, erwiderte der Waldkönig.

»Sie sagen, dass Orfon den Schattenvogel mit der Magie

der Lanze vertrieben hätte«, berichtete Welbo stockend. »Ich dachte, das solltet Ihr wissen.«

Der Waldkönig schloss die Augen und lehnte sich zurück, nachdem er einen weiteren Schluck aus seinem dampfenden Becher genommen hatte. »Ich habe an dieser Lanze keine Magie feststellen können, und ich bin überzeugt, dass sie auch keineswegs mit irgendwelchen Kräften aufgeladen wurde, die jetzt in ihr schlummern könnten.«

»Ein gewöhnliches Stück Eisen mit einem Holzschaft daran?«, vergewisserte sich Welbo, der wohl seinen abstehenden Halblingohren kaum zu trauen wagte.

»Öffentlich würde ich diese Worte niemals wiederholen, aber ich bin überzeugt davon, dass die Lanze genau das ist: ein einfaches, schon etwas mitgenommenes Stück Eisen, das seine besten Tage ganz sicher schon hinter sich hat und eigentlich eingeschmolzen und neu gegossen gehört.«

»Und doch ist anscheinend Orfon nun schon der zweite Held, der mit ihrer Hilfe ein Wunder gewirkt hat«, gab Welbo zu bedenken. »Erst hat Arvan Aradis den siebenarmigen Zarton erschlagen, und jetzt …«

»Eine Gunst des Schicksals, mehr nicht.«

»Aus der womöglich eine eigene Art von Kraft erwachsen kann?«

»Ein Kanzler, der mir so vertraut ist, dass er meine Gedanken zu erraten vermag.« Haraban nahm einen weiteren Schluck des Tranks und stieß dann die schimmernden Dämpfe durch Mund und Nase aus.

»Zu gütig, Herr«, sagte Welbo.

»Aber Halblinge sind ja Geschöpfe des Waldes – und ich bin es auf meine Weise auch geworden«, murmelte Haraban und hob seine Hand, die wie lebendig gewordenes Schnitzwerk wirkte.

»Herr …«, begann Welbo, der offenbar noch etwas vorbringen wollte.

»Der späte Ruhm sei Orfon gegönnt«, sagte Haraban, und sein Gesicht verzog sich leicht. Es knarrte dabei so vernehmlich, dass man glauben konnte, ganz in der Nähe würde der Mittelsteven eines Schiffs in seine endgültige Form gezwungen und dabei das Holz beinahe bersten. »Ich will nur hoffen, dass dem König von Bagorien der Ruhm nicht allzu sehr zu Kopf steigt.«

»Ruhm ist das, wonach sich Orfon am meisten sehnt«, gab Welbo zu bedenken. »Er würde dafür alles tun und alles opfern.«

»Nicht unbedingt die beste Eigenschaft eines Herrschers«, sagte Haraban. »Und es macht einen verwundbar. Aber diesen Aspekt der Herrschaft habe ich ohnehin schon vor Jahrhunderten hinter mir gelassen.« Ein Herrscher wie Haraban konnte nur gefürchtet werden. Das wusste er sehr genau. Noch so ruhmreiche Taten hätten ihm wohl kaum die Begeisterung und Verehrung eingetragen, die jetzt gerade Orfon zuteilwurde. *Nein, für mich gibt es keine Zuneigung durch mein Volk. Nicht für mich, denn ich bin für jedermann ein Monstrum und bleibe es, ganz gleich, was ich tue,* sinnierte er.

»Herr, Ihr solltet Euch selbst ein Bild von der Lage machen«, forderte Welbo. »Und vielleicht solltet Ihr zu Eurer Sicherheit erwägen, die Stadt zu verlassen und Euch an einen sicheren Ort zurückziehen.«

Das Zerrbild eines Lächelns erschien nun in Harabans holzigem Gesicht. Ein Lächeln, das gleichermaßen kalt, zynisch und wissend war. *Glaubst du wirklich, ich wäre auf meine Augen angewiesen, um zu wissen, was um mich herum geschieht?*, dachte er. Er hatte die Anwesenheit des Schattenvogels gespürt, hatte förmlich fühlen können, wie er sich niedergesenkt hatte. Haraban hatte auch die dunkle Kraft gefühlt, die dieses Wesen erfüllte. Die Kraft Ghools. Und die war jener Art von Magie ziemlich ähnlich, die es ihm erlaubte, die Zeiten zu überdauern, obwohl die Natur seinen Tod eigentlich schon vor langer Zeit vorgesehen hatte.

Aber noch etwas anderes war Haraban aufgefallen, und das war für den Waldkönig zumindest für den Augenblick ein Grund zur Ermutigung: Er hatte gespürt, wie schwach der Schattenvogel gewesen war. Ghool hatte ihm anscheinend nicht viel Kraft mitgeben können. *Wahrscheinlicher ist, dass er sich bei der Erweckung all der Wiedergänger verausgabt hat,* ging es Haraban durch den Kopf. *Zumindest für den Augenblick. Eine Erholungspause während der Schlacht, mehr wird uns dieser Umstand wohl kaum gewähren …*

»Ghools Schergen werden nicht angreifen«, prophezeite Haraban dem stirnrunzelnd zuhörenden Kanzler. »Sie werden Gaa weiterhin belagern und verhindern, dass wir ostwärts vorstoßen. Unser Hauptheer wird also hier gebunden sein. Während Ghool andernorts seine Horden ausschickt, um seine Herrschaft auszudehnen und zu festigen. Für uns wird es erst danach gefährlich …«

Eine Frage stand plötzlich unbeantwortet in Harabans Gedanken.

Zweifellos verfolgt Ghool ein Kriegsziel, das ihm in diesem Augenblick wichtiger ist als die Möglichkeit, die versammelten Könige von Athranor zu schlagen, erkannte er. *Die entscheidende Frage ist: Was könnte so wichtig sein, dass Ghool dafür die Chance vergibt, seine verbündeten Feinde entscheidend und vielleicht sogar endgültig zu schlagen, noch ehe sich deren Bündnis wirklich zur Gänze formieren konnte?*

Candric von Beiderland und Kalamtar von Condenna beobachteten vom Turm aus, wie sich Hochkönig Orfon in der ganzen Stadt bejubeln ließ. Man hatte ihm ein Pferd gegeben, und auf dem ritt er nun durch die Straßen der Stadt auf die Burg zu. Ein Oger hatte dem so furchtbar geschwächten und gezeichneten Mann in den Sattel helfen müssen. Aber dieser Augenblick eines vermeintlichen Erfolgs setzte offenbar in Orfon die letzten Kräfte frei.

Kalamtar deutete unterdessen zu den fernen Reihen der Feinde hinüber, die zwar inzwischen ein ganzes Stück weiter vorgerückt waren und sich neu formiert hatten, aber noch immer knapp außerhalb der Reichweite der Katapulte blieben.

»Die Übermacht ist erschreckend«, sagte Kalamtar. »Und was Orfons Triumph angeht, so sollten wir ihm diesen gönnen.«

»Er wird sich vermutlich nicht lange daran freuen können«, murmelte Candric finster, wobei seine linke Hand den Griff des Schwertes an seiner Seite umfasste.

Hornsignale ertönten in diesem Augenblick.

Es waren Signale, die die Ankunft von Schiffen meldeten.

»Die Dalanorier kommen!«, rief einer der Wachsoldaten auf der anderen Seite des Turms. »Eine ganze Flotte.«

Kalamtar und Candric wechselten einen kurzen Blick.

»Orfon muss wirklich mit den Göttern im Bund sein«, stieß Kalamtar hervor. »So lange warten wir nun schon auf König Harrgyrs Unterstützung.«

Candric ging mit weiten Schritten zur Südseite des Turms, sah über die Zinnen, von wo aus man einen hervorragenden Blick über den Hafen von Gaa, die Flussmündung und den Langen Fjord hatte.

Mindestens zwei Dutzend braune Segel hoben sich gegen das Blau des Meeres ab. Und die Banner an den Masten zeigten ein Schwert, das sich mit einer Streitaxt kreuzte – das Zeichen von Harrgyr, dem König des Dalanorischen Reiches.

»So waren die diplomatischen Anstrengungen, die Dalanorier in unser Bündnis zu holen, doch nicht vergebens«, stieß Candric von Beiderland erleichtert aus.

»Vielleicht wird uns das im Moment retten«, meinte hingegen Kalamtar ziemlich skeptisch und gab zu bedenken: »Aber es macht unsere Situation auch komplizierter!«

Neldos Kampf

Neldo kauerte an einem Bachlauf, der sich schließlich in einen kleinen See ergoss. Im Wesentlichen staute ihn der für einen Halbling beinahe brusthohe Wurzelstrang eines unbewohnten Riesenbaums auf. Neldo schöpfte etwas Wasser mit der Hand. Schon seit Tagen irrte er mehr oder minder ziellos durch den Wald, getrieben von der vagen, völlig irrealen Hoffnung, dass er vielleicht doch noch auf Bewohner von Gomlos Baum stoßen würde, die das Massaker der Orks überlebt hatten. Und wenn er schon nicht auf seine Lieben und Verwandten oder irgendeinen anderen Bewohner seines heimatlichen Wohnbaums traf, dann doch vielleicht auf Halblinge anderer Bäume, die es geschafft hatten, sich rechtzeitig in Sicherheit zu bringen und irgendwo in Erd- und Wurzelhöhlen zu verbergen.

Neldo war tatsächlich auf solche Flüchtlinge gestoßen – oder besser gesagt auf das, was von ihnen übrig geblieben war. Ihre zertrümmerten Schädel, aus denen die Orks das Hirn geschlürft hatten, waren achtlos weggeworfen worden. Die aus leichtem Stahl gefertigten zierlichen Schwerter waren zerbrochen worden. Für die Orks waren sie offensichtlich unbrauchbar. Da die Rapiere der Halblinge zumeist perforierte Klingen hatten, um sie noch leichter zu machen, schienen sie den Orks nicht einmal wertvoll genug zu sein, um sie einzuschmelzen und daraus etwas anderes zu gießen. Die Habe, die die Flüchtlinge mit sich geführt hatten, war auf dem Boden verstreut gewesen. Immerhin hatte Neldo Rückschlüsse darauf ziehen können, von welchem Baum die Unglücklichen stammten.

Immer wieder war er in den letzten Tagen auf solche Orte des Grauens gestoßen. Aber noch furchtbarer als das, was die Orks bei ihren Massakern hinterließen, waren jene Plätze, an denen offensichtlich eine andere Art von grausamen Kriegern gewütet hatten, die ebenfalls recht zahlreich in Ghools Diensten standen: die Wolfsmenschen.

Die Halblinge, die von ihnen erschlagen worden waren, hatten sie gut sichtbar an die Stämme der Riesenbäume genagelt, wo die Aasfresser des Waldes sie schon nach kurzer Zeit so furchtbar entstellten, dass es unmöglich war, sie noch zu erkennen. Dass sie sich vorher verzweifelt gewehrt hatten, dafür sprachen einige erschlagene Wolfskrieger, die Neldo in ihrer Nähe gefunden hatte.

Das Knacken eines Astes ließ ihn aufhorchen.

Er wirbelte herum. Der Bolzen einer Armbrust schnellte haarscharf an ihm vorbei und blieb im Stamm des Riesenbaums stecken. Gurgelnde Laute drangen jetzt aus dem Unterholz. Eine Gruppe von Orks stürzte daraus hervor. Einer von ihnen versuchte seine Beute-Armbrust nachzuladen, fluchte dabei furchtbar und zum Glück unverständlich auf Orkisch und warf die Waffe schließlich ins Wasser, nachdem er den Spannhebel abgebrochen hatte. Daraufhin zog er sein Sichelschwert, das er über den Rücken gegürtet trug. Mit einem Schrei riss er die Klinge heraus, während er beinahe gleichzeitig mit der anderen Hand ein Wurfbeil aus dem Gürtel zog und in Neldos Richtung warf. Neldo duckte sich noch gerade rechtzeitig, sodass das Beil über ihn hinwegflog. Der junge Halbling zog sein Rapier. Das im Vergleich zu den Waffen der Orks äußerst zierlich wirkende Schwert war allerdings keineswegs zerbrechlich. Nicht umsonst war die Schmiedekunst der Halblinge weithin berühmt. Der Ork stürmte auf Neldo zu. Mit ungeheurer Wucht schlug er mit dem Sichelschwert nach dem Halbling. Neldo tauchte unter dem Schlag seines Gegners hinweg. So gewandt, dass dieser zu spät begriff, dass Neldo nun seinerseits zu einem blitzschnellen Angriff angesetzt hatte.

Das Rapier drang im nächsten Augenblick tief in den Körper des Orks. Dessen nächster Schlag glich mehr einer hilflosen Ruderbewegung der kraftlos gewordenen Arme.

Neldo zog die Waffe wieder zurück, während der Ork noch einen Augenblick wie erstarrt dastand, ehe er zusammenbrach.

Da wehrte sich Neldo bereits gegen den nächsten Angreifer. Er fühlte eine ungeheure Wut in sich aufsteigen. Ein Gefühl, wie er es vorher nicht gekannt hatte. Auch nicht, als er während der Schlacht an der Anhöhe der drei Länder mitgefochten und sich so gut es ging geschlagen hatte. In jener Schlacht war es ihm in erster Linie darum gegangen, am Leben zu bleiben. Jetzt aber erfüllte ihn ein ganz anderer Wunsch. Es war die Gier nach Rache. Er wollte töten und diejenigen bestrafen, die den Boden der Wälder am Langen See mit dem Blut ungezählter Halblinge getränkt hatten. Zu unfassbar war das Grauen gewesen, das er in den letzten Tagen gesehen hatte.

Ein schneller Stich mit dem Rapier tötete den Ork. Kraftlos führte dieser die Bewegung seines letzten Schlages zu Ende. Deren Schwung warf ihn zu Boden. Das Orkblut strömte nur so aus seiner Wunde.

Schon stürmte der nächste Ork auf ihn ein. Er trieb Neldo mit einer Folge sehr rasch ausgeführter Schläge vor sich her. Neldo sprang auf einen der hohen Wurzelstränge des nahen

Riesenbaums, nachdem er die Schwerthiebe seines Gegners nur mit Mühe abgewehrt hatte. Der Ork war etwas schwerfälliger. Und so gewann Neldo einen kleinen Vorsprung. Er steckte das Rapier ein, rannte über den zum Baum hin immer höher aus dem Erdreich ragende Wurzelstrang und begann schließlich den Stamm emporzuklettern. In der groben Borke waren mehr als genug kleine Zwischenräume, Vorsprünge, Furchen und Verwachsungen, um mit Fingern und Zehen Halt zu finden. Ganz nach Art der Halblinge kletterte er weiter empor. Hinter sich hörte er die Rufe der Orks. Sie sprachen ihre eigene Sprache, sodass Neldo nicht ein einziges Wort davon verstehen konnte. Aber es war mehr als deutlich, dass man ihn um keinen Preis entkommen lassen wollte. Ein Schrei ertönte. Ein feiner Instinkt für die Gefahr und die Schnelligkeit und Gewandtheit eines Halblings bewahrten Neldo im nächsten Augenblick davor, von einem orkischen Wurfbeil getroffen zu werden. Er wich zur Seite aus – und das so schnell, dass er dabei sogar beinahe den Halt verloren hätte. Sein linker großer Zeh rutschte aus einer Vertiefung. Aber er fand schon einen Augenaufschlag später Ersatz dafür. Das Beil war mit einer selbst für einen Ork außerordentlichen Kraft geworfen worden. Die Klinge drang tief in die Borke. So schnell er konnte, kletterte Neldo weiter empor. Ein Wurfdolch und ein Speer bohrten sich dicht neben ihn in den Baum. Und ein weiteres Wurfbeil hätte ihm um ein Haar die rechte Hand abgeschlagen, wenn er sie nicht gerade in diesem Moment zurückgezogen und einen neuen Halt gesucht hätte.

Neldo hörte das Geräusch, das beim Spannen jener Armbrüste entstand, wie sie Harabans Söldner verwendeten. Diese Waffen waren bei den zurückliegenden Kämpfen in den Wäldern am Langen See offenbar in größerer Zahl in die

Hände der Orks gelangt. Zwar machte das aus diesen Scheusalen noch keine begnadeten Schützen, aber das Teuflische an Armbrüsten war, dass man im Gegensatz zum Umgang mit Bogen oder Schleuder auch gar nicht besonders viel Ahnung brauchte, um zu treffen.

Neldo drehte den Kopf.

Er sah, wie der Ork die Waffe auf ihn anlegte. Und da er geduldig und vorsichtig genug gewesen war, um die Waffe zu spannen, ohne deren Mechanik zu zerstören, war zu befürchten, dass er auch die nötige Ruhe hatte, um sehr genau zu zielen.

Weiter oben im Geäst der Bäume wäre Neldo vermutlich einigermaßen sicher gewesen und hätte die Orks abhängen können. *Aber so weit werde ich gar nicht kommen,* erkannte er.

Er ergriff die nächstbeste Ranke, verlagerte sein Gewicht und nahm Schwung. Der Armbrustbolzen drang genau dort in den Baum, wo er gerade noch an dessen Borke gehangen hatte. Neldo schwang sich mit der Ranke fort. *In diesem Moment beneide ich dich, Arvan,* ging es ihm dabei durch den Kopf. Mochte er in Arvan lange Zeit einen zwar liebenswerten, aber doch recht plumpen und groben Kerl gesehen haben, der nicht klettern konnte, so stand doch fest, dass niemand Rankpflanzen so gut mit seinem Willen beeinflussen konnte wie er.

Neldo schwang weiter. Allerdings bemerkte er zu spät, dass er geradewegs auf einen fleischfressenden, hungrigen Katzenbaum zuschwang. Ein durch die Lüfte schwingender und höchst willkommener Fleischbrocken – das war Neldo im Augenblick für dieses hungrige Geschöpf. Der Katzenbaum senkte sein Greifgeäst und richtete das riesige Maul so aus, dass er geradewegs darin landen musste.

Gerade noch rechtzeitig sprang Neldo ab.

Er landete auf dem weichen Waldboden. Einige ellengroße Raupen nahmen Reißaus. Der Katzenbaum bekam nur die Ranke mit seinem Maul zu fassen. Ein wütend klingender, durchdringender Knurrlaut dröhnte Neldo daraufhin in den Ohren. Der Katzenbaum spuckte um sich. Neldo rannte um sein Leben, als der Katzenbaum mit seinem Greifgeäst nach ihm zu fassen versuchte. Einen dieser Greifäste wehrte der Halbling mit dem Rapier ab und rannte weiter. Dann fühlte er, wie sich etwas um seinen Knöchel schlang. Es war das äußerste Ende des Greifgeästes. Der Katzenbaum hatte sich, so weit es ihm gerade möglich war, ausgestreckt, um sich die schon in der Verdauung seiner ätzenden Baumsäfte gewähnte Mahlzeit doch noch zu sichern.

Neldo schlug der Länge nach hin.

Er wand sich, während der Katzenbaum ihn fester am Fuß fasste und über den Boden schleifte. Ein hoffnungsfrohes, gurgelndes Geräusch drang aus dem Inneren dieses Jägers, dessen größter Nachteil darin bestand, dass er mit seinem umfangreichen, weitreichenden Wurzelwerk festgewachsen war.

Neldo gelang es, das Rapier herauszureißen. Mit einer schnellen, zielsicheren und sehr kraftvollen Bewegung schwang er die perforierte Klinge zum Schlag. Mühelos fuhr sie durch den Greifast des Katzenbaums. Ein wütender Schrei folgte aus dem Maul des gierigen Hungerleiders. Dutzende seiner gelblichen Augen traten für einen Moment aus dem moosähnlichen Fell hervor, das seine Rinde bedeckte. Neldo rappelte sich auf und lief los. Ein Dutzend Schritt, vielleicht auch das Doppelte – dann war er außer Reichweite des Katzenbaums.

Dicht hinter ihm spürte Neldo einen Luftzug, und dann

ging etwas auf den Boden nieder wie der Schlag einer Peitsche.

Der Katzenbaum hatte einen letzten vergeblichen Versuch unternommen, seine Beute doch noch einzufangen.

Neldo verlangsamte seinen Lauf und blieb dann stehen.

Die Horde der Orks, die ihn am Bach überfallen hatte, war ihm natürlich gefolgt.

Und jetzt umringten sie ihn in einem Halbkreis. Natürlich würden sie sich hüten, dem Katzenbaum zu nahe zu kommen. Auch wenn die Wälder am Langen See nicht ihre Heimat waren, so waren die von Ghool ausgesandten Scheusale doch inzwischen lange genug hier, um die Gefahren, die von diesen lauernden Jägern ausgingen, nicht zu unterschätzen.

Neldo atmete tief durch.

Anscheinend habe ich nur die Wahl, den Orks geradewegs in die Arme zu laufen oder mich vom Katzenbaum fressen zu lassen, dachte Neldo.

Die Orks blieben vorsichtig.

Neldo steckte das Rapier ein und nahm stattdessen seine Schleuder. Seit seiner Rückkehr in die Wälder am Langen See hatte er hier und da ein paar Herdenbaumkastanien gesammelt. Eine davon holte er jetzt aus seiner Gürteltasche und legte sie in die Lasche des Schleuderbandes. Gerade als der Armbrustschütze unter den Orks, der den Halbling zuvor schon um ein Haar getötet hatte, seine Waffe anhob, kam Neldo ihm zuvor.

Er schleuderte die Herdenbaumkastanie so zielsicher, dass sie auf der Stirn des Orks zerplatzte und die ätzenden Dämpfe aus ihrem Inneren freisetzte. Der Ork schrie auf. Einen weiteren Ork machte Neldo auf diese Weise kampfunfähig. Dann hatte ihn der erste der heranstürmenden Krieger schon erreicht und stürzte sich mit zum Schlag erhobener Axt auf ihn. Neldo wich zurück – aber nur einen Schritt. Schließlich wollte er ja nicht in die Fänge des Katzenbaums geraten, der bereits gierig knurrte und den längsten seiner Greifäste nach ihm auszustrecken versuchte.

Der Schlag des Orks ging ins Leere. Neldo riss das Rapier heraus und fing damit notdürftig den nächsten Axthieb ab. Er konnte ihn gerade noch zur Seite ablenken, taumelte aber. In diesem Moment zischte und zuckte es von verschiedenen Seiten nur so durch den Wald. Pfeile, Herdenbaumkastanien, spitze, geschliffene Vulkansteine, wie man sie ganz hervorragend mit den Schleudern der Halblinge verschießen konnte – all das regnete nun auf die Orks hernieder. Ihre Körper zuckten unter den Treffern. Die ätzenden Dämpfe drangen aus den aufgeplatzten Herdenbaumkastanien, und etliche Orks wurden durch Steine in Auge oder Maul tödlich getroffen.

Innerhalb weniger Augenblicke war keiner von ihnen mehr am Leben. Aus einigen ragten Pfeile heraus, deren Steuerfedern genau so angeordnet und gefärbt waren, wie es bei Halblingen Sitte war, die auf die Jagd gingen. Sie waren offensichtlich mit dem Bogen abgeschossen worden. Bei anderen handelte es sich um Pfeile von Blasrohren, die deutlich kürzer waren.

Waffen von Halblingen, erkannte Neldo sofort.

Der Katzenbaum knurrte, denn sosehr er sich auch anstrengte, blieben selbst seine längsten Greifarme noch mehr als eine Handbreit von Neldo entfernt.

Du wirst wohl hungrig bleiben müssen, dachte Neldo.

Der junge Halbling war wie erstarrt. Langsam ließ er den Blick umherschweifen. Diejenigen, die ihn gerettet hatten, blieben vorsichtig und wollten sich offensichtlich nicht sofort zeigen.

Der Katzenbaum richtete sich nach mehreren vergeblichen Versuchen, Neldo doch noch einzufangen, wieder auf und regte sich nicht mehr. Er machte den Eindruck, aufgegeben zu haben. Aber in Wahrheit lauerte er nur auf eine nächste Gelegenheit, sich das Maul doch noch zu füllen.

Einige quälend lange Augenblicke vergingen, ohne dass etwas geschah. Und nachdem der Katzenbaum mit seinem Knurren aufgehört hatte, war es verdächtig still im Wald. Neldo achtete auf Anzeichen, die vielleicht noch für die Anwesenheit von Orks in der näheren Umgebung sprachen. Knackende Äste zum Beispiel. Im Gegensatz zu Halblingen war es Orks so gut wie unmöglich, sich völlig geräuschlos durch die Wälder zu bewegen. Sosehr sie sich auch darum bemühen mochten.

Und dann kamen plötzlich von allen Seiten Halblinge hervor. Es waren ungefähr zwei Dutzend. Es waren sowohl Halblingmänner als auch -frauen. Die meisten von ihnen waren jedoch kaum dem Jugendalter entwachsen. Innerhalb weniger Augenblicke umringten sie Neldo – achteten aber tunlichst darauf, dem Katzenbaum nicht zu nahe zu kommen.

Ein Halblingmädchen mit sehr dunklen Haaren und einem Gewand aus grün gefärbter Baumschafwolle schwang sich mithilfe einer Ranke auf ihn zu, ließ sie los und landete genau vor ihm. Sie trug einen Jagdbogen auf dem Rücken, aber weder Rapier noch Schleuder.

»Wer bist du?«, fragte sie.

»Ich bin Neldo von Gomlos Baum«, erklärte er.

»Ich bin Sona. Und wir kommen von Haltos Baum.«

»Ich habe nie von Haltos Baum gehört«, bekannte Neldo.

»Hier hört man anscheinend nicht viel aus der Dichtwaldmark«, sagte sie.

»Dichtwaldmark? Ihr kommt aus der Dichtwaldmark?«

»Haltos Baum wurde zerstört. Die Orks haben ihn niedergebrannt und alle getötet, die sie angetroffen haben. Niemanden haben sie verschont.« Sona schluckte. Eine leichte Röte überzog ihr Gesicht. Ihre Stimme begann zu vibrieren; sie drückte Zorn und Schmerz gleichermaßen aus.

»Wir haben nur überlebt, weil wir nicht zu Hause auf unserem Baum waren. Unser Baummeister hatte uns auf die Jagd geschickt, da unsere Baumschafe schon vor einiger Zeit durch streunende Orks vernichtet worden waren.«

»Ach, deshalb sind so viele Bogenschützen unter euch«, sagte Neldo.

»Ja – aber ein Bogen kann auch eine sehr effektive Waffe gegen Orks sein«, meinte einer der anderen Halblinge. Er war einen halben Kopf größer als Neldo und damit für einen Halbling recht groß und kräftig. Sein Haar war rabenschwarz, und Neldo hatte selten jemanden aus seinem eigenen Volk gesehen, der so schwer bewaffnet war. Außer seinem Langbogen, auf den er sich stützte und der ihn noch fast um einen ganzen Kopf überragte, trug er auch noch ein Blasrohr, ein Rapier und ein offenbar erbeutetes orkisches Wurfbeil bei sich. Zwei unterschiedliche Köcher für Pfeile unterschiedlicher Länge und ein Langmesser komplettierten seine Ausrüstung. Und wenn Neldo nicht alles täuschte, dann war das Stück Holz, das knapp aus dem Schaft des Stiefels herausragte, der Griff eines Wurfdolchs, wie er ebenfalls mit Vorliebe von den Orks verwendet wurde. »Mein Name ist Forry«, sagte er. »Und wenn wir hier fertig sind und unsere Pfeile wieder eingesammelt haben, dann solltest du uns zum Versteck deiner Leute führen.«

»Welcher Leute?«, fragte Neldo.

»Na, der Leute von Gomlos Baum. Ich habe von dem

Baum zwar schon gehört, aber keiner von uns weiß, wo er sich befindet. Und davon abgesehen nehme ich auch nicht an, dass deine Leute dort geblieben sind.« Forry grinste. »Wir Halblinge müssen doch in diesen Zeiten zusammenhalten!«

Neldos Augen wurden schmal, sein Gesicht zu einer starren Maske.

»Gomlos Baum gibt es nicht mehr«, stellte er fast tonlos fest. »Und es sieht auch ehrlich gesagt nicht so aus, als ob irgendjemand von dort die Flucht geschafft hat.«

»Oh«, murmelte Forry. »Das tut mir leid.«

Er ging zu einem der toten Orks hin und zog ihm erst einen kurzen Blasrohr-Pfeil aus dem Hals und anschließend noch den längeren, der mit dem Bogen abgeschossen worden war, aus der Brust.

»Er hat es nicht böse gemeint«, meinte Sona.

»Das weiß ich.«

»Als wir von der Dichtwaldmark aufbrachen, hatten wir eigentlich die Hoffnung, in den Wäldern weiter südlich noch Halblinge zu finden, die den Orks entkommen konnten.«

»Ich habe bisher niemanden gefunden«, gestand Neldo finster. »Die Orks scheinen darauf aus zu sein, uns nicht nur zu besiegen und die Wälder am Langen See zu erobern, sondern unser Volk regelrecht vom Antlitz der Erde zu tilgen.« Neldo schüttelte leicht den Kopf. Sein Blick war nach innen gerichtet und etwas glasig. »Ich verstehe das nicht … Wem kann das nützen? Wieso wollen sie gerade uns ausrotten?«

»Orks und Halblinge waren noch nie Freunde«, erinnerte Sona ihn.

»Damit hat das nichts zu tun«, glaubte Neldo.

»Ach nein? Mir reicht das als Erklärung vollkommen. Und im Moment haben wir ohnehin genug damit zu tun, am Leben zu bleiben, da interessieren mich die Gründe für das, was geschieht, nur ganz am Rande. Laufen und klettern, so schnell es geht. Darauf kommt es im Augenblick an – und auf sonst gar nichts.«

»Diese Frage beschäftigt mich schon eine ganze Weile«, bekannte Neldo. Es musste einen Grund dafür geben, dass die Orks sich so sehr auf die Vernichtung der Halblinge zu konzentrieren schienen, obwohl die Angehörigen dieses Volkes nun doch wirklich nicht zu Ghools gefährlichsten Gegnern zählten. *Oder doch?*, ging es ihm durch den Kopf. *Kann es sein, dass diese besondere Grausamkeit gegenüber den Halblingen etwas mit dem Erbe von König Elbanador zu tun hat?*

Früher oder später war es ja wohl auch unausweichlich, dass der Verderber des Schicksals von Lirandils Plänen erfuhr. Ein Elbenstab hatte ihn schließlich schon einmal in die Knie gezwungen, und so hatte er allen Grund, sich davor zu fürchten. *Aber vielleicht weiß er nicht alles*, dachte Neldo. *Möglicherweise hat er nur erfahren, dass wir Halblinge dieses gefährliche Erbe für König Elbanador bewahren sollten – und nun hofft er, der Gefahr zuvorzukommen, indem er jeden Halblingbaum anzünden lässt, den seine Schergen zu entdecken vermögen …*

Die Halblinge von Haltos Baum hatten eine erstaunliche Routine darin, die Pfeile aus den Körpern der Orks zu ziehen. Ein Indiz dafür, wie viele Kämpfe sie während ihres Weges aus der Dichtwaldmark schon zu bestehen gehabt hatten.

»Gehen wir!«, meinte Sona, nachdem einige der Halblinge sich auch noch mit Wurfbeilen und Dolchen ausgerüstet hatten. Die Sichelschwerter und großen Streitäxte betrachteten sie offensichtlich nicht als lohnende Beute. Genauso wenig die mit Obsidiansplittern besetzten Keulen, die manche der Orks mit sich führten. Diese Waffen waren für Halblinge einfach zu schwer und unhandlich. Dasselbe galt für Armbrüste, die die Orks ihrerseits von Harabans Söldnern erbeutet hatten.

»Wir werden nach Südwesten ziehen«, meinte Sona. »Vielleicht haben wir ja Glück und treffen doch noch auf Gruppen von Halblingen, die sich retten konnten. Und ansonsten werden wir zusehen, auf die andere Seite des Langen Sees zu kommen.«

Neldo hob die Augenbrauen. »Nach Neuvaldanien?«

»Wahrscheinlich ist man dort noch sicher.«

»Dann wünsche ich euch alles Gute.«

»Ich dachte, du kommst mit uns.«

»Nein, ich muss in den Norden.«

»Richtung Dichtwaldmark? Dahin, wo wir gerade herkommen?« Sona sah ihn kopfschüttelnd an. »Das ist Selbstmord, Neldo. Jeder, der auch nur einen Funken Verstand hat, versucht von dort fortzukommen.«

»Ja, mag sein. Aber es sind Freunde von mir dorthin unterwegs, von denen ich mich vor Kurzem getrennt habe, um meinen heimatlichen Wohnbaum aufzusuchen.« Neldo schluckte. Allein der Gedanke an seine Rückkehr zu Gomlos Baum bewirkte, dass er einen dicken Kloß im Hals spürte und einen Moment lang kaum weitersprechen konnte.

Er war fest entschlossen, Lirandil, Arvan und die anderen wieder einzuholen, um sie zu warnen. Wenn Ghool wirklich auch nur eine vage Ahnung von Lirandils Plänen hatte, dann waren sie zweifellos in Gefahr. Mehr vielleicht als jemals zuvor …

»Hast du dich mit deinen Freunden irgendwo verabredet?«

»Nein, das nicht, aber …«

»Du weißt nicht, wo sie sind? Wie willst du sie dann wiederfinden, Neldo? Sie werden sich wie alle anderen Überlebenden in diesen Wäldern irgendwo versteckt halten und versuchen, diese schreckliche Zeit zu überstehen. Angenommen, du findest sie, dann bringst du sie vielleicht sogar in Gefahr, weil du die Orks genau zu ihnen hinführst.« Sona schüttelte energisch den Kopf. Sie strich sich das lang herabhängende, seidige Haar zurück, sodass links ein großer Teil davon von ihrem nach Halblingart hervorstechenden spitzen Ohr gehalten wurde. »In der Dichtwaldmark sind so viele Orks, dass du ihnen geradewegs in die Arme laufen würdest. Und wie ich dir schon sagte, du hilfst deinen Freunden auf gar keinen Fall, wenn du die suchst. Ganz im Gegenteil.«

»Kommt er jetzt mit uns?«, fragte Forry, der sich gerade noch ein zweites orkisches Wurfbeil hinter den Gürtel steckte.

»Ich weiß nicht …«, murmelte Sona.

Neldo überlegte kurz. *Sie hat recht,* musste er sich eingestehen. *Und es ist wichtig, dass so viele wie möglich von uns überleben, um es den Orks eines Tages heimzuzahlen.*

»Ich komme mit euch«, erklärte er.

Träger des Elbenstabs

In der letzten Nacht hatten sie es seit Tagen zum ersten Mal wieder gewagt, ein Feuer zu entzünden. Die Wälder im südlichen Teil der Dichtwaldmark waren voller Orks. Und wären nicht mit Lirandil und Brogandas zwei Männer mit außerordentlich feinem Gehör unter ihnen gewesen, wären sie ihnen vermutlich geradewegs in die Arme gelaufen. Whuon konnte ebenso wie Arvan und die Halblinge davon nichts hören, aber er wirkte sehr unruhig und schien zumindest die Gefahr zu spüren.

Lirandil ließ sein Pferd anhalten und hob den Kopf. Wieder einmal lauschte er dem vielfältigen Chor der Stimmen, die den Wald erfüllten.

»Es wird immer schwieriger, den Orks auszuweichen«, bekannte Brogandas, der sein Pferd so lenkte, dass es neben dem des Elben zu stehen kam.

Lirandil nickte mit sehr ernstem Gesicht. »Ja, man hört sie von allen Seiten.«

»Und es sind viele.«

»Wir sollten jedem Kampf so weit es möglich ist aus dem Weg gehen.«

»Habt Ihr Euch eigentlich schon genauere Gedanken darüber gemacht, welchen Weg wir einschlagen, wenn wir die Wälder erst einmal hinter uns gelassen haben?«

Lirandil wandte den Kopf und sah den Dunkelalben an. »Es gibt nur einen Weg«, erklärte er. »Den kürzesten. Und über alles andere möchte ich hier und jetzt nicht sprechen.«

In Brogandas' Gesicht spielte nun ein hartes, sarkastisches Lächeln um den dünnlippigen Mund. Und die Runen in einem Gesicht passten sich auf seltsame Weise der geraden Linienführung seines Mundes an. »Ihr traut mir noch immer nicht.«

»Das würde ich so niemals sagen …«

»Aber Ihr handelt danach, denn das ist der Grund Eures Schweigens. Ihr wollt Euch alle Optionen offenhalten und die nächsten Schritte deshalb niemandem offenbaren, weil Ihr fürchtet, dass sie verraten werde könnten.«

In Lirandils Augen erschien für einen Augenblick wieder das bläuliche Leuchten. Es wurde stärker, pulsierte einige Augenblicke lang und verschwand dann wieder. »Je mehr ich von meinem Wissen zurückhalte, desto besser für uns alle«, erklärte er. »Und ich behandle Euch damit nicht anders als denjenigen, auf dem die größte Last liegen wird.«

»Ihr sprecht von Arvan.«

»Ja.«

»Niemand kann eine Waffe erfolgreich anwenden, in deren Gebrauch er sich nicht geübt hat, Lirandil.«

»Und niemand wird eine Waffe nur für den Zweck anwenden, für die sie ersonnen wurde, wenn sie bereits Macht über ihn erlangt hat und ihn beherrscht. Und jeder Einsatz dieser Waffe erhöht diese Gefahr immens. Elbanador wusste dies …«

Das Lächeln des Dunkelalben wurde breiter. » …und die Vorfahren der Dunkelalben haben es nicht genügend beachtet. War es das, was Ihr sagen wolltet?«

»Ich will Eurer Erkenntnis zumindest nicht widersprechen.«

Während sie weiter durch den Wald zogen, bildete Arvan immer öfter die Nachhut. Er fiel gegenüber den anderen zurück.

Er umfasste dann den Elbenstab, nahm ihn hervor, betrachtete ihn im spärlichen Licht des Waldes. Die Runen begannen dann ihre Farbe zu ändern und mit goldenem Schimmer hervorzutreten. Und dabei veränderten sie sich, formten immer neue Zeichen. Mit den Schriftzeichen, die Arvan beim alten Grebu gelernt hatte, hatten sie nichts gemein und wohl auch nicht mit der Schrift, die gegenwärtig bei den Elben in Gebrauch war.

Und während Arvan den Zeichen bei ihrer andauernden Verwandlung zusah, die ihn immer stärker in ihren Bann zog, entstanden Bilder in seinem Kopf. Gedanken drängten sich ihm auf. Eine Stimme schien zu ihm zu sprechen. *»Eine Macht kann sich nur entfalten, wenn man sie benutzt!«* Arvan sah in Gedanken, wie Strahlen aus dem Stab hervorschossen. Strahlen aus Schwarzlicht, vermischt mit solchen, die die gleiche rotgoldene Färbung hatten, wie sie die Runen annahmen, sobald er sie ansah.

Oder sobald ich meine Gedanken ausschließlich auf sie richte, ging es Arvan durch den Kopf. Vielleicht war es möglich, den Stab auf ganz gewöhnliche Weise zu beherrschen, so wie Arvan es bei Rankpflanzen und Baumschafen gewohnt war. War diese besondere Fähigkeit nicht letztlich der Grund dafür, dass er offenbar dazu ausersehen war, den Elbenstab zu tragen?

»Benutz mich. Setze meine Macht ein. Nur dann wirst du über meine Macht in dem Moment verfügen können, in dem du sie am dringendsten brauchst«, flüsterte ihm die Gedankenstimme des Elbenstabs zu.

»Arvan!«, drang Zaleas Stimme in seine Gedanken. Sie

hatte sich mit ihrem Pferd etwas zurückfallen lassen. Die anderen waren bereits im Unterholz verschwunden. »Hörst du mich überhaupt?«, fügte sie noch hinzu.

Arvan blickte auf. »Ich …«

»Wenn ich noch lauter rede, bekommt unser empfindlicher Anführer davon Ohrenschmerzen, Arvan.« Sie lenkte ihr Pferd neben das seine und berührte ihn an der Schulter. »Was bei allen Waldgöttern ist los mit dir?«

»Ich habe mir nur den Elbenstab noch einmal angesehen«, sagte er.

Er hielt das Artefakt noch immer in der Hand.

»Halte ihn besser verborgen, Arvan.«

»Siehst du es nicht?«

»Was soll ich denn sehen?«

»Die Zeichen!«

Er hielt ihr den Stab hin. Sie starrte etwas befremdet darauf und schüttelte den Kopf. »Ich weiß nicht, was du meinst. Ich sehe nur die schwarzen Runen darauf.«

»Sie schimmern golden. Fast so, als würden sie glühen. Und sie verändern sich – so ähnlich wie die Runen des Baums, aus dem der Stab geschlagen wurde.«

Sie schüttelte den Kopf. »Das siehst nur du, Arvan«, widersprach sie. »Arvan, ich habe keine Ahnung, was für Kräfte in diesem Stab gebunden sind. Aber wenn sie für Ghool gefährlich sind, dann vielleicht auch für dich. An einem Schwert kann man sich schließlich auch schneiden, wenn man nicht aufpasst.«

»Mag sein.«

»Arvan, mir gefällt das nicht. Seit wir vom Runenbaum aufgebrochen sind und du dieses …« Sie schien einen Augenblick lang nach dem passenden Wort zu suchen und hatte es dann gefunden. »… *Ding* bei dir trägst, scheinen deine

Gedanken nur noch darum zu kreisen.« Wie wenig ihr diese Entwicklung der Dinge gefiel, kam in der Art und Weise zum Ausdruck, in der sie das Wort *Ding* ausstieß. *Als würde sie über etwas Widerwärtiges sprechen,* dachte Arvan.

Er steckte den Elbenstab wieder ein.

»Es ist nicht so einfach für mich«, sagte er. »Ich war immer der Trottel. Ein Tölpel, der grob und ungeschickt ist und dem nur der alte Grebu zugetraut hat, dass man ihm überhaupt etwas beibringen könnte, was über die Kenntnisse hinausgeht, die jemand braucht, um Baumschafe zu hüten.«

»Ja, und?«

»Und jetzt soll ich mit einer Waffe, von der ich nicht genau weiß, wie sie anzuwenden ist, den Schicksalsverderber töten – etwas, was letztlich nicht einmal König Elbanador geschafft hat.«

»Jetzt mach mal halblang und hör auf mit diesen Grübeleien, Arvan! Was in dir steckt, hast du doch längst bewiesen! Und wenn jemand einen siebenarmigen Riesen zu erschlagen vermag, dann traut man ihm auch alles Mögliche sonst noch zu …«

»Wie zum Beispiel das Amt des Hochkönigs, das ich nicht umsonst abgelehnt habe.«

»Arvan, wir haben in einem eigentlich aussichtslosen Kampf vielleicht doch noch die Möglichkeit, das Blatt zu wenden, und du machst dir alle möglichen überflüssigen Gedanken. Wir müssen zusehen, dass wir nicht von Orks entdeckt werden! Stattdessen starrst du fasziniert auf diesen magischen Stab und siehst goldene Zeichen.«

»Aber ich sehe sie wirklich.«

»Komm jetzt!«

Er ritt hinter ihr her.

Als sie Lirandil, Brogandas, Whuon und Borro einholten,

waren die bereits von ihren Pferden gestiegen. Lirandil und Brogandas lauschten angestrengt. Borro legte einen Finger auf den Mund, um den Ankömmlingen damit zu bedeuten, keinen Laut von sich zu geben.

Arvan und Zalea stiegen ebenfalls ab. Borro hatte den Bogen in der Hand und bereits einen Pfeil aus dem Köcher genommen, während es Arvans Aufgabe in solchen Fällen war, dafür zu sorgen, dass die Pferde ruhig blieben. Vollkommen ruhig. Kein Schnauben und kein Wiehern durften sie hören lassen.

Die Gefährten verbargen sich im dichten Gestrüpp des Unterholzes. Brogandas murmelte kaum hörbar eine Formel vor sich hin. Vielleicht erschwerte sie dem Gegner, sie zu sehen.

Quälend lange Augenblicke vergingen, ohne dass etwas geschah. Dann hörten schließlich auch Arvan und die Halblinge die Geräusche von mindestens drei Dutzend Orks.

Im Laufschritt stampften sie durch den Wald.

Einer von ihnen führte einen Menschen an einem Seil mit sich. Es war ein Mann, dessen brauner Überwurf ein Wappen trug, dessen wichtigstes Merkmal zwei ineinandergreifende Ovale waren.

»Er trägt die Livree eines Libellenreiters«, wisperte Brogandas. »Ich nehme an, er ist ein Bote, und die Orks haben ihn abgefangen.«

Der Mann strauchelte. Der Ork, der ihn am Strick hinter sich her führte, schleifte ihn ein Stück über den Boden. Aber da dem Libellenreiter die Hände auf den Rücken gefesselt waren, hatte er kaum eine Möglichkeit, wieder auf die Beine zu kommen. Der Ork blieb stehen, stieß einen grunzenden Laut aus und zog ihn grob zu sich heran. Die Schlinge, die man dem Gefangenen um den Hals gebunden hatte, erwürgte ihn fast. Er rang nach Luft, sank röchelnd auf die Knie. Der Ork versetzte ihm einen sehr groben Faustschlag.

Ein Ork, dessen Hauer, wie auf der Insel Orkheim üblich, angespitzt worden waren, und der den Befehl zu führen schien, brüllte den Gefangenentreiber daraufhin auf Orkisch an. Speichel troff ihm dabei von den Hauern.

»Wir müssen ihm helfen«, meinte Arvan.

»Wir können nichts tun«, widersprach Lirandil.

»Was haben die mit ihm vor?«

Aber Lirandil gab darauf keine Antwort. Stattdessen antwortete Brogandas. »Orks pflegen manchmal Gefangene am Leben zu lassen, um sie als Nahrungsvorrat mitzunehmen. Ein anderer Grund könnte sein, dass sie noch keine Zeit hatten, den Libellenreiter zu foltern, um aus ihm mehr über die Botschaft herauszubekommen, die er überbringen sollte.« Brogandas' Stimme war nur ein leises Wispern. Zu leise, als dass irgendeiner der Orks davon Notiz genommen hätte.

Der Ork mit den angespitzten Zähnen stellte den Gefangenen jetzt grob auf die Füße.

»Sie wollen nach Süden«, sagte Lirandil. »Dorthin, wo wir herkommen. Angeblich gibt es hier nirgends mehr Halblinge im Umkreis von mindestens hundert Meilen.«

Der Gefangene wurde fortgezogen. Er taumelte. Ein stöhnender Laut kam über seine Lippen. Der Ork, der ihn am Seil führte, wollte dem Libellenreiter gerade noch einen wuchtigen Faustschlag versetzen, weil er ihm wohl zu langsam lief, da schwang plötzlich eine Ranke von oben herab und schlang sich um den Hals des Orks. Er wurde emporgerissen und durch den Wald geschleudert. Er kam so hart gegen einen der Riesenbäume, dass er anschließend leblos an dessen Stamm herabrutschte.

Arvan!, erreichte diesen ein entsetzter Gedanke von Lirandil.

Die Scheusale zogen ihre Waffen. Dann deutete der Orkheimer mit den angespitzten Zähnen plötzlich genau dorthin, wo sich Arvan und seine Gefährten verborgen hielten. Er stieß dabei einen Kampfschrei aus. Doch schon im nächsten Augenblick packte auch ihn eine Schlingpflanze und schleuderte ihn fort. Arvan hielt es nicht länger im Gestrüpp. Er bahnte sich einen Weg mit dem *Beschützer* und stürmte auf die Orks zu. Ein Wurfbeil, das auf ihn geworfen wurde, parierte er mit einem Schwertstreich, und ein Ork, der sich mit einer Lanze auf ihn stürzte, bekam sein Schwert ebenfalls zu spüren. Arvans erster Hieb ließ den Lanzenschaft durchbrechen, mit dem der Ork den Schlag zu parieren versuchte. Der Ork riss ein breites Kurzschwert aus dem Gürtel, aber noch ehe er die Waffe richtig ziehen konnte, hatte Arvan ihm den Kopf vom Rumpf getrennt.

Die Ranken peitschten nun regelrecht von den unteren Ästen der Riesenbäume herab und schlangen sich gleichzeitig um die Körper mehrerer Orks. Diese schlugen mit ihren Sichelschwertern um sich. Ranken wurden durchtrennt. Das Wutgeheul der Orks erfüllte den Wald. Arvan wandte sich dem Gefangenen zu. Mit dem Langmesser löste er diesem die Fesseln.

»Ich danke dir«, stieß der Libellenreiter hervor.

Als ein Ork mit zum Schlag erhobener Streitaxt auf die beiden zustürmte, streckte einer von Borros Pfeilen ihn nieder. Ein anderer wurde von Zalea mit der Schleuder beschossen. Eine Herdenbaumkastanie zerplatzte an seinem Kopf, sodass die ätzenden Dämpfe aus der Frucht austraten.

Er schrie auf und war im nächsten Moment tot, nachdem

er auch noch von einem von Whuons Wurfdolchen getroffen worden war.

Ein heftiger Kampf entbrannte. Borro streckte einen der Orks mit einem Pfeil nieder, und auch Lirandil und Brogandas zogen ihre Schwerter. Sie kamen aus dem Unterholz hervor, um Arvan zu helfen. Ihre Klingen wirbelten blitzschnell durch die Luft. Die Schläge, die sie austeilten, waren von solcher Präzision, wie es nur möglich war, wenn man die Augen eines Elbs oder eines Dunkelalben besaß.

Doch die meisten Gegner kamen gar nicht bis zu ihnen heran. Arvan sorgte dafür, dass lose Schlingpflanzen ihnen zur Seite standen. Sie schlangen sich um die Füße und Hälse der Orks und strangulierten sie. Andere wickelten sich um ihre Waffenarme oder schleuderten sie einfach fort. Einer der Orks hing mehr als eine Masthöhe über ihnen und war dabei von dem spitz zulaufenden, abgebrochenen Ast eines Riesenbaums aufgespießt worden.

Ein anderer Ork nahm schließlich Reißaus.

Arvan zögerte kurz. *»Jetzt! Er wird euch verraten, und in Kürze werden hundert oder zweihundert Orks hinter euch her sein – und die werden sich nicht so einfach töten lassen.«* Es war die Gedankenstimme des Elbenstabs, da war Arvan sicher. Er riss das Artefakt aus dem Gürtel, richtete es auf den fliehenden Ork. Auf einmal war es keine Frage mehr, wie diese Waffe zu benutzen war. Sie schien eins mit ihm geworden zu sein. Wie ein zusätzlicher Teil seines Körpers. Er spürte die dämonische, dunkle Kraft, die diesem Gegenstand innewohnte.

»Nein, Arvan!«, rief Lirandil.

In diesem Moment flog etwas durch die Luft.

Es war einer von Whuons Wurfringen. Niemand außer dem ehemaligen Söldner in den Diensten der thuvasischen

Magier hätte ihn mit der gleichen Mischung aus Präzision und Kraft zu schleudern vermocht.

Der Ring mit den sich ausklappenden Klingen erwischte den Ork am Hals. Er taumelte noch zwei Schritte vorwärts, während bereits das Blut hervorschoss, schleuderte noch ungelenk die Lanze, die er in der Linken trug, griff mit der Rechten nach dem Wurfbeil an seinem Gürtel. Dann brach er mit einem gurgelnden Laut tot zusammen.

»Wir sollten zusehen, dass wir schleunigst von hier fortkommen«, mahnte Whuon. »Ich gehe jede Wette ein, dass hier noch mehr von diesen Scheusalen herumlaufen.«

»Und zwar gar nicht weit entfernt«, bestätigte Brogandas, der das nicht nur ahnte, sondern offenbar auch hören konnte.

Lirandil wandte sich unterdessen an den Libellenreiter. »Wer seid Ihr?«

»Mein Name ist Nomran-Kar, und ich war als Bote für Waldkönig Haraban unterwegs.«

»Von wo seid Ihr aufgebrochen?«

Nomran-Kar blickte sich um und musterte nacheinander Whuon, Brogandas und Arvan – schließlich auch die Halblinge, die sich inzwischen ebenfalls aus dem Gebüsch hervorgewagt hatten. Dann glitt ein Blick zu den Pferden, die sehr ruhig wirkten und von dem ganzen Kampfgeschehen überhaupt nicht beeindruckt zu sein schienen. Dass dies an Arvans Einfluss auf die Willenskraft der Tiere lag, konnte der Libellenreiter ja nicht ahnen. »Ich hätte nicht einmal etwas davon preisgegeben, wenn die Orks mich gefoltert hätten«, behauptete er dann. »Bevor ich also Dinge sage, die ich nicht sagen darf, will ich meinerseits erst einmal wissen, mit wem ich es zu tun habe. Daran ändert auch die Tatsache nichts, dass Ihr mir das Leben gerettet habt.«

»Ich bin Lirandil der Fährtensucher«, erklärte der Elb.

»Von Euch habe ich gehört«, sagte der Nomran-Kar. »Im Hofstaat des Waldkönigs wird ehrlich gesagt sogar ziemlich viel über Euch und Eure Diplomatie geredet. Und wer sind die anderen?«

Lirandil stellte sie Nomran-Kar der Reihe nach vor.

Bei Brogandas und Whuon umwölkte sich die Stirn des Libellenreiters etwas. Er schien nicht so recht zu wissen, was er von den beiden halten sollte. Zalea und Borro waren ihm wohl ziemlich gleichgültig. Halblinge eben, die man nicht weiter zu beachten brauchte, so schien er zu denken.

Aber Arvan gegenüber war er sehr freundlich – und wie sich herausstellte, war das bei Weitem nicht nur der Tatsache geschuldet, dass dessen mutiges Eingreifen ihn davor bewahrt hatte, von den Orks gefoltert zu werden oder ihnen gar als lebender Proviant während ihres weiteren Vernichtungszugs in der Dichtwaldmark zu dienen.

»Arvan?«, vergewisserte sich Nomran-Kar. »Arvan Aradis, der von Halblingen aufgezogene Mensch, der in der Schlacht an der Anhöhe der drei Länder den siebenarmigen Zarton erschlug und es ablehnte, sich als Hochkönig erheben zu lassen?«

Arvan wurde etwas verlegen.

»Nun, was soll ich dazu … Also, ich meine …«

Zalea gab ihm einen leichten Stoß. »Natürlich ist er es«, sagte sie.

»Welch eine Ehre für mich, den größten Held von Athranor kennenzulernen!«

»Na ja, das ist vielleicht leicht übertrieben«, antwortete Arvan.

»Wenn nur die Hälfte von dem wahr ist, was man über dich erzählt, Arvan Aradis, dann ist das keineswegs übertrieben«, widersprach Nomran-Kar. »Wenige haben in so jungen Jahren schon so viel Ruhm erworben. Ihr werdet sehen, selbst in Pandanor erzählt man schon von deinen Taten. Für viele sind sie so etwas wie ein kleiner Hoffnungsschimmer …« Nomran-Kar seufzte, und sein Gesicht bekam einen finsteren Zug. »Viel Anlass zur Hoffnung gibt es ja auch leider nicht.«

»Ihr kommt gerade aus Pandanor?«, hakte Lirandil jetzt nach.

Der Libellenreiter nickte. »Ja. Und ich kann Euch nur sagen: Es sieht sehr düster aus. Die Orks sind überall. Ein Heer, das nur aus Wolfsmenschen besteht, hat Sepa, die alte Hauptstadt von Rasal am pandanorischen Grenzfluss, dem Erdboden gleichgemacht. Man sieht nur noch rauchende Ruinen. Die etwas flussaufwärts gelegene Burg Sy fiel schon vor einiger Zeit. Und inzwischen haben die Heere der Orks und Wolfsmenschen bereits die Flussgrenze nach Pandanor überschritten. Folom und Epea werden bereits belagert …«

»Was ist mit der Flussinsel Colintia?«, unterbrach Lirandil den Boten.

Nomran-Kar schien etwas verwundert über die Frage zu sein. »Meint Ihr diese Insel an der Flussmündung, die stets von so starkem Nebel umgeben ist, dass ich sie auf meinen Botenflügen immer gemieden habe?«

»Ja, genau die.«

»Ich habe ehrlich gesagt keine Ahnung. Aber das ist ein Ort, der ohnehin niemanden interessiert. Lebt da überhaupt jemand – von ein paar Nebelgeistern vielleicht mal abgesehen?«

»Es war nur eine einfache Frage«, sagte Lirandil kühl.

Warum fragt er nach diesem Ort?, überlegte Arvan. Es musste dafür einen Grund geben, denn wenn Lirandil eine

Frage stellte, dann bestimmt nicht, um damit nur irgendeiner plötzlichen Laune zu folgen. *Kann es sein, dass diese mysteriöse Insel das vorläufige Ziel unserer Reise ist, das Lirandil uns bisher ja nicht zu nennen bereit war?*, fragte sich Arvan.

Insgeheim hoffte er, von dem Fährtensucher darauf eine Antwort in Form eines eindeutigen Gedankens zu bekommen. Aber diesen Gefallen tat ihm der Elb nicht.

»Wie gesagt, Colintia ist ein Ort, den ich meide. Und so geht es vielen. Angeblich soll es dort nämlich spuken …«

»Was ist mit Eurem Reittier geschehen?«, fragte Lirandil.

»Die Orks haben es …« Er schluckte, und sein Gesicht wurde blass dabei.

»… gefressen?«, vollendete Brogandas mit einem breiten Lächeln. »Mein elbischer Gefährte kennt sich zwar aus gewissen Gründen etwas besser mit den Geräuschen der Orks aus, aber da deren Hauptnahrung ja angeblich die Schwärme von Riesenschrecken sind, die zweimal im Jahr den Himmel über dem südlichen Athranor verdunkeln, könnte ich mir denken, dass ihnen auch Euer edles Reittier geschmeckt hat.«

»Sie haben nichts zurückgelassen. Nicht einmal den Panzer«, flüsterte Nomran-Kar, und es war ihm anzumerken, wie sehr ihn das erschüttert hatte. »Diese groben Scheusale ahnen ja gar nicht, was sie damit zerstört haben! Die Aufzucht und Ausbildung einer voll einsatzfähigen Riesenlibelle ist ein höchst komplizierter Vorgang. So ein Tier kann man getrost in purem Gold aufwiegen, und selbst das wäre noch zu wenig! Und diese Narren haben es einfach … gefressen.«

»Es sind Orks«, gab Brogandas zu bedenken.

Nomran-Kar sah sich um und nahm einem der erschlagenen Orks ein Breitschwert weg, das in die leere Lederscheide passte, die der Libellenreiter am Gürtel trug. Anscheinend hatte ihm dieses Schwert ursprünglich ohnehin gehört. Von einem anderen Ork nahm er sich einen Wurfdolch, den er in seinem Stiefelschaft verschwinden ließ, während er einem dritten den Speer abnahm. Es war ein Speer mit einer Spitze aus Obsidian. Die originale Arbeit von Orkpranken also. Aber Nomran-Kar schien zu finden, dass die Waffe gut in der Hand lag und für seine Zwecke brauchbar war. »Ich werde Euch nun verlassen und meinen Weg notgedrungen zu Fuß fortsetzen«, kündigte er an.

»Das wäre Wahnsinn«, stellte Arvan fest. »Die Wälder sind voller Orks. Ihr solltet mit uns mitkommen.«

Nomran-Kar lächelte matt. Als er sich das Haar aus der Stirn strich, war zu sehen, dass auf seiner Stirn eine Platzwunde zu sehen war. Vermutlich hatte er sie sich im Verlauf seiner kurzen, aber grausamen Gefangenschaft bei den Orks zugezogen. »Ihr solltet nicht glauben, dass es im Norden oder Westen anders ist.«

»Kommt mit uns«, sagte Lirandil jetzt sehr bestimmt. »Ihr würdet nicht einmal ein paar Meilen weit kommen. Gleichgültig, wohin Ihr Euch auch wendet, Ihr lauft den Orks in die Pranken.«

»Und ich nehme an, dass sie diesmal deinen Schädel sofort knacken und ausschlürfen, anstatt sich diesen Leckerbissen noch einmal entgehen zu lassen«, mischte sich Whuon ein.

Nomran-Kar atmete tief durch.

Er schien zu überlegen, ob es nicht vielleicht doch besser für ihn war, dem Rat Lirandils und der anderen zu folgen.

»Wo genau wollt Ihr Euch denn hinbegeben, Elb?«, wandte er sich an den Fährtensucher.

»Es gibt einen Ort, der zumindest vorerst sicher sein könnte«, erklärte Lirandil, der wohl keine Neigung verspürte, ausgerechnet gegenüber dem Libellenreiter offener über die Einzelheiten seiner Pläne zu sprechen.

»Ihr erwähntet gerade die Flussinsel Colintia. Liegt der Ort etwa im Mündungsgebiet? Die Insel selbst kann es ja wohl nicht sein …« Nomran-Kar schüttelte den Kopf. »Das ist Wahnsinn! Der Weg dorthin führt quer durch die Huflande von Rasal – und die habe ich vor Kurzem erst auf dem Weg hierher überflogen und weiß daher sehr gut, wie viele Orks dort unterwegs sind.«

»Trotzdem seid Ihr bei uns sicherer«, sagte Arvan. »Allein auf Euch gestellt würdet Ihr es keine halbe Tagesreise schaffen.« Arvan sah ihn sehr ernst an. »Bitte! Ich habe nicht mein Leben aufs Spiel gesetzt, um Euch zu helfen, damit Ihr dieses Geschenk einfach wegwerft.«

»Er hat auch unser Leben aufs Spiel gesetzt – mal ganz nebenbei bemerkt«, stellte Whuon fest.

Dem Libellenreiter schien zu dämmern, dass ihm wohl gar keine andere Wahl blieb, als sich der Gruppe anzuschließen. Und Lirandil erhoffte sich vielleicht von ihm wertvolle Kunde über die Verhältnisse in dem Gebiet, das sie noch zu durchqueren hatten.

»Also gut«, sagte der Libellenreiter schließlich. »Auch wenn ich damit meinen Eid breche, den ich als Bote des Königs geschworen habe.«

»Scher dich nicht um Eide, Libellenreiter«, meinte Whuon. »Ein Schwur gilt ohnehin immer nur bis zum nächsten.«

»Seid still!«, fuhr Brogandas dazwischen. Er sah angestrengt drein und schien zu lauschen. »Hört Ihr es auch, Fährtensucher?«

Lirandil nickte finster. »Wir sind eingekreist. Gleichgültig, wohin wir uns auch wenden – wir werden Orks begegnen.«

Einige Augenblicke herrschte Schweigen. Arvan kümmerte sich um die Pferde, beruhigte sie noch einmal. Zalea ging mit ihm. »Was Lirandil vorhat, ist Wahnsinn«, wisperte sie Arvan zu. »Er will, dass wir die Huflande von Rasal bis zur Mündung des pandanorischen Grenzflusses durchqueren – aber das ist längst Ghools Land. Wenn dieser Libellenreiter recht hat, dann können wir dort seinen Schergen nicht entgehen.«

»Er ist ein erfahrener Fährtensucher«, erwiderte Arvan. »Und ich vertraue ihm. Er wird sich schon etwas dabei überlegt haben.«

»Fragt sich nur, wie es danach weitergehen soll. Ganz Rasal gehört den Orks, und selbst die eingeschlossenen Küstenstädte könnten inzwischen gefallen sein. Die einzige Möglichkeit wäre, bis zur Küste vorzudringen und dann über das Meer in die Orkländer zu gelangen.«

Arvan zuckte mit den Schultern. »Vielleicht ist es das, was Lirandil plant.«

»Und du glaubst, da liegt irgendwo ein Schiff für uns bereit, das nur auf uns wartet?«

Inzwischen wurde Brogandas immer unruhiger. Er hielt sein Schwert in der Hand, drehte sich abrupt um, blickte suchend mal in jene, mal in eine andere Richtung, so als erwartete er jeden Moment, dass massenweise Orks aus dem Unterholz hervorbrachen. Er murmelte dabei einige Worte in der Sprache der Dunkelalben. Ob das ein Zauberspruch oder nur eine einfache Verwünschung war, konnte niemand sagen.

Whuon überprüfte den Sitz seiner Waffen. Er nahm außerdem den Wurfring wieder an sich, mit dem er den flüchtenden Ork getötet hatte. Als er zurückkehrte, zog er das Langschwert vom Rücken, hielt es in der Rechten und fasste mit der Linken nach dem kurzen Breitschwert, das er am Gürtel trug. Beide Waffen ließ er mit beängstigender Leichtigkeit durch die Luft kreisen. »Sie sollen nur kommen«, meinte er. »Gleichgültig, wie viele es sein mögen.«

Borro wandte sich unterdessen an Lirandil. »Habt Ihr denn keine Idee, was wir jetzt tun können?«

Lirandil beachtete den rothaarigen Halbling nicht weiter. Er schien intensiv nachzudenken und aufmerksam zu lauschen, wie schnell sich die Orks ihnen näherten. Eine tiefe Furche hatte sich auf der ansonsten vollkommen glatten Stirn des Elben gebildet. Auch er hielt das Schwert kampfbereit in der Hand. »Das wird gefährlich«, murmelte er – mehr zu sich selbst als an Borro gerichtet, der bereits einen Pfeil in seinen Bogen eingelegt hatte.

»Die Pferde«, meldete sich nun Brogandas zu Wort.

»Hättet Ihr die Güte, Eure Vorschläge zur Rettung unserer aller Leben vielleicht etwas zu präzisieren?«, meinte Borro.

Brogandas wandte sich an Arvan. »Du musst ihnen deinen Willen aufzwingen und sie dazu bringen, immer weiter in nördlicher Richtung zu laufen. So weit es geht und so lange wie möglich sollen sie einfach nur laufen.«

»Ja, aber das wird uns nicht retten.«

»Doch! Ich würde das ja selbst tun, aber wenn mein Plan klappen soll, dann werde ich mich auf eine andere Aufgabe konzentrieren müssen, zu deren Erfüllung ich alle meine Kräfte brauche.«

»Wovon sprecht Ihr?«

»Davon.«

Er streckte sein Schwert in Richtung der Pferde aus und murmelte dabei mit eindringlicher Stimme eine Formel. Die Runen in seinem Gesicht wurden dabei zu einem Geflecht aus feinsten, miteinander verwobenen Linien.

Eine Wolke aus dunklem Rauch kam aus der Schwertspitze heraus und verteilte sich, bis man nichts mehr davon zu sehen vermochte. Arvan glaubte seinen Augen nicht zu trauen. Auf den Pferden saßen schattenhafte Gestalten. Sie wirkten durchscheinend, und man konnte kaum Einzelheiten an ihnen erkennen. Eines der Pferde wieherte laut und stellte sich auf die Hinterhand. Sein Reiter verschwand daraufhin.

»Habe ich dir nicht gesagt, du musst die Pferde unter deine Herrschaft bekommen?«, drängte Brogandas. »Ich kann mich nicht gleichzeitig darauf konzentrieren, diesen Pferden meinen Willen aufzuzwingen und einen Illusionszauber zu wirken, der gut genug ist, um die Orks zu täuschen.«

Arvan beruhigte das Pferd sofort wieder. Einige Gedanken reichten dazu aus. Er sprach ein paar Worte zu dem Tier, ging darauf zu. *Du bist auch nicht viel widerspenstiger als ein stures Baumschaf,* dachte er.

»He, habe ich das richtig verstanden?«, rief jetzt Borro. »Die Pferde sollen die Orks ablenken? Aber was wird mit unseren Sachen? Mit dem Proviant?« Er schluckte. »Das heißt ein paar Tage ohne Frühstück, nicht wahr?«

»Anders geht es nicht«, sagte Lirandil. »Und wenn etwas von unserem Eigentum mit ihnen geht, dann wirkt der Illusionszauber überzeugender. Das ist eine magische Grundregel, und an der ändert sich auch nichts, wenn ein Dunkelalb sie anwendet.«

Die Gestalten, die nun auf den Pferden erschienen, hatten erschreckende Ähnlichkeit mit Arvan und seinen Gefährten. Allerdings blieb Arvan keine Zeit, um länger darüber nachzudenken. Er musste seine Gedanken darauf richten, den Willen der Pferde zu lenken. Die Tiere liefen los. Als sie sich aus dem Unterholz befreit hatten, folgten sie einem sehr breiten Trampelpfad der Kriegselefanten von Harabans

Söldnern in Richtung Norden. Es dauerte nicht lange, und man konnte sie nicht mehr sehen. Nur den Hufschlag hörte man noch. Und hin und wieder ein Schnauben oder Wiehern.

»Und wir werden uns jetzt sehr unscheinbar verhalten müssen«, erklärte Lirandil.

Bis zum Einbruch der Nacht warteten sie auf der Hauptastgabel eines unbesiedelten Riesenbaums. Ein paar junge Triebe wuchsen dort empor und gaben etwas Sichtschutz. Und außerdem gab es mehrere natürliche Baumhöhlen, in denen man sich notfalls verstecken konnte.

Die meiste Zeit kauerten sie schweigend in einer dieser Höhlen. Viele von ihnen stammten von Stechschnäbeln genannten Vögeln, die etwa so groß wie Halblinge waren und diese Höhlen sehr zahlreich zur Eiablage in Bäume schlugen. Allerdings benutzten Stechschnäbel eine Baumhöhle nur ein einziges Mal.

Brogandas hielt während dieser Zeit zumeist Wache und ließ sich manchmal von Lirandil ablösen. Die beide lauschten dann angestrengt in das Rascheln der Bäume und den Chor der sonstigen Geräusche hinein, dessen Gesang in den Wäldern der Dichtwaldmark allgegenwärtig war.

»Wenn Ihr irgendetwas Ungewöhnliches hören solltet, dann ist das mein knurrender Magen«, flüsterte Borro zwischendurch. Er zupfte sichtlich gereizt an der Sehne seines Bogens herum. Im Moment war es einfach nicht möglich, auf die Jagd zu gehen oder in einem der zahlreichen Bäche und Wasserläufe, die die Wälder durchzogen, einen Fisch schießen zu wollen.

»Stell dich nicht so an«, wisperte ihm Zalea zu.

»Habt ihr schon mal darüber nachgedacht, was die Orks

mit unseren Pferden anfangen, wenn sie sie einfangen und gemerkt haben, dass die Reiter nichts als Trugbilder sind?«

»Wenn du dich selbst quälen willst, kannst du dir ja in allen Einzelheiten vorstellen, wie die Scheusale sie über dem Feuer braten und verschlingen, während du hungern musst«, mischte sich Whuon ein.

»Sehr lustig, Söldner«, knurrte Borro etwas beleidigt.

»Mit leerem Magen versteht er keinen Spaß«, versuchte Zalea seine Laune zu erklären.

Whuon war damit beschäftigt, mithilfe eines kleinen Schleifsteins seine Waffen der Reihe nach zu schärfen. Mit einigen Blättern, die er zu diesem Zweck gesammelt hatte, reinigte er die Klingen seiner beiden Schwerter und der diversen Wurfringe und Dolche, die er mit sich führte, außerdem von Blutresten. »Schließlich haben wir unter uns ja zumindest zwei, deren Geruchssinn äußerst empfindlich ist«, meinte er dazu. Lirandil schien im Moment für Whuons groben Humor ebenso wenig empfänglich zu sein wie Borro. Und Brogandas, auf den diese Bemerkung nicht weniger gemünzt war als auf Lirandil, hielt gerade Wache.

Lirandil saß in sich versunken da. Immer wieder leuchtete es bläulich durch die geschlossenen Augenlider des Elben. Er schien sich gerade wieder einmal intensiv mit dem Wissen zu beschäftigen, das er in Asanils Turm erhalten hatte. Und wenn er das tat, hatte es auch wenig Sinn, ihn anzusprechen.

Arvan schloss indessen die Hand um den Elbenstab. Und für einen Augenblick spürte er wieder die unheimliche Kraft, die in diesem Gegenstand gebündelt war. Er schloss die Augen und sah sich verändernde Runen vor sich. Dazu eine Stimme, die Worte murmelte, von denen er eigentlich das Gefühl hatte, sie verstehen zu müssen. Aber stattdessen waren sie ihm vollkommen unverständlich. Immer intensiver lauschte er dieser Stimme. Es musste die Gedankenstimme des Stabes sein, die schon einmal zu ihm gesprochen hatte.

Aber diesmal blieb das, was sie ihm sagte, fremd und unverständlich.

Hör auf damit!, drangen plötzlich Lirandils Worte in seine Gedanken. Arvan schreckte hoch. Der Elb sah ihn mit weit geöffneten Augen an. Ein Blick, der Arvan förmlich zu durchbohren schien und ihn dazu veranlasste, augenblicklich den Griff um den Elbenstab in seinem Gürtel zu lösen. Jeglicher blauer Schimmer war aus Lirandils Augen verschwunden, und sein Tonfall hatte eine Strenge, die Arvan nur selten an ihm bemerkt hatte.

»Was … ich meine … wovon sprecht Ihr denn eigentlich?« Arvan schluckte.

»Das weißt du sehr gut«, antwortete der Elb scharf. »Du bist unsere allergrößte Hoffnung, Arvan. Sieh zu, dass du nicht zu unserer größten Gefahr wirst!«

Arvan bewegte die Finger der Hand, die gerade noch den Elbenstab umfasst hatte. Sie fühlten sich auf eigenartige Weise taub an. Ein Kribbeln durchlief ausgehend von den Fingerspitzen seinen gesamten Körper. *»Niemand ist mächtiger als du«*, wisperte plötzlich die Stimme des Stabes in seinem Kopf. Und gleichzeitig glaubte Arvan in seinem Kopf den Widerhall eines dröhnenden und sehr boshaften Gelächters zu hören.

»Ihr wisst, dass ich immer auf Euren Rat gehört habe, Lirandil«, sagte Arvan dann schließlich.

»Daran tust du auch weiterhin gut, Arvan, so mächtig du dich vielleicht auch als Träger des Elbenstabs zwischenzeitlich fühlen magst. Und wenn wir schon dabei sind, dann gebe ich dir gleich noch einen weiteren Rat.«

»Ich bin ganz Ohr, werter Lirandil«, behauptete Arvan, obwohl er in Wahrheit mehr auf die Botschaften in seinem Inneren achtete. Botschaften, die er mit der Kraft des Elbenstabs in Verbindung brachte.

»Du wirst gewiss manchmal glauben, dass der Elbenstab zu dir spricht.«

»Nun, ich …«

»Du brauchst es nicht zu leugnen. Ich weiß, dass es so ist. Auch wenn der Geist eines Menschen generell weniger empfänglich ist als der eines Elben, gibt es keinen Grund, warum es dir anders ergehen sollte als vor dir König Elbanador.«

»Wie sollte ich auf diese Stimme reagieren?«, fragte Arvan.

»Du solltest vor allem ihre wahre Natur erkennen.«

Arvans Augen wurden schmal. Er schien nicht zu verstehen, worauf Lirandil hinauswollte. »Ihre wahre Natur?«, echote er.

»Es sind nicht die Gedanken des Elbenstabs, die dir etwas einflüstern, auch wenn du das eine Weile glauben magst.«

»Nicht?«

»Das, was der Stab enthält, ist nur Kraft. Kraft der puren Dunkelheit, so finster, dass niemand all ihre Eigenschaften kennt. Nicht einmal die Dunkelalben dürften ernsthaft behaupten wollen, alle Aspekte dieser Art von Kraft auch nur annähernd erforscht zu haben. In dem Stab wohnt keine Seele, kein Wille, kein Gedanke, kein Ziel, keine Form. Nur eine vollkommen chaotische, zerstörerische Macht.«

Arvan konnte das nicht fassen.

»Aber die Gedanken …«

»… sind deine eigenen, Arvan. Oder vielleicht auch nur die Zerrbilder davon. Es sind deine eigenen Worte, die du hörst, auch wenn sie dir bisweilen so fremd und eigenartig vorkommen mögen, dass du sie nicht einmal zu verstehen meinst.«

Arvan schwieg ernüchtert. »Das wusste ich nicht«, gestand er. »Und ehrlich gesagt fällt es mir schwer, das zu glauben.«

»Der Stab ist wie ein Spiegel, Arvan. Wenn du in ihn hineinsiehst, erschafft er nichts Neues. Er zeigt dir nur etwas, was zuvor schon da ist.«

Im Land des Schreckens

Sie ruhten sich bis zum Abend etwas aus. Arvan bekam allerdings kaum ein Auge zu. Seit er der Träger des Elbenstabs war, fühlte er eine Art von innerer Unruhe, die er früher nicht gekannt hatte. Nicht einmal in den Augenblicken größter Gefahr oder wenn er als tollkühner Berserker in die Schlacht gezogen war, ohne auch nur einen einzigen Gedanken daran zu verschwenden, wie hoch seine Überlebenschance wohl sein mochte.

Bei Einbruch der Dunkelheit brachen sie auf.

Sie schlichen so unauffällig wie möglich durch den Wald. Für einen elbischen Fährtensucher wie Lirandil war es nicht schwierig, sich auch des Nachts in der Dichtwaldmark zurechtzufinden.

Immer dann, wenn Lirandil oder Brogandas die Geräusche der Orks vernahmen – oder manchmal auch nur den Geruch ihrer Lagerfeuer in der Nase spürten –, versuchten sie ihnen so gut es ging auszuweichen. Die Schergen Ghools waren allerdings so zahlreich, dass das nicht immer möglich war.

An einem Orklager kamen sie ziemlich dicht vorbei. Für Halblinge, Elben und Dunkelalben war es natürlich sehr viel leichter, sich lautlos zu bewegen, als für Menschen. Der Libellenreiter Nomran-Kar war daran am wenigsten gewöhnt, während Arvan in dieser Hinsicht ja schon sein ganzes bisheriges Leben lang seinen Halblingfreunden nachzueifern versucht hatte.

Aus der Sicht von Halblingen hatte die Betonung da natürlich auf dem Wort *versuchen* gelegen. Aber andererseits machten die Orks selbst so viel Krach, dass es meistens gar nicht auf vollkommene Lautlosigkeit ankam.

Bei Anbruch der Morgendämmerung suchten sie sich erneut einen unbewohnten Riesenbaum, um sich dort den Tag über zu verbergen.

Immer wieder waren sie auf ihrem Weg an ausgebrannten Wohnbäumen vorbeigekommen. Und auch wenn die Dunkelheit der Nacht den Blick auf viele grausige Einzelheiten verhindert hatte, war die Stimmung doch recht gedrückt. Vor allem galt das natürlich für Zalea und Borro.

»Versprich's mir: Wenn du herausgefunden hast, wie dein Wunderstab wirkt, und du eines Tages tatsächlich die Möglichkeit haben solltest, Ghool zu töten, dann lass ihn doch bitte vorher ein bisschen leiden!«, wandte sich Borro an seinen Menschling-Gefährten. »Dass dieser Befehlshaber aller Scheusale so einfach davonkommen sollte, wäre für mich unvorstellbar!«

Die Tage und Nächte vergingen alle auf ähnliche Weise. Sie ernährten sich vorwiegend von Beeren und Wurzeln, denn jede Art von Jagd hätte womöglich die Orks auf die Gruppe aufmerksam gemacht. Zalea kannte sich, was Wurzeln, Beeren und Kräuter betraf, gut aus. Manches von diesem Pflanzenwerk machte einfach nur satt, anderes wurde als Heilmittel eingesetzt. Wirklich schmackhaft war nur wenig davon. Zumindest Whuon und Nomran-Kar machten keinen Hehl daraus, dass ihnen dieser Speiseplan nicht besonders mundete. »Ein mageres Waldbankett«, nannte Whuon es spöttisch. »Aber ich habe mich schon auf so manchem Kriegszug an noch Schlimmeres gewöhnen müssen.«

Nomran-Kar schien jedes Mal vor dem Genuss einer nicht zubereiteten und nur notdürftig im Bachwasser abgewaschenen Wurzel zu überlegen, ob sein Hunger wirklich schon drängend genug war, um sich diese Mahlzeit einzuverleiben. Lirandil und Brogandas verzichteten so gut wie völlig darauf und nutzten die Tatsache aus, dass ihre Körper in der Lage waren, auch über einen längeren Zeitraum hinweg ohne Nahrung auszukommen.

Für Arvan hingegen war das alles nichts Ungewohntes. Von klein auf hatte er schließlich all das gegessen, was bei Baummeister Gomlo und seiner Brongelle auf den Tisch gekommen war. Und dazu gehörten eben neben Baumschafbraten auch all die Wurzeln und Beeren, die jetzt dafür sorgten, dass ihnen die Mägen nicht allzu laut knurrten.

Eines Nachts begegneten sie einem Ork, der in der Nähe eines ihrer Nachtlager Wache hielt. Sein Alarmschrei fiel allerdings dort nicht weiter auf, denn bei den Orks, die um ihr Lagerfeuer herum kampierten, war gerade Streit ausgebrochen. Worum es dabei ging, war nicht klar. Aber das spielte auch keine Rolle.

Zu einem zweiten Schrei kam der Orkwächter jedenfalls nicht mehr. Brogandas brachte ihn mit einem Schweigezauber zum verstummen. Nur einen Augenaufschlag später fuhr ihm einer von Whuons Wurfdolchen in den Hals. Ohne noch einen Laut von sich zu geben, sank er zu Boden.

Die Gefährten zogen daraufhin an dem Orklager vorbei. Der Schein des Lagerfeuers leuchtete durch das Unterholz hindurch zu ihnen hinüber. Waffengeklirr hatte das wüste Geschrei abgelöst.

»Sollen sich die Scheusale ruhig gegenseitig umbringen«, lautete der Kommentar von Nomran-Kar.

»Den Verlust des Reittieres kannst du nicht so schnell verwinden, stimmt's?«, raunte ihm Whuon zu.

»Was weißt du schon?«, knurrte Nomran-Kar.

»Ich kenne Insekten nur als etwas, das man davonscheucht oder erschlägt. Und die Größe spielt dabei nicht die geringste Rolle.«

»Barbar«, stieß Nomran-Kar leise hervor.

Whuon grinste. »Es würde mich interessieren, ob es in deiner Heimatstadt allgemeiner Sitte entspricht, über eine Riesenlibelle stärker zu trauern als über jeden anderen Toten. Aber ich bin natürlich nur ein Barbar, dem es nicht zusteht, so etwas zu fragen.«

Zwei Nächte später erreichten sie die Waldgrenze. Ziemlich abrupt ging hier die Dichtwaldmark in die grasbewachsenen, hügeligen Gebiete der Huflande über, wie man den nördlichen Teil des Herzogtums Rasal nannte. Whuon und Brogandas schienen sehr erleichtert darüber zu sein, endlich wieder freies Land vor sich zu sehen. Der Mond schien hell auf das grasbewachsene Land, und die Sterne funkelten am Himmel – ein Anblick, den man in der Dichtwaldmark beinahe nirgendwo hatte.

»Und jetzt zu Fuß durch Rasal?«, fragte Nomran-Kar. »In den Hügeln kann man sich nicht gerade besonders gut verstecken. Und wenn uns Orks begegnen, die auf Hornechsen daherpreschen, haben die uns schnell eingeholt.«

»Nur, falls sie uns bemerken«, sagte Brogandas.

»Wäret Ihr so freundlich, noch einmal Euren Zauber an uns zu wirken?«, fragte Lirandil den Dunkelalben. »Oder hat Euch die Erschaffung der Trugbilder, die die Orks täuschen sollten, zu sehr geschwächt?«

»Dass mich ein Elb darum bittet, dunkle Kräfte anzuwenden, verschafft mir jedes Mal so viel Genugtuung, dass dadurch die letzte Reserven an magischer Kraft in mir geweckt werden, werter Lirandil«, erwiderte Brogandas mit spöttischem Unterton. »Ich würde es dringend anraten, das Ritual noch einmal durchzuführen. Allerdings sollten wir uns auf dessen Wirkung nicht allzu sehr verlassen. In so offenem Gelände wird es unsere Entdeckung durch die Orks lediglich erschweren, aber nicht verhindern können.«

»Dann sollten wir am besten auch weiterhin nur nachts reisen«, schlug Whuon vor.

»Dunkelalbenmagie?«, meldete sich Nomran-Kar zu Wort. »Davor hat man uns immer gewarnt.«

»Ach ja?«, fragte Brogandas sarkastisch. »Und vor den Axtklingen der Orks etwa nicht?«

»Man hat uns während der Libellenreiter-Ausbildung vor *jeder* Art von Magie gewarnt«, erklärte Nomran-Kar. »Spuren dieser Kräfte haften einem noch lange an und können unsere Reittiere verwirren.«

»Tja, da werdet Ihr Euch entscheiden müssen, werter Nomran-Kar! Aber ich vermute, in nächster Zeit wird Euch kaum eine Riesenlibelle zur Verfügung stehen.«

»Ja, da mögt Ihr recht haben«, knurrte der Libellenreiter finster.

Sie hielten es genauso wie auf dem Weg durch die Dichtwaldmark. Am Tage suchten sie sich eine halbwegs geschützte Stelle in der Nähe von Büschen oder Bäumen, während sie in der Nacht weiterzogen. Allerdings wurde es immer schwieriger, geeignete Lagerstellen zu finden. Je weiter sie in die Huflande vordrangen, desto flacher wurde das Gelände. Nur sehr vereinzelt trafen sie auf Plätze, wo man geschützt den Tag verbringen konnte.

Dafür trafen sie auf die Ruinen von ausgebrannten Gehöften und Rittergütern. Aasvögel kreisten dort, und Leichengeruch hing über diesen Orten. Niemanden hatten die Schergen Ghools am Leben gelassen. Und es war ungewiss, wie vielen wohl die Flucht gelungen sein mochte. Rasal war berühmt für seine Pferdezucht. In großen Herden durchstreiften die edlen Tiere die Graslande im Süden und die Huflande im Norden des Herzogtums.

Kein einziges lebendes Pferd begegnete den Gefährten jedoch auf ihrem Weg gen Osten. Dafür trafen sie immer wieder auf Berge von abgenagten Knochen. Die wertvollen rasalischen Rösser hatten den Orks offenbar schlicht und einfach zum Verzehr gedient. Und wenn man nach den auffindbaren Spuren ging, dann hatten sie sich häufig noch nicht einmal die Mühe gemacht, ihre Beute zu braten, sondern stattdessen das Fleisch einfach roh heruntergeschlungen.

»Wart Ihr nicht derjenige, der so viel Verständnis für die Gebräuche der Orks hatte?«, wandte sich Brogandas spöttisch an Lirandil, als sie wieder einmal an einem dieser Knochenfelder vorbeikamen. »Ich denke, trotz der fortgeschrittenen Dämmerung wird der scharfe Blick Eurer Elbenaugen Euch sofort verraten, dass nicht alle diese Knochen von Pferden stammen …«

Lirandil schwieg dazu.

Er wurde während des Weges immer in sich gekehrter.

Arvan fragte sich manchmal, ob vielleicht sogar der Elb daran zweifelte, dass sie dem richtigen Plan folgten.

Sie lagerten in der Nähe einer ausgebrannten Burgruine. Borro war es gelungen, ein Kaninchen zu schießen, und so gab es zumindest für die Menschen unter ihnen etwas Vernünftiges zu essen. Lirandil erlaubte sogar, ein Feuer zu entzünden, damit Borro das Kaninchen auch richtig zubereiten konnte.

Es bedeutete zwar ein gewisses Risiko, aber die Stimmung aller hellte sich dadurch beträchtlich auf. Vor allem galt das natürlich für Borro selbst. »Ich kann Euch gar nicht sagen, wie sehr mir der Magen schon geknurrt hat. Nichts für ungut, Beeren und Wurzeln sind sicher auch was Feines, aber so auf die Dauer …«

Whuon verdrehte die Augen.

»Du bist ein guter Koch, aber doch kenne ich Leute, für die dein andauerndes Gequatsche schon Grund genug wäre, dir die Gurgel durchzuschneiden, Halbling!«

Borro schluckte unwillkürlich. »Es geht doch nichts über freundliche, dankbare Komplimente«, meinte er. »Da macht man seine Arbeit doch gleich noch mal so gern.«

Arvan wandte sich an Lirandil. Er hatte lange nicht gewagt, ihn anzusprechen, so in sich gekehrt und finster wie der Elb zurzeit wirkte. Aber jetzt konnte er nicht mehr an sich halten. »Was wird uns auf dieser Flussinsel erwarten?«, fragte er. »Ich meine, wir gehen inzwischen ja alle davon aus, dass sie das Ziel unserer nächsten Etappe ist.«

Lirandil blickte auf und musterte Nomran-Kar einen Moment lang auf eine Art und Weise, als wäre der Libellenreiter der eigentliche Grund dafür, dass er bisher nicht mehr zu diesem Thema gesagt hatte.

Whuon schien die Gedanken des Elben zu erraten. »Ich kann ihn für dich töten, bevor er sich entschließt, uns eigenmächtig zu verlassen und jemandem davon zu erzählen«, grinste er. Als er Nomran-Kars blass gewordenes Gesicht sah, fügte der Söldner noch hinzu: »Das war ein Spaß, Libellenreiter.«

»Keiner von der Art, die mir gefällt«, erwiderte Nomran-Kar.

Whuon schlug ihm freundschaftlich auf die Schulter. »Empfindlich wie ein Elb, schlecht gelaunt wie ein Dunkelalb. Ich wette, du hast nicht viele Freunde.«

»Freunde pflegen wir normalerweise innerhalb unserer Gilden zu suchen«, erwiderte Nomran-Kar in einem etwas eingebildet klingenden Tonfall.

»Dann kann ich nur hoffen, dass die Freunde aus deiner Gilde dich auch so verteidigen, wenn du in Not bist, wie es ein dir völlig Fremder wie Arvan getan hat.«

»Ich glaube, dass ich meiner Dankbarkeit zur Genüge Ausdruck verliehen habe«, erklärte der Libellenreiter, dem deutlich anzumerken war, dass er das Gespräch mit Whuon als Zumutung empfand.

Am Nachmittag wurde Arvan durch wilde Schreie geweckt.

Er schreckte hoch, griff nach dem *Beschützer* und bemerkte, dass Borro und Zalea ebenfalls schon wach waren. Die anderen waren fort, hatten aber ihre Sachen zurückgelassen.

»Ich habe geträumt, dass die Orks uns überfallen hätten«, stieß Borro hervor. »Und zwar *bevor* wir das Kaninchen essen konnten.« Er atmete tief durch und strich über seinen Bauch, während er fortfuhr: »Aber das ist ja, den Waldgöttern sei Dank, hier gut aufgehoben.«

»Wo sind die anderen?«, fragte Zalea.

Arvan konnte ein Gähnen nicht unterdrücken. Er hatte kaum geschlafen, war immer wieder von Träumen geweckt worden. Träume, die so wirr gewesen waren, dass er sich nicht an sie zu erinnern vermochte. Er wusste nur noch, dass sie sich allesamt um den Elbenstab und dessen finstere Kräfte gedreht hatten. Und jetzt fühlte er sich wie zerschlagen, so als hätte er gar nicht geschlafen. »Gehen wir sie suchen«, meinte er.

Es dauerte nicht lange, und sie fanden Lirandil und Brogandas zusammen mit Nomran-Kar bei den Zinnen einer Brustwehr. Whuon hingegen stand etwas abseits, blickte aber ebenfalls in die Ferne.

Ein langer Heerzug, der von Horizont zu Horizont reichte, bewegte sich dort nordwärts. Dutzende von Hornechsen zogen gewaltige Wagen, auf denen sich Katapulte befanden, die an Größe sogar noch jene übertrafen, die in der Schlacht an der Anhöhe der drei Länder eingesetzt worden waren. Abertausende von Orks zogen daher. Der Großteil von ihnen bestand aus Fußgängern, während nur eine Minderheit auf Hornechsen ritt. Noch auffälliger waren die Kolonnen von Wolfskriegern, denn soweit sie mit Schilden ausgestattet waren, schlugen sie andauernd mit ihren Waffen darauf und hielten dabei einen ganz eigentümlichen Rhythmus. Die Orks untermalten dies mit einem wilden, chaotischen Chor aus durchdringenden Kampfschreien. Außer Orks, Wolfsmenschen und vereinzelten Affenkriegern folgte diesem Heerzug auch eine große Zahl dämonischer Krieger mit glühenden Augen, von denen nicht einer dem anderen glich. Manche wirkten wie groteske Mischwesen aus Mensch und Tier, andere ritten auf riesenhaften, pferdegroßen Hunden und waren so schwer gerüstet, dass man nicht erkennen konnte, was für ein Geschöpf sich unter all diesen Panzerungen und dem geschlossenen Helmvisier verbarg. Nur ihre monströse Größe und die Tatsache, dass keiner von ihnen weniger als drei Waffenarme unterschiedlicher Länge und Stärke besaß, war klar erkennbar. Und unter ihren pechschwarzen Helmen schimmerte grünliches Licht hervor, das manche dieser Schreckensgestalten auch wie eine dünne Aura vollkommen einhüllte.

»Die ziehen Richtung Folom in Pandanor«, stellte Nomran-Kar fest. »Ich sagte ja, dass dort noch gekämpft wird – oder vielleicht auch schon nicht mehr. In dem Fall werden sie wohl die Heere unterstützen, die versuchen werden, den Hafen Epea zu erobern.« Er wandte sich an Brogandas. »Und die Dunkelalben von Albanoy sehen in aller Ruhe zu, wie der Feind ihrer Feinde ein Blutbad anrichtet.«

»Ich gehöre nicht zum Rat der Mächtigen von Khemrand«, erwiderte Brogandas kühl.

Nomran-Kar zuckte mit den Schultern. »Wie auch immer. Ihr seht, welche gewaltigen Heere hier aufmarschieren. Und man kann wohl davon ausgehen, dass das nicht viel mehr als die Vorhut ist.«

»Wir werden die Nacht abwarten und dann weiterziehen«, erklärte Lirandil ruhig.

»Und wenn die Zuflucht, zu der Ihr uns führen wollt, schon längst keine Zuflucht mehr ist?«, fragte Nomran-Kar.

»So leicht lasse ich die Hoffnung nicht fahren«, erwiderte Lirandil.

»Das Ganze könnte für uns doch auch sein Gutes haben«, mischte sich Borro ein. Die anderen sahen ihn überrascht an, und so fühlte sich der rothaarige Halbling im nächsten Augenblick im Zentrum einer Aufmerksamkeit, die ihm unangenehm war. »Na ja, ich habe mich ehrlich gesagt schon gewundert, dass wir unterwegs nicht häufiger auf Orks oder andere Schergen Ghools trafen. Aber jetzt leuchtet mir das ein. Die konzentrieren sich alle darauf, Richtung Folom zu ziehen.«

»Habe ich doch von Anfang an gesagt«, meinte Nomran-Kar. »Bei Sepa gehen sie über den Fluss. Es gab dort immer schon eine Brücke zum pandanorischen Ufer.«

»Dann lassen wir die Bestien also in aller Ruhe des Weges ziehen, sodass wir dasselbe tun können«, schlug Brogandas vor.

Ein Schattenvogel flog hoch über den dahinziehenden Truppen.

Arvan griff unwillkürlich zum Elbenstab, als er ihn bemerkte. *Ghools Spion,* dachte er.

»Du brauchst ihn nicht mehr zu fürchten«, wisperte die Gedankenstimme des Elbenstabs, von der Lirandil behauptet hatte, es wären nur Widerspiegelungen seiner eigenen Gedanken. Ein Gefühl dunkler, unheimlich anmutender Kraft durchfuhr ihn. Kraft, die darauf harrte, eingesetzt zu werden und sich zu entfalten. Dieses Drängen war für Arvan überdeutlich spürbar.

Der Schattenvogel war vollkommen lautlos. Er wurde nun von einem Schwarm Krähen eingeholt, die ihm gefolgt waren.

Garandhoi – Vogelreiter, ahnte Arvan, ohne dass es bei diesen Krähen irgendein äußeres Anzeichen dafür gegeben hätte, dass es sich nicht um harmlose Vögel, sondern in Wahrheit um jene gefürchteten gestaltwandelnden Wesenheiten handelte, denen die Gefährten am Rande des Dornlandes schon einmal beinahe in die Hände gefallen waren.

»Oh nein, nicht schon wieder«, murmelte Borro vor sich hin, der wohl denselben Gedanken hatte. Brogandas und Lirandil wirkten äußerst angespannt. Arvan bemerkte, dass der Dunkelalb andauernd etwas vor sich hinmurmelte und die Runen in seinem Gesicht sich in beängstigender Geschwindigkeit veränderten, und zwar auf eine Weise, die ihn sehr stark an die Veränderungen erinnerten, die er bei den Runen des Elbenstabs erkennen konnte, sobald er ihn ansah. *»Er wappnet sich für die Begegnung mit dem Feind. Das solltest du auch tun«,* flüsterte ihm die Stimme ein. *»Es ist so leicht,* *die dunklen Kräfte zu entfesseln. Du musst sie nur freilassen … ihnen gestatten, sich zu entfalten.«*

Arvan versuchte die Stimme zu überhören.

Die Krähen sanken unterdessen in die Tiefe und landeten unweit des nach Norden ziehenden Heeres. In dem Moment, da sie den Boden erreichten, verwandelten sie sich augenblicklich in Vogelreiter. Die Flügel wurden zu Umhängen. Die Köpfe wurden monströs groß und die Schnäbel länger. Pferdekörper wuchsen innerhalb weniger Momente aus ihnen heraus – ebenso wie Waffenarme, die Schwerter aus dunklem Stahl hielten.

Die Garandhoi schwärmten aus und flankierten den Heerzug.

»Sie sind nicht unseretwegen gekommen«, glaubte Whuon.

»Das würde ich nicht unbedingt sagen«, widersprach Lirandil.

Brogandas wandte etwas ruckartig den Kopf. »Mag sein, dass Ghool etwas von dem ahnt, was wir vorhaben. Und ich kann mir auch gut vorstellen, dass er die Halblinge aus diesem Grund so grausam verfolgt. Vielleicht sind sogar die Vogelreiter deshalb hier.«

»Dann sind wir zu spät?«, mischte sich Arvan ungefragt ein.

»Ich sagte, er ahnt etwas. Aber es ist uns anscheinend bisher gelungen, ihn über vieles im Unklaren zu lassen«, stellte Lirandil klar. »Wenn Ghool wüsste, wie weit unser Plan schon fortgeschritten ist, dann wären wir zweifellos schon nicht mehr am Leben.«

»Ich verstehe ehrlich gesagt nicht viel von dem, was Ihr da redet«, erklärte Nomran-Kar.

»Je weniger Ihr wisst, desto besser, Nomran-Kar«, erwiderte Lirandil. Er wandte sich an Arvan und bedachte ihn mit einem durchdringenden Blick. *Es ist eine Frage der Selbstdisziplin, die Stimme zum Schweigen zu bringen, Arvan!* Der Gedanke stand Arvan so klar vor Augen und erschien ihm so vernünftig, dass er sich fragte, wie er je etwas anderes zu der Thematik hatte denken können.

Aber das dauerte nur einen Moment. Seine Finger bewegten sich. Er machte eine Bewegung mit der Hand, so als wollte er zuerst nach dem Elbenstab greifen und hätte es sich im nächsten Moment anders überlegt.

»Du wirst es ganz bestimmt schaffen, Arvan«, sagte der Fährtensucher anschließend laut.

Die Vogelreiter zogen nun ebenso nach Norden wie das gesamte Heer, über das jetzt von ganz oben der Schattenvogel die Flügel ausbreitete.

»Du kannst aufatmen, Arvan«, meinte Brogandas. »Diese Geschöpfe werden andere töten – nicht uns!«

Bis lange nach Mitternacht sahen sie dem Vorbeimarsch des Heeres zu. Dann erst verloren sich die letzten auf riesigen, pferdegroßen Hunden reitenden Dämonenkrieger in der Dunkelheit. Das Glühen ihrer Augen war noch in weiter Entfernung zu sehen, wenn sie sich umdrehten.

»Nutzen wir, was uns von dieser Nacht noch bleibt«, meinte Lirandil.

Sie packten die wenigen Sachen zusammen, die sie noch bei sich trugen, und brachen auf.

Zunächst liefen sie schweigend dahin. Alle waren sehr wachsam, wobei Lirandil und Brogandas aufgrund ihrer empfindlichen Sinne natürlich weitaus mehr davon mitbekamen, was sich in der Umgebung so tat. Manchmal blieb Lirandil kurz stehen, lauschte dann angestrengt und veränderte anschließend leicht die Richtung, in die er seine Begleiter führte.

»Sagt mal, was ist eigentlich mit den Ersten Göttern?«, fragte Borro zwischendurch, als sie ihren Weg bereits seit Stunden fortgesetzt hatten. »Warum holen wir uns bei denen keine Unterstützung, um Ghool zu besiegen? König Elbanador und die Elben waren doch damals in der Schlacht am Berg Tablanor mit ihnen verbündet, und es könnte doch sein, dass auch sie etwas Entscheidendes beigetragen haben, um den Verderber des Schicksals in die Knie zu zwingen.«

»Die Ersten Götter?«, echote Lirandil. »Du weißt nichts darüber, Borro?«

»Nein.«

»Im Halblingwald betet man nur zu den Waldgöttern«, mischte sich Zalea ein. »Dementsprechend ist unser Wissen über die sogenannten Ersten Götter begrenzt.«

»Oder auch gar nicht vorhanden«, murmelte Lirandil.

»Bei uns in der Libellenreiterstadt verehrt man die Ersten Götter sehr«, meinte nun Nomran-Kar. »Es gibt dort einen großen Tempel, in dem man ihnen Opfer darbringen und für ihre Wiederkehr beten kann.«

»Ihre Wiederkehr?«, runzelte Borro die Stirn.

»Es heißt, dass die Ersten Götter höchst unzufrieden gewesen seien, nachdem sie unsere Welt geschaffen hatten. Deshalb verließen sie ihre Halle am Berg Tablanor, und alle Versuche, sie zu einer Rückkehr zu bewegen, sind bislang gescheitert – dafür bieten sie aber Stoff für unzählige Legenden, die man sich vor allem in Bagorien und Altvaldanien erzählt.«

»Schade«, meinte Borro, der sich daraufhin an Lirandil wandte. »Ich nehme an, Ihr habt das in Euren jahrhundertelangen Bemühungen um ein Bündnis gegen Ghool eingehend geprüft, werter Lirandil.«

»Gewiss«, sagte Lirandil knapp und in sich gekehrt.

»Nicht, dass die Ersten Götter es sich auf ihrem Berg gut gehen lassen und denken, sie bräuchten nichts zu tun, um Ghool zu bekämpfen. Oder sie wollen vielleicht einfach nur nett angebetet werden, damit sie eingreifen.«

»Der sicherste Beweis dafür, dass es nicht so ist, ist doch wohl die Tatsache, dass sich Lirandil intensiv um die Hilfe von uns Dunkelalben bemüht hat«, mischte sich Brogandas ein. »Ich glaube nicht, dass er das getan hätte, wenn die Ersten Götter als Bündnispartner zur Verfügung stünden.«

»Es gibt Überlieferungen, nach denen deren Beitrag in der Schlacht von Tablanor ohnehin nicht gerade der wesentlichste war«, erklärte Lirandil. »Und es gibt sogar die Behauptung, dass sie damals ihre eigene Schwäche erkannten und deshalb ihre Schöpfung verließen. Sie sahen ein, wie wenig sie zu bewirken vermochten, und zogen es vor zu entschwinden.«

»Kann ich gut verstehen«, meinte Borro. »Ehrlich gesagt, es hat während unserer Reise auch ein paar Momente gegeben, in denen ich mich am liebsten einfach aus der Affäre gezogen hätte.«

»So sind Götter nun einmal«, meinte Brogandas. »Glaubt ihr denn, wir können von den Waldgöttern der Halblinge oder den Namenlosen Göttern der Elben mehr erwarten? Darum ziehe ich es vor, nur der eigenen Stärke zu vertrauen.«

»Kann schon sein«, meinte Borro. »Aber wenn wir tatsächlich stark genug wären, um Ghool zu widerstehen, dann würden wir vermutlich nicht über Götter reden, oder?«

Seit Tagen hatten sie keinen Ork und keine Dämonenkrieger mehr gesehen. Nicht einmal einen verdächtigen Schwarm Krähen oder gar einen Schattenvogel. Das Land war menschenleer und vollkommen verwüstet. Wenn es Überlebende gab, waren sie geflohen. Alles, was zurückgeblieben war, gleichgültig, ob Mensch oder Tier, hatten die Eroberer getötet. Daran, das Gebiet zu besetzen und zu regieren, schienen sie vorerst gar kein Interesse zu haben. Es ging ihnen anscheinend nur um die Zerstörung an sich und die möglichst schnelle Ausdehnung ihrer Macht. Und darum, jeden Widerstand zu brechen.

Lirandil entschied, dass sie es von nun an wagen konnten, auch am Tag ihren Weg fortzusetzen. Sie kampierten jetzt zumeist nur für wenige Stunden, um sich auszuruhen, und marschierten dann weiter. Der Hilfszauber, den Lirandil bei Arvan und den anderen durchführte, um das Schlafbedürfnis zu dämpfen, wirkte kaum.

Es war gegen Mittag, während sie über vollkommen flaches Grasland wanderten, als Brogandas plötzlich stehen blieb und aufmerksam lauschte.

»Eine Hornechse«, stellte er fest. »Aber es ist nur ein einzelnes Tier mit einem Reiter darauf.«

»Ich nehme an, dass es mindestens drei Orks sind, die darauf reiten«, ergänzte Lirandil. »Wenn sie ein schwereres Gewicht zu tragen haben, ändert sich die Gangart.«

»Dann können wir ja froh ein, dass uns keine Übermacht erwartet«, meinte Arvan. Er wollte zum Elbenstab greifen, fasste aber dann doch den *Beschützer. Eine falsche Wahl der Waffe,* wisperte die Stimme in seinem Kopf.

»Was sollen wir tun?«, fragte Zalea. »Das Gras ist so abgefressen, dass es noch nicht einmal etwas nützen würde, wenn wir uns auf den Boden legten.«

»Sie können uns nicht übersehen, wenn sie in dieser Richtung weiterreiten«, stimmte Lirandil zu.

»Maximal drei Orks?«, fragte Whuon. »Das ist eine Kleinigkeit.« Er wandte sich an Arvan. »Traust du dir zu, einer Hornechse deinen Willen aufzuzwingen?«

»Ich weiß es nicht.«

»Stell dir einfach vor, sie ist ein etwas größeres Baumschaf.«

»Ich könnte es versuchen.«

»Fein, dann haben wir bald ein Reittier, das unsere Reise etwas beschleunigt.«

»Aber *beeinflussen* ist etwas anderes, als wirklich einem Geschöpf den eigenen Willen aufzuzwingen und seine Schritte zu lenken«, gab Arvan zu bedenken.

Aber Whuon machte eine wegwerfende Handbewegung. »Du wirst dir einfach die größte Mühe geben – und wir laufen uns keine Blasen mehr.«

»Und so etwas bei einem Schuhträger«, warf Borro ein. Aber Whuon achtete nicht auf ihn, denn inzwischen war die Hornechse am Horizont aufgetaucht. Sie trampelte in einer beachtlichen Geschwindigkeit über die Ebene. Schneller als jedes Pferd preschte das massige Tier dahin, pflügte dabei regelrecht den grasbewachsenen Boden um und zog eine Staubwolke hinter sich her.

Whuon griff nach seinem Langschwert. Er schwenkte es in der Luft und rief, so laut er konnte.

»Hört auf damit!«, forderte Lirandil. »Euer Plan ist nicht hinreichend überlegt!«

»Es *ist* wenigstens einer«, erwiderte Whuon. »Brogandas! Sorg doch mit einem magischen Trugbild oder irgendwas anderem für etwas Aufmerksamkeit! Sonst reiten diese sturen Orks noch an uns vorbei!«

»Lirandil scheint den Scharfblick dieser Scheusale etwas überschätzt zu haben«, lautete Borros Kommentar.

Brogandas murmelte eine Formel und hob beide Hände zum Himmel. Dann senkte er sie. Blitze fuhren aus den Fingerspitzen heraus. Dort, wo sie ins Gras drangen, entstand ein Feuer. Auf die Entfernung mussten die Orks darin ein Lagerfeuer erkennen. Arvan bemerkte allerdings, dass die Flammen eigenartig durchscheinend waren und das Gras, in das der Dunkelalb sein Kräfte hineingesengt hatte, darunter hervorschimmerte und nicht verbrannte. *Ein Trugbild, und noch nicht einmal ein besonders überzeugendes,* dachte Arvan.

Aber es erfüllte seinen Zweck.

Die Hornechse änderte leicht die Richtung und näherte sich. Als die Entfernung geringer wurde, konnte auch Arvan erkennen, dass insgesamt drei schwer bewaffnete Orks auf dem Rücken des Tiers Platz genommen hatten. Der erste führte es, indem er an den oberen Hörnern der Echse riss. Wenn die Echse nicht so wollte wie er, dann setzte es auch Faustschläge mit der geballten Orkpranke hinter den Knochenschild, der den Kopf schützte. Die beiden anderen Orks waren mit Sichelschwertern und Wurfäxten ausgerüstet. In einem langen Lederfutteral, das an den Riemen des breiten Tragegurts befestigt war, der den Körper des Reittiers umspannte, steckten etwa zwei Dutzend Speere mit Obsidianspitzen.

Whuon ging ihnen entgegen. Einer der Orks griff nach einem Speer, schleuderte ihn mit einem durchdringenden Schrei in Whuons Richtung, während der andere ein Wurfbeil warf.

Dem Speer wich Whuon aus, das Wurfbeil parierte er mit einem Hieb seines Langschwerts.

Für die Orks schien es von vornherein nur einen möglichen Umgang mit dieser zusammengewürfelten Gruppe von Reisenden zu geben: Sie waren sofort zu töten, so wie alle anderen Bewohner des Landes, auf die man bisher getroffen war. Wen sie vor sich hatten, schien sie nicht weiter zu interessieren. Und auch Ghool, ihr Herr und Meister, schien nicht zu ahnen, wie weit diejenigen, die sein Ende beschlossen hatten, schon gekommen waren.

Der am weitesten hinten sitzende Ork nahm sich einen weiteren Speer, schleuderte ihn, griff nach einem dritten und sprang dabei vom Rücken der Hornechse herab.

Erneut wich Whuon dem Wurf aus. Und ehe der Ork den dritten Speer werfen konnte, hatte der Söldner einen seiner Wurfdolche geschleudert. Röchelnd sank der Ork in sich zusammen.

Leicht geduckt lief Whuon auf die Hornechse zu, die etwas irritiert war. Ein Wurfring tötete den Ork, der das Tier lenkte. Er sackte nach vorn über den Knochenschild und wäre beinahe vom Nasenhorn aufgespießt worden. Das Tier stürmte auf Whuon zu. Dieser warf sich zur Seite, wich dem gesenkten Nasenhorn der Echse aus und rollte sich im Gras ab. Der letzte der Orks hob ein Wurfbeil zum Schleuderwurf, aber ehe er seine Waffe in Whuons Richtung schnellen lassen konnte, steckte schon ein Wurfdolch des Söldners in seinem Körper. Leblos rutschte er vom Rücken der Echse herunter, die langsamer wurde und schließlich stehen blieb.

»Jetzt schlägt die Stunde des Baumschafhirten!«, rief Whuon Arvan zu und rappelte sich wieder auf.

Die Hornechse beruhigte sich langsam. Arvan folgte ihr und näherte sich ihr dann von vorn. Er versuchte, ihren Willen zu spüren, genau so, wie er es bei Rankpflanzen, Baumschafen und Pferden getan hatte. Die Hornechse öffnete ihr Maul und stieß einen dröhnenden Laut aus.

Du wirst mir gehorchen, dachte er mit großer Bestimmtheit.

Das Tier näherte sich ein paar Schritte. Die Bewegungen der mächtigen Beine und die eigenartige Anspannung der Muskulatur machte den Eindruck, als würde es dies nur sehr widerstrebend tun. Vorsichtig setzte nun auch Arvan einen Schritt vor dem anderen – bis er der Hornechse in einer Entfernung gegenüberstand, die kaum länger als eine Schwertlänge betrug. Wenn das Tier jetzt plötzlich durchging, hatte er wohl kaum noch die Möglichkeit, dem massigen Körper auszuweichen. Aber daran dachte Arvan jetzt nicht. Seine Gedanken waren einzig und allein darauf gerichtet, den Willen der Hornechse zu lähmen. *Whuon hat recht. Sie ist nichts anderes als ein großes Baumschaf mit Hörnern. Stärker ist ihr Wille auch nicht,* ging es ihm durch den Kopf.

Dann machte er noch einen Schritt. Er berührte das Tier an den knöchernen Panzerplatten, die ihm zwischen dem Nasenhorn und dem oberen, auf Stirnhöhe aus dem Schädel wachsenden Knochenschirm wuchsen. »Ich glaube, das wird gehen«, rief er laut zu den anderen hinüber.

»Du glaubst wirklich, dass wir auf dieser Bestie reiten sollten?«, fragte Zalea zweifelnd. Sie war von Anfang an überhaupt nicht begeistert von Whuons Plan gewesen.

»Ja, aber es gibt ein Problem.«

»Und welches?«, fragte Zalea.

»Ich brauche Hilfe beim Klettern, um auf diesen Rücken zu kommen.«

Borro seufzte. »Das alte Lied also. Stiefel aus, dann wird das schon was«, meinte er. »Na ja, war ja nur ein Vorschlag.«

Verfluchte Zwerge

»Ich verlange, sprechen zu dürfen«, ereiferte sich Rhelmi von Thomra-Dun. Der Botschafter des Zwergenkönigs hatte ein hochrotes Gesicht. Er strich über den Bart, um sich etwas zu beruhigen, denn er war lange genug Gesandter gewesen, um zu wissen, dass man auf die zwergische Art, mit dem Kopf durch die Wand zu stürmen, an den Königshöfen der Menschen nicht weit kam. Und für den Admiralsrat von Carabor galt das nicht weniger. Seine Mitglieder hatten soeben eine ihrer Zusammenkünfte abgehalten, und nun war Hochadmiral Dolgan Jharad müde. Der über Neunzigjährige hatte genau wie alle anderen Admirale an der runden Tafel in der Form eines großen Schiffssteuerrades *stehen* müssen. Weder für ihn als Hochadmiral noch in Anbetracht seines für die Verhältnisse der Menschen recht hohen Alters wurde da eine Ausnahme zugelassen. Wer nicht mehr aus eigener Kraft stehen konnte, verlor seinen Sitz und sein Amt. Das war ein ehernes Gesetz in Carabor, das angeblich schon gegolten hatte, als die Stadt vor langer Zeit als Kolonie der Meeresherrscher von Relian gegründet worden war.

Jetzt aber konnte Dolgan Jharad sich von den Strapazen seines Amtes erholen. Er hatte in einem weich gepolsterten Diwan Platz genommen, der sich in einem der Säle befand, die dem Hochadmiral zum Empfang wichtiger Gäste zur Verfügung standen.

»Ah, Zwerg, wer hat Euch denn vorgelassen?«, stöhnte der alte Mann auf, nachdem er sich die Stiefel ausgezogen hatte und die Zehen bewegte. Auch wenn Dolgan Jharad das Amt des regierenden Hochadmirals eigentlich nur vorübergehend angenommen hatte, schien er inzwischen doch ziemlich großes Vergnügen am Spiel mit der Macht gefunden zu haben. Und bislang wurde er von allen denkbaren Konkurrenten unterstützt, denn gegenwärtig fühlte sich offenbar keiner von ihnen stark genug, um sich vor dem Rat zur Wahl zu stellen.

Einen alten Mann aber, dessen Tage doch ohnehin gezählt waren, schien keiner dieser Aspiranten als ernsthaften Konkurrenten zu betrachten. Und genau diesen Umstand hatte Dolgan Jharad bislang meisterhaft auszunutzen gewusst und dabei eine Skrupellosigkeit an den Tag gelegt, die auch Rhelmi insgeheim bewunderte.

Aber jetzt war er zu weit gegangen!

Ohnmächtige Wut erfüllte Rhelmi. *Wie schändlich mich dieser alte Mann hintergangen hat,* durchfuhr es ihn.

»Vor ein paar Stunden sind die Schiffe eingetroffen, die meine Zwergenbrüder und -schwestern von den kargen Inseln geholt haben, die die letzten Überreste unseres Reiches darstellen. Und da wollte ich …«

»Schwestern?«, unterbrach ihn Dolgan Jharad etwas irritiert. »Der Befehlshaber der Hafengarde sagte, es seien ausschließlich Krieger, also Männer! In diesem Fall Männer mit Bärten.«

»Ihr scheint nicht sonderlich gut über mein Volk informiert zu sein, Hochadmiral.«

»Das gebe ich gerne zu. Wir haben schon genug Ärger mit lästigen Halblingen, aber Zwerge kommen so gut wie nie hierher. Ihr seid wahrscheinlich der Erste seit Generationen.«

»Zwergenfrauen tragen ebenfalls Bärte«, erklärte Rhelmi. »Daher vielleicht der Irrtum Eures Befehlshabers. Es ist für Euresgleichen daher nicht immer ganz einfach, männliche und weibliche Zwerge genauer zu unterscheiden. Und davon abgesehen pflegen Zwergenfrauen einige Dinge zu tun, die unter Euch den Männern vorbehalten sind.«

»Auch Streitäxte schwingen?« Dolgan Jharad zuckte mit den Schultern und lehnte sich zurück. »Das soll mir recht sein. Wir brauchen hier jeden Kämpfer, um den Feinden Einhalt zu gebieten.«

»Hochadmiral, ich muss protestieren! Ihr habt mir zugesagt, die Zwerge nach Gaa zu bringen, wo eine entscheidende Schlacht gegen Ghools Schergen bereits im Gange ist.«

»Manchmal werden Pläne geändert, werter Rhelmi«, erwiderte der Hochadmiral.

»Aber unsere Zwergenkrieger brennen darauf, gegen die Feinde zu kämpfen und ihnen die Zwergenäxte in die Schädel zu schlagen.«

»Dazu werden sie gewiss auch Gelegenheit bekommen«, schnitt Dolgan Jharad dem Botschafter des Zwergenkönigs das Wort ab. »Aber Ihr habt mir immer noch nicht verraten, wie Ihr hier hereingekommen seid. Sagt mir, wen Ihr bestochen habt. Er soll es büßen. Schließlich bin ich kein junger Mann mehr und habe meine Ruhepause bitter nötig.«

Der Hochadmiral schloss für einen Augenblick die Augen. Er atmete tief und ruhig. Rhelmi trat unterdessen einen Schritt näher. »Warum habt Ihr Euer Wort gebrochen, Hochadmiral?«

»Mein Wort? Bei den Göttern der Kochenden See, ich habe dem Admiralsrat von Carabor geschworen, das Beste für die Stadt zu tun und Schaden von ihr abzuwenden. Und diesen Schwur werde ich erfüllen. Alles andere …«

»Ihr habt nicht nur das Wort gebrochen, das Ihr mir gegenüber gegeben habt, sondern auch dasjenige, das Ihr dem Hochkönig von Athranor und Euren Verbündeten gabt! Die Zwerge sind hier, um an der Seite ihrer Verbündeten gegen Ghool und seine Dämonenwesen und Orks zu kämpfen, aber nicht, um in dem Ödland vor Euren Stadtmauern zu kampieren! Da hätten sie ja auch in den Felsen von Kergur-Dun oder den anderen aus dem Wasser ragenden Gipfeln unseres untergegangenen Reiches bleiben können. Dort wären sie nicht schlechter aufgehoben gewesen. Und nur unwesentlich weiter von unseren Feinden entfernt. Denn mit einer Zwergenaxt kann man weder vom fernen Kergur-Dun noch von hier aus einen Ork treffen.«

Der Hochadmiral öffnete jetzt wieder die Augen. Mit einer fahrigen Geste strich er sich über das faltige Gesicht.

»Wie wahr, werter Rhelmi«, sagte Dolgan Jharad müde. »Aber das wird sich bald ändern …«

Rhelmi wurde bei dieser letzten so dahin gesagten Bemerkung des Hochadmirals hellhörig.

»Kann es sein, dass Ihr die Schlacht um Gaa bereits verloren gegeben habt?«, fragte der Zwerg. »Natürlich! Und Ihr glaubt, dass sich das Heer der Feinde anschließend Carabor zuwendet.«

Dolgan Jharad sah Rhelmi nachdenklich an. »Niemand kann wissen, was geschieht«, erklärte er dann. »Aber es besteht in der Tat eine gewisse Wahrscheinlichkeit dafür, dass sich die Dinge so entwickeln, wie Ihr es gerade gesagt habt!« Der Hochadmiral beugte sich etwas vor. Sein Tonfall wurde vertrauter. Er sprach gedämpft. »Der Fall von Gaa ist meines Erachtens unausweichlich. Und was dieses wackelige Bündnis der Königreiche angeht, die sich von einem König aus dem fernen Bagorien anführen lassen, weil sich die *wirklich* Mächtigen gegenseitig nicht trauen, wird keinen Bestand haben. Aber vielleicht kann Carabor gerettet werden und ein Bollwerk gegen die Flut des Übels sein.«

»Und hat es vielleicht auch einen bestimmten Grund, dass Ihr meine Leute draußen vor den Toren der Stadt kampieren lasst und dass die Schiffe, mit denen man sie von unseren Inseln geholt hat, nicht einmal im regulären Hafen angelegt haben, sondern einige Meilen nördlich an der caraboreanischen Küste?«

»Ihr stellt viele Fragen, Rhelmi.«

»Ich hätte sogar ein paar mehr, die dringend einer Beantwortung bedürften.«

Der Hochadmiral erhob sich nun von seinem Platz. Er legte dem Zwerg eine Hand auf die Schulter, was wie eine groteske Mischung aus freundschaftlicher Geste und einem Ausdruck purer Herablassung wirkte. Dann ging er zu einem der hohen Fenster, durch die man einen Blick über die Stadt hatte. »Schaut, werter Rhelmi, ich muss auch an die Stadt und ihre Bewohner denken. An keinem Ort in ganz Athranor leben mehr Menschen und was weiß ich noch alles für Geschöpfe auf so engem Raum. Die Einwohnerzahl übertrifft diejenige manch großer Länder.«

»In Euren Mauern ist anscheinend für jeden Platz – nur nicht für Zwerge«, stellte Rhelmi bitter fest.

»Man ist hier in Carabor die Anwesenheit von Zwergen nicht gewöhnt. Darauf muss ich Rücksicht nehmen«, behauptete der Hochadmiral. »Es gäbe vielleicht sogar einen Aufstand, wenn plötzlich so viele Zwergenkrieger auf unseren Straßen zu finden wären.«

»Sehr freundlich, wie Ihr Eure Verbündeten behandelt!«, empörte sich Rhelmi. »Anstatt dass Ihr sie wie abgemacht zur Unterstützung des Hochkönigs nach Gaa gebracht habt, lasst Ihr sie hier vor Euren Mauern kampieren, damit sie einen lebenden Schutzschild bilden, wenn Ghools Horden auf Carabor zumarschieren.«

»Ich habe versucht, Euch die Lage zu schildern und auf Euer Verständnis gehofft«, wich Dolgan Jharad aus.

»Verständnis?«, entfuhr es Rhelmi. Er machte eine wegwerfende Handbewegung. »Pah, hättet *Ihr* für jemanden Verständnis, der mit falschem Gewicht gemessen und Euch dadurch bei einem Handel um Euer ganzes Silber gebracht hätte?«

»Ein Vergleich, der gewiss übertrieben ist«, erklärte der Hochadmiral. »Und im Übrigen habe ich im Augenblick auch nicht länger Zeit, mich Eurer Sache zu widmen.«

Rhelmi schluckte. *Es darf nicht wahr sein! Er wirft mich doch tatsächlich raus,* ging es ihm durch den Kopf. Auf nichts anderes liefen die in freundlichem Ton gesprochenen Worte des Hochadmirals letztlich nämlich hinaus.

König Grabaldin traf mit dem letzten jener Schiffe bei Carabor ein, das die Zwerge von den drei Inseln Kergur-Dun, Ulrs-Du und Thomra-Dun geholt hatte. Selbst bei den gewaltigsten caraboreanischen Handelsschiffen war der Laderaum begrenzt, und so segelten sie nun zurück, um ein weiteres Kontingent von Zwergen von ihren tristen Inseln zu holen. Und so gehörten Grabaldin und sein Waffenmeister Umbro auch zu den letzten Zwergen, die bei dem eingerichteten Feldlager eintrafen. Zelte, die ansonsten den caraboreanischen Söldnern gedient hatten oder auch zur Veranstaltung von Handelsmessen auf den großen Marktplätzen der Stadt aufgestellt wurden, waren errichtet worden, um die Zwerge unterzubringen.

Grabaldin wurde von seinen Leuten begeistert empfangen. Der Zwergenkönig reckte die Streitaxt empor und rief: »Wo sind Ghools Orks? Wo sind Ghools Dämonen? Sie sollen nur kommen, und euer König wird sie eigenhändig erschlagen!«

Jubel brandete auf. Dass Grabaldin bis zuletzt gegen die Feuerdämonen in der Tiefe gekämpft hatte, mochte zwar tollkühn und unvorsichtig gewesen sein. Aber in der Zwergenheit war der Respekt, den man ihm entgegenbrachte, dadurch noch größer geworden, als er ohnehin schon gewesen war. Und viele, die selbst früh vor der Überlegenheit der Feuerdämonen an die Oberfläche geflohen waren, fühlten sich insgeheim durch das heldenhafte Verhalten ihres Königs beschämt. Von dem Umstand, dass sein getreuer Waffenmeister ihn gewaltsam aus dem Thronsaal hatte schaffen müssen, um dem Zwergenreich den König zu retten, wusste natürlich niemand etwas.

Niemand außer Rhelmi, dem Umbro davon erzählt hatte.

Ob dem König selbst klar war, dass ein Schlag seines eigenen Waffenmeisters und nicht ein herunterfallender Stein ihn vorübergehend außer Gefecht gesetzt hatte, da war Umbro sich nicht ganz sicher.

Und so hatten beide – der König und sein Waffenmeister – bisher tunlichst vermieden, über die Einzelheiten der Geschehnisse während des Kampfes im Thronsaal von Kergur-Dun zu sprechen.

Wahrscheinlich ist es auch am besten, wenn es dabei bleibt, dachte Umbro.

»Verderben dem Schicksalsverderber!«, brüllte Grabaldin heiser, und die Zwerge, die sich um ihren König geschart hatten, fielen in diesen Ruf mit ein.

Groß war die Verbitterung darüber, dass das Reich in der

Tiefe vollständig und auf unbestimmte Zeit an die Feuerdämonen verloren war. Wie viele Opfer das gekostet hatte, war noch immer nicht abzusehen. Aber fest stand wohl, dass es keinen Zwerg gab, der nicht den Verlust von Angehörigen zu beklagen hatte.

Entsprechend groß war das Bedürfnis danach, denjenigen zu bekämpfen, der diese mörderischen Kreaturen ausgesandt haben musste – und das Bedürfnis nach purer Rache.

Für Augenblicke konnte man in all dem wüsten Zwergengeschrei sein eigenes Wort nicht verstehen. Waffen wurden gereckt, und am liebsten wären die meisten wohl trotz der strapaziösen Seereise, die hinter ihnen lag, auf der Stelle aufgebrochen, um in die Schlacht zu ziehen.

Nur Umbro blieb verhaltener.

Er stimmte nicht in diesen allgemeinen Chor blutrünstiger Begeisterung ein. Dieses Gefühl der eigenen Stärke, das durch die Kriegsrufe Tausender Zwerge verursacht wurde, war nur allzu trügerisch. Umbro sah hinauf zu den nahen, mächtigen Mauern von Carabor, an deren Brustwehren die Söldner des Admiralsrates patrouillierten und Katapulte in Stellung gebracht worden waren. Nie zuvor hatte Umbro Mauern dieser Stärke gesehen, und doch schienen jene, die sich dahinter verbargen, Grund zu der Befürchtung zu haben, dass sie dem Ansturm der Feinde nicht würden widerstehen können.

Ein Zwerg drängelte sich durch die Masse der Jubelnden und trat auf den König zu, der noch immer völlig außer sich war.

»Rhelmi!«, rief Umbro, obwohl es so laut war, dass der Gesandte des Zwergenreichs ihn wahrscheinlich kaum hören konnte.

Der König begrüßte Rhelmi überschwänglich.

»Mein König, ich muss Euch dringend sprechen«, verlangte der Gesandte.

»Später, Rhelmi! Jetzt ist die Zeit der freudigen Erwartung, der Vorfreude auf die Schlacht!« Grabaldin schrie dem Gesandten diese Worte regelrecht in die Ohren, damit er sie überhaupt hören konnte.

»Mein König!«

»Später, Rhelmi! Später!«

Und dann schritt König Grabaldin voran, um sich von den Zwergen feiern zu lassen, die sich auf die kommende Schlacht einstimmen wollten. Streitäxte wurden mit der flachen Seite rhythmisch und so heftig gegen Schilde geschlagen, dass man meinen konnte, Letztere würden nach den ersten Schlägen zerbrechen müssen.

Umbro schloss sich diesem Zug nicht an. Der Waffenmeister nahm Rhelmi zur Seite. Sie entfernten sich so weit von den anderen, bis sie sich verständigen konnten.

»Ich nehme an, es gibt schlechte Neuigkeiten«, schloss Umbro.

»Allerdings! Und es wäre gut, wenn der König so schnell wie möglich davon in Kenntnis gesetzt würde.«

»Das soll nun meine Sorge sein«, erklärte Umbro. »Worum geht es?«

»Wir sind betrogen worden. Dies ist nicht der Ort, an dem Athranor gegen die Schergen Ghools verteidigt wird. Wir sollen hier mithelfen, eine Stadt zu verteidigen, die von ihren Bewohnern für den wichtigsten Ort der Welt gehalten wird, und man wird uns nicht einmal hinter die Mauern lassen, weil man Zwerge nur als einen unliebsamen Faktor der Unruhe ansieht.«

Umbros Gesicht veränderte sich. Die Augen wurden

schmal, die buschigen Augenbrauen des Waffenmeisters zogen sich zusammen. »Was?«, entfuhr es ihm. Er war völlig fassungslos.

»Es war abgemacht, das Zwergenheer nach Gaa zu bringen. Das liegt ganz woanders, und dort hat die Schlacht längst begonnen. Eine Schlacht, die man hier in Carabor allerdings wohl schon lange aufgegeben hat.«

Umbro atmete tief durch.

»Das hört sich nicht gut an«, seufzte er.

»Ich gebe mir selbst eine Mitschuld an dieser Entwicklung«, gestand Rhelmi. »Schließlich habe ich den alten Mann, der zurzeit Hochadmiral von Carabor ist und der zunächst so bereitwillig seine Hilfsbereitschaft erklärte, wohl bei Weitem unterschätzt.«

Umbro warf einen Blick zu seinem König hinüber, der sich inzwischen von begeisterten Zwergenkriegern auf einem Schild hatte hochleben lassen.

»Ich werde einen günstigen Moment abpassen, um seiner Majestät diese Lage zu erklären«, meinte er und fuhr dann mit einem Rundblick fort, der zuerst über das hügelige caraboreanische Umland und anschließend über die imponierend mächtigen Mauern der Stadt selbst glitt. »So gut wie niemand von uns ist in den letzten Jahrhunderten auf dem athranorischen Festland gewesen«, stellte er fest. »Wahrscheinlich hätte man uns sogar in die Länder der Orks führen und anschließend behaupten können, dass es sich eigentlich um das ferne Elbenreich handelt – und keiner von uns hätte sich auch nur gewundert.«

»Das wirklich Schlimme ist, dass Ghool durch das Taktieren des Hochadmirals vielleicht eine sehr wichtige Schlacht gewinnt und es ihm möglicherweise sogar gelingt, das gerade ohnehin nicht besonders feste Bündnis seiner Gegner zu sprengen.« Rhelmi ballte unwillkürlich die Hände zu Fäusten. »Aber das nimmt dieser alte Mann anscheinend billigend in Kauf, weil er glaubt, dass er dadurch Carabor retten kann. Zumindest vorerst.«

Elbenschüler

Die Kräfte der Hornechse waren schier unerschöpflich. Arvan und seine Gefährten hatten seit Tagen kaum eine Rast eingelegt, seit sie dieses massige Geschöpf zu ihrem Reittier erkoren hatten. Aber neben den schier unerschöpflichen Kraftreserven der Hornechse hatte das auch noch einen anderen Grund. Es war immer etwas heikel, dieses Reittier zu besteigen und einen Platz auf ihm zu finden, der Halt genug bot, sodass man nicht sofort wieder herunterrutschte. Orks hatten da einfach mehr Übung. Außerdem konnten sie notfalls mit den Fingern ihrer außerordentlich kräftigen Pranken genug von der schuppigen Reptilienhaut der gehörnten Monstren zusammenraffen, um sich daran festzuhalten. Die Hornechse machte so ein Kniff natürlich noch schneller – und auch noch deutlich aggressiver, als diese Geschöpfe ohnehin schon waren. Weder Menschen noch Elben, Dunkelalben oder gar Halblinge hatten jedoch auch nur annähernd genug Kraft in den Fingern, um sich auf dieselbe Weise festhalten zu können. Und vorn an den Hörnern konnte nur derjenige sitzen, der das Tier lenkte.

Aber glücklicherweise trug dieses Hornechsenexemplar einen breiten Gurt um den Körper, an dem unter anderem das Futteral mit den Speeren befestigt war. Daran konnte man sich festhalten, und er war auch eine Hilfe beim Hochklettern.

Arvan hatte mehrfach vergeblich versucht, die Hornechse

dazu zu bringen, sich niederzubeugen, um damit den Aufstieg auf ihren Rücken zu erleichtern. Aber in diesem Punkt schien der Wille des Reptils einfach nicht beeinflussbar zu sein.

»Nicht einschlafen, Arvan«, flötete Borro ihm mal wieder ins Ohr, denn Arvan war hundemüde. Während der kurzen Pausen, die sie einlegten, musste er nämlich darauf achten, dass das Tier nicht seinen eigenen Willen zurückerlangte und einfach fortlief oder sogar zum Angriff überging. Und wenn sie unterwegs waren, galt natürlich dasselbe! An Schlaf war nicht zu denken, denn es erforderte andauernde Aufmerksamkeit, dieses Tier zu lenken. Arvan schreckte hoch. Er hatte sich an den beiden Hörnern festgehalten, die aus dem Knochenschild emporragten, genau wie ein Orkreiter das getan hätte. Nur wusste er natürlich nicht, wie Orks nun genau die Hornechsen durch das Herumreißen an den Hörnern lenkten, sodass er sie ausschließlich zum Festhalten benutzte.

Lirandil hatte in dieser Hinsicht zwar durch seine Zeit in den Ländern der Orks ein tiefer gehendes Wissen. Allerdings musste er zugeben, niemals ganz allein und ohne einen lenkenden Ork auf dem Rücken einer Hornechse gereist zu sein.

Als Arvan schon glaubte, trotz magischer Unterstützung durch Lirandil sowie einer Mischung von Heilkräuterextrakten, die Zalea ihm zubereitete, nicht länger ohne Schlaf bleiben zu können, tauchten in der Ferne Bäume und Sträucher auf. Ein Fluss zog sich durch das Land.

»Den Waldgöttern sei Dank!«, stieß Zalea hervor. »Das muss doch der pandanorische Grenzfluss sein, oder nicht?«

»Ja, das ist er«, bestätigte Lirandil. »Wir werden ihm eine Weile nach Westen folgen und dann zwangsläufig zur Flussinsel Colintia gelangen.«

»Ehrlich gesagt: Lange könnte ich der Hornechse auch nicht mehr meinen Willen aufzwingen«, gestand Arvan. Er unterdrückte ein Gähnen, woraufhin das Reptil einen dröhnenden Ruf hören ließ und auf eine Art und Weise schnaufte, die ihm nicht gefiel. Er spürte, wie seine Willenskraft schwächer und schwächer wurde, je unwiderstehlicher das Bedürfnis nach Schlaf ihn heimsuchte. *Die Echse wartet nur auf die Stunde meiner Schwäche,* dachte er. Aber Arvan hatte sich fest vorgenommen, es nicht zuzulassen, dass das Reittier seiner Herrschaft entglitt. Um keinen Preis!

Der pandanorische Grenzfluss wurde an beiden Ufern von einem Streifen zum Teil bewaldeten Grünlandes umsäumt. Dieser Streifen hatte manchmal ein Breite von mehreren Meilen, wogegen er an anderen Stellen so schmal war, dass man durch die wenigen Bäume auf den Fluss sehen konnte, der so nahe an der Mündung bereits ziemlich breit war.

»Die am weitesten flussabwärts gelegene Brücke an diesem Strom gibt es bei Seopa«, sagte Nomran-Kar. »Allerdings ist die wohl jetzt zu einer Heerstraße für Orks und Wolfsmenschen geworden.«

»Ich kenne die Brücke sehr gut«, antwortete Lirandil. »Und ich kannte auch schon jene Brücke, die vorher an gleicher Stelle errichtet worden war und durch die Sturmflut im Jahr des salzigen Wassers fortgerissen wurde, als die Meeresfluten selbst das nahe dem Quellsee gelegene Kyth noch überschwemmt hatten.«

»Ist diese Brücke denn gegenwärtig groß genug, um all die Katapulte tragen zu können, die wir bei Ghools Heer gesehen haben?«, wollte Whuon wissen. »Ich habe ja auch schon ein paar Brücken in meinem Leben gesehen, aber ehrlich gesagt noch keine, die diese gewaltigen Mordmaschinen hätte tragen können.«

»Nein, das halte ich für völlig ausgeschlossen«, ergänzte Nomran-Kar.

»Da Ihr die Brücke als Letzter gesehen habt, während ich vor gut achtzig Jahren zuletzt über sie geritten bin, seid Ihr sicherlich der besser Informierte von uns beiden«, erklärte Lirandil. »Und Eure Worte geben mir Hoffnung …«

»Ihr glaubt, dass der Vormarsch von Ghools Horde dadurch aufgehalten wird?«, fragte Borro.

»Zumindest verzögert«, schränkte Lirandil ein. »Es sei denn, die Eroberung des Nordens ist Ghool so wichtig, dass er sehr viel Magie einsetzt, um die Kriegsgeräte schneller an das pandanorische Flussufer bringen zu können.«

»Wie sollte das denn geschehen?«, fragte Borro zweifelnd. »Vielleicht durch einen magischen Tunnel oder etwas in der Art?«

Lirandil bedachte Borro mit einem Kopfschütteln. »Ich nehme an, Ghool wäre in der Lage, mithilfe seiner magischen Kräfte eine Brücke zu erschaffen, die breit genug wäre, auch das größte Katapult zu tragen. Es ist nur die Frage, welcher der vielen verschiedenen Kriegsschauplätze für ihn im Moment die größte Wichtigkeit hat und wie viel seiner Kraft er wo zu verwenden gedenkt …«

»Ihr meint, wenn er zum Beispiel all die Untoten nicht mehr am Leben erhalten muss, die er von den Schlachtfeldern auferstehen ließ, dann wäre das für ihn eine Leichtigkeit?«, schloss Borro.

»Ja, zum Beispiel.«

Die Hornechse vollführte jetzt einen kleinen Sprung – fast so, als wollte sie versuchen, ihre Reiter abzuschütteln. *Nur ruhig*, versuchte Arvan das Geschöpf mit einem sehr energischen Gedanken zur Räson zu bringen. Ein Baumschaf wäre bei diesem Maß an Strenge vielleicht sogar in eine kurze Schreckstarre verfallen und im ungünstigsten Fall vom Baum gestürzt. Der Hornechse, die es gewohnt war, dass ihr ausgeprägter Eigensinn von Orks auf sehr viel gröbere und handfestere Weise gezähmt wurde, machte das natürlich kaum etwas aus. Und Arvan musste feststellen, dass er nicht nur immer müder wurde, sondern dass seine Gedanken insgesamt auch einen immer schwächeren Einfluss auf das Tier hatten.

Die Hornechse wurde immer schneller, rannte immer ungestümer vorwärts, und Arvan war sich nicht sicher, ob er sie im Augenblick überhaupt dazu hätte bringen können anzuhalten.

Als sie den schmalen, von Bäumen und Büschen bewachsenen Gürtel am Flussufer durchquerten, war das Tier einfach nicht zu bremsen. Die Echse trampelte einfach über Büsche hinweg und streifte dicht an Bäumen vorbei, sodass die Äste nur so auf Arvan und seine Gefährten niederpeitschten.

»Kann dieses verfluchte Vieh nicht vorsichtiger sein?«, schrie Borro.

Aber erst als die Echse das Flussufer erreichte, wurde sie langsamer. Sie senkte den Kopf und steckte das Maul mit dem Nasenhorn ins Wasser hinein. Ein schlurfender, gurgelnder Laut war zu hören. Um besser trinken zu können, ging die Hornechse sogar mit den Vorderbeinen in die Knie.

»Los, runter von diesem Biest!«, rief Arvan. »So leicht wie jetzt wird es nicht wieder sein.«

Sie kletterten vom Rücken der Hornechse herunter. Arvan war der Letzte, und er hatte auch die größten Schwierigkeiten dabei. Ungelenk taumelte er zu Boden. Zalea und Borro, die ihn zu halten versuchten, riss er mit sich. Die Hornechse drehte sich schnaubend um. Mit einem energischen Gedanken konnte Arvan gerade noch verhindern, dass sie einfach über die drei hinwegtrampelte und sie unter sich zermalmte. Stattdessen wandte sich das Tier wieder dem Wasser zu, stapfte bis zur halben Beinlänge in den Fluss und begann erneut zu trinken.

»Ich glaube, wenn wir diesem Monstrum noch mal begegnen sollten, gehen wir ihm besser aus dem Weg«, meinte Borro, nachdem er sich aufgerappelt und sich vergewissert hatte, dass seinem Jagdbogen nichts passiert war, der ihm aus der Hand gefallen war.

»Sie scheint dir in der Tat den Ritt übel zu nehmen«, lautete Whuons Kommentar. Der Söldner trat zu Arvan hin und half ihm auf. »Und, ganz ehrlich, so einen Koloss hätte selbst ich nicht mehr rechtzeitig stoppen können.«

Sie folgten dem Fluss nach Westen. Der bewachsene Streifen am Ufer wurde immer breiter, die Vegetation üppiger. Mit den Wäldern am Langen See konnten diese allerdings in keiner Weise mithalten, und Arvan hatte immer den Eindruck, dass irgendetwas mit den Bäumen nicht stimmte, weil sie gemessen an den Verhältnissen im Halblingwald natürlich viel zu klein waren.

Selbst die Bäume in Transsydien waren dicker und größer gewesen als diese schmächtigen Exemplare, von denen sich viele schon von drei oder vier erwachsenen Männern umfassen ließen.

»Wenigstens haben wir hier Deckung«, meinte Zalea. »Auch wenn diese Bäume so erbärmlich sind, dass sie wahrscheinlich nur Kleinvögeln und Ameisen als Wohnung dienen könnten.«

In der Nacht wagten sie sogar, ein Lagerfeuer anzuzünden. Borro schoss ein wildes Laufhuhn und bereitete es nach allen Regeln der Kunst zu. Seinen Vorschlag, einiges von dem ohnehin schon knapp gewordenen Vorrat an Heilkräutern, die Zalea mit sich führte, zum Würzen des Bratens zu benutzen, wies das Halblingmädchen allerdings entrüstet von sich.

»Diese Kräuter sind zum Heilen da – nicht, um verschwendet zu werden«, erklärte sie empört.

Borro zuckte nur mit den Schultern. »Das beste Heilmittel ist ohnehin eine gute Mahlzeit. Die beste Vorbeugung gegen schlechte Laune und Magenschmerzen, und das sind doch sowieso die schlimmsten Leiden, die man sich vorstellen kann, oder?«

»Wir werden die Kräuter vielleicht noch für dringendere Fälle brauchen«, beharrte Zalea auf ihrem Standpunkt.

Borro stieß ein bedauerndes Seufzen aus. »Also, manche von den Gewächsen, die bei euch Heilern nur zur Bekämpfung von Krankheiten benutzt werden, haben aber außerdem auch einen ganz passablen Geschmack, und ich könnte mir gut vorstellen, dass sie in diesem speziellen Fall zur Verfeinerung des doch eher etwas faden Laufhuhnbratens durchaus …«

»Nein, Borro!«, unterbrach ihn Zalea mit einer Entschiedenheit, die dem rothaarigen Halbling wohl ein für alle Mal klarmachen sollte, dass mit ihr in diesem Punkt nicht zu diskutieren war. »Der Missbrauch von Heilkräutern widerspricht allem, was man mir über den Heilerkodex beigebracht hat und was meine Eltern …«

Sie sprach nicht weiter.

Stattdessen schluckte sie nur. Und auch Borro und Arvan wirkten plötzlich sehr in sich gekehrt.

»Ihr werdet gewiss immer wieder an sie denken«, sagte Lirandil schließlich. »Und wenn ihr all die Strapazen auf euch nehmt, dann auch um ihretwillen.«

»Ja«, murmelte Arvan finster.

Er hatte das Bedürfnis, den Elbenstab zu umfassen und dessen Kraft zu spüren. Aber in diesem Moment widerstand er diesem Drang. Stattdessen ballte er nur die Hände zu Fäusten.

Am nächsten Tag erreichten sie eine Stelle, an der sich der Fluss offenbar in zwei verschiedene und in etwa gleich breite Arme teilte. Das Land dazwischen war von so dichtem Nebel bedeckt, dass man so gut wie nichts davon sehen konnte. Nur ein paar vage, dunkle Schemen zeichneten sich ab. Es mochten uralte, verwachsene und durch Blitzschlag, schlechten Boden oder Hexerei missgestaltete Bäume sein – oder auch etwas anderes.

»Dort liegt die Flussinsel Colintia«, erklärte Lirandil. »Der Strom teilt sich hier und fließt an zwei verschiedenen Stellen ins Meer.«

»Wie gesagt, dieses Gebiet meide ich und kann Euch daher ausnahmsweise wohl kaum weiterhelfen«, bekannte Nomran-Kar. »Einmal bin ich auf einem Botenflug durch schlechtes Wetter etwas vom Weg abgekommen, und dabei näherte ich mich Colintia mehr als üblich …«

Lirandil lächelte. »Konntet Ihr etwas erkennen?«

»Der Nebel blieb unergründlich. Aber meine Riesenlibelle reagierte ganz eigenartig.«

»Vermutlich ein Fall von magischer Verwirrung. Das kann übrigens nicht nur Riesenlibellen betreffen, sondern auch viele andere Geschöpfe, wie ich Euch als erfahrener Fährtensucher verraten darf.«

»Und was für eine Magie kann das gewesen sein?«, fragte Nomran-Kar. »Vielleicht der Fluch, der auf diesem Eiland liegt und der auf die Toten der Schlacht zurückgeführt wird, die hier vor vielen Zeitaltern getobt hat?«

»Nein, diese Magie dürfte eher mit den gegenwärtigen Bewohnern von Colintia zusammenhängen.«

»Was wisst Ihr noch darüber?«, verlangte Nomran-Kar zu wissen.

»Später«, wehrte der Elb ab.

Lirandil ging zum Flussufer. Der Strom war breit und hatte eine hohe Fließgeschwindigkeit. In der Flussmitte waren kleinere Strudel zu sehen.

»Also, dieses Gewässer schwimmend zu überwinden dürfte unmöglich sein«, meinte Arvan, der Lirandil gefolgt war.

»Das ist auch nicht nötig«, erklärte der Fährtensucher.

»Aber wie sollen wir ans andere Ufer gelangen?«

»Man wird uns abholen«, erklärte Lirandil, als sei dies eine Selbstverständlichkeit.

Arvan wechselte einen Blick mit Borro und Zalea, die genauso erstaunt waren wie er.

»Heißt das, wir werden *erwartet*?«, wollte Zalea wissen.

»Ja, so könnte man sagen«, murmelte Lirandil, der einen Stein vom Boden aufhob. Er murmelte kaum hörbar eine Formel vor sich hin und schleuderte ihn dann fort, sodass er über die Wasseroberfläche sprang. Aber anstatt nach dem dritten oder vierten oder gar fünften Sprung in der Tiefe zu versinken, sprang der Stein immer weiter und weiter. Selbst die kleinen Strudel in der Strommitte schienen ihm nichts anhaben zu können.

Lirandil schien im Moment nicht gewillt zu sein, irgendeine weitergehende Erklärung zu geben, weder zu den Bewohnern von Colintia noch gar zu ihrer Magie oder den Umständen, die den Elb zu der Annahme veranlassten, jemand werde kommen und sie abholen, und auch nicht zu dem Stein, der inzwischen das Ufer der Flussinsel erreicht hatte.

Ein Vogel erhob sich daraufhin aus dem Uferschilf. Er hatte einen langen, nach unten gebogenen Schnabel, und da er vollkommen weiß war, hob er sich kaum gegen die Nebelschwaden ab. Nur wenn man genau hinsah, konnte man ihn überhaupt erkennen.

Der Vogel war vollkommen lautlos, und die Bewegungen seiner Schwingen von einer geradezu majestätischen Langsamkeit.

»Man hat unsere Ankunft bereits zur Kenntnis genommen«, erklärte Lirandil. »Und anscheinend ist man hier bisher vom Feind verschont geblieben … Den Namenlosen Göttern der Elbenheit sei Dank!« Der Fährtensucher schien in diesem Augenblick mehr zu sich selbst als zu jemand anderem zu sprechen, was unter anderem dadurch deutlich zum Ausdruck kam, dass er während des letzten Satzes in die Sprache der Elben verfiel.

Eine Barkasse tauchte wenig später aus dem Nebel heraus auf. Sie musste vom Nebel verborgen worden sein, solange sie im ufernahen Gewässer dicht bei der Flussinsel geblieben war. Jetzt trat die Barkasse jedoch deutlich hervor. Das Segel war zwar nicht gerade gebläht, da auch kam Wind blies. Trotzdem glitt das Boot viel schneller über das Wasser, als man es eigentlich hätte erwarten können.

Magie?, fragte Arvan sich unwillkürlich. *Oder einfach nur eine fortgeschrittene Takelung, die die Kräfte des Windes besser auszunutzen weiß?*

Auf der Barkasse war nur ein einzelner Mann. Er trug eine Kutte aus fließendem Stoff, dessen Faltenwurf zumindest auf die Entfernung sehr stark an Elbenseide erinnerte. *Oder an eine gröbere Variante,* überlegte Arvan. Die Kapuze ließ das Gesicht im Schatten.

Die Gestalt schlug die Kapuze schließlich zurück, als die Barkasse am Ufer anlegte. Das Gesicht gehörte einem Mann mit grauem, nicht mehr sehr üppigem und relativ kurz geschorenem Haar. Die Ohren blieben frei, und es war eindeutig zu sehen, dass es sich nicht um einen Elben, sondern ohne Zweifel um einen Menschen handelte. Arvan fiel allerdings jetzt aus der Nähe der Gürtel des Grauhaarigen auf. Das Leder war auf ähnliche Weise verarbeitet worden, wie es auch auf Lirandils Gürtel zutraf. Und in die Schnalle waren Elbenrunen eingearbeitet.

Und davon abgesehen murmelte der Mann irgendetwas vor sich hin.

»Bilde ich mir das jetzt ein oder ist das ein Menschling, der sich als Elb verkleidet hat?«, fragte Borro auf seine gewohnt vorwitzige Weise.

»Es ist ein Elben*schüler*«, erläuterte Lirandil knapp. »Man nennt sie auch Elbenoiden.«

»Habt ihr schon mal was davon gehört?«, fragte Borro an Zalea und Arvan gerichtet.

»In Pandanor ist das Wort Elbenoide gleichbedeutend mit Fluchgeist oder Nebelgespenst«, meinte Nomran-Kar. »Habe ich zumindest so gehört …«

Lirandil hüllte sich in Schweigen. Er ging auf den Mann in der Kutte zu.

»Seid gegrüßt, Ferach«, sagte Lirandil und ergriff den Mann bei den Schultern wie einen guten Bekannten. »Es ist lange her, dass wir uns das letzte Mal gesehen haben! Verzeiht mir, wenn ich das so offen äußere, aber für einen Menschen habt Ihr Euch über all die Jahre erstaunlich wenig verändert. Mein Kompliment, Ihr scheint die Heilkunde der Elben wirklich verstanden zu haben …«

»Leider muss ich Euch enttäuschen«, sagte der Mann in der Kutte. »Mein Name ist Osgeion – und obgleich das gesunde Leben auf Colintia ihn inzwischen hundertundzwei Jahre hat werden lassen …« Er sprach Relinga, sodass alle seine Worte verstehen konnten. Allerdings war sein Akzent höchst eigentümlich. *Alt,* dachte Arvan. *Das klingt uralt, so wie man vielleicht vor langer Zeit gesprochen hat.*

»Ihr seid Ferachs Sohn?«, entfuhr es Lirandil.

»So ist es«, nickte Osgeion.

»Aber Euer Vater lebt, denn wir waren vor Kurzem in geistiger Verbindung.«

»Er ist immer noch der Sprecher unseres Ältestenrates. Allerdings machen seine Knie und sein Rücken ihm zu schaffen, und deswegen sitzt er nicht mehr gerne in einem Boot – weswegen er mich gebeten hat, Euch und Eure Begleiter abzuholen.« Osgeions Blick glitt über die Schar der Anwesenden. »Mein Vater sagte mir, dass ich die große Barkasse nehmen sollte. Er schien zu wissen, weshalb.«

»Ja, unsere Gruppe ist über die Zeit etwas angewachsen«, gab Lirandil zu.

»Kommt an Bord. Mein Vater und die anderen aus unserer Gemeinschaft warten schon auf Euch. Und dann ist da noch jemand, der sich freut, Euch wiederzusehen … Jemand, der den Schlächtern entkommen ist, die zurzeit alle Lande verheeren …«

Lirandil blickte auf. Ein mildes Lächeln spielte um seine dünnen Lippen. Zum ersten Mal seit längerer Zeit machte der Elb einen erfreuten Eindruck. »Ich ahne, von wem Ihr sprecht«, erklärte er.

Alle stiegen an Bord der Barkasse. Es wurde ziemlich eng

auf dem Boot, aber Osgeion hatte keine Bedenken, dass das Boot nicht in der Lage sein könnte, dieses Gewicht zu tragen.

Arvan war der Letzte, der noch nicht an Bord gestiegen war. Irgendetwas ließ ihn zögern.

»Was ist?«, fragte Zalea.

»Ich weiß es nicht.« Er ließ suchend den Blick schweifen und umfasste plötzlich den Elbenstab. *Kraft und Gegenkraft gehören zusammen,* meldete sich plötzlich die Gedankenstimme. *Es wird Zeit, dass du das erkennst …*

»He, Arvan, du bist doch so stark!«, rief Borro. »Gib der Barkasse einen Schubs und schwing dich mit hinein. Du hast doch sowieso schon nasse Füße!«

Arvan stand tatsächlich mit einem Fuß im Wasser. Das hatte er zuerst gar nicht bemerkt, aber es konnte nur Augenblicke dauern, bis es im Stiefel nass wurde. *Die Stunde ist gekommen! Die Stunde der puren Kraft!* Dieser Gedanke wirkte bedrängend auf Arvan. Er wiederholte sich immer wieder wie eine Litanei.

»Arvan! Ist jemand bei dir im Oberstübchen zu Hause, oder spricht der größte Held von Athranor nicht mehr mit seinen besten Freunden?«, drang Borros Stimme wie aus weiter Ferne zu ihm. Arvan gab der Barkasse einen Stoß, nachdem er sein schweres Schwert samt Lederscheide und Gurt vom Rücken genommen und ins Boot geworfen hatte. Aber anstatt sich ebenfalls hineinzuschwingen, drehte er sich um, während das Boot bereits von der Strömung des Flusses fortgesogen wurde.

In diesem Augenblick stieß Zalea einen Entsetzensschrei aus. »Arvan!«

Zwischen den Bäumen waren Schatten zu sehen. Gestalten hoch zu Pferde und mit dämonisch glühenden krähenähnlichen Köpfen.

Vogelreiter, durchfuhr es Arvan eisig.

»Verfluchte Gharandoi«, murmelte er. Den *Beschützer* hatte er jetzt nicht zur Hand, und das Langmesser, das er am Gürtel trug, war nun wirklich keine Waffe gegen diese Gegner. *Die Kraft sucht immer ihre Gegenkraft!,* meldete sich die Gedankenstimme, während Arvan versuchte, die Hand vom Elbenstab zu lösen. Doch aus irgendeinem Grund gelang es ihm nicht. Lirandils Worte hallten in ihm nach, wonach der Stab eine Art Spiegel sei und die Gedanken, die er sandte, in Wahrheit von seinem Träger stammten. Völlig absurd schien Arvan das in diesem Augenblick. Die Vogelreiter näherten sich so lautlos, wie sie gekommen waren. Plötzlich waren sie da gewesen, ohne dass Lirandil oder Brogandas etwas davon bemerkt hatten. Wahrscheinlich hatten sie sich erst einen Augenblick zuvor von unscheinbaren Krähen in diese Kreaturen verwandelt. Aber gleichgültig, welche Gestalt sie auch immer annehmen mochten, sie waren stets zuerst Diener des Schicksalsverderbers. War es Ghool nun doch gelungen, die Spur der kleinen Gemeinschaft der Gefährten aufzunehmen, die aufgebrochen war, um die Pläne dieses mächtigen Herrn dunkler Kräfte zu durchkreuzen? *Sie werden euch alle töten. Und es gibt nichts, was ihr gegen sie tun könnt,* meldete sich die Gedankenstimme. *Ein zweites Mal werden sie sich wohl kaum durch Brogandas hereinlegen lassen, wie es im Dornland geschehen ist!*

Schwarzer Rauch drang aus den Nüstern der Pferde und dampfte auch aus den Schnäbeln dieser geisterhaften Erscheinungen hervor.

Arvan zog den Elbenstab, und ein Gefühl der Kraft durchströmte ihn augenblicklich. *»Jetzt ist die Stunde der Tat, Arvan.«* Die Vogelreiter hoben die schwarzen Schwerter und preschten lautlos voran. Die Hufe ihrer Pferde berührten dabei nicht den Boden.

Ein Strahl aus schwarzem Licht schoss aus dem Elbenstab heraus. Er fächerte sich auf und wurde breiter und nahm die Form einer hauchdünnen Klinge aus purer Finsternis an.

Arvan wirbelte diese Klinge aus Finsternis in vertikaler Richtung herum. Sie schnitt durch die Vogelreiter hindurch, ohne dass irgendein Widerstand für Arvan spürbar wurde.

Mehrfach schwenkte er den Elbenstab und ließ den Strahl aus Schwarzlicht so oft durch die Vogelreiter fahren, dass die meisten von ihnen regelrecht zerstückelt wurden. Sie zerfielen unter diesen Hieben. Die abgetrennten Teile zerfielen zu Asche. Zwei der Vogelreiter gelang es noch, sich in Krähen zurückzuverwandeln, ein dritter war gerade mitten im Verwandlungsprozess, als das Schwarzlicht ihn zerteilte und zu Asche zerfallen ließ.

Mit einem aufwärts gerichteten Schwung erwischte er sogar noch die beiden aufstiebenden Krähen. *Gut gemacht!*, meldete sich die Gedankenstimme. *Du hast die Kraft des Elbenstabs entfesselt. Lass sie frei. Und hör nicht auf den Elben, der deine Gedanken zu beherrschen versucht …*

»Nein!«, stieß Arvan laut hervor.

Er warf den Stab von sich. Ein pfeifendes, ohrenbetäubendes Geräusch ging daraufhin von dem Elbenstab aus. Die Runen glühten auf. Mehrere Schritt weit wurde alle Vegetation versengt. Das Gras war aschegrau geworden, und auch an Arvans Stiefeln waren Rußstreifen zu sehen. Der Strahl aus Schwarzlicht, der von dem Artefakt ausgegangen war, verblasste und war einen Augenblick später nicht mehr zu sehen. Das Pfeifen wurde immer unerträglicher, der Stab bewegte sich, hüpfte empor und rollte sich um die eigene Achse. Dann blieb er schließlich regungslos liegen. Die

Runen schimmerten noch einige Augenblicke lang golden. Aber dann verblassten sie. Als sie zu einer festen Form erstarrten, waren sie wieder schwarz, so als hätte man sie in das Holz des Stabes eingebrannt.

Die Barkasse hatte inzwischen wieder angelegt. Lirandil sprang an Land und näherte sich Arvan. Der Blick des Elben streifte nur kurz die Überreste der Vogelreiter und richtete sich dann auf den Elbenstab. Das bläuliche Leuchten erschien in seinen Augen und wurde so stark, wie Arvan es zuvor selten gesehen hatte.

»Es wäre besser gewesen, du hättest den Elbenstab nicht einsetzen müssen«, stellte Lirandil fest.

»Ich hatte keine Wahl«, verteidigte sich Arvan.

»Mag sein. Aber das ändert nichts an der Richtigkeit dessen, was ich gesagt habe.«

»Ich habe sie alle getötet, Lirandil! Alle! Es ist keiner entkommen, und deswegen …«

»… wird Ghool nichts von dem erfahren? Du Narr!«

»Lirandil, was soll ich jetzt tun?«

»Na, was wohl? Nimm den Elbenstab wieder an dich. Du bist derjenige, der ihn tragen und einsetzen kann, das hast du ja gerade recht eindrucksvoll unter Beweis gestellt.«

Arvan schluckte. Er fühlte plötzlich eine gewisse Scheu, den Stab noch einmal zu berühren. Schaudernd dachte er an die tödliche Kraft, die in dem Artefakt gebunden war. *Warum so zurückhaltend?*, meldete sich die Gedankenstimme.

»Hör nicht auf die Stimme«, riet Lirandil, der erraten zu haben schien, was Arvan gerade beschäftigte. Der junge Mann zuckte unter den Worten des Elben zusammen. »Sie spricht doch gerade wieder mit dir, nicht wahr? Man muss nicht einmal Gedanken lesen können, um das zu erraten, Arvan. Es steht dir auf die Stirn geschrieben.«

»Warum sprechen *Eure* Gedanken nicht mehr zu mir?«, stellte Arvan eine Frage, die ihm im Grunde schon seit Längerem auf dem Herzen lag. »Weshalb nur diese Stimme?«

»Ich hab meine Gedanken immer wieder zu dir gesandt, Arvan. Wenn du sie nicht hören konntest, wolltest du das vielleicht auch nicht.«

»Nein, das ist nicht wahr! Hat das alles mit der Magie dieses Stabes zu tun?«

»Was du darüber wissen solltest, habe ich dir schon gesagt, Arvan. Es ist deine eigene Stimme, die mit dir spricht. Du kannst beeinflussen, was geschieht.«

»Aber …«

»Du darfst nicht der Spielball jener Kraft werden, die du eigentlich beherrschen sollst. Und wie ich dir schon einmal sagte, wird das Risiko mit jedem Mal größer, wenn du den Stab einsetzt.«

Arvan hob den Stab auf. Die Runen leuchteten kurz auf, veränderten aber nicht ihre Form.

Er steckte das Artefakt hinter seinen Gürtel. »Ich verstehe inzwischen, weshalb König Elbanador den Elbenstab vernichtete, mit dem er Ghool vertrieb.«

Lirandils Augen leuchteten für einen Moment bläulich. »Das, werter Arvan, ist nicht so einfach, wie du vielleicht glaubst.«

Nach Colintia

Die Barkasse setzte zur Flussinsel Colintia über. Die von der Insel bis auf das Wasser wabernden Nebelschwaden waren so dicht, dass man auch jetzt allenfalls ein paar Schemen von dem erkennen konnte, was sich vielleicht dahinter verbarg. Schemen, die von Bäumen oder von großen Felsmassiven stammten oder vielleicht sogar von Gebäuden.

Zeitweilig hüllte der Nebel das Boot, das von Osgeion in Ufernähe gehalten wurde, vollkommen ein, sodass man sogar kaum noch das rasalische Ufer sehen konnte.

Plötzlich zog Whuon einen seiner Wurfdolche, und Borro griff zu seinem Bogen.

Ihre Gesichter waren schreckensbleich.

»Immer mit der Ruhe«, mahnte Osgeion. »Wenn ihr in den Nebeln Monstren und geisterhafte Fratzen zu entdecken glaubt, dann seid ihr nur besonders empfänglich für die einfache Illusionsmagie, mit der wir Elbenoiden ungebetene Besucher von unserer Insel fernhalten«, erklärte er lächelnd.

»Daher kommen also die Gerüchte, dass es hier spukt«, meinte Nomran-Kar.

»Und wir tun alles dafür, dass sie sich erhalten, um unbehelligt und in aller Abgeschiedenheit unser Leben auf eine Weise zu führen, die den Regeln unserer Gemeinschaft entspricht.«

»Sind wir etwa bei einem strengen Mönchsorden zu Gast?«, fragte Whuon.

Osgeion wirkte etwas überrascht. »Ich hatte eigentlich angenommen, dass Lirandil seine Begleiter so umfassend über uns informiert wie wir umgekehrt über seine Ziele und den Grund für euren Aufenthalt Bescheid wissen.«

Diesen Grund kennen wir ja nicht einmal selbst so richtig, dachte Arvan. Allerdings hütete er sich davor, dies laut auszusprechen.

Borro war da natürlich wesentlich ungenierter.

»Aber – wie kann das sein?«, fragte er.

»Ich glaube, es wird Zeit, dass Ihr uns einiges erklärt, werter Lirandil«, verlangte nun auch Brogandas, der sich danach an Arvan wandte und fortfuhr: »Immerhin haben wir soeben gesehen, dass dieser Elbenstab tatsächlich eine wirksame Waffe sein kann. Ich muss sagen, ich war beeindruckt, Arvan.«

»Danke«, murmelte Arvan, der offensichtlich nicht so recht zu wissen schien, was er von dem Kompliment eines Dunkelalben zu halten hatte.

»Es gab eine Phase in der Geschichte der Elbenheit, als mein Volk glaubte, dass man die primitiven, kurzlebigen Völker erziehen und bilden könnte«, begann Lirandil. »Damals gab es noch keine Menschen in Athranor, und die Durchfahrt durch die Kochende See zu den Ländern der Meeresherrscher von Relian war noch möglich. Und außerdem interessierten sich die Elben in einem weitaus stärkeren Maß für das Geschehen fernab ihres eigenen Landes.«

»Das muss unvorstellbar lange her sein«, meinte Arvan.

»Das ist es auch. Selbst gemessen an unseren Maßstäben«, gab Lirandil zu. »Unsere Seefahrer fanden in den Ländern jenseits der Kochenden See Menschen, von denen sie glaubten, dass es sich lohnen könnte, ihnen die elbische Heilkunst und auch die einfachen Formen der Magie beizubringen, denn sie lebten in unvorstellbarem Elend.«

»Elben handelten aus Mitgefühl – so etwas soll es tatsächlich einmal gegeben haben«, spottete Brogandas. »Ich glaube eher, dass unsere gemeinsamen Vorfahren die aufkommende Stärke dieser menschlichen Barbaren fürchteten – und es hat ja auch nicht lange gedauert, bis sie sich schließlich überall breitgemacht haben. Auch in Athranor.« Brogandas grinste breit. »Wenn man sie zu friedfertigen, schwachen Weichlingen hat erziehen wollen, die lieber altelbische Lyrik rezitieren, statt Schwerter zu schmieden und friedliche Elefanten zu kämpfenden Monstren zu dressieren, waren die damaligen Bemühungen nicht sonderlich erfolgreich, würde ich sagen.«

»Im Gegensatz zu Eurer Art des Umgangs mit Menschen und Halblingen, der darin besteht, sie zu versklaven?«, erwiderte Zalea mit einem scharfen Unterton. »Ist es das, worauf Ihr hinauswollt, Brogandas?«

»Fahr fort, Lirandil«, verlangte Whuon. »Was hat es mit den Elbenschülern auf sich?«

»Menschen, die zumindest einen Teil des Elbenwissens erworben haben – kein Wunder, dass Whuon sich dafür interessiert«, konnte sich Borro eine Bemerkung nicht verkneifen.

»Nun, es gibt dazu eigentlich nicht mehr viel zu sagen. Die sogenannten Elbenschüler erreichten durch die Anwendung der Elbenheilkunde ein höheres Alter und neigten weniger zur Gebrechlichkeit, als dies normalerweise bei ihnen der Fall gewesen wäre. Allerdings verloren die Elben irgendwann im Laufe der Jahrtausende das Interesse daran, ihr Wissen weiterzugeben. Und so überließen sie die Elbenoiden sich selbst. Zunächst rechtfertigte man sich damit, dass sich dieses Wissen sicherlich von allein weiter ausbreiten würde. Die Elbenschüler, so glaubte man, würden es bis in den letzten Winkel der Länder der Meeresherrscher von Relian tragen. Aber das war nicht der Fall. Viele Menschen betrachteten die Elbenoiden wegen ihrer Lebensweise als Sonderlinge, die ihnen unheimlich waren. Sie glaubten, dass sie mit finsteren Mächten im Bunde seien, und sahen nicht einmal den Wert, den das Geschenk des Wissens hatte, das die Elben den Menschen gemacht hatten. Stattdessen warf der Großteil von ihnen dieses Geschenk achtlos weg. Später kamen mit den ersten Menschen, die in Athranor siedelten, auch einige Elbenschüler auf unseren Kontinent. Vielleicht waren sie auf der Suche nach ihren Lehrern und konnten selbst nach all den Generationen noch immer nicht glauben, dass diese einfach das Interesse an ihrem Schicksal verloren hatten.«

»Unsere Vorfahren stellten fest, dass die Elben nicht nur das Interesse an ihren Schülern, sondern sogar weitgehend das Interesse an ihrem eigenen Schicksal und ihrer eigenen Zukunft verloren hatten«, sagte Osgeion. »Und wie Ihr seht, lebt unsere Gemeinschaft bis heute abgeschieden von den anderen Menschen. Unsere Lebensweise stößt bei ihnen nur auf Unverständnis.«

Lirandil nickte wissend. »Und so, wie die Elben einst keinen Sinn mehr darin sahen, ihr Wissen an barbarisch anmutende Menschen weiterzugeben, so haben die wenigen Gemeinschaften von Elbenoiden, die es in Athranor gibt, ebenfalls das Interesse daran verloren, ihr Wissen weiterzugeben und den Keim der Weisheit zu säen.«

»Als mein Vater jung war, stieß Lirandil auf seinen Streifzügen auch auf die Insel Colintia«, erklärte Osgeion. »Er unterrichtete meinen Vater in der Kunst des Fährtensuchens, und mein Vater hat sich bemüht, diese Kenntnisse wiederum an seine Schüler originalgetreu weiterzugeben.« Osgeion wandte den Blick in Lirandils Richtung und fuhr dann mit einem Tonfall des Bedauerns fort: »Leider habt auch Ihr, werter Lirandil, das Interesse an Eurem Schüler verloren, denn Ihr seid danach nie wieder nach Colintia zurückgekehrt.«

»Aber ich war seitdem stets mit Eurem Vater in geistiger Verbindung«, gab Lirandil zu bedenken. »Eine Verbindung, die immerhin stark genug war, um die Elbenoiden von Colintia in dieser schweren Stunde um Hilfe bitten zu können.«

»Aber eine Verbindung, die offenbar nicht stark genug war, um zu verhindern, dass Ihr Osgeion mit seinem Vater verwechselt habt«, stellte Brogandas fest. »Hättet Ihr das nicht spüren müssen, werter Lirandil? Oder ist Euer Verstand im Moment so stark mit anderen Dingen beschäftigt, dass man Euch dies nachsehen muss?«

Lirandils Augen leuchteten bläulich auf. Er ging nicht weiter auf Brogandas' despektierliche Bemerkung ein und schien zunächst davon auszugehen, dass dieses Aufleuchten seiner Augen Antwort genug war. »Wer an die großen Dinge denken muss, kann sich in den Kleinigkeiten schon einmal irren«, sagte er dann – allerdings nicht als Antwort an Brogandas, sondern an Osgeion gerichtet. »Und ich gehe davon aus, dass sowohl Ihr als auch Euer Vater dafür Verständnis habt!«

Die Barkasse fuhr in eine Bucht ein, die einen natürlichen Hafen bildete. Eine ganze Anzahl von Booten war hier an einem Steg festgemacht worden, andere hatte man die sanft ansteigenden Anfurten hinaufgezogen.

Arvan und seine Gefährten gingen an Land, während Osgeion noch das Segel herabließ und die Barkasse mit ein paar kunstvoll verschnörkelten Knoten vertäute.

Einige Elbenoiden – sowohl erwachsene Männer und Frauen als auch Kinder – erwarteten sie bereits und betrachteten die Ankömmlinge mit unverhohlener Neugier.

Sie trugen alle die gleichen kuttenartigen Gewänder. Arvan fiel auf, dass keiner von ihnen bewaffnet war. Offenbar vertrauten sie zu ihrem Schutz voll und ganz den magischen Trugbildern, die ungebetene Besucher davor zurückschrecken ließen, die Insel zu betreten.

»Folgt mir«, sagte Osgeion freundlich.

»Die starren uns alle so an, als wären wir seltsame Kreaturen oder so etwas«, raunte Borro Arvan zu. »Irgendwie scheinen wir hier aufzufallen …«

»Vermutlich hat man auch hier bereits davon gehört, dass ich Zarton erschlug«, glaubte Arvan. »Und wenn Lirandil uns über eine geistige Verbindung zu seinem ehemaligen Schüler schon angekündigt hat, dann ist es doch kein Wunder, dass jeder weiß, wer wir sind.«

»Langsam scheint dir der Ruhm zu Kopf zu steigen«, mischte sich Zalea ein.

»Ich gewöhne mich daran, ein Held und kein Trottel mehr zu sein.«

»Ehrlich gesagt bin ich mir nicht sicher, ob ich den Trottel nicht mehr mochte.«

»Wie bitte?«

»Arvan, die Leute hier *wundern* sich über uns, aber ich glaube nicht, dass sie uns *be*wundern«, erklärte Zalea mit Nachdruck.

Osgeion führte sie ein Stück durch den Nebel, der die ganze Flussinsel wie ein schützender Kokon einzuhüllen schien. Sie erreichten wenig später die ersten Gebäude. Sie waren steinern und wirkten alterslos. Die durch zahlreiche Säulen geprägte Architektur erinnerte an die Bauwerke der Elben. Diese Bauten allerdings schienen vollkommen im Einklang mit den Gesetzen der Natur zu sein. Bei keinem hatte man den Eindruck, dass nur Magie die der Schwerkraft spottenden Mauern und Türme noch aufrecht hielt.

Auch hier wurden sie von vielen Schaulustigen erwartet.

Auch hier – keine einzige Waffe, stellte Arvan fest. *Die Elbenoiden müssen tatsächlich in einer sehr friedfertigen Gemeinschaft leben.*

Man führte sie in eines der steinernen Häuser. Es war sehr großzügig angelegt. Sie durchschritten eine Säulenhalle und erreichten schließlich einen Raum, in dem ein uralter Mann auf einem Diwan saß und in einem Buch blätterte.

»Ferach!«, rief Lirandil. »Es freut mich, Euch wohlauf zu sehen.«

Ferach blickte auf und klappte das Buch zu, auf dessen Einband Elbenrunen mit golddurchwirktem Garn eingestickt waren. »In meinem Alter ist das nicht mehr selbstverständlich«, sagt Ferach. »Auch dann nicht, wenn man sich an die Grundsätze der Heilkunde hält, die wir Elbenoiden einst von Eurem Volk gelernt und an die Besonderheiten menschlicher Körper angepasst haben.«

Die Ähnlichkeit zwischen Ferach und seinem Sohn Osgeion war tatsächlich frappierend.

Lirandil stellte alle Anwesenden kurz vor. Aber es schien beinahe so, als wäre das gar nicht nötig. Lirandil hatte einem ehemaligen Schüler in der Kunst des Fährtensuchens offenbar bereits in Gedanken ein Bild derjenigen übermittelt, die ihn begleiteten. »Erstaunlich«, murmelte der alte Mann. »Genauso habe ich mir jeden einzelnen Eurer Begleiter vorgestellt. Es hat mich gefreut, dass Ihr unsere gedankliche Verbindung vor einiger Zeit wieder aufgenommen habt, werter Lirandil. Das erinnerte mich an meine Jugend, als Ihr mich unterrichtet habt.«

»Meinem Gefühl nach ist die geistige Verbindung nie abgerissen«, wunderte sich Lirandil etwas.

Ferach lächelte nachsichtig. »So viel Elben und Elbenoiden auch gemeinsam haben mögen – das Empfinden der Zeit wird uns wohl immer unterscheiden. Und das gilt offenbar sowohl für einen Elb, der überwiegend unter Menschen lebt, als auch für Menschen, die versuchen, der Lebensweise der Elben nachzueifern.«

»Mag sein, dass ich die Zeit und ihre Bedeutung für die kurzlebigen Völker noch immer unterschätze.«

»Allerdings war ein Libellenreiter nicht dabei, als Ihr mir Eure Gedanken gesandt habt, Lirandil.« Ferach betrachtete Nomran-Kar ganz genau, ehe er schließlich auch die anderen Anwesenden einer ausgiebigen Musterung unterzog. »Und sollten nicht eigentlich drei Halblinge Euch begleiten?«

»Unser Freund Neldo hat uns leider vor einer Weile verlassen«, sagte Borro.

»Nun, ich weiß nicht, ob eine so kleine Gruppe von Geschöpfen wirklich zu dem imstande ist, was Ihr Euch vorgenommen habt …«

Selbst darüber scheint er mehr zu wissen als wir, ging es Arvan ärgerlich durch den Kopf. Lirandil schien seinen alten Schüler ausführlicher informiert zu haben als seine Gefährten. Arvan fand das mehr als einfach nur ärgerlich. *Von wem hängt denn alles letztlich ab? Von dem, der diesen verfluchten Stab tragen muss*, dachte er. *Und nicht von einem alten Wunderling.*

»Ihr seid angegriffen worden«, stellte Ferach fest. »Die Gedanken meines Sohnes haben mich das sehen lassen … Waren das Ghools Geschöpfe?«

»Man nennt sie Gharandoi«, sagte Lirandil. »Vogelreiter.«

»Glaubt Ihr, es besteht die Gefahr, dass sie zurückkehren, um die Insel zu betreten?«

»Vermutlich nicht, wenn wir so schnell wie möglich weiterreisen«, gab Lirandil offen zu. »Und davon abgesehen dürfte auch die Magie, die Eure Insel umgibt, zumindest einen gewissen Schutz darstellen.«

»Die Macht Ghools reicht gewiss aus, um sie zu überwinden«, gab Ferach zu bedenken.

»Das wird er nur tun, wenn der Aufwand sich für ihn lohnt. Er kämpft an vielen Fronten gleichzeitig und ist derzeit gezwungen, seine Kräfte zu konzentrieren.«

»Nicht alle in unserer Gemeinschaft sind glücklich über das Risiko, das Euer Besuch für uns derzeit gewiss bedeutet«, sagte Ferach offen. »Die Abstimmung im Ältestenrat darüber, ob wir Euch überhaupt helfen sollen, war sehr knapp.«

»Auch die Elbenschüler von Colintia könnten sich langfristig aus diesem Krieg nicht heraushalten«, gab Lirandil zu bedenken. »Denn Ghool wird es nicht zulassen, dass es einen Bereich gibt, der nicht seiner Herrschaft unterliegt.«

»Dieses Argument hat die Mehrheit überzeugt, Lirandil. Und deswegen seid Ihr hier und genießt das Asyl unserer friedlichen Insel. Mein Sohn Osgeion wird die Zeit nutzen, um ein Schiff auszurüsten, das Euch an die Küste des Ost-Orkreichs bringen wird. Von dort an seid Ihr dann auf Euch allein gestellt.«

»Ich danke Euch für Eure Großzügigkeit«, sagte Lirandil.

»Und ich hoffe, dass wir sie nicht noch bitter bezahlen werden«, entgegnete Ferach. »Wir sind eine friedliche Gemeinschaft, die das Tragen von Waffen ablehnt – und wir haben es über viele Generationen hinweg geschafft, uns aus den Kriegen der uns umgebenden Reiche herauszuhalten.«

»Dies ist kein Krieg wie jeder andere«, war Lirandil überzeugt.

»Ja, dieses Argument wird regelmäßig vor jedem neuen Waffengang wiederholt, und es gibt auch unter uns immer wieder Stimmen, die meinen, dass wir uns einmischen müssten, um unsere eigenen Interessen zu wahren. Ich kann nur hoffen, dass Eure Einschätzung richtig ist.«

Ferach erhob sich mit Mühe von seinem Diwan. Als Lirandil ihm helfen wollte, wehrte er jedoch ab. »Ich lasse mir nicht von jemandem aufhelfen, der noch älter ist als ich«, sagte er matt lächelnd. Dann wandte er sich Arvan zu. »Man spricht viel von dir, Arvan.«

»Das mag sein.«

»Anscheinend halten dich viele für den größten Helden von Athranor. Du sollst wissen, dass bei uns der Ruhm, der durch Gewalt erworben wird, nicht so hoch geachtet wird wie andernorts.«

»Ich erwarte keine besonderen Ehrungen oder dergleichen. Alles, was ich will, ist, dass die Bedrohung durch Ghool ein Ende findet.«

»Klingen da Hass und Schmerz in deiner Stimme mit?«

»Ich wuchs bei Halblingen auf, die mich großzogen und denen ich alles verdanke. Ghools Schergen haben vermutlich meine Zieheltern umgebracht und unzählige andere Halblinge getötet. Der Wohnbaum, auf dem ich aufgewachsen bin, ist nur noch eine verkohlte Ruine. Ja, ich denke, da klingt Schmerz in meiner Stimme mit, werter Ferach.«

»Schmerz … und Hass«, ergänzte Ferach.

»Und Wut. Eine unbändige Wut, der ich in der Schlacht gestatte, sich zu entfalten.«

»Diese Wut ist ein gieriges Ungeheuer, Arvan. Ein Ungeheuer, das mitunter auch den verschlingt, der es von der Kette lässt.«

Arvan spürte innerlich einen Widerwillen dagegen, dass dieser alte Elbenoide ihm Ratschläge zu geben versuchte. Was wusste dieser über Hundertjährige schon, der nicht viel von der äußeren Welt kannte und vermutlich sein Leben fast ausschließlich auf dieser nebeligen Insel verbracht hatte – abgeschieden und ohne Gefahren. *Ihm ist nie etwas Vergleichbares widerfahren, und doch glaubt er, über mich urteilen zu können,* ging es ihm ärgerlich durch den Kopf. Im selben Moment hoffte er allerdings, dass sein Gedanke nicht so intensiv gewesen war, dass Ferach ihn vielleicht empfangen hatte. Wie weit die diesbezüglichen Fähigkeiten der Elbenoiden tatsächlich gingen, war Arvan nicht so recht klar. Aber es schien ähnlich wie bei den Elben zu sein: Eine geistige Verbindung gab es zumeist nur dann, wenn man sich aus irgendeinem Grund nahestand. Und das war in diesem Fall sicherlich nicht gegeben.

»Ich werde Eure Worte bedenken, Ferach«, sagte Arvan laut.

Ferach lächelte. »Du brauchst mir gegenüber nicht diplomatisch zu sein, Arvan. Das widerspricht deiner ganzen Natur, wie mir scheint.«

»Großvater, ist das der große Held, der den siebenarmigen Riesen erschlug?«, drang eine weibliche Stimme durch den Raum.

Arvan drehte sich um und sah eine junge Frau, etwa so alt wie er selbst. Das helle Haar fiel ihr bis weit über die Schultern. Die Gesichtszüge waren fein geschnitten, und ihre graublauen Augen musterten Arvan voller Interesse. Obwohl sie wie alle anderen Elbenschüler ein kuttenartiges

Gewand trug, schmiegte sich dessen feines, fließendes Gewebe dennoch so sehr an ihren Körper, dass die anmutige Gestalt nicht verborgen wurde.

»Ja, das ist Arvan Aradis«, bestätigte Ferach. »Genau wie seine Gefährten wird er nicht lange auf Colintia bleiben – und spätestens morgen früh wird dein Vater mit ihnen zur Küste der Orks segeln.«

»Es freut mich, dich kennenzulernen, berühmter Arvan«, sagte sie und reichte dem völlig verdutzten jungen Mann die Hand. »Ich bin Lesene, die Tochter von Osgeion, der sich ja wohl angeboten hat, euch über das Meer zu bringen.«

»Die Freude … also … irgendwie … ist ganz auf meiner Seite«, erwiderte Arvan, der von Lesenes Anblick ganz verzaubert war.

»Und du hast wirklich einen Riesen erschlagen?«

Ehe Arvan antworten konnte, griff Ferach ein. »Du könntest unseren Gästen die Quartiere zeigen, in denen sie die Nacht verbringen werden, Lesene.«

»Aber gerne«, sagte sie. »Wenn ihr mir bitte folgen würdet.«

Lesene ging voran, und Arvan blieb zunächst wie angewurzelt stehen. Zalea gab ihm einen Stoß. »Pass auf, dass dir nicht die Augen aus den Höhlen fallen, du berühmter Held«, raunte sie ihm zu. »Und ich hoffe, dir ist aufgefallen, dass das keine echte Elbin ist – sondern nur eine, die so tut als ob.«

»Und deswegen auch glücklicherweise wohl nicht gehört hat, was du gerade gesagt hast«, flüsterte Arvan etwas ärgerlich zurück. Die anderen hatten sich in Bewegung gesetzt, um Lesene zu folgen.

Sie wurden durch einen hohen Gang geführt, dessen Decke mit einem Fresko bedeckt war, das offenbar Szenen aus der Geschichte der Elbenschüler zeigte. Man sah einen Elben, der einem Menschen ein Buch überreichte. Und beide schienen stets den Betrachter anzuschauen. Arvan stolperte fast, als er hinsah. Obwohl sie ihn wahrscheinlich gar nicht hätte halten können, wenn er gefallen wäre, griff Zalea ihm unter den Arm.

»Ich überlege, ob ich nicht doch etwas lauter sprechen sollte«, sagte sie. »Aber ihre Ohren kommen ja noch nicht einmal durch ihr Haar hindurch. Wie will man da etwas hören. Und was die kleinen Füße angeht, taugen die vermutlich auch zu nichts. Trotzdem hat sie deine Aufmerksamkeit fast so in Beschlag genommen wie damals diese Elbin, deren Namen mir jetzt einfach nicht mehr einfallen will.«

»Zalea!«

»Ich bewundere deine Heldentaten übrigens auch, Arvan. Auch wenn ich dummerweise immer wieder vergesse, gebührend zu erwähnen, dass du einen Riesen erschlagen hast, bevor ich dich anrede.«

Aber Arvan schien ihr gar nicht zuzuhören. Sein Blick war auf Lesene gerichtet, die sich jetzt zu den Gästen der Elbenoiden umdrehte. »Mein Großvater hat unsere größten Räume für Euch herrichten lassen«, sagte sie an Lirandil gerichtet. »Ihr wart sein Lehrer, und er hat sehr oft von dem erzählt, was Ihr ihm einst beigebracht habt.«

»Das freut mich über die Maßen«, nickte Lirandil. »Vor allem weil der Unterrichtung von kurzlebigen Wesen ja immer ein gewisser Hauch der Vergeblichkeit anhaftet.«

»Seid unbesorgt! Euer Wissen wurde von Generation zu Generation weitergegeben«, versicherte Lesene, deren Blick sich jetzt für einen Augenblick mit dem von Arvan traf, der sie bereits die ganze Zeit unverwandt angestarrt hatte.

Am Abend gab es ein festliches Essen in Ferachs Haus.

»Gibt's hier gar kein Fleisch?«, wunderte sich Borro. »Man hätte mir ja Bescheid sagen können, dann wäre ich gern noch am Abend auf die Jagd gegangen. – Ich nehme an, dass es hier auf Colintia auch essbares Wild gibt.«

»Wir Elbenoiden essen kein Fleisch«, erklärte Osgeion daraufhin in einem Tonfall, der deutlich machte, wie sehr ihn allein der Gedanke an den Verzehr von Fleisch schon anwiderte. »Das gehört zu den Regeln, die wir uns gegeben haben.«

»Ich weiß ja, dass Elben *wenig* essen, aber dass Ihr grundsätzlich auf Fleisch verzichtet, war mir ehrlich gesagt neu, werter Lirandil«, wandte sich Borro etwas enttäuscht an Lirandil.

»Das trifft auch nicht zu«, erklärte dieser. »Die Verbindung zwischen den Elben und ihren Schülern ist vor so langer Zeit abgebrochen, dass sich in der Zwischenzeit vieles verändert hat. Vor allem natürlich bei den kurzlebigen Schülern, die ja mit dem Fluch leben, ihr Wissen in jeder ihrer kurzen Generationen wieder neu erwerben zu müssen.«

»Es entspricht unserer Tradition«, erklärte Ferach. »Vor allem deshalb, weil wir festgestellt haben, dass der übermäßige Genuss von Fleisch die Wirksamkeit von Elbenmedizin reduziert.«

»Also lieber krank und satt oder hungrig und dafür gesund bis ins hohe Alter«, brachte es Borro in seiner gewohnten Weise auf den Punkt. »Also, da wüsste ich schon, wie ich mich entscheiden würde.« Er wandte sich an Lirandil, nachdem er einen Bissen von den gebratenen Wurzeln genommen hatte, die serviert wurden. »Gleichgültig, wie sehr die Elben versucht haben mögen, auch Halblinge zu etwas Besserem zu erziehen – an den Essgewohnheiten meines

Volkes hat das glücklicherweise keinen bleibenden Schaden hinterlassen.«

Lirandil quittierte Borros Bemerkung nur mit einem tadelnden Blick. Der Elb empfand die Worte des rothaarigen Halblings wohl als ungebührlich. Aber in dieser Hinsicht ließ Borro sich ja für gewöhnlich kaum beeinflussen.

Arvan bekam von alledem kaum etwas mit, denn er hatte nur Augen für Lesene, die ihm gegenübersaß. Sie fragte ihn nach seinen Erlebnissen, wollte, dass er ihr genau beschrieb, wie er den Riesen Zarton getötet hatte und weshalb er es abgelehnt hatte, sich zum Hochkönig ausrufen zu lassen. Arvan hatte noch nie in seinem Leben so sehr gestottert wie bei dieser Gelegenheit. Er wunderte sich darüber, dass Lesene seine unzusammenhängenden Sätze trotzdem zu verstehen schien und nicht aufhörte, an seinen Lippen zu hängen.

Zalea wiederum verdrehte dabei nur die Augen.

Lirandil wandte sich inzwischen an Nomran-Kar. »Ich habe mit Ferach auch Euer Schicksal besprochen«, erklärte er. »Ihr könnt hier auf Colintia bleiben, bis sich für Euch eine Gelegenheit ergibt zurückzukehren.«

»Meinen Dank dafür«, sagte Nomran-Kar.

»Lirandil sieht offenbar keinen Sinn darin, dass ein Libellenreiter ohne Reittier uns begleiten würde«, meinte Whuon dazu, der neben Nomran-Kar saß und dem die rein pflanzlichen Speisen auch nicht sonderlich zu schmecken schienen, wie sein Gesichtsausdruck erkennen ließ.

»Es ist tatsächlich besser, wenn sich unsere Wege hier trennen«, bekannte Lirandil.

»Ein bisschen kenne ich den Elb inzwischen«, ergänzte Whuon. »Und ich würde sagen, dies war jetzt die diplomatische Art, dir zu sagen, dass er dich für nutzlos hält und dir nicht traut.«

»So etwas hab ich mir schon gedacht«, lächelte Nomran-Kar säuerlich.

»Aber du solltest dir nichts daraus machen, Libellenreiter. Jedenfalls ist deine Chance, in einigen Wochen noch am Leben zu sein, beträchtlich größer als bei denen, die mit dem verrückten jungen Riesenschlächter da vorn losziehen«, meinte Whuon und deutete dabei auf Arvan, der gar nicht mitbekam, dass von ihm die Rede war.

In diesem Augenblick starrte Nomran-Kar mit weit aufgerissenen Augen zur Tür und stieß einen Schrei aus.

Ein Ork stand dort. Seine Kleidung starrte nur so vor Dreck, und er sah aus, als wäre er einer Schlammgrube entstiegen. Auf seinem Rücken trug er eine Streitaxt von monströser Größe. Ein Kurzschwert und mehrere Dolche steckten hinter dem Gürtel. Der Harnisch war mehrfach gebrochen, und die einzelnen Stücke wurden nur notdürftig mit Drahtstücken zusammengehalten. Seine gesamte Gestalt war von einer Schicht getrockneten Schlammes bedeckt, der auch das etwa knielange Wams nahezu erstarren ließ.

Der Ork schrie ebenfalls.

Arvan wirbelte herum, sprang von seinem Platz und wollte nach einer Waffe greifen. Den *Beschützer* hatte er jedoch nicht bei sich. Ferach hatte darauf bestanden, dass zumindest beim Mahl keine Waffen getragen wurden, da dies ganz grob gegen die elbenoidische Tradition verstoßen hätte.

Und so hatten sie alle ihre Waffen in den Quartieren zurückgelassen. Selbst Whuon, dem das überhaupt nicht behagt hatte.

Den Elbenstab allerdings hatte Arvan nicht abgelegt – und Lirandil hatte ihn darin unterstützt. Es hatte niemand daran Anstoß genommen, schließlich war der Stab nicht auf den ersten Blick als Waffe erkennbar.

Arvan riss den Stab hervor und spürte, wie die Kraft ihn durchflutete. *Ja, jetzt ist der Moment, um ein Scheusal zu töten,* wisperte die Gedankenstimme des Stabes. Oder war es vielleicht doch ein Gedanke, der schon lange in ihm geschlummert hatte und den tiefen Wunsch nach Rache zum Ausdruck brachte? Wut keimte in Arvan auf.

»Arvan!«, rief Lirandil und sprang ebenfalls auf. »Das ist ein Freund!«

Der Ork stieß einen durchdringenden Schrei aus.

Töte ihn! Jetzt! Sofort! Du kannst es – und du solltest nicht zögern, wisperte die Gedankenstimme, die immer bedrängender wurde.

»Ich dulde keine Gewalt in meinem Haus«, rief Ferach – aber Arvan nahm die Stimme des alten Elbenoiden nur wie aus weiter Ferne wahr.

Denk an Gomlo und Brongelle! Denk an all die Halblinge, die diese Scheusale, ohne zu zögern, umgebracht haben, bedrängte ihn unterdessen die Stimme von Neuem, und sie war dermaßen eindringlich, dass sie für Augenblicke alles, was durch seine Ohren in seine Gedanken hätte dringen können, überdeckte.

Alles, bis auf die Worte, die Lesene sprach.

»Arvan, dieser Ork ist seit einiger Zeit unser Gast. Ich selbst geleitete ihn zu einem unserer Dörfer am nördlichen Arm des Flussdeltas, weil es hier bei uns keinen Sumpf gibt, der ihm für die Schlammwäsche hätte dienen können. Er hat mir nichts getan – und auch sonst niemandem auf Colintia.«

Inzwischen hatte Lirandil die Tafel umrundet und sich zwischen den Ork und Arvan gestellt. »Dieser Ork ist hier, weil er uns von nun an begleiten und führen wird! Denn wenn Osgeion uns an der Küste des Ost-Orkreichs absetzt, dann liegt noch ein anstrengender Weg bis zu Ghools Neufeste vor, wo er sich verbirgt und wo er immer neue Kräfte sammelt.«

Der Ork riss in diesem Augenblick die Axt aus dem Futteral auf seinem Rücken. Er warf sie auf den Boden. Klirrend folgten diesen monströsen Waffen wenig später auch noch mehrere Dolche und das Kurzschwert.

Da ließ auch Arvan schließlich den Elbenstab sinken. *Wie schade … Kein Orkblut wird vergossen,* meldete sich die Gedankenstimme. Und er fühlte noch immer, wie die drängende Kraft des Stabes ihn durchflutete. Sie schien sich mit der zügellosen Wut zu verbinden, die ihn auch früher schon bisweilen erfasst hatte. Arvan atmete tief durch. *Ich muss der Herr meiner selbst bleiben,* dachte er – und er war sich für einen Moment nicht sicher, ob dies sein eigener Gedanke oder die Stimme des Stabes war. Lirandil zufolge war ja beides ohnehin dasselbe. Aber in diesem Augenblick hielt es Arvan zum ersten Mal für möglich, dass dies tatsächlich der Wahrheit entsprach. Ihn schauderte, während sich beide Hände um den Stab schlossen. Er sah auf die Runen, sah sie sich verändern und golden schimmern – so unruhig wie nie zuvor. Wie aus weiter Ferne glaubte er eine protestierende Stimme in seinem Kopf zu hören, deren Worte er aber nicht zu verstehen vermochte. Die Runen erstarrten schließlich und verloren ihren goldenen Glanz.

»Es war nicht meine Absicht, gegen Eure Sitten beim Essen zu verstoßen, werte Elbenschüler«, sagte der Ork in einem so perfekten Relinga, dass es einige im Raum verwunderte.

Nicht jedoch Lirandil.

»Seid gegrüßt, guter Freund«, sagte der Elb. »Ich hoffe, Ihr seid wohlauf.«

»Fast erschlagen wurde ich, als ich am Orktor zusammen

mit dem Herzog von Rasal und seinem Gefolge gegen die Flut der Angreifer kämpfte«, sagte der Ork. »Das Singende Schwert zerbrach dabei – und mit ihm ist auch der letzte Widerstand im West-Orkreich zerbrochen. Nur mit knapper Not konnte ich entkommen.«

»Ums so mehr freut es mich, Euch zu sehen«, erklärte Lirandil mit beinahe feierlichem Ernst.

»Vielleicht hättest du die Güte, uns dieses schlammverschmierte Scheusal mal vorzustellen, Elb«, meldete sich Whuon zu Wort.

Der Ork schnaufte daraufhin geräuschvoll. Schleim spritzte ihm aus den Nasenlöchern, und ein grollender, gurgelnder Laut drang aus der Tiefe seiner Kehle zwischen seinen Hauern hervor.

»Nichts lieber als das«, antwortete Lirandil unterdessen dem Schwertkämpfer. »Dies ist niemand anderes als Rhomroor, der ehemalige Herr aller Orkländer und zuletzt der Anführer des Widerstandes im West-Orkreich. Man nennt ihn den *friedlichen Ork*, und er hat lange unter Menschen gelebt.«

»Das erklärt sicher seine penible Körperpflege«, meinte Whuon spöttisch.

»Schlammbäder sind für die Gesundheit eines Orks auf die Dauer unerlässlich«, sagte Rhomroor. Durch seine guten Kenntnisse der menschlichen Sitten und Gewohnheiten schien er gleich zu ahnen, worauf Whuon mit seiner Bemerkung gezielt hatte. »Und da ich mir vorgenommen habe, der erste Ork zu sein, der eines fernen Tages eines natürlichen Todes stirbt, will ich wenigstens, dass mich nicht irgendwelche Parasiten bei lebendigem Leib langsam auffressen, nur weil ich die Poren meiner schuppigen Haut nicht mit genügend Schlamm gereinigt habe.«

»Setzt Euch zu uns, werter Rhomroor. Ihr habt mehr für die Freiheit Athranors getan als viele andere.«

Rhomroor wandte sich sich an Ferach. »Es ist Euch sicher unangenehm, wenn ich Eure Sitzmöbel mit dem getrockneten Schlamm verunreinige, der mir anhaftet. Darum ziehe ich es vor, stehen zu bleiben.«

»Setzt Euch nur«, sagte Ferach. »Wir haben Euch bei uns aufgenommen, und Ihr seid unser Gast, werter Rhomroor. Und es wird niemand von Euch verlangen, dass Ihr menschlicher seid als ein Mensch.«

»Oder reinlicher als ein Elbenschüler«, murmelte Borro vor sich hin – allerdings wie üblich laut genug, dass man seine Worte auch ohne ein hochempfindliches Elbengehör deutlich verstehen konnte.

Zögernd setzte sich Rhomroor also an den Tisch. »Von Eurem Mahl möchte ich jedoch lieber nichts angeboten bekommen«, erklärte er an den alten Elbenoiden gerichtet. »Denn dann wäre ich gezwungen, so unhöflich zu sein und es abzulehnen.«

»Die Küche der Elbenschüler ist nicht jedermanns Geschmack«, sagte Ferach. »Dafür haben wir Verständnis.«

»Nein, es liegt nicht so sehr an dem bekanntermaßen faden Geschmack Eurer fleischlosen Speisen, sondern daran, dass es eine Ewigkeit her ist, seit ich zuletzt an einem menschlichen Mahl teilgenommen. Und, ehrlich gesagt, so große Mühe ich mir auch gab, so bin ich doch stets daran gescheitert, mir die Nahrung so einzuverleiben, dass niemand damit bekleckert wird. Aber davon abgesehen bin ich auch nicht hungrig.«

»Berichtet, wie es Euch ergangen ist, werter Rhomroor«, forderte Lirandil.

»Leider war alles umsonst. Das West-Orkreich hat tapfer

und bis zum letzten Blutstropfen gekämpft, aber die Zahl meiner Mit-Orks, die unter die Herrschaft Ghools gerieten, war zu groß. Ich weiß nicht, welche magischen Einflüsterungen dazu führten, dass sie ihm wie blind folgen und sich von ihm in Schlachten schicken lassen, in denen sie nichts als Werkzeuge des Bösen sind. Aber es ist eine Tatsache, dass Ghool so viel Macht über sie hat, dass sie sich niemals daraus befreien könnten. Nicht aus eigener Willenskraft jedenfalls.«

Lirandil nickte finster. »Ja, da mögt Ihr leider recht haben, guter Freund«, bestätigte der Elb die Ansicht des Orks.

»Ich kämpfte mit meinen getreuen Orkbrüdern an der Seite des Herzogs von Rasal und bin durch ein Meer von Blut gewatet. Ein Stein aus einer Schleuder verletzte mich am Kopf und raubte mir die Sinne. Später erwachte ich, bedeckt von Leichen. Menschen, Orks, Wolfskrieger … Das Gesäß eines gepanzerten Pferdes lastete ziemlich schwer auf meiner linken Schulter. Aus diesem Tier floss so viel Blut, dass ich darin beinahe ersoffen wäre. Aber ich will nicht klagen, und eigentlich kann ich froh sein, dass nicht eine der in der Schlacht getöteten Hornechsen mich unter sich erdrückt hat. Als ich mich dann umsah, waren Ghools Horden längst weitergezogen. Die Toten hatten sie zurückgelassen, aber wie ich gehört habe, soll der Schicksalsverderber inzwischen seine Kräfte dazu benutzt haben, viele von ihnen wiederzuerwecken, damit sie sein Heer auffüllen. Ob das nur vorübergehende Nachschubprobleme sind oder tatsächlich ein Zeichen dafür, dass Ghools Macht doch nicht grenzenlos ist, vermag ich nicht einzuschätzen.«

»Ich gehe von Ersterem aus, Rhomroor.«

»Im West-Orkreich zu bleiben hatte für mich wenig Sinn. Alle, die dort gegen Ghool und unsere Orkbrüder aus dem Ost-Orkreich und der Insel Orkheim gekämpft hatten, wurden verfolgt und niedergemacht – oder sie waren bereits tot. Ich hatte davon gehört, dass es einer kleinen Gruppe von Orks, die mit uns gekämpft hatte, gelungen war, nach Norden zu fliehen, nach Rasal oder Pandanor. Ihnen folgte ich, in der Hoffnung, mit ihnen den Widerstand gegen Ghools Herrschaft über die Orks neu entfachen zu können.«

»Habt Ihr noch einmal von diesen Ork-Bundesgenossen gehört?«, fragte Lirandil.

Rhomroor stieß einen gurgelnden Knurrlaut aus, und seine Pranken ballten sich zu mächtigen Fäusten. »Ich habe sie sogar gefunden. Niedergemacht und zerstückelt. Manche von ihnen waren auf bestialische Weise gefoltert worden.«

»Ja, die Schergen Ghools dürften sich davon versprochen haben, ihnen Informationen zu entreißen«, glaubte Lirandil.

»Das waren nicht Ghools Schergen«, erwiderte Rhomroor. »Das waren Menschen! Ritter aus Pandanor und Rasal, mit tiefem Hass gegen alle Orks! Sie haben meine Orkbrüder wohl für Diener Ghools gehalten und nicht glauben wollen, dass wir auf derselben Seite stehen. Mich haben diese Ritter dann auch bald entdeckt, und ich konnte ihnen nur mit knapper Not entkommen. Bis zum Fluss verfolgten sie mich. Mit der Streitaxt, die ich einem gefallenen Ork abgenommen hatte, schlug ich einen Baum, der mich über den Fluss trug. Die Strömung spülte mich an das Ufer dieser Insel – aber in deren Geisternebel wollte mir dann niemand mehr folgen …«

»Rhomroor trug ein Amulett, von dem ich wusste, dass es von Lirandil stammte«, erklärte Ferach. »So wussten wir, dass wir ihm vertrauen können und er die Wahrheit sprach …«

Rhomroor holte das Amulett unter seinem schlammverschmierten Gewand hervor, sodass es nun über dem zerbrochenen Harnisch hing. Es zeigte einige ineinander verschnörkelte Elbenrunen. Seinem Stirnrunzeln nach schien selbst Whuon, der sich ja alle Mühe gegeben hatte, die Schrift der Elben zu erlernen, die einzelnen Runen dieser besonderen Ligatur nicht auseinanderhalten, geschweige denn ihre Bedeutung erkennen zu können.

»Diese Elbenschüler waren sehr freundlich zu mir«, sagte Rhomroor. Er wandte sich an Lirandil. »Und ihr Anführer behauptete, in geistiger Verbindung mit Euch zu stehen.«

»Ihr wärt nicht hier, wenn Euer Elbenfreund sich nicht durch einen eindeutigen Gedanken für Euch verbürgt hätte, Ork«, meldete sich nun eine andere Elbenoidin zu Wort. Arvan war schon zuvor aufgefallen, wie ähnlich diese Frau Lesene sah. Sie sah wie ihr älteres Ebenbild aus, und daher war anzunehmen, dass sie ihre Mutter und Osgeions Frau war.

Allerdings war nicht zu übersehen gewesen, dass sie Arvan und seinen Gefährten gegenüber sehr reserviert zu sein schien. Dass sie sich weder vorgestellt hatte noch den Besuchern mit irgendeinem Wort begegnet war, hatte Arvan zunächst für Bescheidenheit gehalten. Aber vielleicht war es auch unterschwellige Feindseligkeit. Etwas, das man bei den sanftmütigen Elbenoiden nicht auf den ersten Blick vermutete.

»Meine Schwiegertochter Rasene«, stellte Ferach sie vor.

»Dass wir diesen Ork bei uns aufgenommen haben, war unser erster großer Fehler«, behauptete Rasene in einem Tonfall, der eisig klang. »Denn dadurch haben wir etwas getan, was wir nicht wollten: uns in den Krieg eingemischt, der zurzeit Athranor erschüttert. Und jetzt tun wir es wieder.«

»Rasene!«, versuchte Osgeion ihren Redefluss zu stoppen. Aber das schien unmöglich zu sein. Zu vieles schien sich da aufgestaut zu haben, von dem Rasene das Gefühl hatte, dass es aller Höflichkeit gegenüber den Gästen zum Trotz einfach ausgesprochen werden musste.

»Ich war dagegen, dem Ork zu helfen. Und ich war auch dagegen, dass wir uns ausgerechnet jetzt von Lirandil und seinen Begleitern besuchen lassen.« Sie wandte den Blick in Richtung ihres Mannes. »Und ich bin dagegen, dass du diese Leute über das Elbische Meer zur Küste der Orkländer segelst!«

»Rasene! Nicht hier und jetzt!«, erwiderte Osgeion.

»Darüber sind Beschlüsse gefasst worden«, griff nun Ferach ein. »Und die waren eindeutig. Wir haben das Für und Wider ausführlich erörtert und werden es jetzt in diesem Kreis nicht noch einmal tun!«

»Dieser Elb, der seit Jahrhunderten ein Kriegsbündnis zu schmieden versucht, nutzt uns doch nur für seine Zwecke aus. Genauso wie der Ork, der ja mal in seiner Heimat ein großer Anführer war und es wohl nicht erträgt, dass die Orks heute von einem anderen geführt werden«, ereiferte sich Rasene. »Wir werden zu einem Teil ihrer Pläne, ohne dass es gleich zu bemerken war. Offenbar ist die geistige Verbindung zwischen dem Vorsitzenden unseres Ältestenrates und Lirandil schon völlig ausreichend, um unsere Gemeinschaft in einer Weise zu manipulieren, wie es den Grundsätzen des wahren Elbenschülertums widerspricht.« Sie atmetet tief durch, und ihr Gesichtsausdruck drückte jetzt eine Entschlossenheit und einen Widerspruchsgeist aus, der so sehr im Gegensatz zu ihrer ansonsten nach außen hin gezeigten Sanftmut stand, dass Arvan sie nur vollkommen perplex ansah.

Rasene wandte jetzt den Blick in Arvans Richtung und fuhr fort: »Und zu allem Überfluss schmachtet meine Tochter einen in ganz Athranor bekannten Schlächter an, dass man nicht mehr zusehen mag.«

»Wie ich schon einmal sagte, die Beschlüsse sind gefasst, und wahre Elbenschüler sind nicht nur friedfertig, sondern sie stehen auch zu ihrem Wort«, erklärte Ferach nun ziemlich ärgerlich.

»Ich weiß, dass an den Beschlüssen wohl nichts mehr geändert werden wird. Und mir ist auch klar, dass sich mein Mann nicht davon abhalten lassen wird, die Gefahren auf sich zu nehmen, die eine Reise zur Küste der Orks in jedem Fall mit sich bringen wird. Aber es muss mir ja nicht unbedingt gefallen, und wenn jemand erwartet, dass ich meine Meinung für mich behalte, dann kennt er mich nicht.«

Rasene erhob sich von ihrem Platz. »Wir Elbenschüler haben seit undenklich langer Zeit keinen Krieg mehr geführt und uns auch in keinen eingemischt. Aber genau das ist nun geschehen, und ich fürchte, für eine der beiden Seiten werden wir jetzt ein Feind sein.« Damit verließ sie den Raum. Osgeion eilte ihr nach und kehrte lange Zeit nicht zurück. An der Tafel war die Gesprächsatmosphäre nicht mehr wie vorher. Und Arvan stellte fest, dass sogar Lesene seinen Blicken jetzt überwiegend auswich.

In aller Frühe brachen die Gefährten am Morgen auf. »Wir müssen zu einer Anfurt, die ein Stück nördlich von hier liegt«, erklärte Osgeion. »Dort liegt ein Schiff, das groß genug ist, um damit bis zur Küste des Ost-Orkreichs zu segeln«, erklärte der Elbenschüler.

Einige Elbenoiden hatte sich versammelt, um Arvan und seine Gefährten zu verabschieden – darunter auch Ferach und Osgeions Frau Rasene mit ihrer Tochter. Rasene allerdings verabschiedete nur ihren Mann und würdigte die Gefährten keines Blickes.

Und natürlich hatte sich auch Nomran-Kar eingefunden.

»Richtet Eurem König aus, dass wir unser Bestes tun werden«, wandte sich Lirandil an den Libellenreiter, bevor sie losgingen.

Nach ein paar Dutzend Schritten, kurz bevor der auf der Insel allgegenwärtige Nebel sie vollkommen einhüllte, drehte Arvan sich noch einmal um. Lesene sah ihm nach. Sie winkte ihm verhalten zu. Aber ihr Gesicht wirkte sehr ernst und nachdenklich.

»Du wirst sie sowieso nie wiedersehen, Arvan«, meinte Zalea.

»Wieso nicht?«

»Weil ich wette, dass ihre Mutter ihre ganze Friedfertigkeit vergessen wird, wenn du noch einmal einen Fuß auf diese Insel setzen solltest. Und in dem Fall können dir weder dein *Beschützer* noch dieser Elbenstab helfen, fürchte ich.«

Osgeion führte sie zu einer Bucht, in der ein Schiff vor Anker lag, das erheblich größer war als die Barkasse, mit der er Arvan und seine Gefährten über den Fluss gesetzt hatte. In seiner schlanken, grazilen Bauweise erinnerte es an die Schiffe der Elben. *Irgendwie sieht es aus, als wäre es nie ganz fertig geworden,* kam es Arvan unwillkürlich in den Sinn. All die kleinen Verzierungen, die er bei den Schiffen im Elbenfjord bemerkt hatte, fehlten hier.

»Das ist die *Nebelbringer*«, erklärte Osgeion. »Sie ist mit einem Zauber versehen, der sie während der Fahrt mit Nebel umhüllt und auf die Weise vor den Blicken anderer verbirgt.«

»Dann wollen wir hoffen, dass das auch gegen den Blick des Schattenvogels wirkt«, meinte Whuon zweifelnd.

»Wir sollten nicht zu viel erwarten«, raunte ihm Brogandas

zu. »Das ist Elbenmagie in ihrer primitivsten Form ... Aber doch besser als nichts, würde ich sagen.«

Ein Dutzend Mann gehörten zur Besatzung der *Nebelbringer*. Sie hatten das Schiff bereits zum Auslaufen klargemacht. Während die anderen bereits in das Beiboot stiegen, das sie an Bord der *Nebelbringer* übersetzen sollte, wandte sich Lirandil an Arvan. Er fasste ihn bei den Schultern. Die Augen des Elben leuchteten blau auf – so stark, dass Arvan sich im ersten Moment geblendet fühlte.

»Die Schiffe der Elbenoiden sind schnell, das weiß ich aus eigener Erfahrung. Wir werden unser Ziel also bald erreichen, Arvan. Und bevor es so weit ist, werde ich noch einiges von dem Wissen auf dich übertragen müssen, das mir in Asanils Turm zuteilgeworden ist.«

»Was meint Ihr genau damit?«, fragte Arvan stirnrunzelnd.

Zalea wartete in einiger Entfernung und blickte zurück. Ihr schien es aus irgendeinem Grund nicht zu behagen, dass Lirandil Arvan zur Seite genommen hatte.

»Ich werde während der Seereise, die wir vor uns haben, noch einmal eine Verschmelzung des Geistes mit dir vornehmen.«

»So wie ... damals, als ich so schwer verletzt war, dass mir selbst meine besondere Heilkraft nichts mehr genutzt hätte?«

»Das ist selbst nach den Maßstäben deines Volkes noch nicht besonders lange her, Arvan.«

»Mag sein. Aber was soll das für ein Wissen sein? Wie man mit dem Elbenstab umgeht, weiß ich doch. Schließlich habe ich ihn schon einmal benutzt.«

»Leider ...«, nickte Lirandil. »Aber die Diskussion, ob du eine andere Wahl gehabt hättest, um die Vogelreiter zu bekämpfen, will ich jetzt nicht noch mal aufgreifen.«

»Worum geht es denn dann?«

»Weder um den Elbenstab noch um dich oder deine Fähigkeiten. Es geht um denjenigen, der dir schlussendlich als Gegner gegenüberstehen wird, wenn alles so verläuft, wie ich es vorgesehen habe.«

Arvan schluckte.

»Ghool?«

»Ja. Du musst über ihn Bescheid wissen, um ihn besiegen zu können. Aber dieses Wissen ist gefährlich – noch gefährlicher als die Kräfte des Elbenstabs …«

Arvan zuckte mit den Schultern. »Ihr wisst doch, dass ich mich nicht fürchte, werter Lirandil.«

Lirandil betrachtete Arvan nachdenklich. »Vielleicht wäre es gar nicht so schlecht, wenn du das tätest, Arvan – dich fürchten. Wenigstens dieses Mal.«

Wenig später glitt die *Nebelbringer* den südlichen Arm des Flussdeltas entlang. Ein sanfter Wind bewegte das Segel, ohne es richtig zu blähen. Und tatsächlich blieb das Schiff stets von Nebel eingehüllt, selbst dann, wenn es sich mal etwas weiter vom Ufer der Flussinsel Colintia entfernte.

»Wie könnt Ihr überhaupt Euer Ziel finden, wenn das Schiff von Nebel umhüllt ist?«, hörte Arvan Borro einen der Elbenoiden fragen, die zur Besatzung gehörten.

»Welchen Nebel?«, fragte der Angesprochene, um dann im nächsten Moment fortzufahren: »Ach, du meinst diese Illusionsmagie, die unser Schiff schützen soll …«

»Na ja, jedenfalls kann man nicht hindurchsehen, geschweige denn nach dem Stand der Sonne oder der Sterne oder irgendwelchen anderen Zeichen navigieren.«

»Es ist eine Illusion«, sagte der Elbenoide. »Mit etwas Übung kannst du hindurchsehen.« Er tickte gegen seine

Schläfe. »Eine Sache der geistigen Sammlung, verstehst du? Und was die Navigation betrifft, so sind uns Sonne und Sterne sowieso viel zu unsicher … Wir orientieren uns an den Strömungen des Meeres, die jeder sehen kann, der auf das Wasser schaut.«

Borro sah auf das Wasser und kratzte sich an den roten Haaren. »Na ja, jeder sieht eben etwas anderes«, meinte er. »Hauptsache, wir kommen auch dort an, wo wir hinwollen!«

Böses Erwachen

Neldo hatte so tief geschlafen wie lange nicht mehr. Vielleicht lag es daran, dass er sich auch zum ersten Mal seit langer Zeit sicher gefühlt hatte. Zusammen mit Sona, Forry und den anderen Halblingen aus der Dichtwaldmark hatte er noch lange an dem nun heruntergebrannten Feuer gesessen. Der Lagerplatz lag genau zwischen zwei gewaltigen Wurzelsträngen eines besonders großen Riesenbaums. Diese Wurzelstränge überragten jeden Halbling und selbst die meisten Orks oder Menschen. Das Feuer würde man also nicht sehen können. Davon abgesehen war das Unterholz in dieser Gegend so dicht, dass Forry das Risiko für vertretbar hielt. Sie hatten gut nach Halblingart gegessen, und Neldo lauschte dabei den Gesprächen der anderen. Sie erzählten von den Toten, die sie zu beklagen hatten, und davon, wie schön ihr Leben früher gewesen war und dass es nie wieder so werden konnte wie einst.

All das, was geredet worden war, hatte Neldo noch im Ohr gehabt, als er schließlich eingeschlafen war. Wachen waren eingeteilt worden, und das beruhigte ihn. Auch er war für eine Wache vorgesehen gewesen, und es hatte die Absprache gegeben, dass man ihn wecken würde.

Doch das war nicht geschehen. Und vielleicht war das auch der Grund, weshalb er bereits beim Erwachen ahnte, dass etwas nicht stimmen konnte.

Neldo schreckte hoch. Ein Wurfdolch drang dicht neben

ihn in das Wurzelholz des Riesenbaums. Der flackernde Schein Dutzender Fackeln erhellte die Nacht, und schattenhafte Gestalten drangen von überall her aus dem Wald. Orks! Der schwere Schritt ihrer Stiefel war auf dem weichen Waldboden sehr gedämpft und kaum zu hören. Lauter waren die Speere, Wurfdolche und Äxte, die durch die Luft flogen. Ein Speer durchbohrte Sona. Ein Wurfbeil spaltete fast im selben Moment ihren Schädel. Forry kam noch dazu, einen Alarmschrei auszustoßen, bevor ihm ein Dolch in die Brust fuhr, noch bevor er zu seinen Waffen greifen konnte. Neldo griff zu seinem Rapier, das neben ihm lag. Er riss die Waffe empor, als ein Ork von der Wurzel des Riesenbaus aus auf ihn hinabsprang und dabei eine Keule mit Obsidianspitzen zum Schlag erhoben hatte.

Neldos Rapier spießte den Ork regelrecht auf. Der Schlag mit der Obsidiankeule ging ins Leere. Röchelnd starb der Ork. Aber sein Körper lastete so schwer auf Neldo, dass dieser sich nicht so einfach davon befreien konnte.

Das Rapier steckte noch bis zum Heft im Orkfleisch, als der tote Körper mit einem kräftigen Ruck einfach fortgerissen wurde. Ein Ork stand über Neldo und hob seine große Streitaxt zum Schlag. Ein zweiter stand mit einer Fackel in der Hand daneben und machte einen gurgelnden Laut.

Ohne Waffe in der Hand lag Neldo da – dem Axtschlag wehrlos ausgeliefert. Gleichzeitig hörte er das Geräusch zerberstender Knochen. Aus den Augenwinkeln heraus konnte er erkennen, wie ein anderer Ork Forrys blutigen Kopf in seiner Pranke hielt und gierig betrachtete.

Neldo schrie, als die Axt seines Gegners auf ihn niedersauste. Blitzschnell wandte er sich zur Seite. Sein Fuß hakte sich hinter den Stiefel des Orks. Haarscharf schlug die Axtklinge neben ihn in den Waldboden, und der Ork taumelte.

Aber er konnte sich auf den Beinen halten und riss die Axt empor, um noch einmal zuzuschlagen.

Da ertönte ein durchdringendes Geräusch. Es erinnerte an ein Signalhorn, nur war es sehr viel tiefer und schmerzte in den Ohren. Der Ork stieß daraufhin einen ärgerlich klingenden, gurgelnden Laut aus und senkte die Axt. Er trat ein Stück zurück. Neldo kauerte am Boden. Von der Gruppe von Halblingen um Sona und Forry schien keiner mehr am Leben zu sein. Wie aus dem Nichts und vor allem viel leiser als sonst waren die Orks aufgetaucht, hatten wohl zuerst fast lautlos die eingeteilten Wächter getötet und dann binnen Augenblicken alle anderen im Lager. Selbst im weichen Schein der Fackeln war das Grauen nicht zu übersehen. Und überall hatten sich die Orks gleich über die Leichen hergemacht. Dass sie ihre wenige Habe plünderten, war dabei noch das Harmloseste gewesen.

Aber seit diesem tiefen, durchdringenden Ton waren sie alle nahezu wie erstarrt.

Neldo sah eine Gestalt, die zunächst nur als dunkler, undeutlicher Schemen für ihn zu sehen war. Auf jeden Fall war es ein Reiter, wie Neldo sofort erkannte. Aber die Hufe verursachten keinen Laut, so als würden sie gar nicht den Boden berühren. Der Reiter näherte sich, und der Schein der Fackeln in den Händen der Orks schien die Finsternis dieser Gestalt kaum erhellen zu können. Aber immerhin traten die Umrisse seines Kopfes jetzt deutlicher hervor.

Ein Vogelreiter, durchfuhr es Neldo mit eisigem Entsetzen.

Der Reiter kam heran. Dunkler Rauch drang aus den Nüstern des Pferdes. Die dämonisch leuchtenden Augen des Vogelkopfes waren auf Neldo gerichtet. Der Vogelreiter stieß einen weiteren, sehr tiefen Laut aus. Es klang beinahe so, als würde er Worte sprechen. Die Orks schienen ihn jedenfalls zu verstehen. Sie wichen zur Seite. Auch jener Ork, der gerade noch die Axt gegen Neldo erhoben hatte, zog sich zurück, auch wenn er sich ein weiteres ärgerliches Knurren nicht verkneifen konnte. Er bleckte die Zähne, sodass nicht nur die sowieso unübersehbar aus dem Maul herausragenden Hauer, sondern auch der Rest des raubtierhaften Gebisses gut sichtbar wurde.

Für Augenblicke war es vollkommen still.

Die Orks schienen abzuwarten, was der Vogelreiter als Nächstes tun oder anordnen würde. Er näherte sich Neldo noch etwas mehr.

Der Halbling war wie gelähmt und vollkommen unfähig, sich zu bewegen. Der Vogelreiter streckte einen Arm aus, an dessen Ende sich eine klauenartige Pranke befand. Er umfasste Neldos Stirn. Die Klauen stachen schmerzhaft in beide Schläfen. Neldo wollte sich wehren und diesen grausamen Griff abschütteln. Aber er hatte längst keine Kontrolle mehr über seinen Körper.

Er spürte plötzlich, wie eine Flut fremder Gedanken seinen Geist erfasste und durchdrang. Ein Mahlstrom von Bildern, Stimmen und Eindrücken durchraste ihn. Es waren alles Erinnerungen. Erinnerungen an ein ganz gewöhnliches Halblingleben, das erst in dem Augenblick eine dramatische Wendung genommen hatte, als er sich Lirandil angeschlossen hatte. Davon flimmerten besonders viele Eindrücke durch seine Gedanken. Er hatte das Gefühl, dass der Vogelreiter seine Seele genau danach durchsucht hatte. Und noch jemand schien ihn besonders zu interessieren.

Arvan!

All diese Eindrücke durchrasten Neldo in immer schneller werdender Geschwindigkeit, sodass schließlich alles nur noch zu einem wirbelnden Mahlstrom aus Farben, Formen und Tönen verschmolz. Ein stechender Schmerz durchfuhr ihn gleichzeitig, als wäre sein Kopf eine einzige blutende Wunde.

Der Vogelreiter beugte sich tiefer. Seine zweite Pranke berührte ihn an der Schulter. Eisige Kälte durchfuhr Neldo daraufhin. Es kam ihm vor, als würde er innerhalb eines Augenblicks innerlich gefrieren. Der Schmerz in seinem Kopf ließ dafür nach, aber es wurde jetzt schwierig, überhaupt noch einen eigenen Gedanken zu fassen. Neldo hatte das Gefühl, sich aufzulösen. Für einige Augenblicke fragte er sich, wer er eigentlich war, und ihm wollte nicht einmal mehr sein Name einfallen. Dann sank er in sich zusammen und blieb reglos auf dem weichen Waldboden liegen.

Der Vogelreiter stieß einen seiner sehr tiefen Töne aus. Dabei zeigte er nacheinander auf zwei der wie erstarrt dastehenden Orks, die gebannt das Geschehen verfolgt hatten.

Ein durchdringender Krächzlaut folgte anschließend aus dem langen, nach unten gebogenen Schnabel des Vogelreiters. Dieser schien dessen Willen genügend Nachdruck zu verleihen.

Die beiden Orks, auf die er gedeutet hatte, näherten sich, zuerst scheu und vorsichtig, dann jedoch entschlossener. Sie nahmen Neldo sein Langmesser und die Schleuder sowie die Tasche mit den Herdenbaumkastanien ab. Außerdem durchsuchten sie die Taschen seines Wamses. Dann hoben sie ihn hoch und hievten ihn hinter den Vogelreiter auf dessen Pferd. Einer der Arme des Vogelreiters bog sich auf eine Weise nach hinten, wie es keinem Ork und keinem Menschen möglich gewesen wäre, und umfasste Neldo. Etwas Blut sickerte aus dessen Wunden, die er an der Schläfe davongetragen hatte.

Der Vogelreiter preschte vollkommen lautlos davon. Augenblicke später war er nur noch ein Schatten in der finsteren Nacht der Dichtwaldmark. Nur einmal sah man ihn noch, als er den Blick kurz zurückwandte und das dämonische rote Leuchten seiner Augen selbst durch das dichte Unterholz hindurch zu sehen war.

Die Orks warteten noch einige Augenblicke, bis sie sicher waren, dass der Vogelreiter wirklich fort war.

Dann erst stieß derjenige unter ihnen, der gegen Neldo seine Axt erhoben hatte, einen durchdringenden, triumphierenden Schrei aus. Für die anderen war er das Signal, sich nun ungehemmt über ihre Beute hermachen zu können.

Neldo wusste nicht, wie viel Zeit vergangen war, als er erwachte. Er hatte wirre Träume gehabt. Jetzt fand er sich hinter dem Vogelreiter im Sattel wieder, fest umfasst von einem Arm, dessen Klauen ihm schmerzhaft in den Rücken stachen. Aber dieser Schmerz war nichts gegen das, was sein Kopf durchgemacht hatte. Er fühlte sich noch immer benommen, und sein Wille war auf seltsame Weise geschwächt. *Ich bin Neldo,* dachte er und war sich für einen Moment doch nicht vollkommen sicher, ob das überhaupt zutraf. *Neldo. Neldo, vor dem ein einfaches Leben als Hersteller von Schnitzwerk nach Art der Halblinge gelegen hätte. Neldo, der sich ein abenteuerliches Leben wünschte und den der Fluch traf, dass sich dies schließlich auf eine ganz andere Weise erfüllte, als er erwartet hatte. Neldo, der sich Lirandil angeschlossen und ihn wieder verlassen hatte. Neldo, der Gefährte von Arvan Aradis, dem Schlächter des siebenarmigen Zarton …*

Zuerst hatte Neldo das Gefühl, dass diese Gedanken ihm halfen, sein Inneres wieder zu ordnen. Aber das änderte sich, als immer wieder zwei Namen darin auftauchten – zwei Gesichter. Zwei Personen – ein Halbling und ein Elb. Arvan und Lirandil. *Diese vogelartige Bestie manipuliert meine Gedanken noch immer*, erkannte er dann. *Und das einzige Ziel dabei ist es, alles über Lirandil und Arvan und den großen Plan zu erfahren, an dessen Ende Ghool nicht mehr existieren sollte!*

Ein Krächzen drang in diesem Augenblick aus dem Schnabel des Vogelreiters und veränderte sich so, dass es beinahe wie ein höhnisches Gelächter klang.

Mit einer Stimme, die so tief war, dass Neldo sie zuerst kaum zu verstehen vermochte, sprach das Geschöpf dann zu ihm. »Es scheint dir ja wieder besser zu gehen.«

Der Vogelreiter hatte bestes Relinga gesprochen.

Neldo war nicht in der Lage zu antworten. Seine Zunge schien ebenso gelähmt zu sein wie sein restlicher Körper, und noch immer erfüllte ihn eine innere Kälte, wie der junge Halbling sie nie zuvor gefühlt hatte.

Nach und nach begann der Gefangene, seine Umgebung wahrzunehmen. Der Vogelreiter ritt über eine weite, grasbewachsene Ebene, wie sie für die Graslande des südlichen Rasal typisch war. In der Ferne waren ausgebrannte Gehöfte und Siedlungen zu sehen.

Vollkommen lautlos schnellte der Vogelreiter in einer Geschwindigkeit vorwärts, wie kein gewöhnliches Pferd sie hätte erreichen können. Er schwebte geradezu über die Ebene, denn die Hufe schienen nie wirklich den Boden zu berühren.

Was hat er mit mir vor?, ging es Neldo durch den Kopf. Namenlose Furcht kroch in ihm empor. Er dachte kurz an Sona, Forry und die anderen Halblinge, mit denen zusammen er durch die Wälder gezogen war, in der Hoffnung, den

Schergen Ghools zu entkommen. Es war grauenvoll, was mit ihnen geschehen war. Aber inzwischen fragte Neldo sich, ob er sich nicht wünschen sollte, dass auch er von den Orks getötet worden wäre. *Welche Teufelei hat man nur mit mir vorgesehen?*, ging es ihm durch den Kopf.

Seine Erinnerungen gingen zurück zu der Schlacht auf der Anhöhe der drei Länder. Der zuvor im Kampf gegen Ghools Heer gefallene Herzog von Rasal war als untoter Wiedergänger dem Heer der Verbündeten entgegengeschickt worden. Und nun dachte Neldo daran, dass für ihn vielleicht ein ähnliches Schicksal vorgesehen war – als willenlose Marionette des Bösen.

Neldo sah etwas über den Horizont kriechen, das aus der Ferne einer gewaltigen, unglaublich langsamen Schlange glich. Als der Vogelreiter sich näherte, war zu erkennen, dass es sich um einen Heerzug von beispiellosen Ausmaßen handelte. Selbst jene Massen von Orks, Dämonenkriegern und anderen in Ghools Diensten stehenden Geschöpfen, die Neldo in der Schlacht an der Anhöhe der Drei Länder erlebt hatte, stellte dieser Zug noch einmal in den Schatten. Auffallend war, dass diesmal neben zu Fuß gehenden Orks und jenen, die zu zweit oder zu dritt auf dem Rücken von Hornechsen saßen, sich offenbar auch Skorpionreiterstämme am Feldzug beteiligten. Die riesenhaften Tiere, die vor allem in dem zum West-Orkreich gehörenden Gebiet zwischen dem Blutfluss und dem Gebirge mit dem Namen Riesenpranke beheimatet waren, trugen normalerweise ganze Dörfer mit Behausungen, die aus getrocknetem Skorpiondung errichtet waren.

Lirandil hatte unter den Skorpionreitern gelebt, und Neldo erinnerte sich dunkel an dessen Schilderungen. Allerdings trugen diese Riesenskorpione teilweise keine Dörfer auf ihren Rücken, sondern waren stattdessen mit Katapulten ausgestattet worden. Und anstatt von Dunghütten hatte man dasselbe Material dazu benutzt, um Brustwehren zu errichten. Jeder dieser Riesenskorpione glich daher einer wandelnden Festung. Wie klein und hilflos wirkte dagegen ein Kriegselefant, wie ihn Harabans Söldner verwendeten! Eine einzige ausholende Bewegung mit dem in einem spitzen Stachel endenden Schwanz hätte gleich Dutzende von ihnen samt ihren Treibern und Schützen einfach davonwischen können.

Die Orks stellten auch in diesem Heer die große Mehrheit.

Bei den anderen Geschöpfen, die an diesem Feldzug teilnahmen, handelte es sich vor allem um Wolfsmenschen. In großer Zahl marschierten sie in Kolonnen daher, die im Gegensatz zu den Fußkriegerverbänden der Orks sehr geordnet wirkten.

Affenkrieger waren wie üblich vor allem bei den auch diesmal in großer Zahl vorhandenen Katapulten, die zumeist von vielen Dutzend Hornechsen gezogen wurden. In Einzelfällen aber auch von Echsen, die Neldo während der vergangenen Schlachten noch nie gesehen hatte. Sie hatten die fünffache Größe einer Hornechse, nur winzige Köpfe, aber dafür einen massigen, muskulösen Körper. Da sie keine naturgegebenen Knochenpanzer besaßen, hatte man ihnen mit Platten aus Stahl die Flanken gesichert, wohl um zu verhindern, dass ein schnell ausgeführter Überraschungsangriff den Vormarsch zum Stillstand bringen konnte oder man danach sogar gezwungen war, das von dem Tier gezogene Katapult zurückzulassen.

Auf den Rücken standen zumeist groß gewachsene Affenkrieger, die die massigen Zugechsen an Zügeln führten.

Der Vogelreiter zog so schnell in entgegengesetzter Richtung an Ghools Kriegern vorbei und schien immer noch zu beschleunigen. Er wurde so schnell, dass Neldo manchmal nicht einmal mehr Einzelheiten bei den Truppen erkennen konnte. *Sie ziehen nach Westen,* ging es ihm durch den Kopf. *Die Waldgötter mögen denjenigen gnädig sein, die versuchen werden, diesen Zug des Grauens aufzuhalten … Sofern das überhaupt möglich ist.*

Noch ehe der Vogelreiter das Ende dieses Zuges erreicht hatte, überkam Neldo eine ungeheure Erschöpfung. Er hatte das dumpfe Gefühl, dass sie irgendetwas mit der Art und Weise zu tun hatte, in der der Vogelreiter seine Gedanken und Erinnerungen *durchsucht* hatte. Neldo hatte sich von diesem Angriff auf seine Seele – so hatte er das Empfinden – nicht im Mindesten erholt.

Außerdem fühlte er noch immer diese namenlose Kälte in sich, die von der Berührung durch die Pranke des Vogelreiters verursacht zu werden schien und ihn ganz ohne Zweifel auf eine Weise schwächte, die er nicht zu erklären vermochte.

Neldo kämpfte gegen diese unheimliche Müdigkeit an, aber das schien sinnlos zu sein. Noch ehe der Vogelreiter das Ende des Heerzugs erreicht hatte, war Neldo eingeschlafen. Dunkelheit umgab ihn, und er fühlte zunächst einmal gar nichts mehr.

Als Neldo das nächste Mal erwachte, hatte sich die Umgebung vollkommen verändert. Am Stand der Sonne konnte er erkennen, dass es früher Morgen sein musste und offenbar mindestens eine Nacht vergangen sein musste. Vielleicht aber auch mehr.

Wie eine glühende Kugel ging die Sonne im Osten hinter den Bergen auf, wie Neldo sie noch nie zuvor gesehen hatte. *Berge aus Asche! Die Aschedünen!*, durchfuhr es ihn. Er hatte von diesem Land gehört. Eine ödere Gegend war kaum vorstellbar, und obgleich es außer den Orks so gut wie niemanden gab, der diesen Teil der Orkländer jemals bereiste, hatte sich doch die Kunde über die Besonderheiten dieses Gebiets so verbreitet, dass man es in vielen Ländern als Sinnbild eines unfruchtbaren Landes oder des Totenreichs selbst ansah. *Jemanden in die Aschedünen zu wünschen* kam in der Sprache der Halblinge einer schlimmen Verwünschung gleich.

Es schauderte Neldo bei dem Gedanken, dass er sich offenbar bereits tief im Inneren der Orklande befinden musste.

Die Sonne stand schließlich im Zenit. Sie brannte nur so vom Himmel, aber Neldo konnte ihre Wärme nicht empfinden. Er zitterte vor Kälte und fragte sich schon, ob der Vogelreiter ihn vielleicht mit irgendeiner Art von magischem Fieber geschwächt hatte. Bevor der junge Halbling erneut in einen unruhigen, von quälenden Träumen durchsetzten Schlaf hinüberdämmerte, dachte er an Arvan. *Wer hätte es gedacht, dass ich dem Schicksalsverderber wahrscheinlich eher gegenüberstehen würde als du.*

»Ja, denk nur an deine Gefährten«, hörte er gerade noch die dröhnend tiefe Stimme des Vogelreiters, bevor der Schlaf ihn endgültig übermannte. »Je öfter du Narr von Halbling das tust, desto mehr erfahre ich über dich, deine Gefährten und eure Absichten!«

Abermals fiel Neldo in einen traumverwirrten Schlaf. Als er das nächste Mal erwachte, waren sie immer noch in einer Wüste. Aber es konnten nicht mehr die Aschedünen sein.

Der Sand war rotgelb. Felsmassive ragten in der Ferne empor. Nachdem Neldo sich etwas an das grelle Licht gewöhnt hatte, bemerkte er einen dunklen Fleck in der Ferne.

Es dauerte noch ein wenig, bis er erkannte, was es war.

Eine schwarze Festung!

An der Küste der Orks

»Ich spüre nichts«, erklärte Arvan, nachdem Lirandil die Finger von seinen Schläfen genommen hatte. Das bläuliche Leuchten in seinen Augen, das Arvan bis dahin unangenehm geblendet und ihm in den Augen geschmerzt hatte, verschwand von einem Augenblick auf den anderen. »Als Ihr das letzte Mal mit mir eine Verschmelzung des Geistes durchgeführt habt …«

»… war das etwas grundsätzlich anderes«, schnitt der Elb ihm in ungewohnter Ungeduld das Wort ab. Irgendetwas machte den Fährtensucher erkennbar gereizt. Das war Arvan in letzter Zeit immer wieder aufgefallen, und er nahm an, dass es damit zu tun hatte, dass der Elb sich selbst nicht sicher war, ob das, was er tat, wirklich richtig war und sie ihrem Ziel näher brachte. Das Wissen, das er im Turm des Asanil erhalten hatte, schien keineswegs immer einen so eindeutigen Weg zu weisen, wie er es gehofft hatte. »Was du wissen musst, sobald du Ghool gegenüberstehst, ist jetzt in dir.«

»Aber – da ist nichts.«

»Dieses Wissen kann dir erst in dem Augenblick offenbar werden, wenn du es auch tatsächlich brauchst.«

»Damit du keinen Unsinn damit anstellst«, mischte sich Borro in gewohnt vorlauter Weise in das Gespräch zwischen Lirandil und Arvan ungebetenerweise ein. Borro hatte die ganze Zeit schon genauestens verfolgt, was der Fährtensucher mit seinem Menschlingsgefährten so alles anstellte.

»Muss ein wirklich extrem misstrauischer Kerl gewesen sein, dieser Erste Elbenkönig.«

»Er hatte allen Anlass dazu, vorsichtig zu sein«, glaubte Lirandil.

»Ich weiß nicht. Jemand, der niemandem traut außer sich selbst und der jeden unter Verdacht hat, irgendwelche magischen Kräfte zu missbrauchen, die aber nun einmal notwendig sind, um eine Kreatur wie Ghool zu besiegen …« Borro zuckte mit den Schultern. »Wenn Elbanador damals in der Schlacht am Berg Tablanor alles richtig gemacht hätte, dann wäre das Problem doch gelöst, und es gäbe heute keinen Schicksalsverderber mehr – oder habe ich da irgendetwas falsch verstanden?«

Lirandil sah den Halbling einige Augenblicke nachdenklich an. »Umso wichtiger ist es, dass diesmal nicht dieselben Fehler gemacht werden«, erklärte er. »Ich denke schon seit Langem an kaum etwas anderes. Wir wissen nicht, was geschieht, wenn Ghool auch dieses Mal nicht endgültig besiegt wird. Aber es gibt die Theorie, dass er durch jeden misslungenen Versuch, ihn endgültig vom Antlitz unserer Welt zu tilgen, nur noch stärker wird …«

»Dann ist Ghool heute stärker als damals, als Elbanador gegen ihn kämpfte?«, fragte Arvan.

»Gut möglich. Jedenfalls würde es diesmal nicht so viele Zeitalter dauern, bis wir wieder von ihm hören.«

»Zunächst einmal sollten wir diesen Ghool überhaupt erst einmal in Reichweite haben«, meinte Whuon, der schon seit Stunden damit beschäftigt war, sehr sorgfältig die Klingen seines umfangreichen Waffenarsenals zu schärfen.

Osgeion stand unterdessen am Heck der *Nebelbringer* und lenkte das Schiff mit einer geradezu traumwandlerischen Sicherheit. Der Wind schien günstig zu stehen und blähte stets die Segel so, dass die *Nebelbringer* gute Fahrt hatte. Allerdings war das Schiff wohl auch so konstruiert, dass es nicht viel Wind brauchte. Eigenartig war, dass das Elbenschülerschiff stets von Nebel umgeben war, der eigentlich von ihm hätte vertrieben werden müssen. Ein deutlicheres Anzeichen für Illusionsmagie konnte es kaum geben.

Aber Arvan verzichtete auf die Anstrengung, diese Illusion zu durchschauen – was durchaus möglich war, wie er selbst für kurze Zeit feststellte.

Borro hingegen genoss einen freien Ausblick auf das Meer, wie er nicht müde wurde zu betonen. Er hatte sich zuvor ausführlich zuerst von Lirandil und dann von Brogandas erklären lassen, wie man es anstellte, dass sich der Nebel vor einem lichtete. Vor der Benutzung magischer Formeln hatten allerdings beide gewarnt, denn dadurch konnte man möglicherweise Beobachter auf das Schiff aufmerksam machen. Schließlich wusste man ja nicht, ob nicht doch zufälligerweise ein Schattenvogel in großer Höhe über sie hinwegflog.

»Wie sehen deine nächsten Pläne aus, Elb?«, fragte Whuon an Lirandil gewandt. »Was erwartet uns, sobald wir die Küste des Ost-Orkreichs erreichen?«

»Es gibt dort ein Gebiet, das man die Anfurten der Riesenschildkröten nennt«, sagte Lirandil. »Es ist ein Küstenstreifen, der kaum besiedelt ist. Die Orks, die dort leben, zwingen den Riesenschildkröten ihren Willen auf und reiten auf ihnen ins Meer hinaus, um zu fischen. Anders als die Orks von Orkheim haben sie nie gelernt, wie man Schiffe oder wenigstens Flöße baut. Dort gibt es eine Bucht, in der wir vor Anker gehen und landen werden.«

»Und du bist dir sicher, dass dieser Elbenoid da vorn am Ruder sich gut genug mit in diesen abgelegenen Gewässern auskennt?«, fragte Whuon und zog dabei die Augenbrauen skeptisch in die Höhe.

»Du solltest uns nicht unterschätzen!«, rief Osgeion, der Whuons Worte offenbar gehört hatte. »Und schon gar nicht, wenn es um die Kunst der Seefahrt geht. Wir nehmen es darin spielend mit jedem Caraboreaner auf!«

»Schon auffällig, dass er nicht seine eigentlichen Vorbilder nennt – die Elben«, schloss Whuon. »Aber wir wollen das Beste hoffen.«

»Wie geht es anschließend weiter?«, fragte jetzt Zalea.

»Jenseits des Küstenstreifens, den ich beschrieb, liegt das Gebirge an der Hornechsenwüste. Die Orks meiden diese Berge, und man sagt, dass dort allerlei Wesen aus uralter Zeit hausen, die in Vergessenheit ihr Dasein fristen – verborgen vom Schatten tiefer Täler, in die niemals ein Sonnenstrahl gelangt. Es gibt einen Pass, den ich vor vielen Jahren einmal benutzte und der einen geradewegs in die Hornechsenwüste bringt. Von den Bergen aus ist es nicht mehr weit bis zu Ghools Neufeste, von wo aus er sein dunkles Reich zu errichten versucht. Und dorthin müssen auch wir gelangen.« Lirandil wandte sich an Arvan. »Das Wissen über den Weg ist in dir, und es wird dir zur Verfügung stehen, wenn du darauf angewiesen sein solltest.«

»Ich dachte, Ihr werdet mich führen«, gab Arvan zurück.

Lirandil nickte. »Ja, das werde ich auch. Aber niemand weiß, was auf dem Weg noch alles geschieht und ob jeder von uns das Ziel lebend erreicht.«

»Ich bin nicht abergläubisch, aber unter Söldnern sagt man immer, dass düstere Prophezeiungen dazu neigen, sich selbst zu erfüllen«, wandte Whuon ein. »Also ist es das Beste, man unterlässt sie.«

»Ihr verkennt, dass Lirandil ein Elb ist«, meinte Brogandas. »Und bei denen ist der Pessimismus anscheinend inzwischen so sehr Teil ihres Wesens geworden, dass ihnen jeglicher Mut und jegliche Entscheidungsfreude abhandengekommen sind.«

»Es sind die Dunkelalben, die sich noch immer nicht entscheiden konnten, auf welcher Seite sie in den Krieg ziehen sollen, während ein Elb das Bündnis gegen Ghool geschmiedet hat«, gab Whuon zu bedenken.

»Lirandil ist eine Ausnahme«, stellte Brogandas fest. »In mehrfacher Hinsicht.«

»Ich nehme an, dass dies als Ausdruck der Anerkennung gemeint war«, sagte Lirandil.

Brogandas grinste breit. »Jedenfalls würde es mich in Eurem Fall nicht wundern, wenn Ihr Euch eines Tages Dunkelalbenrunen ins Gesicht machen lasst. Aus reiner Neugier, um zu erfahren, wie es sich anfühlt, zu den wahrhaft Starken zu gehören.«

»Wenn Ihr von den wahrhaft Starken sprecht, dann werdet Ihr das Volk der Dunkelalben damit wohl kaum meinen«, mischte sich Zalea ein. »Es zeugt schließlich nicht gerade von wirklich großer Überlegenheit, schwache Völker wie Menschen und Halblinge massenhaft zu unterdrücken.«

»Du kannst es nicht bleiben lassen, diesen Punkt immer wieder anzusprechen, was, Halblingmädchen?«

»Nein, denn wenn ich Euch sehe, dann sehe ich einen miesen Sklavenhalter, für den andere Geschöpfe nichts weiter sind als Werkzeuge oder Vieh.«

Brogandas' Lächeln verschwand. »Immerhin bist du ja noch frei genug, so einen Unsinn zu reden«, versetzte er. »Aber bevor ich dir oder irgendeinem deiner Gefährten hier das nächste Mal das Leben rette, dann erinnere mich doch bitte daran, dass ich vorher nachfrage, ob der Betreffende überhaupt gerettet werden will oder sich stattdessen lieber von Orks oder Dämonen abschlachten lässt.«

Whuon blickte jetzt zu Rhomroor hinüber, der zwar neben Lirandil Platz genommen, aber die ganze Zeit geschwiegen hatte. »Du hast noch gar nichts zu diesen Plänen gesagt, Ork!«

»Reden ist Silber, Schweigen ist Hornechsendung«, knurrte Rhomroor. »Wobei du vielleicht wissen solltest, dass man bei uns Orks Letzteres als den wertvolleren Stoff ansieht.«

»Ich wüsste trotzdem nur zu gerne deine Meinung, Ork. Schließlich hat Lirandil behauptet, du würdest uns durch die Orklande führen.«

»Das tue ich auch – obwohl Lirandil so häufig dort war, dass er sicherlich keiner Führung bedarf.«

»Und welchen Grund hat es dann überhaupt, dass ein Ork an unserer Reise teilnimmt?«, fragte Arvan ziemlich gereizt. Schließlich hatte es ihm von Anfang an nicht behagt, von einem jener Scheusale begleitet zu werden, die vermutlich seine Eltern auf dem Gewissen hatten. Und dieses Unbehagen wurde auch kaum durch die Tatsache gemildert, dass Rhomroor gegen Ghool gekämpft hatte. So sehr der Verstand Arvan auch sagte, dass man über jeden Bundesgenossen nur froh sein konnte, so stark blieb gleichzeitig die Abneigung – ganz ähnlich wie bei Brogandas.

Rhomroor wandte den Blick, riss dann plötzlich die Hauer seines tierhaften Mauls auseinander und rülpste ungeniert. »Du wirst sehen, Arvan, es gibt Orte, an die dich nur ein Ork führen kann.«

Die Tage an Bord vergingen recht eintönig. Aber nach all den Strapazen, die sie durchlitten hatten, waren sie froh darüber. Jedem von ihnen war bewusst, dass es nur die Ruhe vor dem Sturm sein konnte.

Sie erreichten schließlich jene Bucht, von der Lirandil gesprochen hatte. Sie lag an einer nebeligen Küste. Man konnte kaum eine Schiffslänge weit sehen, und Arvan fragte sich, wie viel von diesem Nebel noch durch den Illusionszauber bedingt war, der die *Nebelbringer* schützte, und wie viel den natürlichen Wetterbedingungen dieses Küstenabschnitts zu verdanken war. Offenbar schien sich in diesem Fall beides zu vermischen.

»Ich wünsche Euch und Euren Gefährten alles Gute«, sagte Osgeion, bevor der Elb als Letzter das Beiboot bestieg, mit dem sie vom ankernden Schiff an den Strand gelangen sollten.

»Und ich danke Euch für die großzügige Hilfe. Sollte es gelingen, Ghool zu vernichten, wird man sich überall in Athranor daran erinnern, dass es die Elbenschüler waren, die einen entscheidenden Beitrag dazu geleistet haben.«

Osgeion lächelte. »Das würde nur unnötig die Aufmerksamkeit auf uns lenken und wäre gewiss nicht im Interesse unserer Gemeinschaft«, erklärte er.

Zwei Elbenoiden ruderten sie zum Strand.

Arvan stieg als Erster aus. Seine Stiefel hatte er dabei ausgezogen, um sie nicht dem Salzwasser auszusetzen. Zalea und Borro folgten ihm. Anschließend kamen Brogandas, Whuon und Rhomroor an Land. Der Ork bewegte sich mehr oder minder springend durch das knöchelhohe Wasser, bis er festen Grund unter den Füßen hatte. Im Gegensatz zu Arvan behielt der Ork allerdings seine Stiefel an. »Sonst wird mir ja noch der letzte Rest Schlamm zwischen den Zehen weggespült«, meinte er dazu.

»Verlieren wir keine Zeit«, verlangte Lirandil.

»Seltsam, so eine Bemerkung aus deinem Mund zu hören, Elb«, fand Whuon. »Aber Hauptsache, du kennst die Richtung. Schließlich kann man in diesem Nebel ja kaum etwas sehen.«

»Ich rieche das Gebirge schon von hier aus«, erklärte Lirandil.

Lirandil und Rhomroor führten die Gruppe an. Ihnen folgten Whuon und Brogandas, während Arvan und die Halblinge die Nachhut bildeten.

»Schon eigenartig, dass wir jetzt mitten in den Orklanden sind«, meinte Borro. »Sieht eigentlich ganz friedlich hier aus. Fast wie am Ufer des Langen Sees, wenn dort Nebel aufkommt …«

Borro hatte das kaum ausgesprochen, da tauchte ein gewaltiger Schatten vor ihnen auf. Ein schabendes Geräusch war außerdem zu hören und rasselnder, schnaufender Atem. Rhomroor hob eine seiner Pranken und bedeutete den anderen damit, stehen zu bleiben.

Eine Riesenschildkröte schälte sich aus dem wabernden Grau heraus. Sie ging etwas unbeholfen auf gewaltigen Flossen. Ihr Panzer hatte größere Ausmaße als ein Schiff wie die *Nebelbringer*. Arvan konnte sich lebhaft vorstellen, wie hundert oder hundertfünfzig Orks sich darauf drängten und mithilfe dieser Kreatur zu fremden Küsten aufbrachen, um dort zu morden und zu plündern. Geschichten darüber waren in ganz Athranor verbreitet, obwohl diese Art der Küstenpiraterie wahrscheinlich gar nicht so verbreitet war und die Bewohner dieser Gegend vermutlich tatsächlich in erster Linie vom Fischfang lebten. An den Panzer der Riesenschildkröte waren Metallhaken angebracht worden, an denen Netze hingen. Das Tier hatte keine Möglichkeit, sich davon zu befreien, und die Orks aus der Gegend sparten sich wohl die Mühe, die Riesenschildkröte jedes Mal aufs Neue auszurüsten, wenn sie mit ihr auf Fang gingen.

»Wir sollten uns die Reise bis zum Pass etwas leichter machen«, schlug Rhomroor vor. Er nahm die Axt vom Rücken und gab sie Whuon. »Bewahre meine Waffe für mich auf!«

»Eine Waffe nennst du das? Das ist das Werkzeug eines Holzfällers«, meinte Whuon.

»Oder eines Schlachtergesellen«, warf Arvan ein.

Rhomroor ging auf die Schildkröte zu, die ihren riesigen Kopf gesenkt hatte und ihn mit ihren großen Augen ungläubig anglotzte. Das echsenhafte Maul öffnete sich. Ein fauchender, sehr tiefer Laut drang aus dem Schlund, der sich vor Rhomroor öffnete. Mehrere Reihen von Zähnen waren deutlich zu sehen.

Rhomroor ballte die Pranke zur Faust und schlug der Riesenschildkröte auf eine bestimmte Stelle vorn am Kopf. Ein stöhnender, gurgelnder Laut drang jetzt aus dem Schlund. Der Kopf sackte herab. Rhomroor verlor kein Zeit und kletterte am Panzer empor. Jene Orks, die diese Riesenschildkröte ganz offensichtlich für die Fischerei nutzten, hatten eiserne Bolzen in den Panzer hineingetrieben, die man als Tritte benutzen konnte.

In einer Geschwindigkeit, die zumindest Arvan, Borro und Zalea einem Ork niemals zugetraut hätten, kletterte dieser auf den Rücken der Riesenschildkröte.

»Los, worauf wartet ihr noch?«, rief der Ork von oben, nachdem er sich an der Vorderkante des Panzers hingesetzt hatte und die Beine herabbaumeln ließ. »Wenn das Tier sich von meinem Schlag erholt hat, kann es sein, dass der Aufstieg nicht mehr ganz so einfach ist!«

»Los!«, forderte Lirandil. »Diese Schildkröte wird uns eine

Menge Zeit ersparen. Zumindest bis zum Gebirge kann sie uns bringen.«

»Handeln wir uns damit nicht Ärger mit den Orks dieser Gegend ein, wenn wir uns gewissermaßen ihr Fischerboot ausborgen?«, meinte Borro.

»Gefischt wird sowieso in der Nacht«, belehrte ihn Lirandil. »Um diese Tageszeit sind die Orkclans bei ihren Schlammgruben – und die sind meilenweit von der Küste entfernt.«

»Hauptsache, wir werden das nicht noch bereuen«, wandte sich Borro an Arvan. Zalea war bereits auf den Panzer hinaufgeklettert, und die anderen folgten. Während Arvan seine Stiefel wieder anzog, beobachtete ihn Borro mit einem skeptischen Blick, enthielt sich aber ausnahmsweise jeglichen Kommentars.

Dort, wo Rhomroor Platz genommen hatte, war eine Eisenstange durch den Panzer gebohrt worden. Sie war am oberen Ende gebogen und mit einem Griff ausgestattet, dessen Ausmaße für eine Orkpranke gerade passend waren. Diese Stange diente offenbar dazu, die Riesenschildkröte zu lenken, indem man mit ihr auf den Nacken des Tiers drückte.

Die Riesenschildkröte fauchte, als Rhomroor den Stab betätigte. »Die meisten Riesenschildkröten werden mit Zügeln gelenkt«, meinte Rhomroor. »Aber da sollte man immer zu mehreren sein und viel Übung haben. Einer allein schafft das kaum. Diese Lenkeisen sind wirkungsvoller.«

Die Riesenschildkröte setzte sich in Bewegung. Erstaunlich schnell vollführte sie eine Wendung, und dann trieb Rhomroor sie mithilfe des Lenkeisens an.

»Ich wusste gar nicht, dass Ihr Euch so gut auf das Treiben von Riesenschildkröten versteht, Rhomroor«, stellte Lirandil fest.

Rhomroor stieß einen dröhnenden Laut aus, der entfernt an ein menschliches Gelächter erinnerte. »Ihr vergesst, dass ich mal Herr aller drei Orkländer war! Und auch wenn ich bis heute der Einzige aus meinem Volk bin, der dieses Amt freiwillig aufgab und deswegen ein so langes Leben erreichte, wie kein anderer Ork zuvor, so war ich doch lange genug im Amt, um jeden Winkel der drei Reiche zu bereisen.«

»Eigenartig, ihn so reden zu hören«, raunte Borro an Arvan gewandt. »Lirandil hat ja gesagt, dass er lange unter Menschen war – das scheint auf ihn abgefärbt zu haben. Also wenn ich die Augen zumachte und diese Hackfresse mit den Hauern nicht sähe und hörte, wie er sich zum Beispiel mit Whuon unterhält, dann wüsste ich nicht, wer von beiden jetzt Ork und wer …« Borro hörte zu sprechen auf, als er Whuons irritierten Blick auf sich gerichtet sah. »War ja auch nur so ein Gedanke«, fügte der rothaarige Halbling verlegen hinzu.

Der Nebel lichtete sich nicht, sondern wurde immer dichter. Selbst Rhomroor war sich nicht ganz sicher, ob er die Riesenschildkröte noch in die richtige Richtung lenkte. Aber Lirandil behauptete, es genau zu wissen. »Die Berge haben einen ganz besonderen Geruch«, stellte er fest. »Und außerdem klingen die Echos des Gebirges schon herüber …«

»Das Gebirge zu finden würde ich mir auch noch zutrauen«, meinte Whuon. »Aber es dürfte sehr viel schwieriger sein, den Pass zu erreichen.«

»Keine Sorge«, sagte Lirandil. »Ich bin schließlich Fährtensucher und beherrsche meine Kunst wie kein anderer Elb.«

Immer wieder tauchten aus dem Nebel andere Riesenschildkröten als große Schatten auf. Ihre Größe war recht unterschiedlich, aber viele von ihnen trugen Netze an ihren Panzern, die nur noch ausgeworfen werden mussten, wenn eine Orkmannschaft mit dem jeweiligen Tier auf einen Fischzug ging.

Mitunter fauchten sich die Riesenschildkröten gegenseitig an, und Rhomroor schien zunächst einige Mühe damit zu haben, das von ihm zum Reittier auserkorene Geschöpf daran zu hindern, sich auf diese Auseinandersetzungen einzulassen und einfach seinen Weg fortzusetzen.

Es ging erstaunlich schnell voran. Trotz ihrer immensen Größe war bei den Geschöpfen von Behäbigkeit keine Spur.

Langsam lichtete sich auch der Nebel. Der Untergrund war noch immer trocken und sandig. Nur hier und da wuchs spärliche Vegetation. In der Ferne tauchten schließlich die Berge als große, dunkle Schatten auf. Die ersten Ausläufer des Gebirges ragten in Form von schroffen Felsbrocken empor.

Für das gewaltige Reittier wurde es immer schwieriger, vorwärtszukommen. Immer öfter boten sich Felsen als Hindernisse dar. Und so ließ Rhomroor die Riesenschildkröte schließlich anhalten.

»Bis zum Pass ist es meiner Erinnerung nach nicht mehr allzu weit.«

»Einige Meilen in südöstlicher Richtung«, versicherte Lirandil.

»Wir sollten den Weg zu Fuß fortsetzen«, schlug Rhomroor vor. »Zumal es bald dunkel wird …« Rhomroor sprach nicht weiter. Aus großer Ferne war ein durchdringender, schnarrender Ton zu hören.

»Ein Muschelhorn«, stellte Lirandil fest.

»Was hat das zu bedeuten?«, fragte Arvan.

»Die Käpitenorks rufen damit ihre Riesenschildkröten herbei«, erklärte Rhomroor.

»Eigentlich ein bisschen früh«, fand Lirandil.

»Wie auch immer, wir sollten zusehen, dass wir auf den Boden gelangen«, beharrte Rhomroor. »Das Tier wird unruhig werden.«

Sie kletterten vom Rücken der Riesenschildkröte und setzten ihren Weg fort. Das Gelände wurde immer felsiger. Aber es bot dadurch auch mehr Möglichkeiten, in Deckung zu gehen und sich zu verbergen.

Lirandil, der die Gruppe zusammen mit Rhomroor anführte, blieb plötzlich stehen und lauschte.

»Ihr habt es auch gehört?«, lächelte Brogandas.

»Es sind Orks, die sich an ihren Schlammgruben ausgeruht haben und jetzt zum Meer zurückkehren«, schloss Lirandil. »Besser, wir gehen erst einmal hinter den Felsen in Deckung und warten ab.«

»Gegen einen Kampf mit Orks hätte ich grundsätzlich nichts einzuwenden«, meinte Whuon. »Aber mehr als zwei Dutzend auf einmal sollten es besser nicht sein.«

Sie kauerten im Schutz der Felsen und warteten ab, bis Lirandil und Brogandas der Meinung waren, dass sich die Orks weit genug entfernt hatten. Zwischenzeitlich hörten auch die anderen die laut grölenden Stimmen der Scheusale und die schnarrenden Töne ihrer Muschelhörner. Manchmal wurden Letztere von genauso durchdringenden Geräuschen der Riesenschildkröten begleitet.

Die Dämmerung schritt rasch voran. Es konnte nicht mehr lange dauern, bis es ganz dunkel war. Lirandil gab schließlich das Zeichen, den Weg fortzusetzen.

»Ein Lager können wir hier in der Gegend jedenfalls nicht errichten«, meinte Borro.

»Lirandil hat gute Augen«, stellte Arvan fest. »Er wird den Weg vermutlich auch nach Einbruch der Nacht genauso gut finden, als wäre es mitten am Tag.«

Die Toten fallen

»Es ist die Erschöpfung, die den Hochkönig getötet hat«, sagte der Leibarzt des Herrschers von Bagorien, der kalt und bleich auf seinem Lager ruhte. Sein weiß gewordenes Haar umrahmte ein zufrieden wirkendes Gesicht, in dem der Tod ein stilles Lächeln hatte gefrieren lassen.

Fackeln flackerten unruhig und tauchten das Gemach des Hochkönigs in ein weiches, warmes Licht. Die Könige Athranors standen im Schatten, sodass ihre Gesichter kaum zu erkennen waren. Schon seit Tagen hatte sich König Orfon nicht mehr von seinem Lager erhoben. Ein stechender Schmerz in der Brust hatte ihn ans Bett gefesselt.

Während die Massen von überwiegend untoten Angreifern Gaa belagerten, stand das Bündnis mit einem siechenden Hochkönig da, der sich nicht mal mehr auf die Magische Lanze hätte stützen, geschweige denn sie erheben und mit ihr in den Kampf ziehen können. Jetzt umklammerte er die Lanze, dieses Symbol seines Hochkönigtums, noch im Tod.

»Orfon ist ein großer Held und hat sich Ruhm erworben«, sagte Candric von Beiderland. »Man wird ihn in einer Reihe mit den anderen Hochkönigen Athranors nennen, wenn die Geschichte unseres Kontinents einst erzählt werden wird. Er wird zusammen mit seinen viel gerühmten Vorgängern Tarmon von Nalonien und Nergon von Ambalor in der jenseitigen Welt an der Tafel der Götter seinen Platz finden.«

Zunächst herrschte Schweigen. Candric XIII. von Beiderland fühlte den kalten Blick Harabans auf sich gerichtet. Schatten bildeten ein dunkles Muster auf dem holzigen Gesicht des Waldkönigs und zeichneten die kleinen, aber tiefen Furchen in seiner borkenähnlichen Haut nach und ließen sie dadurch nur umso markanter hervortreten. Neben Haraban stand Harrgyr, König des Dalanorischen Reiches, dessen kürzlich eingetroffene Flotte dafür gesorgt hatte, dass unter den Verteidigern von Gaa neue Hoffnung aufgekommen war. Allerdings war die Anzahl der Dalanorier, die mit König Harrgyrs Schiffen eingetroffen war, lange nicht so groß wie erhofft, was wohl in erster Linie dadurch begründet war, dass ihnen nicht mehr Schiffe zur Verfügung gestanden hatten, die für eine so weite Hochseereise geeignet gewesen wären. Hochgewachsen, aufrecht und mit rotstichigem, dichtem Bart, der ihm fast bis unter die Augen wuchs, stand Harrgyr da und umfasste den rubinbesetzten Griff des Schwertes, das er an seiner Seite trug. Auch wenn er eigentlich einer der mächtigsten Herrscher Athranors war, dessen Macht der von Haraban oder Candric ebenbürtig genannt werden konnte, hatte er im Moment die wenigsten Krieger am Ort des Geschehens. Dieser Umstand nahm seinem Wort natürlich einiges an Gewicht.

Kalamtar von Condenna brach schließlich das Schweigen. »Es ist Eure Stunde, Candric von Beiderland«, erklärte der Truchsess von Ambalor. »Ihr müsst jetzt die Magische Lanze tragen, nun, da Orfon gefallen ist.«

»Wir könnten darauf warten, dass Orfons Sohn eintrifft«, schlug Haraban vor. »Es wäre eine gute Lösung, wenn er seinem Vater nachfolgen würde.« Haraban wandte sich an Kalamtar und fuhr entschuldigend fort: »Im Fall Eures Königs war dies in Ermangelung eines volljährigen Nachkommens ja leider nicht möglich.«

»Ich halte das für keine gute Lösung«, widersprach Kalamtar. »Wir brauchen den Hochkönig hier und jetzt. Schon deshalb, damit uns die bagorischen Truppen nicht einfach davonlaufen, nun, da ihr Herrscher sie nicht mehr anführt.« Der Truchsess machte einen Schritt nach vorn. Er trat an das Lager des toten Hochkönigs. Der Leibarzt sah ihn finster an, als Kalamtar nach der Lanze griff.

»Ihr wollt Hand an den toten König legen?«, entrüstete sich der Leibarzt.

»Geh zur Seite, Quacksalber«, forderte Kalamtar.

Der Leibarzt schluckte und schien es dann für besser zu halten, der Aufforderung nachzukommen. Kalamtar nahm dem Toten die Magische Lanze ab.

Er hatte etwas Schwierigkeiten damit, die Waffe aus den im Todeskrampf um den Schaft greifenden Händen zu nehmen. Welbo, der Kanzler Harabans, warf einen Blick zu seinem Herrscher, so als könnte der Halbling aus dem Stamm von Brado dem Flüchter gar nicht glauben, dass der Waldkönig eine so geschmacklose Tat überhaupt zulassen konnte. Aber Haraban schwieg – und Welbo hätte sich niemals erdreistet, das Wort zu erheben, wenn sein Herr es nicht tat.

Haraban schien sich damit abgefunden zu haben, dass es wohl kaum eine Alternative zu Candric gab. Er selbst hätte es liebend gerne angenommen, aber aus gewissen Gründen kam er dafür nicht in Frage. Und die Herrscher der weniger mächtigen Reiche waren nacheinander in die jenseitige Welt eingegangen.

Kalamtar trat auf Haraban zu und reichte ihm die Lanze. »Wenn König Candric die Lanze aus Eurer Hand empfängt, Immerwährender Herrscher, so werdet Ihr an seinem Ruhm und an seiner Macht teilhaben«, erklärte der Truchsess.

Haraban zögerte zunächst. Dann ergriff er die Lanze. *Was*

für ein gerissener Hund, dieser Truchsess, dachte er. *Und später wird er sich von Candric dabei helfen lassen, selbst den Thron von Ambalor einzunehmen.*

Der Waldkönig trat mit etwas ungelenk wirkenden Schritten auf Candric zu. »Es ist Eure Stunde, Candric von Beiderland.«

»Ich danke Euch«, nickte dieser und nahm die Magische Lanze an sich. Getrocknetes Blut klebte noch an der Spitze.

»Kanzler, ich möchte, dass aufgeschrieben wird, was hier geschehen ist«, fuhr Haraban fort.

»Sehr wohl, Immerwährender Herrscher«, beeilte sich Welbo zu bestätigen, dass er die Anordnung seines Herrn verstanden hatte.

»Niemand soll daran zweifeln, dass der neue Hochkönig meine vollkommene Unterstützung hat«, setzte Haraban noch hinzu. *Es ist seine Stunde,* dachte der Waldkönig dabei. *Aber viel mehr als eine Stunde wird es auch nicht sein. Ich hingegen habe alle Zeit der Welt …*

Schon seit einer Woche griffen die Untoten an. Hatten sie sich zunächst damit begnügt, Gaa nur zu belagern, so stürmte nun Angriffswelle auf Angriffswelle gegen die Mauern der Verteidiger. Hornechsen rammten die Stadttore, Orks und Wolfskrieger versuchten mithilfe von Seilen die Mauern zu erklimmen, und große Affenkrieger schleuderten Gesteinsbrocken bis in die Stadt. Dass die Angreifer auf dem Weg zu den Wehrmauern reihenweise durch Pfeile, Armbrustbolzen und Katapultgeschosse getroffen wurden, schien sie nicht zu kümmern. Diejenigen, die nicht völlig zerfetzt wurden, standen wieder auf und marschierten weiter. Manche der untoten Orks oder Wolfskrieger waren mit Dutzenden von Pfeilen gespickt, als sie die Mauern erklommen, und selbst wenn ihnen einer der Ogersoldaten den Kopf abgeschlagen hatte, kämpften sie noch weiter – beseelt von der unheimlichen Kraft Ghools. Nur wenige schafften es, an Seilen mit Wurfhaken tatsächlich die Zinnen der Wehrmauern zu erklimmen, aber die kämpften dann, bis sie vollkommen zerhackt worden waren. Selbst ohne Kopf auf den Schultern und völlig blind ließen sie ihre Sichelschwerter und Äxte durch die Luft wirbeln und waren nur unter Verlusten vollkommen kampfunfähig zu machen. Manchmal taumelten sie dann durch einen unvorsichtigen Schritt von der Wehrmauer herunter, schlugen mit einem dumpfen Geräusch auf das Pflaster, sodass man annehmen konnte, dass sie sich sämtliche Knochen im Leib gebrochen hatten. Doch sie standen auch dann wieder auf und kämpften weiter – ohne Rücksicht auf sich oder andere. Da sie nur von einem fremden Willen beseelte Körper waren, die keinerlei eigenes Interesse verfolgten, schonten sie sich nicht. Nur für ein Ziel waren ihre Leiber von den Schlachtfeldern wiedererstanden – um zu töten.

Irgendwann fand jeder dieser Angreifer sein grausiges Ende, aber vorher versuchte er so viele Verteidiger von Gaa wie möglich zu vernichten.

Die Arme der Untoten erlahmten nicht, und deshalb waren die Verteidiger Tag und Nacht damit beschäftigt, sie abzuwehren. Kaum eine Ruhepause war ihnen gegönnt worden, obwohl so mancher bereits der vollkommenen Erschöpfung nahe war.

Eine Welle von Angreifern nach der anderen brandete gegen die Mauern der Stadt. Und auch der neue Hochkönig fand kaum einmal ein paar Stunden, um sich zu erholen. Er selbst kämpfte an vorderster Front, als das nordöstliche Stadttor durch ein Dutzend Hornechsen aufgerammt wurde und die Feinde hereindrängten. Aber die Magische Lanze schien ihre glücksbringende Kraft verloren zu haben. Über Stunden wüteten Hornechsen durch die Straßen, und untote Orks schlugen sich durch die Reihen der beiderländischen Ritter, an deren Spitze Candric den Eindringlingen entgegenzog. Klingen kreuzten sich, Speere und Pfeile bohrten sich ins Fleisch.

Candric kämpfte mit aller Verbissenheit. Ein Schlachtross lag bereits in seinem Blut, während er mit der Magischen Lanze in der einen und seinem Schwert in der anderen kämpfte.

Nur so konnte er den Verteidigern vielleicht etwas Mut machen, auch wenn er ihn selbst immer öfter zu verlassen drohte. Die Arme wurden schwer und schmerzten, und die Hiebe, die er mit einem Schwert austeilte, langsamer und weniger wuchtig.

Manchmal vermochte er nur noch unter Aufbietung letzter Kräfte den Axthieb eines Angreifers zu parieren.

Die dalanorischen Krieger aus dem Reich von König Harrgyr waren zwar eine willkommene Verstärkung, aber letztlich war ihre Zahl nicht groß genug, um die Übermacht der Angreifer auch nur annähernd auszugleichen.

Seit Längerem wartete man bereits darauf, dass die caraboreanischen Schiffe mit einem Heer von Zwergen den Langen Fjord hinaufsegelten und im Hafen von Gaa landeten. Nur noch wenige Schiffe waren in letzter Zeit in Gaa angekommen – aber deren Seeleute verbreiteten Gerüchte darüber, dass das Heer der Zwerge längst an Land gegangen sei – nur nicht in Gaa, wie der Gesandte Rhelmi es zugesagt hatte, sondern stattdessen in der Nähe von Carabor.

Noch waren das zwar Gerüchte, aber sie verbreiteten sich wie ein lähmendes Gift in den Straßen von Gaa. Unter den beiderländischen Rittern wurden sie ebenso weitererzählt wie unter den Kriegern aus Ambalor und Bagorien.

Candric hatte gerade einem Wolfsmenschen mit dem Schwert den Kopf vom Leib getrennt, der nun mit grimmig gefletschten Zähnen auf dem Boden lag. Der Wolfskrieger ließ sein Schwert kreisen. Er traf sogar die Magische Lanze und schlug dem König die Waffe so heftig aus der Hand, dass der Schaft brach. Es wirkte auf Candric wie ein Symbol für den Fluch, der zurzeit auf denjenigen zu lasten schien, die man zum Hochkönig ausgerufen hatte. Klirrend fiel die Lanzenspitze auf das Pflaster. Candric musste sich unter dem nächsten wuchtigen Hieb seines kopflosen Gegners hinwegducken. Der Stahl der Klinge, die der Wolfsmensch führte, strich dabei noch leicht über den durch einen Harnisch geschützten Rücken des Königs von Beiderland.

Candric fasste sein Schwert mit beiden Händen, bereit dazu, den Rumpf des Wolfsmenschen horizontal mit einem einzigen Hieb in zwei Hälften zu teilen, da sank der Kopflose plötzlich zu Boden und rührte sich nicht mehr.

Auch die anderen Untoten fielen mitten im Kampf zu Boden. Von einem Augenblick zum anderen war die Kraft aus ihnen gewichen, die ihnen zuvor zu scheinbarem Leben verholfen hatte. Selbst auf die Hornechsen traf das zu.

Die massigen Körper brachen unter ihrem eigenen Gewicht zusammen. Die kraftlosen Beine knickten ein, und sie blieben einfach liegen. Ein unbeschreiblicher Geruch der Fäulnis verbreitete sich. Die Veränderungen, die der Tod dem Körper jeder lebendigen Kreatur zufügte, schienen von jener Kraft, die sie zum Leben erweckt hatte, für eine Weile aufgehalten worden zu sein. Jetzt zeigten sich diese Wirkungen umso schneller. Manche der Orks und vor allem die großen Hornechsen-Kadaver faulten innerhalb von Augenblicken.

Candric griff nach der gebrochenen Lanze.

Das Zeichen seines Hochkönigtums durfte er nicht zurücklassen, so verstörend der Anblick der sich zersetzenden Kadaver auch war. Selbst die hartgesottensten Ritter, die an seiner Seite gekämpft hatten, waren bis ins Mark entsetzt. Einige rissen sich die Helme vom Kopf und rangen nach Luft, so schwer lastete ein immer unerträglich werdender Pesthauch der Verwesung über allem.

Candric senkte sein Schwert. Mit weiten Schritten ging er zu dem Tor, das die Hornechsen gerammt hatten. Es war vollkommen zerstört. Selbst das Fallgatter war nicht mehr verwendbar.

»Man hole so viele Zimmerleute, wie man in der Stadt auftreiben kann, damit das Tor geschlossen wird!«, rief Candric einem der schreckensbleichen Hauptmänner der Stadtwache zu. »Na los, worauf wartet Ihr?«

»Sehr wohl, mein Hochkönig«, antwortete der Angesprochene schließlich und setzte sich in Bewegung.

Candric schritt vor das Tor. Jäh war der Ansturm der Untotenbrut zum Erliegen gekommen. *Sie sind einfach zu Boden gefallen, so als hätte die Kraft Ghools sie plötzlich verlassen*, ging es dem Hochkönig schaudernd durch den Kopf.

Einige seiner Mitstreiter folgten ihm. »Mein König, seid vorsichtig!«

»Man hat mich nicht erwählt, um vorsichtig zu sein«, murmelte Candric. Ein Leichenfeld erstreckte sich vor ihm. Und hoch oben am Himmel schwebte ein Schattenvogel, der sich Richtung Osten zurückzog und wenig später hinter dem Horizont verschwand.

Außerhalb der Reichweite der Katapulte hatten sich die

Reihen jener Minderheit unter den Angreifern formiert, die nicht untot waren. Orks, Wolfsmenschen und einige Affenkrieger vor allem. Über den Horizont zog ein gewaltiger Heerzug. Orks, Hornechsenreiter, gewaltige Katapulte, schwer bewaffnete Wolfskrieger und Dämonenkrieger, die auf riesenhaften Hunden ritten, lösten ihre Marschordnung auf. Sie verteilten sich einem Flussdelta gleich in verschiedene Arme und begannen damit die Reihen der Belagerer aufzufüllen. Schaudernd stand Candric da und glaubte seinen Augen nicht trauen zu können, als er die ersten Riesenskorpione über die Hügel kommen sah.

Zur gleichen Zeit beobachtete Haraban zusammen mit seinem Kanzler Welbo von einem Turm aus, was sich auf dem Schlachtfeld getan hatte. Schon zuvor hatte er mit seiner Magie gefühlt, dass eine große Veränderung vonstattenging. Aber er hatte nicht gewusst, worin sie bestand. *Vielleicht hab ich es auch nur nicht glauben wollen,* überlegte der Waldkönig, während er über das Leichenfeld den anrückenden Feinden entgegensah. *Die Untoten haben ihre Aufgabe erfüllt,* erkannte er bitter. *Unsere Truppen wurden hier in Gaa gebunden. Und jetzt trifft die Verstärkung ein, und die Lebenden ersetzen die Toten!*

Es musste Ghool ein ungeheuer großes Maß an Kraft gekostet haben, all diese Untoten zu beseelen, sie von den Schlachtfeldern auferstehen und gegen Gaa marschieren zu lassen. Haraban konnte nicht umhin, den Verderber des Schicksals da insgeheim zu bewundern. Von einer derartigen Machtentfaltung war der Immerwährende Herrscher noch weit entfernt. Zum ersten Mal erfasste den Waldkönig ein tiefes Schaudern. *Gaa ist verloren,* dachte er. *Und mit dieser Stadt auch die ganze Provinz.*

Dazu kam der Verrat des Hochadmirals Dolgan Jharad, der offenbar dafür gesorgt hatte, dass das Heer der Zwerge nicht nach Gaa, sondern nach Carabor gebracht worden war. Am Wahrheitsgehalt der diesbezüglichen Gerüchte konnte überhaupt kein Zweifel mehr bestehen. Haraban hatte seit Langem Gewährsleute und Spione in Carabor. Noch bevor die Gerüchte über den Verrat des Hochadmirals den Weg nach Gaa gefunden hatten, war der Waldkönig durch regelmäßige, per Brieftaube übersandte Nachrichten informiert worden. Das Wissen über den Verbleib des Zwergenheeres hatte er zunächst für sich behalten. Zu deprimierend wäre dies für die Stimmung in der Stadt gewesen. Und zudem hätte es nach Orfons Tod vielleicht dazu geführt, dass die dringend gebrauchten Bagorier und Oger die Gefolgschaft aufgekündigt hätten.

Die Ankunft von König Harrgyr und seinen Dalanoriern hatte auch bei Haraban zeitweilig die Hoffnung geweckt, dass Gaa vielleicht doch zu halten sein würde. Aber angesichts der gewaltigen Übermacht, die sich Haraban nun offenbarte, erschien dem Immerwährenden Herrscher der Kampf um die Stadt, und damit auch jener um die gesamte Provinz, verloren zu sein.

»Ich habe eine dringende Bitte, Kanzler Welbo«, wandte sich der Waldkönig an seinen Kanzler.

»Was immer es auch sei, ich werde versuchen, es zuverlässig und unverzüglich zu veranlassen«, versicherte der Halbling.

»Bereitet eine Möglichkeit der unauffälligen Abreise für mich vor.«

»Sehr wohl, Majestät.«

»Wenn wir erst damit warten, bis hier in Gaa das Chaos ausbricht, dann wird es selbst für mich sehr schwer werden, die Stadt noch rechtzeitig zu verlassen.«

Welbo runzelte die Stirn, aber als der wie ein groteskes Mischwesen aus Baum und Mensch wirkende Waldkönig seinen Kanzler mit stechenden Augen musterte, beeilte sich dieser, ihn seiner Ergebenheit zu versichern.

»Ich denke, ich habe Euch verstanden, Immerwährender Herrscher.«

Harabans Blick glitt wieder hinaus zu den sich füllenden Reihen der Feinde. *Ich hätte zu gern gewusst, ob es neben der Kraftersparnis noch irgendeinen anderen Grund dafür gibt, dass Ghool offensichtlich seine Kräfte aus den Untoten zurückgezogen hat,* ging es Haraban durch den Kopf. *Gab es einen besonderen Grund dafür, dass der Schicksalsverderber seine Kräfte abzog? War er gezwungen, seine Kraftreserven neu auszurichten?*

Aber sosehr Haraban mit seinen magischen Sinnen auch mehr darüber herauszufinden versuchte, es gelang ihm einfach nicht, Licht ins Dunkel zu bringen.

In der Nacht waren in Gaa immer wieder jene Hornsignale zu hören, die ersonnen worden waren, um ein Feuer zu melden. Die Schiffe im Hafen brannten. Allerdings betraf das vor allem die Schiffe der Dalanorier, denn andere waren kaum noch an den Anlegestellen zu finden. Orks hatte sich ein Stück flussaufwärts an Baumstämme geklammert und durch die Strömung bis zum Hafen an der Mündung treiben lassen, um den Brand zu legen. Als die Wachen sie bemerkten, war es zu spät.

Am Morgen darauf begann der Sturmangriff auf die Mauern Gaas mit einem unablässigen Beschuss durch die Katapulte.

»Ich habe damit gerechnet, dass sie bald angreifen werden«, meinte Candric, als er mit frischem Ross und hoch gerüstet zusammen mit Kalamtar von Condenna an der äußeren Verteidigungsmauer eintraf. Mit ihnen ritt auch König Harrgyr von Dalanor, der sich von dem Schrecken darüber, dass seine Schiffe in der vergangenen Nacht in Flammen aufgegangen waren, noch nicht erholt hatte. Eigentlich war geplant gewesen, dass diese Schiffe in den nächsten Tagen zurück an die ferne Küste des Dalanorischen Reiches segeln sollten, um weitere Verstärkung herbeizuschaffen. Auch wenn das viele Wochen in Anspruch genommen hätte, war es doch zumindest ein Hoffnungsschimmer gewesen.

»Ich habe viel über Euch gehört, Candric von Beiderland – aber dass Ihr hellseherische Fähigkeiten habt, war mir neu«, gab Harrgyr zurück.

Candric lächelte nachsichtig. »Es ist wegen der Riesenskorpione«, sagte er. »Als ich sie sah, wusste ich, dass unsere Feinde jetzt aufs Ganze gehen. Diese Kreaturen vertragen nämlich nur das trocken-heiße Klima im Inneren der Orkländer. Hier werden sie früher oder später eingehen – aber vorher werden sie gegen unsere Mauern anrennen und einen Teil von ihnen einreißen.«

»Wo ist übrigens unser Verbündeter Haraban? Ich habe nach seinem Kanzler geschickt, aber der war unauffindbar.«

»Er hat die Stadt verlassen«, mischte sich Kalamtar von Condenna ein. Harrgyr schien überrascht zu sein, Candric jedoch nahm diese Nachricht anscheinend mit großer Gelassenheit zur Kenntnis.

»Was sagt Ihr da?«, fragte Harrgyr entrüstet. »Ich dachte, wir kämpfen hier um die Freiheit ganz Athranors. Und der Immerwährende Herrscher macht sich klammheimlich davon?«

»Er möchte wohl, dass seine Immerwährende Herrschaft kein jähes Ende durch ein Sichelschwert der Orks erfährt«, meinte Kalamtar sarkastisch. »Und davon abgesehen ist Haraban noch nie als großer Schwertkämpfer hervorgetreten, der seine Truppen persönlich anführt.«

»Ich kann diesen Akt verachtenswerter Feigheit trotzdem kaum glauben«, stieß Harrgyr hervor.

»Unser Freund Kalamtar ist aber für gewöhnlich gut informiert«, stellte Candric fest. Er zügelte sein Ross, und die beiden anderen folgten seinem Beispiel. »Sagt, wer ist die Quelle dieser Kunde?«

»Einer meiner Vertrauensleute im Umkreis des Waldkönigs hat erfahren, dass Kanzler Welbo eine geschlossene Elefantengondel ausstatten ließ.«

»Dieser hinterhältige Halbling«, knurrte Harrgyr. »Den konnte ich vom ersten Augenblick an nicht leiden.«

»Ich nehme an, dass der Immerwährende Herrscher bereits in der Nacht, während das Feuer im Hafen wütete, über die Brücke nach Neuvaldanien gelangte und jetzt auf dem Weg zu seinen Schiffen ist, die an der Südspitze des Langen Sees vor Anker liegen und ihn sicher am schnellsten in die Sicherheit seines fernen Hofs bringen können.«

Harrgyr stieß einen wilden Fluch in dalanorischem Dialekt aus, den weder Kalamtar noch Candric verstanden. Dann fügte er grimmig hinzu: »Um diesem morschen Holzkopf von einem König den Thron zu retten, bin ich um den halben Kontinent gesegelt, und er macht sich davon wie ein Dieb! Pah! Fluch über ihn!«

»Behaltet für Euch, was Ihr jetzt wisst«, bat Kalamtar. »Sonst schadet Ihr der Moral unserer Truppen.«

Als sie das nordwestliche Tor erreichten, reckte Candric aufmunternd die Magische Lanze empor.

Die Waffe war mit einem neuen Schaft versehen worden,

und Candric hielt sie mit trotzigem Stolz in die Höhe. Das Kampfgeschrei, mit dem das quittiert wurde, blieb verhalten. Jedem, der bis jetzt innerhalb der Mauern von Gaa ausgehalten hatte, musste inzwischen klar sein, dass die Chancen nicht gut standen.

Das nordwestliche Tor, das von den Hornechsen gerammt worden war, würde vermutlich auch diesmal den Schwachpunkt der Verteidiger bilden, denn es war nur notdürftig verriegelt worden. In aller Eile hatten Dutzende von Zimmerleuten versucht, es zu schließen. Ein Tor aus einer der inneren Mauerringe von Gaa war ausgebaut und hier wieder eingesetzt worden, wozu man es erst mit Sägen hatte beschneiden müssen.

Der Leichengeruch war immer noch unerträglich. Die verfaulenden Überreste der Orks und anderer Eindringlinge hatte man einfach über die äußere Stadtmauer geworfen. Die massigen Hornechsenkadaver hingegen waren dazu verwendet worden, das Tor mit einer zusätzlichen Barriere zu verstärken. Ein Knall ertönte. Eine schwarze Kugel aus dunklem Metall traf und durchdrang das Mauerwerk. Schwarzlicht sprühte hervor. Offenbar war diese Katapultmunition mit magischen Kräften zusätzlich aufgeladen worden, sodass die Zerstörungskraft noch gesteigert wurde. Steine flogen durch die Luft, trafen Wachsoldaten und ließen sie zu Boden sinken. Candrics Pferd stellte sich wiehernd auf die Hinterhand und war kaum zu bändigen, als dicht neben dem Tier einige Brocken einschlugen. Von überall her gellten Schreie. Kurz darauf traf ein weiteres, gleichartiges Katapultgeschoss das Dach eines Gebäudes, das über die äußeren Mauern hinausragte.

Es würde nur noch eine Frage der Zeit sein, bis der Beschuss so große Löcher in die Mauern gerissen hatte, dass massenweise Orks und Wolfskrieger ins Innere der Stadt eindringen konnten. Mit Mühe gelang es dem Hochkönig, wieder die Herrschaft über sein Pferd zu erlangen, während es in einiger Entfernung einen Volltreffer in das Mauerwerk gab. Wieder sprühte Schwarzlicht empor. Ein ganzes Stück der Brustwehr stürzte mitsamt zwei Dutzend Söldnern aus Harabans Heer, einem Springald sowie einem zur Bedienungsmannschaft des Katapults gehörenden Waldriesen in die Tiefe.

Bis zum Mittag dauerte der ununterbrochene Beschuss an. Die Katapulte der Angreifer wurden unermüdlich nachgeladen und gespannt. Am frühen Nachmittag begann der Sturm. Die zu wandelnden Festungen gewordenen Riesenskorpione mit ihren Brustwehren aus Skorpiondung bildeten die Vorhut. In ihrem Schutz folgten Abertausende von Orks. Sie ritten entweder zu zweit oder zu dritt auf dem Rücken von Hornechsen oder liefen zu Fuß. Wolfskrieger und die auf riesigen Reithunden dahinschnellenden Dämonenkrieger bildeten eine kleine Minderheit unter dieser ersten Angriffswelle.

Soweit die Katapulte hinter den Zinnen von Gaa noch einsatzfähig waren, wurde versucht, die Flut der Angreifer zu dezimieren. Aufzuhalten war sie nicht. Schon drängten die ersten Orks in die Stadt. Auf ihren Hornechsen trampelten sie die Verteidiger einfach nieder. Riesenskorpione drängten sich durch die vom Katapultbeschuss in die Mauern gerissenen Löcher und vergrößerten sie noch. Weitere Mauerteile wurden durch die gewaltigen Geschöpfe zum Einsturz gebracht.

Candric zog sich zusammen mit Kalamtar und Harrgyr rechtzeitig zurück. Das Schwert des dalanorischen Königs troff nur so von Orkblut. Die Wut der Verzweiflung schien ihm zusätzliche Kräfte zu verleihen und ihn tollkühn zu machen. Aber auch ihm musste bald klar werden, dass dies ein Krieg war, der sich mit keinem anderen vergleichen ließ, den die Geschichte des Kontinents bisher gesehen hatte.

»Zurück!«, rief Candric seinen Männern zu. »Zieht euch zurück!«

Der äußere Mauerring von Gaa war schlicht und ergreifend gegen die gewaltige Übermacht nicht zu halten. Die Ordnung unter den Verteidigern hatte sich längst aufgelöst, als die ersten Riesenskorpione in die Stadt eindrangen. Orks sprangen von den gewaltigen Geschöpfen herab und machten Jagd auf die letzten Ogerkrieger, die noch hinhaltenden Widerstand leisteten.

Überall begannen Rauchfahnen über der Stadt aufzusteigen. Todesschreie mischten sich mit den triumphierenden Kriegsrufen der Orks und den dröhnenden Rufen der Hornechsen.

Candric zügelte sein Pferd und drehte sich im Sattel um, bevor er das Tor zur Burg des Statthalters passierte. Ein Riesenskorpion rammte seinen Stachel in einen der Türme, auf dem sich ein Katapult befand. Noch schossen Armbrustschützen von oben auf die Orks auf dem Rücken der gewaltigen Kreatur. Fast die Hälfte von ihnen sank innerhalb von Augenblicken getroffen zu Boden, aber dann stieß der Riesenskorpion ein zweites Mal zu. Der Turm verlor seine Stabilität. Er brach zusammen. Katapult und Steine fielen herab. Manche Orks wurden durch herabfallende Söldner aus Harabans Heer erschlagen.

»Worauf wartet Ihr?«, rief Kalamtar von Condenna, der zusammen mit Harrgyr das Tor schon passiert hatte.

Ein Fußsoldat aus Ambalor, der ebenfalls versuchte, sich

in die Burg des Statthalters zu retten, wurde durch ein Wurfbeil getroffen. Es steckte nun im Hinterkopf des Ambaloriers, dem sein Helm wohl schon zuvor im Kampf abhandengekommen war.

Gaa ist verloren, durchfuhr es Candric. *Und noch viel mehr …*

Er wollte gerade dem Pferd die Sporen geben, um sich hinter dem Burgtor zumindest vorläufig in Sicherheit zu bringen, als ein dröhnendes Brüllen ihn noch einmal herumfahren ließ.

Einer der dämonischen Hundereiter schnellte unter dem Riesenskorpion hindurch, unter dessen gewaltigem Körper einige Wolfskrieger mit ein paar eingekreisten Bagoriern kämpften.

Der Hund, auf dem das Dämonenwesen ritt, war größer als selbst das stämmigste Kaltblutpferd, das Candric je gesehen hatte. Geifer troff von den Lefzen des zähnefletschenden Ungeheuers. Der Reiter auf seinem Rücken war langgliederig und schmal. Sein Kopf glich einer tierhaften Fratze. Die Augen leuchteten. Vier anscheinend in jede Richtung biegsame Arme, die keinerlei Gelenke zu haben schienen, wuchsen aus seinem Körper – drei rechts, einer links. Letzterer trug einen Schild, die drei anderen jeweils ein Schwert, einen Speer und eine Streitaxt.

Candric schleuderte die Magische Lanze auf den Dämonenkrieger. Die Lanze durchbohrte seine Brust und ragte eine Elle weit aus dem Rücken heraus.

Der Dämonenkrieger stieß einen ohrenbetäubenden Schrei aus, während schwarzes Blut aus der Wunde und aus seinem Mund herausspritzte.

Candric riss sein Ross herum und preschte durch das Tor.

Mit letzter Kraft schleuderte der im Sattel seines Riesenhundes schwankende Dämonenkrieger noch den Speer, während gleichzeitig Dutzende von Armbrustbolzen und Pfeilen die Kreatur durchbohrten. Der balkendicke Pfeil eines Springalds fegte ihn nur einen Augenblick später förmlich aus dem Sattel und zerriss ihn.

Aber der Speer des Dämonenkriegers hatte ebenfalls getroffen. Er steckte Candric von Beiderland im Rücken und fiel nun von ihm ab. Die Wucht, mit der der Dämonenkrieger die Waffe geschleudert hatte, war groß genug gewesen, dass die Spitze das Metall von des Königs Harnisch durchdringen konnte. Candric wurde nach vorn gerissen, hielt sich notdürftig an seinem Sattelknauf fest, während er in den Burghof preschte. Der Speer des Dämonenkriegers lag auf dem Pflaster. Die Metallspitze war blutig.

Das Fallgatter wurde unterdessen herabgelassen. Der Reithund prallte regelrecht gegen das Gitter aus Gusseisen. Er knurrte und bleckte die Zähne. Mit ungeheurer Kraft drückte er gegen das Fallgatter. Armbrustschützen eilten herbei. Es waren Männer aus Harabans Söldnerarmee. Sie näherten sich dem Fallgatter, dessen Halterungen unter dem Druck der geifernden Kreatur schon beinahe aus den Halterungen zu brechen drohten, um hindurchschießen zu können. Zwei Dutzend Armbrustbolzen trafen innerhalb weniger Augenblicke das Geschöpf hinter den Gitterstäben, dessen Blut so weit spritzte, dass keiner der Armbrustschützen davon unbefleckt blieb. Die Bestie war allerdings äußerst schwer zu töten und erst, nachdem das erste halbe Dutzend Schützen die Armbrust noch einmal nachgeladen und erneut gespannt hatte und die Waffe ein zweites Mal ihre todbringende Ladung abgefeuert hatte, gab es keinen Laut mehr von sich.

»Candric, was ist mit Euch?«, rief inzwischen Kalamtar von Condenna besorgt.

Er stieg vom Pferd, um Candric zu stützen, denn der Hochkönig drohte aus dem Sattel zu rutschen.

»Es … es ist aus …«, murmelte der Hochkönig, während bereits einige Männer herbeieilten, um ihn aus dem Sattel zu hieven. Als man ihn davontrug, war der Hochkönig schon nicht mehr bei Bewusstsein.

Pfad in die Finsternis

Tagelang streiften Arvan und seine Gefährten nun schon durch das Gebirge. Den Pass zu finden war für Lirandil nicht schwer gewesen. Arvan konnte ihn nur bewundern, denn weder ihm noch einem der Halblinge wäre der Eingang überhaupt aufgefallen. Er lag versteckt hinter unscheinbaren Felsen und war nur für jemanden zu finden, der sich wirklich gut in der Gegend auskannte.

Ein Feuer zu machen hatten sie nicht gewagt, um nicht von den Orks entdeckt zu werden.

»In diesen Bergen leben die wildesten und unabhängigsten Orkstämme«, berichtete Rhomroor. »Sie verachten die Orks an der Küste ebenso wie die der Hornechsenwüste und jeden anderen Fremden.«

»Ich nehme an, inzwischen sind sie ebenfalls zu Schergen Ghools herabgesunken«, glaubte Arvan. »So wie alle anderen Orks auch.«

»Da wäre ich mir nicht so sicher«, sagte Rhomroor. »Jedenfalls waren sie die Einzigen, die damals meine Herrschaft als Herr aller drei Orkländer nie anerkannt haben. Und ich wüsste nicht, dass sie dies bei irgendeinem anderen Orkherrscher getan hätten.«

»Dann wären sie vielleicht unsere Verbündeten?«, mischte sich Whuon ein. »Willst du das sagen, Ork?«

Rhomroor ließ nur ein lautes, abweisend klingendes Knurren hören und riss dabei das Maul mit den langen Hauern so weit auf, wie es ging. Was Rhomroor tat, erinnerte Arvan an ein Gähnen – aber es enthielt auch Merkmale einer Drohgebärde. »Diese Stämme sind normalerweise niemandes Verbündete gegen irgendwen. Vielleicht konnte Ghool sie unterwerfen, aber ich halte es auch für möglich, dass er sie einfach nicht weiter beachtet und gewähren lässt.«

»So nahe an seiner Feste sollte dieses machtgierige Ungeheuer Orks dulden, die sich ihm nicht unterworfen haben?«, fragte Arvan zweifelnd. »Das kann ich mir kaum vorstellen … oder wisst Ihr in dieser Hinsicht mehr, Lirandil?«

Der Elb schüttelte den Kopf. »Ich glaube nicht, dass die Orks der Berge für uns ein Problem sein werden. Sie leben verstreut in ihren Höhlen und bleiben am liebsten für sich. Und was Ghool angeht, so sind ihm die Bergorks vielleicht vollkommen gleichgültig.«

»Das denkt Ihr wirklich, werter Lirandil?«, fragte Brogandas spöttisch.

»Wie auch immer, wir sollten ihnen am besten so gut wie möglich aus dem Weg gehen«, meinte Zalea.

Ein Ruck ging plötzlich durch Lirandil. Er beugte sich nieder, legte das Ohr an den Boden. Schon im nächsten Moment war ein grollendes Geräusch in den Bergen zu hören. Der Boden zitterte, und einige Felsbrocken brachen aus den schroffen Bergwänden heraus und fielen in die Tiefe. Wie wandernde Schatten wirkten sie im fahlen Mondlicht.

»Ein Erdbeben«, stellte Borro fest.

»Ja«, murmelte Lirandil, der aufstand und besorgt den Blick schweifen ließ. Im Mondschein war nicht viel zu sehen.

»Aber das war kein gewöhnliches Beben, wie es an vielen Orten hin und wieder vorkommt«, sagte Brogandas.

»Ach nein?«, fragte Lirandil und musterte den Dunkelalben angestrengt.

»Ich habe etwas von der Kraft der Dunkelheit gespürt«, erklärte er. »Ich sehe in Euren Augen, dass dies auch für Euch gilt, Lirandil – auch wenn Ihr als Elb nicht zugeben dürftet, ihren Einfluss zu fühlen. Denn dann würde ja der Eindruck entstehen, dass Ihr darin geübter seid, als es einem aufrechten Elben gestattet ist, und Ihr vielleicht schon früher mal hin und wieder unerlaubte magische Mittel verwendet habt …«

»Da könnt Ihr sicher sein, dass das nicht der Fall ist«, versetzte Lirandil in einem Tonfall, der für seine Verhältnisse ziemlich gereizt klang.

»Könnt Ihr genauer sagen, was Ihr gespürt habt?«, fragte Borro. »Ich meine, es könnte ja sein, dass Ghool ahnt, dass wir hier sind, und uns nun vielleicht magisch begabte Diener auf den Hals schickt, die uns noch viel gefährlicher werden können als diese Orkscheusale, von denen Whuon schließlich ein halbes Dutzend pro Herzschlag zu töten vermag.«

Whuon grinste. »Gelernt ist jedenfalls gelernt«, stellte er fest.

»Was Borro sagt, wäre eine Möglichkeit«, gestand Brogandas zu. »Es tut mir leid, ich kann im Augenblick nicht mehr darüber sagen. Es war nur eine sehr undeutliche Empfindung.«

Lirandil legte erneut das Ohr an den Boden und erklärte schließlich: »Es ist besser, wir suchen uns einen anderen Lagerplatz. Gestein spaltet sich tief unter uns, und die Erde scheint in großer Unruhe zu sein. Unzähliges Getier, das in den Spalten und Höhlen dieser Gegend lebt, verlässt seine Wohnstätten …«

»Tja, bevor ich einen Felsbrocken auf den Kopf bekomme, schlage ich mir doch lieber die Nacht um die Ohren«, meinte Borro.

Sie brachen in aller Eile auf, um sich einen anderen Lagerplatz zu suchen. Allerdings war Lirandil ziemlich wählerisch. Obwohl keinerlei Erderschütterungen mehr spürbar waren, blieben sie nirgends.

Die Morgendämmerung setzte bereits ein, als sie an einen Ort kamen, an dem zahllose Knochen auf dem Boden verstreut waren.

»Orkschädel, würde ich sagen«, meinte Brogandas.

»Vollkommen richtig«, stimmte Lirandil zu. An den Schädeln war selbst jetzt noch unübersehbar, dass sie eines gewaltsamen Todes gestorben waren. Vermutlich im Kampf.

»Das sind Mitglieder der Bergstämme«, erklärte Rhomroor und setzte ein bekräftigendes Knurren hinzu. Er hob ein Lederband empor, an dem ein brauner Stein hing. »Brennsteinamulette«, stellte er fest. »Die tragen nur die Bergstämme, denn man kann sie entzünden und hat dann Licht in einer Höhle.«

»Brennholz dürfte in dieser kargen Felslandschaft auch ziemlich knapp sein«, glaubte Borro.

»So ist es«, bestätigte Rhomroor.

»Anscheinend hat Ghool die zum Aufruhr neigenden Stämme der Berge kurzerhand niedermetzeln lassen«, vermutete Lirandil stirnrunzelnd.

»Hattet Ihr etwa wirklich etwas anderes erwartet?«, fragte Brogandas mit spöttischem Unterton. »Ghool ist wie ein Dunkelalb. Er respektiert nur diejenigen, die stärker sind als er. Und diejenigen, die schwach oder ihm nicht untertan sind, haben seiner Ansicht nach keinen Platz in einem Reich, das von ihm beherrscht wird.«

»So kämpft Ihr derzeit ja anscheinend auf der falschen Seite«, stellte Zalea süffisant fest.

Brogandas wandte sich dem Halblingmädchen zu und lächelte breit, während die Runen in seinem Gesicht eigenartige gezackte Linien bildeten, die entfernt an Blitze erinnerten. »Durchaus nicht, denn unglücklicherweise betrachtet Ghool anscheinend auch die Dunkelalbenheit als schwach und entbehrlich.«

»Und wenn das schlicht und ergreifend die Wahrheit ist?«, fragte Zalea zurück.

»Du wirst uns nie verstehen, Halblingmädchen. Es hat deswegen auch wenig Sinn, wenn ich versuche, dir das zu erklären.«

»Wann mag dieses Gemetzel stattgefunden haben?«, fragte Whuon an Lirandil gewandt, der den Boden intensiv nach Spuren absuchte und sich einige der Knochen und zurückgelassenen Waffen und Kleidungsstücke anschaute, die bereits halb verrottet waren.

»Die Berggeier hatten Zeit genug, die Knochen restlos abzunagen«, stellte Lirandil fest. »Die Spuren ihrer Schnäbel und Krallen sind in das Gebein eingeritzt. Ich schätze, dass dieser Kampf schon mindestens ein paar Jahre zurückliegt.«

In der Ferne rumorte es wieder in den Bergen. Ein Felsbrocken brach aus einem Massiv heraus und fiel in die Tiefe, um dort zu zerspringen.

»Ich weiß nicht, ob es wirklich eine gute Idee ist, diesem Pass weiter zu folgen«, meinte Borro.

»Es gibt keinen anderen«, erklärte Lirandil.

»Der Weg über das Gebirge ist selbst für Orks kaum zu schaffen«, gab Rhomroor zu bedenken.

»Aber ich könnte mir nun wirklich ein schöneres Grab vorstellen, als unter Geröll liegen zu müssen«, erwiderte Borro.

»Du kannst ja zurückbleiben, wenn du dich fürchtest«, meinte Whuon.

Arvan bemerkte, dass Brogandas die Augen schloss und anscheinend hoch konzentriert war. Eine tiefe Furche hatte sich auf seiner Stirn gebildet, und die Runen rechts und links dieser Furche begannen sich symmetrisch an ihr auszurichten. »Ich weiß jetzt, welche Kräfte hier am Werk sind«, behauptete er. Er sank auf die Knie, ohne dabei die Augen zu öffnen. Dabei streckte er die Hände aus und spreizte die Finger. Hauchdünne schwarze Blitze zuckten aus den Fingerspitzen hervor und trafen den vibrierenden Boden, indem sich hier und da bereits Risse verzweigten.

Arvan umklammerte unterdessen den Elbenstab. *Ja, es ist eine verwandte Kraft. Du erkennst sie auch ….*, wisperte die Gedankenstimme. *Was ist? Was erschreckt dich so? Die Finsternis ist nur ein Werkzeug. Eine Kraft. Vielleicht die größte Macht, die es gibt!*

Er ging auf den knienden Brogandas zu. Der nächste Erdstoß war jedoch so heftig, dass er beinahe das Gleichgewicht verlor und wie ein Halbling taumelte, der zu viel gegorenen Baumblütensaft zu sich genommen hatte.

Wieder stürzten Felsbrocken von den Hängen herab.

»Könnte es sein, dass sich der Pass schließt?«, fragte Borro. Aber niemand beachtete ihn im Moment.

»Sprecht weiter, Brogandas. Was ist das für eine Kraft, die ihr spürt?«, wollte Arvan unbedingt wissen.

Aber Brogandas war im Augenblick nicht ansprechbar. Ein Zittern durchlief seinen gesamten Körper.

Lirandil lauschte angestrengt den Geräuschen aus den Bergen, und sein Gesicht wirkte sehr sorgenvoll. Whuon umfasste instinktiv den Griff des kurzen Breitschwerts und schien genauso irritiert wie Rhomroor zu sein.

»Es ist ein Magischer Schlund, Arvan!«, rief Brogandas und öffnete die Augen.

»So wie der, in den Ihr mir gefolgt seid und der uns beide in die uralte Orkhöhle brachte?«, fragte Arvan.

Brogandas öffnete die Augen und sah zu ihm auf. »Ja, ganz genau.«

Whuon zog jetzt beide Schwerter. »Dann werden wir vermutlich mit unangenehmem Besuch rechnen müssen«, glaubte er. »Ich bin bereit.«

Rhomroor stieß einen dröhnenden Kampfschrei aus und riss die Axt hervor, die er im Rückenfutteral trug. Mit einer geradezu erschreckenden Leichtigkeit wirbelte er sie durch die Luft.

»Lasst uns von hier verschwinden!«, rief Lirandil sehr besorgt. »Ich kann die Spannungen im Boden *hören.* Große Gesteinsbrocken verschieben sich gegeneinander und … Schnell!«

Der Elb lief los. Arvan, Zalea und Borro folgten seinem Beispiel. Brogandas erkannte die drohende Gefahr mindestens genauso deutlich wie der Fährtensucher. Whuon und Rhomroor waren wohl diejenigen, die einen Moment länger unschlüssig waren als die anderen. Aber auch sie entschieden sich dafür, den vielfach überlegenen Sinnen des Elben zu vertrauen.

Sie waren kaum losgelaufen, da rollten bereits große Felsbrocken zusammen mit einer Lawine aus Geröll einen nahen Berghang hinab.

Auf der anderen Seite des Passes verzweigten sich ebenfalls Risse im Fels, und auch von dort aus schoss eine Gerölllawine talwärts.

Augenblicke nur, und wir werden alle begraben sein, durchfuhr es Arvan. Plötzlich waren sie alle wie erstarrt. Gleichgültig, wohin sie auch liefen – es gab kein Entkommen. Unaufhaltsam drängten die durch die Erdstöße gelösten Massen aus Geröll von den Hängen herab. Eine Flut, die alles bedecken, alles ersticken musste.

»Bei allen Waldgöttern«, murmelte Zalea, während Borro nur mit offenem Mund dastand. Selbst Lirandil schien fassungslos zu sein.

Brogandas murmelte mit dröhnender Stimme, die kaum das Getöse der herabbrandenden Geröllmassen zu übertönen vermochte, eine Formel. Blitze schossen aus seinen Fingerspitzen heraus, bohrten sich in den Boden, der sich aufzulösen und auf eine Länge von zwei Dutzend Schritt in einem dunklen Mahlstrom zu verschwimmen schien.

»Was um der namenlosen Elbengötter willen tut Ihr da?«, rief Lirandil entsetzt.

»Wer nicht sterben will, der folge mir!«, rief Brogandas.

»Aber Ihr wisst doch gar nicht, wohin dieser Schlund …«

Brogandas hörte das schon nicht mehr. Lirandils Einwand schien ihm angesichts der Lage gleichgültig zu sein. Er sprang in den Schlund und war im nächsten Moment darin verschwunden. Arvan überlegte noch. Sollte er ihm folgen? Die Gedankenstimme des Elbenstabs war ihm keine Hilfe. Sie winselte nur Unverständliches in seine Gedanken hinein, sodass ihm der Kopf schmerzte. Sie war letztlich offenbar genauso ratlos wie er selbst, und wieder musste Arvan an Lirandils Worte denken, denen zufolge diese Stimme nichts weiter als ein Spiegel seiner eigenen Gedanken war.

Borro sprang, dann Whuon und Rhomroor. Letzterer mit einem durchdringenden Orkschrei, der sogar durch das Getöse der Lawine hindurch zu hören war.

Eine Hand fasste Arvan. Ehe er so richtig begriffen hatte, was geschah, riss Zalea ihn mit sich. Im letzten Moment, bevor er in das dunkle, wirbelnde Nichts dieses Mahlstroms eintauchte, sah er aus den Augenwinkeln heraus Lirandil.

Mit dermaßen vor Entsetzen geweiteten Augen hatte Arvan ihn nie zuvor gesehen. Nicht einmal in jenem Augenblick, da sie sich zum ersten Mal begegnet waren und eine Horde Orks dem elbischen Fährtensucher so dicht auf den Fersen gewesen war, dass er eigentlich keine Chance mehr gehabt hatte, lebend davonzukommen.

Arvan! Was auch immer geschieht – du wirst es beenden müssen!

Dieser eindringliche Gedanke des Elben hallte in seinen Gedanken wider – so eindringlich und dröhnend, dass er für einen Moment glaubte, sein Kopf müsste zerspringen. Aber dann war da nichts mehr. Nur noch Schwärze und Bewusstlosigkeit.

Arvan und Ghool

Arvan versuchte die Augen zu öffnen. Die Augenlider schmerzten. Sie waren von der Sonne verbrannt. Der grelle Schein blendete ihn so sehr, dass er zunächst kaum etwas sehen konnte.

»Lass die Augen zu«, sagte eine vertraute Stimme.

»Zalea …«

»Ich sagte, lass die Augen zu!«

Arvan gehorchte. Dann spürte er, wie sie sehr vorsichtig etwas Kühlendes auf seine Augenlider auftrug.

»Was ist das?«

»Blätter des Nassen Strauchs«, sagte sie, während sie ihm mit diesen Blättern nun auch über Stirn und Wangen wischte. »Sie helfen hervorragend gegen Brandwunden. Und offenbar auch gegen Sonnenbrände, wie mein Vater mir mal sagte – was bei uns aber anscheinend ziemlich in Vergessenheit geriet.«

Er öffnete jetzt die Augen. »Vermutlich, weil seit Brado dem Flüchter kaum ein Halbling einen Sonnenbrand gehabt haben dürfte.«

»Zumindest nicht die in den Wäldern am Langen See und in der Dichtwaldmark«, stimmte Zalea zu. »Nur diejenigen, die in der Fremde gewesen waren, haben manchmal davon erzählt …« Sie stockte und musste schlucken. Das alles erinnerte sie nur noch einmal daran, was sich im Halblingwald an unaussprechlichen Schrecken zugetragen hatte.

Arvan blinzelte, und ihm fiel jetzt auf, dass auch ihr Gesicht ganz rot war. Es glänzte etwas, was wohl daher rührte, dass sie sich selbst ebenfalls mit dieser Medizin behandelt hatte. Arvan fuhr auf, griff zum Elbenstab. *Ja, wir haben beide den Mahlstrom der Finsternis durchquert*, meldete sich die Gedankenstimme. Den *Beschützer* trug er noch auf dem Rücken. Auch sonst fehlte nichts von seinen Sachen. Er sah sich um und erkannte Borro. Lirandil kümmerte sich um den reglos am Boden liegenden Brogandas.

»Er kommt zu sich«, erklärte der Elb.

»Und wo ist der Ork geblieben?«, fragte Arvan. Zwischen seinen Fingern spürte er heißen, gelbroten Sand. Sie schienen mitten in die Wüste versetzt worden zu sein.

»Du hast mich vermisst, Mensch?«, dröhnte hinter ihm die Stimme Rhomroors, dessen Worte in einem gurgelnden Geräusch endeten, das entfernt an ein Gelächter erinnerte.

Aber der Ork interessierte Arvan von einem Augenblick zum nächsten nicht mehr, denn in diesem Moment entdeckte er eine dunkle Öffnung, die in einem nahen Felsen klaffte. Dieser Felsen glich einer steinernen Stele, die Wind und Sand in Jahrzehntausenden aus dem Stein gerieben hatten. Zuerst hatte Arvan die klaffende Öffnung ins Nichts für einen Schatten gehalten, aber jetzt erkannte er, was es wirklich war.

»Wir alle sind dort herausgeschleudert worden und hier im Sand gelandet«, erklärte Lirandil.

»Hier ist der Ausgang des Magischen Schlunds?«, fragte Arvan stirnrunzelnd. »Aber warum verschwindet er nicht? Wieso ist er auch jetzt noch offen? Und wo ist sein anderer Eingang?«

»Du fragst viel«, stellte Rhomroor fest. »Und verstehst wenig.«

»Na, wie schön, dass für dich völlig klar zu sein scheint, was hier geschehen ist und wo wir sind«, erwiderte Arvan ziemlich gereizt. »Und vor allem, wie wir von hier aus an unser Ziel kommen.«

»Das ist leicht«, sagte Rhomroor. Er schlug sich mit der Faust so heftig auf die Brust, dass man befürchten musste, dass er damit seinen Harnisch in noch mehr Teile zerbrechen würde. Der Ton, der dabei entstand, erinnerte an eine dumpfe Trommel. Rhomroor vollführte eine ausholende Bewegung und deutete in die Ferne. »Nur ein paar Meilen. Dann kannst du die schwarze Festung sehen.«

»Ghools Neufeste«, murmelte Lirandil.

Brogandas hatte sich inzwischen offenbar so weit erholt, dass er sich aufzurichten vermochte.

Er erhob sich und wirkte etwas unsicher.

Er hat uns abermals das Leben gerettet, sodass wir noch tiefer in seiner Schuld stehen, ging es Arvan durch den Kopf. Ein Umstand, der ihm ebenso wenig behagte wie der dunkle Ausgang des Schlundes.

»Ein Magischer Schlund, der nicht vergeht«, sagte Brogandas. »Er muss die Ursache dieser Beben sein. Die Götter mögen wissen, wie lange er schon existiert und auf das Gestein eingewirkt hat …«

»Ghool muss ihn erschaffen haben, um uns …« Arvan sprach nicht weiter, denn Brogandas schüttelte den Kopf.

»Das halte ich für ausgeschlossen«, erklärte er. »Dieser Schlund ist von jemandem erschaffen worden, der sehr unerfahren war und seine magischen Kenntnisse auf äußerst gefährliche Weise angewendet hat. Jetzt hat dieser Schlund einen Teil des Gebirges innerlich zerrissen und dabei vermutlich den Pass unbegehbar gemacht. Aber es hätte auch uns zerreißen können.«

»Oder damals den Schöpfer dieses Schlunds?«, fragte Rhomroor.

Brogandas drehte sich nun zu dem Ork um und musterte ihn von Kopf bis Fuß, so als hätte er mit solch einer Frage von Seiten des Orks einfach nicht gerechnet.

»Sehr richtig!«, stellte der Dunkelalb fest. »Was weißt du darüber, Ork?«

»Der Fünfzahnige, dessen Namen wir nicht mehr aussprechen, weil er zu viel Schande gebracht hat, unternahm hier in der Gegend die magischen Experimente, die allerlei Monstren in die Welt holte.«

»Ihm haben wir zu verdanken, dass Ghool überhaupt wieder geweckt wurde«, bestätigte Lirandil.

»Ich nehme an, dass das so oder so geschehen wäre«, erklärte Brogandas. »Nur vielleicht nicht schon so bald, sondern erst in ein oder zwei Zeitaltern.«

»Der Fünfzahnige ist wiederholt mit seinen Getreuen auf Riesenschildkröten gestiegen, um verschiedene heilige Stätten des Elbenreichs zu plündern«, erklärte Rhomroor. »Er erbeutete wertvolle magische Bücher, und es ist kein Wunder, dass er versuchte, den Magischen Schlund zu erschaffen, der es ihm gestattete, die Anfurten schneller zu erreichen. Er hatte wohl noch weitere Raubzüge dieser Art vor.«

»Dann ist dieser schwarze Tunnel, der nicht vergeht, das unvollkommene Ergebnis der Magie des Fünfzahnigen?«, fragte Whuon etwas ungläubig.

»Keine andere Erklärung ist schlüssig«, sagte Rhomroor und knurrte zur Bekräftigung.

»Rhomroor hat recht«, bestätigte Lirandil. »Wäre es anders, dann wären wir von Ghools Schergen umzingelt gewesen.«

»Jedenfalls hatten wir Glück, dass dieser Schlund nahe genug lag, dass ich einen Zugang zu ihm schaffen konnte, als gerade die Abhänge des Passes einstürzten. Leicht war das nicht …«

Die Kräfte, die das Verhängnis der Geröllawinen heraufbeschworen hatten, waren auch dafür verantwortlich, dass sie sich hatten retten können. Arvan fand, dass das nicht einer gewissen Ironie entbehrte. Allerdings fand er auch, dass man sich nun beeilen musste.

»Wir sollten keine Zeit verlieren«, meinte in diesem Moment der Ork.

Rhomroor führte sie jetzt an. Er brachte sie zu jenen Anhöhen, von denen er die Neufeste Ghools gesehen hatte.

»Diese magischen Bücher, die der Fünfzahnige den Elben stahl: Wo sind die eigentlich geblieben?«, fragte Whuon. »Gibt es da nicht vielleicht irgendeine Legende oder dergleichen, die das beschreibt?«

»Sie sind verschwunden«, sagte Lirandil. »Niemand weiß, wo sie geblieben sind. Aber der Fünfzahnige Moraxx …«

»Sprecht seinen Namen nicht aus, Lirandil!«, unterbrach ihn Rhomroor. »Das bringt Unglück!«

»… hat schließlich in *dieser* Gegend seine verhängnisvollen magischen Experimente durchgeführt, um das Volk der Orks mit seiner Macht zu beeindrucken. Und auch wenn seine Gebeine irgendwo unter Wüstensand oder in den Tiefen eines Magischen Schlundes ruhen, wäre es nicht ausgeschlossen, dass die Schriften, die dieser fünfzahnige Ork einst erbeutete, heute in der Neufeste Ghools lagern.«

»Dann ist sie ein umso lohnenderes Ziel«, meinte Whuon.

»Nicht für Euch, Whuon.«

»Ach nein?« Whuon lachte. »Wenn selbst ein Ork wie dieser Fünfzahnige die Magie der gestohlenen Schriften erlernen konnte, dann werde ich ebenfalls dazu in der Lage sein.«

»Damit du aus Versehen ein Wesen wie Ghool beschwörst und dich am Ende selbst vernichtest?«, mischte sich Rhomroor ein. Der Ork schlug Whuon freundschaftlich, aber sehr heftig auf die Schulter, sodass selbst der kräftige Söldner dadurch beinahe zu Boden fiel. »Wenn du jetzt noch fünf Hauer hättest, wärst du ein würdiger Nachfolger des fünfzahnigen Trottels!«

»Ein großes Maul hat er ja schon«, konnte sich Borro eine Bemerkung nicht verkneifen, woraufhin Whuon nur eine wegwerfende Handbewegung machte und eine Verwünschung ausstieß.

In elbischer Sprache allerdings, sodass nur Lirandil sie verstehen konnte.

Sie erreichten den sandigen Hügelkamm. In der Ferne waren die schwarzen Mauern von Ghools Neufeste zu sehen. Sie hoben sich überdeutlich von dem rotgelben Wüstensand ab. Ein gewaltiges Heerlager umgab die Festung. Unzählige Orks, Wolfsmenschen und Dämonenkrieger kampierten hier.

Überall brannten Feuer. Brennöfen, Schmieden und Werkstätten aller Art waren entstanden. Ein gewaltiger, halb vollendeter Torbogen spannte sich über den Himmel.

»Als Ihr uns damals die schwarze Festung mithilfe des Steins von Ysaree gezeigt habt, war dieses *Ding* aber noch nicht da, werter Lirandil«, stellte Borro fest.

»Ghool hat offenbar damit begonnen, ein Weltentor zu bauen«, antwortete der Elb. »Damit wird es für ihn leichter, Wesen aus anderen Welten zu beschwören, Dämonen zu rufen. Die Namenlosen Götter mögen wissen, wen er alles um Hilfe bitten wird.«

»Die Magier von Thuvasien tun dasselbe«, stellte Whuon fest.

»Nein«, widersprach Brogandas. »Die Kräfte Ghools sind denen der Thuvasier um ein Vielfaches überlegen. Und wie Whuons Desertion aus dem Heer der Magier beweist, sind sie auch keineswegs in der Lage, die Kreaturen geistig zu beherrschen, die für sie kämpfen sollen. Ghool hingegen schon.«

Whuon grinste. »Nein, die Thuvasier sind darauf angewiesen, ihren Kriegern Versprechungen zu machen – und nicht einmal die können sie später einhalten.«

»Du armer Narr«, widersprach Brogandas. »Du bist wirklich ahnungslos.«

»Dann klär mich auf!«, forderte Whuon.

Brogandas lächelte. »Niemand weiß, wer das Weltentor in Thuvasien erschuf ...«

»Die Magier behaupten, es sei ihr Werk«, unterbrach ihn Whuon.

»Und warum haben sie dann kein zweites erschaffen? Nein, vermutlich war das Tor schon da, als noch kein Thuvasier existierte. Sie benutzen es nur, so wie ein Affe vielleicht ein Messer benutzen, aber nicht schmieden kann. Oder sie haben die Fähigkeit dazu irgendwann verloren. Aber für Ghool ist das alles gar keine Schwierigkeit. Er lässt ein Tor bauen und scheint nicht im Mindesten daran zu zweifeln, dass er das kann und dass er Kraft genug hat, um es auch zu benutzen.«

Whuon grinste.

»Höre ich da etwa Bewunderung für unseren Feind?«, fragte er.

»Keine Bewunderung«, wehrte Brogandas ab. »Nur einen gewissen Respekt vor seiner Stärke.«

Arvan schwieg zu alledem. Eine Flut von Gedanken ging ihm durch den Kopf. Hatte Lirandil nicht gesagt, dass all das Wissen, das er benötigte, um Ghool zu vernichten, jetzt in ihm sei? Davon war für ihn nichts zu spüren. Er hatte keine Ahnung, was er tun sollte.

»Was geschieht jetzt?«, fragte Zalea statt seiner. »Wir sind der Schwarzen Festung so nahe. Ich hoffe, Ihr habt auch jetzt einen guten Plan.«

»Ich werde Arvan ins Innere der Festung bringen«, sagte Rhomroor mit großer Bestimmtheit. Er wandte sich an Arvan. »Ich sagte dir ja schon einmal, dass du jemanden brauchen wirst, der dich in die Festung bringt.« Rhomroor fletschte die Zähne, sodass sich nicht nur seine Hauer zeigten, sondern auch der Rest seines Raubtiergebisses deutlich hervortrat. »Ich bin ein Ork, und wenn ich einen Gefangenen mit mir führe, wird das die einfachste Methode sein, um ins Innere der Festung zu gelangen.«

»Und du glaubst, dass du Ghools Willen standhalten kannst?«, fragte Brogandas spöttisch. »Wenn ihr vor ihm steht, wird er dich mit einem Gedanken dazu veranlassen, Arvan den Schädel zu spalten.«

»Ich weiß«, sagte Rhomroor. »Und ich kann nur hoffen, dass Arvan dann schnell genug ist, um das zu verhindern.«

Arvan wurden die Hände leicht mit einem schlammgetränkten Seilstück auf den Rücken gefesselt, das eigentlich ein Teil seiner sehr großzügig bemessenen Stiefelverschnürung war.

Den *Beschützer* gürtete sich der Ork zusätzlich zu seiner Streitaxt um. Auch das Langmesser steckte er sich in den Stiefel, dessen Verschnürung durch das Fehlen des Seilstücks etwas lockerer geworden war. Nur den Elbenstab behielt Arvan bei sich – allerdings unter dem Wams verborgen.

»Ich werde für menschliche Verhältnisse etwas grob mit dir umgehen«, sagte Rhomroor. »Schließlich soll nicht gleich jeder denken, dass wir Freunde sind.«

»Keine Sorge, das wird schon niemand denken«, meinte Arvan düster.

»Du hasst die Orks«, stellte Rhomroor fest. »Und du hast vielleicht auch deine Gründe dafür. Umso überzeugender werden wir beide wirken.«

»Viel Glück, Arvan«, sagte Zalea.

»Ich werde es brauchen«, meinte dieser.

Rhomroor gab Arvan einen groben Stoß. »Vorwärts, Gefangener!«, dröhnte er und fügte noch ein paar Worte in der Sprache der Orks hinzu.

Die anderen sahen den beiden nach und schwiegen lange.

»Was geschieht, wenn Arvan es nicht schafft?«, fragte Whuon schließlich.

»Es ist alles in ihm, um es gelingen zu lassen«, sagte Lirandil. »Die Waffe und das Wissen … Und der einfältige Mut, der nötig ist, um überhaupt bis zu Ghool vorzudringen.«

»Wenn er scheitert, können wir jedenfalls nur hoffen, dass man uns die Gelegenheit gibt, in die Dienste der stärkeren Macht zu wechseln«, meinte Brogandas, woraufhin Borro und Zalea ihn befremdet ansahen. »Lirandil ist der Erschaffer des Bündnisses gegen Ghool«, fügte Brogandas hinzu. »Es wäre ein Leichtes für ihn, auch zu seinem Zerstörer zu werden, weshalb er für Ghool ein sehr wertvoller Bundesgenosse wäre. Ich hingegen …« Der Dunkelalb hob die Schultern. »Mein Wert und meine Überlebenschancen dürften wohl etwas geringer sein, fürchte ich.«

Arvan und Rhomroor näherten sich der Festung. Das Hämmern aus den Schmieden war allgegenwärtig. Katapulte, gewaltiger, als Arvan sie je zuvor gesehen hatte, wurden gebaut. Er wunderte sich, woher das Holz dafür kam, denn es gab hier im Umkreis von tausend Meilen keinen Baum. Dasselbe galt allerdings für die dunklen Steine, aus denen man den Torbogen und die Mauer der Schwarzen Festung errichtet hatte. Orks arbeiteten hier ebenso wie Wolfsmenschen und Geschöpfe aller Art, die man wohl gefangen genommen hatte. Menschen gab es auch unter ihnen. Allerdings nur wenige. Vielleicht waren sie einfach nicht widerstandsfähig genug, um die Arbeitsbedingungen hier auszuhalten. Waldriesen, denen die Trockenheit dieser Gegend sichtlich schwer zu schaffen machte, schleppten Gesteinsbrocken. Aus der Ferne schob sich ein Lindwurm über den Horizont. Diese riesigen Geschöpfe, die einer Mischung aus Schlange und Wurm glichen und eine Länge von mehr als zwanzig Schiffslängen erreichten, waren mit jenen Baumaterialien beladen, die offenbar fehlten. Diese Geschöpfe wanderten regelmäßig von der Lindwurmküste im Süden des Ost-Orkreichs, wo sie sich mit Salzwasser volltranken, über das Namenlose Gebirge bis ins Innerste der Hornechsenwüste, wo sie ihre Brut pflegten. Da sie nahezu das ganze Ost-Orkreich durchquerten, waren sie von den Orks seit jeher als Transportmittel in diese entlegene Einöde benutzt wurden. Ghool nutzte diese Geschöpfe offenbar zu demselben Zweck.

Tiefe Gruben waren außerdem ausgehoben worden, deren Grund nicht zu sehen war. An Kränen und Flaschenzügen wurden Steine für die Katapulte emporgehoben, die vollkommen schwarz waren und von denen ein eigentümliches Schimmern ausging. Manche strahlten Schwarzlicht ab, andere waren von grünlichem Licht umflort. Ein Ork, der diesem Licht zu nahe kam, als einer der Steine abgesetzt wurde, fing sofort Feuer und verbrannte innerhalb eines Augenblicks zu Asche.

Sein Schrei ging im allgemeinen Lärm unter.

Rhomroor führte Arvan vor sich her. Er stieß ihn immer wieder vorwärts; niemand nahm von den beiden Notiz.

Diese wild in die Umgebung wuchernde Siedlung machte ohnehin nicht den Eindruck, als ob irgendjemand ernsthaft damit rechnete, dass man den Angriff eines Feindes hier überhaupt für denkbar hielt. Wüste und Gebirge schützten Ghools Feste wirkungsvoller, als jede Armee es vermocht hätte. Mit einem Heer bis hier vorzudringen wäre kaum durchführbar gewesen.

Dementsprechend wenig Wert schien man auf Schutzmaßnahmen zu legen. Weitere Mauern hätten die stetige Ausdehnung dieses unheimlichen Ortes nur unnötig begrenzt.

Arvan und Rhomroor erreichten schließlich das offen stehende Tor der eigentlichen Festung.

Vor allem Orks gingen hier aus und ein.

Zwei Vogelreiter bewachten das Tor, flankiert von Wolfskriegern. Die Vogelreiter wirkten fast so regungslos wie Standbilder. Zu diesem gemischten Wächterquartett gehörte auch noch ein Ork. Dessen Kopf war sichtbar deformiert, so als hätte ihm einst ein Axtschlag die Schädeldecke gespalten. Er schrie fortwährend diejenigen Orks und Wolfsmenschen an, die dort vermutlich Anweisungen entgegennehmen mussten.

Als Arvan und Rhomroor an der Reihe waren, schrie er ebenfalls. Arvan konnte natürlich von den mit heiserer Stimme hervorgestoßenen Worten nichts verstehen. Der einäugige Ork trommelte sich geräuschvoll auf die Brust, und

Rhomroor erwiderte etwas, das wie eine Aneinanderreihung von gurgelnden Geräuschen aus dem hintersten Rachenreich seines Mauls klang. Mehrfach ging das feindselige Geknurre und Gegrunze hin und her.

Schließlich wandte sich Rhomroor an einen der beiden Vogelreiter und reichte ihm zu Arvans Entsetzen das Seilende, an dem er ihn bisher geführt hatte. Der Vogelreiter streckte eine Klauenhand aus und nahm es. Er schien jetzt aus seiner Erstarrung zu erwachen. Sein Kopf machte eine ruckartige Bewegung, und die dämonisch leuchtenden Augen musterten Arvan.

Noch ehe Arvan überhaupt darüber nachdenken konnte, was dies nun zu bedeuten hatte, riss Rhomroor eine Axt hervor. Gleichzeitig zog auch der Einäugige sein Sichelschwert.

Rhomroors ersten Hieb konnte der Einäugige noch parieren, der zweite trennte ihm den Schädel vom Rumpf. Der Kopf rollte mit einem zur hasserfüllten Fratze erstarrten Orkgesicht über den Boden. Ein nur kniehohes Jungtier jener gewaltigen Hunde, die die Dämonenreiter als Reittiere benutzten, schnellte zwischen den umstehenden Orks hindurch und fasste den Orkkopf mit den Zähnen am Ohr und trug seine Beute anschließend so schnell wie möglich davon. Der nun kopflose Ork stand noch einen Moment schwankend da, ehe ihm das Sichelschwert entfiel und er zusammenbrach.

Rhomroor steckte die blutige Axt wieder in sein Futteral und nahm seinen Gefangenen wieder in Empfang.

»Es wäre unhöflich gewesen, diese Aufforderung zum Kampf auszuschlagen«, raunte Rhomroor Arvan zu und ließ einen gurgelnden Laut folgen. »Außerdem wollte er meinen Gefangenen, um ihn Ghool selbst zu übergeben.«

»Heißt das, er wusste, wer ich bin?«, flüsterte Arvan.

»Ich hoffe nicht«, sagte Rhomroor. »Jeder Mensch, der in dieser Gegend gefangen wird, ist ein wichtiger Gefangener und vermutlich in feindlicher Absicht hier. Also könnte er dich auch einfach so für wichtig gehalten haben … wichtig genug, um darum zu kämpfen, dich vorzuführen.«

Sicher schien sich Rhomroor in dieser Hinsicht allerdings auch nicht zu sein. *Andererseits würde man uns ansonsten wohl kaum weiterziehen lassen,* dachte Arvan.

In der Mitte der Festung befand sich ein kuppelförmiges, aus schwarzem Stein errichtetes Gebäude. Es war vollkommen fensterlos und aus einem Gestein von unnatürlich tiefer Schwärze, die jegliches Sonnenlicht zu verschlucken schien.

»Dort müssen wir hin«, stellte Arvan fest.

Vor den Eingängen hatten sich lange Schlangen gebildet. Orks, Wolfsmenschen und hin und wieder auch ein Mensch oder ein Waldriese marschierten dort in langsamer Prozession ins Innere der Kuppel.

Ghool versichert sich ihres Gehorsams, bevor er sie auf die Schlachtfelder schickt oder mit wichtigen Aufgaben betraut, wusste Arvan plötzlich. Vielleicht gehörte das zu dem Wissen, das Lirandil ihm eingegeben hatte. *Er beherrscht den Willen Unzähliger … Welch eine Kraft muss dazu nötig sein?*

Arvan und Rhomroor reihten sich ein.

Schließlich durchschritten sie das Kuppeltor.

Sie gelangten ins Innere der Kuppel. Ein feuerrotes Licht strahlte von der gewölbten Decke herab, so als würde das Gestein glühen. Eine nach Tausenden zählende Menge hatte sich hier versammelt. In der Mitte thronte auf einem Podest ein Wesen, das eine Mischung aus Vogel und Krake war und den gesamten Podest einnahm. Sein herausragendstes Merkmal war der große krähenhafte Vogelkopf, dessen Augen auf ähnliche Weise leuchteten, wie es bei den Vogelreitern der Fall war. Der Körper schien nur aus einer knotenförmigen Verdickung zu bestehen, aus der imposante schwarze Flügel emporragten. Dort liefen Hunderte von schlangenartigen Armen unterschiedlichster Größe und Dicke zusammen, die weit ausgestreckt waren. Die meisten von ihnen hingen an der Kante des Podestes ein Stück herab.

Schwarze Blitze zuckten aus den Enden dieser Schlangenarme heraus und erfassten dann diejenigen, die in der ersten Reihe um den Podest herumstanden. Sie zitterten dann, manche stießen laute Schreie aus, von denen nicht so recht klar war, ob sie dem Schmerz oder der Verzückung entsprangen.

Eine Stimme ertönte laut und dröhnend und hallte dutzendfach wider. Schon deswegen hätte man sie kaum verstehen können. Davon abgesehen sprach sie orkisch.

Es klang wie ein formelhafter Singsang, und obwohl Arvan nicht ein einziges Wort davon zu verstehen vermochte, wusste er plötzlich, welche Worte da gesprochen wurden. *So spricht Ghool: Eure Augen sind meine Augen, eure Arme sind meine Arme, und mein Wille ist euer Wille!*

Arvan wusste plötzlich, dass diese Formeln vor unvorstellbar langer Zeit schon einmal gesprochen worden waren. Bilder erschienen vor Arvans innerem Auge, tauchten plötzlich auf wie lange vergessene Erinnerungen. Damals, vor der Schlacht am Berg Tablanor, hatte Ghool seine Getreuen auf dieselbe Weise auf sich eingeschworen, ihnen den Willen genommen und sich ihres absoluten Gehorsams versichert.

Arvan ließ den Blick schweifen. Er bemerkte eine Balustrade an der linken Seite des Kuppelbaus – ungefähr auf halber Höhe. Das entsprach mehr als einer durchschnittlichen Masthöhe der caraboreanischen Schiffe. Der Bereich jenseits der Balustrade war mit einem Vorhang verdeckt, den man auf den ersten Blick kaum bemerkte, da er auf dieselbe Weise feuerrot leuchtete und flimmerte wie das gesamte Kuppelinnere.

Erst als der Vorhang sich leicht bewegte, fiel er Arvan auf.

Arvan fühlte, wie blanke Wut in ihm aufkam, während er die groteske Gestalt ansah, die Ghool angenommen hatte. Er wusste, dass der Schicksalsverderber in der Vergangenheit auch in anderer Gestalt aufgetreten war. Der Vogelkopf schien jedoch ein bevorzugtes Element zu sein, das immer wieder ein bestimmendes Merkmal bei den Körpern war, die er sich erschuf, um seine abgrundtief böse Seele zu beherbergen. *Ein Gefäß des Übels,* dachte Arvan, und dabei sah er einen sehr viel jüngeren Brass Elimbor vor sich, der an der Seite von König Elbanador in die Schlacht gegen Ghool zog und die körperliche Erscheinungsform dieses Wesens so bezeichnet hatte. *Mach nicht denselben Fehler, den König Elbanador damals beging,* nahm er sich vor. *Um keinen Preis …*

Langsam rückten Rhomroor und Arvan in der Menge weiter voran.

Da vollführte der gewaltige Vogelkopf plötzlich eine ruckartige Bewegung. Seine dämonischen Augen starrten Arvan an. Grellrote Strahlen schossen aus ihnen heraus. Doch im selben Moment schrie Arvan eine Formel in elbischer Sprache. Sie bestand nur aus einem einzigen, geheimen Wort. Brass Elimbor hatte es vor der Schlacht am Berg Tablanor für König Elbanador erschaffen, damit dieser sich gegen die übermächtige Willenskraft des Schicksalsverderbers schützen konnte.

Anstatt dass die Strahlen Arvan erfassten, prallten sie gegen eine unsichtbare Barriere und wurden von dort zu Boden gelenkt.

Dort brannten sie sich zischend in den Stein.

Erschrocken wichen die Orks, Wolfsmenschen und die anderen Diener, die sich eingereiht hatten, um sich von ihrem Herrn den Willen nehmen zu lassen, zur Seite. Erschrockene Orkschreie mischten sich mit dem Geheul der Wolfsmenschen. Eine Gasse bildete sich vor Arvan. Dieser löste mit einem kräftigen Ruck seine Fesseln.

Er griff zum Elbenstab, dessen Runen zu glühen begannen.

Jetzt ist der Moment! Der Moment der Kraft!, meldete sich die Gedankenstimme.

Der schwarze Strahl fuhr aus dem Elbenstab heraus und fächerte sich zu einer hauchdünnen Klinge aus purer Finsternis. Arvan ließ diese Klinge in vertikaler Richtung schnellen. Sie trennte den Kopf des Ungeheuers von seinem krakenähnlichen Körper ab. Er rollte nach vorn. Die Schlangenarme zuckten und beförderten ihn zu Boden. Er fiel vom Podest herunter. Aber als er auf dem Steinboden aufkam, verwandelte er sich in einen Krieger. Er schien vollkommen aus Finsternis zu bestehen und wirkte wie ein Schattenriss. Blitzartig schnellte er auf Arvan zu. Die Schwarzlichtklinge des Elbenstabs traf den dunklen Krieger. Aber sie schien ihm nichts auszumachen. Die Kraft des Elbenstabes durchdrang ihn einfach, ohne auf irgendeine Form von Widerstand zu treffen.

Ein lautes Gelächter dröhnte ohrenbetäubend durch den Raum. Aus den Augenwinkeln sah Arvan eine Bewegung. Rhomroor griff nach seiner Axt, riss die Waffe heraus und holte zum Schlag gegen Arvan aus. Seine Bewegungen waren ruckartig, so als würde ein fremder Wille ihn beherrschen, dem er sich zu widersetzen versuchte. Im letzten Moment wich Arvan dem Axthieb aus. Die Klinge klirrte auf den Boden. Anstatt den Elbenstab einzusetzen, beförderte Arvan den Ork mit einem wuchtigen Tritt zu Boden.

Da rief er ein weiteres magisches Wort. Auch dieses hatte Brass Elimbor einst für Elbanador geschaffen, um ihn vor dem berüchtigten Illusionszauber des Schicksalsverderbers zu schützen.

Der Schattenkrieger, der ihn offensichtlich nur hatte ablenken sollen, löste sich auf. Er hatte nie existiert. Der abgeschlagene Vogelkopf lag noch immer vor dem Podest.

Lirandil hatte recht, dachte Arvan. *Das Wissen ist da, sobald ich es brauche. Und keinen Moment früher, sodass es Ghool nichts nützt, wenn er meine Gedanken erfasst.*

Es wurde vollkommen still innerhalb der Kuppel. Kein Ork knurrte, kein Wolfsmensch gab irgendeinen Laut von sich. Rhomroor kauerte noch am Boden und erhob sich nur langsam.

Unterdessen wuchs Ghool ein neuer Kopf. Er glich demjenigen, den Arvan abgeschlagen hatte.

»Ich bin anscheinend nicht der Einzige, der dazugelernt hat«, sagte eine dröhnende Stimme, bei der Arvan nicht den Hauch eines Zweifels hatte, dass sie Ghool gehörte. »Seit damals, als ich zum ersten Mal dem Träger eines solchen Stabes gegenüberstand.«

Die Klinge aus schwarzem Licht war inzwischen verschwunden. Arvan fragte sich, woran das lag. War die Kraft des Elbenstabs vielleicht schon versiegt? Ließ sie sich durch einen einfachen Gedanken wieder freisetzen? Oft genug hatte er die Gedankenstimme verwünscht, die ihn immer wieder bedrängt hatte, den Elbenstab einzusetzen. Jetzt vermisste er sie. Er fragte sich, weshalb sie sich nicht zu Wort meldete. Die Runen waren erstarrt. Sie bewegten sich plötzlich nicht mehr und hatten darüber hinaus auch den golden schimmernden Glanz verloren. Jetzt waren sie sehr dunkel und wirkten wie eingebrannt.

Vielleicht war es auch jetzt das Beste, sich einfach darauf zu verlassen, dass Lirandils Worte der Wahrheit entsprachen und alles, was er für seine Aufgabe brauchte, bereits in ihm war.

»Ja, das waren sicher weise Worte, die dein Elbenfreund zu dir gesagt hat«, dröhnte die Stimme. Anscheinend wollte Ghool demonstrieren, wie viel er von dem erfasst hatte, was Arvan dachte. »Warum tust du dann nichts, wenn es so einfach ist? Warum stehst du einfach nur da und wunderst dich darüber, wie du an diesen Ort gelandet bist?« Ein dröhnendes Gelächter folgte. »Könnte es sein, dass es daran liegt, dass du dir selbst nicht sicher bist, was als Nächstes geschehen sollte? Ich könnte dich jederzeit töten, Arvan, aber ich habe andererseits zu lange auf diese Begegnung gewartet, um sie nicht noch etwas auszukosten und meinen Nutzen daraus zu ziehen.«

Arvan hob leicht den Elbenstab.

»Bevor du noch einmal versuchst, mich zu vernichten, möchtest du vielleicht die Frage beantwortet haben, weshalb ich so viel über dich weiß. Wieso ich weiß, dass du ein ungeschickter Hirte von Baumschafen warst, ein grober Mensch, der unter Halblingen aufwuchs und nicht richtig klettern konnte. Ein kraftvoller Tölpel, zu dem ein Schlachterbeil besser gepasst hätte als das Rapier eines Halblings. Frag mich einfach, Arvan. Frag mich, woher ich all das weiß.«

»Woher?«, fragte Arvan.

Ein flaues Gefühl machte sich in Arvans Magengegend breit. Er sah zu Rhomroor herüber, der sich noch immer nicht rührte und auch keinerlei Anstalten machte, die Streitaxt vom Boden aufzuheben, die ihm entfallen war.

»Durch einen guten Freund«, sagte die Stimme Ghools. »Ein Freund, dessen Erinnerungen ich mir erlaubt habe zu stehlen und für mich zu nutzen.«

Einer der Schlangenarme hob sich und richtete sich auf die Balustrade.

»Wovon sprichst du überhaupt?«, rief Arvan. *Er will mich nur verwirren,* dachte er. Wut keimte in ihm auf.

»Du giltst als der größte Held von Athranor, nachdem du mir meinen Feldherrn Zarton genommen hast«, fuhr Ghool fort. »Ich fordere Ersatz von dir. Und der ist nur auf eine Weise zu leisten: Der größte Held von Athranor sollte in Zukunft auf meiner Seite in den Krieg ziehen.«

Das könnte dir so passen, durchfuhr es Arvan grimmig. Er fühlte keine Kraft im Elbenstab. Noch immer nicht. Und das machte ihm inzwischen Sorgen.

»Du solltest es dir noch einmal überlegen«, sagte Ghool.

Der Vorhang an der Balustrade wurde nun zur Seite gezogen.

Arvan glaubte seinen Augen nicht zu trauen.

»Neldo!«, stieß er hervor.

Zwei Orks hatten den Halbling in ihre Mitte genommen.

Ghool hob einen seiner Schlangenarme. Während er ihn ausstreckte, wuchs er noch und reichte bis zur Balustrade hinauf. Der Arm schlang sich um Neldos Körper und hob ihn über die Balustrade. Anschließend setzte er ihn vor dem Podest auf dem Boden ab.

»Es ist nicht so schlimm, wie du denkst, Arvan«, sagte Neldo. »Wir könnten zusammen zu den Königen der Menschenreiche gehen und ihnen verdeutlichen, dass sie diesen Krieg nicht gewinnen, sondern nur ihren eigenen Untergang bewirken können.«

»Neldo, was redest du da?«

»Ich sage nur, wie es ist! Ghools Reich wird sich schon bald über ganz Athranor erstrecken. Es ist nur die Frage, wie viele Opfer es noch kosten wird.«

»Was ist geschehen, Neldo? Man hat dich zu einer willenlosen Marionette gemacht, und jetzt sollst du …« Arvan sprach nicht weiter. Die Blicke all der Orks, Wolfsmenschen und anderer Geschöpfe um ihn herum waren auf ihn gerichtet, so als warteten sie nur darauf, sich auf ihn zu stürzen. Und doch taten sie es nicht, obwohl sicherlich ein einziger Gedanke Ghools dazu ausgereicht hätte. Arvan betrachtete den Elbenstab. *Wenn die Macht wirklich aus ihm geflohen wäre, hätte man mich längst getötet,* dachte er. *Oder sollte das Angebot des Schicksalsverderbers wirklich ernst gemeint sein?*

Auf einmal wusste Arvan, was er tun musste.

Er stieß Neldo grob zur Seite – so heftig, dass er zu Boden geschleudert wurde und noch ein Stück über den glatten Stein rutschte. Arvan umklammerte den Elbenstab, hob ihn hoch und hielt das ellenlange Artefakt diesmal quer zu seinem Gegner. Gleichzeitig rief er das dritte geheime magische Wort, das Brass Elimbor für König Elbanador geschaffen hatte. Aus beiden Enden des Elbenstabs schossen nun Bündel von schwarzen und feuerroten Blitzen heraus. Sie erfassten Ghools Körper. Der Geruch nach verbranntem Fleisch hing in der Kuppel. Der zuvor nachgewachsene Vogelkopf zerfiel zu Asche, als die Strahlen ihn erfassten, ebenso die Flügel und die vielen Arme. Hier und da wuchsen plötzlich neue Arme, und aus diesen kamen kleinere und deformiert wirkende Vogelköpfe hervor – aber auch sie wurden sofort wieder zerstört.

Eine Flut von schmerzvollen Gedanken erreichte Arvan. Gedanken, die sich mit seiner eigenen Wut und seinem eigenen, tief empfundenen Schmerz vermischten. Ein erst stöhnender, dann zunehmend wimmernder Laut erfüllte die Kuppel und hallte so oft wider, dass man glauben konnte, einem ganzen Chor verdammter Seelen zu lauschen.

Als die Strahlen aus dem Elbenstab versiegten, war nur die knotenförmige, mehrere Schritte durchmessende Verdickung in der Mitte des Podestes geblieben. Alles andere war zu feinster Asche verbrannt. Das Wimmern war ohrenbetäubend. Das Wesen lebte also noch. Arvan schritt zum Podest. Niemand hinderte ihn daran, als er sich auf die hüfthohe Kante stützte und emporschwang. Knöcheltief lag die Asche darauf. Arvan richtete sich auf und ging zu dem, was von Ghool geblieben war – ein mehrere Schritte durchmessendes, teilweise blutiges Stück Fleisch, das entfernt an ein menschliches Hirn erinnerte.

Arvan richtete den Elbenstab auf dieses Etwas.

Die Runen hatten wieder zu leuchten begonnen. *Setz mich ein. Entfalte die volle Kraft! Entfessele sie!*, wusste die Gedankenstimme.

Aus Ghools Wimmern formten sich nun Worte.

»Lass … mich … in Frieden … sterben.«

Vor seinem inneren Auge sah Arvan König Elbanador am Berg Tablanor ebenfalls vor den Überresten des Schicksalsverderbers stehen und dieselben Worte hören. *»So sei es,* hatte Elbanador damals gesagt. Arvan stand das plötzlich so deutlich vor Augen, als wäre er selbst dabei gewesen.

War das Elbanadors Fehler gewesen? Hätte er darauf nicht eingehen dürfen und Ghool stattdessen eigenhändig und mit aller Konsequenz vernichten müssen, um ihn nicht zu bannen, sondern für alle Zeit zu vernichten?

»So schwach … so müde … so wenig Leben noch … Lass mich in Frieden sterben!«, verlangte die Stimme erneut.

»Nein!«, erwiderte Arvan plötzlich. Und er schrie anschließend das letzte geheime Wort, das Brass Elimbor für den Ersten Elbenkönig geschaffen hatte. Es war jenes vierte Wort, das länger war als alle anderen und das Elbanador nie benutzt hatte, wie Arvan jetzt wusste. Verhängnisvollerweise. Die Gnade, die Elbanador seinem Feind erwiesen hatte, war ihm nicht vergolten worden, und ungezählte Zeitalter später hatte diese Entscheidung ungezählte unschuldige Opfer gefordert.

Der Elbenstab leuchtete jetzt grellweiß auf. Man konnte die Knochen von Arvans Hand sehen, während er das Artefakt hielt und auf das richtete, was von Ghool übrig geblieben war. Ein gebündelter Strahl aus tiefster Schwärze drang aus der Spitze des Stabes. Ghool stöhnte auf – zuerst schmerzvoll und dann plötzlich lustvoll und triumphierend.

Arvan schauderte es bis ins Mark, als er die Wahrheit erkannte.

Es war falsch!

»Hab Dank für die Kraft!«, dröhnte Ghools Stimme durch die Kuppel, die sich in ein höhnisches Gelächter verwandelte. Ghool verwandelte sich. Die Reste seines Körpers wurden zu einer schwarzen Wolke, die im nächsten Moment explosionsartig in die Höhe schoss. Arvan richtete den Elbenstab empor. Aber es geschah nichts. Der sterbende Ghool hatte die Kraft des Artefakts in sich aufgenommen und nutzte sie nun zur Flucht.

»Nein!«, schrie Arvan verzweifelt.

Ein fünftes geheimes Wort gab es anscheinend nicht. Jedenfalls fiel es ihm nicht ein, wie es bei den anderen der Fall gewesen war.

Die Wolke schoss unterdessen durch die Kuppeldecke, die

dabei aufbrach. Der freie, strahlend blaue Himmel war darüber zu sehen, gegen den sich die Wolke deutlich abhob. Sie bildete die Form eines Schattenvogels nach.

Von der bröckelnden Kuppeldecke fielen Stücke aus schwarzem Stein herab, und in der Menge, die bislang ausgeharrt hatte, entstand nun Panik. Offenbar hatte Ghool die geistige Herrschaft über sie freigeben müssen.

»Arvan!«, hörte er eine vertraute Stimme, drehte sich halb um und sah, wie Neldo ihn fassungslos anstarrte. Sein Blick wirkte verstört – aber Arvan erkannte sofort, dass der Halbling wieder er selbst war. »Vorsicht!«, rief Neldo.

Das Nächste, was Arvan spürte, war ein Schlag auf den Kopf und einen rasenden Schmerz. Irgendeiner der herabbröckelnden Steine hatte ihn am Kopf getroffen. Er taumelte zur Seite, während dicht neben ihm ein Mauerbrocken mit einem Durchmesser von mehreren Schritt auf dem Podest einschlug. Arvan sprang hinunter, landete hart auf dem Boden. Er befühlte seinen Kopf, wo eine blutende Wunde klaffte.

Neldo schnellte zu ihm. »Da hast du aber Glück gehabt. Diesen Brocken hättest nicht einmal du überlebt.«

Unterdessen drängelte sich Rhomroor ziemlich grob durch die Masse der anderen Geschöpfe, unter denen längst Panik ausgebrochen war und die versuchten, so schnell wie möglich die Kuppel zu verlassen.

»Vorsicht! Ein Ork!«, schrie Neldo.

»Arvan! Nimm das!«, rief Rhomroor, der Neldo nicht weiter beachtete. Er warf Arvan den *Beschützer* samt Lederscheide und Waffengurt hin. »Wirst du brauchen!«

»Aber …«

»Die meisten hier sind Orks! Und da wird in Kürze erst einmal jeder gegen jeden kämpfen! Und jetzt hoch mit dir!«

Arvan stand auf und legte den Waffengurt an. »Noch nicht lange her, da wolltest du mich töten«, sagte Arvan.

»Noch nicht lange her, und du wolltest *alle* Orks töten«, erwiderte Rhomroor.

»Jedenfalls wollte ich Ghool töten – und habe versagt.«

»Du hast ihn besiegt«, erwiderte Rhomroor.

»Aber … es war ein Fehler.«

»Red nicht so viel!«

Arvan wandte sich an den noch immer ziemlich fassungslosen Neldo. »Dieser Ork ist auf unserer Seite!«, stellte er klar.

Die Kreaturen drängten sich durch die Ausgänge der Kuppel. Immer wieder brachen weitere schwarze Mauerstücke aus dem Dach heraus. Manche von ihnen waren so groß, dass sie gleich Dutzende erschlugen. Als sie dann endlich das Freie erreichten, herrschte sowohl in der Festung als in dem umgebenden Heerlager lähmendes Entsetzen. Die Bauarbeiten an dem halb fertigen Tor waren zum Erliegen gekommen. Überall standen Orks und Wolfsmenschen herum und starrten fassungslos auf die Kuppel. Sie alle hatten das explosionsartige Austreten der schwarzen Wolke gesehen. Von einem Augenblick zum anderen hatte jene Macht, die bis dahin ihren Willen beherrscht hatte, ihren Griff gelockert.

Arvan bemerkte einige Vogelreiter in die Wüste hetzen. Die Hufe ihrer Pferde wirbelten keinen Staub auf. Langsam erhoben sie sich und verwandelten sich. Aus ihren Umhängen wurden Flügel, und wenig später waren sie zu Vögeln geworden, die sich wie dunkle Punkte gegen den blauen Himmel abhoben.

Zwei der Reithunde, die die Dämonenreiter trugen, hatten sich ineinander verbissen, und von der anderen Seite mischten sich die dröhnenden Rufe von Orks mit Waffengeklirr.

»Wir sollten uns beeilen«, meinte Rhomroor. »So ruhig wird es nicht bleiben.«

»Lirandil wird mich für einen Versager halten«, meinte Arvan, der noch einmal seinen Kopf befühlte. Die Blutung hatte bereits nachgelassen.

»Lirandil wird stolz auf dich sein.«

»Du hast dich selbst übertroffen, Arvan«, meinte Neldo. »Erst hast du Ghools Feldherrn und jetzt ihn selbst besiegt.«

»Er ist nicht vollkommen vernichtet«, murmelte Arvan düster.

Neldo zuckte mit den Schultern. »Ich bin frei und wieder Herr meiner selbst. Und wenn Ghool irgendwann wieder erscheint, weil vielleicht in tausend mal tausend Jahren wieder ein dummer Ork auf die Idee kommt, mit Magie zu spielen und dadurch den Schicksalsverderber von Neuem weckt, sollte uns das im Moment gleichgültig sein.«

Ein paar Wolfskrieger, die sie aus einem unerfindlichen Grund angriffen, schlug Rhomroor mit einigen wuchtigen Axthieben in die Flucht.

Als sie sich schließlich schon fast zwei Meilen von der Schwarzen Festung entfernt hatten, blieb Arvan stehen und sah sich noch einmal um. Er dachte an Gomlo und Brongelle und all die anderen Halblinge, mit denen er aufgewachsen war, und musste schlucken.

Neldo schien zu verstehen, was in seinem Gefährten vor sich ging. Er ging zu ihm.

»Nichts wird mehr so sein, wie es war«, murmelte Arvan.

»Als mich ein Vogelreiter gefangen nahm und hierher verschleppte, hatte ich die Hoffnung schon aufgegeben«, sagte

Neldo. Er versuchte ihm die Hand auf die Schulter zu legen, was auf Grund ihres Größenunterschieds etwas ungeschickt wirkte. »Ein paar Halblinge gibt es noch, Arvan. Und du bist zweifellos der Größte von ihnen.«

Arvan Aradis kehrt zurück in dem Roman:
DER BEFREIER DER HALBLINGE.

Ein Mörder ohne Erinnerung ...

544 Seiten. ISBN 978-3-442-26856-6

Er hat alles vergessen. Er erinnert sich nicht einmal daran, wie er heißt. Doch eines wird dem Namenlosen rasch klar: Der, der er einst war, will er nicht mehr sein. Denn er verfügt über die Fähigkeiten eines Assassinen, und die Vorstellung, jemanden zu ermorden, ist ihm zuwider. Bei den Nachforschungen über seine Herkunft stößt er immer wieder auf eine Gemeinschaft von Mördern, deren Name nur mit Schaudern geflüstert wird – die Bruderschaft der Schatten.

Lesen Sie mehr unter: **www.blanvalet.de**